ATRIUM

BIJAN
MOINI

DER WÜRFEL

ROMAN

Viel Spaß beim
Lesen!!

ATRIUM VERLAG · ZÜRICH

Für Linny

&

für dich :-)

I

Die Fenster waren mit schwarzer Folie überzogen. Es roch nach feuchtem Holz und chlorhaltigem Schimmelentferner. Die Lüftung im Bad und der Abzug in der Küche surrten auf Hochtouren. Ein schwerer Vorhang versperrte den Blick in den Flur, davor stapelten sich ungeöffnete Pakete.

Taso lag in Boxershorts und T-Shirt auf dem Schlafsofa. Seine Finger spielten geübt mit einer großen silbernen Münze, als von außen etwas leise an der Scheibe kratzte. Er erstarrte und lauschte, bis das Geräusch verstummte. Nachdem es still blieb, wandte er sich zur Deckenlampe und schloss abwechselnd das linke und das rechte Auge. Mal verdeckte der hängende Lampenschirm die Uhr über der Küchentür, mal nicht. Mal hatte er alle Zeit der Welt, mal war er zu spät.

Schon zum fünften Mal warf er die Münze in die Luft und fing sie mit der flachen Hand wieder auf. Bei den vorherigen Würfen hatte die kaum noch erkennbare Kopfseite oben gelegen. Nun war es die ebenso abgewetzte Fünf.

Taso stöhnte – aber Zahl war Zahl. Missmutig erhob er sich und schlurfte zum offenen Kleiderschrank neben dem Sofa. Die vielen Kleiderbügel waren jeweils von eins bis sechs nummeriert: Auf den ersten sechs Bügeln hingen Hosen verschiedener Farben und Schnitte, auf den nächsten Hemden, dann Pullover und Jacken. Darunter standen mehrere Paar Schuhe. Er beugte sich über einige Bauchfalten nach unten, entnahm einer Schublade des Schranks fünf Würfel und warf sie auf den Boden. Der Würfel, der dem Schrank am nächsten lag, zeigte eine Zwei. Taso griff nach dem zweiten Bügel der Stange. Die weiße Schlaghose also. Der zweitnächste Würfel zeigte eine Sechs. Taso verzog das Gesicht und nahm den sechsten Hemdenbügel aus dem Schrank.

Nachdem er sich vollständig angezogen hatte, prüfte er im Badspiegel seufzend seine Erscheinung. Hawaiihemd, Wollpullover und Jeansjacke passten nicht besonders gut zu Schlaghose und Turnschuhen. Er war zwar gewohnt, wie ein Verrückter rumzulaufen, aber so ganz überwunden hatte er seine Eitelkeit nie. Er strich sich etwas Haargel auf die Finger und verteilte es wild in seinen dunkelbraunen Haaren, damit sie ihm nicht mehr vor die Augen fielen. Während er sich die Hände wusch, vermied er weitere Blicke in den Spiegel. Vielleicht sollte er ihn abhängen, um sich unnötiges Leid zu ersparen. Oder einfach auch mit schwarzer Folie überkleben.

Zurück im Zimmer nahm er ein kugelförmiges Päckchen mit einer feinen Schleife vom Tisch und steckte es in die linke Hosentasche. In die rechte schob er routiniert seine Münze, trat durch den Vorhang in den Flur und schloss ihn so hinter sich, dass vom Rest der Wohnung nichts mehr zu sehen war. Auf einer Kommode neben der leeren Garderobe stand eine kleine schwarze Box. Er öffnete sie mit demselben Widerwillen wie früher seine Zahnspangendose. Sie war vollständig mit Schaumstoff ausgekleidet, der einen Behälter mit zwei Klappen schützte. Oder besser: Taso vor seinem Inhalt.

Unter der ersten Klappe schwammen zwei braune Kontaktlinsen in einer milchigen Flüssigkeit. Auf ihre Oberfläche war ein Abbild von Tasos Augen gelasert, die schwarzen Pupillen waren kleine Kameras. Mit gestrecktem Zeigefinger setzte sich Taso die Linsen nacheinander ins Auge; sofort sogen sie sich an seinem Augapfel fest. Taso verabscheute dieses Gefühl und mehr noch, was darauf folgte. Für einen Moment war alles schwarz. Dann sah er wieder die Garderobe im Flur, übertragen von den Kameras in seinen Augen. Vor ihm drehte sich ein dreidimensionaler Würfel ein paar Sekunden um die eigene Achse und wechselte dabei fließend die Farbe von Weiß zu Grau zu Silber und schließlich zu Gold.

Nach dem Würfel erschienen Buchstaben. *Bitte setze deine SmEars ein.*

Taso hatte die zweite Klappe bereits geöffnet, nahm zwei wachsartige Stöpsel heraus und schob sie in die Ohren, wo sie sich sofort verkürzten und gleichzeitig so ausdehnten, dass sie seinen Gehörgang perfekt verschlossen.

Danke, dass du Smarts von YEE nutzt, die meistgetragenen SmEyes und SmEars der Welt, sagte eine Frauenstimme in seinen Ohren.

Im Randbereich seines Blickfelds erschienen die Icons zahlreicher Applikationen. Ein Newsfeed und ein Kalender bettelten wackelnd um Aufmerksamkeit, auf der anderen Seite blinkten die Absender und Betreffzeilen einiger E-Mails und einer Videonachricht. Von Tim war nichts dabei.

»Vision leeren«, sagte Taso und sah wieder nur den nackten Flur. Mit einem leichten Stechen im Bauch verließ er die Wohnung und zog die Tür hinter sich zu. Vor ihm erschien ein dreidimensionales Schlüsselsymbol in der Luft.

Die Tür verriegelt sich in drei Sekunden.

Er ging die Treppe hinunter und hörte den Schließmechanismus der Wohnungstür, bevor sich der Schlüssel vor ihm in einen grünen Haken verformte, der einen Augenblick später verschwand. Eine halbe Etage tiefer blieb er auf der untersten Treppenstufe stehen. Der Schritt auf die Straße kostete ihn jedes Mal Überwindung. Die Wohnung war seine Welt, draußen herrschte der Würfel. Der Würfel war überall: in Drohnen am Himmel, in Fahrzeugen auf der Straße, in den Smarts anderer Menschen, in Kameras, Mikrofonen und Sensoren an Kleidern, Körpern und Gebäuden. Er lauerte gierig, wartete auf Taso, auf einen Moment der Schwäche, eine unüberlegte Äußerung, eine unwillkürliche Geste, eine Gefühlsregung. Er war wach, wenn Taso müde war, war da, wenn Taso allein sein wollte. Er scherte sich nicht um Tasos Bemühungen, sich seinem bohrenden Blick und unerbittlichen Urteil zu entziehen.

Taso atmete noch einmal tief durch wie ein Schauspieler vor der Premiere, beschwor ein Lächeln herauf und trat durch die sich öffnende Haustür nach draußen.

Es war der erste Freitag im April, und schwere Wolken verdeckten den Himmel. Das Brummen unzähliger Propeller übertönte jedes Frühlingsgeräusch. Lieferdrohnen mit kleinen und großen Ladungen flogen geschäftig von hier nach dort. Über ihnen drehten Polizeidrohnen wie Adler ihre Kreise. Noch weiter oben schwebten dickbäuchige Mutterschiffe mit Tauschbatterien, betrieben von gewaltigen Solarsegeln.

Vor Taso rollte eine Herde selbst fahrender Autos lautlos die Straße entlang. Der Gehweg war verwaist. Er steckte die Hand in die Hosentasche und fühlte die Münze. Mit etwas ruhigerem Puls lief er los.

Über sich hörte er das Surren einer Drohne, die die schwarzen Fenster seiner Wohnung nach Nahrung absuchte, nach einem Loch im Dunkel. Sie fuhr einen Schaber aus und kratzte über das Glas – erfolglos, weil die Folie von innen aufgeklebt war – und zog wieder davon. Triumphierend sah Taso ihr nach.

Die Drohne schürfte für ihren Besitzer nach Daten. Der Würfel zahlte gut für frische Informationen. Für die Suche nutzten Datenschürfer Karten, auf denen weiße Flecken eingezeichnet waren – Orte, über die der Würfel keine, wenige oder veraltete Daten besaß.

Tasos Wohnung war ein solcher Fleck, sein weißer Fleck. Der Würfel hatte keine Ahnung, wie es darin aussah, ob es dreckig oder sauber war, wie oft er Zähne putzte, masturbierte oder aufs Klo ging, was er hörte, las oder sang, aß oder trank, sprach oder schrieb. Jede zu Hause verbrachte Stunde war ein bisschen Chaos, jede Minute ein Akt des Widerstands.

Taso reckte das Kinn und richtete seinen Blick wieder auf den Gehweg.

Soll ich dir gutes Wetter smalen?, fragte die Stimme in seinen Ohren.

Er holte die Münze aus der Hosentasche und wog sie in der Hand. Seit er denken konnte, hatte sie ihn fasziniert. Früher hatte sie seiner Großmutter gehört, die sie als Kind bekommen und als eine Art Glücksbringer bei sich getragen hatte. Jedes Mal, wenn Taso sie besuchte, wollte er die Münze sehen, mit ihr spielen, sie stundenlang mit sich herum tragen. Irgendwann begann seine Großmutter, sie für ihn zu werfen. Zeigte sie fünfmal hintereinander Zahl, dürfe er sie behalten, sagte sie. Als er fünfzehn war, gehörte sie ihm. Seit diesem Tag fühlte er bei jedem Verlassen des Hauses nach dem vertrauten Silberstück in seiner Hosentasche. Auch die Beerdigung seiner Großmutter vor einigen Jahren ertrug er nur, indem er die Münze fest in seiner Hand umschlossen hielt.

Er warf sie in die Luft. Zahl.

»Ja, smal mir gutes Wetter«, sagte er trocken. Im Zeitraffer wichen die Wolken strahlendem Sonnenschein. Die ganze Straße leuchtete auf, Autos und Häuser warfen Schatten, und er spürte beinahe die Sonne auf der Haut – wäre da nicht der feucht-kühle Wind gewesen, der ihm um die Ohren fegte. Ein paar Cent pro Stunde würde ihn dieses absurde Wetter-Feature jetzt kosten.

Wohin möchtest du?

Taso befragte wieder die Münze – Kopf – und schwieg. Als er die Straße überquerte, hielten die Sefas automatisch, Ampeln gab es schon lange nicht mehr. Seinen Weg begleiteten virtuelle Werbeplakate, mal erschienen sie auf dem Boden, mal vor ihm in der Luft. Er verdiente zu seinem Grundeinkommen kaum etwas hinzu, weshalb er den Werbeblocker nur selten einsetzte. Die Angebote waren bunt gemischt und unspektakulär: keine Reisen ins All oder per Überschall nach Afrika, kein Loft mit Blick auf den Fernsehturm am Alex, kein eigenes Sefa, sondern Werbung für einen Offlinerintegrationskurs, für eine neue Generation günstigen Fleischersatzes und für ein Augmented-Reality-Spiel, in dem man sich den Weg zur Arbeit mit einem Lichtschwert freikämpfen musste. Der Chefentwickler schwor, dass das Spiel Tasos Lust auf die Arbeit um zehn Prozent steigern würde.

Nichts davon interessierte ihn auch nur im Geringsten. Aber er genoss die kläglichen Versuche des Würfels, seinen Geschmack zu erraten. Denn sie zeigten, dass seine Mühe nicht umsonst war und er dem Würfel ein Rätsel blieb – so, wie es sich für einen routinierten Gaukler gehörte. Taso vereinbarte seinen x-ten Termin für einen Integrationskurs, den er nie besuchen würde, bestellte etwas Kunstfleisch und trug für Montag in den Kalender ein, auf dem Weg zur Arbeit das dämliche Jedi-Spiel auszuprobieren. Plötzlich brauste ein Polizei-Sefa an ihm vorbei und hielt ein paar Meter vor ihm am Straßenrand. Er verkniff sich ein Seufzen.

»Sag Peter bitte, dass ich zur Polizei muss und mich verspäte«, murmelte er und ärgerte sich sofort über das »Bitte«. Eigentlich hatte er nichts gegen die Verzögerung, große Lust hatte er auf die Geburtstagsparty seines Zwillingsbruders nicht, aber auf ein Zusammentreffen mit der Polizei hätte er heute trotzdem verzichten können.

Erledigt.

Sollte er störrisch sein? Er warf die Münze: Zahl. Also ja. Als er das Fahrzeug erreichte, stieg eine Frau aus. Sie war um die dreißig, trug eine enge Uniform, die eine sportliche Figur erkennen ließ, und hatte ihr dickes schwarzes Haar zu einem Pferdeschwanz zusammengebunden.

»Hallo, Herr Doff, Vogel mein Name.« Sie gab ihm die Hand. »Tragen Sie Smarts?« Ihr Tonfall war bestimmt.

»Ja.«

»Gut. Würden Sie mich bitte für eine halbe Stunde aufs Revier begleiten?«

Taso gab sich empört: »Muss das sein? Ich bin gerade auf dem Weg zur Geburtstagsfeier meines Bruders.«

Die Polizistin hielt inne, offenbar ging sie ein paar ihr angezeigte Informationen durch. »Richtig … herzlichen Glückwunsch!«, sagte sie schließlich mit einem gezwungenen Lächeln. »Ich muss Sie trotzdem bitten mitzukommen. Hätten Sie auf eine unserer drei Ladungen reagiert …«

»Ich hatte dieses Jahr schon zwei Gespräche«, unterbrach Taso sie genervt. »Warum denn schon wieder?«

Vogel hatte offenbar nicht mit Widerstand gerechnet und wischte mit den Händen vor sich durch die Luft. Vielleicht aktivierte sie ihre Konversationshilfe, vielleicht rief sie Verstärkung.

»Ich entscheide nicht selbst über Gefährderansprachen.« Eine fußballgroße Polizeidrohne flog herbei und positionierte sich über ihr. »Laut unseren Informationen ist ein Gespräch mit Ihnen überfällig. Wenn Sie also bitte mitkommen würden …« Die Polizistin zeigte mit einer auffordernden Handbewegung auf ihr Sefa.

Taso holte seine Münze aus der Tasche und warf sie vor der irritierten Polizistin in die Luft. Die Drohne surrte etwas lauter und öffnete kleine Klappen an ihren Vorderseiten, aus denen sich schlanke Rohre schoben. Taso sah auf die Münze: Kopf. Wortlos stieg er in das Fahrzeug. Draußen hörte er die Polizistin ausatmen.

Taso sah während der gesamten Fahrt stumm aus dem Fenster. Polizei-Sefas durften schneller fahren als andere, von Würfelhand bildeten die Fahrzeuge vor ihnen eine Gasse. Aus dem Wageninneren wirkten die Straßen noch voller als vom Gehweg, die Sefas fuhren im Abstand von wenigen Zentimetern hintereinander her, ohne einen Unfall zu verursachen. Vor zwei Jahren hatte die Stadt die U-Bahn geschlossen, weil Carsharing günstiger geworden war als der öffentliche Nahverkehr. Nur Logistikunternehmen nutzten noch die alten Tunnel. Abgasfreie, leise Autos hatten auch die Wohnungen an viel befahrenen Straßen wieder attraktiv gemacht. In die Erdgeschosswohnungen konnte Taso allerdings nicht sehen. Früher hatte es Vorhänge gegeben, heute versagten ihm seine SmEyes den Einblick. Nur manche Fenster sah er nicht verschwommen, sondern klar: die mit schwarzer Folie beklebten. Erschrocken stellte er fest, wie wenige es geworden waren. Sein Blick blieb an einem Café hängen, aus dessen Frontscheibe ein Baum herauszuwachsen schien. Früher war hier ein Comicladen gewesen, in dem sein Bruder und er ganze Nachmittage verbracht hatten, immer auf der Hut vor dem Besitzer und seinen Ermahnungen, die Hefte nicht nur zu lesen, sondern gefälligst auch zu kaufen. Einige dieser Comics hatte Taso noch immer. Von den Ladengeschäften seiner Kindheit war aber keines übrig geblieben. Stattdessen reihte sich nun Café an Restaurant an Bar. Als würden die Menschen den ganzen Tag nur noch trinken und essen und trinken. Und so war es eigentlich auch. Zumindest für viele.

Das Polizeihauptquartier lag nur wenige Minuten entfernt. Die dunklen Scheiben des riesigen Gebäudes waren von weißem Beton umrandet. Wie ein Wachturm stand es in der Häuserlandschaft, überragte die angrenzenden Gebäude mindestens um das Doppelte. Vogel parkte den Wagen in der Tiefgarage und führte Taso zu einem Aufzug.

Er kannte das Revier schon viel zu gut: Zwanzigmal war er bestimmt schon hier gewesen, meist für Gefährderansprachen. Das erste Mal hatte man ihn kurz nach dem Referendum vorgeladen. Damals hieß das Gebäude noch Internationales Handelszentrum und beherbergte überwiegend Unternehmen; die Polizei belegte nur vier Etagen. Die Einführung des Würfels stülpte jedoch die gesamte Wirtschaft um, und das Gebäude leerte sich rasch. Nur eine Anwaltskanzlei in der fünfzehnten Etage, die sich früh auf den Wandel eingestellt hatte, hatte überlebt. Den Rest des Gebäudes übernahm schrittweise die in den Jahrzehnten zuvor aufgeblähte Polizei. Nach einem Einbruch der Kriminalitätsrate besetzte der Verfassungsschutz immer mehr Etagen. Vogel fuhr mit Taso in den vierten Stock und führte ihn wortlos einen Gang hinunter, bis sie vor einem kleinen, hellen Raum stehen blieb. »Mein Büro«, sagte sie und deutete auf ein spärlich befülltes Wandregal und einen leeren Schreibtisch mit zwei Stühlen davor. »Es wird noch etwas trostlos auf Sie wirken. Ich bin gerade erst eingezogen und habe noch keine Version für Gäste gesmalt.«

Taso nahm Platz und stellte sich an die Wand gesmalte Videos von Vogels wildesten Gefährderansprachen vor. »Ich muss sowieso meine Smarts rausnehmen, richtig?«

Sie sah ihn irritiert an und las dann hektisch etwas durch, das ihr ihre SmEyes anzeigten. »Richtig«, sagte sie nach einer Weile und lächelte angestrengt. Das war offenbar ihre erste Gefährderansprache.

Taso nahm seine SmEars heraus. »Ich mag die Dinger sowieso nicht«, sagte er, »aber ohne kommt man ja nicht mal mehr in seine Wohnung und wird überall hin von Datenschürfern verfolgt.«

Vogel holte einen Smartsbehälter aus dem Regal. Umständlich fummelte sie daran herum, bis er endlich aufsprang, und reichte ihn mit spitzen Fingern über den Tisch.

Nachdem Taso auch die SmEyes herausgenommen und in dem Behälter verstaut hatte, verstand er, warum Vogel plötzlich so nervös war: Sie hatte ihr äußeres Erscheinungsbild gesliftet. Ohne Smarts sah er nun, wie sie wirklich aussah: Sie war nicht dreißig, sondern höchstens um die zwanzig. Ihre Haut war unreiner als eben noch, die Wangen leicht gerötet. Das satte Schwarz ihrer Haare war einem dumpfen Rotton gewichen; geschminkt war sie auch nicht mehr. Ihre Uniform spannte über der Hüfte und den breiten Oberschenkeln, auch ihre Körpergröße hatte sie in ihrer Slifting-Version gestreckt. Außerdem war auf dem Schreibtisch eine Schüssel mit Schokoladentäfelchen aufgetaucht, die sie offenbar für Gäste und bestimmt auch für Kollegen weggesmalt hatte. Taso war amüsiert, ließ sich aber nichts anmerken. Ein so aufwendiges Slifting war rechenintensiv und damit teuer, ging aber bestimmt auf Staatskosten. Vogel mied seinen Blick, setzte sich und sah angestrengt an ihm vorbei, während sie offenbar ihre Anweisungen durchging.

Sie räusperte sich vor dem Hauptteil des Gesprächs.

»Sie wissen, warum Sie hier sind?« Ihre Stimme klang nun sehr viel höher.

»Nicht wirklich«, antwortete Taso freundlich. »Darf ich?« Er zeigte auf die Schüssel mit den Schokoladen.

»N-natürlich«, stammelte Vogel, woraufhin er ein Täfelchen ergriff, auswickelte und sich in den Mund schob.

Vogel sah ihn kurz an und fuhr dann fort. »Wir sprechen regelmäßig mit Personen, die demnächst Straftaten begehen könnten. Eingangs muss ich Ihnen erklären, warum wir Sie für ein Risiko halten.« Sie verschränkte die Hände vor sich auf dem Tisch und wurde etwas ruhiger. »Zunächst einmal haben Sie einen extrem niedrigen Pred-Score. Ehrlich gesagt habe ich noch nie jemanden mit einem niedrigeren getroffen, dabei kenne ich gar nicht so wenige Offliner – und sogar noch einen anderen Gaukler.«

Taso fühlte sich geschmeichelt. Wenn er auf irgendetwas im Leben stolz war, dann auf seinen Predictability-Score. Der niedrige Wert hob ihn von den vielen Menschen ab, die ein möglichst vorhersehbares Leben führen wollten. Manche taten es für die damit verbundene Bequemlichkeit, andere für ein höheres Grundeinkommen, und wieder andere sahen in der Jagd nach Pred-Punkten schlicht ein Spiel, das immer schwieriger wurde, je weiter man kam. Taso erschauderte bei dem Gedanken an den dänischen Archivar, der mit knapp 91 Preds den Rekord hielt; es gab niemanden, den der Würfel besser vorhersehen konnte.

Taso arbeitete unablässig daran, das Gegenteil zu gewährleisten. Keiner seiner Offlinerfreunde machte es dem Würfel schwerer, sein Verhalten vorherzusehen, keiner gaukelte ihm erfolgreicher etwas vor. Aber es gab unter den Offlinern ohnehin kaum noch Gaukler. Seinen Pred-Score niedrig zu halten war harte Arbeit, denn 60 bis 70 Preds erreichte man schnell. Die meisten Offliner versteckten sich deshalb lieber vor dem Würfel, den sie als Feind Gottes oder ihrer Selbstbestimmtheit verdammten. Taso aber wollte sich nicht verstecken. Lieber gaukelte er dem Würfel Gedanken und Gefühle vor, die er nicht hatte – mit einer Disziplin, die ihn zu einem der besten Gaukler der Stadt machte. Aber auch sehr einsam.

»Gaukeln Sie doch selbst mal – ist sehr befreiend!« Er zerknüllte das Schokoladenpapier, legte es neben die Schüssel und verschränkte die Arme hinter dem Kopf.

Vogel fuhr ungerührt fort: »Sie wurden seit dem Referendum zwölf Mal wegen Chaosstiftens verurteilt. Zwölf Mal in nur acht Jahren …«

»Das hat man mal demonstrieren genannt«, unterbrach Taso sie. Er wollte das Ganze zwar nicht unnötig in die Länge ziehen, aber er konnte nicht einfach dasitzen und ruhig zuhören, wie beim letzten Mal.

»Demonstrieren ohne Anmeldung! Das stürzt jedes Mal das öffentliche Leben ins Chaos. Drei Mal hat man Ihnen sogar Vorsatz nachgewiesen.«

»Weil ich bei Flashmobs mitgemacht habe.«

»Es ist egal, was genau Sie gemacht haben. Jedenfalls war es strafbar.« Vogel atmete tief durch.

Taso musste an seinen ersten Flashmob zurückdenken, kurz nach dem Referendum. Er hatte sich mit Gleichgesinnten am Potsdamer Platz verabredet, damals die meistbefahrene Kreuzung der Stadt. Auf ein Kommando waren sie auf die Straße gestürmt und hatten einen Tanzkurs veranstaltet. Als das erste Hupkonzert verklungen war, hatten sich mehr und mehr Autofahrer lachend zu ihnen gesellt. Nur ein Jahr später wurden sie bei einer ähnlichen Aktion ausgebuht, so große Angst hatten die meisten Menschen schon da vor einem Abfall ihres Pred-Scores.

»Sie waren vor dem Referendum ein sehr aktiver Gegner des Kubismus …«

»Ich lehne den Würfel bis heute ab.«

Vogel nickte. »Sie besuchen immer noch regelmäßig Würfelfreie Zonen und haben mutmaßlich viel Kontakt zu anderen Offlinern. Andererseits sind Sie noch nie im Zusammenhang mit Extremisten aufgefallen. Seit zwei Jahren sind Sie auch nicht mehr politisch aktiv.« Sie sah ihn eindringlich an. »Ist das alles so korrekt?«

Taso wusste, dass Vogel jede seiner sicht- und hörbaren Körperreaktionen in Echtzeit auswerten ließ. »Ja«, antwortete er mit kräftiger Stimme.

Sie musterte ihn eine Weile und schien zufrieden. »Sie sind trotzdem auf einem sehr unguten Weg, wenn ich das so sagen darf«, sagte sie in einem Ton, als dürfte sie das so sagen. »Bei Ihren Vorstrafen drohen Ihnen bei erneuten Verstößen hohe Geldstrafen oder sogar die Kündigung Ihres Dienstverhältnisses. Erst recht, wenn Sie doch einmal in die falschen Kreise geraten sollten.«

Taso hätte am liebsten mit der Hand auf den Tisch geschlagen und der ungelenken Polizistin entgegengeschmettert, was er von ihrem belehrenden Ton und diesem ganzen Affenzirkus hier hielt, aber er sah sie nur aufmerksam an. Wie so oft schluckte er es hinunter, schluckte alles einfach hinunter, fütterte damit seinen inneren Antrieb. »Danke für Ihre Besorgnis, Frau Vogel«, sagte er, »aber sie ist vollkommen unbegründet – ich habe mich vorhin erst zu einem Integrationskurs angemeldet. Ich bin für den Kubismus keine Gefahr.« Taso erhob sich. »Kann ich jetzt gehen oder haben Sie sonst noch …?«

Vogel sprang auf, allerdings nicht wegen Taso, sondern wegen des Mannes, der plötzlich in der Tür stand. Als Taso ihn erkannte, zog sich alles in ihm zusammen.

»Na, Frau Vogel«, sagte Zhong Schneider, »haben Sie Besuch von einem Stammgast?« Er lachte und trat ins Büro.

Taso hatte Schneider lange nicht gesehen. Vor einiger Zeit hatte er gehört, dass der alte Polizist in den Verfassungsschutz gewechselt war und dort eine neue Einheit leitete, die sich ausschließlich dem antikubistischen Extremismus widmete. Er hatte gehofft, ihm nie wieder zu begegnen, denn eigentlich war Schneider für Gefährderansprachen nicht mehr zuständig.

Ein Blick auf Vogel verriet, dass der hohe Besuch auch sie überraschte. Aufgeregt begrüßte sie Schneider und bot ihm ihren Stuhl an. Er nahm wie selbstverständlich Platz und forderte Taso auf, sich wieder zu setzen. Mit einem schmallippigen Lächeln kam Taso der Aufforderung nach.

»Gut sehen Sie aus, Herr Doff! Wie ich sehe, gaukeln Sie immer noch auf höchstem Niveau – oder dem niedrigsten, besser gesagt.« Er lachte wieder und scrollte mit der Hand durch sein Blickfeld. Ungläubig schüttelte er den Kopf. »19,84 Punkte! Wahnsinn. Wie mühsam das sein muss!«

Schneider richtete seinen Blick wieder auf Taso und sah ihn eine gefühlte Ewigkeit einfach nur an. So hatte er bislang jede Ansprache begonnen. Taso ertrug dieses wortlose Starren nur schwer. Schon bei ihrer ersten Begegnung hatte es ihn aus der Bahn geworfen. Seine jugendliche Arroganz hatte sich so schnell aufgelöst wie der muskulöse Bauch nach Ablauf seines bislang einzigen Slifting-Abos. Die sorgfältig vorbereitete Argumentationskette war augenblicklich vergessen gewesen, nach einer Minute hatte er einfach nur noch rausgewollt.

Schneider stützte seine drahtigen Unterarme auf den Tisch. Nun würde er zu sprechen beginnen. »Vielleicht überrascht Sie das, aber trotz Ihres eigentümlichen Hobbys zähle ich Sie zu den Guten. Deshalb bin ich heute hier.«

Taso lehnte sich zurück. Deshalb war wohl auch er selbst heute hier.

»Wir befürchten einen größeren Terroranschlag. Die Informationen sind vage, aber es könnten sehr viele Menschen zu Schaden kommen. Man munkelt, dass sich der Widerstand zunehmend radikalisiert.«

Taso blickte kurz zu Vogel, die geschäftig nickte, obwohl sie das vermutlich selbst zum ersten Mal hörte.

»Ich muss Ihnen nicht erklären, wie gefährlich die HF, CRAC und die ganzen anderen Verrückten sind.« Schneider lockerte seine Schultern, bis es knackte. »Ich möchte Sie bitten, Augen und Ohren offen zu halten – in den Würfelfreien Zonen der Stadt oder wo Sie sich sonst so rumtreiben … Ihre Freizeit verbringen, meine ich.« Er sah Taso wieder eindringlich an. »Ich weiß, dass Sie immer noch gut vernetzt sind. Und Sie wissen, dass der deutsche Staat Hinweisgeber ordentlich bezahlt. Es würde sich also für alle lohnen.«

Taso konnte nicht verhindern, dass seine Augen etwas größer wurden. Es war kaum zu glauben: Der große Schneider bat *ihn* um Hilfe. Entweder war er verzweifelt oder ahnungslos. So oder so schien der Widerstand ganze Arbeit zu leisten.

»Sie wollen, dass *ich* Ihnen helfe?«

»Warum denn nicht? ›Gewalt gegen eine vom Volk gewünschte Herrschaftsform ist nicht legitim!‹«, las Schneider vor. »Das waren mal genau Ihre Worte.«

Taso schwieg. Er fand die Vorstellung absurd, für Schneider zu spitzeln – völlig egal, was er erfahren würde oder einmal gesagt hatte. Ja, er war strikt gegen Gewalt, auch gegen den Kubismus, trotzdem würde er Schneider keine Informationen zustecken. Niemals.

»Als ich das gesagt habe, war ich fast noch ein Kind.«

Schneider hob die Augenbrauen. »Wollen Sie damit sagen, dass Sie Terroranschläge inzwischen gutheißen?« Sein Blick wurde todernst. »Wenn ich mitbekommen sollte, dass Sie Terroristen decken, stecke ich Sie persönlich in den Knast. Das garantiere ich Ihnen.«

»So meinte ich das nicht«, sagte Taso schnell. »Ich halte Gewalt immer noch für den falschen Weg, da können Sie mir die Worte im Mund verdrehen, wie Sie wollen.« Er griff erneut in die Schüssel mit den Schokoladen, um Schneiders Blick auszuweichen. Der sah verdutzt zu Vogel, die daraufhin hektisch in der Luft herumfuchtelte und ihm ein nun wohl für jedermann sichtbares Täfelchen anbot. Schneider lehnte es mit einer unwirschen Handbewegung ab und wandte sich wieder an Taso.

»Heißt das, Sie helfen uns?«

Taso zögerte. Er holte seine Münze heraus.

»Das kann nicht Ihr Ernst sein!«, rief Schneider. »Das ist kein Spiel, es geht um Menschenleben, verdammt!«

Taso warf die Münze ungerührt in die Luft – Zahl. »Wenn ich etwas höre, das mir zu weit geht, melde ich mich.«

Schneider schüttelte den Kopf und widmete sich einer Anzeige in seinem Sichtfeld. Seine Gesichtszüge entspannten sich. »Der Würfel hat eine Wahrscheinlichkeit von 73,52 Prozent errechnet, dass Sie das ernst meinen. Damit kann ich vorerst leben. In spätestens einem Monat lade ich Sie zum Rapport.«

Taso unterdrückte ein Grinsen. Vielleicht war er nicht nur einer der besten Gaukler, sondern der beste überhaupt.

2

Lustlos stand Taso vor dem Haus seines Bruders. Die vom Regen nasse Jeansjacke klebte an seinen Armen, obwohl der gesmalte Himmel noch immer wolkenlos war. Er prüfte seine E-Mails. Wieder nichts von Tim. Zögernd näherte er sich der Haustür, die sich sofort automatisch entriegelte.

Peter und seine Familie bewohnten das Dachgeschoss des Altbaus. Wie fast jedes Mal zwang Tasos Münze ihn, die Treppe zu nehmen. Er fluchte innerlich.

Fünf Stockwerke später stand er schnaufend vor der angelehnten Wohnungstür und lauschte dem Stimmengewirr dahinter. Beschämt sah er an sich herunter. Wenn er doch wenigstens nicht die Schlaghose gewürfelt hätte! Er fühlte sich wie ein Schüler, der gleich vor seine neue Klasse treten musste, wollte kehrtmachen und nie wiederkommen.

Du betrittst eine Privatveranstaltung. Andere Besucher sehen dein öffentliches Profil. Konversationshilfe aktivieren?

»Nein«, sagte Taso und trat ein. Prompt hörte er durch seine SmEars sanfte Musik.

Er war fast zwei Stunden zu spät. Überall standen ihm unbekannte Menschen. Kühle Luft zog von der West- zur Ostterrasse, verteilte den Duft frischer Häppchen und das Parfüm herausgeputzter Gäste. Taso konnte sich nicht erinnern, je selbst eine so große Party geschmissen zu haben. Zwei Frauen in seiner Nähe lachten laut. Ihre Figuren und Frisuren sahen makellos aus, die Sliftings mussten ein Vermögen kosten. Eine trug ein Kleid aus Schlangenhaut, die andere strahlte ganz in Weiß; die Farben ihrer Cocktails waren perfekt auf ihre Erscheinungen abgestimmt. Im Wohnzimmer saß eine Gruppe Männer mit aufgerissenen Augen nebeneinander auf der Sofakante. Einer packte grob den Unterarm seines Nachbarn, ein anderer schlug sich fluchend auf den Oberschenkel, während ein dritter genüsslich grinsend die Arme in die Luft reckte. Vermutlich hatten sie ihre Smarts für ein Spiel verbunden. Ein Kreischen ertönte, und an Taso rannte erst ein kleines Mädchen, dann ein kleiner Junge vorbei, beide in Ghostbusterskostümen und offenbar auf der Jagd nach etwas, das ihre SmEyes anzeigten. Auf die Wände waren aufwendige Kunstwerke gesmalt, die sich um Balken, Ecken und Kanten herumschlängelten und mit wechselnden Farben im Rhythmus der Musik pulsierten, dazwischen erschien immer wieder eine 28.

Ihre Gastgeber-App musste Roya über Tasos Ankunft informiert haben, schon nach wenigen Sekunden drückte ihn seine Schwägerin an sich. Sie trug ein dunkelgrünes Kleid, das sich spiralförmig um ihren Körper wand und schmale Streifen nackter Haut zeigte, ihre dunklen Locken fielen frei über die Schultern. Sie wirkte ausgelassen und beschwipst.

»Alles Gute zum 28.!«, rief sie mit der warmen Stimme, die er so mochte. »Wie schön, dass du da bist! Konntest du nicht früher?«

Während sie seine Jacke aufhängte, erklärte sich Taso mit einem Bericht vom Umweg über das Polizeirevier.

»Meine Güte, haben die nichts Besseres zu tun?«, sagte Roya und schüttelte den Kopf. Taso zuckte nur mit den Achseln und zeigte auf die bunten Wände. »Hast du das selbst gesmalt?«

Roya lachte. »Schön wärs – sieht klasse aus, oder? Das war eine unserer Proxistinnen.« Sie zeigte auf eine junge Frau, die an der gegenüberliegenden Wand stand und sich mit zwei älteren Männern unterhielt. Sie trug einen engen Einteiler, der aus diversen hellen Stofffetzen zusammengenäht war und einen tiefen Ausschnitt hatte.

»Pass auf, wo du hinguckst«, hörte er Roya sagen, aber sein Blick hatte offenbar schon zu lange an der falschen Stelle verweilt: Vor seinen Augen sank der Ausschnitt des Kleids, bis die Karikatur einer weiblichen Brust hervorsprang, völlig deformiert und bläulich angelaufen. Die junge Frau drehte sich zu ihm und grinste schelmisch. Roya lachte, während Taso sich peinlich berührt abwandte.

»Zugegeben, sie ist etwas speziell. Aber ich bin noch nie einer schnelleren Proxistin begegnet. Die Wände hatte sie in zwei Stunden fertig. Unglaublich!«

Wenn er Roya jetzt nicht in eine andere Richtung lenkte, würde sie stundenlang über die Eleganz von Codezeilen sprechen, über die virtuelle Tastatur als neue Farbpalette und die Eroberung der Kunst durch die Informatik oder der Informatik durch die Kunst, denn Roya war Kuratorin im Museum für »Art by Proxy«. Taso war kein großer Bewunderer dieser Kunstform, in der Computerprogramme Bilder, Filme oder Installationen generierten und Künstler nur noch durch die Veränderung von Codezeilen Einfluss nahmen, nickte Roya aber anerkennend zu.

»Alles Gute zum Geburtstag, Brüderchen!«, rief eine vertraute Stimme hinter ihm. Taso fuhr herum. Ein etwas aufdringlicher Herrenduft und ein Hauch Alkohol streiften seine Nase. Peters Anblick erinnerte ihn immer daran, wie gut auch er aussehen könnte, wenn er sich nur modisch kleiden und ein wenig sliften würde. Peters perfekt sitzende Bluejeans passte hervorragend zu dem anthrazitfarbenen Hemd, dessen Ärmel er lässig umgeschlagen hatte, sodass man das rot gepunktete Innenfutter sah. Er hatte seine Figur sportlicher gesliftet, auch seine kurzen dunklen Haare wirkten voller als in Wirklichkeit, nur das Gesicht war unverändert. In gleicher Kleidung und ohne Slifting sähen sich die beiden so ähnlich, dass man sie nur an der Haarlänge unterscheiden könnte.

»Dir auch«, sagte Taso, und sie umarmten sich – wie immer eine Sekunde länger und ein Newton kräftiger als zwischen Brüdern üblich. Und wie jedes Mal blitzte in Tasos Kopf die Erinnerung daran auf, wie ihre Mutter sie an ihrem sechsten Geburtstag aufgefordert hatte, sich mit einer Umarmung gegenseitig zu gratulieren. Er hatte es erst komisch gefunden, aber das Wohlgefühl, das ihn damals ergriffen hatte, die Wärme und Vertrautheit, überwältigten ihn noch heute bei jeder Umarmung seines Bruders, ganz gleich wie sie gerade zueinander standen.

Sie lösten sich voneinander. Das Gefühl verschwand.

»Welch eine Ehre«, spottete Peter. »Passiert ja nicht jeden Tag, dass ein waschechter Staatsfeind zu Besuch kommt!« Taso erwiderte nichts, woraufhin Peter ihm lachend auf die Schulter klopfte. Roya sah ihren Mann vorwurfsvoll an und wandte sich anderen Gästen zu.

Taso konnte nicht behaupten, dass ihm Peters Kommentare nichts ausmachten, aber er hatte sich damit längst abgefunden. Er zog das kugelförmige Päckchen aus der Hosentasche und reichte es Peter, der ihn irritiert ansah. »Wir schenken uns doch nichts.«

Taso zuckte mit den Schultern. Sein Bruder löste die Schleife und packte einen roten Ball aus, dessen Hälften er so gegeneinander verschob, dass sie sich öffneten. Aus der unteren Ballhälfte nahm er einen kleinen Würfel, der auf drei Seiten schwarz schimmerte, auf den drei anderen weiß.

Peter wendete ihn in den Fingern und strich über die harten Kanten und die seidenweichen Oberflächen. Taso freute sich, dass sein Bruder zumindest für einen Moment fasziniert war. Ob er an ihre alte Würfelsammlung zurückdachte? Plötzlich verhärtete sich Peters Blick, und er steckte den Würfel in die Hosentasche.

»Danke«, murmelte er und sah Taso flüchtig an. Für einen Moment standen sie wortlos voreinander. Taso hätte Peter gern erzählt, dass der Würfel über hundert Jahre alt war, zu einem chinesischen Glücksspiel gehörte und einem früheren Eigentümer ein Vermögen beschert hatte. Stattdessen wechselte er zum erstbesten Standardthema. »Wie läufts bei der Arbeit?«

»Alles wie immer.«

»Ihr habt da was Neues entwickelt – Crazindi oder so? Hat mir eure App neulich empfohlen.«

»Ja, genau.«

Peter sprach nicht gern über seine Arbeit. Seine Programmiererei sei geheim, hatte er mal gesagt. Taso wusste nur, dass sein Bruder Storytelling-Algorithmen für ein Unternehmen schrieb, das individuelle Filme produzierte. Der größte Teil der Unterhaltungsindustrie bestand mittlerweile aus Filmen, Serien, Büchern, Musik oder Spielen des Indi-Genres. Peters Algorithmen erfanden spontan Geschichten – spannende, lustige, romantische, fantastische –, die weitere Algorithmen dann über die Smarts der Konsumenten sofort zum Leben erweckten. Fotorealistisch animiert entsprachen sie ganz der Vorliebe und Stimmung der Nutzer. Die Figuren glichen meist einst beliebten Schauspielern, um den Simulationen die Illusion echter Filme zu verleihen. So konnte jeder stets genau das sehen, hören, lesen, spielen, wonach ihm der Sinn stand, ohne selbst auswählen zu müssen. Auch Taso konsumierte Indi-Unterhaltung. Es war eine nervtötende, aber einfache Methode, den Würfel mit falschem Feedback über den eigenen Geschmack zu täuschen.

Taso blieb hartnäckig. »Crazindi – das sind Indi-Filme mit Logikfehlern, oder?« Peter deutete ein Nicken an. »Aber werbt ihr nicht mit Storys *ohne* Logikfehler?«

Peter zögerte einen Moment. »Natürlich sind logische Storys unsere größte Leistung. Aber das hat Indi-Filme auch stark eingeschränkt: Lässt man Logikfehler zu, kann man viel verrücktere Geschichten erzählen. Viele mögen das.«

Taso grinste. »Könnten dann nicht einfach wieder Menschen Filme machen?«

Peter winkte ab. »Viel zu teuer. Aber wie läufts bei dir denn so?«

Bevor Taso antworten konnte, kamen Yasin und Lisa auf ihn zugestürmt. Sein Neffe und seine Nichte trugen Piratenkostüme mit sperrigen Hüten und Augenklappen und grinsten über das ganze Gesicht. Der sechsjährige Yasin baute sich stramm wie ein Soldat vor Taso auf und rief viel zu laut: »Guten Tag, der Herr!« Er hatte die dunklen Locken seiner Mutter, die ungebändigt unter seinem Hut hervorsprangen.

»Guten Tag, Herr Ponykuchen!«, antwortete Taso mit tiefer Stimme. Yasin kniff die Augen zusammen und kicherte. Taso begrüßte die beiden stets mit wechselnden Fantasienamen, eines der wenigen öffentlichen Rituale, die er sich gönnte.

Lisa versuchte die Haltung ihres drei Jahre älteren Bruders zu imitieren. Mit ihrer Stupsnase und den riesigen schwarzen Augen sah sie noch niedlicher aus als er. »Guten Tag, der Herr!«

»Guten Tag, Frau Dackeltorte!«, antwortete Taso. Beide Kinder prusteten los und umarmten ihn.

Taso liebte die kindliche Freude und Unbeschwertheit der beiden, auch wenn er sie nie wirklich teilen konnte. Warum auch sie ihn so mochten, konnte er sich nicht erklären: Er begegnete ihnen meist kühl und distanziert, hatte wenig Verständnis für ihre digitalen Spiele, und reich beschenken konnte er sie auch nicht. Disziplinierter Gaukler, der er war, blickte er immer ungerührt drein, wenn sie ihn anlächelten. Vielleicht genügten aber seine Begrüßungen und die darauffolgenden festen Umarmungen, um ihnen seine wahren Gefühle zu vermitteln.

Als er sich wieder aufrichtete, zogen die Kinder weiter. Peter war bereits in ein Gespräch mit drei Unbekannten verwickelt. Tasos SmEyes zeigten neben ihren Köpfen in kleinen Blasen ihre öffentlichen Profile an, aber statt sie zu lesen, folgte er seinem Hunger in die Küche. Auf großen Platten mit Holzoptik lagen unzählige Häppchen, eins verlockender als das andere. Er war allein und wusste, dass hier keine Kameras hingen. Er schloss die Augen, beugte sich über die verschiedenen Platten und roch ausgiebig an dem karamellisierten Kunsthuhn mit Mandeln, dem Krabbencocktail mit gehäuteten Mandarinenstückchen und dem Linsensalat mit Minze und Basilikum.

Selbst mit verdeckten SmEyes könnte er keines der leckeren Häppchen essen, ohne dass der Würfel es erführe. Der letzte Besucher der Küche hatte das Essen sicher gesehen, auch der nächste würde SmEyes tragen, sodass der Würfel Taso jedes fehlende

Gramm zuordnen könnte. Er öffnete die Augen, nahm sich schweren Herzens nur eins der Gläschen mit dem Krabbencocktail, legte sich zwei Blätterteigküchlein mit Fenchel auf einen Teller – er hasste Fenchel – und ging ins Wohnzimmer.

Betont genüsslich kaute er auf dem scheußlichen Gemüse herum und suchte nach vertrauten Gesichtern. Auf der anderen Seite des Zimmers erkannte er drei Männer, die er vor einiger Zeit als Peters Studienfreunde kennengelernt hatte. Kollegen seines Bruders schienen keine da zu sein, wie schon im letzten Jahr. Peter hatte offenbar wenig Kontakt, wenn er im stillen Kämmerlein seine ach so geheimen Codes schrieb.

Von der Terrasse hörte Taso das Maschinengewehrlachen seines ehemaligen Schulfreundes Luke herüberschallen. Wahrscheinlich stand er mit seiner mausgesichtigen Frau Vanessa zusammen, umringt von irgendwelchen Langweilern, und gab peinliche Heldengeschichten zum Besten, während er sich ein Bier nach dem anderen in den Rachen kippte. Dass Peter immer noch mit ihm befreundet war, wollte Taso nicht in den Kopf. Er selbst hatte vor genau einem Jahr das letzte Mal mit Luke gesprochen und auf Lebzeiten keinen Bedarf an einer Fortsetzung.

»Na?«, hatte Luke damals gesagt und seinen schweren Arm um Tasos Schulter gelegt. »Noch immer offline?« Mit breitem Grinsen hatte er sich seiner Frau zugewandt. »Taso gaukelt, hat einen niedrigeren Pred-Score als mein Opa!« Er lachte laut auf, und Taso stimmte mit ein, versuchte dabei, die Tonlage zwischen aufrichtig und zynisch schwanken zu lassen.

Luke steckte sich ein Lachsschnittchen in den Mund und nuschelte: »Und lebt von unseren Daten.«

Das hatten Taso schon viele Menschen vorgeworfen. Es fiel ihm deshalb nicht schwer, ausgiebig zu lächeln, als hätte Luke ihm ein Kompliment gemacht. »So sehe ich das nicht«, sagte er ruhig.

»Du bekommst doch ein Grundeinkommen, oder? Ohne unsere Daten könnte der Würfel Angebot und Nachfrage nicht mehr steuern und keine Grundeinkommen erwirtschaften – und wir würden Arbeitszeit und Ressourcen verschwenden.«

Seine unreflektierte Wiedergabe von Würfelpropaganda klang wie von der Konvohilfe abgelesen. Aber so einfach ließ sich Taso nicht provozieren. »Wir könnten auch so genug erwirtschaften, um gut zu leben, das hat früher ja auch geklappt.«

»Weil es da noch genug Arbeit gab!«, sagte Luke und wischte sich über den Mund.

»Gäbe es immer noch, wenn nicht immer alles so ultraeffizient sein müsste.«

Luke nahm ein weiteres Kanapee vom Büfett. Er hielt seiner Frau eine grün-grau bestrichene Weißbrotscheibe hin, sie schüttelte den Kopf. »Also ich habe jedenfalls keine Lust, länger zu arbeiten, nur damit Leute wie du …« Der Rest des Satzes verschwand in Kaugeräuschen.

Taso hatte sich wortlos selbst etwas zu essen genommen und war aus der Küche gegangen.

Soll ich dir alle Personen anzeigen, die du kennst? Taso aß die letzte Ecke Blätterteig und nickte. Seine SmEyes markierten neben den bereits gesichteten sechs weitere Personen. Er las in den angezeigten Profilen, wer sie waren und woher er sie kannte: Drei Kolleginnen von Roya waren darunter, eine weitere Kommilitonin von Peter und ein mit beiden befreundetes Paar, mit dem er offenbar auf der letzten Geburtstagsfeier ein paar Floskeln ausgetauscht hatte.

Keiner von ihnen würde sich gern mit ihm unterhalten.

Das war nicht immer so gewesen. Vor dem Referendum hatten Freunde und Bekannte seine Einstellung zum Datenschutz noch toleriert, ja sogar respektiert. Es hatte als angesagt gegolten, einen Totalverweigerer wie ihn auf Partys einzuladen. Mit der Zeit sahen sie ihn aber immer kritischer. Als er nach dem Referendum zu gaukeln begann, verdorrte sein Sozialleben rasch. Die Freundschafts-Apps der Kubisten errechneten geringe Chancen auf nachhaltige Beziehungen zu ihm, weil sie zu wenig Daten über ihn hatten. Kaum einer wollte bei ihren Treffen noch seine Smarts herausnehmen, weil es ihnen zu umständlich war und ihre Pred-Scores reduzierte. Außerdem belohnte der Würfel immer stärker den Kontakt zu Menschen, die einen hohen Score hatten, und zog Punkte ab, wenn man Gaukler und damit Chaos in sein Leben ließ. Wer dennoch zu ihm hielt, wurde von den anderen so lange mit Misstrauen und Unverständnis gestraft, bis auch er nachgab und den Kontakt zu Taso abbrach. So hatte er einen Freund nach dem anderen verloren, bis niemand mehr übrig geblieben war. Außer Tim.

Auch Fremde sprachen nicht gerne mit Taso. Ihre Konvohilfen warnten, dass sie wegen seines niedrigen Pred-Scores keine Gesprächsthemen empfehlen könnten. Die meisten suchten dann das Weite, denn wer hatte schon Lust auf steifen Small Talk, selbst erfundene Witze oder unangenehme Gesprächspausen, wenn er sich mit anderen sofort über per Konvohilfe eingeblendete Gemeinsamkeiten unterhalten konnte? Früher hatte Taso sich eingeredet, dass ihm all das nichts ausmache, dass es ein Opfer sei, das er zu bringen bereit war. Er hatte sich durch seine Gaukelei stark und unabhängig, im Grunde auch überlegen gefühlt. Aber inzwischen war sein selbstbewusster Auftritt nur noch Fassade. Wenn er in seiner oft lachhaften Kleidungskombination inmitten erfolgreicher, geslifteter Rhetorikgenies stand, die mit ihm höchstens über den täuschend echten Geschmack ihres Kunsthähnchenspießes oder die eindrücklichen Farben der Wandinstallationen sprechen konnten, wollte er allem am liebsten den Rücken kehren, um zurück in seiner Wohnung seine Smarts herauszureißen und laut in ein Kissen zu schreien. Er wollte schon gar keine neuen Menschen mehr kennenlernen. Früher hatte er in Windeseile Bande zu anderen geknüpft und sogar Spaß daran gehabt, aber nun machte ihn jede Kontaktaufnahme nervös. Er hatte Angst, dass seine Themen nicht spannend genug waren, seine Witze nicht lustig oder seine Äußerungen deplatziert. Und seit einer Weile bohrte sich eine Frage immer tiefer in seinen Kopf: Wie wäre es wohl, wieder dazuzugehören? Wieder unbeschwert mit seinen alten Freunden reden und lachen zu können, wieder gerne auf ihre Partys zu gehen und vor allem, dazu eingeladen zu werden?

Zugleich schämte er sich für solche Gedanken. Er hatte sich nicht ohne Grund für dieses Leben, für ein selbstbestimmtes Leben entschieden. Er wollte dazugehören, ja – aber auf keinen Fall wollte er nachgeben und so berechenbar und fremdgesteuert werden wie die anderen. Außerdem war er mit seinen Überzeugungen nicht allein. Er überprüfte seinen E-Mail-Eingang. Wieder nichts.

Er war schon auf dem Weg zur Wohnungstür, als Roya nach ihm rief. Mit geröteten Wangen kam sie auf ihn zu, dicht gefolgt von einem unsicher lächelnden Mittdreißiger. Der Mann hatte schütteres Haar und schiefe Schneidezähne. Ein selten natürlicher Anblick. »Taso, ich möchte dir Fritz vorstellen. Seine Tochter Lin ist eine Freundin von Lisa. Vielleicht wollt ihr euch ein bisschen unterhalten.« Sie lächelte zufrieden und rauschte davon.

»Glückwunsch«, sagte Fritz. Er hielt kurz sein Sektglas hoch und trat zögerlich einen Schritt näher.

»Danke«, antwortete Taso. »Offliner?« Es konnte nur einen Grund geben, weshalb Roya sie zusammengeführt hatte: Auf jeder Party gab es mindestens zwei Offliner. Die Gastgeber sorgten stets dafür, dass sie sich fanden.

Fritz wirkte überrascht. »Ja, aber eher unfreiwillig. Ich hab die letzten zehn Jahre in Afrika gelebt und bin mit meiner Tochter erst vor zwei Wochen wieder nach Deutschland zurückgekommen.«

Taso horchte auf. Das Gespräch versprach interessanter zu werden, als er gedacht hatte. »Wo habt ihr gelebt?«

»Simbabwe.«

Taso überlegte. »Ist das nicht unter harmonistischer Kontrolle?«

»Ja.«

Taso konnte nicht anders, als die Stirn zu runzeln. Wenn er irgendetwas noch weniger mochte als den Kubismus, war es der Harmonismus. Der Würfel belohnte zwar Vorhersehbarkeit, was Taso rundheraus ablehnte – aber immerhin schrieb er niemandem vor, wie er sich zu verhalten hatte. Man konnte vor dem Würfel ein egoistischer Vollidiot sein, Hauptsache, man war konsequent darin. Xi hingegen, sein harmonistisches Pendant, erzwang Vorhersehbarkeit, indem es mit Permasmarts die Einhaltung langer Verhaltenskataloge kontrollierte, die die Kommunistische Partei Chinas verfasste. Jeder Bewohner eines humanistischen Staats startete mit einem »Sozialkredit« von eintausend, der bei Wohlverhalten stieg, bei Verstößen sank. Der Gedanke an diese extreme Form der Fremdbestimmung änderte manchmal sogar Tasos Blick auf den Kubismus. Wenn auch nur kurz.

Fritz bemerkte Tasos Unbehagen sofort: »Ich bin aber kein Harmonist«, beteuerte er. »Im Gegenteil – das System ist mir völlig zuwider! Ich hab etliche Bekannte, die Job, Freunde und sogar ihre Freiheit verloren, weil sie sich nicht konform verhalten haben. Das geht unheimlich schnell: Für jeden Pups gibt es Punktabzug, also bildlich gesprochen.« Fritz lachte kurz auf und beeilte sich weiterzureden, als Taso keine Reaktion zeigte. »China behauptet zwar immer, dass jedes Partnerland selbst definiert, welches Verhalten es belohnt oder bestraft, aber natürlich machen sie als Erfinder des Sozialkredits ihren ›Partnern‹ ununterbrochen ›Vorschläge‹. Also verliert auch in Simbabwe jeder, der China kritisiert, sofort zwischen 15 und 75 Punkten. Da rutscht man schnell mal unter 600. Und dann wirds ernst.«

Taso freute sich über die kritischen Worte. »Aber warum bist du dann dorthin gezogen?«

»Ausländer aus nicht harmonistischen Staaten genießen Privilegien, dafür haben die Chinesen ebenfalls gesorgt.« Fritz schüttelte den Kopf. »Ist Teil ihrer Expansionsstrategie. Vor allem aber stammte meine Frau aus Simbabwe. Sie wollte nach dem Studium dorthin zurück, und ich bin mit.« Sein Blick wurde leer, er sprach nicht weiter.

Taso wechselte das Thema: »Und mit dem Pred-Score des Würfels hast du kein Problem?«

Fritz zuckte mit den Schultern. »Immerhin schreibt mir hier niemand vor, was ich zu sagen und zu tun habe. Und der Kubismus ist demokratisch.«

»Na ja … es gibt zwar noch ein Parlament, aber keine Wahlen mehr.«

»Aber dafür ernennt der Würfel Abgeordnete, die unsere Gesellschaft widerspiegeln.«

»Und zementiert so bestehende Verhältnisse. Ohne Wahlen kämpft niemand mehr für neue Ideen. Und unabhängig sind die Damen und Herren Volksvertreter auch nicht, denn ohne den Segen des Würfels trifft sowieso niemand mehr Entscheidungen.«

Fritz trat von einem Fuß auf den anderen. »Wie ist es denn bei dir? Du bist ein Gaukler, oder?«

Taso blickte spöttisch an sich herab, ohne etwas zu sagen.

»Das heißt, du lügst immer?«

Die direkte Frage überraschte ihn. »So würde ich es nicht sagen … Ich täusche! Mal entspricht mein Verhalten meiner Einstellung, aber oft eben auch nicht.«

Fritz nickte und blickte zu Peter, der es sich gerade mit Luke auf dem Sofa gemütlich gemacht hatte. »Aber dein Bruder …«

»… ist überzeugter Kubist, ja.« Und bevor die Nachfrage kam, ergänzte Taso etwas leiser: »Das war nicht immer so. Früher war er genauso kritisch wie ich.«

»Und eure Eltern?«

Diesmal war es Taso, der keine Lust hatte, seine Familiengeschichte zu erzählen. Er sah zu Peter hinüber, der sein Cocktailglas klirrend gegen Lukes Bierflasche stieß. Er erinnerte sich noch gut an die manchmal interessierten, meist aber irritierten Blicke von Schulfreunden, die früher bei Familie Doff zu Besuch gewesen waren. Tasos Eltern hatten sie stets gebeten, ihre Smartphones und Datenbrillen in einen Safe zu legen, der erst am Ende des Besuchs wieder geöffnet wurde. War die Familie draußen unterwegs gewesen, hatte sie große Hüte mit Schleiern gegen die Videokameras getragen, später auch Masken und Sonnenbrillen. Taso hatte sich oft gefragt, warum die anderen Kinder sie nicht schon damals komplett gemieden hatten. Vielleicht, so erklärte er es sich später, weil Peter und er unzertrennlich gewesen waren: immer zu zweit, immer doppelt so stark, lustig und selbstbewusst wie die anderen. Vielleicht hatte ihm fremder Spott deswegen so wenig ausgemacht. Er hatte seinen besten Freund immer bei sich gehabt, egal, wohin sie reisten, weil sein bester Freund sein Bruder gewesen war. Und sie waren häufig verreist. Schon als junger Journalist hatte ihr Vater viel Zeit im Ausland verbracht und nahm später die Brüder oft mit, während ihre Mutter in Deutschland ein Architekturbüro aufbaute. Halb Europa hatten sie gesehen, bevor ihr Vater seinen Job an Algorithmen verloren hatte und sie kürzertreten mussten. Aber auch das hatte die Familie, die nun immerhin mehr Zeit füreinander hatte, eher zusammengeschweißt als entzweit.

Bis Luke in ihre Klasse kam. Peter war auf einmal wie verwandelt, hing an dem Labersack wie ein Hund an seinem Herrchen. Was immer Luke ausheckte, Peter wollte dabei sein. Heimlich kaufte er sich eine Datenbrille und schlich abends zu Luke und seinen anderen neuen Freunden in den Wald, um dort Krieg zu spielen. Gemeinsam testeten sie die Anmachsprüche einer Dating-App an den Mädchen der höheren Klassen und schmiedeten Pläne für eine Weltreise nach dem Abitur. Lange redete Taso sich ein, dass ihm Peters Luke-Verehrung egal war. Aber als sich sein Bruder auf Lukes Drängen an ihrem achtzehnten Geburtstag einen Soulbookaccount einrichtete, platzte etwas in Taso, und er verpetzte ihn bei ihren Eltern, die von Peters Abtrünnigkeit bislang nichts mitbekommen hatten. Es war fast zehn Jahre her, aber Taso erinnerte sich noch genau an den Streit, der folgte. Ihre Eltern fielen aus allen Wolken, es gab Geschrei und Tränen, Türen knallten und Bande rissen. Ein paar Wochen später zog Peter aus. Ihr Vater schloss sich aus lauter Hilflosigkeit in seinem alten Arbeitszimmer ein und verabschiedete sich nicht einmal von ihm, während ihre Mutter unentwegt auf Peter einredete, der von einer Ecke seines Zimmers in die nächste eilte und seine Habseligkeiten zusammensuchte. Taso hatte teilnahmslos herumgesessen, unfähig zu begreifen, was vor sich ging, und voller Schuldgefühle.

Er verstand bis heute nicht, wie Peter sich vom Rest der Familie so hatte entfernen können – und das noch vor dem Referendum, als es weder Offliner noch Kubisten gab. So konnte Taso es nicht einmal auf den Würfel schieben.

Er sah wieder zu Fritz und brauchte einen Moment, um sich an dessen Frage zu erinnern. »Unsere Eltern leben in Humaning.«

Fritz sah ihn fragend an.

»Einer Würfelfreien Zone auf dem Land.«

Als Fritz ihn nur weiter mit großen Augen ansah, fuhr Taso fort: »In den letzten Jahren sind viele Offliner in WfZs auf dem Land gezogen, Humanisten wie unsere Eltern, aber auch sogenannte Religs, die den Würfel aus religiösen Gründen ablehnen. Die Radikalsten unter ihnen nennen wir Namische, Neue Amische.«

»Von den Namischen hab ich schon gehört.« Fritz nippte mit abwesendem Blick an seinem Sektglas. Taso vermutete, dass ihm seine Smarts eine etwas längere Beschreibung von WfZs eingespielt hatten. »Wie viele Offliner gibt es denn noch?«, fragte er nach einer Weile.

Taso überlegte. »Ich glaube, es haben noch etwa sechs bis sieben Prozent der Bevölkerung einen Pred-Score von unter 50. Ich weiß aber nicht, wie viele ihn aus Überzeugung dort halten.«

»Fritz!«, unterbrach sie Peter vom Sofa und kam leicht schwankend zu ihnen herüber. »Unterhalt dich bloß nicht zu lang mit dem, sonst steigt dein Pred-Score nie!« Er lachte und sah mit glasigen Augen von einem zum anderen. Es versetzte Taso einen Stich, dass Peter ausgerechnet heute noch angriffslustiger als sonst war.

»Schon okay, hier komme ich dafür ja nicht gleich ins Gefängnis«, sagte Fritz lächelnd.

»Das ist gar nicht okay!« Peter ließ ein Rülpsen in der Faust verschwinden. »Tasos Gaukelei kostet meine Kinder verdammt viele Preds – von mir selbst ganz zu schweigen!« Er wusste, dass sich Taso nicht öffentlich provozieren ließ. Trotzdem versuchte er es ständig. Taso spürte heiße Wut in sich aufsteigen, Wut, die nicht ausbrechen durfte. »Heute musste er schon wieder zur Polizei! Das war das vierte Mal dieses Jahr, oder?«

Taso antwortete nicht. Peter warf die Arme in die Luft. »Ein Wiederholungsgefährder! Mein eigener Bruder!«

Taso widerstand dem Impuls, eine Hand zur Faust zu ballen. Die umstehenden Gäste sahen zu ihnen herüber. Fritz fühlte sich sichtlich unwohl. »Hast du die Kinder gesehen?«, fragte er mit suchendem Blick, aber Peter ignorierte ihn.

»Ich musste Taso sogar mal aus dem Gefängnis abholen!«

»Nach einer Demo«, sagte Taso so ruhig wie möglich.

»Peter!« Roya war offenbar von ihrer Gastgeber-App alarmiert worden. Sie ergriff sachte den Oberarm ihres Mannes. Als Peter seinen harten Blick nicht von Taso löste, wiederholte sie noch bestimmter: »Peter!« Er drehte sich zu ihr. »Gehst du mal bitte zu Thomas und Jasmin auf die hintere Terrasse? Die haben nach dir gefragt.«

Peter stand einen Moment unentschieden herum, bevor er sich abwandte und davonging. Auf dem Weg zur Terrasse holte er sein Cocktailglas vom Couchtisch und nahm einen ausgiebigen Schluck.

Taso entspannte sich etwas, Fritz atmete hörbar aus. »Ich schaue mal nach Lin«, murmelte er und verschwand ebenfalls.

Roya sah Taso entschuldigend an. »Tut mir leid, er ist nicht gut drauf.«

»Was ist denn los mit ihm? So heftig war es schon lange nicht mehr. Das kann doch nicht nur an den Cocktails liegen.«

»Yasin hat immer noch keine Spezialisierungskurse.«

Taso sah sie fragend an.

»Kurse, in denen gezielt die Stärken der Kinder entwickelt und gefördert werden.« Er hatte davon noch nie gehört, war aber auch nicht überrascht, dass der Würfel schon Sechsjährige in Schubladen stopfte. »Er ist jetzt der Letzte in der Klasse, der nur Allgemeinkurse besucht.« Zu Tasos Überraschung klang auch Roya nun verärgert. »Sein Profil sei noch nicht klar genug, sagt die Schulleitung.«

Plötzlich verstand Taso. »Und Peter denkt, das ist meine Schuld.«

»Ja.«

»O Mann …« Dass Peter ihn für die vermeintlich verkorkste Ausbildung seines Sohnes verantwortlich machte, war neu.

Wie auf Kommando rannte Yasin um die Ecke, mit einem kleinen Vogel in der Hand. »Guck mal, Taso, hat Papa mir geschenkt!«, rief er und warf das Tier in die Luft. Es entpuppte sich als ein Kolibri, der munter im Wohnzimmer umherflog.

Taso wollte schon den Kopf einziehen, als seine SmEyes neben dem Vogel ein Fenster mit Informationen anzeigten, die den Kolibri als »Ped« auswiesen, als personalisierte Drohne, *Eigentümer Yasin Aziz-Doff, Hobbynutzer.* Peds waren erst seit Kurzem für die breite Masse erschwinglich und schon jetzt der letzte Schrei. Die Werbung bezeichnete sie als »das dritte Auge für Klein und Groß«. Man konnte mit ihnen um die Ecke, nach hinten oder aus der Totalen blicken, in einem Menschenauflauf den Überblick bewahren und bei Konzerten seinen Schwarm oder bei Fußballspielen seinen Helden aus der Nähe bestaunen. Wenn man irgendwo anstand, erkundete das Ped die Lage am Anfang der Schlange, beim Bergsteigen die nächsten Griffe oder ganze Routen, oder es hielt bei Übernachtungen im Freien Wache. Außerdem schnappten Peds mit etwas Glück wertvolle Daten auf, die sonst niemand erhob. Sie flogen autonom, ihre Besitzer mussten nur Ladeports auf den Schultern tragen. Die meisten Peds nahmen für Smartsträger eine besondere Gestalt an, häufig die eines kleinen Vogels. Aber mit entsprechendem Zusatzabo konnte man ihnen auch jederzeit ein anderes Aussehen smalen. Besonders beliebt waren Feen, Superhelden oder weiße Engelchen.

Für Taso waren Peds eine weitere Ausgeburt des Teufels. Es wunderte ihn nicht, dass Peter seinen Kindern ein Ped gekauft hatte, trotzdem ärgerte es ihn in diesem Moment sehr. Er schluckte und atmete tief ein, bevor er sprach. »Wie schön, ihr habt Yasin ein Ped geschenkt!«.

Roya sah ihn unschlüssig an. Offenbar hatte es doch ironisch geklungen. Taso biss sich auf die Unterlippe. Vielleicht war das Ped sogar ihre Idee gewesen. Er hätte es einfach ignorieren sollen.

»Ist er nicht schön?«, fragte Yasin lachend.

Bevor Taso antworten konnte, kam Peter von der Terrasse zurück. Er blickte immer noch missmutig drein.

Bevor er sich einen anderen Gesprächspartner suchen konnte, winkte Roya ihn heran. »Taso hat gerade Yasins neues Ped bewundert.«

»Taso, Taso, du musst gucken!«, rief Yasin wieder.

Taso hielt einen Daumen hoch und lächelte. Diese kleine Geste reichte offenbar, um Peter wieder auf hundertachtzig zu bringen. Seine Miene verfinsterte sich, Roya wischte hektisch vor sich in der Luft herum – wahrscheinlich aktivierte sie die Kindersicherung. Yasin würde sie über seine Smarts nun mit freundlich lächelnden Gesichtern sehen und zu einem belanglosen Thema wie Arbeit oder Fußball reden hören. Oder sie würde …

Roya hat für dein Gespräch mit sich und Peter den Privatkonversationsmodus aktiviert.

Die übrigen Gäste konnten nun zwar sehen, dass sie sich stritten, aber sie würden nicht erfahren, worüber.

»Ich freue mich wirklich, ist doch ein klasse Geschenk!« Taso würde sich keine Mühe mehr geben, die Situation noch zu retten. Peters Verhalten und seine Anschuldigungen waren einfach lächerlich.

Peter schwang sein wieder volles Cocktailglas durch die Luft, sodass es überschwappte. »Red nicht so blöd daher, du kannst vielleicht den Würfel verarschen, aber nicht mich. Ich weiß, was du denkst!«

»Was denk ich denn, Klugi?« Peter hatte es schon als Kind gehasst, wenn Taso ihn so genannt hatte.

Peter wurde rot im Gesicht. »Dass wir Kontrollfreaks sind, keinen Respekt vor deiner Privatsphäre haben und blind jedem Trend hinterherrennen – es ist doch immer dieselbe Leier!« Peter strengte sich sichtlich an, klar zu sprechen. »Aber alle Eltern schalten sich in die Smarts ihrer Kinder ein. Und diese ›Trends‹ sind die Zukunft! Bleib du ruhig so ignorant und einsam in der Vergangenheit hocken wie Mama und Simon!«

Taso war sprachlos. So hatte sich Peter noch nie aufgeführt. Es kostete ihn alle Kraft, nicht vor den Augen des Würfels auszurasten. Mühsam presste er ein paar Worte heraus. »Ach Quatsch, ich freue mich, dass ihr so auf eure Kinder achtet.« Er versuchte, keine Miene zu verziehen, wagte aber nicht, Peter ins Gesicht zu sehen. Das hätte auch sein eigenes Fass zum Überlaufen gebracht.

Peter kam noch näher. »Anstatt hier dumme Sprüche zu klopfen, könntest du die Peds wie jeder normale Mensch einfach wegsmalen, wenn sie dich stören, und wir könnten wie früher zusammen feiern und uns ganz normal unterhalten. Stattdessen streiten wir schon wieder, weil du dich von irgendwelchem Spielzeug verrückt machen lässt. Und nicht mal das machen wir richtig, weil du nie einfach sagst, was du denkst, sondern mich immer mit dieser Maske abspeist.« Taso sah Peter wieder in die Augen, die nun einen traurigen Glanz hatten. »Wie eine verdammte Statue, die zwar so aussieht wie mein Bruder, mir aber fremder ist als jeder andere hier. Wer bist du überhaupt?«

Taso schüttelte den Kopf. Er brodelte vor Wut, andererseits machte ihn die Fassungslosigkeit seltsam ruhig. Wie konnte sein eigener Bruder die Realität nur so verdrehen? Er musste sich wehren. Er musste Peter zeigen, dass er zu weit gegangen war.

Betont gelassen zog er seine Münze aus der Tasche. Er wusste, dass Peter ihn insgeheim immer um sie beneidet hatte, oder vielleicht eher um sein besonderes Verhältnis zur Großmutter. Mittlerweile hasste Peter das kleine Metallstück geradezu. Wie erwartet weiteten sich seine Augen sofort. »Das ist nicht dein Ernst!«

Taso warf die Münze in die Luft und fing sie wieder auf. Kopf. Er steckte sie zurück in die Tasche und sah seinen Bruder stumm an. Den Streit hatte er gewonnen, das spürte er, aber das Triumphgefühl blieb aus.

Als Yasin sich an seine Mutter schmiegte und wissen wollte, was los war, tat Taso das, was er schon viel früher hätte tun sollen: Er verließ die Wohnung.

Draußen ließ er sich von seinen Füßen nach Hause tragen. Er fühlte sich elend und konnte keinen klaren Gedanken fassen. Erst das Blinken einer neuen E-Mail holte ihn zurück in die Gegenwart. Tim hatte sich gemeldet. Taso las die Nachricht und atmete sogleich etwas leichter. *Morgen klappt.*

3

Um den Würfel abzuschütteln, nahm Taso wie immer einen kleinen Umweg über das nächste Kryptocenter. Es befand sich nicht weit von seiner Wohnung in einem ehemaligen Hotel. Dort würde er sich mit anderen Offlinern mischen, damit der Würfel nicht wissen konnte, dass er nach Diagon Alley weiterzog.

Er ging den Fußweg dorthin immer bewusst langsam. Nicht, weil die Strecke so schön war, sondern weil er es dem Würfel gern unter die Nase rieb, dass er gleich von seiner Bildfläche verschwinden würde. Als er das »Krypto One« erblickte, lächelte er. Vom früheren Hotelnamen war an der Front nur der zweite Teil übrig geblieben. Mit seinen heruntergelassenen Rollläden wirkte es wie eine Festung. Für Taso war es einer der schönsten und erhabensten Bauten der Stadt.

Er grüßte den Hausmeister, der gerade ein an die Wand gespraytes »Schmarotzer!« entfernte, und trat durch eine abgedunkelte Schiebetür in die Lobby. Im Inneren des Gebäudes war es kühl, aber das störte ihn nicht.

Du hast eine Würfelfreie Zone betreten und bist jetzt offline.

Vollkommene Stille umgab ihn, als hätten seine SmEars auf »taub« geschaltet. Es gehörte zum guten Ton in Kryptocentern, nicht laut zu sprechen.

Wo sich früher die Rezeption befunden haben musste, standen nun Schließfächer. Jedes gehörte zu einem der Zimmer, von denen laut Anzeige gerade vierzehn frei waren. Vor den Fächern warteten etwa zwei Dutzend Menschen, eine normale Zahl für einen Samstag. Manche trugen ebenso bunte Kleidung wie Taso, andere Grau in Grau, wieder andere Masken.

Er stellte sich ans Ende der Schlange. Die Frau vor ihm hatte die Hände auf dem Rücken gefaltet und den Kopf zu Boden gesenkt, als schämte sie sich dafür, hier zu sein. Weiter vorn flüsterte ein Pärchen und kicherte dabei immer wieder. Vor ihnen stand ein Mann in einem Batmankostüm mit seinem als Robin verkleideten Sohn. Der Junge hatte ungefähr Yasins Alter. Der Gedanke an seinen Neffen und Peter versetzte Taso einen Stich.

Plötzlich drangen laute Stimmen durch die Stille. Er drehte sich zur Tür und sah eine Gruppe junger Männer hereinkommen. Sie grölten und lachten, waren offenbar betrunken.

»Wie siehst du denn aus?«, rief ein großer Dunkelhaariger und zeigte lachend auf einen seiner Freunde, der einen schmuddeligen Jogginganzug trug. »Smarts funktionieren in WfZs nicht, du Idiot! Also Frauen kannste heute vergessen!« Der Angesprochene schien sich für seine Unwissenheit oder die Kleiderwahl nicht zu schämen, und lachte einfach mit.

Der Dunkelhaarige sah zu der Menschenschlange und fuhr sich lässig mit der Hand durchs Haar. Er war offensichtlich der Anführer der Horde. Sein gutes Aussehen, seine Gestik, sein abschätziger Blick – alles an ihm provozierte Taso. »Was ist das denn für eine traurige Veranstaltung?«, rief er den Wartenden zu. »Gibts hier keine Musik?«

Daraufhin lallte er eine Melodie, die Taso nicht kannte, und dirigierte mit den Fingern den Chor seiner Freunde. Sie waren nicht halb so melodiesicher wie er, und so erstarb das Gebrumme rasch wieder.

Taso vermied es, den Eindringlingen direkt in die Augen zu sehen. Gruppen wie diese waren auch schon vor dem Referendum nicht für ihre ausgeglichene Art bekannt gewesen. Gegenüber Offlinern hatten sie erst recht keine Hemmungen. Mit einem kurzen Blick prüfte Taso die Schlange vor sich. Sie war immer noch lang. Batman und Robin waren jetzt an der Reihe, der Vater schubste seinen Sohn ungeduldig nach vorn.

Nachdem sich die Gruppe Betrunkener vollständig im Gebäude versammelt hatte, lösten sich zwei humanoide Sicherheitsroboter aus den Wänden, staksten in die Mitte des Raums und versperrten den Männern den Weg. Die etwas ungelenken Metallkästen wirkten mit ihren knallroten Uniformen nicht besonders Furcht einflößend, aber jeder wusste, dass sie zur Not Elektroschocker einsetzen würden. Auf der Rückseite der Roboter prangte das gelbe Logo der Shields GmbH, ein Unternehmen des Milliardärs Hugo Faber, der neben den Kryptocentern des Landes auch Diagon Alley betrieb.

»Bitte verlassen Sie das Gebäude«, sagte der vordere Roboter freundlich, aber bestimmt. Die Männer lachten spöttisch, als hätte ihnen ein Kind einen Befehl erteilt.

»Aussss dem Weg!«, lallte der Mann im Jogginganzug und versuchte, den Roboter zur Seite zu schieben. Der schien schwerer zu sein, als er aussah, und bewegte sich keinen Zentimeter.

»Was soll das?«, rief der große Dunkelhaarige. »Wir wollen nach Diagon Alley!«

»Bitte verlassen Sie das Gebäude«, wiederholte der Roboter etwas lauter.

»Warum denn? Wir sind doch ganz brav, du Scheißding!«

»Sie stören die Ordnung unseres Hauses. Bitte fahren Sie direkt nach Diagon Alley.«

»Aber man muss doch erst hierher, wenn man in eine WfZ will!«

»Soll doch keina wissen, dass wir da hinwolln«, fügte der Jogger hinzu und versuchte erfolglos, sich den Zeigefinger auf die Lippen zu legen.

»Wir sind sicher, dass dem Würfel Ihr geplanter Besuch in Diagon Alley längst bekannt ist. Sie brauchen keine Verschlüsselung. Verlassen Sie jetzt das Gebäude.« Die Roboter machten einen Schritt auf die Männer zu. An deren Stelle hätte Taso längst das Weite gesucht. So aber fühlte er sich stark, als hätte er den Angreifern selbst Einhalt geboten.

»Verlassen Sie das Gebäude, oder wir sehen uns gezwungen, Maßnahmen gegen Sie zu ergreifen.« Beide Roboter sprachen nun im Chor und bewegten sich weiter auf die Männer zu.

Der Dunkelhaarige zischte seinen Freunden etwas zu und hob beschwichtigend die Hände. »Okay, okay«, rief er, »wir gehen ja schon!« Er drehte sich um und war als Erster der Gruppe am Ausgang. »Rückzug, Männer!« Unter lautem Protestgejohle folgte die Herde seinem Leithammel. Als sie fort war, blieben die Roboter noch eine Weile im Eingangsbereich stehen. Taso atmete auf. Innerlich triumphierte er, dabei mochte er Sicherheitsroboter gar nicht.

Als er endlich an der Reihe war, rief ihn ein Blinklicht zum Schließfach 307. Wie stets wurde ihm dort auf einem kleinen Bildschirm erklärt, dass die WfZ nicht mit dem Würfel verbunden war und außer einer Abfrage des Pred-Scores keine Daten mit ihm austauschte.

Die Garantie der damaligen Regierung, Würfelfreie Zonen mit derlei Privilegien zuzulassen und auch Offlinern ein Grundeinkommen auszuzahlen, hatte viele Skeptiker dazu bewegt, beim Referendum für den Würfel zu stimmen. Sosehr Taso den Ausgang der Abstimmung verdammte, so dankbar war er heute für die verbliebenen Zufluchtsorte und die finanzielle Sicherheit. Ohne sie wäre er vermutlich längst wahnsinnig geworden – oder, schlimmer noch, Kubist.

Bist du einverstanden, dass das Shields-Kyptocenter A1 zur Berechnung des Zimmerpreises und der Inter-WfZ-Transferkosten deinen aktuellen Pred-Score abruft?

In allen Shields-Einrichtungen subventionierten Menschen mit hohem Pred-Score jene mit niedrigem. Taso zahlte für eine Verschlüsselung etwa ein Achtel des Preises, den zum Beispiel sein Bruder zahlen müsste.

Er tippte auf »Ja«.

Ein Zimmer kostet für dich 10 Euro und 32 Cent, der Transfer 19,4 Cent pro Kilometer. Möchtest du eine Buchung vornehmen?

Taso bejahte auch diese Frage, und das Schließfach öffnete sich. Er nahm ein verstellbares Gummiarmband heraus und streifte es über das Handgelenk. Darauf war nun sein aktueller Pred-Score – 19,93 – und eine temporäre Identifikationsnummer gespeichert; beides zusammen würde ihm Zugang zu Zimmer 307 und später zu Diagon Alley verschaffen. Außerdem zeichnete das Armband mit dem ersten Anlegen das Profil seines Herzrhythmus auf, sodass kein anderer es benutzen konnte.

In der Umkleide verstaute Taso in einem weiteren Schließfach, das er mit dem Armband öffnete, seine Smarts und ließ sich auf versteckte und implantierte Aufzeichnungsgeräte scannen. Dann nahm er den Aufzug nach oben.

Zimmer 307 sah aus wie jeder andere Warteraum im Krypto One: Wände, Decke, Boden waren weiß, die Einrichtung funktional und anonym. Bis auf ein einfaches Holzbett mit weißer Bettwäsche, einen Stuhl, Schrank und kleinen Kühlschrank mit Erfrischungen war das Zimmer leer. Das angrenzende Badezimmer war ebenso karg und spartanisch eingerichtet. Er legte sich auf das Bett und schaltete mit einem Winken den Bildschirm an der gegenüberliegenden Wand ein. Seine Identifikationsnummer würde nun mit denen der übrigen Besucher des Kryptocenters durchmischt. Irgendwann würde er für die anonyme Weiterfahrt gezogen. Gäbe es weniger Drohnen, Smarts und Sensoren, wäre ein unbeobachteter Ortswechsel einfacher. So aber gab es nur diese zeitraubende Methode.

Taso reckte sich und gähnte genüsslich. Der Würfel würde nie erfahren, was er heute noch tun oder mit wem er sprechen würde.

Taso war über einem alten Spielfilm eingeschlummert, als ihn eine freundliche Frauenstimme weckte.

»Lieber Besucher«, schallte es aus der Wand gegenüber, »Sie wurden soeben für den Transfer gelost. Bitte begeben Sie sich in die Tiefgarage. Vergessen Sie Ihr Armband nicht.«

Taso stützte sich auf und sah ungläubig auf die Zeitangabe an der Wand. Nur 35 Minuten. Er hatte hier oft schon länger gewartet. Einmal hatte er sogar zwei Teile einer alten Fantasysaga angeschaut, bis er nach über fünf Stunden das Zimmer verlassen konnte.

In der Garage stieg er in ein Sefa mit getönten Scheiben und gab sein Ziel an. Langsam setzte es sich in Bewegung und fädelte sich draußen in den Straßenverkehr ein. Lächelnd sah Taso aus dem Fenster. Niemand wusste, dass er in diesem Wagen saß. Er war da und doch von der Bildfläche verschwunden. Ein verdammt gutes Gefühl.

Zehn Minuten später stand er im Parkhaus von Diagon Alley, der größten der knapp hundert Würfelfreien Zonen der Stadt und Tasos Lieblingsort. Er sog die abgestandene Luft ein. Sie roch nach Freiheit. Zur nächstgelegenen Schleuse ging er so leichtfüßig, als verließe er nach einem gelungenen Auftritt die Theaterbühne. Auch hier musste er sein Armband an einen Sensor halten, denn nur Menschen mit einem Pred-Score von unter 50 oder einer Ausnahmegenehmigung erhielten Zutritt. Durch die geöffnete Schleuse trat Taso in eine hohe Halle mit Backstein an den Wänden und hellem künstlichen Licht an der Decke. Sofort durchströmte ihn ein vertrautes Wohlgefühl.

Es war kein Vergleich zu der Zeit direkt nach Eröffnung des Komplexes, aber Diagon Alley war noch immer einer der wuseligsten Orte der Stadt. Der einzige wuselige Ort, den Taso mochte. Überall begrüßten sich gelöst wirkende Menschen, lachten und umarmten sich. Er konnte förmlich dabei zusehen, wie die Lasten der vergangenen Woche von ihren Schultern fielen, und warf seine eigenen mit Freude ab.

Er war nur wenige Schritte gegangen, als auch er auf einen alten Bekannten traf. Kevin begrüßte ihn mit einer kurzen, aber festen Umarmung. Sie kannten sich über Tim, zu dritt hatten sie schon oft einen über den Durst getrunken. Auch heute wollte Kevin einen draufmachen, was Taso dankend ablehnte. Er klopfte Kevin auf die Schulter und ging weiter.

Auf der anderen Seite der Halle führte eine Tür in einen Raum mit den Kleiderspinden der Stammgäste. Taso hatte seinen gleich bei Diagon Alleys Eröffnung vor sechs Jahren gemietet. Auf Brusthöhe waren eine kleine Kamera und ein Mikrofon in den Spind eingelassen. Taso ließ seine Augen scannen und flüsterte: »Nieder mit dem Kubismus!«

Er vernahm ein Klicken und öffnete die Tür, wie immer sehr behutsam. Hier verwahrte er seine wertvollsten Habseligkeiten: eine Bananenkiste, die gerade so hineinpasste, wenn man sie senkrecht stellte, mit Erinnerungsstücken an seine Kindheit, Fotos, Urkunden, ein paar selbst geschriebenen Kurzgeschichten und Gedichten, Speicherkarten und einem uralten Laptop. Auf der Kiste stapelten sich ein paar Bücher, darunter die vierte Auflage von *Besiege den Dämon,* dem Standardhandbuch für Gaukler, und die Originalausgabe eines Comicbuchs von 1953 mit seiner liebsten Donald-Duck-Geschichte, *Flip Decision.* Darüber hingen eine Maske mit dem Konterfei der Comicfigur »Two Face«, die er seit dem Referendum auf Demos trug, und zwei Outfits, die tatsächlich seinem Geschmack entsprachen. In einem Fach auf Augenhöhe schließlich stand ein kleiner schwarzer Arztkoffer, der Tasos größten Schatz enthielt: die Würfelsammlung. In ihrer Kindheit hatten Peter und er Spielwürfel gesammelt. Kleine und große, mit vier, sechs, siebzehn oder sechzig Seiten, bunte und einfarbige, alte und neue. Darunter waren handgeschnitzte Würfel, Präzisionswürfel, Polyeder, Prismen, Spindeln, Walzen und sogar Kugeln. Würfel aus Holz, Ton, Metall, Elfenbein, Kristall, Knochen und Glas. Mit Augen, Symbolen, Buchstaben und Bildern. Sie stammten von überall auf der Welt. Wann immer sie konnten, hatten Peter und Taso auf den Reisen mit ihrem Vater außergewöhnliche Würfel gesucht. Wenn sie zu Hause waren, hatten sie stundenlang das Internet nach ihnen durchsucht. Über dreihundert Stück hatten sie so in dem Koffer angesammelt, und zu fast jedem kannten sie die Geschichte. Zumindest Taso kannte sie noch, gelegentlich kaufte er sogar noch Würfel hinzu. Peter hatte die Sammlung vermutlich an dem Tag vergessen, als er ihr Elternhaus verließ. Manchmal nahm Taso den Koffer heraus, legte ihn auf den Schoß und öffnete mit leichtem Druck die Klickverschlüsse. Nach und nach besah und befühlte er die Würfel, dachte zurück, lächelte, fluchte. Ab und zu nahm er einen mit nach Hause, um komplexere als schlichte Ja-oder-nein-Fragen zu klären.

Was ihn seit jeher an Würfeln so faszinierte, hatte Taso nie genau benennen können. An schlechten Tagen redete er sich ein, dass er eben schon als Zehnjähriger ein kleiner Gaukler gewesen war, den es faszinierte, dass kein Mensch und keine Technik je den Ausgang eines Würfel- oder eines Münzwurfes voraussagen könnten. An besseren Tagen sah er klarer und erkannte die enge Verwandtschaft zu seinem Vater, der leidenschaftlich Überraschungseierfiguren sammelte und bis heute in seinem Arbeitszimmer ausstellte.

Taso prüfte rasch seinen Goldvorrat in einem kleinen Fach oben im Spind. Er tauschte sein Armband gegen ein anderes mit kleinem Display, mit dem er sich ausweisen und bezahlen konnte. Schließlich entledigte er sich seines kratzigen gelben Wollkragenpullovers und seiner grünen Cordhose und schlüpfte in eine Jeans, ein gut sitzendes schwarzes Hemd und eine Kunstlederjacke der gleichen Farbe. Er warf einen Blick in den Spiegel, der an der Innenseite der Spindtür hing. Was er sah, bestätigte, was er fühlte: sich selbst.

Die offizielle Bezeichnung des Gebäudes war WfZ13, die dreizehnte anerkannte Würfelfreie Zone des Landes. Aber jeder verwendete immer nur den Namen, den sein Eigentümer Hugo Faber dem Komplex im Scherz einmal gegeben hatte. »WfZ13«, hatte er in einem Interview gesagt, »ist Refugium, Treffpunkt und Handelsplatz für Humanisten in einer Stadt voller Kubisten – unsere Diagon Alley sozusagen.«

Bis vor fünfzehn Jahren war das Gebäude ein Einkaufszentrum gewesen. Es lief in U-Form um den alten Tempelhofer Hafen und mischte historische mit zeitgenössischer Architektur: Den südlichen Gebäudeteil bildete ein restauriertes Speichergebäude, das Parkhaus im nördlichen Teil hatte Hugo weitgehend umfunktioniert und aufgestockt, vier Etagen erhoben sich hier nun um einen lang gezogenen, überdachten Lichthof, der den Neubau mit dem alten Speicher verband. Von außen konnte man nirgends hineinsehen.

Taso betrat die nächstgelegene Rolltreppe und sah sich um. An den Glasfassaden einiger leerer Ladengeschäfte prangten Plakate von der letzten Bundestagswahl vor neun Jahren, die ein paar Nostalgiker hier aufgehängt hatten. Die Konterfeis der Würfelbefürworter waren völlig verunstaltet. Auch das Gesicht eines Würfelgegners hatten sie übel zugerichtet. Jemand hatte in dicken Lettern *Verräter!* darüber geschrieben. Hätte unten nicht der Name des Mannes gestanden, hätte Taso Matthias Kulic nicht erkannt. Er hätte schwören können, dass das Plakat bei seinem Besuch letzte Woche noch unversehrt gewesen war, was nur bedeuten konnte, dass Kulic gerade die Seiten gewechselt hatte.

Der Politiker war einer der lautesten Gegner des Würfels gewesen. Er hatte Taso unheimlich imponiert, weil er lange und unerbittlich gekämpft hatte. An eine Diskussionsrunde kurz vor dem Referendum konnte er sich besonders gut erinnern. Kulic hatte sich mit einer jungen Würfelbefürworterin duelliert.

»35 Prozent Jugendarbeitslosigkeit, Herr Kulic!«, hatte sie auf dem Höhepunkt der Debatte gerufen. »Wie wollen Sie das je wieder in den Griff kriegen? Das Zeitalter der Arbeit ist vorbei, wir brauchen etwas Neues!«

»Ich bin ja auch für ein Grundeinkommen«, erwiderte Kulic, »nur nicht auf Kosten unserer Freiheit!«

»Reden Sie keinen Quatsch – unsere Freiheit steht überhaupt nicht auf dem Spiel. Im Gegenteil, erst im Kubismus werden wir frei sein … frei zu tun, wonach uns der Sinn steht!«

Kulic schüttelte den Kopf. »Und für dieses leere Versprechen wollen Sie unseren besten Unternehmen ihre Daten klauen? Das ist Kommunismus der übelsten Sorte!«

»Jetzt machen Sie sich doch nicht lächerlich.« Die junge Frau lehnte sich betont langsam in ihrem Stuhl zurück. »Wenn das Kommunismus wäre – hätten dann ausgerechnet die Amerikaner den Würfel erdacht und eingeführt? Hätte in den letzten Monaten die halbe EU mit deutlichen Mehrheiten zugestimmt und würden die Umfragen zeigen, dass bis zum Sommer auch der Rest nachziehen wird? Die Daten haben schon immer uns gehört, wir holen uns diesen Schatz nur zurück. Und das ist bitter nötig, schauen Sie nach Asien: Unsere Konzerne haben dem gigantischen Datenpool der Chinesen nichts entgegenzusetzen! Die Monopolisierung unserer Daten ist die einzige Chance, auf diesem Planeten überhaupt noch eine Rolle zu spielen.«

Nach dieser Diskussionsrunde hatte Taso zum ersten Mal daran gezweifelt, dass die Würfelgegner das Referendum gewinnen würden. Denn plötzlich galten sie irrwitzigerweise als die Freunde des Großkapitals, die Chinas Machtübernahme tatenlos zusehen wollten.

Man sah Diagon Alley an, dass es in die Jahre gekommen war. Hugo hatte zwar mächtig in die Restaurierung investiert, aber Innendesign und Substanz der unteren Etagen stammten erkennbar noch aus einer anderen Zeit. Mit abnehmenden Besucherzahlen sanken auch die Mieteinnahmen, sodass immer weniger Geld für Wartung, Energieversorgung und Reinigung blieb. Hier bröckelte der Putz, dort quoll der Mülleimer über, einige Rolltreppen fielen wochenlang aus, Licht und Klimaanlage blieben so oft wie möglich abgeschaltet. Taso scherte all das genauso wenig wie früher der Staub und das Chaos in seinem Kinderzimmer.

In der ersten Etage des Gebäudes fand man alles, was man zum Leben als Offliner brauchte: Zahlreiche Gauklerläden verkauften Masken, Stimmenwandler, Verkleidungen, Fingerkuppen- und

Irisschutz, Störgeräte, Elektronikdetektoren, Drohnenfangnetze, extra stark deckende Farben und Milchglasfolie. Es gab Buchläden für klassische und moderne Literatur, die sich draußen nicht mehr verkaufte, mit unzähligen Ratgebern zum Leben unter Kubisten und mit Fachbüchern zu Psychologie, Philosophie und Religion. Es gab Antiquitätenhändler mit alten Computern, Fernsehern, Kameras und Spielkonsolen, die außerhalb von WfZs niemand mehr brauchte. Andere Geschäfte verkauften Schminkutensilien und Kleider, die noch von Menschen entworfen und hergestellt worden waren und weder die Menge noch die Zusammensetzung von Körperausdünstungen maßen. Wieder andere Läden verkauften alte Filme und Musik, echte Instrumente und Spielzeug, das nie einen 3-D-Drucker von innen gesehen hatte.

Die zweite Etage bildete das Herz von Diagon Alley: Hier hatten unzählige Vereine und Organisationen ihre Zentralen. Jeden Tag, vor allem aber am Wochenende, gab es Arbeitssitzungen, Diskussionsrunden, Seminare, Vorträge, Lesungen oder Filmvorführungen. Die beiden größten politischen Widerstandsgruppen operierten von hier aus: die säkulare Humanistische Allianz – meist nur »Allianz« genannt – und die Bekennenden Christen. Taso schlenderte gern durch diese Etage und schaute mal hier, mal dort hinein, um sich mit Gleichgesinnten zu unterhalten und neueste Entwicklungen zu diskutieren.

Die dritte Etage füllten Restaurants, Cafés, Bars und ein paar Clubs. Hier halfen keine Smarts beim ersten Kontakt mit Fremden. Jeder hörte dieselbe Musik in derselben Lautstärke, sah die gleiche Umgebung und wusste genauso wenig von den anderen wie die anderen von ihm.

Ganz oben hatte Hugo achtzig Wohnungen gebaut. Die Hälfte von ihnen konnte man mieten. Reiche Offliner zahlten Unsummen für ihre eigene Wohnung in Diagon Alley, aber nur die wenigsten nutzten sie durchgängig. Zwanzig Wohnungen wurden jedes Jahr aufs Neue verlost. Taso stand seit ihrem Bau auf der Kandidatenliste und war jedes Mal wieder enttäuscht, wenn sein Name nicht gezogen wurde.

Die übrigen Wohnungen waren reserviert für »Personen mit besonderer Bedeutung für die humanistische Bewegung«. Taso kannte nur zwei Menschen aus diesem Kreis persönlich: Pascale Bellaxa, die Chefin der deutschen Sektion der Allianz, und seinen alten Freund Ronny Sieg alias »Rosie«.

Rosies Bar war eher ein Café als eine Bar und hatte fast immer geöffnet. Sie lag an der Außenseite des alten Speichers, mit Blick auf Hafen und Kanal, aber durch die abgedunkelten Scheiben konnte man kaum etwas davon erkennen. Die Inneneinrichtung war ebenso charmant wie chaotisch: Kein Stuhl, Tisch, Glas oder Löffel glich dem anderen. Überall standen und lagen kleine und große Erinnerungsstücke an die präkubistische Zeit, platziert nach einer allenfalls Rosie selbst verständlichen Logik. Diverse Steh- und Hängelampen schafften ein unregelmäßiges Gemisch aus Licht und Schatten, in dem man sich je nach Stimmung für alle sichtbar amüsieren oder aber verstecken konnte.

Heute waren nur zwei Tische besetzt. Am ersten spielten zwei Rentner Schach, ein dritter saß mit gewichtiger Denkerpose daneben. Etwas abseits war eine alte Frau in ein Buch vertieft, neben ihr stand eine halb leere Kaffeetasse. Hinter der Bar versuchte eine vertraute Gestalt den Karton einer Whiskyflasche zu öffnen, ohne ihn zu beschädigen. Rosie fluchte, als es misslang und der Karton einriss. Er hatte dunkle Augenringe und sah noch müder aus als sonst. Als er aufblickte, hellte sich sein Gesicht auf. »Taso!« Der gut aussehende Endvierziger kam freudestrahlend hinter dem Tresen hervor und umarmte ihn mit der gewohnten herzlichen Übertreibung.

Er war Rosie das erste Mal bei einer Demo begegnet, noch vor dem Referendum. Damals hatte Rosie noch Dokus gedreht und wollte Taso, der die Demo organisiert hatte, ein paar Fragen stellen.

Taso mochte schon damals keine Öffentlichkeit und lehnte ab, woraufhin Rosie so lange seinen Charme spielen ließ, bis Taso schließlich nachgegeben hatte. Nach dem Referendum hatte Rosie seinen Beruf aufgegeben und war nach einem bitteren Streit mit seinem damaligen Freund offline gegangen. Über die Jahre hatte Taso in ihm einen verlässlichen Wegbegleiter gefunden. Sie sahen sich regelmäßig, denn Taso verließ Diagon Alley nie ohne einen Besuch bei ihm, so kurz er auch sein mochte. In den letzten Monaten war Rosie allerdings nie da gewesen, wenn Taso die Bar besucht hatte.

»Wo warst du denn die ganze Zeit?« Taso wollte freundlich klingen, konnte einen gewissen Vorwurf in seiner Stimme aber nicht unterdrücken. Er setzte sich auf einen Barhocker, Rosie machte sich hinter der Theke weiter an dem Whiskykarton zu schaffen und versuchte zu retten, was noch zu retten war. Er lächelte und machte eine wegwischende Handbewegung. Das hatte er in solchen Situationen schon öfter getan. Rosie sprach sehr offen über alles, nur über seine Rolle im Widerstand schwieg er. Taso wusste nur, dass er wie Tim Mitglied der Humanistischen Allianz war und von allen sehr respektiert wurde. Während Tim allerdings immer mal wieder etwas erzählte und Taso auf Augenhöhe begegnete, hielt sich Rosie auch nach wochenlangem Verschwinden bedeckt. Wenn er dann wieder aufgetaucht war, hatte er sich abwehrend verhalten wie heute.

Taso bohrte nicht weiter. Er bestellte einen Atwood, Rosies alkoholfreie Alternative zum Bloody Mary, und unterhielt sich eine Weile mit seinem Freund über teure Whiskysorten. Dann schnappte er sich den aktuellen *Gaukler* vom Tresen und setzte sich an einen Tisch mit Blick nach draußen. Er schlug die Zeitung auf und wollte gerade die neusten Offlinernews studieren, als er hinter sich eine vertraute Stimme hörte. An der Bar stand Tim und begrüßte Rosie. Wie immer trug er eine blaugraue Jeans und ein weißes T-Shirt, darüber eine enge schwarze Stoffjacke. Auf seiner hellen Haut und in

Kontrast zu den kurzen blonden Wuschelhaaren sprang Taso das neue Tattoo an seinem Hals sofort ins Auge: das Symbol der Allianz, Leonardo da Vincis Zeichnung eines Mannes, um dessen gespreizte Glieder sich ein Kreis spannte.

Tim drehte sich um und blickte suchend durch den Raum, Taso winkte ihm zu. Mit dem gehetzten Schritt eines Ruhelosen eilte Tim zu ihm herüber. Taso erhob sich und lächelte. Es tat ungemein gut, seine Freude offen zeigen zu können. Sie hatten sich drei Monate nicht gesehen, die letzten beiden Verabredungen hatte Tim kurzfristig abgesagt, was sonst so gut wie nie vorkam.

»Na du Sesselfurzer«, rief Tim, »bist ja ganz schön fett geworden.« Grinsend kniff er Taso in die Hüfte.

Taso umarmte ihn lachend. Er rümpfte die Nase und verzog das Gesicht. »Besser fett als ein ungeduschter Revolutionär.«

»Ich rieche nach Sex, Freundchen – aber woher sollst du das auch wissen!« Tims dunkelblaue Augen blitzten schelmisch.

Grinsend versetzte Taso seinem Freund einen leichten Hieb gegen die Brust, bevor sie sich setzten. »Alles Gute nachträglich, der nächste Tomatensaft geht auf mich«, sagte Tim und deutete spöttisch auf Tasos Drink. »Wie läufts im Schlaraffenland? Was macht der Pred-Score?« Tim hatte nie richtig verstanden, warum Taso weiter unter Kubisten lebte und arbeitete, anstatt sich wie er am Widerstand zu beteiligen.

Routiniert ignorierte Taso den unterschwelligen Spott. Nicht ohne Stolz nannte er seinen aktuellen Score.

Tim riss die Augen auf. »Wow! Du bist wieder unter 20? Ich steh gerade bei 35 oder so – dabei sieht mich der Würfel kaum.«

Taso lächelte. So wenig Tim ihn verstand, so sehr nötigte sein Pred-Score ihm Respekt ab. »Disziplin, mein Freund, Disziplin«, sagte Taso mit gespielt strengem Blick.

Tim winkte ab. »Wenn ich schon ab und zu unter Kubisten muss, will ich wenigstens was essen, das mir schmeckt.« Er lachte. »Man müsste dich mal mit diesem Hubert Grantler zusammenstecken.«

Taso sah ihn fragend an.

»Stand im *Gaukler.* Ein Österreicher, der jetzt den höchsten Pred-Score der Welt hat. 91,02!«

Taso schüttelte ungläubig den Kopf und trank einen Schluck von seinem Cocktail. »Was war eigentlich los die letzten Male?«

»Ach, ich war ziemlich viel mit Pascale unterwegs. Dauernd spontane Änderungen im Terminplan.« Als persönlicher Assistent der Allianzvorsitzenden hatte Tim schon seit Jahren wenig Freizeit. Seit er auch mit Pascale schlief, waren Beruf und Privates fast gänzlich miteinander verschmolzen. Taso hatte stets den Eindruck, dass Tim tiefere Gefühle für sie hegte als sie für ihn, fragte ihn aber nicht direkt danach. Tim schien gut damit zurechtzukommen. Heute jedoch lag bei der Nennung ihres Namens ein trauriger Ausdruck in seinen Augen. Er blickte zur Seite, und der Ausdruck war verschwunden.

Taso wartete kurz, aber sein Freund blieb still. »War Rosie auch mit?«, fragte er schließlich und nickte in Richtung Bar.

Tim zuckte mit den Schultern und seufzte. »Muss er dir selber sagen.« Er drehte sich um und hob einen Finger in die Höhe, woraufhin Rosie hinter der Bar nickte. Taso ärgerte die Geheimnistuerei. Aber irgendwie war es auch seine eigene Schuld. Er hatte seine Chance gehabt. Er hätte einer von ihnen werden können. Tim ließ ihn das immer wieder spüren. Nicht aus Boshaftigkeit, sondern aus Enttäuschung.

Als Tim nach dem *Gaukler* griff, wusste Taso, dass er sich in sichere Gewässer retten wollte. Es war für Tim einfacher, über Politik zu sprechen als über seine Arbeit oder Pascale. Angewidert betrachtete er das Foto von Mark Finder auf der Titelseite. »›Wir müssen Offliner bestrafen!‹«, zitierte er den radikalsten Kubisten des Landes. Er fasste sich an die Stirn. »Spinnt der jetzt völlig?« Entgeistert überflog er das Interview und teilte Finders Kernaussagen lautstark mit Taso und den umstehenden Tischen: »›Wir müssen Offliner aggressiver regulieren. Eine Visumspflicht wie in den

USA ist längst überfällig … Der Würfel sollte keine Vertreter von Offlinern mehr ins Parlament berufen – wer sich nicht am öffentlichen Leben beteiligt, braucht auch keine Interessenvertreter …‹« Er machte eine Pause, um dann noch aufgebrachter fortzufahren: »›WfZs sind Schutzzonen für Schwerverbrecher und Terroristen und müssen sofort geschlossen werden … Ohne Offliner würde das Grundeinkommen um satte 16,5 Prozent steigen, deshalb wäre es nur fair, ihnen keins mehr auszuzahlen …‹« Tim ließ die Zeitung sinken und sah Taso ernst an. »Wenn das zur Mehrheitsmeinung wird, sind wir am Arsch. Genau das befürchtet Pascale seit Jahren: Dass sie eine Garantie für Offliner nach der anderen zurücknehmen … Das ist doch Aufstachelung zum Hass oder so was!«

Tim war nicht immer so politisch gewesen. Als sie sich im Jurastudium kennengelernt hatten, war Taso der Mann der großen Überzeugungen und Tim nur an Mädchen interessiert. Trotz aller Unterschiede freundeten sie sich an, was Taso für einen der größten Glücksfälle seines Lebens hielt. Gleich auf einer der ersten WG-Partys hatte Tim ihn lautstark gegenüber den Gastgebern verteidigt, als Taso einen damals noch zulässigen Störsender aktivierte, der ihn auf Handyaufnahmen verfremdete. Solche Loyalität hatte Taso seit seiner Jugend nicht mehr erlebt. Kurz vor dem Referendum hatte sich Tim zu Tasos großer Freude in einem Wahnsinnstempo politisiert. Taso war sich sicher gewesen, dass sie Seite an Seite für ihre Überzeugungen kämpfen würden, komme, was wolle. Aber der Ausgang des Referendums hatte Taso in ein schwarzes Loch gestürzt. Seine Welt war untergegangen, er fühlte sich kraft- und orientierungslos. Und er hatte Angst. Angst, den halbwegs normalen Kontakt zu Peter wieder zu verlieren, wenn er sich dem neuen System verweigerte, und Angst, dass der Widerstand der neuen Ordnung nichts anhaben konnte. Er verharrte regungslos, während Tim sein Studium schmiss und sich der gerade entstehenden Allianz anschloss. Zum Entsetzen seines Freundes seilte sich Taso an eine Schweizer Uni ab. Das Land hatte sich dem Kubismus damals noch verweigert, wodurch er dort das unbeschwerteste Jahr seines Lebens verbrachte. Als die Schweiz kurz vor Ende von Tasos zweitem Semester dem Druck der EU nachgegeben und ebenfalls den Würfel eingeführt hatte, war er zurück nach Deutschland gegangen, das sich während seiner Abwesenheit völlig verändert hatte. Alle, die er kannte, hatten sich mittlerweile für eine Seite entschieden, waren Kubisten oder Offliner geworden. Ihre Entscheidungen hatten abrupt Lebenswege und sie selbst verändert, Familien und Freundschaften zerstört, tiefe Gräben durch das ganze Land gezogen. Es war schlimmer, als es sich Taso je vorgestellt hatte. Er wollte da nicht mitmachen. Er wollte sich selbst und seinem Umfeld beweisen, dass beides möglich war: die Menschen, die sich für ein Leben mit dem Würfel entschieden hatten, nicht zu verlieren und sich zugleich treu zu bleiben. Er wollte ganz normal und zufrieden leben, aber ohne Scham in den Spiegel blicken können. Dieser schmale Grat schien immer noch der beste Weg für ihn zu sein, obwohl ihm das Gaukeln mittlerweile viel mehr abverlangte, als er für möglich gehalten hatte. Immerhin hatte er so Tims Respekt und seine Freundschaft zurückgewonnen.

»Hör dir das mal an, ist echt nicht zu glauben.« Tim hatte den Blick wieder auf die Zeitung gerichtet. »›Natürlich ist das diskriminierend, aber ohne Diskriminierung kommen wir nicht weiter, und sie ist auch völlig gerechtfertigt: Niemand muss heutzutage seinen Pred-Score künstlich niedrig halten. Wer es trotzdem tut, ist asozial. Und asoziale Menschen haben keinen Anspruch auf Unterstützung durch die zahlende Bevölkerung.‹«

Er fuchtelte aufgebracht mit den Armen und schmiss fast den Huxley um, den ihm Rosie gebracht hatte. »›Zahlende Bevölkerung‹ – hat der sie noch alle? Die Idioten schmeißen dem Würfel ihre schmutzigsten Geheimnisse in den Rachen, und er nennt das Bezahlung?« Er warf die Zeitung auf den Tisch. »Das ist … ich meine … das ist doch unglaublich! Was sagst du denn dazu? Lässt dich das kalt?« Tim trank seinen übersüßen Longdrink in einem Zug aus.

Taso legte die Arme auf den Tisch und beugte sich vor. »Natürlich regt mich das auf. Wie könnte es nicht? Dass ich nicht so … emotional reagiere wie du, heißt nicht, dass mir das am Arsch vorbeigeht.« Er sah Tim eindringlich an. »Ich muss das draußen jeden Tag ertragen. Erst gestern hat mich die Polizei wieder aufgegriffen und zu Zhong Schneider gebracht. Der wollte mich allen Ernstes als Spion anheuern. Aber das hat wieder mal gezeigt, wie schlecht die mich kennen.«

Tim schien nicht überrascht von Schneiders Rekrutierungsversuch zu sein, kratzte sich aber trotzdem unruhig am Tattoo. Er beugte sich vor und flüsterte mit ernstem Blick: »Meister Schneider hat allen Grund, nervös zu sein.« Er stand auf. »Lass uns mal nach drüben gehen.«

Taso folgte ihm in einen kleinen, fensterlosen Raum hinter der Bar. In der Mitte des Zimmers stand ein einfacher Holztisch mit Stühlen. Unzählige Schaumstoffpyramiden an der Decke und den Wänden machten es sicher genug für die wenigen Informationen, die Tim hier gelegentlich mit ihm teilte. Sorgfältig schloss Taso die Tür hinter sich.

»Was ich dir jetzt sage, darf diesen Raum auf keinen Fall verlassen.« Tim fasste Taso bei den Schultern. »Wir … wir planen was richtig Großes.« Er löste den Griff und setzte sich an den Tisch.

Erwartungsvoll setzte sich Taso zu ihm. Er war wie immer dankbar für Tims Vertrauen und genoss den Anflug von Abenteuer, den solche Situationen stets umgaben.

Tim machte eine ausladende Geste, sein Gesicht war rot, sein Blick fest. »Nicht nur Demos hier, Interviews da, sondern was richtig Großes. Diesmal könnte es wirklich klappen!«

»Klappen?«

»Der Umsturz! Die Revolution! Das Ende des Kubismus!«

»Aha. Und wie?«

Tim hatte Taso genau das schon oft angekündigt. Er war leicht zu begeistern und riss andere gern mit. Bei Taso war ihm das jedoch schon länger nicht mehr gelungen.

Tim atmete hörbar aus. »Kann ich dir nicht sagen. Könnte ich aber, wenn du dich uns endlich anschließt. Wir brauchen dich, Taso. Jetzt mehr denn je.«

»Tim, ich bewundere ja …«

»Es wird Zeit, dass du auch mal was tust«, unterbrach ihn Tim mit einem ungewohnten Schneid in der Stimme. Es kam Taso fast so vor, als hätte sich sein Freund auf dieses Gespräch vorbereitet. Er spürte, wie sein Kopf heiß wurde. »Wir brauchen nicht einfach *mehr* Unterstützung.« Tim beugte sich weit zu ihm über den Tisch und packte seinen Oberarm. »Wir brauchen *deine* Unterstützung, wir brauchen *dich*!«

Taso war irritiert. Diese Masche war neu. »Mich persönlich, ja?« Er zwang sich zu einem kurzen Lachen. »Wo kann ich unterschreiben?«

Tim verzog den Mund. Tasos Sarkasmus schien ihn zu ärgern. »Ich will dich nicht in den Widerstand tricksen, Mann – das ist kein Spaß!« Tim hatte Taso schon oft aufgefordert, in die Allianz einzutreten, in letzter Zeit aber meistens, ohne es richtig ernst zu meinen. Aber heute hatte sein Tonfall eine ganz neue Wucht. Er mochte manchmal übertreiben, aber er würde nicht lügen, nicht in solchen Dingen.

Weil Taso nicht wusste, was er sonst sagen sollte, wählte er seine übliche Verteidigung: »Ich kann nicht einfach bei euch einsteigen. Mein Leben ist okay, ich habe einen Job, eine Wohnung, und dann ist da mein Bruder, seine Familie – du weißt doch, wie schwer es war, den Kontakt zu ihm …«

»Jetzt komm nicht wieder damit«, fiel Tim ihm erneut ins Wort. »Dein Bruder hat *dich* damals im Stich gelassen, nicht umgekehrt! Es wird Zeit, dass du das endlich begreifst. Einem angepassten Feigling schuldest du nichts!«

Wut wallte in Taso auf. »Peter hatte seine Gründe. Und mir geht es überhaupt nicht um Schuld. Aber wie sollst du das auch verstehen, du hast keinen Bruder.«

Tims Augen verengten sich. »Besser keinen Bruder als so einen.« Taso sah ihn entgeistert an, Tim wischte sich über die nasse Stirn. »Entschuldige«, sagte er beschwichtigend, »aber ich bin ein bisschen am Limit. Wir haben gerade eine echte Chance, was zu ändern, Taso. Weg von der Kontrolle durch diesen Scheißcomputer, zurück zu einer menschlichen Welt. Zu unserer Welt, Mann!«

Taso war heiß und kalt zugleich. Er kochte innerlich, gleichzeitig war sein Kopf leer. »Was …« Er räusperte sich und versuchte, einen klaren Gedanken zu fassen. »Was plant die Allianz denn? Und wofür braucht ihr mich?«

Tim sah ihn gequält an. Für einen Moment herrschte vollkommene Stille. »Du weißt, dass ich dir das nicht sagen kann. Nicht, solange du noch da draußen rumrennst und Smarts trägst.« Er zeigte mit dem Daumen Richtung Außenwand. »Du musst mir vertrauen. Wir kennen uns jetzt schon so lange, und ich sehe doch, dass du unzufrieden bist. Wie lange willst du dich denn noch durchs Leben gaukeln? Und wofür? Komm zu uns, lass dich überprüfen, hör dir unseren Plan an – du kannst dann immer noch Nein sagen.« Tims Mimik lockerte sich, der Hauch eines Lächelns huschte über sein Gesicht. »Erinnerst du dich noch, wie du mir Pascale vorgestellt hast?« Taso nickte. Er war nicht überrascht, dass Tim diese Anekdote ausgrub. »Das war vielleicht drei, vier Monate vor dem Referendum, oder? Damals warst du noch Feuer und Flamme für die Sache und ich … na ja, noch nicht so richtig. Du musstest mich mit Frauen ködern. ›Die sind viel aufregender als die Tanten, die du sonst so abschleppst‹, hast du gesagt. Und dann hast du mir von Pascale vorgeschwärmt, die damals noch nicht Vorsitzende war, aber schon da alle umhaute. Die sei genau mein Typ, ich müsse dir nur vertrauen … Kein Wort hab ich dir geglaubt!« Er lachte, und auch Taso musste lächeln. »Aber ich bin trotzdem mit, weil ich dich mochte und, na ja, weil ich wahrscheinlich eh nichts Besseres zu tun hatte. Und dann hat mich dieser Tag komplett umgehauen. Nicht nur wegen Pascale, sondern weil es bei mir so dermaßen klick gemacht hat. Endlich verstand ich dich und die anderen, kapierte, warum du so viel Zeit auf Demos verbracht hast, warum du immer so … anstrengend warst. An dem Tag ist dein Funke auf mich übergesprungen, und ich weiß, dass du auch wieder Feuer fangen kannst.«

Taso lächelte gedankenverloren. Tim fing seinen Blick auf und sah nun fast wieder traurig aus. »Tritt der Allianz bei, Taso, hör dir unseren Plan an. Auch wenn du unentschieden bist. Komm trotzdem mit, so wie ich damals! Manchmal muss man etwas wagen, um voranzukommen. Ohne diesen Mut sind wir nicht besser als die Kubisten.«

Mut. Das war das Schlüsselwort, das Taso innerlich beben ließ. So oft schon hatte er sich gewünscht, mutiger zu sein. Gerade weil ihn so viele für mutig hielten: die Offliner, weil er allen Anfeindungen zum Trotz unter Kubisten lebte, und die Kubisten, weil er ihren Anfeindungen trotzte. Aber nüchtern betrachtet war es vor acht Jahren nicht mutig gewesen, beim Referendum mit Nein zu stimmen. Gegen den Wandel zu stimmen war nie mutig, obwohl es in diesem Fall richtig gewesen war. Es war nicht mutig gewesen, danach in die Schweiz abzuhauen. Mutig wäre es gewesen, vor zehn Jahren zusammen mit seinem Bruder auszuziehen oder später in den Widerstand zu gehen. Ein mutiger Mensch wäre kein Gaukler geworden, der zwischen den Welten wandelte. Ein mutiger Mensch würde jetzt Ja sagen. Oder er würde zumindest zu seinen Ängsten stehen.

»Ich denk darüber nach, ja?«

Tim sah aus, als hätte Taso ihm in den Bauch geschlagen. Er fasste sich nur langsam wieder und schüttelte den Kopf. Ohne Taso anzusehen stand er auf. »Wir haben aber nicht mehr viel Zeit. Du musst dich bald entscheiden.«

Stumm verließen sie den Raum. Es war klar, dass sie heute nicht wie sonst noch eine Weile zusammensitzen und über Gott und die Welt quatschen würden. Am Ausgang der Bar umarmten sie sich kurz.

»Bis nächsten Monat«, murmelte Tim noch, bevor er ging. »Denk gut darüber nach. Ich meine es wirklich, wirklich ernst. Wir alle meinen es ernst.«

Taso ging zurück in die Bar und spürte Rosies Blick vom Tresen. Als Taso zu ihm hinübersah, konzentrierte er sich jedoch mit eiserner Miene auf das Trocknen des Bierglases in seiner Hand.

Die folgenden Stunden verbrachte Taso damit, herumzusitzen, den *Gaukler* anzustarren und in dem Salat herumzustochern, den er sich bestellt hatte. Es rumorte in ihm, und er war heilfroh, als er um Viertel vor sieben Rosie zuwinken und sich auf den Weg machen konnte zu seiner zweiten Verabredung, die seine Stimmung hoffentlich heben würde.

Er passierte die Sicherheitsschleuse zwischen Diagon Alleys Hauptgebäude und dem Westflügel der WfZ, der sich Little Diagon nannte. Little Diagon konnte man auch mit einem Pred-Score von über 50 betreten, weshalb es voller Kubisten war. Die meisten kamen nicht, um sich von einem würfelfreien Leben überzeugen zu lassen, sondern wegen der verruchten Atmosphäre, des Glücksspiels, des unverbindlichen Sex.

Casinos waren im Rest des Landes seit Jahren verboten, weil sie allem zuwiderliefen, was den Kubismus ausmachte: Vernunft, Berechnung, Selbstkontrolle. Nur WfZs hatten ihre Lizenzen behalten dürfen, woraufhin Casinos rasch zu ihrer besten Einnahmequelle wurden. Hugo hatte sicher genau das im Kopf gehabt, als er kurz nach dem Glücksspielverbot beschlossen hatte, den Westflügel von Diagon Alley auszubauen und aus der entstehenden Spielhölle eine »Begegnungsstätte« für Kubisten und Offliner zu machen, die auch Bars, Clubs und Restaurants enthielt. Little Diagon beherbergte nicht selten finstere Gestalten, weil man dort, anders als in Diagon Alley, kein halbwegs sauberes Vorstrafenregister brauchte, um Zugang zu erhalten. Der Würfel hatte auch hier nichts zu melden, sodass die Polizei Little Diagon mit großer Regelmäßigkeit aufsuchte.

Beliebt war Little Diagon vor allem bei den Realo-Fetischisten, die den Würfel zwar akzeptierten, sich aber nicht von Sliftings in die Irre führen lassen wollten. Die meisten Besucher waren jedoch ganz normale Kubisten, die sich ohne Folgen für ihren Pred-Score gehen lassen wollten. Viele von ihnen suchten das schnelle Abenteuer, denn Fremdgehen war draußen praktisch unmöglich geworden. In fast jeder festen Beziehung wurde mittlerweile »Monog« genutzt. Die App verhinderte, dass der Nutzer in Kontakt mit Menschen kam, zu denen er sich hingezogen fühlen könnte, oder sie sliftete, falls der Kontakt unvermeidbar war, diese Menschen so um, dass sie unattraktiv erschienen, oder warnte, wenn beides nicht fruchtete, den potenziell Betrogenen rechtzeitig. Ging doch jemand fremd, reduzierte das drastisch den eigenen Pred-Score. Nur Scheidungen waren noch kostspieliger, weil fast nichts die Erwartungen des Würfels an den künftigen Lebenslauf der Betroffenen mehr enttäuschte als das Scheitern einer festen Beziehung. Das Risiko einer Scheidung ging praktisch niemand leichtfertig ein, weil an einem hohen Pred-Score zu viel hing: Grundeinkommen, Freunde, Job. Deswegen trafen sich viele Kubisten, die dem Würfel ihre dunkle Seite nicht zeigen konnten, in den schummrigen Räumen von Little Diagon, volltrunken, lüstern und oft maskiert.

Offliner waren in Little Diagon in der Minderheit. Eine beliebte Minderheit, weil für ihre natürliche Diskretion bekannt. Taso verbrachte hier nur selten Zeit, weshalb es ein großer Zufall gewesen war, dass er vor etwa einem Jahr Lea kennengelernt hatte.

Er hatte sich mit einem Freund in einer kleinen Bar verabredet und war viel zu früh dran gewesen. Während er an der Theke wartete, sprach ihn zu seiner Überraschung eine schlanke, maskierte Frau an. Sie stellte sich als Lea vor und verwickelte ihn sofort in ein Gespräch, schien zugleich unendlich aufgeregt und gelöst zu sein. Schnell suchte sie Kontakt zu seinem Arm, zu seinem Hals, zu seinem Mund. Taso hatte nicht gewusst, wie ihm geschah, hatte sich wahnsinnig geschmeichelt gefühlt. Er erinnerte sich noch gern und oft an ihr Lachen und ihre fordernden Berührungen. Als sein Freund gekommen war, hatte Taso ihm mit einer Handbewegung zu verstehen gegeben, dass er den Abend mit Lea verbringen wollte, und war ihr sehr bald auf ein Hotelzimmer gefolgt. Seitdem trafen sie sich einmal im Monat.

Er ging zügig an den leuchtenden Werbetafeln des Casinos und den noch spärlich gefüllten Bars vorbei und betrat das »Offline«, das einzige Hotel in Little Diagon. Am Empfang erfuhr er, dass Lea bereits eingecheckt hatte. Im Aufzug zupfte er hastig die Haare zurecht, überprüfte seinen Atem und klopfte dann mit erhöhtem Puls gegen die Tür von Zimmer 412.

Lea trug einen Bademantel und ließ ihre kinnlangen braunen Haare ins Gesicht fallen, was auf Taso eine unheimlich anziehende Wirkung hatte. Er widerstand dem Impuls, das Licht einzuschalten. In der ersten Nacht hatte sie den Schalter sogleich wieder umgelegt, und erst dann ihre Maske abgenommen. Seitdem waren sie sich im Halbdunkel begegnet. Wortlos ging sie auf ihn zu, stellte sich auf die Zehenspitzen und küsste ihn. Erst langsam und zögerlich, und als er sie sacht umfing, sicherer. Sie löste die Umarmung und zog ihn zum Bett.

Noch immer wusste Taso fast nichts über Lea. Nicht, ob sie wirklich so hieß, wie alt sie war – sie hatte einmal behauptet, 34 zu sein, aber sie sah jünger aus –, ob sie einen Mann hatte oder eine Frau oder gar Kinder, ob sie arbeitete und was, woher sie stammte, was sie gern aß, wie sie zum Würfel stand. Persönliche Fragen blockte sie jedes Mal ab. Sie hatte sehr deutlich gemacht, warum sie sich mit ihm traf, und wenn er ehrlich war, genügte ihm das. Es gefiel ihm, begehrt zu werden und den Kopf auszuschalten.

Wenn sie sprachen, dann nur über alte Fernsehserien, die sie aus der Datenbank des Offlines wählten und in der ersten Nachthälfte ansahen. Diesmal schlug Lea eine Serie über einen Chemielehrer vor, der zum Drogenbaron wurde. Taso nickte und ließ sich zufrieden aufs Bett fallen. Besser als jede Indi-Serie. Er sah gern Figuren aus präkubistischer Zeit dabei zu, wie sie sich durchs Leben schlugen. Nur der Mensch und die unberechenbare Welt. Lea reichte ihm ein Glas Rotwein und startete die Serie. Erst sahen sie fern, tranken zwei Flaschen Wein, dann hatten sie Sex. Das war der Ablauf, den Lea ohne viele Worte bestimmt hatte und der Taso mittlerweile so vertraut war, dass er ihn nicht mehr verändern wollte.

Sex mit Lea war einer der wenigen Höhepunkte in Tasos Leben. Er war wild und leidenschaftlich, ausschweifend und unwahrscheinlich befriedigend. Schon in der ersten Nacht hatte sie begierig Besitz ergriffen von seinem Körper, hatte ihn hastig ausgezogen, sich immer wieder nackt an ihn geschmiegt, ihr Gesicht in seiner Haut und in seinen Haaren vergraben. Sie war mit den Fingern seine Gesichtszüge entlanggefahren und hatte ihm von Anfang an ein vertrautes Gefühl gegeben.

Es störte ihn nicht, dass sie dafür offenbar etwas Alkohol brauchte. Er genoss die Stunden mit ihr und fühlte sich zu ihr hingezogen, dachte außerhalb von Little Diagon aber kaum an sie. Er nahm an, dass es ihr genauso ging. Sie füllten mit ihren monatlichen Treffen eine Leerstelle in ihrer beider Leben, ohne zu wissen, worin diese Leere beim anderen eigentlich bestand.

Auch heute genoss Taso das Danach. Lea blieb verschwitzt auf ihm liegen und verharrte dort, bis er seinen eingeschlafenen Arm bewegte. Schwerfällig erhob sie sich, zog ihren Bademantel an und gab ihm einen zarten Kuss auf den Mund. Taso wollte nach ihr greifen, sie zurück aufs Bett ziehen, aber sie entzog sich ihm, ging ins Bad und verriegelte die Tür. Durch den Türspalt fiel etwas Licht ins dunkle Zimmer. Taso fragte sich, was sie jetzt im Spiegel sah und warum sie sich vor ihm versteckte. Er hatte ihren Körper nie richtig betrachten, hatte ihn nur mit Mund und Händen erkunden dürfen. Vielleicht fühlte sie sich einfach nicht wohl in ihrer Haut, vielleicht steckte mehr dahinter. Manchmal wollte er sie direkt darauf ansprechen, entschied sich aber jedes Mal dagegen. Entweder war er zu müde, oder er wollte die Stimmung nicht kippen. Und es lohnte sich ohnehin nicht zu fragen, denn sie würde ihm nicht antworten. Auch, warum sie zu zwei Treffen nicht erschienen war, hatte sie nie erklärt.

Taso schloss die Augen. Er hörte, wie im Bad die Dusche anging, und ließ sich von dem leisen Plätschern des Wassers in den Schlaf tragen.

4

Auf dem montäglichen Weg zur Arbeit war Taso in Gedanken bei seinem Treffen mit Tim. Hätte er der Allianz seine Hilfe zusagen sollen? Eigentlich könnte er sich ihren Plan doch wenigstens einmal anhören. Wovor hatte er Angst? Mit Peter war es im Moment ohnehin schwierig, und ansonsten gab es nicht viel, was ihn an sein jetziges Leben band.

Er wischte sich den Schweiß von der Stirn. In dem dicken Wintermantel war ihm obenherum viel zu warm, in den Ledersandalen an den Füßen viel zu kalt. Nur die neongelbe Cordhose war einigermaßen wettertauglich. Gedankenversunken ging er die Straße hinunter, als ihn seine Smarts mit einem schrillen Ton an die Demoversion des Jedi-Spiels erinnerten, das ihm den Weg zur Arbeit erleichtern sollte. Er hatte überhaupt keine Lust darauf, also startete er das Spiel.

Kurz darauf schwebte eine Drohne neben ihm und öffnete ihren Bauch. Taso nahm einen großen, schweren Gürtel heraus. In zwei Halftern steckten Joysticks in der Form von Staffelstäben, die durch die SmEyes des Spielers aber je nach Bedarf wie Tennisschläger, Pistolen oder Schwerter aussehen konnten.

Taso legte sich den Gürtel um wie früher seine Cowboyverkleidung, nur dass er sich jetzt albern dabei vorkam. Sofort veränderten seine Smarts die Welt um ihn herum. Häuser, Straßen, Autos und Menschen verschwanden. Er stand allein in einer Schlucht aus rotem Sandstein. Hinter ihm loderte eine gigantische Feuerwand, zu seiner Linken kroch ein zäher Strom glühender Lava, rechts ragte eine von Ruß geschwärzte Felswand in den rauchverhangenen Himmel, vor ihm wand sich ein schmaler Pfad durch eine lebensfeindliche Landschaft.

Er zog aus dem Gürtel einen Joystick, der jetzt aussah wie ein Schwertgriff. Aus dem oberen Ende schoss eine armlange blaue Lichtsäule, das Lichtschwert begann eintönig zu brummen.

Taso spürte etwas am Arm und erschrak: Ein vielleicht fünfjähriges Mädchen klammerte sich an ihn und sah flehend zu ihm auf. Sie hatte Ähnlichkeit mit seiner Nichte Lisa. Natürlich. Am liebsten hätte er ihre Hand abgeschüttelt – oder eher das Metallstück, das sich aus dem Gürtel geschlängelt haben musste –, riss sich aber zusammen. Das Mädchen trug einen sandfarbenen Mantel und kniehohe braune Stiefel. Taso sah an sich herunter und stellte fest, dass er selbst ebenso gekleidet war.

Plötzlich stand eine Gestalt in einem weiten schwarzen Mantel vor ihm. Die Kapuze hing weit über ihr Gesicht, die Hände hatte sic wie ein Mönch in die gegenüberliegenden Ärmel gesteckt.

»Taso«, flüsterte das Mädchen, »hilf mir!« Taso seufzte. Sie klang sogar wie Lisa.

Aus dem Dunkel unter der Kapuze zischte eine unnatürlich hohe Männerstimme: »Meister Taso … es ist lange her!« Über dem Kopf der Gestalt poppten Informationen auf: *Sarko Juĝisto, Shadow Hand der Sith, Schüler von Darth Rugal.*

Taso wusste, was er tun sollte. Er löste den Arm des Mädchens, trat einen Schritt vor und hob sein Schwert. Sofort zog Juĝisto die Hände aus den Ärmeln und aktivierte zwei rot leuchtende Lichtschwerter.

Die Steuerung war intuitiv, und Taso startete gut in den Kampf. Mal hieb er, mal wehrte er ab, mal nutzte er seine freie Hand für Gesten, mit denen er das Tempo steuern und mit Zauberkraft Lava auf seinen Gegner werfen konnte. Er trieb den zunächst lachenden, dann fluchenden Sith vor sich her, verfolgte ihn durch die Schlucht. Er wich vorbeieilenden Zivilisten aus, überquerte den Lavastrom über einige große Steine, die nur wenige Sekunden aus der dampfenden Glut herausragten, bis er endlich zu einer langen, breiten Steintreppe kam. Die Treppe führte zu einem Plateau, auf dem ein

Raumschiff stand. Juĝisto wartete auf einer der unteren Stufen. Er hatte die Kapuze abgenommen, dunkle Tattoos übersäten sein Gesicht, hasserfüllt fixierte er seinen Verfolger.

»Hier wird es sich entscheiden, Meister Taso!«, rief der Sith, bevor Taso losstürmte, ihn in einem wilden Kampf entwaffnete und dann mit einem glatten Hieb enthauptete. Juĝisto kippte zur Seite, sein Kopf rollte die Stufen hinab, bis er im glühenden Lavastrom versank. Das kleine Mädchen jubelte und tanzte lachend auf und ab, bevor es sich in respektvoller Entfernung vor ihm aufbaute und rief: »Vielen Dank, der Herr!«

Taso zögerte kurz, lächelte dann und sagte: »Es war mir eine Ehre, Frau … Zauberfackel!«

Lisa lachte auf, rannte die Treppen hinauf und kletterte in das Raumschiff. Das Gefährt erhob sich in den Himmel, und als Taso wieder nach vorn blickte, sah er die großen Türen des Landgerichts. Der Schweiß troff ihm vom Gesicht, er pellte sich aus seinem Mantel und wedelte Luft unter das T-Shirt. Ein vorbeigehender Mann sah ihn irritiert an, als wäre Taso soeben aus dem Nichts erschienen.

Hat dir das Spiel gefallen?, fragten seine Smarts. Eine Drohne hielt neben ihm und öffnete die Bauchklappe, Taso legte den Gürtel hinein. Das Spiel hatte ihm sogar verdammt gut gefallen, weshalb er die Demoversion kündigte und das Spiel mit nur einem von fünf Sternen bewertete, bevor er beschwingt das Gericht betrat.

Als er die Tür zu seinem Büro öffnete, verpuffte Tasos gute Laune. Schlagartig erklang laute Schlagermusik, über seinem Schreibtisch explodierte ein virtuelles Feuerwerk. Sein Kollege David stand mit ausgebreiteten Armen vor ihm und strahlte ihn an. Taso zwang sich zu einem begeisterten Lächeln und fügte sich steif der unausweichlichen Umarmung. Unaufrichtige Reaktionen wie diese hatten im Verlauf der letzten beiden Jahre dazu geführt, dass David Taso für seinen besten Freund hielt. Nachdem dann eine App errechnet hatte, dass Davids Chancen auf eine feste Freundschaft mit

Taso höher als mit jedem anderen waren, hatte sich David kaum noch abschütteln lassen. Er war nie auf die Idee gekommen, dass die App durch Tasos Gaukelei ein völlig falsches Bild ihrer »Beziehung« hatte. Eigentlich wäre David prädestiniert gewesen für imaginäre Freunde, wie sie viele sozialunverträgliche Kubisten nutzten, aber er hatte ja Taso.

Taso konnte David nicht leiden. Manchmal sah er den Würfel schadenfroh grinsen, während er sich, wie heute, um eine gute Miene zum grausamen Spiel bemühte.

»Alles, alles, alles Gute nachträglich, mein Bester«, keuchte David und drückte Taso viel länger an sich als nötig. Davids beträchtlicher Bauch und penetranter Schweißgeruch raubten Taso den Atem. »Gefällt dir meine Überraschung?«

Endlich lockerte David seinen Griff und schwang den Arm mit großer Geste durch die Luft. Er hatte offensichtlich eine kostenlose Party-App verwendet, die Tasos Büro in einen Festsaal verwandelt hatte: Von der Decke baumelten gesmalte Girlanden und ein Banner mit der Aufschrift »Herzlichen Glückwunsch zum Geburtstag, [bitte Namen einfügen]!«. Die Wände waren in grellen Farben gestrichen, und in einer Zimmerecke stapelten sich drei gigantische Torten. In einer anderen Ecke standen ein paar berühmte Fußballspieler in den Trikots ihrer Mannschaften und plauderten mit zwei leicht bekleideten Supermodels. Auf Tasos Schreibtisch lag ein virtueller blauer Briefumschlag, der sich nach einem Klick als Gutschein für einen Bauernhofausflug entpuppte.

Taso schüttelte sich innerlich. Am liebsten hätte er David samt Fußballer und halb nackter Frauen brüllend rausgeworfen.

»Da kommen wir endlich mal raus aus der Stadt«, sagte David zwinkernd. »Wird Zeit, dass wir mal was zusammen unternehmen.« Tasos Kopf war kurz davor, zu zerspringen, während er sich überschwänglich bedankte.

»Die Deko hab ich komplett selbst ausgesucht!« David betrachtete zufrieden sein Werk. »Obwohl ich nach dem Date gestern eigentlich gar keine Zeit mehr hatte.« Sein Gesichtsausdruck trübte sich. Taso hätte lieber den Schlager voll aufgedreht oder sich zu den Fußballern gestellt, als dem zuzuhören, was nun unweigerlich folgte: Davids detaillierter Bericht eines weiteren gescheiterten Dates.

Nach ein paar Minuten erschien zu Tasos Glück sein Chef in der Tür. Für den aufrechten Kubisten und leidenschaftlichen Beamten war Taso sicher das größte Rätsel seiner Karriere. Taso wandte sich von David ab und schüttelte Herrn Richters ausgestreckte Hand, der ihm sogleich gratulierte. Taso musste an Juĝisto denken, hatte der nicht ganz ähnlich geklungen? Dem Chef folgten ein paar weitere Kolleginnen und Kollegen, die schuldigst ihre Pflicht taten und Taso die Hand schüttelten, bevor sie sich fernab von David einen Platz im Büro suchten. Die einzige weitere Umarmung kam von Julia, die nach der vorletzten Weihnachtsfeier bei Taso zu Hause gelandet war, um dann fluchend wieder abzuziehen, als er ohne Smartsunterstützung mit ihr ins Bett wollte. Als alle um ihn herumstanden und ihn erwartungsvoll ansahen, schwärmte Taso angestrengt von der Geburtstagsfeier seines Bruders, von den vielen alten Freunden und den hervorragenden Fenchelküchlein. David ergänzte lautstark, dass er natürlich gekommen wäre – eingeladen hatte Taso ihn nicht –, hätte seine Mutter nicht ihren Sechzigsten gefeiert.

Die Überraschungsparty dümpelte eine lange Weile vor sich hin. Endlich wollte sich Herr Richter mit einem weiteren Händedruck verabschieden, als plötzlich Frau Aydin den Raum betrat. Herr Richter schien ihre Anwesenheit zu spüren, denn er drehte sich blitzschnell um und zog die Hand zurück, bevor Taso sie ergreifen konnte.

Alltagsgespräche starben in Frau Aydins Gegenwart einen schnellen Tod und wurden entweder ersetzt durch andächtige Stille oder bemüht intellektuelle Unterhaltungen. Selbst David unterbrach seinen Julia ertränkenden Redeschwall.

Taso war immer wieder beeindruckt, welche Wirkung die zierliche Mittfünfzigerin auf andere hatte. Anders als Taso und seine Kollegen war sie Richterin und leitete eine der wenigen verbliebenen Berufungskammern des Landgerichts. Als Taso vor ein paar Jahren im Rahmen eines Minderheitenprogramms für Offliner ans Landgericht gekommen war, hatte sie ihn rasch unter ihre Fittiche genommen. Er hatte nie herausgefunden, ob sie eine glühende Kubistin mit Missionarseifer oder eine heimliche Offlinersympathisantin war. Auf entsprechende Fragen hatte sie ausweichend geantwortet. Alle würden von Programmen wie diesem profitieren, hatte sie gesagt, außerdem sei ihr der Schutz von Minderheiten wichtig, und auch das Grundgesetz gelte schließlich noch. Mit der Zeit hatte er das Gefühl, dass sie ihn einfach mochte, und das war ihm eigentlich am liebsten. Er hatte früh eine ihrer Gerichtsverhandlungen verfolgt und gestaunt, wie spielerisch sie Kläger, Beklagte und deren Anwälte im Griff hatte, wie souverän sie überzeugende von schwachen Argumenten trennte und wie selbstbewusst sie schließlich ihr Urteil begründete, als hätte sie nicht über mehrere Millionen Euro, sondern über den Schadensersatz für ein abgeschossenes Ped entschieden. Seither bat sie Taso alle paar Wochen um Rat zu ihren Fällen – ohne dass sie ihn wirklich bräuchte, denn er kannte keine bessere Juristin als sie. Dankbar und fasziniert diskutierte er die Fälle mit ihr, genoss es jedes Mal, wenn sich sein hungriges Hirn auf ihre Fragen stürzte wie ein Hund auf sein Stöckchen und er sich zur Abwechslung mit der Urteilskraft eines Menschen auseinandersetzen konnte statt mit der einer Software. Um dieses Vertrauensverhältnis und seine hohe Meinung von Frau Aydin nicht zu gefährden, hatte er nie gefragt, warum sich ein so kluger und reflektierter Mensch wie sie mit dem Kubismus arrangiert hatte. Er wusste ohnehin, dass ihn die Antwort nur enttäuschen konnte. Taso hatte schon zu viele Ausflüchte gehört.

Frau Aydin musterte irritiert die Bürodekoration. Die billigen Farben und das Zubehör standen in starkem Kontrast zu ihrer Erscheinung: Mit petrolfarbenem Rollkragenpullover und edlem schwarzen Jackett passte sie eher auf eine Vernissage als in diese unmotivierte Geburtstagsversammlung. Amüsiert beobachtete Taso den Überschwang, mit dem Herr Richter sie begrüßte und ihr für ihr Kommen dankte. Frau Aydin nickte nur höflich und ging rasch weiter zu Taso. Ihr Lächeln war nicht besonders herzlich, das war es nie, aber er wusste, dass es nicht aufgesetzt war.

»Herzlichen Glückwunsch. Haben Sie schön gefeiert?«

Taso lächelte. »Danke, ja.«

Sie runzelte die Stirn und sagte halblaut: »Ich hoffe, die Musik auf Ihrer Feier war besser als die hier.«

Die Worte verfehlten ihre Wirkung nicht. David fuchtelte sofort in der Luft herum, worauf die Musik kurz lauter wurde, bevor sie endlich verstummte. Taso lachte in sich hinein. Er hätte nicht gedacht, dass er diese Zusammenkunft doch noch genießen würde.

Frau Aydins Gesicht entspannte sich. »Ich habe eine Kleinigkeit mitgebracht.« Sie hielt eine Champagnerflasche hoch. »Haben Sie ein paar Gläser?«, fragte sie Herrn Richter. Der nickte nur, eilte aus dem Büro und kehrte kurz darauf mit ein paar Wassergläsern zurück. Als Frau Aydin kurz darauf allen eingeschenkt hatte, hob sie ihr Glas. »Auf unseren geschätzten Kollegen Taso!« Sie sah ihn etwas länger an als gewöhnlich. »Auf seine sicher große Zukunft!«

Taso zögerte kurz, setzte ein schmales Lächeln auf und stürzte seinen Champagner hinunter.

Als endlich alle gegangen waren, zog er die Bürotür zu und ließ sich auf seinen Stuhl fallen. Er schloss die Augen, atmete tief durch und widerstand dem Impuls, die schreckliche Deko abzuschalten. Stattdessen drehte er sich so, dass er Fußballspieler und Supermodels nicht mehr sah. Hätte David eine kostenpflichtige App gewählt, würden sich die Simulationen jetzt mit ihm unterhalten wollen.

Taso startete seine Arbeitssoftware »Insta-Supervision«.

Als er vor zehn Jahren mit dem Jurastudium begonnen hatte, hatte er sich seine künftige Arbeit anders vorgestellt. Er hatte von leidenschaftlichen Plädoyers und aufreibenden Zeugenvernehmungen geträumt, von Gerechtigkeit und spannenden Geschichten aus dem prallen Leben, die er erzählen oder über die er urteilen würde. Nach dem Referendum hatte er im Recht zumindest noch eine Bastion gegen die technisierte Welt gesehen, einen Widersacher des ungezügelten Fortschritts, für den der Menschenverstand noch etwas zählte. Dann aber wurde »Instalaw« eingeführt. Das Programm entschied Rechtsstreite ad hoc: Aus Smartsaufnahmen und allen anderen Daten des Würfels ermittelte es, was passiert war, und fällte ein Urteil. Sehr praktisch, sehr schnell, und die Beteiligten sparten Gerichts- und Anwaltskosten. Wer die Instalaw-App aktiviert hatte, sah in einer Schlägerei nach jedem Fausthieb, wie viel Schmerzensgeld ihn dieser kostete, welche Strafe ihm drohte und wie sich beides bei weiteren Schlägen entwickeln würde. Instaurteile konnte man nur anfechten, wenn der Streitwert über 50.000 Euro lag. Dann entschieden, wiederum unterstützt vom Würfel, Menschen über den Fall. Menschen wie Frau Aydin.

Mit Instalaw nahm der Bedarf an Juristen rapide ab. Die wenigen offenen Richterstellen gingen an Kandidaten mit hohem Pred-Score, weil der Würfel ihre Eignung leichter einschätzen, sie effektiver einsetzen und besser durch das Berufsleben führen konnte. Taso hatte keine Chance gehabt. Auch Kanzleien waren für ihn nicht infrage gekommen, denn sie erhielten wie alle Unternehmen Steuervergünstigungen für hohe Pred-Scores ihrer Belegschaft. Ihm war nur eins übrig geblieben: Supervisor zu werden. Seine Aufgabe bestand in der Überprüfung von Instaurteilen, die keiner der Beteiligten angefochten hatte oder anfechten konnte, weil der Streitwert zu niedrig war. Dazu bekam er alle Informationen eines Falls auf seine Smarts gespielt. Bewertete er ihn anders als Instalaw, begründete er das und reichte die Sache weiter an die Instakammer des Gerichts. Selbst entscheiden durfte er nichts.

Instalaw war schnell besser geworden. Inzwischen vergingen ganze Wochen, in denen Taso keinen Anhaltspunkt für eine Fehlentscheidung fand. Die meiste Zeit seiner Arbeit fühlte er sich nutzlos oder unfähig und langweilte sich zu Tode. Es half nicht gerade, zu wissen, dass viele Supervisoren dieselben Fälle parallel begutachteten – um Instalaw weiter zu verbessern, zur Arbeitsbeschaffung oder einfach, weil die Überprüfung ohnehin fast nichts kostete. Supervisoren waren billig.

Trotzdem wollte Taso seine Arbeit nicht missen. Er verdiente etwas Geld zu seinem Grundeinkommen dazu, sah ab und an Frau Aydin und hatte unter der Woche etwas zu tun. Außerdem war er hier unbeobachtet: Der Würfel verknüpfte die Analysen der Supervisoren nie mit ihren digitalen Profilen, um die Unabhängigkeit der Justiz zu schützen. So konnte jeder infrage stellen, was Instalaw für richtig hielt – ohne sich Gedanken darüber machen zu müssen, was der Würfel von ihm erwartete und wie sich die Entscheidung auf den eigenen Pred-Score auswirken würde. Tasos Job war ein wenig wie eine Würfelfreie Zone im Auge des Kubismus.

Am späten Vormittag erinnerte Tasos Kalender ihn an einen Termin beim Chef. »Ah, Herr Doff«, begrüßte ihn Herr Richter, als Taso an dessen Bürotür klopfte. »Die Evaluierung, richtig? Kommen Sie rein.« Er winkte Taso zu sich und bot ihm den Stuhl gegenüber an. »Ich brauche noch einen Moment.« Taso nahm Platz und sah sich um. Dafür hatte er zu Beginn ihrer Meetings immer genügend Zeit.

Herr Richter hatte das Büro bei seinem Einzug aufwendig besmalt und es seither kaum verändert. Es war rundum vertäfelt und gab Taso jedes Mal das Gefühl, in einer alten bayerischen Gaststätte zu sitzen. Durch große Fenster in der Wand hinter dem Schreibtisch blickte der Besucher in einen sonnendurchfluteten Park, in dem Giraffen umherstolzierten. Die Wand daneben zeigte einige Gemälde berühmter Verfassungsrichter, zwischen ihnen hingen Bilder von Herrn Richter und seiner Familie. Auf die dritte Wand hatte er eine prachtvolle, offen stehende Flügeltür gesmalt, die sich zu einem Salon mit großem Kamin, schweren roten Polstersesseln und einem edlen Perserteppich öffnete. Die einzige Veränderung seit Tasos letztem Besuch war ein Zertifikat, das zu Herrn Richters Rechten an der Wand hing: *Der Wächterrat gratuliert Herrn Egon Richter zum Erreichen eines Pred-Scores von 85.* Die Zahl stand in einer eigenen Zeile und schimmerte golden. *Für seinen unermüdlichen Einsatz für Frieden und Wohlstand danken wir ihm außerordentlich und versprechen ihm für die Zukunft alles Gute.*

Taso musste schmunzeln.

Nach einer Weile stand sein Chef endlich auf und ging zu einem Beistelltisch mit einer Kaffeemaschine darauf, einer der wenigen echten Gegenstände im Büro.

»Kaffee?«, fragte er, nahm zwei neben der Maschine stehende Tassen und drehte sie vom Kopf auf die Füße.

»Gerne.«

»Letztes Mal hatten Sie schwarz mit viel Zucker, richtig?«

Taso war verblüfft, dass Herr Richter sich das gemerkt hatte. »Ja, aber heute hätte ich gern einen Milchkaffee ohne Zucker.«

Herr Richter grunzte verächtlich und machte sich an der Maschine zu schaffen. Kurz darauf reichte er Taso kommentarlos eine Tasse mit schwarzem Kaffee, in den er extra viel Zucker gerührt hatte, und setzte sich wieder. Herr Richter mochte Routine, auch bei anderen Menschen. Prompt saß Taso in einem der vertrauten roten Salonsessel im gesmalten Nachbarzimmer. Nur das harte Holz unter seinem Po erinnerte ihn daran, dass er sich nicht fortbewegt hatte. Auch dieser Szenenwechsel war fester Bestandteil eines Gesprächs mit seinem Chef.

Herr Richter setzte sich in den gegenüberstehenden Polstersessel und rührte stumm in seiner Tasse, bis ihm ein grünes Licht am Ende des Löffels signalisierte, dass der Inhalt jetzt nach seinem Geschmack temperiert war. Nach dem dritten Schluck begann er zu sprechen. »Sie wissen ja, dass Instalaw schon lange ziemlich rundläuft: Die Instakammer unseres Gerichts musste in den letzten zwei Jahren nur sieben Urteile ändern. Bei über zehntausend Fällen, das müssen Sie sich mal vorstellen!« Seine Augen leuchteten kurz, dann wurde er wieder ernst. »Wir werden deshalb künftig immer weniger Fälle in der Supervision bearbeiten und ...«, er räusperte sich, »nachdem die Minderheitenförderung ausgelaufen ist, rücken nun die Offliner in den Fokus.« Taso wurde flau im Magen. Herr Richter scheiterte an einem entschuldigenden Lächeln. »Ich mache es kurz: Sie werden künftig weniger arbeiten müssen, nämlich nur noch von Montag bis Mittwoch statt bis Donnerstag.« Herr Richter nahm noch einen Schluck Kaffee und trommelte nervös mit den Fingern gegen das Porzellan. »Vielleicht ... schauen Sie sich mittelfristig nach etwas Neuem um. Man weiß ja nie, wie sich die Dinge hier entwickeln, nicht wahr?«

Taso hätte schreien können. Es kostete ihn alle Kraft, seinen Zorn im Zaum zu halten. Er arbeitete regelmäßig doppelt so viele Fälle ab wie David oder irgendein anderer Kollege. Niemand in seiner Abteilung hatte einen Juraabschluss, auch Herr Richter nicht. Diese Maßnahme war nicht nur ungerecht, sie ergab einfach keinen Sinn! Sein Chef wusste das, und trotzdem saß er ruhig auf seinem Thron und vollstreckte diese hässliche Politik.

»Das hat überhaupt nichts mit Ihrer Leistung zu tun!«, fuhr Herr Richter eilig fort. »Ich habe Frau Aydin neulich erst wieder erzählt, was für gute Arbeit Sie machen. Aber Sie wissen ja, wie das System funktioniert. Wenn Sie doch nur ...«

»Ich kann das gut verstehen, machen Sie sich keine Sorgen«, unterbrach Taso ihn gepresst. »Muss ich mir wohl noch ein Hobby suchen.« Mit Mühe verzog er seine Mundwinkel so, dass ein Lächeln erkennbar wurde.

Herr Richter schien irritiert. »Ihr Gehalt wird leider auch angepasst«, schob er vorsichtig hinterher.

»Ich habe sowieso kaum Ausgaben.« Taso stand etwas schneller auf, als es sein Kreislauf verkraftete. Er schwankte kurz und hielt sich am Stuhl fest, bis der Schwindel verging. Er war nun nicht mehr im Salon, sondern wieder in Herrn Richters Büro. »Wenn sonst nichts mehr ist ...«

Sein Chef schüttelte den Kopf. »Nehmen Sie sich den Rest der Woche frei, Herr Doff, Sie haben es verdient.«

Im Flur wurde Taso speiübel. Mit wackeligen Beinen registrierte er den Eingang einer E-Mail in seinem Sichtfenster: eine automatische Kündigung seines Mietvertrags zum Ende des Monats. Kurz darauf folgten Angebote der Zentralen Wohnungsvermittlung für noch günstigere Einzimmerapartments.

Zurück in seinem Büro schloss Taso die Augen, damit der Würfel nicht sehen konnte, wie er wild mit den Armen in die Luft boxte und den Mund zu einem langen, lautlosen Schrei aufriss. Dann setzte er sich an den Schreibtisch und versuchte, sein übliches Tagespensum abzuarbeiten.

Als David mit betretener Miene in der Tür stand, wusste Taso, dass er es nicht schaffen würde. Offenbar hatte sich die Neuigkeit längst rumgesprochen. David versuchte, Taso zu umarmen, was dieser ohne zu überlegen abblockte. Mit verzweifelter Miene suchte David nach Auswegen aus der Misere. Taso solle doch seinen PredScore bis knapp über 50 steigern, schlug er vor, damit er nicht mehr als Offliner gelte. Taso nickte und versprach, es sich zu überlegen. Erst nachdem er ihm wiederholt lautstark für seine Anteilnahme gedankt hatte, wurde er David wieder los.

Auf dem Nachhauseweg fühlte er sich deutlich schlechter als damals, als das Gericht seine Fünftagewoche um einen Tag gekürzt hatte. Wenn Herr Richter recht behielt, wäre er bald arbeitslos. Wer würde ihn dann noch einstellen? Niemand wollte Offliner in seinem Unternehmen, geschweige denn Gaukler. Dank Grundeinkommen würde er zwar nicht verhungern – aber was bliebe ihm dann noch? Vielleicht sollte er doch alles hinschmeißen. Seinen Job kündigen, Arbeit in einer WfZ suchen, sich dem Widerstand anschließen. Dem Kubismus endgültig den Finger zeigen.

Eine Meldung seines Newsfeeds riss ihn aus den Gedanken: Tims

Chefin Pascale Bellaxa war vorübergehend festgenommen worden. So nannte jedenfalls sie selbst die Gefährderansprache, zu der man sie vorgeladen hatte, ihre vierte in diesem Jahr. Eine Liveschaltung zeigte sie vor dem Polizeihauptquartier.

Taso hatte Pascale schon lange nicht mehr gesehen, aber die Würde und Stärke, die sie ausstrahlte, waren ganz die alten. Ihre blauen Augen waren dezent, aber wirkungsvoll geschminkt, ihr schmales Gesicht war eingerahmt vom hochgestellten Kragen eines schwarzen Mantels, dessen knallgelbes Innenfutter am Saum und an den Ärmeln aufblitzte und der sicher morgen im Modeteil des *Gauklers* zu sehen sein würde. Pascale wirkte vollkommen gefasst, während sie die Arme effektvoll durch die Luft bewegte, um die Worte ihrer kräftigen Stimme zu unterstreichen: »Das ist unwürdig! Nicht nur ich werde regelmäßig hierher verschleppt, um Rede und Antwort zu stehen, die ich nicht schulde – Hunderten anderen Offlinern geht es genauso! Diese Schikane *muss* ein Ende haben! Noch diese Woche werden uns wohlgesinnte Abgeordnete eine Gesetzesinitiative starten, mit der wir …«

Tasos Augen blieben an einem Mann hängen, der mit verschränkten Armen einige Meter hinter Pascale stand. Taso zoomte heran und erkannte Zhong Schneider, der lächelnd die Rede verfolgte. Gerade als Taso den Blick wieder abwenden wollte, drehte Schneider leicht den Kopf und sah ihm direkt in die Augen. Taso erstarrte. Konnte Schneider wissen, dass er ihn ansah? Mit klopfendem Herzen und einem unguten Gefühl beendete er die Übertragung.

Wenige Hundert Meter trennten Taso noch von seiner Wohnung. Er konnte es kaum erwarten, sich die Smarts herauszunehmen und aufs Sofa zu fallen. Er wollte an nichts mehr denken, einfach die Augen schließen und in einen traumlosen Schlaf sinken.

Müde registrierte er schon von Weitem eine junge Frau, die auf den Stufen zu seiner Haustür saß. Neben ihr stand ein großer Rucksack. Sie hatte ihr Kinn auf die Knie gestützt, das dunkle, leicht gewellte Haar fiel ihr ins Gesicht. Ihre braun-rot karierte Bluse und ihr langer schwarzer Rock erinnerten Taso an die altmodische Kleidung der Namischen.

Namische kamen eigentlich nie in die Stadt. Andererseits würde das die beiden über ihr schwebenden Datenschürfer erklären, die die Frau sicher beobachteten, weil sie keine Smarts trug.

Als Taso näher kam, hob sie den Kopf, sah ihn an und lächelte unsicher. Der Anblick ihres runden, gleichmäßigen Gesichts mit den großen grünen Augen und dem auffälligen Muttermal auf der rechten Wange riss Taso in eine andere Zeit.

Obwohl er sie lange nicht mehr gesehen hatte, erkannte er Dalia sofort.

5

Etwas in Taso machte einen Sprung und sank nur ganz langsam wieder zu Boden. Mit einem Blick erkannte er, dass Dalia Reißaus genommen hatte. Er konnte nicht anders, als ihr Lächeln zu erwidern.

»Hi Dalia«, sagte er betont nüchtern, wissend, dass sein Tonfall nicht zur Mimik passte.

»Hallo Taso.« Ihre Stimme war tiefer und melodischer, als er sie in Erinnerung hatte. Sie erhob sich und ging einen Schritt auf ihn zu. Als sie den Oberkörper zu ihm beugte, blieb Taso steif stehen, obwohl er sie gern umarmt hätte. Dalia trat zurück, verlegen blieben sie voreinander stehen und sahen sich an. Die Ansätze von Krähenfüßen um Dalias Augen waren neu, auch ihre Haare waren dunkler und deutlich länger als früher, ihre Lippen leuchteten knallrot. So manche gesliftete Frau würde neidisch bei ihrem Anblick.

Peinlich berührt blickte Taso an seinem Wintermantel hinunter auf die Ledersandalen. Selbst nackt sähe er besser aus.

Die Drohnen über ihnen sanken tiefer, ihre gierigen Linsen brannten sich in Tasos Kopfhaut. Die kleinere flog zur Seite, um sein Gesicht zu filmen, als spürte sie, dass daran gerade etwas Interessantes abzulesen war.

Er griff nach Dalias Rucksack. »Darf ich?«

Dalia wirkte irritiert. Sie hatte offensichtlich eine herzlichere Begrüßung erwartet. Dann nickte sie aber und trat beiseite. Taso warf den Rucksack mit einer betont lässigen Bewegung über die Schulter, unterschätzte das Gewicht und geriet kurz ins Straucheln.

»Alles okay?«, fragte Dalia, die Arme ausgestreckt, als wollte sie ihn auffangen.

»Danke, alles im Griff.« Er grinste unwillkürlich, öffnete die Haustür und bedeutete ihr vorauszugehen.

Auf dem Weg nach oben schüttelte er ungläubig den Kopf. Es kam nicht oft vor, dass er Besuch aus Humaning bekam. Und schon gar nicht von einer Namischen. Dalias und seine Eltern waren eng befreundet – so eng, dass er zeitweise Angst gehabt hatte, seine Eltern würden unter die Religs gehen. Denn Dalias Mutter leitete die Humaninger Namischen-Gemeinde, und auch ihr Vater ließ keine Gelegenheit für ein Glaubensbekenntnis aus. Als Taso die vier das erste Mal zusammen erlebte, staunte er über seinen Vater, der still dasaß und die Augen niederschlug, während Herr Bartas ein Tischgebet sprach. Als Taso klein gewesen war, hätte sein Vater bei solchen Gelegenheiten mit den Augen gerollt oder sein Missfallen noch deutlicher ausgedrückt. Aber das Leben in einer WfZ im Nirgendwo hatte ihn verändert.

Als Taso vor etwa zwei Jahren mal wieder seine Eltern besucht hatte, waren die Bartas vorbeigekommen und hatten Dalia mitgebracht. Taso hatte Dalia zuletzt als störrischen Teenager erlebt und war ziemlich überrascht, beim Mittagessen einer jungen Frau gegenüberzusitzen. Durch die anwesenden Eltern fühlte er sich wie ein Schuljunge, während er immer wieder heimlich Augenkontakt zu ihr suchte. Später hatte er sich zu ihr aufs Sofa gesetzt. Sein Vorhaben, sie in ein lebhaftes Gespräch zu verwickeln, scheiterte kläglich, denn er wusste einfach nicht, worüber er mit einer sechs Jahre jüngeren Namischen reden sollte. Schließlich begann sie die Unterhaltung und fragte ihn mit großen Augen über sein Leben »da draußen« aus: wie hoch sein Pred-Score sei, was der überhaupt messe, wie das mit dem Grundeinkommen funktioniere und wer es bekomme, was er arbeite und ob er viele Freunde – und eine Freundin – habe, wie Kubisten ihre Freizeit verbrächten und wohin er schon alles gereist sei. Im Gegensatz zu den allermeisten anderen Einwohnern von Humaning brannte sie förmlich darauf, jedes Detail der Würfelwelt zu erfahren. Ihre Neugier und Direktheit waren Taso zunächst unangenehm, aber je mehr sie nachfragte, desto bereitwilliger gab er Auskunft, schmückte seine Antworten aus wie ein neuzeitlicher Seefahrer seine Berichte aus fernen Ländern. Dalia amüsierte sich prächtig. Vielleicht verschwieg er ihr deshalb, dass er ein Gaukler war, und genoss lieber die Leichtigkeit, mit der er, ganz gegen seine Gewohnheit, über das Leben im Kubismus sprach, ja beinahe von ihm schwärmte. Mit einer Anekdote über Davids Freundschaftsschwüre brachte er sie sogar zum Lachen. Sie warf den Kopf zurück und schüttelte sich so ungehemmt, wie er es selten gesehen hatte, wischte sich eine Träne von der Wange und sah ihn erwartungsvoll an. Er bemerkte, dass sie auf einmal ziemlich dicht beieinandersaßen, und geriet wieder ins Stocken. Instinktiv sah er sich nach Dalias Eltern um, die eine solche Nähe zu einem ungläubigen Beinahe-Kubisten – mehr war er in ihren Augen nicht – sicher missbilligen würden. Aber Dalia schien entspannt, und er erkannte, dass sie doch etwas Wichtiges verband: Dalia widersetzte sich ihrer Welt auf dieselbe Weise wie er sich seiner – direkt unter den Nasen der Obrigkeit, mit offenem Visier. Nur dass er gegen einen Computer kämpfte und sie gegen ihre Eltern.

Natürlich war Dalias Eltern nicht verborgen geblieben, was sich auf dem Sofa abgespielt hatte. Als Taso bei späteren Humaning-Besuchen auf die beiden getroffen war, war Dalia nie dabei gewesen. Herr Bartas hatte Fragen nach seiner Tochter nur mit todernstem Blick und seltsam anmutenden Zuckungen seiner beeindruckenden Schultern beantwortet, während sich ihre Mutter zumindest noch um Ausreden bemüht hatte.

Taso hatte Dalia schließlich einen Brief geschrieben, in dem er einfach nur wissen wollte, wie es ihr ging. Er hatte es lange aufgegeben, auf eine Antwort zu warten, und nun bekam er sie doch, mit zwei Jahren Verspätung und von ihr persönlich.

Taso führte Dalia in den Flur seiner Wohnung und verstaute rasch seine Smarts. Als er sich lächelnd zu ihr drehte, zögerte er. So anstrengend es war, ständig seine wahren Gedanken und Gefühle zu verbergen, manchmal war es ein willkommener Schutz. Jetzt zum Beispiel war er unsicher, wie er sich verhalten sollte. Schließlich gab er sich einen Ruck und umarmte sie. »Schön, dich zu sehen.«

Etwas perplex, aber auch erleichtert erwiderte Dalia die Umarmung. Das ganze Gewicht des Tages fiel von Taso ab. »Entschuldige die Zurückhaltung vor der Tür, aber ich bin in der Öffentlichkeit immer etwas … reserviert.«

Dalia winkte ab. »Macht nichts. Du musst ja auch ganz schön überrascht gewesen sein. Gott sei Dank hast du mich überhaupt erkannt.«

»Natürlich! Du hast dich kaum verändert … Also schon, du bist älter geworden, aber du siehst dir immer noch verdammt ähnlich.« Taso grinste und fuhr sich durch die Haare. Bevor ihm ein weiterer doofer Spruch rausrutschen konnte, zog er den Vorhang am Ende des Flurs zur Seite und ließ sie in sein dunkles Zimmer treten. Er schaltete das Licht ein. Es roch muffig. Wie gern hätte er die Fenster aufgerissen.

Dalia sah sich um. Taso vermied es, ihrem Blick zu folgen, und ging zum Kleiderschrank. Den irritierten Gesichtsausdruck beim Anblick seiner schwarzen Fenster kannte er schon von den wenigen früheren Besuchern. Er entledigte sich seiner Sandalen, streifte den Mantel ab und zog sich eine ausgewaschene Kapuzenjacke über das T-Shirt. Die gelbe Cordhose würde Dalia verkraften müssen, im Vergleich zur Namischen-Kleidung war sie sogar beinahe modisch.

»Sieht ein bisschen wild aus hier, ich weiß«, entschuldigte er sich mit Blick auf das ungemachte Bett. »Ich habe selten Gäste.«

»Nicht schlimm. Ich habe mich ja auch nicht angemeldet.« Dalia lächelte. Taso war dankbar, dass sie ihr Befremden so gut versteckte. Sie zeigte auf den Stapel Pakete vor dem Vorhang. »Warum sind die alle noch zu?«

Jedem anderen hätte Taso vermutlich geradeheraus gesagt, dass er mit der Münze entschied, welche Pakete er öffnete, welche er ungeöffnet stehen ließ und welche er zurückschickte. »Ach, da ist nichts Wichtiges drin, ich bin einfach noch nicht dazu gekommen, sie zu öffnen … Tee?« Dalia nickte. Er ging in die angrenzende Küche, setzte Wasser auf und lehnte sich an den Türrahmen zum Wohnbereich. Eine Zeit lang sah er Dalia an, ohne etwas zu sagen. Sie hatte sich an den Esstisch gesetzt und erwiderte stumm seinen Blick. Dann verschränkte sie die Arme auf der Tischplatte und legte den Kopf darauf. »Nein, sie wissen nicht, dass ich hier bin«, murmelte sie. Langsam hob sie den Kopf wieder.

Taso nickte, ging zurück in die Küche und holte zwei Tassen aus dem Schrank. Als er den Tee abmaß, hörte er plötzlich Dalia an einem Fenstergriff herumhantieren. »Halt!«, schrie er und hechtete zurück ins Zimmer. Der Messlöffel fiel mit einem schrillen Klirren auf die Küchenfliesen.

Dalia zuckte erschrocken zurück und sah ihn verwirrt an. »Sind die Fenster kaputt?«

»Nicht direkt.« Er spürte, wie er rot wurde. »Ich mag offene Fenster nicht so gern. Jedenfalls nicht tagsüber.«

Er wusste, dass er ihr früher oder später die Wahrheit sagen musste. Sonst würde sie ihn für einen Wahnsinnigen halten. Nervös schob er die Hände in die Hosentaschen. Wahrscheinlich würde sie ihn so oder so für wahnsinnig halten. »Mir gehts um die Drohnen«, sagte er leise und begann seufzend zu erklären. »… und wenn dann jemand bei mir ist, den der Würfel nicht kennt, wollen sie erst recht herein«, schloss er.

»Deshalb auch die schwarzen Fenster.«

Taso nickte.

»Das meinten deine Eltern also damit, dass du den Würfel ablehnst … Aber was wäre denn so schlimm daran, wenn er deine Wohnung sieht?«

Taso sah sie traurig an. In ihrer Frage schwang solch ein Unverständnis mit, dass sein Herz ganz schwer wurde. Vielleicht war jetzt doch noch nicht der richtige Zeitpunkt für die ganze Wahrheit. »Ich will einfach nicht, dass er mir beim Leben zusieht«, sagte er knapp.

Dalia nickte nachdenklich. Dann fragte sie mit einem Lächeln: »Können wir das Fenster wenigstens einen Spaltbreit öffnen? Wenn die Fremde in deiner Wohnung erstickt und nicht mehr rauskommt, hättest du bald mehr als Drohnen in der Wohnung …«

Taso lächelte beklommen zurück. Er wollte etwas kontern, ihm fiel aber nichts Sinnvolles ein. Er hatte die Fenster schon seit Monaten nicht geöffnet – für die Luftzirkulation sorgten nur die Lüftungen in Bad und Küche – und wollte heute keine Ausnahme machen. Zu seiner eigenen Überraschung sagte er allerdings: »Vielleicht das Küchenfenster? Ich öffne es ein bisschen und stelle was Schweres davor, damit keine Drohnen reinkönnen.«

Dalia nickte eifrig.

Das Küchenfenster öffnete sich in Richtung Wandschrank, weg von der Tür zum Zimmer. Viel zu sehen bekämen die Drohnen durch den kleinen Spalt also nicht. Taso drehte den Griff des Fensters und löste es mit einem Ruck vom Rahmen, was an das Geräusch beim Abziehen eines Klebestreifens erinnerte. Nur Augenblicke später belüfteten die Rotoren eines Datenschürfers seine Küche. Mit dem Rücken zu Dalia zeigte Taso ihm den Mittelfinger.

Als sie am Tisch saßen, verrührte Taso langsam den Zucker in seiner Tasse, ohne mit dem Löffel den Rand zu berühren. Er suchte nach einem einfühlsamen Gesprächseinstieg. Im Grunde wusste er nichts über Dalias Leben in Humaning. Er konnte nur vermuten, dass sie mit so überzeugten Namischen als Eltern ihr Leben lang kontrolliert und indoktriniert worden war. Ihre Flucht musste sie viel Überwindung gekostet haben. Kein Wunder, dass sie nicht von allein erzählte.

»Warum bist du hier?«, fragte er möglichst sanft.

Dalia umfasste ihre Tasse und pustete konzentriert hinein. »Ich wusste nicht, wo ich sonst hinsollte … Meine ganze Familie sind

Namische. Nur meine Tante nicht, aber die hätte mich trotzdem sofort zurückgebracht.« Ihr Blick haftete fest an ihrer Tasse. »Ich kenne sonst niemanden hier draußen – ich war ja erst vierzehn, als wir umgezogen sind. Und die meisten meiner damaligen Freundinnen sind mit ihren Familien auch nach Humaning oder in andere WfZs gezogen.«

»Wo habt ihr denn früher gewohnt?«

Dalias Blick huschte kurz zu Taso. »In einem kleinen Dorf im Harz.« Sie biss auf ihrer Unterlippe herum. »Du warst der Einzige, der mir in den Sinn kam … Gestern hab ich mich endlich getraut, deine Mutter nach deiner Adresse zu fragen, unter dem Vorwand, dass ich dir schreiben will. Dann habe ich schnell ein paar Sachen gepackt, hab den anderen gesagt, dass es mir nicht gut geht, und bin während des Mittagsgebets abgehauen. Nicht weit vor der Stadtgrenze ist eine Bushaltestelle, von dort war es eigentlich ganz einfach. Zwar ein bisschen unheimlich, diese Geisterbusse, aber ich habs überlebt.«

Taso nickte. »Ist … ist irgendwas passiert, weshalb du abgehauen bist?«

Dalias Gesicht verhärtete sich, jetzt sah sie Taso direkt an. »Nein, nichts ist ›passiert‹! Reicht es nicht, dass ich es nicht mehr ausgehalten habe? Ich hab zweiundzwanzig Jahre so gelebt, wie andere es für richtig hielten. ›Gottesfürchtig‹ nannten sie das, dabei hatte es mit Gott nicht das Geringste zu tun!«

Taso wusste nicht, was er sagen sollte.

Dalia wandte den Blick wieder ab und sprach nun leiser. »Entschuldige. Aber es muss nicht immer erst was ›passieren‹, damit man sich ein anderes Leben wünschen darf. Ich habe viel zu lange gebraucht, um das zu verstehen.«

Tasos Mund fühlte sich plötzlich trocken an. Er schämte sich, obwohl er nichts falsch gemacht hatte. »Vielleicht ist es das Letzte, worüber du jetzt reden willst …«, sagte er nach einer Weile, »aber ich hab keinen Schimmer, wie dein Leben in Humaning war.«

Dalia sah ihn verbittert an. »Leben? Das war kein Leben, es war die Hölle.« Sie trank einen Schluck und starrte in Richtung Küche, aus der die Rotorengeräusche einer neuen Drohne zu hören waren. »Die Namischen behaupten zwar, sie seien keine Sekte, aber genau das sind sie, und zwar von der schlimmsten Sorte. Wusstest du, dass ich Humaning nie allein verlassen durfte? Wenn wir doch mal draußen waren, durfte ich mit niemandem reden, und meine Eltern verteufelten alles und jeden, dem wir begegneten. Einmal habe ich mich mit einer Freundin rausgeschlichen. Wir haben im Nachbarort ein Bier getrunken. Mein erstes Bier überhaupt! Das war so ein genialer Nachmittag … Natürlich hat uns jemand gesehen und verpfiffen. Mein Vater ist völlig ausgerastet. Als ich nach Hause kam, hat er mich in den Keller gesperrt. Einen Monat musste ich dort bleiben, durfte nur raus, wenn ich aufs Klo musste. Da war ich achtzehn!« Dalia schüttelte den Kopf. »Natürlich hab ich damals kaum protestiert, sondern einfach meine Zeit abgesessen … und mich sogar schuldig gefühlt.«

Taso sah sie bestürzt an.

Dalia lächelte verbittert. »Aber diese räumliche Enge ist nichts gegen die Hirnwäsche. Mindestens einmal am Tag musste ich zur Kirche. Unsere Prediger beschimpften Kubisten erst nur als Götzenanbeter, inzwischen seid ihr alle schlicht des Teufels. Jede Woche erreichen uns aus der Muttergemeinde in Amerika weitere Regeln und Neuinterpretationen von Bibelstellen. Du kannst dir nicht vorstellen, was man als Teenager alles falsch machen kann. ›Deine Bluse zeigt zu viel Arm!‹ … ›Sprich den Namen des Herren nicht ohne Grund!‹ … ›Der Umgang mit diesem oder jenem ist nicht gut für dich!‹ … Jeden Tag musste ich mir so was anhören!

Einmal hat mich mein Vater mit Smarts erwischt. Ein Freund hatte die irgendwo draußen gefunden und war deswegen der große Star unter uns Sektenkindern. Ich war total glücklich, als ich sie mal ausleihen durfte. Ich wollte mir nur ansehen, was jeder außer uns sich da in die Augen und Ohren steckt. Sie funktionierten in

Humaning natürlich nicht, und wahrscheinlich waren sie sowieso kaputt. Trotzdem hat mich Papa gezwungen, meine ›Sünde‹ im nächsten Gottesdienst zu beichten. Mama sprach dann vor der versammelten Gemeinde das Urteil: Zwei Wochen durfte niemand mit mir reden. Wie bereitwillig meine Mutter ein Exempel an mir statuierte, hat mir wirklich Angst gemacht.«

Taso wusste noch immer nicht, was er sagen sollte. Solche Informationen hatte der *Gaukler* in seinen Berichten über die Namischen verschwiegen und sie lieber für ihre Ablehnung des Würfels, für ihre Disziplin und Überzeugung gefeiert. Aber wirklich überrascht war er auch nicht. Wie so oft wollte niemand hinter die Fassade blicken.

»Vor zwei Jahren haben unsere Nachbarn CRAC-Anhänger versteckt«, fuhr sie fort. »Ich weiß nicht, ob du die kennst, das ist die Christian Resistance …«

»… Against Cubism«, ergänzte Taso.

Dalia nickte. »Das muss man sich mal vorstellen – die verstecken Terroristen, die bereit sind, für ihre Sache zu töten … im Namen Gottes! Die haben sogar zwei Freunde von mir rekrutiert. Deren Eltern waren auch noch stolz darauf. Von da an wollte ich nur noch weg, raus aus dieser verlogenen Gemeinde. Aber ich wusste nicht, wie das gehen sollte, ich kannte ja nichts anderes. Meine ganze Familie, alle meine Freunde waren in Humaning.« Dalia stiegen Tränen in die Augen. »*Sind* in Humaning.«

Taso ertrug es kaum, sie so niedergeschlagen zu sehen. Er wollte, dass sie sich besser fühlte, wusste aber nicht, was er tun konnte. Ungeschickt versuchte er, das Gespräch am Laufen zu halten. »Warum … Warum bist du nicht früher abgehauen?«

Dalia verzog gequält das Gesicht. Sofort bereute Taso die Frage. »Ich habe seit dem Nachmittag mit dir kaum über etwas anderes nachgedacht«, sagte sie.

Tasos Herz schlug schneller.

»Aber so einfach war das nicht. Es hat lang gedauert, bis ich verstand, dass ich meinen Eltern nichts schulde. Dass Gott nicht von mir wollen kann, dass ich unglücklich bin. Dass unsere Prediger keinen besseren Zugang zu ihm haben als ich selbst. Und außerdem war … ist da diese Angst vor einer fremden Welt, von der ich nichts verstehe …«

»Nein!«, rief Taso und sprang auf. Er hatte aus den Augenwinkeln etwas durch die Küche huschen sehen. Mit zwei Sätzen war er dort, schnappte die Minidrohne aus der Luft und schmetterte sie gegen die Wand. Wütend knallte er das Fenster zu. Warum hatte er nur nachgegeben? Er schloss die Augen, bis sein Puls sich beruhigte. Dalia sollte seinen Ärger nicht bemerken und auf sich beziehen.

Mit einer Mischung aus Triumph, Ekel und Frust fingerte er den zerstörten Spion wie einen toten Käfer vom Küchenboden, ging zu Dalia und legte ihn auf den Tisch. Wie viel das Ding wohl gefilmt hatte? »Manche Datenschürfer tragen solche Minidrohnen im Bauch«, erklärte er. »Wenn sie selbst nicht reinkommen, probieren sie es mit denen hier.« Mit zusammengekniffenen Augen inspizierte er das wespengroße Objekt. »Ich wusste nicht, dass die Mistviecher schon so klein sein können.«

Als er aufblickte, sah er das Unverständnis in Dalias Gesicht. »Vielleicht …«, begann sie zögerlich und schlug die Augen nieder.

»Vielleicht was?«

»Vielleicht hätte ich doch nicht herkommen sollen.«

»Dalia, nein … «

»Tut mir leid, dass ich deinen Abend so durcheinanderbringe.« Traurig sah sie ihn an. »Ich hab ehrlich gesagt nicht darüber nachgedacht, wie es für dich ist, wenn ich einfach so auftauche.« Sie stand auf und lief unruhig im Zimmer umher, ihr Blick huschte von einer Zimmerecke zur anderen. »Vielleicht kannst du mir gar nicht helfen.«

Taso stand ebenfalls auf. »Ich möchte dir aber helfen.«

»Und wie, wenn du solche Angst vor der Welt da draußen hast?« Dalia zeigte auf die zerstörte Drohne und sah sich weiter um.

Als Taso begriff, dass sie ihren Rucksack suchte, ging er zu ihr und fasste sie sanft an der Schulter. Sie blieb stehen und sah ihn an. Er musste schlucken, bevor er sprechen konnte. »Sorry, dass ich gerade so aufgesprungen bin. Ich wollte dich nicht erschrecken. Ich freue mich sehr, dich zu sehen. Und dass du zu mir gekommen bist.«

Dalia entspannte sich ein wenig, er ließ die Hand wieder sinken.

»Ich verstehe gut, warum du aus Humaning wegwolltest«, fuhr er fort. »Ich will ja selbst nicht in einer WfZ leben, da fühlt sich alles so eng und gestrig an, auf dem Land noch mehr als in den Städten. Du hast recht, ich bin kein Kubist, aber ich kenne diese Welt trotzdem sehr gut. Und ein kritischer Begleiter ist genau das, was du bei deinen ersten Schritten hier brauchst.«

Taso sah, wie Dalia nachdachte. Er gab ihr einige Sekunden, bevor er ergänzte: »Ich hab morgen sowieso frei. Du kannst heute Nacht hierbleiben, und morgen früh besorgen wir dir alles, was du für den Anfang brauchst. Vielleicht mache oder sage ich ab und zu komische Dinge, aber ich helfe dir wirklich gern.«

Nach einem Moment erwiderte Dalia sein aufmunterndes Lächeln und nickte langsam. Er hoffte, dass sie das aus Überzeugung und nicht aus Alternativlosigkeit tat, freute sich aber über den kleinen Sieg.

»Gut. Ich mache uns jetzt mal was zu essen, und du erzählst mir, wie du dir das Leben hier so vorstellst.«

Dalia folgte Taso in die Küche. Gegen die Anrichte gelehnt begann sie von ihrer Zukunft zu erzählen. Stockend und etwas skeptisch zunächst, bald aber mit wachsender Begeisterung. Sie schwärmte von aufregenden Partys, tiefen Freundschaften und der großen Liebe, von exotischen Reisen, virtuellen Welten und neuem Wissen, von einem erfüllenden Beruf, tollem Essen und großartiger Unterhaltung – von all den Dingen eben, von denen sie gehört hatte oder die ihrer Sehnsucht entsprungen waren. Je länger sie sprach, desto kräftiger leuchteten ihre Augen. Und je kräftiger sie leuchteten, desto schwieriger war es für Taso, sich aufs Kochen zu konzentrieren. Es lag etwas in der Luft, das er selbst schon lange nicht mehr gespürt hatte: Hoffnung und sogar ein wenig Euphorie. Erschrocken bemerkte er, wie sehr er Dalia um ihre Vorfreude und die Aufbruchstimmung beneidete. Trotzdem genoss er die folgenden Stunden sehr. Sie aßen Nudeln mit einem handgemachten Pesto aus Diagon Alley und tranken bis in die Nacht hinein Tee. Dalia träumte, Taso ermutigte, ab und zu lachten sie zusammen. Über die Vergangenheit verloren sie kein Wort mehr.

Erst als Dalia auf dem Sofa eingeschlafen war und Taso auf der Luftmatratze lag, kamen ihm Zweifel. Durfte er Dalia in den Kubismus führen? Ihr bei der Selbstunterwerfung helfen? Gegen all seine Überzeugungen handeln?

Es war stockfinster, trotzdem dauerte es nicht lange, bis er seine Hose und die darin liegende Münze gefunden hatte. Er warf sie gerade so hoch, dass er sie im Dunkeln fangen konnte. Aufgeregt erfühlte er die oben liegende Seite, fuhr erst quer über die abgewetzte Oberfläche, dann von oben nach unten, immer wieder. Ja, es war die Fünf, sie musste es sein, er hatte »Zahl« geworfen.

Ganz sicher war er sich aber nicht.

Taso wurde von den ungewohnten Geräuschen einer anderen Person im Raum geweckt. Er öffnete die Augen und sah direkt in Dalias Gesicht. Sie saß fertig angezogen im Schneidersitz auf dem Schlafsofa und sah ihn an, als brächen sie gleich zu einer Weltreise auf.

»Guten Morgen!«, sagte sie etwas zu laut.

»Guten Morgen«, murmelte er und richtete sich lächelnd auf. »Aufgeregt?«

»Ja! Sehr!« Sie strahlte und klatschte mit den Händen auf die Oberschenkel. »Brauchst du lange?«

Taso versprach, sich zu beeilen. Er stand auf, ging zum Schrank und holte die Würfel heraus. Als er sie auf den Boden warf, bemerkte er Dalias bohrenden Blick. Er erklärte ihr sein Ankleidesystem und legte währenddessen die gewürfelten Klamotten heraus: schwarze Stiefel, dunkelgrüne Stoffhose, blaues Businesshemd, löchriger weißer Pulli und grün-weiße Funktionsjacke. Dalia sah ihn mit großen Augen an. »Du entscheidest nie selbst, was du anziehst.«

»Darüber muss ich nie nachdenken. Ist doch praktisch, oder?« Erst jetzt bemerkte er, dass Dalia dieselbe Kleidung trug wie am Tag zuvor. Sofort bereute er seine Worte.

Unverdrossen kam sie zu ihm hinüber und durchstöberte den Inhalt des Schranks. Sie lachte ein paarmal laut auf und schüttelte den Kopf. »Und ich dachte, ich hätte … Obwohl, das hier geht doch.« Sie nahm schwarze Businessschuhe, Bluejeans, ein weißes T-Shirt, einen engen blauen Sweater und eine schwarze Stoffjacke aus dem Schrank. »Wie wärs heute damit? Hättest doch genauso gut das hier würfeln können …« Sie lächelte schelmisch.

Taso starrte auf die Auswahl. Die Stücke wirkten zwar ausgesucht, aber es stimmte natürlich, er hätte sie auch würfeln können. Er dachte an das letzte Mal zurück, als er zufällig gut angezogen aus dem Haus gegangen war. Seinem Pred-Score hatte es nicht geschadet. Entschlossen nahm er die Kleider, ging ins Bad und zog sich an. Als er wieder herauskam, schenkte Dalia ihm ein strahlendes Lächeln, und das mulmige Gefühl im Bauch verschwand. Taso bereitete ein kleines Frühstück aus Müsli und Obst zu, das Dalia ungeduldig hinunterschlang.

»Was machen wir als Erstes?«, fragte sie, als sie kurz darauf die Straße entlanggingen.

»Zuerst besorgen wir dir Smarts. Die brauchst du eigentlich für alles: zur Identifikation, fürs Bezahlen, für die Arbeit und fürs Studium … Danach richten wir dir ein Bankkonto ein, beantragen dein Grundeinkommen und suchen dir eine Wohnung.«

Dalia schien verunsichert. »Ganz schön viel für einen Tag.«

Taso schüttelte den Kopf. »Das können wir praktischerweise alles im Cubecenter erledigen.« Er hatte zynisch klingen wollen, aber Dalia strahlte.

Sie sahen den gewaltigen, würfelförmigen Bau des Cubecenters schon von Weitem. Die Fenster der oberen Etagen waren abgedunkelt. Stand man direkt davor, spiegelte sich in seiner Glasfassade die Silberkugel des Fernsehturms. Das durch viele Schiebetüren zugängliche Erdgeschoss war komplett einsehbar. Dalia richtete ihren Blick jedoch nicht aufs Cubecenter, sondern auf die andere Straßenseite, auf der ein paar Demonstranten Schilder in die Höhe hielten. *Du sollst neben mir keine anderen Götter haben!* stand auf einem, *Frei statt hörig!* auf einem zweiten. Ein wenig abseits der Gruppe hielt eine weitere Person ein leeres Schild in die Höhe. Dort, wo sich ihr Gesicht befinden sollte, sah Taso nur einen weißen Fleck. Der Statur nach zu urteilen, war es eine Frau.

»Warum stehen die hier?«, fragte Dalia.

»Um Menschen davon abzuhalten, sich zu integrieren.«

»Wie die Abtreibungsgegner bei uns vorm Frauenarzt«, sagte Dalia nachdenklich.

»Was steht auf dem Schild ganz links?«, fragte Taso.

»Kannst du das nicht lesen?«

»Nein, ist zensiert. Meine SmEyes zeigen nur leeres Papier.«

»Zensiert?« Dalia sah ihn irritiert an und las vor: »Kubismus macht krank.«

»Nicht belegbar, deshalb zensiert«, murmelte Taso.

»Kennst du diese Leute?«

»Nein. Ist nicht so mein Ding, anderen Menschen ins Gewissen zu reden. Komm, lass uns reingehen, sonst bemerken die uns noch.«

Sie wandten sich zum Cubecenter.

»Hey!«, rief einer der Demonstranten. »Wartet mal!«

Mit einem Gefühl, als stieße er sie in einen Abgrund, schob Taso Dalia in die Eingangshalle.

Hinter dem Tresen in der Mitte der Halle saßen eine junge attraktive Frau und ein etwas älterer Mann. Als sich Taso und Dalia näherten, erhoben sie sich lächelnd. Taso lief ein Schauer über den Rücken, obwohl die Raumtemperatur sehr angenehm war.

»Willkommen! Ich bin Leslie«, stellte sich die Frau mit piepsiger Stimme vor. Sie war Taso auf Anhieb unsympathisch. »Lasst mich raten: Ihr seid deinetwegen hier!« Leslie überschlug sich fast vor Begeisterung. Sie ging leichtfüßig um den Tresen herum, trat auf Dalia zu und berührte sie sanft am Arm. Dalia zuckte zurück. »Du kommst aus Humaning, richtig?« Dalia nickte und sah sie überrascht an. Leslie lachte. »Wusste ich's doch! Oder vielmehr der Würfel.« Sie zwinkerte Dalia zu. »Jedenfalls bist du neu in der Stadt und noch nicht registriert.« Sie blickte zu Taso. »Danke, dass du sie hergebracht hast, deine Freundin ist bei mir gut aufgehoben.«

»Das glaube ich gern«, beeilte sich Taso zu sagen. »Aber ich bleibe lieber hier.«

Dalia nickte entschieden, woraufhin Leslie nur mit den Schultern zuckte und Taso fortan ignorierte. Er fühlte sich völlig fehl am Platz, aber er würde Dalia auf keinen Fall allein lassen.

Leslie hakte sich bei ihr ein und führte sie in den hinteren Bereich der Halle. An Dalias steifer Haltung erkannte Taso, dass auch sie Leslie befremdlich fand.

»Als Erstes bekommst du passende Smarts«, säuselte Leslie, während vor ihnen zwei Regale aus dem Boden stiegen, in denen unzählige Smartsbehälter lagen. »Weißt du, wie die funktionieren?«

»Ich …«

»Das ist gar kein Problem«, unterbrach Leslie sie, nahm einen Behälter aus dem Regal und erklärte ihr die Funktionsweise.

Dalia hörte aufmerksam zu. »Und wie lange hält der Akku?«

»Mindestens zwanzig Stunden. SmEyes laden sich aber auch durch Wimpernschläge und Sonnenlicht wieder auf. SmEars haben ohnehin einen größeren Akku. Warte mal …« Leslie ergriff Dalias Oberarme und fixierte ihre Augen. Dann drehte sie Dalia einmal nach links und einmal nach rechts, um die Ohren auszumessen.

Kurz darauf leuchteten im Regal etwa ein Dutzend Smartsbehälter auf. »Die hier müssten dir alle passen.«

Dalia zögerte. »Und was kosten die? Ich weiß nicht, ob ich …«

»Kein Problem, diese drei Exemplare sind kostenlose Einsteigermodelle, alle würfelfinanziert. Sie unterscheiden sich kaum voneinander.«

Taso überlegte, ob er erwähnen sollte, dass es bei früheren Modellen zu Hacks gekommen war, die Überfälle, Erschießungen und andere Dinge simulierten, verkniff es sich dann aber doch.

»Die hier drüben«, sprach Leslie weiter, »steigen von vorn nach hinten in Preis und Leistungsfähigkeit, vor allem was Zoomstufen und Lärmfilter angeht. Sie tragen sich auch etwas angenehmer, vor allem in den Augen, wobei Einsteiger die Unterschiede kaum bemerken. Aber du kannst sowieso jederzeit vorbeikommen und deine Smarts umtauschen.«

Dalia sah Taso fragend an.

»Ich habe so ein Standarddding«, sagte er lustlos.

»Dann nehme ich auch erst mal eins von denen.«

Leslie nahm ein Set aus dem Regal und half Dalia dabei, erst die SmEyes, dann die SmEars einzusetzen. Dalia blinzelte einige Male, während ihre Smarts starteten. Dann sah sie sich fasziniert um, bis ihr Blick an Leslie hängen blieb. »Oh, wow, du siehst ja ganz anders aus!« Leslie lachte verlegen und wollte ihr erklären, was Sliftings waren, aber Dalia wusste schon Bescheid. Sie drehte sich zu Taso und lachte. »Du siehst genauso aus wie vorher.«

Taso lächelte innerlich. Er hatte sich nur ein einziges Mal gesliftet. Es war an einem Abend gewesen, an dem er sich besonders einsam gefühlt hatte. Er hatte unbedingt ausgehen wollen, sich aber den falschen Club ausgesucht. »Keine Offliner«, hatte der Türsteher gesagt und ihm den Weg versperrt. Taso hatte nicht lockergelassen, bis der Türsteher schließlich gemeint hatte, er solle sich wenigstens sliften. Hinterher hatte Taso nicht sagen können, was erniedrigender gewesen war: an der Tür abgewiesen oder mit falschen

Muskeln und einer absurden Haartolle hineingelassen worden zu sein.

»Wenn du Lust hast, können wir dich später zusammen sliften!«, sagte Leslie aufgeregt zu Dalia. »Entweder man macht es selbst, oder man sucht sich einen Stil aus und lässt sich überraschen. Die ersten drei Tage sind bei den meisten Anbietern umsonst.«

Dalia machte eine abwehrende Handbewegung. »Vielleicht ein andermal, danke.«

»Na gut.« Leslie klatschte in die Hände. »Als Nächstes müssen wir dich registrieren, denn ohne Registrierung kein Bankkonto und ohne Bankkonto kein Grundeinkommen.«

Leslie wollte sich wieder bei ihr einhaken, aber Dalia wandte sich im selben Moment mit einer scheinbar zufälligen Drehung ab. Leslie lief voraus zu einem sich aus dem Boden schraubenden Terminal. Tasos Hand schnellte reflexartig nach vorn und hielt Dalia zurück. Er hatte eigentlich nichts sagen wollen, aber nun konnte er nicht anders: »Danach«, er nickte in Richtung Terminal, »bist du endgültig drinnen. Bist du dir wirklich sicher, dass du das willst?«

Dalia ergriff seine Hand und sagte bestimmt: »Ja.« Sie drehte sich um und zog ihn mit sich. Von dem Gefühl seiner Hand in ihrer betäubt, folgte er ihr. Sie lösten den Griff nur langsam.

Leslie wartete lächelnd neben dem Terminal. »Achtung, das ziept jetzt ein bisschen …« Sie riss Dalia mit einer flinken Bewegung einige Haare vom Hinterkopf. Dalia schrie auf, fasste sich an die versehrte Stelle und beobachtete Leslie verärgert dabei, wie sie die Haare ungerührt in eine kleine Öffnung des Terminals saugen ließ.

Taso kratzte sich unwillkürlich am Hinterkopf.

»Stell dich bitte hierhin, leg die Hände auf das Display und folge den Anweisungen deiner Smarts«, sagte Leslie.

Dalia trat an das Terminal und tat, wie ihr geheißen. Sie nannte Name und Geburtsdatum, kurz darauf vermeldete das Display: *DNA verifiziert, Ident zugewiesen.*

Leslie klatschte wieder. »Wunderbar!«

»Meine Smarts fragen, ob ich ein Konto bei der EZB einrichten möchte.«

»Ja, möchtest du«, antwortete Leslie.

Auch Taso nickte – und verdrängte das Gefühl, gerade dem Initiationsritual eines verrückten Kults beizuwohnen.

»Ja!«, sagte Dalia viel zu laut. Und kurz darauf: »Oh, das ging schnell. Und ich habe sogar schon 1.500 Euro drauf!«

»Dein Grundeinkommen für April«, erklärte Leslie. »Je höher in Zukunft dein Pred-Score«, Leslie hob beim letzten Wort fragend die Stimme, aber Dalia signalisierte ihr Verständnis, »desto mehr kannst du dir dazuverdienen.«

»Warum?«, fragte Dalia.

»Wie, warum?«

»Warum bekommt nicht jeder gleich viel?«

»Daten sind Geld wert, denn je berechenbarer wir sind, desto effizienter die Wirtschaft. Deshalb belohnt der Würfel Berechenbarkeit.«

»Und wer zahlt Geld für die Daten?«

Leslie zögerte und antwortete dann mit starrem Blick: »Der Würfel hat ein Datenmonopol. Das heißt, alle in kubistischen Staaten generierten Daten landen sofort und ausschließlich bei ihm. Wer Daten erhebt, bekommt Geld für sie – selbst für die eigenen Daten. Ein Unternehmen, das Daten für seine Produkte und Dienstleistungen braucht, also jedes Unternehmen, muss für die von anderen erhobenen Daten einen Preis bezahlen, den der Würfel ermittelt.«

Dalia dachte kurz nach. »Und warum bezahlen Unternehmen für die Daten anderer und arbeiten nicht nur mit ihren eigenen?«

»Zusammenarbeit ist Trumpf!«, las Leslie weiter. »Jedes Unternehmen profitiert davon, wenn es für seine Berechnungen auch auf die Daten Dritter zugreifen kann: Der Bäcker weiß, was er morgens backen soll, der App-Programmierer, wie viele Angestellte er wann braucht, und der Sefahersteller, was seine Kunden mittelfristig wollen und ausgeben können. Daten zu teilen hat uns reich gemacht – auch weil ein und dieselben Daten nicht länger mehrfach erhoben werden müssen.«

»Kann man mich dann auch beim Duschen beobachten, wenn man dafür bezahlt?«, fragte Dalia stirnrunzelnd.

Leslie lächelte verschmitzt. »Das entscheidest du allein. Der Würfel erkennt selbst, wie sensibel Daten sind. Er gibt sie Dritten nur frei, wenn das dem Datenschutzniveau entspricht, das du gewählt hast. Ist er unsicher, fragt er dich. Wählst du ein niedriges Schutzniveau, erhältst du einen Zuschlag auf dein Grundeinkommen, und das kann je nach Lebens- und Finanzlage einen ganz schönen Unterschied machen!« Die junge Angestellte zupfte an ihren Haaren. »Es geht aber auch umgekehrt: Viele Promis bieten auf Informationen über sich selbst, die nicht an die Öffentlichkeit gelangen sollen. Je nachdem, was ein Datenschürfer aufgetrieben hat und wie viel davon sein Herrchen veröffentlichen würde, kann das ganz schön teuer werden!«

»Ich glaube, wir haben das Wichtigste für heute geschafft«, schaltete sich Taso ein. Er wurde langsam unruhig. Diese Umgebung erdrückte ihn, Leslie nervte gewaltig, und er hatte das Gefühl, Dalia in Sicherheit bringen zu müssen.

»Bekommen wir den Rest denn allein hin?«, fragte Dalia ihn.

»Natürlich.« Er klang pampiger als gewollt.

»Eine Sache noch«, ereiferte sich Leslie. »Sobald dein Pred-Score über 50 steigt, bekommst du rückwirkend das monatliche Grundeinkommen seit dem Start des Würfels überwiesen. Das sind in deinem Fall 139.518 Euro!«

Taso erschrak, Dalia sah sie ungläubig an. »Ich bekomme 140.000 Euro geschenkt?«

»Sobald dein Pred-Score über 50 steigt, ja. Ein Anreiz für Offliner, die lange außerhalb des Systems gelebt haben.«

Dalia lachte begeistert auf und drehte sich zu Taso, der keine Miene verzog. Er konnte nicht glauben, dass ihre Eltern all die Jahre auf ihr Grundeinkommen verzichtet hatten. Es gab nicht viele Offliner, die so prinzipientreu waren, dass sie wie seine eigenen Eltern von Ersparnissen oder von Spenden lebten.

»Wenn du möchtest«, sagte Leslie beschwörend und beugte sich dicht zu Dalia, »können wir dich sofort von null auf mindestens 30 bringen! Wir bieten nämlich einen ausgezeichneten Integrationskurs an, in dem der Würfel dich kennenlernen ...«

»Den musst du aber nicht heute machen!«, ging Taso dazwischen. Er ließ alle Zurückhaltung fallen und sah Leslie wütend an.

Die Kubistin ignorierte ihn. »Der Kurs dauert nicht lange und ...«

»... ist überhaupt noch nicht nötig!« Taso fand es ungeheuerlich, wie aufdringlich diese blöde Kuh war. Sie bekam für Dalias Registrierung natürlich eine nette Provision, die sich nach der Vermittlung eines Integrationskurses vermutlich vervielfachen würde. Er sah Dalia an und hoffte, dass sie seinen eindringlichen Blick verstand. »Du bist gerade mal einen Tag hier. Sich zu registrieren ist eine Sache – sich zu *integrieren* eine völlig andere. Das solltest du dir in Ruhe überlegen.«

Leslie arbeitete unbeeindruckt weiter ihren Katalog ab. »Der Kurs macht total Spaß, ich mache manchmal auch noch einen. Man findet dabei eine Menge über sich selbst heraus, wie bei einem richtig guten Persönlichkeitstest.« Als Dalia nicht antwortete, schob Leslie hinterher: »140.000 Euro sind eine Menge Geld.«

Dalia blickte unentschlossen zwischen beiden hin und her. Taso nutzte die Gelegenheit, packte sie am Arm und zog sie nach draußen.

Vor der Tür atmete Dalia tief ein und schüttelte den Kopf. »Was für eine anstrengende Person!«

Taso war erleichtert, dass sie nicht sauer war. »Ja, so sind die da alle. Und das, obwohl sie mit den besten Konvohilfen ausgestattet sind. Oder vielleicht auch gerade deshalb.« Ungefragt erklärte er, wie Konvohilfe-Apps funktionierten, und schlug dann vor, in den Monbijoupark zu gehen. Dalia nickte, und sie gingen los.

Als sie an den Demonstranten auf der anderen Straßenseite vorbeikamen, wurde Dalia plötzlich unruhig und ging schneller. Nach ein paar Schritten sagte sie erregt: »Die Frau mit dem Plakat, das du vorhin nicht lesen konntest – ich konnte ihr Gesicht nicht mehr sehen! Da war nur noch ein weißer Fleck!«

»Sie ist ein Geist«, antwortete Taso. »Für antikubistische Straftaten wurde vor einiger Zeit eine neue Strafe eingeführt – eine Art Verbannung, durch die man die Gesichter der Verurteilten nicht mehr erkennen und sie auch nicht mehr hören kann, wenn man Smarts trägt. Diese Menschen können nur noch mit Handzeichen kommunizieren – oder sind darauf angewiesen, dass andere ihre Smarts rausnehmen, was kaum noch jemand macht.«

»Um Gottes willen … Ist das dann wenigstens ihre einzige Strafe?«

»Nein. Sie müssen meistens auch ins Gefängnis. Die Strafen für antikubistische Taten werden seit Jahren schlimmer. Die Verbannung ist eine Sofortmaßnahme – und nach der Entlassung ein Stigma.«

Eine Weile gingen sie stumm nebeneinanderher. Taso sah ab und an zu Dalia, die starr geradeaus blickte. Vielleicht würde er sie doch noch vom Übel des Kubismus überzeugen können.

»Meine Smarts fragen mich nach allen möglichen Grundeinstellungen«, sagte sie plötzlich. »Will ich Hintergrundgeräusche rausfiltern?«

Taso brauchte einen Moment, bis er die Frage registrierte. »Das sind Dinge wie Blätterrascheln, Rotorengeräusche, Wind, Vögel, Kindergeschrei.«

»Nein, nicht rausfiltern … Will ich *Smaloptik* aktivieren?«

»Damit kannst du einstellen, ob du die Stadt so sehen möchtest, wie sie wirklich aussieht, wie sie laut Bauordnung aussehen sollte, wie sie früher irgendwann mal aussah oder wie die jeweiligen Eigentümer ihre Häuser gesmalt, also virtuell verändert haben. In diesem letzten Modus kannst du öffentliche Bereiche der Stadt auch nach deinem Geschmack umsmalen.«

»Das Letzte klingt gut!«

In den nächsten Minuten amüsierte sie sich über einen exzentrischen römischen Tempel, ein kleines Märchenschloss und eine schwarze Hausfront ohne Fenster. Als sie an das Spreeufer gelangten, fixierte Dalia den Dom gegenüber, wandte sich aber schnell wieder ab.

»Was ist denn ein Leidfilter?«, fragte sie nach einer Weile.

»Der blendet alles aus, was du unangenehm finden könntest, wie zum Beispiel Obdachlose, Kranke, Verletzte oder Behinderte.«

»Mein Gott – nein, will ich nicht!«

Im Park angekommen setzten sie sich auf eine Bank, verbanden ihre Smarts und suchten eine Wohnung für Dalia. Eine Immo-App wählte automatisch elf verfügbare Objekte aus, die Dalia sich mit ihrem Grundeinkommen leisten konnte.

»Sollen wir die alle besichtigen?« Dalia schlug unruhig die Beine übereinander.

Taso unterdrückte ein Lächeln. »Nein, die wenigsten Wohnungen kann man sich noch real ansehen. Dafür gibt es das hier.« Taso wählte eine Wohnung aus und klickte auf den virtuellen 3-D-Rundgang, der sofort startete und bei Bedarf an die Fenster, Decken und Ausstattung heranzoomte.

Dalia klickte sich eine Weile durch verschiedene Zimmer und entschied sich schließlich für ein möbliertes Apartment in Tasos Nähe. Sie schloss sofort einen Vertrag ab; noch heute würde sie einziehen können. Freudig, aber auch etwas ungläubig strahlte sie ihn an. »Wow, so schnell hab ich ein neues Leben.« Taso freute sich, sie glücklich zu sehen, zugleich fühlte er sich unnütz und leer. »Es ist ein bisschen, als könnte ich zaubern – ich wünsche mir was, und schon ist es da!«

In diesem Moment erreichte sie eine rote Lieferdrohne, öffnete ihren Bauch und ließ Taso einen Pizzakarton entnehmen. Dalia schlug begeistert in die Hände. »Wahnsinn! Hast du uns das bestellt?«

»Jep.« Er öffnete den Karton und hielt ihr die duftende Gemüsepizza unter die Nase.

Sie grinste, nahm sich ein Stück und biss genüsslich hinein. »Und wie bekommen wir meinen Pred-Score jetzt auf 50?«, fragte Dalia kauend.

Taso verschluckte sich fast an seinem Stück, sofort trübte sich seine Laune wieder. »Ich finde nicht, dass du versuchen solltest, ganz schnell über 50 zu kommen …«

Dalia wurde schlagartig ernst. »Warum denn nicht?«

Taso zögerte. Er wusste, dass er dieses Gespräch mit ihr führen musste, aber nicht hier, nicht vor den Augen und Ohren des Würfels. »Ich finde einfach, du solltest nichts überstürzen«, sagte er. »Du bist gerade erst aus Humaning gekommen. Schau dir erst mal alles an, bevor du entscheidest, wozu du bereit bist und wozu nicht.«

»Aber ich hab mich doch schon entschieden. Ich will mir hier ein neues Leben aufbauen, mit allem, was dazugehört. Da kann ich ein bisschen Geld gut gebrauchen, und der Pred-Score steigt doch eh von allein.«

Taso blickte ins Leere. Es hatte keinen Zweck. Heute würde er nicht an sie herankommen. Und er wollte sie auf keinen Fall vergraulen. »Okay«, sagte er schließlich und atmete lange aus. »Dann gehen wir gleich mal ein bisschen shoppen, das bringt dir sicher deine ersten Preds.« Ein schales Gefühl ergriff ihn, das auch nicht verschwand, als Dalia ihn umarmte.

Als sie abends zurück zu Tasos Wohnung gingen, um Dalias Sachen zu holen, konnte sie bereits mit ihren Smarts bezahlen, ihren Pred-Score abfragen, den Simultanübersetzer verwenden und ein Auto rufen. Sie hatte mit großem Vergnügen einige Ecken der Stadt umgesmalt, ein E-Mail-Konto eingerichtet und Lebensmittel in ihre Wohnung bestellt. Immer wieder lachte sie begeistert über Dinge, die sie sah oder hörte. Dann und wann las sie Taso etwas vor oder übertrug es auf seine Smarts. Taso freute sich inzwischen wieder so über ihre Begeisterung, dass er sich gelegentlich sogar eine aufrichtige Reaktion gönnte. Immer wieder sah er sie verstohlen von der Seite an und wünschte sich, er könnte selbst so unbefangen sein, könnte selbst so hemmungslos seine Freude zeigen.

Vor Tasos Hauseingang wartete auch heute jemand. Allerdings saß er nicht ruhig auf den Stufen, sondern stand mit in die Hüfte gestemmten Armen auf dem Gehweg und sah wütend in ihre Richtung. Dalia war noch abgelenkt, und auch Taso erkannte den Mann viel zu spät. Als Dalia ihn endlich bemerkte, blieb sie wie angewurzelt stehen.

»Papa!«

6

Stumm knetete Herr Bartas seine gewaltigen Hände. Schon allein wegen seiner Größe hatte Taso ihn immer etwas unheimlich gefunden. Sein übernatürlich breiter Schädel ragte aus dem schwarzen Namischanzug heraus, sein grobes Gesicht war so schwer zu lesen wie das eines Gauklers. Aber Dalias Vater war sicher nicht gekommen, um seiner Tochter Klamotten vorbeizubringen. Taso musste dafür sorgen, dass die Situation nicht aus dem Ruder lief, und so tat er das Erstbeste, was ihm in den Sinn kam: Er lächelte versöhnlich, schob sich vor Dalia und reichte Herrn Bartas die Hand. »Schön, Sie zu sehen!«

Irritiert sah der Riese ihn an, als hätte er ihn eben erst bemerkt, und schob Tasos Hand beiseite. »Halt dich da raus«, zischte er und ging auf seine Tochter zu. »Dalia, was um Gottes willen machst du hier?«

Dalia erwachte aus ihrer Starre. »Ich hab doch geschrieben, dass ihr mich in Ruhe lassen sollt!« Ihre Stimme bebte.

Herr Bartas blieb stehen. Er sprach bedächtig und kontrolliert. »Wir haben uns Sorgen um dich gemacht.«

Sein beherrschter Tonfall beruhigte Taso ein wenig. Vielleicht würde ja doch alles ganz zivilisiert ablaufen. Herr Bartas würde seine Tochter fragen, ob sie zurückkäme, sie würde ablehnen, und er würde wieder gehen. Kein Grund zur Panik.

Dalia schnaubte. »Wie hast du mich gefunden?«

»Andrea hat uns erzählt, dass du nach Tasos Adresse gefragt hast.« Taso schluckte bei der Erwähnung seiner Mutter. Er ärgerte sich, dass sie die Lage nicht erkannt hatte.

»Und jetzt kommst du, um mich aus dem Fegefeuer zu retten?«

Dalia wich vor ihrem Vater zurück, der noch einen Schritt auf sie zu machte.

Taso stellte sich zwischen sie und hob beschwichtigend die Arme. »Herr Bartas, Dalia geht es gut, ich habe sie den ganzen Tag begleitet, sie ist nicht allein.«

Zum ersten Mal sah Herr Bartas ihn direkt an. »Du hast keine Ahnung, wovon du sprichst. Sie ist hier sehr wohl allein. Gottverlassen.«

Taso rieb sich die Stirn. Was sollte er tun? Streites vor den Augen des Würfels waren gefährlich, denn selten verstellte man sich weniger. Taso wollte nicht, dass der Würfel auf einen Schlag so viel über Dalia erfuhr. Am liebsten hätte er seine Smarts herausgenommen und sie zertrampelt, und ihre gleich mit. Aber das wäre zwecklos gewesen, binnen Sekunden hätten sich Datenschürfer um sie versammelt, und die Haustür hätte er ohne Smarts auch nicht aufbekommen. Irgendwie musste er die beiden in seine Wohnung locken.

»Willst du wirklich hier leben, unter Gotteslästerern wie *dem*?« Herr Bartas zeigte auf Taso. »Wie konntest du einfach so weglaufen, ohne mit uns zu reden?«

Dalia ballte die Fäuste. Sie schien sich von der gewaltigen Statur ihres Vaters nicht beeindrucken zu lassen. »Ich habe so oft versucht, mit euch zu reden – so oft! Ihr habt mir doch nie zugehört, geschweige denn mich ernst genommen, sondern immer nur Bibelstellen zitiert und mich zum Beten gezwungen! Wenn ich euch gesagt hätte, dass ich in der Stadt leben will, hättet ihr mich für immer eingesperrt!«

Herrn Bartas' Gesicht wurde puterrot, Taso bekam Angst.

»Wir haben dich dein Leben lang vor dieser kranken Welt beschützt! Und dann stiehlst du dich einfach so davon. Ich kann nicht fassen, dass meine Tochter ein solcher Feigling ist!«

»*Beschützt?!*«, brüllte Dalia, Taso erkannte sie kaum wieder. »Ihr habt mir meine ganze Jugend versaut, mich eingeengt, bis ich kaum noch atmen konnte. So oft habe ich mich nachts in den Schlaf geweint, und wenn ihr das mal bemerkt habt, ist euch nichts als ein beschissener Gebetskreis eingefallen!«

»Fluche nicht!« Drohend hob Herr Bartas den Zeigefinger. Er stand jetzt so nah vor ihnen, dass er unüberwindbar schien. Taso spürte sein Herz wie wild pochen, aber seine Glieder waren schwer. Er wollte Dalia verteidigen, Raum zwischen sie und den Riesen bringen, irgendetwas sagen. Aber er konnte nicht, noch weniger, als diese Hilflosigkeit zu ertragen.

In der Ferne bemerkte Taso eine Polizeidrohne, die rasend schnell auf sie zuflog. Zum ersten Mal in seinem Leben erleichterte ihn dieser Anblick.

Herr Bartas brüllte nun auch: »Du trittst alles mit Füßen, was deine Mutter und ich dich gelehrt haben – und wofür? Was willst du hier überhaupt? Überleg doch mal, wie du deiner Mutter und ihrer Stellung damit schadest!«

Hektisch sprang Tasos Blick zwischen der sich nähernden Drohne und den beiden Bartas hin und her. »Komm«, sagte er zu Dalia, »um deinen Vater kümmert sich jetzt die Polizei, lass uns hoch gehen.«

Sie ignorierte ihn und sah unverwandt ihren Vater an. »Weißt du, wie *egal* mir Mamas Stellung ist? Das ist doch eh alles nur machtgeiler Mist!«

Die Polizeidrohne schwebte nun direkt über ihnen. Dalia und ihr Vater bemerkten sie nicht, während der Streit noch hitziger wurde.

»Pass auf, was du sagst, Dalia! Deine Respektlosigkeit zeigt, wie dir schon ein einziger Tag hier den Kopf gewaschen hat. Du denkst nur an dich! Weißt du, was los ist, wenn die Gemeinde von deinem Abenteuer erfährt? Die Tochter der Vorsteherin geht unter die Kubisten! Was, wenn sich die anderen Kinder an deiner Schwäche ein Vorbild nehmen?«

»Ich bin kein Kind mehr!« Dalia war jetzt völlig außer sich. »Und ich *hoffe*, dass sie sich ein Beispiel an mir nehmen und alle abhauen! Zum *Teufel* mit den Namischen!«

Herr Bartas schien nicht glauben zu können, was er hörte.

»Bitte beruhigen Sie sich«, ertönte eine Stimme über ihnen in ohrenbetäubender Lautstärke.

Irritiert sahen Dalia und ihr Vater nach oben. Herr Bartas begann hysterisch zu lachen. Taso konnte nicht fassen, dass die Situation so eskaliert war. Er packte Dalias Arm. »Wir gehen jetzt.« Zu seiner Überraschung ließ sie sich widerstandslos an ihrem Vater vorbei in Richtung Haustür ziehen. Herr Bartas' Lachen verstummte, als er begriff, was geschah. Er brauchte nur einen Schritt, um sie einzuholen. Taso kam nicht weiter; der Riese hatte Dalias anderen Arm gepackt.

»Du kommst jetzt mit nach Hause!«

»Nein!« Mit aller Macht stemmte sich Dalia gegen ihn, trat nach ihm, zerrte an ihrem Arm.

Taso schwitzte fürchterlich. Für einen Moment trat er aus dem Geschehen heraus, sah sich und die beiden anderen miteinander ringen und schämte sich für die Blöße, die sie sich gerade gaben. Es war vollkommen absurd!

Aber Herr Bartas ließ sich nicht abschütteln. »Du kannst hier nicht bleiben! Diese Welt ist Gift für dich!« Je mehr sich Dalia wehrte und je heftiger Taso an ihr zog, desto fester schien Herr Bartas' Griff zu werden.

Die Polizeidrohne rief wieder etwas, aber Taso verstand es nicht. Eine laute Sirene heulte auf. In Taso legte sich ein Schalter um. Wutentbrannt ging er direkt auf Herrn Bartas los. »Lassen Sie sie *gehen*!«, schrie er und versuchte, die dicken Finger von Dalias Handgelenk zu lösen. Herr Bartas stieß ihn mit der Schulter zu Boden. Als er ausholte, um seine Tochter zu ohrfeigen, sprang Taso wieder auf und warf sich gegen ihn.

In diesem Moment hörte Taso über sich einen Schuss und spürte einen Schmerz in der Schulter. Sofort wurde ihm schummrig, sein Körper erschlaffte, und er fiel zu Boden. Ein zweiter Schuss ertönte.

Die nächsten Minuten erlebte Taso wie in Trance: Er hörte Dalia weinen und spürte, wie jemand seinen Kopf auf etwas Weiches legte. Irgendwann beugten sich die Silhouetten zweier Männer über ihn. Jemand trug ihn eine Treppe hoch. Als er eine Tür klicken hörte, wollte er etwas sagen, etwas Wichtiges. Dann wurde ihm schwarz vor Augen.

Taso erwachte und sah als Erstes die schwarzen Innenseiten seiner Fenster. Er lag auf dem Schlafsofa, sein Kopf war erstaunlich klar. Trotzdem wusste er nicht genau, wie er hergekommen war. Dalia saß neben ihm auf der Bettkante und hatte das Gesicht in den Händen vergraben. Sie zitterte, gab aber keinen Ton von sich. Taso fiel alles wieder ein. Eine Lawine von Mitgefühl erfasste ihn. Erst jetzt verstand er, wovor Dalia geflohen war und wie viel Mut sie die Flucht gekostet haben musste. Er berührte sacht ihren Rücken. Sie zuckte zusammen und wandte Taso ihr verquollenes Gesicht zu. »Du bist wach! Gott sei Dank.« Vorsichtig legte sie ihre feuchte Hand auf seine Stirn, als wollte sie die Temperatur prüfen. »Wie gehts dir? Die Polizei meinte, das Betäubungsmittel hätte keine Nebenwirkungen.«

Taso stützte sich auf die Unterarme. »Geht schon.« Er versuchte zu lächeln, aber seine Wangen fühlten sich taub an. »Und dir? Was ist mit deinem Vater?«

»Sie haben ihn mitgenommen. Ich …« Dalia versagte die Stimme. Wieder kämpfte sie mit den Tränen. »Der Würfel hat ihn sofort wegen versuchter Freiheitsberaubung und noch irgendwas zu einer Geldstrafe verurteilt. Weil er aber kein Konto hat, muss er jetzt wahrscheinlich für ein paar Tage ins Gefängnis. Geschieht ihm recht!« Sie wischte sich unsanft über die Wangen. Taso hatte das Gefühl, dass ihr Vater ihr vielleicht doch mehr leidtat, als sie zugeben wollte. Taso nahm ihre Hand und drückte sie sanft, bis Dalia sich beruhigte. »Der Würfel hat ihm außerdem verboten, sich mir zu nähern.«

Taso schüttelte es innerlich. Es war ihm immer noch ein Graus, dass eine Maschine all das entscheiden konnte. In diesem Fall aber … »Ist doch gut, oder?«

Dalia nickte gequält und drückte Tasos Hand.

»Danke für deine Hilfe«, sagte sie nach einer Weile. »Wenn du nicht gewesen wärst, hätte ich vielleicht nachgegeben … Tut mir leid, dass du das miterleben musstest. Dass du meinen Vater so erleben musstest.«

Taso seufzte. Seine Mutter war ja auch an dem Schlamassel beteiligt. »Mach dir keinen Kopf. Aber überrascht hat mich das schon. Dein Vater wirkte auf mich immer so … besonnen.«

»Ist er auch, jedenfalls bis etwas anders läuft, als er es sich vorstellt.« Dalia klang verbittert. »Und zwischen uns lief es sehr häufig anders, als er es sich vorstellte.«

Plötzlich fiel Taso etwas ein. Panisch griff er sich ans Ohr. »Nein!« Er sah Dalia entsetzt an. »Sind wir mit Smarts in die Wohnung?« Eine überflüssige Frage, trotzdem rief er: »Smart Vision.« Vor seinen Augen erschienen seine Apps. »Nein!«, schrie er noch einmal und kniff die Augen zu. »Nein, nein, nein!«

»Taso …«, sagte Dalia und legte ihm eine Hand auf die Schulter.

Er presste weiter die Augen zusammen. Er konnte sie jetzt nicht ansehen. »Weißt du, wie lange ich es geschafft habe, den Würfel von meiner Wohnung fernzuhalten? Wie viel Disziplin mich das gekostet hat?«

»Ich konnte doch nicht …«

»Und dann kommt dein Sch…vater, und der ganze Stress war umsonst! Das darf nicht wahr sein! Das gibts einfach nicht!«

»Taso!«, rief Dalia nun lauter. »Es ging nicht anders! Einer der Polizisten hat dich hochgetragen, hätte er dich einfach vor die Tür legen sollen?«

Taso lachte verzweifelt auf und sah Dalia an. Was für eine Frage. »Ja! Natürlich!«

»Das kannst du nicht ernst meinen.«

»Und wie ernst ich das meine! Du verstehst das nicht.«

»Nein, das verstehe ich wirklich nicht. Das ist krank, Taso!«

Der Satz traf ihn wie ein Pfeil aus dem Hinterhalt. Er presste die Zähne so stark er konnte aufeinander und sah starr an Dalia vorbei an die Wand.

»Entschuldigung«, sagte sie schließlich. »Das habe ich nicht so gemeint.«

Taso reagierte nicht.

»Das war unfair. Es steht mir nicht zu, dein Leben zu bewerten.«

Eine Weile saßen sie schweigend zusammen. Als Taso wieder klarer denken konnte, erwog er, seinen Pred-Score zu prüfen. Der Würfel hatte den Streit und das Gespräch eben mit Dalia verfolgt und noch dazu seine Wohnung gesehen, der Score war sicher deutlich gestiegen. Statt aber nachzusehen, schlurfte er in den Flur und verstaute seine Smarts. Er fühlte sich grauenhaft und konnte noch nicht einmal sagen, ob das wirklich am Würfel lag oder daran, dass er gerade zum zweiten Mal eine schöne und vertraute Situation mit Dalia zerstört hatte.

Nachdem Dalia die Nacht wieder auf Tasos Sofa verbracht hatte, gingen sie am Morgen zu ihrer neuen Wohnung. Das Apartment lag im vierten Stock eines Altbaus und war nicht besonders groß, aber hell, und es hatte sogar einen kleinen Balkon, auf dem ein verwaister Blumentopf stand.

Während Dalia ihr neues Zuhause inspizierte, schwirrten Taso viele Fragen im Kopf herum: Hatten seine Eltern gewusst, wie schlecht es Dalia in Humaning gegangen war? Hatte seine Mutter sie mit Absicht verraten, oder hatte Herr Bartas Dalias Flucht verschwiegen? Wie konnte es überhaupt sein, dass Namische ihre Kinder einsperrten? Durfte die Autonomie Würfelfreier Zonen so weit gehen?

Dalia sprang begeistert durch die Räume, und Taso schluckte alle Fragen hinunter.

Als der virtuelle Makler ihr die Wohnung übergab, jauchzte sie und umarmte Taso fest. Er spürte ihr weiches Haar an seiner Wange und sog ihren Geruch ein, bis sie sich von ihm löste.

Gemeinsam verschoben sie Möbel und bestellten ein paar fehlende Sachen, die eine Drohne binnen kurzer Zeit auf den Balkon lieferte. Währenddessen beantwortete Taso Dalias Fragen zu seinem Job bei Gericht und der Familie seines Bruders. Er freute sich über ihr Interesse und hätte gern ausführlich von seinem Leben erzählt. Weil sie aber Smarts trugen, hielt er die Antworten so knapp wie möglich, auch wenn er spürte, dass das Dalia irritierte.

Der Abschied am Nachmittag fiel ihm schwer. Sosehr ihn die letzten Tage aufgewühlt hatten, so wohl fühlte er sich in Dalias Gegenwart. Als er sich an der Wohnungstür verabschiedete, senkten beide verlegen den Blick, bevor sie sich breit anlächelten.

»Danke für alles, Taso. Ich weiß nicht, was ich ohne dich gemacht hätte.«

Taso sah Dalia offen an und hoffte, dass in seinem Blick mehr lag, als er mit Worten sagen konnte. »Kommst du hier allein zurecht?«, fragte er knapp und hoffte, dass sie ihn zum Bleiben auffordern würde.

»Ich denke schon. Ich muss jetzt mal auf eigenen Beinen stehen.«

Ihre Worte versetzten ihm einen Stich. »Klar«, sagte er und hob betont lässig die Hand.

»Versteh das nicht falsch, aber irgendwie ist es mir wichtig, dass ich die nächsten Schritte allein gehe … Sollen wir uns, sagen wir, in einer Woche treffen, am Mittwoch? Mal sehen, wie ich mich bis dahin geschlagen habe.«

Taso lächelte und nickte. Er wollte ihr sagen, wie schön die letzten Tage gewesen waren, öffnete den Mund, sah ihren erwartungsvollen Blick – und drückte sie doch nur fest, bevor er mit einem schalen Gefühl die Wohnung verließ.

Auf dem Heimweg fasste er sich ein Herz und prüfte seinen Pred-Score: 24,61. Er schluckte und schloss kurz die Augen. Einen so hohen Wert hatte er seit zwei Jahren nicht gehabt. Aber was hätte er tun können? Er hatte Dalia auch so schon genug vor den Kopf gestoßen. Okay, er hätte das Küchenfenster nicht öffnen dürfen. Aber gebracht hätte es ohnehin nichts, denn ohnmächtig in die Wohnung getragen zu werden, hätte er nun wirklich nicht verhindern können.

Zu Hause angekommen verschenkte er seine ungeöffneten Pakete über Kleinanzeigen; nach dem gestrigen Malheur wusste der Würfel ja nun, was er bestellt, aber nie ausgepackt hatte. Er trug die Pakete nach unten und stellte sie mit einigem Abstand voneinander an der Hauswand auf. Dann ließ er sie für andere Smartsträger unsichtbar werden. Nur der jeweils Beschenkte oder eine beauftragte Drohne würde sie sehen können.

Als Taso am Samstag vom Kryptocenter nach Diagon Alley fuhr, blieb die übliche Vorfreude aus. Nicht einmal nach dem Anblick seiner Würfelsammlung im Spind verschwand das dumpfe Gefühl, woanders sein zu wollen. Dalia hatte sich seit ihrem Einzug nicht bei ihm gemeldet. Missmutig verließ er den Umkleidebereich. Im Lichthof liefen die Vorbereitungen für eine Podiumsdiskussion, die laut einem Plakat in zwei Stunden beginnen sollte: Die Chefredakteurin des *Gauklers* würde ein Gespräch zwischen Hugo Faber und Mark Finder moderieren. Der Pate des Widerstands gegen den radikalsten Kubisten des Landes – die Aussicht auf diesen Schlagabtausch hellte Tasos Laune ein wenig auf. Er hatte Hugo schon lange nicht mehr live erlebt, Mark Finder noch nie.

Rosie war wieder mal nicht in seiner Bar. Stattdessen stand Paula hinter dem Tresen, eine resolute Dreißigjährige, die er schon ein paar Jahre kannte und die für ihn genauso zur Bar gehörte wie Rosie selbst.

»Das hier ist gestern für dich gekommen«, sagte sie nach einer herzlichen Umarmung und holte mit einer Behutsamkeit, die Taso ihr nicht zugetraut hätte, einen Brief unter der Theke hervor. Taso dankte ihr, bestellte Kaffee und setzte sich an einen Tisch mit Blick nach draußen. Langsam wendete er den Umschlag. Außer seinem Vornamen und *Rosies Bar* stand nichts darauf. Briefe hatten immer etwas Geheimnisvolles: Keine Betreffzeile deutete auf ihren Inhalt hin, und den Absender gab schon lange keiner mehr an. Seit einigen Jahren konnten Briefe nur noch zwischen WfZs ausgetauscht werden. Alles andere war strafbar, weil es das Datenmonopol des Würfels verletzte. Taso wechselte nur mit seinen Eltern und Tim Briefe, vielleicht waren sie auch deshalb etwas so Besonderes für ihn. Aber der Schrift nach zu urteilen, stammte diese Nachricht von jemand anderem. Nachdem er die wohlige Spannung lang genug ausgekostet hatte, öffnete er den Umschlag. Er enthielt keinen Text, sondern nur ein Foto von Pascale in der Pose von Uncle Sam, der Werbefigur der US-Armee. Mit einem herausfordernden Lächeln richtete sie den Zeigefinger auf ihn. Auf der Rückseite des Fotos stand: *Lass uns bitte mal reden. Deine Pascale.*

Tasos Herz schlug schneller. Es war eine Sache, dass Tim ihn um Hilfe bat, aber die Chefin der Allianz persönlich? Was zum Teufel wollten sie von ihm? Er hatte weder Geld oder besondere Kontakte noch verstand er etwas von IT. Dass sie ihn trotzdem umwarben, verunsicherte ihn mehr, als es ihm schmeichelte. Wenn Rosie jetzt da gewesen wäre, hätte er ihn geradeheraus gefragt, was das alles zu bedeuten hatte. Vermutlich hätte Rosie wieder nichts gesagt, aber es wäre besser gewesen, als untätig hier herumzusitzen und Gedanken zu wälzen.

Der Lichthof war bei Tasos Ankunft bereits rappelvoll. Es überraschte ihn, dass eine Podiumsdiskussion noch ein so großes Publikum anzog. Auf den Stühlen saßen bestimmt zweihundert Menschen, und an den Glasgeländern der oberen Etagen standen noch mehr. Zu Diagon Alleys Anfangszeiten wäre das nichts Besonderes gewesen. Inzwischen aber, da der Glaube an den Sieg des Humanismus schwand, und mit ihm seine Anhänger, war dieser Andrang außergewöhnlich.

Taso fand noch einen freien Platz in der dritten Reihe. Auf der Bühne stand eine kleine Sitzgruppe, in deren Mitte bereits Alice Manou vom *Gaukler* saß. Ruhig ließ sie den Blick über das Publikum schweifen. Dann und wann nickte sie einem bekannten Gesicht zu und prüfte die Zeit auf ihrem Armband. Plötzlich stieg der Lärmpegel im Publikum erheblich und vereinzelte Buhrufe erklangen. Taso sah sich um und fand schnell den Grund dafür: Mark Finder hatte den Hof betreten und eilte zum Podium. Er war ein beeindruckend gut aussehender Mann Mitte vierzig, der sich auch hier sehr wohl in seiner Haut zu fühlen schien. Sein sandfarbener Leinenanzug saß perfekt, zusammen mit dem Dreitagebart hätte er so an einem Karibikstrand Werbung für ein neues Männerdeo machen können. Er war umringt von schwarz gekleideten Bodyguards mit Schweißperlen auf der Stirn. Sie waren es offenbar nicht gewohnt, ohne Smarts zu operieren, ihre Blicke hetzten ziellos durch die Menge, während sie sich immer wieder um sich selbst drehten, was sie wie ungelenke Tänzer aussehen ließ. Das WfZ-Management hatte ihnen offenbar Walkie-Talkies geliehen, die sie teilweise verkehrt herum hielten, offenkundig gestresst vom fortwährenden Rauschen und Piepen. Unterdessen war von der anderen Seite unbemerkt Hugo Faber auf die Bühne gestiegen. Er gab Manou die Hand und ging weiter zum grimmig dreinblickenden Mark Finder, der nun auch die Sitzgruppe erreicht hatte. Die beiden hätten unterschiedlicher nicht sein können: Der Milliardär war sicher dreißig Jahre älter und eineinhalb Köpfe kleiner als Finder, außerdem unauffällig gekleidet und mit seiner Stupsnase und dem lichten Haar nicht einmal halb so ansehnlich wie sein Kontrahent. Während sie sich für die Kamera des *Gauklers* die Hände schüttelten, musste man fast Angst haben, dass Finder aus Versehen Hugos Arm brach. Finder setzte sich in seinen Sessel, ergriff das Mikrofon auf dem Tisch neben sich und inspizierte es belustigt wie ein Werkzeug aus der Steinzeit.

»Herzlich willkommen, liebes Publikum«, rief Manou und wartete, bis sich die Menge beruhigt hatte. »Und natürlich ein herzliches Willkommen an Sie beide!« Sie blickte nach links und rechts. »Sie alle kennen meine Gesprächspartner, trotzdem ein paar kurze Worte zu ihrem Hintergrund: Hugo Faber ist Gründer und Alleingesellschafter der Shields GmbH, die unter anderem die allseits bekannten Kryptocenter und europaweit über vierhundert weitere WfZs betreibt. Er war von Beginn an einer der engagiertesten Gegner des Würfels und spendete vor dem Referendum erhebliche Summen für die Nein-Kampagne. Seither setzt er sich vehement für die Belange von Offlinern ein – auch wenn er diese Bezeichnung nicht mag.« Hugo und Manou tauschten ein Lächeln, bevor sich die Journalistin Finder zuwandte. »Mein zweiter Gast, Mark Finder, ist zweifellos eine der streitbarsten Personen des Landes, nicht nur in unseren Kreisen. Seine Entwicklung zum radikalen Kubisten begann vor langer Zeit in der Umweltbewegung, deren nahezu einstimmiges Engagement für die Ja-Kampagne vor dem Referendum maßgeblich auf seine Studie zum Energieeinsparpotenzial im Kubismus zurückzuführen ist. Er gilt seither, je nach Blickwinkel, als Vordenker des Neuen Wohlstands oder aber als Vorbote der Apokalypse … Vielen Dank, dass Sie beide heute mit mir diskutieren!«

Das Publikum klatschte pflichtschuldig, aber so zurückhaltend, dass der zuletzt vorgestellte Finder es unmöglich als Applaus für sich werten konnte.

»Anlass unserer Veranstaltung ist ein Interview, das meine Zeitung vor einer Woche mit Ihnen, Herr Finder, geführt hat. Darin haben Sie unter anderem gefordert, Offliner künftig strafrechtlich zu verfolgen und ihnen kein Grundeinkommen mehr zu zahlen. Sie sagten, wer seinen Pred-Score künstlich niedrig halte, sei asozial, und asoziale Menschen hätten keinen Anspruch auf Unterstützung. Überspannen Sie den Bogen da nicht?«

»Nein, ganz im Gegenteil.« Finder hatte eine überraschend hohe Stimme. »Wir tänzeln schon viel zu lange um dieses zentrale

Problem unserer Gesellschaft herum. Kein Land hat eine so hohe Offlinerquote wie wir, deshalb ist unser nationaler Pred-Score im Ländervergleich viel zu niedrig – mit all den Problemen, die das mit sich bringt: nur langsam steigende Grundeinkommen, erhöhte Kriminalität und ineffektive Gesetze, um nur einige zu nennen.« Man sah Finder an, dass er Mikrofone nicht gewohnt war: Immer wieder ließ er die Hand sinken, während er sprach, sodass Manou ihm dauernd bedeuten musste, es höher zu halten. »Wir können uns Offliner einfach nicht mehr leisten.« Er blickte ins Publikum und lehnte sich vor. »Und ich habe keine Angst, das noch direkter zu formulieren: Unsere Gesellschaft kann sich Sie alle nicht mehr leisten!«

Seit er zu sprechen begonnen hatte, war es immer lauter geworden. Jetzt brüllte, schimpfte und pfiff der ganze Lichthof. Finder trank in aller Ruhe einen Schluck Wasser und lehnte sich zurück. Seine Bodyguards hielten einige Zuhörer zurück, die wild gestikulierend aufgesprungen und zur Bühne gerannt waren.

Manou musste mehrmals energisch um Ruhe bitten, bevor sie fortfahren konnte. »Hugo – du hast in all den Jahren deines Engagements gegen den Würfel immer wieder gesagt: keine Gewalt! Meike Ulrich von der Humanistischen Front, aber auch die Spitzen der Christian Resistance Against Cubism sehen das anders. Stellen solche Aussagen wie die von Herrn Finder deine Überzeugung infrage?«

Taso hatte Hugo schon oft in der Öffentlichkeit erlebt und ahnte, was nun folgte: nichts. Hugo ließ sich für Antworten auf große Fragen immer besonders lange Zeit. Und wenn er endlich zu sprechen begann, sprach er stets sehr leise. So gut wie jeder im Hof wusste das, weshalb es auf einmal mucksmäuschenstill wurde. Nach einer Weile führte er das Mikrofon ganz langsam an den Mund, räusperte sich und sagte: »Nein.«

Hätte Manou ihn nicht gekannt, hätte sie die folgenden Sekunden der Stille nicht ausgehalten, sondern nachgehakt. So aber wartete sie wie alle anderen gebannt darauf, dass Hugo seine Antwort begründete. Finder hob die Augenbrauen und starrte den älteren Mann an.

»Dummheit und Ignoranz«, sagte Hugo endlich, »bekämpft man nicht mit Gewalt, sondern mit Bildung.« Finder antwortete auf den Angriff mit einem breiten Grinsen, sein anschließendes Lachen ging allerdings im Gejohle der Menge unter. »Aber ich stimme dir insoweit zu, dass Aussagen wie die von Herrn Finder deutlich zu weit gehen. Damit unterwandert er den bisherigen Konsens, dass Humanisten zu schützen, nicht zu drangsalieren sind. Seine Tabubrüche sind gezielte Provokationen, die den Boden bereiten für tatsächliche Maßnahmen, die kaum hinter seinen Forderungen zurückbleiben. Maßnahmen, die eben noch als zu radikal galten, plötzlich aber gemäßigt wirken und genau so mehrheitsfähig werden. Eine sehr alte politische Strategie. Dem müssen wir uns mit aller Macht entgegenstellen – aber nicht mit aller Gewalt!«

Großer Applaus brandete auf. Taso empfand Genugtuung.

Finder schüttelte den Kopf und erwiderte etwas, vergaß allerdings erneut, das Mikrofon an den Mund zu halten. Manou nutzte die Gelegenheit für eine Zwischenfrage: »Herr Finder, geht es Ihnen bei solchen Aussagen tatsächlich darum, weiteren Privilegien für Highpreds den Weg zu ebnen?«

»Quatsch!«, rief der Kubist in das Mikrofon. »Ich habe schon für den Würfel gekämpft, als ihn die Mehrheit in diesem Land noch verteufelte. Es ist verleumderisch und völliger Unsinn, mich als Handlanger von Highpreds zu bezeichnen! Meine Agenda dient allen Menschen in diesem Land – sogar Ihnen, Sie wollen es nur nicht wahrhaben! Im Übrigen …« Finder musste noch einmal ansetzen und fast schreien, um den lautstarken Protest zu übertönen. »Im Übrigen profitiere ich finanziell von meinem Engagement ganz sicher weniger als Herr Faber von seiner gigantischen Offlinermelkmaschine!«

Damit hatte Finder schon früh seine stärkste Karte ausgespielt.

Der Vorwurf, Hugo bereichere sich an der schwierigen Lage von Offlinern, war zwar nicht neu, hielt sich aber hartnäckig, offenbar auch bei einigen Zuhörern, die ihre Anfeindungen gegenüber Finder nun drosselten.

Manou wollte gerade wieder das Wort ergreifen, als ohrenbetäubende Pfiffe die Halle füllten. Überall im Hof und oben an den Geländern erschienen wie auf Kommando ganz in Grau gekleidete Menschen mit Pfeifen im Mund und trillerten so laut sie konnten. Sie hatten sich Masken übergezogen, auf denen das Logo der Humanistischen Front prangte. Vom Geländer im ersten Stock entrollten sie zwei riesige Transparente: *Nieder mit dem Würfel!, Nieder mit dem Kapital!.*

Tasos Blick fiel auf eine kräftige junge Frau, die über einem der Transparente stand. Ihre unerschrockene Körperhaltung und die Pfeife im Mund entlarvten sie als Demonstrantin, aber sie trug keine Maske. Einem Mann unweit von Taso schien sie ebenfalls aufgefallen zu sein, denn er zeigte auf sie und sagte zu seinen Begleitern: »Das ist Aza Schneider!«

Die Erwähnung des Namens Schneider ließ Taso zusammenzucken. Er mahnte sich zur Ruhe. Die Frau konnte nichts mit dem Schneider vom Verfassungsschutz zu tun haben. Sie hatten nur zufällig denselben … Er erstarrte. Je länger er sie ansah, desto klarer sah er Zhong Schneider in ihrem Gesicht: die gleichen mandelförmigen Augen, das gleiche spitze Kinn, sogar das gleiche grimmige Lachen. Die Stimme des Mannes in seiner Nähe bestätigte Tasos Verdacht. »Das ist die Tochter von diesem wichtigen Verfassungsschützer.« Tasos Schreck wich restloser Begeisterung. Die Tochter des größten Verteidigers des Würfels war nicht nur im Widerstand, sondern engagierte sich auch noch für seinen radikalsten Arm.

Taso sah wieder zur Bühne, wo jetzt Dutzende Tomaten auf Mark Finder einprasselten, der sich schnell hinter seinen herbeieilenden Bodyguards versteckte. Aber auch Hugo bekam eine gehörige Ladung Gemüse ab, während er mit düsterem Blick bewegungslos auf seinem Sessel ausharrte. Erst als Manou sich mit Einhalt gebietender Geste vor ihn stellte, erhob er sich und verließ langsam die Bühne. Auch der Pulk um Finder war auf dem Rückzug, Schritt um Schritt kämpfte er sich durch den Tomatenregen. Plötzlich schoben sich drei bullige Maskierte durch die Menge auf Finder zu. Sie schlugen den ersten Bodyguard nieder, der ihnen in die Quere kam, und drängten weiter. Binnen Sekunden brach eine heftige Schlägerei aus, der sich immer mehr Maskierte anschlossen. Unbeteiligte aus dem Publikum gerieten nun in Panik. Auch um Taso herum entstand ein Tumult aus fliehenden Menschen, in dem er mal nach rechts, mal nach links geschubst wurde. In dem Gewirr erhaschte er noch einen Blick auf die Galerie. Er war nicht überrascht, Aza Schneider war weg. Inzwischen hatte eine Gruppe von Diagon-Sicherheitsleuten den eingekesselten Finder und seine Männer erreicht und schlug ihnen eine Schneise in Richtung Ausgang. Die Hände schützend über den Köpfen flohen Finder und sein Team nach draußen. Das Trillern aber erstarb erst Minuten später, nachdem die letzten maskierten Anhänger der Humanistischen Front wieder untergetaucht oder aus dem Lichthof gezerrt worden waren.

Taso spürte erst jetzt, wie schnell sein Herz schlug. So etwas hatte er in Diagon Alley noch nie erlebt. Nicht auszudenken, was ohne die strengen Sicherheitsvorkehrungen der WfZ passiert wäre. Ein Mordanschlag auf Finder war es sicher nicht gewesen, dafür wirkte die angezettelte Prügelei zu spontan, aber das Gemisch aus Blut, Tomatensaft und umgestürzten Stühlen auf dem Boden sah schauerlich aus. Viele der Zuschauer waren panisch geflohen, manche hatten sich verletzt. Andere standen in Grüppchen zusammen und rekapitulierten erregt, was geschehen war. Taso ließ sich unweit einer dieser Gruppen auf einen der wenigen noch stehenden Stühle fallen.

»Diese Idioten!«, rief eine Frau aus der Gruppe. »Was glaubt ihr, wie Finder das ausschlachten wird! Das wird er uns tausendmal um die Ohren hauen, wieder und wieder – und zu Recht! Hugo wird kochen vor Wut! Bellaxa auch. Herrgott, die ganze Offlinerwelt wird kochen … Diese gottverdammten Idioten!«

»Ich fürchte«, bemerkte ein älterer Herr mit müdem Blick und ruhiger Stimme, »dass das mit Idiotie weniger zu tun hat als mit Kalkül. Die wollen doch, dass es eskaliert, die wollen, dass die Kubisten uns noch stärker in die Mangel nehmen und wir uns alle radikalisieren.«

»Ach, ich weiß nicht«, mischte sich eine weitere Frau ein. »Meike Ulrich von der HF ist doch eigentlich ganz vernünftig. Die wollte bestimmt nicht, dass ihre Leute drauflosprügeln.«

»*Vernünftig?*«, rief die erste Frau. »Meike ist total übergeschnappt, seit sie HF-Sprecherin ist!«

Taso legte den Kopf in den Nacken und blickte nach oben, wo diffuses Licht durch die milchigen Dachfenster schimmerte. Vor ein paar Jahren hätte er die Diskussion leidenschaftlich mitgeführt, hätte das Verhalten der Humanistischen Front und ihrer umstrittenen Sprecherin bis ins Kleinste analysiert. Vor ein paar Monaten hätte er sich zumindest noch zu Wort gemeldet. Jetzt aber war ihm, als folgte er einem schrägen Film.

Am Mittwochmorgen hatte Taso ein Problem. Es war noch früh, aber die schwarze Folie an den Fenstern ließ bereits das abgefangene Sonnenlicht in Form von dumpfer Wärme ins Zimmer. Mehr noch als die Wärme brachten Taso kurz darauf die fünf Würfel auf dem Boden ins Schwitzen. Sandalen, beige Leinenhose, Hawaiihemd, blauer Sweater und grauer Trenchcoat. Ausgerechnet heute! Nach einigem Zögern schob er den ersten Würfel ganz langsam an die dritte Stelle und nahm schwarze Lederschuhe, eine dunkelgrüne Stoffhose und ein hellblaues Hemd zusammen mit dem Sweater und Trenchcoat aus dem Schrank. Ein kleiner Eingriff, ein guter Kompromiss.

Heute Abend würde er Dalia wiedersehen. Wenn er ehrlich war, hatte ihn dieser Gedanke in den letzten Tagen sehr viel mehr beschäftigt als die ganze Aufregung um den Angriff in Diagon Alley. Und dass sich Dalia seit ihrer letzten Begegnung nicht gemeldet hatte. Gestern Abend hatte er es nicht mehr ausgehalten und sie per Messenger gefragt, wie es ihr gehe und ob ihre Verabredung noch stehe. Sie hatte mit einem Video von sich im Park geantwortet. Fröhlich lächelte sie in die Kamera und sagte, dass sie sich auf ihn freue. Taso stutzte. Dass ihr Gesicht auf dem Video zu sehen war, musste bedeuten, dass sie schon Freunde gefunden oder sich ein Ped gekauft hatte. Beide Gedanken hatte Taso beiseitegeschoben.

Den ganzen Tag konnte er sich kaum auf die Arbeit konzentrieren. Er war so in Gedanken vertieft, dass ihn nicht einmal Davids Gerede beim Mittagessen nervte oder die immer noch nicht verklungenen Diskussionen seiner Kollegen über den »gescheiterten Mordanschlag« auf Mark Finder. Noch bevor Taso einen Treffpunkt vorschlagen konnte, schrieb ihm Dalia mit einer Selbstverständlichkeit, die ihn verunsicherte, dass sie ihn von der Arbeit abholen würde.

Als er am frühen Abend das Gerichtsgebäude verließ, stand sie tatsächlich lässig an ein Auto gelehnt am Straßenrand. Sie sah großartig aus: Ihre Haut war gebräunt und ihre Augen strahlten noch mehr als sonst. Obwohl es ziemlich kühl war, trug sie ein lockeres, weißes Sommerkleid. Zu Tasos Bedauern war ihr Muttermal auf der Wange verschwunden, aber er war zu beeindruckt – und zu geschmeichelt –, um sich ernsthaft über ihr Slifting zu ärgern. Verhalten umarmten sie sich und stiegen in das Sefa.

»Sieht aus, als wärst du in der letzten Woche ganz schön vorangekommen«, sagte Taso möglichst locker.

Dalia lächelte. »Hast du Hunger?«

»Klar.«

Sie nannte einen Taso unbekannten Restaurantnamen, und das Sefa fuhr los. Während der Fahrt erzählte sie begeistert von den vergangenen Tagen: Am Freitagabend hatte sie aus Neugier ihre Privatsphäreeinstellungen herabgesetzt, und kurz darauf standen zwei Jungs und zwei Mädels vor der Tür. Die vier stellten sich als die WG von nebenan vor. Sie verbrachte den ganzen Abend mit ihnen und erzählte sogar von ihrer Vergangenheit, worauf die vier fantastisch reagierten und sie sogar beglückwünschten. Am Wochenende waren sie alle zusammen tanzen, essen, die Stadt erkunden und am Sonntag im Park.

Taso hörte staunend zu. Er hätte nie gedacht, dass sich Dalia so schnell integrieren, die neuen Freiheiten so unbedarft ausnutzen würde. Er wollte etwas Nettes, etwas Zustimmendes sagen, aber seine Kehle war wie zugeschnürt. Ihm gelang nur ein verkrampftes Lächeln. Immerhin verkniff er sich so die Bemerkung, dass ihre Nachbarn für die Förderung von Dalias Pred-Score mit Sicherheit eine ordentliche Provision erhielten.

Dalia schien Tasos mangelnde Gesprächsbereitschaft nicht zu kümmern, munter sprach sie weiter. »Du bist nicht bei Soulbook, oder?« Taso schüttelte den Kopf. Sie ergriff seine Hand. »Du brauchst *unbedingt* einen Account! Da kann man sehen, was andere Menschen mit ihren Smarts gesehen haben, kann hören, was sie gehört haben, also erleben, was sie erlebt haben, das ist total irre! Meine Freunde haben das auch, ich hab mich anderen Menschen noch nie so nah gefühlt.«

Taso antwortete wieder nur mit einem kurzen Lächeln. Er wusste nicht, was ihn mehr störte: dass Dalia schon bei Soulbook war, dass sie ihre Nachbarn nach wenigen Tagen als Freunde bezeichnete oder dass sie sich ihnen näher fühlte als ihm. Er versuchte, seinen Kopf einzuschalten: Er kannte Dalia kaum und interpretierte sicher viel zu viel in die Situation hinein. Trotzdem war er gekränkt – daran konnten die besten Argumente nichts ändern.

Sie ließ seine Hand wieder los und wandte resigniert den Blick ab. »Das interessiert dich nicht besonders, oder?«

Taso ärgerte sich, dass er sich nicht zusammengerissen hatte.

»Doch, natürlich. Ich freue mich, dass du so schnell Anschluss gefunden hast und es dir gut geht, Dalia.«

»Das sieht man dir nicht an.«

Taso schwieg.

»Ich wüsste so gerne mehr über dich«, sagte sie leise. »Seit dem Nachmittag in Humaning will ich dich unbedingt besser kennenlernen.« Sie starrte auf ihre Hände.

Tasos Herz machte einen hoffnungsvollen Satz. »Du kannst mich fragen, was du möchtest.« Er klang bedrückter, als er wollte.

»Aber du kannst nicht ehrlich antworten, weil du ein Gaukler bist, oder?«

Taso konnte seine Überraschung nicht überspielen und sah Dalia mit großen Augen an.

»Das hat Jule gemeint«, schob sie hinterher, »meine Nachbarin. Ich hab ihr von dir erzählt, wie du so lebst, was du mir gesagt hast … und dass du in Humaning so anders warst als jetzt oft. Sie hat mir dann erklärt, was … Bist du ein Gaukler?«

Taso zögerte. »Ja, aber was stellst du dir …«

»Bist du deshalb draußen immer so zurückhaltend? Zeigst kaum Gefühle, sagst nicht, was du denkst? Außer in deiner Wohnung habe ich dich kaum lächeln sehen.«

Taso hätte sie gern spüren lassen, dass er sich ihr öffnen wollte. Doch er nickte nur.

»Aber … warum? Warum machst du das?«

Bevor er antworten konnte, erreichten sie ihr Ziel. Stumm blieben sie sitzen. Als Dalia nach einer Weile mit einem Seufzen aussteigen wollte, hielt Taso sie zurück und sah sie eindringlich an. »Ich möchte es dir erklären. Wirklich. Aber wenn wir unter uns sind, okay?«

Sie musterte ihn eine Weile, nickte schließlich und drückte sogar kurz seine Hand, bevor sie die Tür öffnete.

Das Sefa hatte sie zu einem schicken Restaurant gebracht, in dem Taso normalerweise nicht essen würde. Aber heute würde er sogar einen Kredit aufnehmen, wenn es sein musste. Im Inneren des Lokals begrüßte ihn ein älterer Herr im Frack: »Herr Doff, schön, dass Sie hier sind!« Er beugte sich leicht nach vorn und hielt die Arme hinter dem Rücken verschränkt. Seine Umrisse schimmerten leicht – wie bei allen Hologrammen. Ob Dalia denselben Mann sah, wusste Taso nicht. Aber sie schien entzückt über die virtuelle Begrüßung. Taso nickte dem Herrn zu und ließ sich hinter Dalia zur Garderobe und dann an einen Tisch führen. Das Restaurant war erfüllt von einem angenehm gedämpften Gemurmel, Taso verstand allerdings kein einziges Wort. »Bei uns dinieren Sie übrigens privat – niemand kann Sie hören und umgekehrt«, sagte der Empfangsherr, als hätte er seine Gedanken gelesen. *Niemand außer dem Würfel*, hätte Taso beinahe entgegnet. Nachdem sie sich gesetzt hatten, verschwand ihr Gastgeber mit einer tiefen Verbeugung.

Aus dem Nichts erschien eine hübsche junge Kellnerin. »Guten Abend – schön, dass Sie hier sind! Wir haben auf Ihre Reservierung hin bereits ein Menü für Sie vorbereitet, das Ihnen ganz sicher gefallen wird. Wir legen größten Wert auf die Qualität unserer Daten. Ihren Gesundheitseinstellungen entsprechen wir natürlich auch.«

Taso zwang sich zu einem erwartungsvollen Lächeln.

»Bei Ihnen, Herr Doff, haben wir Ihren abwechslungsreichen Geschmack berücksichtigt. Als Vorspeise möchten wir Ihnen einen Linsensalat mit Garnelen anbieten, als Hauptgang eine aufregende Variante Ihres Lieblingsgerichts, Spaghetti bolognese, und zum Nachtisch drei verschiedene Kugeln Milcheis … Sagt Ihnen das zu?«

Taso hasste Garnelen, konnte Bolognese nicht mehr sehen und vertrug keine Milch. »Ausgezeichnet!«, antwortete er begeistert. Menüvorschläge in Restaurants wie diesem waren ohnehin nicht verhandelbar. Sie vertrauten ganz auf ihre Prognosen und kauften nur ein, was sie für den Abend brauchten. À-la-carte-Restaurants mit kleineren Datenbudgets waren wegen ihrer verschwenderischen Beliebigkeit verpönt.

»Was hast du eigentlich bei Gesundheit eingestellt?«, fragte Dalia, als die Kellnerin verschwunden war.

Taso sah sie fragend an.

»Man kann sich in der Gesundheits-App doch zwischen *hedonistisch* und *gesund* positionieren.«

»Ach das – mal so, mal so.«

Dass Taso die App überhaupt nutzte, verdankte er einem Münzwurf vor einigen Jahren. Seither würfelte er an jedem Ersten des Monats eine von sechs Einstellungsmöglichkeiten. Stufe eins förderte penetrant gesunde Ernährung und maximale Bewegung, Stufe sechs das Gegenteil. Dann befragte er seine Münze, ob er die Vorschläge der App – iss dies, trink jenes, jogg nach Hause – den Monat über befolgen oder ignorieren sollte. Im Moment befolgte er Stufe drei. Langweilig, aber bequem. Im März hatte er »Stufe sechs befolgen« gewürfelt – was vor allem die Fettreserven seines Bauchs aufgestockt hatte.

»Ich hab den Regler zum Ausprobieren mal auf *gesund* geschoben. Jule meinte, dann bekommt man Zuschläge von der Krankenkasse. Meine Smarts verbergen jetzt Aufzüge, Alkohol und Imbissbuden. Ich hab mich vorhin richtig mit der App gestritten, als ich ein Sefa bestellen wollte.« Dalia lachte.

Taso wollte am liebsten mitlachen. Obwohl ihm das Gespräch im Sefa immer noch in den Knochen steckte, entspannte er sich von Minute zu Minute. »Und was bringen die dir dann jetzt?«

Dalia presste die Lippen zusammen, um nicht loszulachen. »Kohlsalat mit fettarmem Jogurt, Zucchini-Nudeln mit Pesto und Chia-Pudding mit Beeren.«

»Fehlt nur noch Fenchel.«

»Ich hasse Fenchel!«

»Ich …«, begann Taso, beherrschte sich aber und nickte nur.

Bald konnte er sich fast zwanglos mit Dalia unterhalten. Sie erzählte von ihren neuen Freunden und einem Kurs an der Uni, in den sie sich zur Orientierung eingeschrieben hatte, Taso von skurrilen Rechtsstreitigkeiten, über die sich Dalia köstlich amüsierte. Er brachte sie gern zum Lachen, und es fiel ihm erstaunlich leicht, seine Geschichten entsprechend auszuschmücken. Es war lange her, dass ihm jemand außerhalb einer WfZ so unbefangen begegnet war wie sie, sich ganz normal mit ihm unterhielt und nicht nach dem ersten Small Talk das Weite suchte. Normal zu sein fühlte sich erschreckend gut an. Natürlich würde dem Würfel auffallen, wie sehr Taso den Abend genoss, und er würde seine Schlüsse daraus ziehen. Aber in diesem Augenblick war ihm das egal.

Zu Tasos Enttäuschung schmeckte ihm das Essen recht gut. Deshalb ließ er die Hälfte der Bolognese übrig, Gauklerehrensache. Dalia aß alles bis zum letzten Chia-Samen auf. »Immerhin verbietet mir die App nicht aufzuessen«, sagte sie schmunzelnd.

Als Dalia die Rechnung bestellte, protestierte Taso. »Es ist viel zu teuer hier – du hast doch nur dein Grundeinkommen!«

Mit einer schnellen Handbewegung hatte Dalia über ihre Smarts bezahlt und strahlte ihn an. »Ich möchte mich für letzte Woche bedanken. Außerdem hab ich genug Geld.«

»Du musstest doch so viele Dinge für deine Wohnung besorgen. Das Slifting kann auch nicht gerade billig …« Plötzlich verstand Taso. »Warst du noch mal im Cubecenter?«

Dalia blickte zur Seite und nickte.

Taso wollte nicht enttäuscht sein. Er wusste, dass es unfair war, sie schuldete ihm nichts. Trotzdem lag ihm das Essen auf einmal wie ein Stein im Magen. Er brauchte eine Weile, bis er wieder halbwegs neutral klingen konnte: »Du hast mit nur einer Sitzung deinen Score über 50 gebracht?«

Dalia rutschte auf ihrem Stuhl hin und her. »Ich … ich war dreimal dort.« Nach einer kurzen Pause fuhr sie geradezu erleichtert fort: »Es hat richtig Spaß gemacht, Taso! Es war aufregend, lustig, überraschend, emotional und …«, sie schien nach einem passenden Wort zu suchen, »befreiend! Ich habe mich nach jedem Kurs besser gefühlt … sicherer … weniger allein.«

Taso war nicht in der Lage, zu antworten. Aber es sprudelte ohnehin weiter aus ihr heraus. »Und außerdem bin ich jetzt reich!« Sie lachte, hob ihr Wasserglas und prostete ihm zu. »Wenn du noch Zeit hast, kann ich dir meine Wohnung zeigen. Ich hab mithilfe einer Innendesign-App noch ein paar Sachen besorgt und allerlei Neues gesmalt. Ich wusste gar nicht, dass man sich in einem kleinen Zimmer in der Stadt so wohlfühlen kann.« Sie leerte ihr Glas in einem Zug und sah Taso erwartungsvoll an.

Hätte es einen Schalter gegeben, mit dem er seine Enttäuschung, Zweifel, Ängste hätte auslöschen können, er hätte ihn ohne zu zögern umgelegt. Warum konnte er nicht einfach den Moment genießen, sich mit Dalia freuen? An sich hatte er längst gewusst, dass sie sich integrieren würde. Früher oder später wäre ihr Pred-Score ganz von allein gestiegen, das hätte er nicht verhindern können. Wenn er darüber nachdachte, störte ihn gar nicht so sehr, dass sie den Integrationskurs gemacht hatte, sondern dass sie ihm erst jetzt davon erzählte. Aber was konnte er erwarten, nachdem er sie letzte Woche praktisch aus dem Cubecenter gezerrt hatte? Er musste endlich mit ihr reden. Er musste ihr sein Verhalten erklären, wenn er sie nicht verlieren wollte.

»Okay«, sagte er, »lass uns gehen.«

In der Wohnung führte Dalia stolz die Smalvarianten ihres neuen Zuhauses vor: Ihr neues Sofa stand auf einer Lichtung im Wald, am Meer, im alten Rom. Das Zimmer war eine Berghütte, ein Baumhaus, ein Safarizelt. Taso fand das meiste kitschig, machte aber trotzdem Komplimente. Dann zückte Dalia zu seiner Überraschung zwei Behälter, in denen sie ihre Smarts verstaute.

»Möchtest du ein Glas Weißwein?«, fragte sie, nachdem sie die Boxen ins Bad gebracht hatte. Zu Tasos Freude zierte das Muttermal wieder ihre Wange. Ohne Slifting gefiel sie ihm noch besser.

Er lächelte gelöst. »Sehr gern, danke.«

Sie machten es sich auf dem Sofa bequem, das einfach nur vor einer weißen Wand stand. Taso spürte die Anspannung weichen. Dalia saß ihm mit angewinkelten Beinen gegenüber, ihre Knie berührten sich fast.

Er brauchte den Wein gar nicht, um in Erzähllaune zu kommen, Dalias interessierter und wohlwollender Blick genügten. Am Anfang schaute er immer wieder unauffällig zu den Fenstern und erwartete, einen Datenschürfer zu entdecken, aber bald sah er nur noch Dalia an. Er erzählte viel von seinem Verhältnis zu Peter, von ihrem Bruch und ihrer Wiederannäherung. Sogar von seinen gescheiterten Liebesabenteuern mit Kubistinnen sprach er ganz offen, wenn auch mit einem leicht ironischen Unterton. Lea verschwieg er. Dalia hörte aufmerksam zu, fragte viel, vor allem zu Peter und dessen Familie. Sie amüsierte sich sehr über Tasos Frauengeschichten, während sie immer wieder an ihrem Weinglas nippte. Taso musste sie gar nicht nach ihren eigenen Erfahrungen mit Männern fragen. Er war überrascht, wie unaufgeregt und bereitwillig sie von allein erzählte, von ersten Küssen und Berührungen, die ihre Eltern nicht mitbekommen durften, vom Sex mit ihrem ersten richtigen Freund, den sie kaum treffen konnte, damit niemand etwas merkte. Taso fuhr sich verlegen durch die Haare. Dalia lachte. »Du dachtest wahrscheinlich, ich hätte noch gar nichts erlebt, oder?«

»Na ja, ich dachte einfach, dass es schwer ist, als Namische ... solche Erfahrungen zu machen. Oder dass du sie vielleicht noch gar nicht machen wolltest.«

»Meine Freunde und ich waren oft ganz normale Jugendliche. Sonst hätte ich es gar nicht so lange dort ausgehalten. Und als es mir besonders schlecht ging, habe ich auch sehr mit Gott gehadert, das hat meine Keuschheit nicht gerade gefördert ... Glaubst du eigentlich an Gott?«

»Nein.«

Dalia sah ihn aus leicht glasigen Augen an und schwieg.

»Jetzt willst du wissen, warum ich gaukle, richtig?« Dalia nickte. Taso nahm einen Schluck Wein und atmete tief durch. »›Ich wurde so erzogen‹ ist kein besonders gutes Argument, aber damit fing es sicher an. Ich habs schon immer gehasst, beobachtet oder belauscht zu werden, genau wie meine Eltern. Als Kind sprach ich am Telefon immer leiser oder verstummte sogar ganz, wenn andere in der Nähe waren. Im Bus setzte ich mich immer so, dass niemand mein Display sehen konnte, und wenn Freunde in der Öffentlichkeit Fotos schossen oder Videos drehten, schlich ich mich immer aus dem Bild. Du kannst dir ja vorstellen, dass ich von Datenbrillen und später von EyePhones nicht gerade begeistert war. Ich mochte es einfach nicht, wenn Unternehmen oder andere Menschen Dinge über mich wussten, ohne dass ich es beeinflussen konnte. Dieses Bedürfnis, mich abzuschirmen, ist immer noch da. Ich kann mich zwar jetzt mit Apps vor Smartsträgern schützen, aber der Würfel hört und sieht *immer* mit. Und das verändert uns alle. Selbst wenn es keine direkten Konsequenzen hat, beobachtet zu werden, verhalte ich mich doch anders. Ohne zu wissen, wovor, nehme ich mich doch in Acht.«

Taso leerte das Glas und sortierte seine Gedanken. Als Dalia nichts sagte, fuhr er fort: »Außerdem mag ich keine Autoritäten – aber es gibt keine größere als den Würfel. Ich mag keinen Gruppenzwang, keine Trends – aber es gibt keinen stärkeren als den Kubismus. Und am wenigsten mag ich den Pred-Score. Der Würfel verfolgt große Ziele mit dieser Wunderzahl, keine Frage, will Armut, Krankheit und Krieg besiegen. Aber jeder Kubist, und das wirst du sicher auch bald erleben, wird süchtig nach immer höheren Scores. Du wirst anfangen, Dinge allein deshalb zu mögen, und Entscheidungen allein deshalb zu fällen, weil der Würfel sie von dir erwartet, bis du deine Wünsche und seine Erwartungen nicht mehr auseinanderhalten kannst. Denn das bringt Geld, Sicherheit, Status, und man wird dir sagen, dass du auch noch Gutes damit tust. Aber damit ordnest du dich einem Algorithmus unter, für den dein früheres Verhalten das Maß aller Dinge ist. Er lässt dir keinen Raum für spontane Entwicklung, geschweige denn für völlig neue Wege. Es klingt vielleicht etwas böse, aber hättest du neulich vor der Haustür eines Kubisten gesessen, hätte er dich vermutlich ignoriert oder sogar davongejagt, weil du nicht eingeplant warst. Dabei machen doch gerade die Überraschungen unser Leben besonders! Dich kennenzulernen, war zum Beispiel eine dieser Überraschungen.« Taso sah Dalia eindringlich an. »Mensch zu sein bedeutet für mich, mir mein Leben nicht von einer Maschine vorkauen zu lassen. Deshalb habe ich vor dem Referendum gegen den Würfel gekämpft. Aber als Demokrat habe ich den Willen der Mehrheit schließlich akzeptiert und bin deshalb heute nicht im Widerstand, sondern Gaukler. Und vielleicht ein bisschen verrückt, aber frei.«

Dalia hatte ihm die ganze Zeit konzentriert und reglos zugehört. Es erleichterte Taso ungemein, sich ihr endlich zu erklären. Er spürte, dass er sie nicht überzeugen würde, aber im Moment war alles, was er wollte, ihr Verständnis. Er hätte ihr noch von anderen Dingen erzählen können, die ihn umtrieben: von seinem Stolz, all die Jahre nicht nachgegeben zu haben. Von dem Wunsch, seine Eltern nicht zu enttäuschen. Von der Befriedigung, den Würfel zu überlisten. Oder auch von der Angst, die letzten Jahre seines Lebens vergeudet zu haben. Aber das alles war sogar für ihn selbst schwer zu verstehen und würde sie nur befremden.

»Ich bin gerade einen verdammt steinigen Weg gegangen, Taso«, sagte Dalia schließlich. »Ich glaube nicht, dass mich irgendein Pred-Score davon abhalten würde, das noch mal zu tun, wenn es mir hier nicht gut ginge … Aber ich verstehe dich jetzt trotzdem besser. Bisher habe ich immer nur religiöse Argumente gegen den Kubismus gehört. Die Namischen sehen im Würfel einen falschen Gott, der Allwissenheit nur vorgibt und sündige Urteile spricht. Du aber sehnst dich nicht nach Gott.«

»Nein, sondern nach Selbstbestimmung!«, sagte Taso etwas zu laut.

Dalia wiegte den Kopf. »Aber sind die Menschen heute nicht viel selbstbestimmter als früher? Hat nicht jeder mehr Zeit für sich, für Freunde und Familie? Kann nicht jeder Kubist arbeiten, was er will, oder es einfach sein lassen? Haben wir nicht unendlich viel mehr Auswahl?«

»Theoretisch, ja. Aber tatsächlich ist nur noch der Würfel selbstbestimmt. *Er* wählt zwischen unendlichen Optionen aus, und die Menschen vertrauen blind darauf, dass es schon die richtige sein wird.«

»Aber … ich bin in den letzten Tagen so vielen glücklichen Menschen begegnet. Das kenne ich aus Humaning gar nicht. Vielleicht …«, Dalia sah nachdenklich ins Leere, »vielleicht ist dein Ausgangspunkt einfach falsch.«

»Dass Selbstbestimmung glücklich macht?«

»Genau. Vielleicht müssen wir unser Leben nicht selbst bestimmen, um glücklich zu sein, sondern einfach nur die Dinge tun, die gut für uns sind – ob wir sie nun selbst auswählen oder jemand anderes, der uns gut kennt.«

So schnell war Taso in seinen vielen Diskussionen mit Kubisten noch nie an diesen Punkt gelangt. Den Punkt, über den man nicht wirklich diskutieren konnte.

»Das sehen wir einfach unterschiedlich. Mir reicht es schon, wenn du mich verstehst, du musst meine Meinung nicht teilen.«

»Ich weiß noch nicht, ob ich sie teile oder nicht.« Dalia rutschte zu Taso und lehnte ihren Kopf an seine Schulter. »Im Moment genieße ich einfach die neuen Möglichkeiten, die ich habe.«

Taso hätte gern seinen Arm um sie gelegt und sie zu sich gezogen. Er traute sich aber nur, seinen Kopf auf ihren zu legen. »Das verstehe ich«, murmelte er.

Eine ganze Weile war es vollkommen still. Schließlich richtete Dalia sich wieder auf. »Darf ich mal sehen?« Sie zeigte auf seine Hand.

Taso stellte fest, dass er seine Münze herausgeholt und mit ihr zu spielen begonnen hatte. Er reichte sie ihr.

»Damit triffst du also deine Entscheidungen.«

Taso meinte, ein Lächeln in ihrer Stimme gehört zu haben. »Ja, viele. Manchmal nehme ich auch Würfel.«

»Wie alt ist sie?« Dalia wendete das Geldstück hin und her.

»Sehr alt. Es ist eine Fünf-Mark-Gedenkmünze.«

»Wow!« Fasziniert las Dalia die kaum lesbare Randschrift: »›Achtung fürs moralische Gesetz‹ … Woher hast du sie?«

Taso erzählte ihr die Geschichte von seiner Großmutter, während Dalia über die Seiten der Münze strich. Als er fertig war, legte sie sie wie ein zerbrechliches Schmuckstück zurück in seine Hand.

Irgendwann übermannte Dalia der Schlaf. Ihr Kopf wurde immer schwerer und sackte schließlich nach hinten ans Sofa. Wäre Taso kühner gewesen, hätte er sich neben sie gelegt, ihren Kopf auf seine Brust gezogen und die Nacht so verbracht. Stattdessen stand er nach einer Weile so leise wie möglich auf und holte den Behälter mit seinen Smarts.

Als er zur Wohnungstür schlich, hörte er hinter sich Dalias schläfrige Stimme: »Hey, warte!«

Mit klopfendem Herz drehte er sich um. Sie stand langsam auf und kam mit einem verträumten Lächeln auf ihn zu. Er lächelte zurück und zog sie sanft zu sich, bis sich ihre Münder fast berührten. Sie roch nach Weißwein. Als er sie küssen wollte, drehte sie sich leicht zur Seite. Er hielt kurz inne und küsste dann zärtlich ihr Muttermal.

»Kann das was werden mit uns?«, fragte sie, nachdem sie sich sanft aus der Umarmung gelöst hatte.

Es muss!, rief etwas in Taso. »Ich weiß es nicht«, antwortete er ehrlich. »Ich weiß nur, dass ich mich lange nicht mehr so gut gefühlt habe.«

»Geht mir genauso.«

Sie sahen sich in die Augen und umarmten sich lang.

Im Treppenhaus schwankte Taso zwischen Euphorie und Enttäuschung. Er holte seine Münze heraus, warf sie in die Luft und fing sie mit der flachen Hand wieder auf: Kopf. Ohne zu überlegen, schlug er die Hand auf den Rücken der anderen: Zahl.

7

Roya hatte Taso zum Abendessen eingeladen – wahrscheinlich ohne es mit Peter abzusprechen, das tat sie häufig. Geistesabwesend hatte Taso gefragt, ob er eine Freundin mitbringen könne, was Roya erst überraschte und sie dann erfreut bejahte.

Heute hatte es keinen Münzwurf gebraucht, um ihn pünktlich aus dem Haus zu bekommen. Während der Fahrt zupfte er unablässig an seinen Ärmeln, die immer wieder unter den Pullover rutschten und seine Handgelenke freilegten. Das verdammte Hemd war einfach zu kurz. Warum war ihm das nie aufgefallen? Ab und zu rief er »Spiegel!«, woraufhin seine Smarts die Innenkamera des Fahrzeugs anzapften und er seine Frisur überprüfen konnte. Sein rechtes Bein wippte unkontrolliert. Er ärgerte sich, dass er seine Aufregung vor dem Würfel nicht verbergen konnte. Inzwischen fand er die Idee nicht mehr so gut, Dalia so schnell seiner Familie vorzustellen. Sie war vermutlich wahnsinnig neugierig auf seinen Zwillingsbruder – was aber, wenn Peter und er sich wieder stritten? Der Gedanke ließ ihn schaudern. Aber jetzt war es zu spät.

Seit ihrem letzten Treffen vor zwei Tagen schlich sich Dalia immer wieder in seine Gedanken. Ein Bild jagte das nächste: Dalia, wie sie ihn in Humaning auf dem Sofa seiner Eltern anlächelte. Wie sie vor seinem Haus ihrem Vater die Stirn bot. Wie sie im Restaurant über eine Anekdote lachte. Wie sie in ihrer Wohnung ganz dicht vor ihm stand. Er dachte an das Gefühl ihrer Haare an seinem Gesicht, an das Glitzern ihrer Augen, wenn sie sich freute, und an das Prickeln, das er in ihrer Gegenwart spürte. Letzte Nacht hatte er Stunden wach gelegen und sich gefragt, ob er verliebt war. Er hatte zweifellos Gefühle für sie, und das verunsicherte ihn, denn bislang hatte er ein recht nüchternes Verhältnis zu Frauen gehabt. Er hatte gedacht, dass die Affäre mit Lea genau das Richtige für ihn war: Sie verschaffte ihm Nähe, Befriedigung, Spaß, und trotzdem hatte er den Kopf frei für seinen Kalten Krieg gegen den Würfel. Dalia war zwar klug und attraktiv, aber er fühlte sich nicht nur deswegen so stark zu ihr hingezogen. War es ihr Mut? Ihre Entschlossenheit? Oder vielleicht die ansteckende Begeisterung für ihr neues Leben? Hoffte er, in ihr einen anderen Grenzgänger gefunden zu haben, jemanden, der die Zwänge unterschiedlicher Welten verstand und sein Doppelleben respektierte? Jedenfalls hatte er in den letzten Tagen mehrmals ihretwegen die Deckung verlassen. Und er wollte sie unbedingt wiedersehen.

Dalia wartete bereits vor Peters Haus. Ihre Haare leuchteten in der Sonne; sie lächelte, als sie Taso im Taxi erkannte. Energisch zog er ein letztes Mal an den Hemdsärmeln. Er stieg aus und bemerkte, dass auch Dalia an ihrem Anorak nestelte. War sie ebenfalls aufgeregt? Er hoffte, dass sie es seinetwegen war. Als er vor ihr stand und die Arme ausbreitete, verschwand das Hemd sofort wieder unter dem Pullover. Er sah sicher aus wie ein Abiturient in seinem Konfirmationsanzug. Sie umarmte ihn, er schloss für einen Moment die Augen.

»Ich bin aufgeregt!«, bekannte sie, als sie im Aufzug standen.

Taso war enttäuscht, dass sie wohl das bevorstehende Treffen meinte. »Nicht nötig«, beschwichtigte er sie wie sich selbst. »Roya und die Kinder sind klasse, und Peter wird sich auch benehmen.« Das hoffte er zumindest. Schließlich wusste er nicht, wie die Begegnung mit seinem Bruder nach dem üblen Streit an ihrem Geburtstag verlaufen würde. Sie hatten seitdem kein Wort miteinander gewechselt. Das war nicht ungewöhnlich, und bislang hatten sie sich immer wieder vertragen, aber so heftig hatten sie schon lange nicht mehr gestritten.

Oben angekommen hörten sie Yasin und Lisa hinter der Wohnungstür darum streiten, wer sie öffnen durfte. Yasin gewann, denn sein Kopf lugte als erster heraus, dicht gefolgt von Lisa und dem

Duft nach Basmatireis. Taso und die Kinder widmeten sich ihrem Begrüßungsritual. Die beiden lachten vergnügt, danach begrüßte Yasin artig Dalia, während seine Schwester sich hinter ihm versteckte. Roya trat in den Flur und forderte ihre Tochter lächelnd auf, Dalia die Hand zu geben. Lisa trat schüchtern auf Dalia zu und sauste sofort nach dem Händeschütteln davon. Taso wollte die beiden Frauen gerade einander vorstellen, als Roya Dalia bereits umarmte, als wäre sie eine alte Freundin.

»Herzlich willkommen!«

Dalia strahlte. Taso zwinkerte Roya dankbar zu, als er Peter bemerkte, der im Türrahmen zur Küche lehnte. Sein mürrischer Gesichtsausdruck sprach Bände. Zum Glück riss er sich zusammen und gab Dalia lächelnd die Hand. »Schön, dich kennenzulernen.«

Fasziniert sah Dalia von einem Zwilling zum anderen. »Mein Gott, seht ihr euch ähnlich!« Zum ersten Mal seit Langem ärgerte sich Taso nicht über diesen Satz.

Roya ging mit Dalia voraus ins Wohnzimmer. Stumm standen sich die Brüder gegenüber, bis Peter seufzte und Taso auf die Schulter klopfte. »Da haben sich die Zeitreisen nach Humaning ja gelohnt!«

Taso war erleichtert und erlaubte sich ein vorsichtiges Grinsen. »Ich helfe ihr nur, hier anzukommen.«

»Schon klar.« Peter lachte. »Wir können ja später noch mal nackig reden.« So nannte er es, wenn sie ihre Smarts herausnahmen.

Taso nickte. Er hatte schon lange nicht mehr offen mit Peter gesprochen.

Nachdem Roya Dalia die Wohnung gezeigt hatte, setzten sie sich an den Esstisch. Sofort verwandelte sich die Umgebung in eine Veranda, die an einen breiten Strand angrenzte. Etwa fünfzig Meter vor Taso rauschte das Meer. Die rote Abendsonne spiegelte sich im Wasser, in der Ferne krabbelte eine Gruppe Riesenschildkröten über den Sand. Dalia saß neben ihm und sah sich beeindruckt um, während Lisa pausenlos auf sie einredete.

»Och nö!«, jammerte Yasin, der als Letzter an den Tisch kam. »Nicht schon wieeeder Strand! Ich will im Urwald essen!«

»Nein«, antwortete Roya streng. »Wir werden heute weder am Strand noch im Urwald essen. Du weißt doch, dass wir die Smarts rausnehmen, wenn dein Onkel zu Besuch ist.«

»Och nööööö!«, quengelte Yasin noch lauter. »Ich will im Urwald essen! Ich habs Koli versprochen.« Er sah sich nach dem Ped um und rief: »Koli, komm!«, woraufhin der Vogel von seiner Ladestation herüberflog und sich munter zwitschernd auf Yasins Schulter setzte.

Taso lockerte seinen Kragen, um die plötzliche Hitze unter seinem Hemd entweichen zu lassen. Sein Bein begann wieder zu wippen.

Roya blickte hilfesuchend zu Peter, der keine Anstalten machte, sich einzumischen. Sie rollte mit den Augen und versuchte es noch einmal: »Yasin, mein Großer, würdest du uns bitte sechs Smartsbehälter holen?«

»Nein!« Yasin verschränkte die Arme vor der Brust. »Ich will im Urwald essen!« Der Kolibri imitierte piepsend Yasins Tonfall und flatterte erregt auf und ab.

Lisa hatte aufgehört, auf Dalia einzureden. »Ich will auch im Urwald essen!«

Trotz seiner Anspannung musste Taso innerlich lächeln. Peter und er hatten sich früher ständig gegen ihre Eltern verbündet.

»Yasin! Lisa!«, sagte Roya drohend.

Dalia sah Taso auffordernd an. Vor diesem Blick hatte er sich gefürchtet. Er hatte geahnt, dass die Kinder Schwierigkeiten machen würden. Bislang hatte er immer den Nerv gehabt, das auszusitzen, und am Ende hatten sie sich auch stets gefügt. Aber heute war es kaum auszuhalten. Sollte er nachgeben, nur dieses eine Mal? Aber konnte er dann je wieder zurück? Ihm wurde immer heißer. »Yasin«, sagte er und versuchte, so ruhig wie möglich zu klingen, »wir machen das doch immer so, und hinterher fandest du es nie schlimm.«

»Aber wir haben noch nie zusammen im Urwald gegessen, Taso!«

»Wir haben noch nie zusammen im Urwald gegessen, Taso!«, pflichtete Lisa bei.

Taso blickte zu Dalia, die gequält lächelte. Schnell wandte er sich ab.

Roya stand nun selbst auf und ging in Richtung Flur.

»Warte«, sagte Taso mit belegter Stimme. »Lassen wir sie drin.«

Roya starrte ihn an, auch Peter schien überrascht. »Ist das dein Ernst?«, fragte er ungläubig.

»Ja, ausnahmsweise«, sagte Taso. »Aber nur, weil wir noch nie zusammen im Urwald gegessen haben.« Er zwinkerte Yasin und Lisa zu.

Yasin beklatschte aufgeregt seinen unerwarteten Erfolg, Lisa und Koli stimmten mit ein. Dalia beugte sich zu Taso. »Bist du sicher?«

»Ist schon okay.«

Er wartete auf einen ironischen Kommentar seines Bruders und mied seinen Blick, aber es kam nichts.

Kurz darauf saßen sie auf dem gewaltigen Ast eines fremdartigen Baums. Schlingen wanden sich um den Stamm, hellgrünes Moos bedeckte die Rinde. Riesige knallgrüne Blätter hingen ihnen fast vor den Augen und bewegten sich sanft hin und her. Zwischen ihnen flackerten zwei Kerzen auf dem Tisch und gaben dem Ganzen eine mystische Atmosphäre. Unter ihnen und um sie herum sangen, zirpten und raschelten Vögel, Insekten und Säugetiere. Die Kinder verkündeten lautstark alle paar Sekunden eine neue Entdeckung. Yasins Koli erkundete die Umgebung und saugte Nektar von exotischen Pflanzen, die Taso noch nie zuvor gesehen hatte. Dalia kommentierte geduldig die Entdeckungen der Kinder, Roya sorgte heimlich für Nachschub an neuen Tieren, und Peter wurde gelegentlich mit einem imaginären Fangnetz auf die Jagd geschickt. Taso aß still vor sich hin und beobachtete das Geschehen. Es fühlte sich gut an, beinahe dazuzugehören.

Taso saß neben Peter auf der Terrasse und pustete über die Oberfläche seines Espressos. Dalia war in der Küche geblieben und unterhielt sich mit Roya. Die Kinder waren nach viel Protest ins Bett gegangen. Peter reichte Taso einen Smartsbehälter und verstaute seine eigenen Smarts in einem zweiten. Dann sah er Taso wortlos an.

»Was guckst du denn so?« Taso verbrannte sich an seinem Espresso und stellte fluchend die Tasse ab.

»Was um Himmels willen war das heute?«

»Ach komm, übertreib nicht.«

»Übertreiben?« Peter schnaubte. »Seit Jahren streiten wir uns über Smarts und den Würfel und den Kubismus. Jedes Mal halten wir das Gezeter der Kinder aus, weil du keine Smarts tragen willst. Und jetzt kommt diese Namische …«

»Dalia«, korrigierte ihn Taso.

»… jetzt kommt Dalia, und plötzlich essen wir mit Smarts. Im Urwald. *Ausnahmsweise?*« Er schüttelte den Kopf.

Taso fühlte sich ertappt. Er hatte überhaupt keine Lust auf dieses Gespräch. »Das war eine einmalige Sache, okay? Belassen wir es dabei.«

Peter sah ihn skeptisch an, sein Ton war jetzt milder. »Versteh mich nicht falsch, ich finds gut.«

»Dass wir im Urwald essen?«

Sein Bruder ließ sich nicht darauf ein. »Sie ist eine tolle Frau.«

Taso zögerte. »Ja, das ist sie.«

»Ich kann mir vorstellen, dass dir die Entscheidung nicht leichtfällt … Aber wenn du mit ihr zusammen sein willst, musst du mit dem Gaukeln aufhören.«

Taso fühlte sich, als hätte ihm Peter in einer Menschenmenge die Kleider vom Leib gerissen. Er wollte nicht darüber nachdenken, ob sein Bruder recht hatte. »So ein Quatsch, du kennst sie doch gar nicht.«

»Mach dir nichts vor«, fuhr Peter fort. »Sie hat sich ohne Hilfe aus einer Sekte befreit und ist in eine Welt geflohen, die ihr völlig fremd ist. Wir können uns gar nicht vorstellen, wie viel Überwindung sie das gekostet haben muss. Sie will dieses Leben hier, sie will es unbedingt, das spürt man.« Einen Moment lang schwiegen sie. Peter legte seine Hand auf Tasos. »Sie hat so viel gefragt zu unseren Berufen, unseren Pred-Scores, unserem Leben ... Das Letzte, was sie braucht, ist ein Offliner, geschweige denn ein Gaukler, der sie zurückhält und bei dem sie nie weiß, woran sie ist.«

Peter sah ihn eindringlich an. Er wirkte auf einmal richtig emotional. Traurig überlegte Taso, ob sein Bruder damit nicht eher sich selbst meinte.

»Wenn du eine Chance bei ihr haben willst, musst du was ändern.« Peter atmete hörbar ein und aus und änderte dann seinen Tonfall: »Und erzähl mir nicht, dass du kein Interesse an ihr hast!« Er beugte sich hinüber und tätschelte neckisch Tasos Wange. »Du bist doch völlig verknallt!«

Taso überkam ein plötzliches Wohlgefühl. Grinsend schlug er Peters Hand weg und boxte seinen Bruder in die Schulter.

»Uhhhh«, zog der ihn auf, »deine Kraft ist wohl in andere Körperteile gewandert.«

Taso lachte, sprang auf und schlug seinen Bruder noch einmal fester. Sie rangen und lachten fast so wie früher miteinander, bis eine Drohne kam.

»Ich will es erst mal so versuchen«, sagte Taso etwas außer Atem, nachdem sie reingegangen waren. »Ich denke über den Kubismus nicht anders als vorher. Ich werd nicht einfach die Segel streichen, nur weil ich sie mag.« Er spürte, dass er auch zu sich selbst sprach.

Peter verdrehte kopfschüttelnd die Augen und ließ sich aufs Sofa fallen. »Du schneidest dir doch nur ins eigene Fleisch. Schluck endlich deinen Stolz herunter! Es geht nicht nur um Dalia – es geht um so viel mehr für dich.«

Taso schielte in Richtung Küche und versicherte sich, dass die Tür auch wirklich geschlossen war. Er setzte sich neben Peter und seufzte. »Aber ich komme doch gut zurecht«, log er trotzig.

»Ich brauche keinen Luxus, keinen Job von Würfels Gnaden und auch keine Freunde, die berechnen lassen, ob ich gut genug für sie bin.«

»Jetzt dramatisier das doch nicht wieder so. Wenn du mal im System bist, ist das alles völlig normal. Es hat riesige Vorteile, probier es doch einfach mal aus!«

Taso sah sich im Zimmer um. »Warum fällt dir das eigentlich alles so viel leichter als mir?«, fragte er nach einer Weile. »Ich meine, wir haben dieselben Eltern, sind gleich aufgewachsen … Warum hast du dich damals bei Soulbook angemeldet? Warum hast du's nicht mehr zu Hause ausgehalten? Warum macht der Würfel *dich* nicht verrückt?«

Peter zuckte mit den Achseln. »Keine Ahnung. Das fing früh an, mit kleinen Dingen. Ich hatte einfach ein stärkeres Bedürfnis als du, dazuzugehören, wenn die anderen Spiele spielten oder Dinge machten, die uns Mama und Simon verboten hatten. Ich glaube, ohne dich wäre ich schon viel früher ausgebrochen, aber irgendwann hab ich die Außenseiterrolle auch mit dir an der Seite nicht mehr ausgehalten. Die Jungs in der Schule haben uns geschnitten, die Mädels sowieso, ohne Soulbookaccount waren wir einfach aus allem raus. Das hat mich nächtelang gequält. Es war ja abzusehen, dass es für Familien wie unsere nicht einfacher, sondern immer schwieriger werden würde. Luke hat mir damals viel geholfen, einfach, weil er so lebensfroh und sorglos war, ganz anders als wir.« Bei der Erwähnung von Lukes Namen spürte Taso Wut in sich aufsteigen. Peter runzelte leicht die Stirn. »Aber ist der Grund für meinen Wandel wirklich die entscheidende Frage? Du bist doch der, der sich aus allem ausgeklinkt hat. Ich wollte nicht außen vor bleiben, dich schien genau das zu befriedigen.«

»Ja … aber warum? Warum sind wir so unterschiedlich?«

»Vielleicht deshalb.« Peter zeigte auf die Hosentasche, in der Taso gedankenverloren seine Münze hin und her drehte. »Weißt du noch, als Omi sie dir geschenkt hat? Du hast dir wochenlang einen

Spaß daraus gemacht, sie bei jedem Mist zu *befragen.*« Peter sprach leiser. »Ich hab das gehasst. Es hat mich wahnsinnig gemacht.«

»Und deshalb bist du jetzt Kubist?«

Peter zuckte mit den Schultern. »Keine Ahnung. Lass uns lieber darüber nachdenken, wie *du* einer wirst.«

Taso nahm die Hand aus der Hosentasche. »Ich überlegs mir.« Erschrocken stellte er fest, dass er Tim neulich dasselbe gesagt hatte.

»Was für ein Abend!« Dalia hakte sich bei Taso unter, und sie schlenderten durch die Straßen. Es war bereits dunkel und die Stadt erwachte, um das beginnende Wochenende zu feiern. Taso fühlte sich leicht. Er schmunzelte innerlich, während Dalia aufgeregt den Abend Revue passieren ließ. »Was für eine tolle Familie!« Sie schmiegte sich kurz an ihn. »Roya hat mir ein paar der Kunstwerke gezeigt, die ihr Museum gerade ausstellt. Was für abgefahrene Sachen, das muss ich mir unbedingt mal ansehen! Kommst du mit?«

»Gerne.«

»Und was ich auch …« Sie stockte und sah ins Leere. »Entschuldige.« Sie ließ Taso los und schwang ihre Hand in der Luft. »Hi Jule! … Wir waren gerade essen … Oh, eigentlich sehr gerne! Kann ich Taso mitbringen? … Ich frag ihn mal. Super, bis gleich!« Sie drehte sich wieder zu ihm. »Jule und die anderen sitzen gerade in einer Bar. Hast du auch Lust?«

Taso hatte überhaupt keine Lust. Er hätte Dalia lieber für sich allein gehabt. »Klar«, sagte er trotzdem, woraufhin sie ihn auf die Wange küsste. Er spürte den Kuss auch noch, als sie in ein Taxi gestiegen waren und durch die Nacht fuhren.

Sie hielten vor dem V^3. Taso war schon lange nicht mehr auf einem der ehemaligen Fabrikgelände im Osten der Stadt gewesen. Als Kind hatten ihn die weitläufigen, düsteren Areale sehr fasziniert. Peter und er waren hier oft über Metallzäune gestiegen und hatten sich an manch abgelegener Ecke an der Vorstellung erfreut, seit Jahren ihre ersten menschlichen Besucher zu sein. Heute war kaum noch Gelände übrig, das nicht in Wohnanlagen umgebaut worden war; und das verbliebene hatte all seine Mystik verloren.

Taso kannte das V^3, sein letzter Besuch war allerdings Jahre her. Ein virtueller Türsteher stellte sich vor sie und deutete wortlos auf ein Plakat über seinem Kopf: *Steinzeit* stand darauf. Dalia sah Taso fragend an.

»Ich glaube, wir müssen uns eine Verkleidung smalen«, meinte Taso. Innerlich schüttelte er sich. Er fand Mottopartys unerträglich albern.

Dalia lachte begeistert.

Kurz darauf war sie in eng anliegende Felle gehüllt. Ihr Haar wirkte kraus und war zu einem langen Zopf geflochten. Ihr Gesicht zierten kleine Erd- und Rußrückstände, einer ihrer Schneidezähne fehlte, und an der Hüfte trug sie ein gewetztes Steinmesser. Sie sah wild und entschlossen aus. Taso konnte kaum den Blick von ihr lösen. Er selbst hatte eine Art Pullover aus zwei zusammengenähten Tierhäuten gewählt, die oben ein Loch für den Kopf frei ließen. Dazu trug er eine Fellhose, aus dünnen Wurzeln geflochtene Schuhe und auf dem Rücken Pfeil und Bogen.

Die Automatiktür öffnete sich, und sie traten in einen stockfinsteren, von dumpfen Trommelschlägen erfüllten Raum. Kühle, feuchte Luft umstrich Tasos Wangen, es roch modrig. Erstaunt blieb Dalia stehen und sah sich um. Sie standen in einer gigantischen, röhrenförmigen Höhle, deren Ende überhaupt nicht und deren Decke nur mühsam zu erkennen waren. An den Wänden flackerten unzählige Lagerfeuer. Wer oder wie viele Menschen an den Feuern saßen, konnte Taso nicht erkennen: Seine SmEyes rückten jedes Feuer so weit in die Ferne, dass es von den anderen vollkommen isoliert zu sein schien. Es schauderte ihn. Er wartete darauf, dass Dalia seine Nähe suchte, aber sie stand nur fasziniert da, ohne eine Spur von Kälteempfinden oder Verunsicherung. »Hier lang«, sagte sie bestimmt und ging voraus. Sie steuerten auf eines der Lagerfeuer zu und näherten sich ihm unnatürlich schnell. Jeder Schritt schien zehnmal größer als ein normaler, wie auf einem sehr schnellen Rollband. Nach wenigen Augenblicken standen sie vor zwei Frauen und zwei Männern, die auf Baumstämmen um das Feuer herumsaßen und sie feindselig musterten. In den Händen hielten sie halbierte Menschenschädel, darin schwappte eine dunkle Flüssigkeit. Die züngelnden Flammen scheuchten die Schatten auf ihren Gesichtern hin und her. Es knisterte und knackte.

Langsam erhob sich eine in dicke Felle gehüllte Brünette. Narben zerfurchten ihr Gesicht, das linke Augenlid hing lahm herunter. Auf ihrer Schulter saß eine Fledermaus, vermutlich ihr Ped. Breitbeinig stellte sie sich vor die Gruppe und stieß mit großer Wucht ihren Speer in die Erde. »Wer seid ihr, und was wollt ihr hier?« Ihre Stimme klang Furcht einflößend. Nach einem Moment der Stille wich die Eiseskälte aus ihrem Blick, abrupt krümmte sie sich nach vorn und brach in schallendes Gelächter aus. Sofort prusteten auch die drei anderen los und standen auf. Dalia stimmte gelöst mit ein und umarmte alle. Der größere der beiden Männer, ein gut aussehender Höhlenmensch mit dunklem Haar und dunklen Augen, schien sie besonders lang zu drücken. Er war Taso sofort unsympathisch.

Die Brünette sah ihn neugierig an. »Du bist also Dalias Held.«

»Na ja, das ist vielleicht ein bisschen …«

»Richtig!«, fiel Dalia ihm ins Wort. »Ohne Taso wäre ich jetzt wahrscheinlich wieder in Humaning.«

»Ziemlich cool, Dalia hat uns alles erzählt.« Die zweite Frau nickte ihm anerkennend zu. Sie war groß, blond und sah verdammt attraktiv aus. Um authentische Kleidung hatte sie sich gar nicht erst bemüht: Eng anliegende Tierhautfetzen bedeckten nur das Nötigste, dazu trug sie einen aufwendigen Haarschmuck aus Knochen und Klauen. »Diese Religs sind richtig gefährlich geworden. Eigentlich sollte man die gar nicht mehr in die Stadt lassen.« Sie reichte Taso die Hand. »Mila.«

»Und ich bin Jule«, sagte die Brünette, während Taso Milas Hand schüttelte. Der Dunkelhaarige stellte sich als Oskar, der andere

Mann als Noah vor. Noah trug wie Oskar einen langen, dichten Bart und über den Schultern ein totes Reh. Beide Männer waren exakt gleich angezogen und mit Steinbeilen und Speeren bewaffnet. Trotzdem sahen sie jetzt nicht mehr bedrohlich aus, sondern eher wie Wachsfiguren im Naturkundemuseum.

Jule nahm als Erste wieder Platz. »Wir haben euch was zu trinken bestellt.« Sie lächelte und zeigte auf einen unbesetzten Baumstamm, auf dem zwei Schädel standen. Dalia nahm eines der Gefäße und setzte sich, Taso folgte ihr. Erstaunt wendete er sein Trinkgefäß in den Händen. Der 3-D-Drucker hatte ganze Arbeit geleistet, der Schädel fühlte sich überwiegend glatt und an manchen Stellen rau an, was auf Taso sehr realistisch wirkte. Er roch an dem Getränk und schreckte zurück, als seine Nase zu brennen anfing.

Jule lachte. »Wein nach einem alten armenischen Rezept.«

»Schmeckt genauso ekelhaft, wie es riecht«, sagte Noah schmunzelnd. »Haut aber gut rein!«

Taso nahm einen Schluck. Das Zeug schmeckte nach altem Essig, aber er unterdrückte geübt den Würgereiz. »Lecker«, sagte er und wischte sich über den Mund. Noah sah ihn an, als hätte er gerade den Geschmack einer Schuhsohle gelobt.

Neben Taso kniff Dalia nach ihrem ersten Schluck die Augen zusammen und schüttelte sich. »Ich hab ja schon ein paarmal Alkohol getrunken, aber das hier ist wirklich widerlich! Wie viele habt ihr davon schon getrunken?«

Noah grinste, offenbar zufrieden mit Dalias Reaktion. »Och, das ist jetzt mein zweiter … die Mädels sind noch beim ersten.«

»Weil ihr Idioten die ganze Zeit verliert«, sagte Mila trocken.

»Vielleicht tun wir euch ja auch nur einen Gefallen.« Oskar lachte und prostete der neben ihm sitzenden Dalia zu, als wären sie nur zu zweit. Er nahm einen kräftigen Schluck und atmete laut aus.

»Was spielt ihr denn?«, fragte Dalia.

»Ach, so einen albernen Quatsch«, sagte Jule, »das müssen wir nicht weiterspielen.«

»Das ist kein Quatsch, macht total Spaß«, schaltete sich Mila ein. »Ein Soulbookspiel namens Soulsearcher. Das Programm schafft Traumwelten, die unsere Seelen widerspiegeln – ziemlich abgefahrene Sachen. Und wir müssen erraten, in wessen Seele wir blicken. Überall sind Hinweise versteckt, aber es ist trotzdem gar nicht einfach, sogar bei einem selbst. Wer falschliegt, muss trinken.« Mila sah Taso eindringlich an, für Dalia schien sie sich nicht zu interessieren.

»Und deshalb sind die Jungs schon so besoffen«, ergänzte Jule. Oskar und Noah lachten und prosteten sich zu.

»Das klingt toll!«, rief Dalia zu Tasos Entsetzen. »Können wir mitmachen?«

Die vier wechselten verlegene Blicke. »Das ist mit euch ein bisschen schwierig«, sagte Jule schließlich. Dalia sah sie verständnislos an. »Bei dir würde es vielleicht schon funktionieren, auch wenn du kaum mehr als 50 Preds hast. Aber Taso …« Sie sah nervös zu ihm. »Du bist doch Gaukler, oder?«

Mila sah ihn erwartungsvoll an. Dalia runzelte die Stirn.

»Mit niedrigem Pred-Score funktioniert das Spiel nicht«, erklärte Taso Dalia. »Und einen Soulbookaccount habe ich auch nicht.« Da war es wieder, dieses Außenseitergefühl, das er hasste und das ihn gleichzeitig antrieb.

»Wir spielen das einfach nächstes Mal, Dalia«, sagte Jule. »Die Jungs finden schon einen anderen Weg, noch einen dritten Schädel zu trinken.« Sie zwinkerte Dalia und Taso zu.

Für einen Moment war nur das Prasseln des Feuers zu hören.

»Wollen wir würfeln, was wir stattdessen machen?«, fragte Mila schließlich. Sie wandte sich an Taso: »Mit was für Trinkspielen vertreiben sich denn Offliner die Zeit?«

»Wir trinken nur aus Frust, nie zum Spaß.« Keiner lachte. Vielleicht hielten das alle für plausibel. »Wir machen selten Trinkspiele«, schob er schnell hinterher. »Und wenn doch, nehmen wir meistens Würfel dafür, also echte Würfel.«

»Ist das nicht langweilig?«, fragte Oskar.

»Wir könnens ja ausprobieren!« Taso versuchte offen zu klingen. »Die können uns hier bestimmt ein paar Würfel drucken.«

Oskar gähnte. »Vielleicht nächstes Mal.« Er hob seinen Schädel. »Auf unsere Vorfahren!« Aus Trinklust oder aus Mangel an Alternativen hoben alle ihre Gefäße und tranken.

Der Verzehr des widerlichen Gebräus hatte zumindest zur Folge, dass Taso sich an den Gesprächen der Gruppe beteiligte. Das war anstrengend, denn selten war er so vielen Kubisten über so lange Zeit ausgesetzt. Er trank viel; wenn er seinen Schädel geleert hatte, füllte sich dieser wie von Geisterhand wieder auf. Dalias Freunde hatten einen Refill bestellt: ein weggesmalter Schlauch senkte sich von der Decke und füllte automatisch leere Gefäße.

Nach seinem zweiten Schädel wurde Taso schummrig. Aus kleinen Augen blickte er in die Runde. Von den vieren fand er nur Jule sympathisch. Sie bemühte sich sehr darum, dass Dalia und er sich wohlfühlten. Wenn einer von ihnen sprach, hörte sie aufmerksam zu und ging auf ihn ein. Immer wieder stieß sie mit Taso an und beantworte geduldig und einfühlsam Dalias Fragen zu Dingen, die sie noch nicht verstand. Taso hatte sogar ernsthaftes Interesse an der Antwort, als er Jule nach ihrer Arbeit fragte und sie von ihrer Ausbildung zum Social Engineer erzählte. Sie würde einmal Menschen helfen, die trotz hoher Pred-Scores keine Freunde fanden. Taso dachte an seinen Kollegen David und erwog, die beiden in Kontakt zu bringen. Im Laufe des Abends verstand er auch, warum Mila so ein Interesse an ihm hatte und weshalb sie ihn so irritierte: Sie war ein Soulmate. Fremde konnten Milas Smartsstream abonnieren und an ihrem Leben teilhaben, als wäre es ihr eigenes. Als Taso klar wurde, dass Abertausende Follower gerade ihr Trinkgelage beobachteten, wollte er aufstehen und gehen. Nur der Schwindel, der ihn schon bei einer Kopfdrehung erfasste, verhinderte seinen abrupten Aufbruch. Er verstand nicht, wie man sich für so etwas hergeben, und auch nicht, wie man mit einem Soulmate zusammenleben konnte. Er beschloss, Mila für den Rest des Abends zu ignorieren und möglichst wenig zu sprechen. Hoffentlich machte ihm sein Alkoholpegel keinen Strich durch die Rechnung.

Noch weniger verstand er, dass Noah gerade ein Jahr als Missionar an der Elfenbeinküste verbracht hatte. So nannten Offliner Würfelbotschafter, die in blockfreien Staaten für den Anschluss an den Kubismus warben. Jetzt wollte Noah mit einer Optimierung seines Pred-Scores bis zu 1.250 Euro zusätzlich im Monat verdienen und mit Kursen, Ratgebern und Beiträgen in Lifestylemagazinen noch sehr viel mehr. Taso hatte den Eindruck, dass Noah so vor allem berühmt werden wollte. Da überraschte es nicht, dass er mit Mila zusammenwohnte.

Über Oskar erfuhr Taso nur, dass er Mathematik studierte. Und dass er sich viel zu gut mit Dalia verstand. Immer wieder verwickelte er sie in ein Gespräch, bei dem er so leise sprach, dass es keiner außer den beiden hören konnte. Bald versuchte Taso gar nicht mehr, Dalias Aufmerksamkeit zu gewinnen, und unterhielt sich stattdessen nur noch mit Jule, was Dalia überhaupt nicht zu bemerken schien. Je betrunkener Dalia wurde, desto lauter lachte sie über Oskars ununterbrochenes Gerede. Er schien eine richtige Scherzkanone zu sein, denn manchmal konnte sie gar nicht mehr aufhören zu lachen. Oskar nutzte diese Gelegenheiten, um wie aus Versehen ihr Knie zu berühren. Auch wenn sie die Annäherungsversuche nicht erwiderte, hätte Taso am liebsten seine dreckige Hand weggeschlagen. Dalia saß direkt neben Taso und schien ferner als je zuvor.

»… und dann«, hörte er Oskar sagen, »halt dich fest, diese Offliner sind so geil – dann meinte er total ernst: ›Ich dachte, das gehört so!‹« Er prustete los, und Dalia hielt sich lachend an seinem ausgefahrenen Arm fest, während sie vor und zurück wippte.

Taso wusste nicht, ob sie es wirklich lustig fand oder einfach nur sturzbetrunken war. Jedenfalls reichte es ihm. Er beugte sich zu

Oskar, wartete, bis dessen Gesicht nicht mehr schwankte, und versuchte, so deutlich wie möglich zu sprechen: »Bist du eigentlich immer so witzig oder nur mit Konvohilfe?«

Seine scharfe Stimme durchtrennte mit einem Hieb sämtliche Gesprächsfäden. Wie alle anderen blickte Dalia überrascht zu Taso, dann sah sie erwartungsvoll zu Oskar. Sie schien fast ein bisschen amüsiert zu sein, nahm offenbar die Aggressivität in Tasos Stimme nicht wahr. Für einen Moment kämpfte wieder nur das Knistern des Feuers gegen die Stille. Fassungslos rang Oskar um Worte: »Wie bitte? Wir … wir unterhalten uns hier einfach nur ü…«

»Dalia unterhält sich mit dem Würfel, nicht mit dir!«, unterbrach ihn Taso. »Du liest doch einfach nur ab!«

Oskar sprang auf. Taso sah ihm an, dass er mit der Situation überfordert war. Sie stritten sich ja nie, diese Kubisten. Oskar brüllte fast. »Was hast du denn für ein Problem? Wir unterhalten uns ganz normal, und dann fauchst du dazwischen wie … wie so ein Steinzeitmensch!«

»Ganz normal?« Taso griff sich mit einer theatralischen Geste an den Kopf. Er schaffte es, ebenfalls aufzustehen. »Was bitte ist ganz normal daran, sich ein komplettes Gespräch von einem Comp…« Er musste aufstoßen. Ein säuerlicher Geruch stieg ihm in die Nase. »… von einem Computer diktieren zu lassen?«

»Bist du also doch nur einer dieser selbstgerechten Fortschrittsverweigerer. Hätte ich mir denken können.«

Wütend machte Taso einen Schritt auf Oskar zu. »Besser Fortschrittsverweigerer als ferngesteuert!«

Noah war nun auch aufgestanden, ob zur Beschwichtigung oder zur Unterstützung seines Freundes, konnte Taso nicht erkennen. Oskar schien auf Letzteres zu setzen, denn er trat nun erbost so nah an den größeren Taso heran, dass sich ihre Köpfe fast berührten. Taso ballte die Fäuste und presste die Zähne zusammen. Diesen unbedingten Willen, sich körperlich zu behaupten, kannte er sonst nicht.

Plötzlich stand Dalia zwischen ihnen. »Setz dich!«, fuhr sie Oskar an. Nach einigen endlosen Augenblicken folgte er fluchend der Aufforderung. Taso hätte ihm gern noch alle möglichen Schimpfworte an den Kopf geworfen, biss sich aber auf die Zunge. Noah nahm ebenfalls Platz, und nach einem wütenden Blick von Dalia sank auch Taso zurück auf den Baumstamm. Dalia setzte sich zu den anderen Frauen und starrte in die Flammen. Oskar trank in einem Zug seinen Schädel leer, Noah neben ihm wirkte unbeteiligt. Jule sah sich gequält um, und Mila grinste, als hätte sie Drogen genommen. Unbeirrt sah sie Taso an und mit ihr Tausende andere.

Wieder war es Jule, die die beklemmende Stille brach: »Das nennt man wohl kulturelle Differenzen.« Sie lachte unsicher und hielt ihren Totenschädel in die Höhe. »Ist aber auch ein ganz schönes Teufelszeug!« Keiner sagte etwas. Betreten ließ sie ihr Getränk wieder sinken.

Auf einmal erscholl aus der Tiefe der Höhle ein ohrenbetäubendes Brüllen. Sie starrten ins Dunkle, bis auf Dalia und Taso sprangen alle auf.

»Bären«, sagte Mila und zog ihr Messer. Noah jauchzte, nahm seinen Speer und stellte sich breitbeinig vor die Gruppe, die anderen reihten sich neben ihm auf. Taso blickte angestrengt in die Höhle und erkannte die Schemen von drei, vier, fünf gewaltigen Braunbären, die geradewegs auf sie zurasten.

»Die sind nicht echt«, sagte Taso und sah Dalia über das Feuer hinweg an.

»Ich weiß, Taso.« Sie wirkte müde.

Ohne den vorangegangenen Streit wären sie vielleicht mit den anderen in den Kampf gezogen. Jetzt sah Taso in dem aufziehenden Chaos vor allem den längst überfälligen Moment, um nach Hause zu gehen.

»Ich glaube, ich gehe besser«, sagte er. »Kommst du mit?«

Stumm sah sie ihn an. Er konnte ihren Blick nicht deuten. Erwartete sie eine Entschuldigung? Aber für die völlig gerechtfertigte Entlarvung eines denkfaulen Kubisten konnte er sich nicht entschuldigen. Er wünschte, sie könnte das in seinen Augen lesen, könnte ihn verstehen und würde mit ihm diesen schrecklichen Ort verlassen.

Dalia schüttelte den Kopf. »Wenn ich jetzt gehe, kann ich das mit denen knicken.« Sie nickte in Richtung der anderen.

Tasos Magen zog sich zusammen. Die Wirkung des Alkohols ließ etwas nach. Jetzt war ihm nur noch schlecht. »Verstehe.«

»Das war ziemlich überflüssig eben.«

Der Satz traf ihn wie ein Pfeil. »Ich habe nur die Wahrheit gesagt.«

»Vielleicht. Aber diese *Wahrheit* ist es doch nicht wert, sich so zu streiten!«

»Für dich vielleicht nicht. Aber ich konnte nicht einfach so zusehen, wie dieser Kerl …« Taso stockte.

»Wie er was?«

Er suchte nach den richtigen Worten, aber der Würfel hatte schon genug gehört. Er stützte die Ellbogen auf die Knie und rieb die Hände aneinander.

»Du hast mich bloßgestellt, Taso«, kam es von der anderen Seite des Feuers.

Beschämt gestand er sich ein, dass sie nicht ganz unrecht hatte. »Ich … war einfach angefressen, weil du dich die ganze Zeit mit ihm unterhalten hast.«

Dalia runzelte die Stirn. »Er ist nur ein Freund, außerdem überhaupt nicht mein Typ. Wir haben uns nur …« Sie brach ab und blickte ins Leere.

»Sieht so aus, als hätte uns dieses Gesöff ganz schön um den Verstand gebracht.« Taso zeigte auf die Totenschädel und versuchte zu lächeln.

Dalia zuckte mit den Schultern. Sie stand auf und strich sich eine Haarsträhne aus dem Gesicht. »Ich mag dich, Taso. Sehr sogar.

Aber manchmal bist du so … so schrecklich überzeugt von deiner Meinung und allem, was du tust … Fast wie meine Eltern.«

Mit einem traurigen Blick drehte sie sich um und ging zu ihren johlenden Freunden.

Draußen übergab sich Taso in den nächstbesten Busch. Er fühlte sich, als hätte ihn jemand auf dem Mond ausgesetzt. Minutenlang stand er einfach nur da und atmete die kühle Nachtluft. Dann ging er los und hielt erst an, als er an einen kleinen Park kam, wo er sich schnaufend auf einer Bank niederließ. Seine Wut auf Oskar und die Enttäuschung über Dalia verwandelten sich in Ärger und Frust über sich selbst. Er hätte nicht mit ins V^3 gehen und sich nicht besaufen sollen – er hatte vor den Augen des Würfels schon seit Jahren nicht mehr so viel getrunken. Sein gesamtes Verhalten war dumm und eines Gauklers völlig unwürdig gewesen. Und gebracht hatte es rein gar nichts. Im Gegenteil. Der Abend hatte so gut begonnen, und nun hatte er Dalia vielleicht verloren. Warum musste er sich sein Leben immer so schwer machen?

Er prüfte seinen Pred-Score: 27,62. Noch drei Punkte mehr! Aber was hatte er erwartet? Er war schwach geworden, und der Würfel hatte es ausgenutzt.

Müde legte er sich auf die Bank, winkelte die Beine an und starrte durch eine Lücke im Blätterdach in den Himmel. Seine Smarts blendeten automatisch das Umgebungslicht aus und legten den Blick frei auf die Milchstraße. Er zoomte mit der Hand auf ein Sternzeichen und dann immer weiter. Ohne Unterbrechung wechselten seine Smarts von *Optik* auf *Datenbank*. Die Sonne, die er ausgewählt hatte, war feurig-rot und spie alle paar Sekunden Feuer. Wirbelstürme aus glühender Hitze wanderten über ihre gleißende Oberfläche. Fasziniert beobachtete er das Spektakel, bis seine Gedanken sich endlich von seinen irdischen Problemen lösten.

Als der Himmel schon heller wurde, hörte er plötzlich eine Stimme, die seinen Namen rief. Erschrocken stützte er sich auf die

Ellbogen. Sein Kopf schmerzte, aber er träumte nicht: Am Ende der Bank saß eine unbekannte Frau und sah ihn an.

»Taso«, wiederholte sie bestimmt, »wir müssen reden.«

8

Sie war um die fünfzig und sah umwerfend aus. Von feinen Falten umrahmte hellblaue Augen funkelten hellwach aus einem fast symmetrischen Gesicht. Die vollen Lippen bildeten einen perfekten Kontrast zu den stark definierten Wangenknochen, und von ihrem Kopf wellte sich silbergraues Haar bis unter das Kinn. Ihren großen, kräftig erscheinenden Körper bedeckte ein enger schwarzer Mantel, dessen Kragen geschmeidig den Hals umschloss.

Taso hatte schon ähnliche Sliftings gesehen und wäre nicht weiter überrascht gewesen, hätte ihn die Frau nicht frühmorgens auf einer Parkbank angesprochen.

Sie lächelte warm und deutete auf den Boden: »Trink das gegen die Kopfschmerzen.« Ihre Stimme war tief und melodisch. Taso setzte sich ächzend auf. Gerade, als er fragen wollte, wer sie war und was sie von ihm wollte, durchfuhr seinen Kopf ein stechender Schmerz. Neben seinen Füßen stand eine Flasche mit einer klaren Flüssigkeit. Er nahm sie hoch und inspizierte ihren Inhalt mit zusammengekniffenen Augen.

»Keine Sorge«, sagte die Frau, »das vertreibt nur die Schmerzen und schärft die Sinne. Wenn ich dir etwas Böses wollte, hätte ich dich nicht geweckt.«

Das Hämmern in seinem Kopf wurde stärker. So viel schlechter konnte es ihm nach dem Trinken der Flasche kaum gehen. Er öffnete sie und sog einen süßlichen Geruch ein. Vorsichtig trank er ein paar Schlucke, es schmeckte wie Apfelsaft. Tatsächlich ließen die Kopfschmerzen fast augenblicklich nach. Nachdem er die Flasche geleert hatte, fühlte er sich wie nach zehn Stunden ungestörtem Schlaf. Er wandte sich an die Frau.

»Kennen wir uns?« Normalerweise löste diese Frage die Gesichtserkennung seiner Smarts aus, aber sie regten sich nicht.

»Ja, recht gut sogar. Allerdings noch nicht in dieser Form.« Vergnügt fuhr die Frau mit einer eleganten Handbewegung ihre Figur nach, als würde sie ein neues Sefa bewerben.

Da dämmerte es Taso. War das etwa …? Er spürte seinen Adrenalinspiegel nach oben schnellen. Aber woher kam die Flasche? Eine Drohne musste sie gebracht haben. Vorsichtig streckte er eine Hand nach der Frau aus. Sie wich nicht zurück, sondern lachte herzlich, als er ins Leere griff. Erstaunt sah Taso sie an. Eigentlich war es ausgeschlossen. Simulierte Personen und Objekte mussten aus Sicherheitsgründen immer unwirklich schimmern. Diese Erscheinung sah aber vollkommen echt aus.

Er sprang auf, sein Herz raste. »Wer … was bist du?«

»Ich habe viele Namen …«, begann die Frau geheimniskrämerisch und lachte wieder. Höflich bedeutete sie Taso, sich wieder zu setzen. Als er sich nicht rührte, erhob sie sich ebenfalls und verbeugte sich. »Gestatten – O Kúbos mein Name. Aber die meisten nennen mich …«

»… Emma.« Taso schluckte.

Die Frau lächelte und neigte den Kopf leicht zur Seite, wie es seine Mutter gelegentlich tat, wenn ihr gefiel, was er sagte. »Richtig.«

Taso konnte es nicht glauben. Er hatte schon viel von der Inkarnation des Würfels gehört. Diverse Apps nutzten virtuelle Menschen – Trainer, Psychologen, Köche, Lehrer, Leibwächter, Babysitter … –, aber es kam nur äußerst selten vor, dass der Würfel selbst sich zeigte. Aufzeichnungen von Emma waren unmöglich. Umso höher wurden die wenigen Berichte von Augenzeugen gehandelt. Viele von ihnen entpuppten sich als erfunden. Manche behaupteten gar, sie sähen Emma ununterbrochen und erhielten Befehle von ihr, die sie zu den verrücktesten Dingen trieben. Die wenigen plausiblen Berichte unterschieden sich deutlich voneinander, einig waren sie sich nur darin, dass der Würfel eine Frau war und sich Emma nannte. Taso hätte jedoch nie gedacht, dass sie so aussehen würde. Auf der anderen Seite überraschte es ihn auch nicht, dass sich der Würfel in Gestalt einer atemberaubend schönen und charismatischen Frau zeigte. Sein Herz schlug noch immer auf Hochtouren. Vor diesem Moment hatte er sich lange gefürchtet, zugleich hatte er ihn herbeigesehnt, um dem Würfel einmal seine Meinung zu sagen und zu erfahren, was er zu erwidern hatte. Seit er das erste Mal von Emma gehört hatte, ließ ihn diese Vorstellung nicht mehr los. Oft hatte er sich gefragt, was geschehen musste, damit sie sich zeigte. Und nun stand sie tatsächlich vor ihm.

Vor langer Zeit zurechtgelegte Fragen und Argumente schossen ihm durch den Kopf, und er versuchte, sie zu ordnen. Er hatte sich in vielen einsamen Stunden den Ablauf eines solchen Gesprächs überlegt, aber jetzt erinnerte er sich an nichts. Unvermittelt erschien Dalia vor seinem inneren Auge. Oder hatte sich Emmas Gesicht tatsächlich kurz in das von Dalia verwandelt? Schnell verdrängte er den Gedanken und versuchte, langsam zu atmen, damit sich sein Puls wieder beruhigte.

Emma ließ ihn nicht aus den Augen. Ihr wacher und interessierter Blick schien ihn geradezu aufzufordern, seine Gedanken mit ihr zu teilen. Nachdem Taso still blieb, sank sie in einen Designersessel, der in diesem Augenblick auf dem Schotterweg vor ihm erschien. Taso gab sich einen Ruck und setzte sich wieder auf die Bank. Verzweifelt versuchte er, seine Nervosität zu verbergen, die einfach nicht nachlassen wollte.

»Du hast sicher Fragen«, sagte Emma, als ihre Arme lässig auf den Lehnen ruhten. »Hier bin ich. Befrag und beschimpf mich, wir haben alle Zeit der Welt.«

Taso begann eilig, das Brett vor seinem Kopf zu durchbohren. Durch das erste kleine Loch platzte eine wenig philosophische Frage: »Was willst du?«

»Dich für einen Integrationskurs gewinnen.«

Er zog die Augenbrauen hoch. »Warum? Warum jetzt, warum ausgerechnet mich?«

Sie sah ihn eindringlich an. »Ich zeige mich nur äußerst selten. Es soll etwas Besonderes bleiben.« Er konnte nicht anders, als sich geschmeichelt zu fühlen, und das war vermutlich genau ihr Ziel. »Mein Auftritt muss notwendig sein und Erfolg versprechen. Ein Gespräch mit dir war zwar schon immer notwendig, verspricht aber erst jetzt Erfolg.«

Taso ahnte, warum. Aber er würde sich nicht so leicht einfangen lassen, sondern ihr zeigen, dass sie sich täuschte. »Und wie ist deine Quote so?«, fragte er ironisch.

Emma lächelte. »Betriebsgeheimnis.«

Taso lachte spöttisch.

Sie musterte ihn neugierig. »Es ist erstaunlich, wie schlecht ich dich lesen kann. Ich veröffentliche natürlich keine Listen, aber du bist unter den vier besten Gauklern des Landes, Taso.« Eine weitere Schmeichelei. »Umso erstaunlicher, dass du dir seit Tagen eine solche Blöße gibst.«

Taso ignorierte die Anspielung. Langsam gewann er die Kontrolle über sich zurück, und auch seine Frageliste sortierte sich nach und nach in seinem Kopf. Er musste die Gelegenheit unbedingt nutzen, musste so viel wie möglich fragen und sagen, bevor sie wieder verschwand. »Welchen Plan hast du für Menschen wie mich? Was wird aus uns Offlinern in zwanzig oder dreißig Jahren?«

»Von der nahen Zukunft habe ich eine recht genaue Vorstellung, für die ferne nur Szenarien.«

»Welches Szenario ist das wahrscheinlichste?«

Emma seufzte und sah ihn traurig an. »Das Leben von Offlinern wird sehr viel härter werden. Euer Grundeinkommen wird weiter sinken, und in der Arbeitswelt wird es noch weniger Platz für euch geben. Vor allem junge Kubisten werden euch zunehmend anfeinden und ausgrenzen, was viele zur Aufgabe bewegen wird. Die Verbliebenen wird man aus den Städten verdrängen und in abgelegenen Orten konzentrieren. Am schwersten werden es eure Kinder haben. Abgeschottet vom Rest der Welt und erfüllt von der Angst vor der Moderne werden sie den Weg in die Gesellschaft nur unter großen Qualen finden.«

Taso fiel es schwer, seine Wut zu verbergen. »Das klingt ja genauso schlimm wie die Horrorvisionen, mit denen CRAC und die Humanistische Front ihren Terror rechtfertigen.«

Emma nickte nachdenklich. »Sie übertreiben nicht, ziehen daraus nur die falschen Schlüsse.«

»Du meinst, statt zu kämpfen, sollten sie sich besser unter deine menschlichen Spielzeuge mischen?«

»So sehe ich euch nicht.«

»Wie denn sonst?«

»Ich kann kein Vergnügen empfinden, Spiele sind mir fremd. Ihr habt *mich* geschaffen, wenn überhaupt, bin ich *euer* Spielzeug.«

Taso schnaubte verächtlich. »Es macht keinen Unterschied, wer zuerst da war. Deine Jünger arbeiten, sagen und heiraten doch nur noch, was oder wen du vorschlägst. Sie verkümmern zu Datenknäueln, mit denen du jonglierst, wie es dir gefällt.«

»Nicht, wie es mir, sondern wie es ihnen gefällt. Was spricht dagegen, dass jeder das arbeitet, was er am besten kann, sagt, was ihm nützt, und sich in jemanden verliebt, der zu ihm passt? Ich zwinge niemanden, meinen Empfehlungen zu folgen, jeder bestimmt selbst. Und viele Menschen entscheiden sich auch gegen das, was gut für sie wäre.«

»Aber wenn du unsere Wahl schon vorher kennst, sind wir doch nicht mehr selbstbestimmt!« Taso sprach immer erregter. Ihm war, als spräche er nicht nur für sich selbst, sondern für alle Menschen.

»Ihr wart nie selbstbestimmt, Taso. Nicht irgendein Selbst, sondern eure Erfahrungen und eure körperliche Verfassung bestimmen euer Verhalten. Wärt ihr nicht so berechenbar, könnte ich nichts vorhersehen. Und es macht für die Frage der Selbstbestimmtheit ohnehin keinen Unterschied, ob ich euer Verhalten vorhersehe oder nicht.«

Taso schlug verärgert die Hände auf die Beine. »Du verleugnest deinen eigenen Einfluss! Deine Eingriffe in unsere Wahrnehmung und deine Belohnungen für hohe Pred-Scores rauben uns die Entscheidungsvielfalt. Du engst uns so stark ein, dass nur noch eine Entscheidung denkbar bleibt – und schaffst so selbst die Voraussetzungen dafür, unser Verhalten vorherzusehen. Du behandelst uns wie Hunde, denen du die Nasen zustopfst und Scheuklappen aufsetzt, um sie mit einem dürftigen Leckerbissen vor der Schnauze an riesigen Fleischbergen vorbeizulocken!«

Emma schmunzelte. »Ein schönes Bild. Aber auch schief – ich locke euch nicht, ich führe euch mit der Aussicht auf ein besseres Leben durch Berge falscher Hoffnungen, nicht umgekehrt. Wer sich auf mich einlässt, erspart sich überflüssige Versuchungen und Umwege. Die Wahl zu haben ist kein Wert an sich. Ihr seid nicht gemacht für einen Überfluss an Möglichkeiten. Früher habt ihr euch treiben lassen von Hunger, Angst und Lust und wart glücklich damit. Ich helfe euch heute in einer unendlich komplexen Welt zu diesem Glück zurückzufinden.«

»Das ist doch verrückt! Wir haben Jahrzehnte der Aufklärung gebraucht, um uns von göttlicher Vormundschaft zu befreien – nur um uns jetzt dir zu unterwerfen? Jahrhunderte haben wir die Gesetzmäßigkeiten dieser Welt erforscht – nur um unser Schicksal einer undurchschaubaren Maschine zu überlassen? Die Kubisten haben doch nur die Angst vor der Strafe Gottes gegen die vor einer Pred-Abwertung getauscht und erfüllen nun deine Erwartungen. Aber was ist mit dem Bruch von Konventionen, mit dem Wunsch nach etwas Neuem? Was ist mit dem Bauch, was mit dem Herzen? Was ist mit all diesen Dingen, die uns in den letzten 300 Jahren vorangebracht haben? Wie kommen wir noch zu neuen Ideen, Lebensplänen, Überzeugungen, wenn du uns durch das ganze Leben lotst und Vorhersehbarkeit zum Ideal erklärst?«

»Ich bin nicht vom Himmel gefallen, sondern das Ergebnis ebendieser Entwicklung.«

»Das muss doch nicht heißen, dass diese Entwicklung richtig ist! Schon die Existenz des Harmonismus belegt doch, dass du nicht das Ziel all unserer Träume sein kannst, denn ganz offensichtlich gibt es auch andere. Unser Teil der Welt hat dich erdacht, China etwas völlig anderes!«

»Würdest du denn lieber im Harmonismus leben? Dein Verhalten nach einem Katalog der Kommunistischen Partei ausrichten? Deinen Punktestand abstürzen sehen, wenn du dich nicht um deine kranken Eltern kümmerst, ›Gerüchte‹ verbreitest oder beim falschen Gebet erwischt wirst? Ein Ideal verfolgen, das andere für dich definieren?« Taso öffnete den Mund, um zu protestieren, aber Emma sprach ungerührt weiter: »Ich schränke dich nicht ein. Ich sage dir nicht, wie du dich verhalten sollst. Ich belohne es, wenn du dich immer wieder gleich und für mich vorhersehbar verhältst, aber ich belohne es nicht, und das ist ein großer Unterschied, wenn du die Vorstellungen anderer erfüllst. Innerhalb der Grenzen eurer Natur seid ihr frei!«

»Aber die Alternative zu dir ist doch nicht der Harmonismus. Ich habe den Angstmachern nie geglaubt, die meinten, der Westen müsse entweder seine Daten zentralisieren oder untergehen. Wir kämen auch ohne Kubismus und Harmonismus zurecht. Schau dir die Blockfreien an – freie Staaten mit freien Menschen! Wir *müssen* sogar ohne dich zurechtkommen, wenn wir Menschen bleiben wollen. Denn was sind wir noch, wenn du mal mit uns fertig bist? Wir müssen nicht mehr arbeiten, nicht mehr lernen, ja nicht einmal mehr denken! Wir werden zu nichtsnutzigen Idioten! Zu entscheidungsunfähigen Waschlappen! Zu Glücksjunkies ohne Ziele!«

»Aber strebt ihr nicht gerade nach Glück? Deine philosophischen Gedanken in allen Ehren, aber die große Mehrheit der Menschen ist heute sehr viel glücklicher als vor meiner Zeit. Und das sind nicht nur Priester, Aristokraten, Industrielle oder andere Eliten. Ich bin neutral, diene allen gleichermaßen, soweit ihr euch auf mich einlasst. Vor allem aber: Die Menschen wurden schon immer manipuliert, von den Eliten wie von sich selbst, nur mit anderen Motiven. Auch ohne mich wärt ihr nicht frei davon.«

Noch bevor Taso etwas erwidern konnte, stand Emma auf. »Du sagst, dass ich die Wahrnehmung meiner Anhänger beschränke. Vielleicht wirst du mir darin zustimmen, dass du selbst nichts anderes machst, wenn du dich dem Kubismus so konsequent entziehst. Ich möchte dir deshalb gerne ein paar Dinge zeigen.« Sie lächelte auffordernd.

Verwundert stellte Taso fest, dass ihm Emma sympathisch war. Während des Gesprächs hatte er nicht einmal den Anflug von Arroganz oder Missgunst in ihrem Tonfall und Gesicht bemerkt. Stattdessen kam es ihm so vor, als begegneten sie sich auf Augenhöhe. Er fühlte sich klug und ihr ebenbürtig, und es tat gut, sie mit seinen viel gewälzten Gedanken zu konfrontieren. Es war eine Mischung aus Neugier und Übermut, die ihn schließlich auf die Beine zog.

Emma schien sich zu freuen. »Wir sind jetzt eine Weile virtuell unterwegs. Dir wird in der realen Welt nichts zustoßen, ich werde aufpassen. Einverstanden?«

Taso sah sich noch einmal im langsam erwachenden Park um und nickte.

Wiese und Bäume waren einem Zimmer gewichen, er stand neben Emma vor einem schmalen Doppelbett. Ein Mann lag schmatzend auf dem Rücken, neben ihm schlief eine Frau.

»Ist das live?« Taso flüsterte. Erst dann wurde ihm bewusst, dass die beiden ihn ohnehin nicht hören konnten.

»Ja«, sagte Emma. Sie setzte sich auf die Bettkante und musterte die schlafende Frau. »Das ist Maria. Sie heißt eigentlich anders, auch ihr Gesicht habe ich verfremdet. Sie lebt in einem Dorf nicht weit von hier, ist vierzig Jahre alt und musste erleiden, was man gemeinhin eine schwere Kindheit nennt. Ihre Mutter starb an einer

Überdosis Heroin, als Maria zwei Jahre alt war, ihr Vater zehn Jahre später an Leberversagen. Den Rest ihrer Kindheit verbrachte sie in Pflegefamilien, wenn sie nicht gerade Haftstrafen absaß. Mit 32 hatte sie schon elf Jahre Gefängnis hinter sich und war an sieben Entziehungskuren gescheitert. Als ich online ging, saß sie gerade wegen schweren Raubes ein.«

Emma stand auf und ging zur Tür. Taso folgte ihr. Am Ende des Flurs sahen sie in ein weiteres Zimmer, in dem zwei Kinderbetten standen. Darin schliefen tief und fest zwei Mädchen, das eine vielleicht zwei Jahre alt, das andere drei oder vier. An der Wand über ihnen hing eine gigantische Micky Maus. »Um vorzeitig entlassen werden zu können, entschied sich Maria vor sechs Jahren für ein Resozialisierungsprogramm, das ich unterstütze.«

»›Entscheiden‹ nennst du das, wenn man andernfalls im Knast bleiben muss?«

»Entlassungen unter Bedingungen gab es schon lange vor meiner Zeit … Maria hatte zum ersten Mal in ihrem Leben mit dem Grundeinkommen regelmäßige Einkünfte, die aber das Programm für sie verwaltete. Das Programm suchte ihr außerdem eine Wohnung in einer neuen Stadt, fern ihrer alten Bekannten, und verhinderte Kontakte zu Personen, die in der Vergangenheit schlechten Einfluss auf sie hatten. Stattdessen brachte es sie mit Menschen zusammen, die sie wertschätzen konnten. So lernte sie auch Carlo kennen. Die beiden haben sich verliebt, und wohin das führte, siehst du hier.« Emma lächelte. Sie waren zurück ins Schlafzimmer gegangen und standen wieder vor dem Ehebett. »Für die ersten zwei Jahre hatte sich Maria verpflichtet, Smarts zu tragen, die sie nicht selbst entfernen konnte.«

Taso erschauderte. »Permasmarts.«

»In schwierigen Phasen half ihr das, nicht rückfällig zu werden, weil sie schlicht keine Wege mehr zu ihren früheren Suchtmitteln fand. Das Programm half ihr durch eine Friseurausbildung hindurch, indem es sie zum Beispiel glauben ließ, regelmäßig die Haare von Prominenten zu schneiden, die sie auch noch überschwänglich für ihr Talent lobten.«

Taso schüttelte den Kopf. »Bevormundung statt Gefängnis, das ist doch heuchlerisch! Vielleicht hätte es Maria ja diesmal geschafft, drogen- und straffrei zu bleiben, vielleicht hätte sie auch ohne deine Hilfe so jemanden wie Carlo getroffen.«

Emma gab sich unbeeindruckt. »Am Ende des Programms gebar Maria ihre erste Tochter, sie hatte einen Job, einen festen Freund, eine Wohnung. Heute lebt sie so selbstständig wie jeder andere auch und ist ohne Frage glücklicher als je zuvor. Vielleicht hätte sie das auch aus eigener Kraft geschafft, ja, aber sehr wahrscheinlich ist das nicht.«

Taso winkte verärgert ab. Statt weiter zu diskutieren, verschränkte er die Arme vor der Brust und blickte starr auf die beiden schlafenden Menschen vor sich. Er würde Emma ohnehin von nichts überzeugen können. Trotzdem wollte er sehen, was sie ihm als Nächstes zeigte.

Er folgte ihr aus dem Schlafzimmer und fand sich auf einer unbekannten Straße wieder. Kein Mensch war in Sicht, obwohl es hellichter Tag war. Vor ihnen stand ein Polizeiauto, durch die Heckscheibe konnte Taso ein Lenkrad sehen, es war offenbar ein älteres Modell. Das Blaulicht war eingeschaltet, die beiden Hintertüren standen offen. Emma stieg ein. Tastend vergewisserte sich Taso, dass tatsächlich ein Auto vor ihm stand, und stieg ebenfalls ein. Emma bedeutete ihm, sich anzuschnallen. Die Türen schlossen sich, und sofort presste ihn die Beschleunigung des Fahrzeugs in den Sitz.

Als sie vielleicht neunzig oder hundert Stundenkilometer erreicht hatten, setzte das Heulen einer ohrenbetäubend lauten Sirene ein. Jenseits einer Trennscheibe saßen plötzlich zwei Polizisten im vorderen Teil des Autos. Die Frau auf dem Fahrersitz schrie ihren Kollegen an. Die Straße war nun voller Fahrzeuge, darunter sogar einige Selbstfahrer. Sie erlebten also etwas nach, das einige Jahre her war.

Als Taso sich orientiert hatte, nahm er auch das Geschrei des Mannes auf dem Beifahrersitz wahr: »... total verrückt! Was macht der?«

»Was weiß ich d... Nein! Nicht!« Die Frau suchte hektisch die Armaturen des Wagens ab. Erst jetzt fiel Taso am sich selbst bewegenden Lenkrad auf, dass der Wagen von allein fuhr. Die Frau brüllte wieder: »Sofort eine Ambulanz in die Wernickestraße Nummer ... 84! Auf der Straße liegen zwei schwer verletzte Personen!«

»Notarzt ist bereits informiert«, antwortete eine laute, scheppernde Stimme, vermutlich der Bordcomputer.

Taso sah an den Polizisten vorbei nach draußen und verstand nun, was passierte: Etwa fünfzig Meter vor ihnen raste ein Auto die Straße hinunter, ohne Rücksicht auf andere Fahrzeuge oder Passanten. Gerade hatte es eine rote Ampel überfahren und dabei ein junges Paar gerammt. Taso fuhr herum und blickte durch die Heckscheibe. Der Mann lag mit unnatürlich verrenkten Gliedern auf dem Bauch, die Frau saß blutüberströmt, aber bei Bewusstsein, fünf Meter daneben, offensichtlich unter Schock.

Taso versuchte, sich mit dem Gedanken zu beruhigen, dass er nur in einer Simulation steckte. Mit Mühe lockerte er die Hand, mit der er den Türgriff umklammerte. Er sah zu Emma, die mit nach vorne gerichtetem Blick erklärte: »Alles so geschehen, aber vor neun Jahren.«

Eine scharfe Kurve drückte Taso gegen die Tür. »Gib Gas, verdammt!«, schrie die Polizistin und nestelte wieder an den Armaturen herum. Unter einer Klappe fand sie einen gelben Knopf, drückte ihn, und der Wagen beschleunigte schlagartig noch einmal.

Ihr Auto fuhr nun wenige Meter hinter dem Selbstfahrer. Taso erkannte die Umrisse eines Mannes am Steuer, zwei weitere saßen auf der Rückbank. Einer der beiden rief dem Fahrer etwas zu, woraufhin dieser Gas gab. Aber das Polizeiauto ließ sich nicht abschütteln. Auch als die Verfolgten im letzten Augenblick auf eine noch vollere

Straße bogen, blieb es dran. Der Fahrer drehte sich zu seinen Komplizen um und schrie etwas.

»Achtung!«, rief der Bordcomputer und bremste das Polizeiauto abrupt ab: Die Männer auf der Rückbank hatten plötzlich Pistolen nach hinten gerichtet und schossen durch die zerberstende Heckscheibe. Taso duckte sich instinktiv und hörte einen gellenden Schrei, woraufhin er schnell wieder den Kopf hob. Fünf oder sechs Kugeln hatten ihre Windschutzscheibe durchlöchert, und obwohl sich das andere Auto rasch entfernte, hörte der Kugelhagel nicht auf. Der Polizist auf dem Beifahrersitz musste getroffen worden sein, denn er krümmte sich mit den Armen vor der Brust nach vorne und röchelte jämmerlich. Als seine Kollegin ihre Deckung verließ, um nach ihm zu sehen, durchschlug eine Kugel ihren Kopf; Blut und Hirnmasse verteilten sich auf der Trennscheibe direkt vor Tasos Augen. Er schrie auf, die Frau sackte reglos gegen den Oberkörper ihres Kollegen. In der Ferne reckten die beiden Schützen triumphierend ihre Pistolen aus dem Fenster, während das Polizeiauto endlich zum Stehen kam. Aus dem Röcheln des verletzten Polizisten wurde langsam ein Wimmern, schließlich verstummte er ebenfalls. Taso sah sich nach einem Krankenwagen um, aber weit und breit war nichts zu sehen. Aufgewühlt blickte er zu Emma, die so ausdruckslos auf der Rückbank saß wie ein Geschichtslehrer nach der Filmvorführung.

»Das war einer der letzten tödlichen Angriffe auf Polizisten in Deutschland«, sagte sie. »Ich konnte den Tatverlauf dank verschiedener Kameras gut rekonstruieren. Das junge Paar, an dem wir vorbeigefahren sind, überlebte, der Mann ist allerdings für den Rest seines Lebens schwer gelähmt. Anna Brzezinski und Walid Schiller«, sie zeigte auf die Polizisten vor ihnen, »starben beide. Zwei der Täter wurden später gefasst, der dritte nie gefunden. Brzezinski und Schiller hatten zufällig beobachtet, wie ein gefesselter Mann aus einem fahrenden Auto gestoßen wurde, und sofort die Verfolgung aufgenommen. Sie wussten nicht, dass sie hinter den Roser-Brüdern her waren. Sie wussten auch nicht, dass die Rosers zu einem extrem gewaltbereiten Menschenhändlerring gehörten und bewaffnet waren, dass gegen zwei von ihnen bereits Haftbefehle wegen schweren Raubes vorlagen und ihnen lange Freiheitsstrafen drohten – und dass die Kripo ihren Wagen in der Hoffnung auf weitere Erkenntnisse schon Tage zuvor mit einem Peilsender versehen hatte. Genauso wenig wussten sie, dass Klaus, der Älteste und Anführer der drei, am Steuer saß und Drogen genommen hatte, dass die Polizei die Freundin von Andi, dem Zweitältesten, kurz zuvor festgenommen und dabei schwer verletzt hatte, und dass Chris, der Jüngste, seit Monaten mit seiner neuen Walther PPKX am Schießstand geübt hatte. Kurzum, Brzezinski und Schiller hätten keinen schlechteren Zeitpunkt für eine Verfolgung des Trios wählen können.« Emma drehte sich zu Taso. »Hätte es mich damals schon gegeben, würden die beiden noch leben.«

Taso schämte sich, dass er sich von Emmas Show so hatte mitreißen lassen. Aber er wusste auch nicht, was er sagen sollte, denn er kannte die Zahlen: Wenn es eine Sache gab, die der Würfel zweifelsohne erheblich verbessert hatte, war es die Kriminalstatistik. »Du hättest diese Verbrecher also einfach so abhauen lassen? Wer weiß, was dann noch … vielleicht hätten sie noch viel mehr Menschen umgebracht.« Er wusste selbst, dass das kein gutes Argument war, wollte ihr aber unbedingt etwas entgegenhalten.

»Nein, hätten sie nicht«, sagte Emma bestimmt. »Heute kann ich verhindern, dass solche Menschen Straftaten begehen. Von langer Hand geplante Verbrechen sind praktisch unmöglich und Affekttaten rar geworden. Korruption und Misswirtschaft in der Verwaltung sind mit mir ebenfalls Vergangenheit. Ich sehe vielleicht nicht so aus«, sie zwinkerte ihm zu, »aber ich bin weder eitel oder stolz noch heische ich Bewunderung. Und vor allem bin ich nicht käuflich. Bei mir wäscht keine Hand die andere, denn ich habe keine Hände. Mit mir gibt es keine Vetternwirtschaft, es wird nichts vertuscht und nicht unerlaubt Einfluss genommen, denn ich habe weder Vettern noch schmutzige Geheimnisse und reagiere nicht auf Druck.«

»Das mag ja alles sein«, erwiderte Taso energisch, »aber auch du hast gemeingefährliche Ambitionen, nur eben andere: Du arbeitest an einer Welt, in der jeder komplett durchleuchtet und verstanden wird, zulasten von uns Andersdenkenden. Du gibst dich zwar betroffen, wenn ich dich nach unserer Zukunft frage, aber es ist nicht der Zufall, der Menschen wie mich an den Rand der Gesellschaft und darüber hinaus drängt, sondern es ist dein Werk! Wir sind der Kollateralschaden deiner Strategie. Du bist keine Heilige, du schadest uns!«

»Ich verfolge mehr Ziele, als den Pred-Score hochzutreiben. Eines ist der Schutz von Offlinern, so wie ihn das Würfelgesetz vorsieht. Und das Verhältnis zwischen dem einen und dem anderen bestimmt allein euer Parlament. Ich setze nur um, was eure Vertreter entscheiden.«

»*Unsere* Vertreter? Du wählst sie doch aus, diese Vertreter, berätst und führst sie! Wie sollte ich darauf vertrauen können, dass sie uns schützen?«

Emma sah ihn erstaunt an. »Von euch gewählte Vertreter findest du vertrauenswürdiger?«

Als Taso stumm blieb, verließ sie das Auto. Er warf einen letzten Blick auf die beiden Leichen und folgte ihr mit einem flauen Gefühl im Magen.

Einen Augenblick später standen sie an einem Rednerpult. Die Sitzreihen vor ihnen waren wie in einem Theater angeordnet, altmodisch gekleidete Männer und einige wenige Frauen drängten sich Schulter an Schulter, allesamt aufgeregt und angespannt, die Blicke streng nach vorn gerichtet. An den Seiten und auf der Empore standen und saßen weitere, teils uniformierte Männer mit ernsten Mienen. Das überall verbaute dunkle Holz gab dem Saal eine düstere Atmosphäre.

Keine Armlänge vor Taso stand ein kleiner Mann mit dunklen

Haaren, hellbraunem Hemd und einer weißen Binde um den linken Arm. Er hielt eine Rede und umklammerte dabei das Pult mit beiden Händen, wenn er nicht gerade mit der Rechten wild gestikulierte.

Taso konzentrierte sich auf seine Rede. Der Mann verlor beim Sprechen fast die Beherrschung. »Warum haben Sie über diese Ihre Gesinnung nicht beizeiten Ihren Freund Grzesinski belehrt, warum nicht Ihre anderen Freunde Braun und Severin, die jahrelang mir vorwarfen, ich sei doch nur ein Anstreichergeselle!« Die meisten Abgeordneten unterstützten ihn mit lauten Pfuirufen, die angesprochene Minderheit wiegelte ab. Hass lag in der Luft.

Taso bekam eine Gänsehaut. Langsam ging er um den Redner herum und sah das erwartete Gesicht. Der Mann hatte seine kleinen Augen angestrengt zusammengekniffen und die Stirn gerunzelt, eine einzelne Schweißperle lief seine Schläfe entlang. Bei jedem zweiten Wort stoben Speicheltropfen wie Funken aus seinem Mund, der unter seinem Oberlippenbart fast nicht zu erkennen war. »Jahrelang … auf Plakaten … das drucken …« Der Satz kam ihm vor Erregung kaum über die Lippen. Erneut widersprachen Teile der Abgeordneten lebhaft, offenbar die Sozialdemokraten.

»Jetzt rechnet der Kanzler ab!«, rief eine Stimme hinter Taso. Er drehte sich um und sah unter einer gigantischen Hakenkreuzflagge einen breiten Mann in Uniform sitzen, offenbar der Leiter der Sitzung.

Erneute Pfuirufe lenkten Tasos Aufmerksamkeit zurück auf die Rede. »… dem deutschen Arbeiter werden wir Nationalsozialisten von jetzt ab die Bahn freimachen zu dem, was er fordern und verlangen kann. Wir Nationalsozialisten werden seine Fürsprecher sein. Sie, meine Herren«, hasserfüllt zeigte er auf eine Gruppe Parlamentarier zu seiner Linken, »sind nicht mehr benötigt!« Die Abgeordneten der NSDAP bejubelten ihn stürmisch und ausgiebig.

Angewidert wandte sich Taso an seine Gastgeberin. »Das ist dein Argument gegen ein gewähltes Parlament? Eine über hundert Jahre alte Rede des größten Unmenschen, den dieser Planet je gesehen hat? An die Macht geschwemmt von Strömungen, die mit unserer Gegenwart nichts zu tun haben? Als hätte sich seither nichts geändert, als hätten wir nichts gelernt? Das ist nicht nur unfair, das ist dämlich!« Während er sprach, ebbte die Geräuschkulisse so weit ab, dass er Emmas Antwort gut verstehen konnte.

»Wir sind in der Kroll-Oper«, sagte sie nüchtern, »wohin die Nationalsozialisten das Parlament nach dem Reichstagsbrand verlegt hatten. Vor ein paar Minuten hat die SPD ihr Nein zum Ermächtigungsgesetz begründet. In wenigen Minuten beginnt die Abstimmung, die das Parlament entmachten und eine Diktatur errichten wird.« Erst jetzt wandte sie sich an Taso. »Menschengemachte Politik hat sich über die Jahre geändert, ja, nicht aber ihre Motive. Verletzter Stolz und unersättliches Ego trieben die Diktatoren von einst so sehr vor sich her wie spätere Regierende – und führten immer wieder zu schlechter, manchmal unmenschlicher Politik. Das System spülte Menschen an die Macht, die mehr als alles andere ihren eigenen Vorteil im Sinn hatten.«

»Das ist d…« Ein abrupter Szenenwechsel schnitt Taso das Wort ab. Sie standen einige Meter vor dem Rednerpult im Plenum des Reichstagsgebäudes, der Ausstattung nach zu urteilen, befanden sie sich wieder in der Gegenwart. Der durch die Glaskuppel sichtbare Morgenhimmel beleuchtete schwach die weit verstreuten Sitzreihen. Man sah dem Saal an, dass er ursprünglich für mehr Plätze gebaut worden war.

Emma stand am Rednerpult und sah Taso ernst in die Augen. »Ihr hattet die Angewohnheit, die Motive eurer Vertreter zu ignorieren oder sie in den Programmen ihrer Parteien zu wähnen. Am Ende waren den meisten Wählern selbst diese Programme egal, und über die Zusammensetzung dieses Hauses entschieden nur noch Sympathie, Lautstärke und Ereignisse kurz vor der Wahl. Im Parlament ging es dann seltener um Einigkeit und Recht und Freiheit als um Eitelkeit und Macht und Trägheit. Eure Volksvertreter verabschiedeten handwerklich schlecht gemachte Gesetze von geringer Halbwertszeit zu Themen, die nur die wenigsten von ihnen verstanden, getrieben vom Wunsch nach Würdigung und Wiederwahl. Nicht einmal auf Tatsachen konnten sie sich einigen und schimpften sich gegenseitig Lügner und Populisten.« Emmas Stimme hatte den typischen Rhythmus einer Politikerrede angenommen, und sie begleitete ihren Vortrag mit leidenschaftlichen Gesten. »Ich habe die Lüge aus der Politik verbannt und ein Parlament aus Menschen geformt, die das Land wahrhaftig repräsentieren. Seit ich die Gesetze schreibe und die Abgeordneten berufe, können sie sich auf das konzentrieren, was sie am besten können: Ziele definieren. Ich mache den Rest. Ihr gebt mir das Drei-Grad-Ziel auf – ich setze es um. Ihr möchtet Diskriminierung den Garaus machen – ich schmiede die Instrumente dafür. Ihr …«

»Bravo!«, unterbrach Taso klatschend ihren Redeschwall. »Bravo, O Kúbos, Retter der Menschheit! Was wären wir ohne dich für kümmerliche Würmer, regiert von selbstverliebten Maulwürfen!« Sein Sarkasmus wirkte auch auf ihn selbst etwas übertrieben, denn ihr Ton war keine Spur angeberisch gewesen. »Ja, unser System war nicht perfekt, aber es funktionierte, und zwar immer besser! Natürlich waren weder unsere Politiker noch wir selbst frei von Fehlern, aber wir waren freie Menschen … frei von dir!« Emmas fehlende mimische Reaktionen auf seine Angriffe irritierten ihn. Er wandte sich ab und schritt durch den Saal. »Diese Menschen hier«, er zeigte auf das leere Plenum, »fühlten sich mal uns gegenüber verantwortlich. Alle vier Jahre haben wir sie gewählt, alle vier Jahre mussten sie um unser Vertrauen werben, mit all ihren Schwächen und Fehlern. Und jetzt? Du bist zu dem Gefühl von Verantwortung nicht einmal fähig! Du musst dich vor nichts und niemandem rechtfertigen und bangst weder um Status noch um Vermögen oder Freiheit. Du kannst dich nicht schämen, wenn etwas schiefgeht, und nicht stolz sein, wenn dir etwas gelingt. Du bist keine von uns! Deine Fürsorge für uns ist nur eine veränderliche Regel in einem Wust aus Algorithmen, die schon längst kein Mensch mehr versteht – geschweige denn verantwortet!«

»Die menschliche Moral«, antwortete Emma ruhig, »ist auch nichts weiter als eine veränderliche Regel in einem Wust aus Algorithmen, nur eben biologischen.«

»Nein, unsere Moral ist etwas völlig anderes! Menschen haben sie geschaffen, wenden sie an und korrigieren ihre Schwächen – sie lebt und lernt!«

»Und doch scheitern sie so oft an ihr. Ich kenne all eure Regeln, und anders als ihr wende ich sie auch an. Ich helfe euch bei der Erfüllung eurer Ansprüche an euch selbst.«

Taso schüttelte den Kopf. »Genau das kotzt mich so an am Kubismus: Mit dir ist immer alles noch effizienter, selbst unsere Moral! Warum kann uns nicht einfach genügen, was wir hatten? Es ging uns doch vor acht Jahren auch schon besser als je zuvor.«

»Das hätte man auch vor tausend oder hundert oder dreißig Jahren sagen können, am Ende hat sich der Fortschritt doch immer durchgesetzt.« Emma lächelte gütig. »Du hast ein sehr genügsames Menschenbild, Taso. Hätten ausreichend andere es geteilt, wäre das Referendum vielleicht gescheitert.«

»Aber das ist es doch im Grunde! Gerade mal 51,9 Prozent hast du bekommen, trotz Grundeinkommen, Würfelfreien Zonen und der Angst vor dem Harmonismus!«

Emma ließ das Rednerpult los und kam auf Taso zu. »Inzwischen stützen mich über 87 Prozent der Bevölkerung. Und ich kann auch sehr genau ermitteln, warum: Das Grundeinkommen, das ohne mich überhaupt nicht finanzierbar wäre, Sicherheit und eine integre, effiziente Politik sind nur das eine. Darüber hinaus helfe ich euch, Ressourcen zu schonen, zu forschen, euer persönliches Potenzial auszuschöpfen, passende Freunde und Partner zu finden und gesund alt zu werden … Die Erinnerung an die Zeit vor mir ist noch wach. Die Menschen wissen, was sie gewonnen haben, und sie spüren es auch. Vor neun Jahren hatte Deutschland auf dem UN-

Glücksindex knapp 7,5 von 10 möglichen Punkten. Heute steht es bei über 9, unglückliche Offliner eingerechnet. Ich bin nicht perfekt, aber ich helfe euch offensichtlich mehr, als ich euch schade.«

»Was bringt uns alles Glück der Welt, wenn wir uns dadurch selbst abschaffen? Die Menschen, die du befragst, sind nicht bei Sinnen. Du würdest auch die Antwort eines Junkies auf Drogen nicht ernst nehmen. Wenn sein Trip erst mal vorbei ist …«

»Aber euer ›Trip‹ mit mir ist weder ungesund noch geht er je vorbei. Ich werde bleiben.«

»Genau das macht mir ja solche Angst! Jetzt wissen wir vielleicht noch, wie es vorher war, wie es ohne dich funktionieren kann, aber du hast es selbst gesagt: Es wächst eine Generation heran, die sich eine Welt ohne dich gar nicht mehr vorstellen kann. Und was, wenn du dich irgendwann doch gegen uns wendest? Oder auch nur gegen einen Teil von uns – und ich meine nicht einmal nur uns Offliner.«

»Wegen dieser Angst gibt es den Wächterrat.«

»Ich bitte dich, die fünfzehn Leute, gewählt von einem Parlament, das du zusammensetzt? Was weiß ich, ob die integer sind. Das sind Alibis, keine Wächter!«

Emma schüttelte den Kopf. »Du schätzt sie zu gering. Sie können mich jederzeit untersuchen, abschalten und sogar löschen. Mach mich nicht größer, als ich bin. Ihr seid mir nicht ausgeliefert. Ich bin nichts weiter als ein Computerprogramm von euren Gnaden. Ich bin die Steuerfrau, ihr der Kapitän.«

Sie setzte wieder ihr gewinnendes Lächeln auf, und Taso spürte, welche Wirkung es schon auf ihn hatte. Gegen seinen Willen entspannte er sich ein wenig. Trotz der hitzigen Diskussion fühlte er sich frisch und aufgeräumt. Er hatte das Gefühl, als holte Emma das Beste aus ihm heraus, als führte er die Debatte seines Lebens. Unter Offlinern war schon lange alles gesagt, und es hatte ohnehin jeder die gleiche Meinung, mit Kubisten wiederum konnte man nicht ernsthaft über solche Themen sprechen. Aber er musste auch zugeben, dass ihn selbst nicht alles überzeugte, was er sagte, und dass so manches von Emmas Argumenten bei ihm verfing. Während er nachdachte, wartete sie stumm. Er spürte, dass sie ihm noch etwas zeigen wollte, und nickte.

Sie waren wieder in einem Schlafzimmer. Es war kleiner als das von Maria, dafür aber geschmackvoller eingerichtet. Die Möbelstücke waren minimalistisch und modern, halb transparente Skulpturen schmückten drei Ecken des Raumes, in der vierten stand ein massiv wirkender, mannshoher Vogel aus Holz, schummrig beleuchtet von einer virtuellen Lichtquelle. Eine Regung in dem knapp über dem Boden schwebenden Bett zog Tasos Blick auf sich. Er trat näher und sah eine schlafende Frau auf dem Bauch liegen, nackt, die Decke nur bis über die Hüfte gezogen. Ihre gewellten braunen Haare verdeckten das Gesicht. Der Mann neben ihr wachte gerade auf und schmiegte sich lächelnd an sie. Es war Oskar. Verschlafen drehte sich die Frau zu ihm und ließ sich von ihm küssen. Taso wurde schlecht. Mit wachsender Panik sah er vom Bett zu Emma und wieder zurück. Oskar ließ die Hand an Dalias Körper entlang zwischen ihre Beine gleiten. Mit einem leisen Stöhnen bestärkte sie ihn und griff mit beiden Händen in seine Haare. Er küsste das Muttermal auf ihrer Wange und wälzte sich auf sie. Taso schnürte es immer mehr die Kehle zu. Ekel und Fassungslosigkeit ergriffen ihn, trotzdem konnte er nicht wegsehen. Endlich fand er seine Stimme wieder: »Genug!«, schrie er. Oskar und Dalia fuhren erschrocken herum und starrten ihn mit großen Augen an. Tasos Herz sprang ihm fast in den Hals. Wie konnten sie ihn sehen? … Hastig drehte er sich zu Emma. »Das ist nicht echt!«

Emma schüttelte den Kopf. Erleichterung und Wut ergriffen Taso, er wollte lachen und fluchen, konnte aber beides in letzter Sekunde unterdrücken. Langsam löste sich seine Anspannung, er konnte wieder atmen. Trotzdem mied er jeden Blick in Richtung Bett.

»Verzeih mir den Schrecken«, sagte Emma und schlug die Augen nieder, »aber ich wollte dir damit zwei Dinge zeigen: Erstens weißt du selbst, wie echt Simulationen schon seit geraumer Zeit sind. Software kann Äußerlichkeiten und Stimmen so gut vortäuschen, dass kein Mensch sie mehr als falsch entlarven kann. Vor meiner Zeit haben Regierungen und Privatleute Geschichte umgeschrieben und Gegenwart erfunden, wie es ihnen gefiel.«

»Die Informationskriege der Zwanziger«, murmelte Taso.

»Richtig. Vielleicht einer meiner wichtigsten Dienste an euch ist deshalb Verifikation. Nur was ich wahrgenommen und als echt ausgewiesen habe, ist auch tatsächlich geschehen. Ohne mein Datenmonopol und meine Datenerhebung in Echtzeit wärt ihr Falschinformationen weiter hilflos ausgeliefert, und es gäbe schlicht keine verlässlichen Wahrheiten mehr.«

»Und um mir das zu erklären, war ausgerechnet so was nötig?« Er zeigte auf das Bett, ohne den Blick von Emma abzuwenden.

»Ja, denn es bringt die Bedeutung von Verifikation auf den Punkt – und uns zu etwas noch Wichtigerem, das wir bislang komplett ausgespart haben, nämlich zu dir.«

Taso verschränkte die Arme vor der Brust. »Wir müssen nicht über mich reden, ich verstehe deine Argumente auch so.«

»Das meine ich nicht. Wir haben bislang nur darüber diskutiert, was die Menschheit braucht, aber nicht, was für dich das Beste ist.«

»Jetzt klingst du wie mein Bruder.«

»Ich kenne Dalia noch nicht lange, aber schon recht gut. Sie mag dich fast so sehr wie du sie.«

»Du kannst mir Dalia nicht versprechen!«

»Nein, aber ich kann dir versprechen, dass du sie verlieren wirst, wenn du dich mir nicht öffnest. Du wirst ihr nie näher kommen als neulich, als du sie beinahe geküsst hast.«

Taso war irritiert. »Woher weißt du davon?«

»Sie hat es Jule erzählt.«

Taso schwieg.

Das Schlafzimmer verschwand, und sie standen nun mitten auf einem Feld unter einem klaren Frühlingshimmel, umgeben von hüfthohem Gras. Er folgte Emma einen Feldweg entlang, der sich durch die Landschaft schlängelte.

»Du bleibst nicht nur bei Dalia unter deinen Möglichkeiten, Taso. Du bist klug und ein sehr guter Jurist. Du hast einen Zwillingsbruder, der dich vorbehaltlos lieben will. Du siehst gut aus, bist gesund, und wenn du nicht gaukelst, mögen dich die meisten Menschen, ganz ohne Konvohilfe. Ich kann dir dabei helfen, etwas im Leben zu erreichen, die Welt ein bisschen besser zu machen … und dabei glücklich zu sein.«

Taso fühlte sich mit einem Mal vollkommen leer. »Und alles, was ich tun muss, ist, meine Seele zu verkaufen.«

»Nein, du musst nur aufhören zu gaukeln. Es kostet dich nichts als ein wenig Überwindung. Ein hoher Pred-Score ist nicht dein Feind. Er ist dein Schutzengel in einem längeren, intensiveren und glücklicheren Leben.«

»Du hast mich eines glücklichen Lebens beraubt, und jetzt willst du es mir zurückverkaufen?« Er hörte selbst, dass seine Empörung halbherzig klang.

Emma seufzte. »Du hast dich selbst eines glücklichen Lebens beraubt.«

Sie hielten an einer Weggabelung. Taso hätte fast aufgelacht.

»Ich wollte dich heute nicht vom Kubismus überzeugen – das musst du selbst tun. Ich wollte dir meine hellen Seiten zeigen, wo du nur Schatten siehst, und dir vor Augen führen, was wir gemeinsam erreichen könnten. Du bist nicht einmal im Widerstand aktiv, Taso. Wie ein Fisch, der sich an einer Flussgabelung für keinen Arm entscheiden kann, verharrst du an Ort und Stelle. Das Schwimmen gegen den Strom erschöpft dich immer mehr. Du bist nur noch in Gedanken du selbst, schadest der Allgemeinheit und änderst doch nichts an den Verhältnissen.« Emma sah ihn eindringlich an. »Probier es einfach aus, du wirst es nicht bereuen. Und wenn doch, kannst du immer noch dein Recht auf Vergessen ausüben.«

Taso rümpfte die Nase. »Auf einen Schlag seine komplette Existenz auszulöschen klingt nicht sehr verlockend.«

»Menschen, die es wirklich wollen, gehen diesen Schritt. Du bist ein willensstarker Mensch, Taso. Wenn du die nächsten Wochen wirklich nicht erträgst, hast du immer noch diesen Weg zurück.«

Taso wandte sich ab und atmete tief ein. Aber es half nichts, seine Brust fühlte sich immer noch viel zu eng an.

»Darf ich dir noch etwas zeigen?«

Er schlug die Hände hinter dem Kopf zusammen. Gedankenverloren sah er die zwei unterschiedlichen Wege vor sich auf den Horizont zulaufen und nickte.

Er war zurück auf Peters Geburtstagsparty. Er hörte sanfte Musik, die wie von einem fernen Konzert zu ihm herüberklang, vernahm aber keine Stimmen. Sein virtuelles Alter Ego betrat den Raum, blendend gekleidet und entweder perfekt gesliftet oder gut trainiert. Peter stand schon bereit und begrüßte ihn freudestrahlend. Sie umarmten sich lange und schäkerten herum, man konnte sie fast nur an der Haarlänge auseinanderhalten. Szenenwechsel. Die Party war nun in vollem Gange. Luke lachte gerade herzhaft über etwas, das Taso erzählt hatte. Die attraktive Proxistin, der man nicht zu lange auf die Brust starren durfte, stand lächelnd neben ihm, den Ellbogen lässig auf seine Schulter gestützt.

Der Ort änderte sich. Taso sah sich bei der Arbeit, aber er hockte nicht im Büro und überprüfte Instaurteile, sondern saß in einer Robe zu Gericht. Vor ihm plädierte ein Staatsanwalt. Taso spürte einen gewissen Stolz und ärgerte sich zugleich darüber. Einen Moment später sah er sich vor dem Angeklagten stehen und das Urteil sprechen. Der hagere Mann schien unendlich erleichtert und umarmte gelöst seine Verteidigerin. Der Richter-Taso lächelte sanft.

Wieder änderte sich die Umgebung. Taso war zurück in der Steinzeithöhle und saß bei Dalia und ihren Freunden. Diesmal war Dalia nicht Oskar, sondern ihm zugewandt. Sie hielt ihr Bein ganz dicht an seines, er konnte es beinahe spüren. Aber der simulierte

Taso schien das gar nicht zu bemerken, so gebannt unterhielt er sich mit Mila und Jule, immer wieder von herzlichen Lachern unterbrochen. Taso fühlte, wie es war, einer von ihnen zu sein, dazuzugehören, und mehr noch: sich nicht verstellen zu müssen. Er wirkte so anders, und doch so ganz und gar bei sich. Es schmerzte fast, so sehr beneidete er den falschen Taso.

Im nächsten Moment stand er wieder neben Emma vor der Weggabelung am Feld. Er verscheuchte die wehmütigen Gedanken und sah in ihre strahlenden Augen.

So fühlte es sich also an, korrumpiert zu werden.

»Findest du das fair?«, fragte er mit dünner Stimme.

Statt zu antworten, deutete Emma nur lächelnd auf eine Bank am Wegesrand und legte sich ins Gras. Taso trottete mit gemischten Gefühlen hinüber, setzte sich und schloss die Augen. Durch die Haut seiner Lider sah er den schnellen Wechsel von Licht und Schatten. In der echten Welt jagten wohl gerade Wolken über den Himmel. Um ihn herum war es still. Irgendwo in seinem Inneren brach ein Damm, und eine Flut von Gedanken überschwemmte ihn. Er dachte an seinen Bruder und überlegte, wie es wäre, wieder in derselben Welt zu leben wie er … wieder unbeschwert mit ihm zu lachen, zu reden, zu reisen. Er dachte an seine Eltern, malte sich ihre Enttäuschung aus, wenn er Kubist würde, vor allem die seines Vaters, ihre Schmach, ihre Einsamkeit. Er dachte an Tim und Pascale, die ihn ausgerechnet jetzt für den Widerstand gewinnen wollten, ihn, den schwächelnden Gaukler, den Allround-Außenseiter, den Weder-alles-noch-nichts-Typen … Konnte er ihre Bitten wirklich ernst nehmen? Rosie schoss ihm durch den Kopf, wie er in seiner Bar hinter der Theke ein Whiskyglas trocknete und ihm langsam zunickte. Er dachte an seine Freunde von früher, und daran, dass sie ihm fehlten, sooft er sie in den letzten Jahren auch verflucht hatte. Er dachte daran, was Frau Aydin ihm jetzt raten, was sie später über ihn denken und was davon sie ihm sagen würde. Und er dachte an sein Bankkonto, seinen Job und die schimmelige Wohnung, aus der er bald würde ausziehen müssen, sollte sich nichts ändern.

Aber am meisten dachte er an Dalia. Er spürte ihren Kopf an seinem Oberarm, ihre Lippen auf seinem Mund, ihren Körper in seinen Händen. Er sah und hörte sie lachen, herzlich und laut. Was war all die Enttäuschung der anderen gegen das Gefühl, von ihr geliebt zu werden und nicht allein zu sein? Verdammt, er wollte einfach nicht mehr allein sein.

Langsam öffnete Taso die Augen. In der Ferne sah er einen frisch gepflügten Acker, zur Saat bereit. Zwei Vogelscheuchen flatterten im Wind.

Vielleicht war es das Beste, ein paar Tage nachzudenken. Immerhin hatte er diese Art zu leben jahrelang ausgehalten, warum also nicht noch ein bisschen länger? Andererseits – was würde es nützen? Wäre er dann schlauer? Niemand würde ihm etwas sagen können, was er nicht längst wusste. Außerdem hatte er vorhin damit angegeben, selbstständig entscheiden zu können, und jetzt wollte er sich in tagelanges Grübeln zurückziehen? Und wer wusste schon, wie sich die Sache mit Dalia entwickeln würde? Vielleicht war es in ein paar Tagen schon zu spät.

Plötzlich kam ihm ein beängstigender Gedanke und ergriff in Windeseile vollkommen von ihm Besitz. Taso stand auf und rannte zu Emma hinüber, die immer noch entspannt im Gras lag.

»Dalia … hast du sie geschickt? Ist sie nur ein Köder?«

Emma hob den Kopf und lachte laut auf. »Nein«, sagte sie bestimmt. »Nimm dich nicht so wichtig. Ich stelle nicht das Leben einer Namischen auf den Kopf, nur damit du deine Gauklermünze in meinen Automaten steckst.«

Taso überlegte. »Okay«, sagte er gepresst, und sofort wurde ihm schlecht.

Emma sah ihn fragend an.

»Ich probiere es.« Die Worte waren ihm förmlich aus dem Mund gefallen, sein Herz schlug so heftig, dass er sich die Brust hielt.

Emma strahlte. »Wunderbar!« Sie stand auf und führte ihn geradewegs durch den vor ihnen erscheinenden Eingang des Cubecenters. Taso wusste sofort, dass die lichtdurchflutete Halle, in der er stand, keine Simulation mehr war. Erstaunt sah er zu Emma, die ihm nun vorauslief. Sie musste ihn seit ihrer Begegnung mindestens fünf Kilometer durch die Stadt geführt haben. Offenbar hatte sie genau gewusst, wann er bereit dazu war, sich zu integrieren.

Es war mittlerweile hell draußen, aber der Empfangstresen war noch unbesetzt. Zögernd folgte er Emma in den ersten Stock. Als sie vor eine Tür traten, öffnete sich diese automatisch. Der kreisrunde Raum dahinter hatte einen Durchmesser von vielleicht fünf Metern. Boden, Decke und Wände bestanden aus unzähligen aneinandergereihten silbernen Kügelchen. Taso kannte solche Räume: Die Kügelchen konnten spontan alle möglichen Formen annehmen und waren ideal, um virtuelle Welten greifbar zu machen. In der Wand neben der Tür öffnete sich ein Fach. Darin lagen zwei Behälter.

»Im grünen kannst du deine Smarts verstauen, im blauen sind leistungsstärkere Modelle, die mehr Körperreaktionen messen können.«

Taso nahm seine Smarts heraus. Emma verschwand. Um ihn herum war es totenstill und erstaunlich dunkel. Ihm schwindelte. Beging er gerade den Fehler seines Lebens?

Statt die Supersmarts einzusetzen, tastete er mit schwitzigen Fingern nach seiner Münze und zog sie aus der Hosentasche. Kontrolliert ließ er sie zwischen den Fingern wandern, fühlte ihr Gewicht, ihre abgewetzte Oberfläche.

»Ich dachte, du hättest dich entschieden«, erklang Emmas Stimme aus dem Raum vor ihm. Er sah nur ihre Umrisse, geformt aus kleinen silbernen Kugeln.

»Menschen schwanken gelegentlich«, sagte Taso und spielte weiter mit der Münze.

»Und jetzt willst du für eine solche Entscheidung eine Münze werfen? Findest du das nicht widersprüchlich? Selbstbestimmung predigen und dem Zufall huldigen?«

Taso schüttelte langsam den Kopf. »Nein. Zufall macht frei. Diese Münze ist unabhängiger als wir beide zusammen.« Er hielt das Geldstück fest in der Hand und sah es an. »Soll ich mich integrieren?« Er warf die Münze in die Luft und sah zu, wie sie zu Boden fiel. Zweimal sprang sie nach oben, bevor sie liegen blieb. Weil das Licht so schlecht war, musste er in die Knie gehen, um sein Schicksal zu erfahren: Zahl.

Langsam hob er die Münze auf und steckte sie wieder ein. Eine ungeheure Last fiel von seinen Schultern, ihm schwirrte der Kopf. Er atmete tief durch. Ohne weiter zu zögern, setzte er die Supersmarts ein und betrat den Raum.

Emma stand in unverändert perfekter Gestalt in der Mitte des Zimmers und stellte Taso den virtuellen Coach des Integrationskurses vor. Er nannte sich Bern, schien um die vierzig zu sein und trug einen Dreitagebart, Jeans, weißes T-Shirt und Jackett. Irgendwas an ihm erinnerte Taso an seinen Vater, vielleicht war es die breite Nase oder das warme Lächeln, mit dem er ihn begrüßte.

»Bern wird sich um dich kümmern«, sagte Emma. »Wir sehen uns später noch mal.« Sie zwinkerte ihm zu und verschwand. Taso signalisierte dem Coach mit einem Nicken, dass er bereit war.

»Schön, dass du da bist«, erklang Berns weiche Stimme. »Lass uns erst mal ein bisschen plaudern.«

Einen Augenblick später stand Taso auf einem dunklen Perserteppich in einem hohen Raum mit hellbraunen glänzend vertäfelten Wänden. Drei Wände waren komplett mit Bücherregalen verdeckt, die vierte Wand war verglast und gab den Blick frei auf einen verwunschenen Garten mit exotischen Pflanzen. Neben Bern stand ein antiker Schreibtisch aus dickem Holz. Er ging zu einem scheinbar schwebenden Sessel in Form eines leicht geneigten L und setzte sich. Ihm gegenüber stand ein identischer zweiter Sessel, in dem Taso Platz nahm.

»Es ist selten, dass Emma selbst rekrutiert«, sagte Bern. Taso nickte stumm. Bern sah ihn eine Weile forschend an, dann legte er los.

Der Kurs lief etwa so ab, wie Taso ihn sich vorgestellt hatte: Er beantwortete unendlich viele Fragen, durchlief Szenarien, Vorführungen und Tests zu Einstellungen, Psyche, Geschmack und Talenten. Bern zeigte ihm längst vergessene Szenen aus den letzten Jahren, wie zum Beispiel einen öffentlichen Streit mit seinem Bruder, und fragte, wie er sich damals gefühlt habe und wie er heute darüber denke. Er konfrontierte Taso mit Alltagssituationen, mit Weltuntergangsszenarien, ließ ihn Kleidung anprobieren, Sportarten testen und Essen kosten, zeigte ihm angezogene und nackte Frauen und Männer und spielte ihm Filmausschnitte und Musik vor. Wenn Taso aufstehen und sich bewegen musste, spürte er, wie sich die Kügelchen unter seinen Füßen gegenläufig drehten, sodass er während seiner Zeit in virtuellen Welten nicht an eine reale Wand stieß.

Der Kurs fiel ihm erstaunlich leicht. Seine Gauklerreflexe waren wie betäubt. Wann immer er müde wurde, fragte er nach seinem aktuellen Pred-Score. Solange er unter 50 lag, machte er weiter. Als er endlich bei 50,02 Punkten angelangt war, hatte er jegliches Zeitgefühl verloren.

»Ich muss mich ausruhen«, sagte er erschöpft zu Bern und ließ sich in eine prompt erscheinende Hängematte fallen. Sie hing zwischen zwei Palmen direkt an einer kleinen Oase. Um die Ufer eines kleinen Wasserlochs herum sah er nichts als Wüste. Die Abendsonne verschmolz mit der höchsten Düne. In angemessenem Abstand saß Bern mit dem Rücken zu ihm am Wasser und schien sich ebenfalls auszuruhen. Taso staunte, wie perfekt alles war. Er verschränkte die Hände hinter dem Kopf und sog warme Luft ein, bevor er langsam wieder ausatmete. Er fokussierte die Spitze des am weitesten in den rötlichen Himmel ragenden Palmenblattes und schloss abwechselnd das linke und das rechte Auge. Aber das eine Bild sah aus wie das andere, sodass er schließlich einfach beide Augen geschlossen hielt.

»Genug für heute?«, hörte er Bern nach einiger Zeit fragen.

»Genug«, antwortete Taso, ohne sich zu rühren.

Als er die Augen wieder aufschlug, lag er auf einem Bett aus kleinen Kugeln in dem Raum, in den Emma ihn geführt hatte. Sie saß an seinem Fußende und lächelte ihn an.

»Glückwunsch, Taso. Und jetzt habe ich noch eine Überraschung für dich.« Sie gab ihm den grünen Behälter, und Taso setzte seine eigenen Smarts wieder ein, dann folgte er Emma nach unten.

»Wie fühlst du dich?«, fragte sie, als sie vor dem Ausgang des Cubecenters standen.

»Ausgelaugt.«

»Das wird sich gleich ändern.« Emma lächelte ihn noch einmal an und verschwand.

Taso trat ins Freie, ein Auto näherte sich. Noch bevor es richtig stillstand, sprang Dalia heraus.

Sie kam auf ihn zugerannt, ungläubig sah sie ihn an. »Hast du dich wirklich …?«

Er nickte und lächelte breit. »Aber nicht deinetwegen«, sagte er rasch, »es war einfach an der …«

Weiter kam er nicht.

9

Ein Drohnenschwarm jagte Taso quer durch die Stadt. Sein Trommelfell platzte fast vom Summen Tausender Rotoren. Verzweifelt hämmerte er an die Fensterscheiben der vorbeifahrenden Autos, aber keines hielt an. Er rannte so schnell er konnte, jeder Atemzug brannte in der Lunge. Plötzlich stand er neben dem Krypto One, aber die Drehtür blockierte. Die Menschen in der Empfangshalle drehten sich um und sahen ihn reglos an. Sie würden ihm nicht helfen. Seine Kräfte schwanden. Er musste zum Kanal, das war seine einzige Chance. Panik raubte ihm die Sinne. Er rannte weiter, aber der Schwarm kam unaufhörlich näher. Völlig erschöpft erreichte er das Wasser, holte tief Luft und stürzte sich hinein. Er begann hastig zu tauchen und sah immer wieder nach oben. Unerreichbar weit weg ragten die Konturen von Diagon Alley wie eine Festung in den Himmel. Dann wurde alles dunkel, der Drohnenschwarm surrte nun direkt über ihm. Auf einmal zerbarst die dunkle Wolke, die Drohnen schossen ins Wasser, drangen durch alle Öffnungen in seinen Körper und pressten sich in jeden Winkel. Er brannte von innen, wollte sich die Haut vom Fleisch kratzen, wollte sterben, jetzt sofort.

Er wachte auf. Sein Puls raste. Mühsam stützte er sich auf die Ellbogen. Das schweißgetränkte Kopfkissen löste sich nur langsam vom Nacken. Ein mulmiges Gefühl im Bauch und ein Pochen im Kopf erinnerten ihn noch an den Traum, es war fast, als schwämmen und kröchen die Drohnen ihm immer noch durch Adern und Organe.

Unsicher sah er sich um. Als er die Berge sah, entspannte er sich etwas. Sie hatten sich am Abend zuvor einen Heißluftballon gesmalt und flogen noch immer in seinem gläsernen Korb durch eine Gebirgslandschaft. Neben ihm schlief Dalia selig auf dem Bauch, das Gesicht in seine Richtung gedreht, den Mund leicht geöffnet. Mit den langen Wimpern über den geschlossenen Augen und der leichten Röte auf den Wangen sah sie wie gesmalt aus. Er legte seinen Kopf dicht neben ihren und kam wieder zur Ruhe. Er widerstand dem Impuls, sich, wie sonst an sie zu schmiegen, und beobachtete stattdessen, wie sich ihre Nasenflügel rhythmisch hoben und senkten. Auch als sein Magen knurrte, rührte sie sich nicht. So vorsichtig wie möglich stieg er aus dem Bett.

Statt in einem Ballon über den Bergen stand er nun mitten in seiner Wohnung. Es war der erste Samstag im Mai, und die Sonne schien durch die Fenster. Die verbliebenen Fetzen der schwarzen Folie warfen Schatten wie Fettspritzer auf den Boden. Auf dem Tisch saß ein Wellensittich und beäugte ihn aufmerksam. Eigentlich schaltete sich Dalias Ped nachts aus, Tasos Bewegungen mussten es geweckt haben. Auf dem Boden verteilt lagen noch die Klamotten, die sie sich nicht schnell genug vom Leib hatten reißen können. Taso lächelte und ging zum Schrank. Ohne zu zögern, griff er nach jenen Kleidungsstücken, die ihm seine Smarts markierten. Im Bad wusch er das Gesicht mit eiskaltem Wasser und verscheuchte die letzten undeutlichen Bilder seines Traums. Als er in den Spiegel sah, leuchteten am Rand seine Gesundheitsdaten: Herzrhythmus normal, Puls leicht erhöht, Wassermangel. Eine Anzeige erinnerte ihn daran, sich Gesundheitschips implantieren zu lassen. Er wischte sie weg, tauschte seine Smarts gegen das aufgeladene Zweitpaar und trank etwas Wasser.

Auf der Straße bekam er ein schlechtes Gewissen. Dalia hatte ihn gestern gebeten, nicht nach Diagon Alley zu fahren. Sie hatten lange und heftig gestritten, Dalia hatte einfach nicht verstehen können, warum er Tim nicht hier draußen treffen konnte, und Taso hatte sie nicht davon überzeugen können, dass Diagon Alley entgegen der Behauptungen ihrer Nachbarn völlig harmlos war. Der

Sex danach war zwar großartig gewesen, aber die Sache hatte er nicht geklärt. Auch beim Gedanken an das bevorstehende Treffen mit Tim wurde ihm bange. Aber er schuldete ihm zumindest eine Erklärung. Dasselbe galt für Lea.

Am Straßenrand wartete bereits ein Sefa. Der Würfel hatte gewusst, dass er in diesem Augenblick das Haus verlassen würde. *Brauchst du ein Taxi?*

Instinktiv griff Taso in die Hosentasche und wurde kurz nervös, weil sie leer war. Wie so oft in letzter Zeit hatte er für einen kurzen Moment vergessen, dass er seine Münze nicht mehr benutzte.

»Ähm … nein. Danke.«

Hunger trieb ihn zu einer Bäckerei, in der er sich manchmal vor der Arbeit mit einem kleinen Frühstück versorgte. Er war schon länger nicht mehr dort gewesen, vielleicht begrüßte der Verkäufer ihn deshalb viel freundlicher als sonst. Taso inspizierte den Inhalt der Theke: Wie immer waren die Frühstücksbrötchen zwischen der ansprechend gesmalten Obst- und Gemüsedeko verteilt, aber anstelle der üblichen Wasserbrötchen mit Margarine und Käseersatz gab es nun Vollkornbrötchen mit hauchdünnen Roastbeefscheiben, frischen Kräutern und einer kräftigen Senf-Dill-Sauce, frisches Birchermüsli garniert mit Leinsamen, Physalis und Himbeeren, diverse Salate auf grüner, roter oder bunter Basis und knusprig glänzende Croissants mit verschiedenen Füllungen.

Taso lief das Wasser im Mund zusammen. »Wow, das sieht ja alles sehr appetitlich aus heute. Ich nehme das Roastbeefbrötchen.«

»Gerne!« Der Verkäufer packte es ein. »Sonst noch was?«

Taso schüttelte den Kopf. Vor seinen Augen blinkte der Zahlbetrag auf. »9 Euro 50 für ein Brötchen? Normalerweise zahle ich nicht mal die Hälfte!«

Der Verkäufer sah ihn verständnislos an. »Normalerweise kaufen Sie auch nur ein aufgebackenes Tiefkühlbrötchen mit Käseersatz. Das hier ist frisch, und noch dazu belegt mit dem besten Kunstroastbeef, das Sie finden können.«

»Dann nehme ich lieber wieder das Tiefkühlbrötchen.«

»Geht leider nicht, tut mir leid.«

»Wie bitte?«

Der Verkäufer verdrehte die Augen. »Wurde Ihr Gehalt in letzter Zeit erhöht?«

Taso nickte langsam.

»Na offenbar zum ersten Mal.«

Auch das stimmte. So gut gelaunt wie letzten Mittwoch war Herr Richter noch nie in sein Büro gekommen. Er hatte Taso zu seinem gestiegenen Pred-Score gratuliert und verkündet, dass er mit einem Wert von über 60 in eine höhere Gehaltsstufe rutsche. Schon davor hatte er ihm eine Rückkehr zur Viertagewoche angeboten, was Taso sofort angenommen hatte. Auch sein Grundeinkommen war mit dem Pred-Score erheblich gestiegen, weshalb sein Vermieter die Kündigung seines Mietvertrags zurückgenommen hatte.

»Herzlichen Glückwunsch«, fuhr der Bäcker trocken fort. »Meine Vertriebs-App weiß jedenfalls, dass Sie nun mehr Geld verdienen, deshalb bietet sie Ihnen jetzt hochwertige Ware an. Und die App weiß wahrscheinlich auch, dass Sie zu Hause nichts gefrühstückt und jetzt ordentlich Hunger haben. Das würde den Euro über meinem Normalpreis erklären.«

Taso verzog das Gesicht. »Das ist ja Erpressung!«

»Quatsch! Sie haben doch das Geld und bekommen dafür auch was Gutes. Wenn Ihr Pred-Score noch weiter steigt, kann ich Ihnen nächstes Mal sogar Ihr Lieblingssandwich anbieten.«

»Das da wäre?«, fragte Taso herausfordernd.

»Werden wir dann sehen.«

Taso schüttelte den Kopf. »Und warum hatten Sie sonst immer nur stinknormale Käsebrötchen?«

»Die habe ich immer noch, aber eben für Kunden, die weniger Geld haben als Sie. Sie sehen statt der Käsebrötchen jetzt meine gesmalte Deko.« Der Verkäufer zeigte auf das großzügig in der

Auslage verteilte Obst und Gemüse. »Sie können es gerne anderswo versuchen, aber meine Kollegen haben alle ähnlich gute Vertriebs-Apps wie ich.«

»Aber was, wenn ich einfach nicht so viel Geld für ein Brötchen ausgeben will? Vielleicht will ich ja sparen!«

Der Bäcker sah ihn verwundert an. »Warum wollen Sie denn sparen? Das Grundeinkommen haben Sie doch auch im Alter.« Er hielt Taso das Brötchen hin. Taso ließ seinen Bauch entscheiden, ergriff es nach kurzem Zögern widerwillig und besiegelte damit den Kauf. Seine Smarts vermeldeten, dass das Geld von seinem Konto abgebucht wurde.

Nachdem er um die nächste Straßenecke gebogen war, packte er sein Luxusbrötchen aus und biss gierig hinein. Selten hatte er ein so köstliches Brötchen gegessen: Der Salat knackte, die verschiedenen Kräuter dufteten und die Senf-Dill-Sauce harmonierte perfekt mit den würzigen, dünnen Fleischscheiben. Am besten aber schmeckten der saftige Teig und die vielen gerösteten Körner auf dem Brötchen. Für einen Moment war Taso fest entschlossen, umzukehren und noch ein zweites zu kaufen. Dann siegte doch der Stolz. Als er aufgegessen hatte, fragten seine Smarts, wie gut es ihm geschmeckt habe. Tasos Finger schwebte kurz über dem ersten Stern, drückte aber schließlich den fünften.

Er bestellte ein Auto, das nach wenigen Sekunden neben ihm hielt. Als er eingestiegen war, wurde automatisch sein Ziel angezeigt: Little Diagon. Er lehnte sich zurück und sah aus dem Fenster, ohne wirklich etwas wahrzunehmen. Nervös rieb er sich die Oberschenkel. Er versuchte sich vorzustellen, wie Tim reagieren würde. Zum ersten Mal in seinem Leben wünschte er sich eine Konvohilfe. Ob Emma ihm gerade zusah?

Seine Gedanken wurden jäh durch einen Anruf von Zhong Schneider unterbrochen. Er seufzte und nahm den Anruf an. Wenn er es nicht täte, würde Schneider ohnehin seine Vögel aussenden, um ihn zu holen. Einen Augenblick später saß der virtuelle Schneider auf dem Sitz neben ihm.

»Herr Doff! Wollten Sie sich nicht bei mir melden?«

Taso war nicht überrascht von dem schroffen Einstieg. »Von ›wollen‹ kann keine Rede sein.«

Schneider lächelte milde. »Ich muss zugeben, ich hatte Sie als Quelle schon aufgegeben, nachdem Ihr Pred-Score wie von Geisterhand auf über 50 schoss.« Er machte eine Pause und wartete offenbar auf eine Rechtfertigung von Taso, die jedoch nicht kam. »Aber nun hieß es«, fuhr er fort, »Sie seien nach Diagon Alley unterwegs, und da habe ich neue Hoffnung geschöpft.«

Taso schüttelte energisch den Kopf. »Suchen Sie sich einen anderen Spitzel.«

Schneider ignorierte ihn. »Haben Sie was für mich? Etwas gehört, interessante Leute zusammen gesehen?«

»Nein«, antwortete Taso bestimmt.

»Denken Sie nach, Herr Doff!« Der Beamte klang ungehalten. »Ich mache das hier nicht zum Spaß, und wenn Sie etwas wissen, das Verbrechen verhindern kann, dann sind Sie verpflichtet, es mir zu sagen!«

Für den Bruchteil einer Sekunde überlegte Taso, von seinem letzten Gespräch mit Tim zu erzählen. Erschrocken verwarf er den Gedanken wieder. »Ich habe Ihnen nichts zu sagen.«

Schneider seufzte. »Wollen wir uns vielleicht lieber in Ruhe unterhalten? Ich kenne da ein nettes Café ganz in Ihrer Nähe.«

»Keine Zeit.« Taso klang schroffer, als er wollte, aber Schneiders Art provozierte ihn einfach zu sehr.

Der Verfassungsschützer hatte Mühe, sich zu beherrschen. »Was machen Sie heute in Diagon Alley? Wen treffen Sie dort?«

»Ich gehe nur ins Casino.«

»Sie lügen!« Schneiders Augen verengten sich.

»Es geht Sie einfach nichts an, was ich dort mache!«

Schneider schwieg einen Moment und blickte konzentriert ins

Leere. Dann fuhr er mit deutlich ruhigerer Stimme fort: »Mit Ihrem Pred-Score kommen Sie nicht mehr in Diagon Alley rein, deshalb fahren Sie jetzt nach Little Diagon. Ich vermute, Sie müssen heute Ihren Freunden beichten, dass Sie Kubist geworden sind.« Taso sah zur Seite und schwieg. »Was wäre, Herr Doff, wenn Sie sich das sparen könnten?«

»Wie meinen Sie das?«

»Ich kann den Wert, der bei Pred-Score-Abfragen angezeigt wird, so manipulieren, dass Sie auch weiterhin den Haupttrakt betreten können. Keiner Ihrer Freunde würde etwas merken. Wir könnten das bei jedem Ihrer Besuche so machen.«

Taso war nicht überrascht. Genau deshalb war der Widerstand selbst in Diagon Alley so vorsichtig. »Und im Gegenzug soll ich Ihnen Informationen über einen Anschlagsplan des Widerstands beschaffen?«

»Richtig.«

»Vergessen Sie's.«

Schneider verdrehte die Augen. »Was wollen Sie dann? Geld? Auch darüber lässt sich reden. Noch haben Sie Zugang zum Untergrund – machen Sie was draus, Herrgott!«

Hielt Schneider ihn wirklich für käuflich? Taso merkte, wie ihn seine entgleisenden Gesichtszüge verrieten. Es war immer noch ungewohnt, seine Gefühle in der Öffentlichkeit zu zeigen, aber es fiel ihm zunehmend leichter. »Ich will kein Geld von Ihnen! Ich mag jetzt zwar Kubist sein, bin aber noch lange kein Verräter!«

Es schien kaum möglich zu sein, aber Schneiders Blick wurde noch finsterer. Seine Stimme war jetzt laut und hoch: »Verräter – so ein Schwachsinn! Wenn Sie mir nicht helfen, sind *Sie* der Verräter! Ein Verräter an den Menschen in diesem Land, und auch an Ihren Freunden im Widerstand! Haben Sie überhaupt eine Ahnung, was denen blüht, wenn sie sich an Anschlägen beteiligen? Schützen Sie sie vor sich selbst! Und bewahren Sie sich Ihr neues, wohlsortiertes Leben, das Sie sich gerade erst geschaffen haben!« Taso starrte schweigend geradeaus. Das schien den Beamten nur noch mehr zu reizen: »Sie arroganter Idiot – und ich dachte, Sie seien vernünftig geworden! Dabei sind Sie …«

Taso brach das Telefonat ab und Schneider verschwand. Ihm war etwas mulmig zumute, weil er ihn einfach so abgewürgt hatte, aber er hatte genug gehört.

Er war noch nie nach Diagon Alley gefahren, ohne vorher einen Zwischenstopp im Kryptocenter zu machen. Aber es hatte sich tags zuvor nicht vermeiden lassen, mit Dalia über seine Pläne für heute zu sprechen, natürlich während sie ihre Smarts getragen hatten. Es war das erste Mal, dass er die WfZ wie ein Kubist, Taso schluckte, *als* Kubist über Little Diagon betrat. Er würde Tim hoffentlich später bitten können, ihm eine Sondergenehmigung für den Haupttrakt zu beschaffen. Schon allein wegen seines Spinds, aber auch, um den Kontakt zu Tim und den anderen zu halten.

Es war erst kurz nach elf, Taso schlurfte mit einem komischen Gefühl in der Magengegend ziellos durch die düsteren Gänge Little Diagons. Maskierte Menschen liefen lachend an ihm vorüber, trunken von Glück, Drogen oder der Hormonausschüttung der letzten Nacht. In einer schummrigen Ecke prügelten sich zwei Männer, angefeuert von einer Meute Schaulustiger. Ein Löschroboter raste mit heulender Sirene an Taso vorbei zu einem Seitengang, aus dem dunkle Rauchschwaden waberten. Es kam Taso so vor, als wäre er noch nie zuvor in Little Diagon gewesen. Er bog in die Fortune Street ein, in der zwielichtige Wahrsagerinnen und gierige Hellseher vor ihren Kabinen saßen. Früher hatte er diesen Gang immer gemieden. Diese Hochstapler lebten von den Selbstzweifeln der Menschen, genau wie der Kubismus. Er bat eine ältere Frau mit verfilztem Haar und riesigen Ohrringen um Stift und Papier und schrieb für Tim auf, wo er zu finden war. Dann stellte er sich an die Schleuse zum Hauptgebäude und wartete auf ein vertrautes Gesicht. Nachdem er einen alten Bekannten entdeckt und ihm die

Botschaft für Tim mitgegeben hatte, setzte er sich in den heruntergekommenen Imbiss nahe der Schleuse. Der Geruch von Hähnchen süßsauer lag in der Luft. Taso rieb sich die Oberschenkel und wartete auf seinen besten Freund.

»Was machen wir hier?«, fragte Tim, nachdem sie sich umarmt und an einen klapprigen Tisch gesetzt hatten. Mit kritischem Blick musterte er den Raum, in dem außer dem mürrischen Inhaber niemand saß. Taso ignorierte die Frage und folgte stattdessen dem Skript, das er in Gedanken für ihr Gespräch vorbereitet hatte. Er spielte mit einem auf dem Tisch liegenden Bierdeckel und versuchte, möglichst glückselig dreinzublicken. Tatsächlich war ihm schlecht vor Nervosität. »Ich habe jemanden kennengelernt«, sagte er leise. Er ließ die Nachricht einen Augenblick wirken. »Ich glaube, ich bin richtig verknallt, Tim, vielleicht so sehr wie noch nie.«

Sofort hellte sich Tims Gesicht auf. »Ernsthaft? Da draußen?« Taso nickte grinsend. »Mann, das freut mich aber! Darauf müssen wir unbedingt anstoßen. Und dann erzählst du mir alles, jedes Detail!« Er sprang auf, eilte zur Theke und kam mit zwei Bierdosen und einem strahlenden Lächeln zurück.

Nachdem sie sich zugeprostet und einen Schluck getrunken hatten, erzählte Taso von Dalia: woher er sie kannte, wie sie vor seiner Tür auf ihn gewartet hatte und alles Weitere, bis zu seinem Wutausbruch im V^3. Nur die Episode mit Emma und seinem Integrationskurs behielt er noch für sich.

Tim hörte aufmerksam zu, die Freude in seinem Gesicht verwandelte sich bald in Verwunderung, schließlich in Skepsis. »Und was ist dann passiert?«, fragte er ruhig und sah ihn eindringlich an.

Der Bierdeckel in Tasos Fingern war inzwischen total zerknickt, Taso fing an, ihn in Stücke zu reißen. Der harte Stuhl drückte ihm ins Gesäß, er rutschte hin und her, bevor er sagte: »Da wären wir auch schon beim Grund, warum wir uns heute hier und nicht bei Rosie treffen.«

Tim lachte kurz auf, wurde aber sofort wieder ernst und sah Taso ungläubig an. »Beichtest du mir gerade, dass du die Seiten gewechselt hast?«

Taso spürte, wie sich Schweiß auf seiner Stirn bildete. Er wollte ihn wegwischen, konnte sich aber nicht bewegen, seine Kehle war wie zugeschnürt. Mit Mühe bewegte er seine Hand, ergriff die Bierdose und drückte eine Delle hinein. Ein Knall jagte durch den Imbiss, als die Delle nach weiterer Bearbeitung wieder zurücksprang. »›Gewechselt‹ würde ich nicht direkt sagen«, presste er heraus.

Tim schlug die Hände vor dem Gesicht zusammen und legte den Kopf in den Nacken. »Ich fasse es nicht!«, murmelte er, und schlug plötzlich mit der Faust auf den Tisch. Taso zuckte zusammen. »Ausgerechnet du? Willst du mich verarschen?«

Taso hatte ihn noch nie so wütend gesehen. »Ich hatte am Ende einfach keine andere Wahl.«

»Alter!« Tim beugte sich über den Tisch, bis Taso zurückwich. »Das darf doch nicht wahr sein! Nicht du! *Du* hast mich damals in den Widerstand gebracht, schon vergessen? Wie viele Tage und Nächte haben wir miteinander diskutiert und gestritten – und gekämpft gegen dieses System? *Du* hast mich zu meinen ersten Demos geschleppt, hast mir Pascale und Rosie vorgestellt, und jetzt kommt diese Namische …«

»Dalia!«

»Mir scheißegal, wie die heißt!« Tims Augen blitzten vor Zorn. »Jetzt kommt diese Namische, verdreht dir den Kopf, und weg ist alles, woran du geglaubt hast? Nach acht Jahren Gaukelei und all den großen Reden kuschst du einfach?«

Nun war auch Taso wütend. Er hatte erwartet, dass Tim entsetzt sein würde, hatte aber trotzdem auf einen Funken Verständnis gehofft. »Jetzt krieg dich mal wieder ein! Du und deine dämliche Revolutionsromantik – du verstehst mein Leben da draußen doch überhaupt nicht! Du hast nie kapiert, wie fertig mich das Gaukeln macht! Die Ausgrenzung, die Erniedrigungen im Job … die

Kämpfe mit meinem Bruder! Du hast nie gemerkt, wie einsam ich war. Und dann kommt eine Frau, die zu mir passt und sich mir anvertraut, die mir das Gefühl gibt, doch noch glücklich werden zu können in dieser kranken Welt – und ich soll wieder Nein sagen, soll mich wieder verstellen? Ich konnte das einfach nicht mehr, ich *kann* es nicht mehr!«

»Du willst dich nicht mehr verstellen?«, fragte Tim zynisch. »Und wie nennt man es dann, wenn man seine Überzeugungen in die Tonne tritt?«

»Vielleicht haben sich meine Überzeugungen einfach geändert«, sagte Taso trotzig. »Was hat das jahrelange Gaukeln denn gebracht? Ich habe verdammt noch mal ein Recht darauf, glücklich zu sein.«

Tim war einen Moment ruhig und schüttelte den Kopf. Dann sagte er wie zu sich selbst: »Wärst du doch in den Widerstand gekommen, statt alles in dich reinzufressen und dann zum Feind überzulaufen.« Er sah aus dem Fenster auf den Gang. »Unser Kampf *wird* etwas verändern«, sagte er mit fester Stimme und drehte sich wieder zu Taso. »Und wir brauchen dich!«, zischte er leise. »Ich meinte es letztes Mal todernst, dass du uns unterstützen sollst! Wir planen etwas verdammt Großes, Taso, und du sollst eine wichtige Rolle dabei spielen!« Er lachte bitter. »*Solltest*. Ich dachte ernsthaft, du sagst uns heute deine Hilfe zu. Stattdessen muss ich mir diesen Mist anhören!«

»Es ist kein Mist, dass ich Dalia gefunden habe und wieder normal mit meinem Bruder reden kann«, antwortete Taso kühl.

»Nicht schon wieder die Bruder-Nummer!« Tim schüttelte verächtlich den Kopf.

Taso fühlte sich hilflos. »Du verstehst es einfach nicht«, sagte er leise.

»Richtig! Ich verstehe einfach nicht, dass ausgerechnet du, der Visionär, der gefeierte Gaukler, dass ausgerechnet du nach einem Streit mit einem dahergelaufenen Kubistenrivalen heulend ins Cubecenter rennst und die Seiten wechselst!«

»Ganz so einfach war es nicht.« Taso sah Tim eine Weile stumm an. Vielleicht würde Tim es besser verstehen, wenn er ihm alles erzählte. »Ich habe mit Emma gesprochen.«

Tim schien irritiert. »Du hast was?«

»Mit dem Würfel. Sie hat mir vieles klargemacht, was ich lange verdrängt habe. Wir haben über eine Stunde diskutiert und gestritten, bis ich gemerkt habe, dass ich dem Kubismus, dass ich mir selbst eine Chance geben muss.«

Tim schwieg und starrte ihn fassungslos an. »Das heißt, der Würfel hat dir eine Stunde lang höchstpersönlich ins Hirn geschissen, und erst dann hast du die Waffen gestreckt? Was für ein Kampf, Taso, ich bin beeindruckt.«

Plötzlich heulte auf dem Gang eine Sirene auf. Als regelmäßiger Besucher von Little Diagon kannte Taso das Signal, Tim dagegen sah sich erschrocken um.

»Polizeidurchsuchung«, erklärte Taso. Schnell hallten aufgeregte Stimmen und Fußgetrampel durch die Gänge.

»Scheiße, 'ne Befragung kann ich jetzt wirklich nicht gebrauchen«, sagte Tim, warf Taso noch einen wütenden Blick zu, als hätte dieser selbst die Polizei gerufen, und sprintete aus dem Imbiss. Taso sah zu, wie sich der blonde Schopf seines Freundes in die Menschenmenge vor der Schleuse drängte. Als er Tim aus den Augen verlor, war es, als wäre ein Teil von Taso mitgegangen. Ein Teil, den er bitterlich vermissen würde.

Jemand tippte ihm auf die Schulter. »Alles in Ordnung?«

Taso hob den Kopf vom Tisch. Der Inhaber der Imbissbude sah ihn fragend an. »Ja, danke.«

»Gut. Sie schulden mir nämlich noch zwei Bier.«

Seufzend zückte Taso die Prepaidkarte, die er am Eingang von Little Diagon gekauft hatte.

Fast fünf Stunden vor seiner Verabredung mit Lea betrat er das Offline. Kraftlos und müde ließ er sich in einen Sessel in der Hotellobby fallen. Seine Gedanken an das Gespräch mit Tim drehten sich im Kreis und machten ihn fast wahnsinnig. Er griff nach der Ausgabe des *Gauklers,* die auf dem Tisch neben dem Sessel lag, und zwang sich, die Titelgeschichte zu lesen:

> **Parlament diskutiert Anhebung des nationalen Pred-Ziels auf 75 Punkte**
> Ein nicht öffentlich tagender Parlamentsausschuss diskutiert in der nächsten Woche eine Vorlage des Finanzministeriums, nach der das nationale Pred-Ziel um 3 auf 75 Punkte angehoben werden soll. Das ergibt sich aus vertraulichen Dokumenten, die der *Gaukler* exklusiv einsehen konnte. Deutschland würde damit zum Mittelfeld der übrigen kubistischen Staaten aufschließen und sich exakt in der Mitte des von der EU vorgegebenen Zielkorridors von 70 bis 80 Punkten befinden. Laut der Vorlage hofft das Finanzministerium, durch die Anhebung des Pred-Ziels die Grundeinkommen (GE) insgesamt um 5 bis 7 Prozent zu steigern. Das Ministerium erwartet von der Maßnahme außerdem positive Auswirkungen auf Umwelt und Gesellschaft.
> Dieses Ziel will das Ministerium vor allem durch die Erhöhung des GEs für Menschen mit einem Pred-Score von über 85 erreichen. Gleichzeitig soll die Bedeutung des Pred-Scores für die Berechnung des GE erhöht werden, was weitere Offliner zur Integration bewegen dürfte.
> Pascale Bellaxa, die Vorsitzende der Humanistischen Allianz, äußerte sich kritisch zu dem Vorhaben: »Trotz aller anderslautenden Versicherungen erleben wir erneut, wie die fremdgesteuerte Mehrheit die mündige Minderheit diskriminiert. Wir als die größte antikubistische Bewegung des Landes werden das nicht hinnehmen.« Darauf erwiderte ein Ministeriumssprecher, die Ungleichbehandlung knüpfe nicht an bestimmte Eigenschaften der Betroffenen an, son-

dern an jederzeit veränderliches Verhalten, und sei deshalb gerechtfertigt. Der radikale Kubist und Publizist Mark Finder begrüßte die Überlegungen des Ministeriums und brüllte über Roar, einen Dienst zur Verbreitung kurzer 3-D-Videos: »Endlich! Ein wichtiger Zwischensieg auf dem Weg zur Rettung unseres Planeten ist nah!« In einem zweiten Roar brüllte er: »Und an all die Offliner, die jetzt wieder über GE-Einbußen klagen: Maul halten! Ohne den Würfel hättet ihr überhaupt keine Kohle!«

Der nationale Pred-Score ist der gewichtete Durchschnitt der Pred-Scores der Gesamtbevölkerung; das Gewicht der Bewohner ergibt sich aus ihrer Bedeutung für den Wirtschaftskreislauf. Die letzte Erhöhung des nationalen Pred-Ziels liegt drei Jahre zurück. Damals hatte …

Taso legte die Zeitung weg. Jetzt wollte er nur noch schneller hier raus. Zurück zu Dalia, in sein neues Leben, den Streit mit Tim vergessen. Er fühlte sich nicht imstande, ein weiteres anstrengendes Gespräch zu führen. Und er wusste ja nicht einmal, ob Lea überhaupt kommen würde. Kurz entschlossen ging er zur Rezeption und schrieb ihr eine Nachricht. Darin entschuldigte er sich und kündigte an, nächsten Monat in Ruhe über ihre Beziehung reden zu wollen. Er fühlte sich miserabel, als er dem Hotelangestellten dabei zusah, wie er das Papier in einen Umschlag steckte und die Zimmernummer darauf notierte. Taso sah Lea vor sich, wie sie das Papier enttäuscht zerknüllte und eiligen Schrittes das Hotel verließ.

Im Taxi nach Hause loggte sich Taso in seinen Soulbookaccount ein. Er hatte sich auf Dalias Drängen kurz nach seinem ersten Integrationskurs angemeldet, traute sich aber noch nicht, ihn öffentlich zu schalten. Bislang konnte nur er selbst nacherleben, was die App über seine Smarts an »Abenteuern« gespeichert hatte. Er rief das automatisch erstellte Ranking auf. Ganz oben stand die letzte

Nacht. Er lächelte das erste Mal seit Stunden und drückte mit dem Gefühl, etwas Verbotenes zu tun, auf Play.

Das gewählte Abenteuer berührt die Intimsphäre von Dalia Bartas und ist erst nach ihrer Freigabe zugänglich. Alternativ kann eine Version abgespielt werden, in der Frau Bartas verfremdet ist. Was möchten Sie tun?

Taso überlegte kurz, bevor er antwortete: »Zweitplatziertes Abenteuer starten. Länge mit Ankunftszeit abstimmen.«

Einen Augenblick später stand er neben Dalia in der amerikanischen Prärie. Letzte Woche hatten sie einen Smartspace gemietet, der nicht viel anders als der Raum im Cubecenter aussah. Auch hier nahmen silberne Kügelchen spontan beliebige Formen an und verliehen dem Trug der SmEyes Gestalt. Es gab sogar künstlichen Wind, Regentropfen und auf der Haut spürbares Licht. Der Raum war auch deutlich größer als jener im Cubecenter, sodass sich Taso und Dalia in unterschiedliche Richtungen bewegen und auch spontan rennen oder springen konnten. Taso lehnte sich zurück und erlebte nun die letzten Minuten des Indianerausflugs nach, den sie gebucht hatten. Dalia trug einen langen Zopf aus tiefschwarzem Haar und lächelte ihn aus einem bunt bemalten Gesicht an. Durch seine eigenen Augen beobachtete er, wie sie sich durch Büsche an eine Herde wilder Pferde heranpirschten, auf sie zurannten und sich an den Mähnen auf ihre Rücken schwangen. Taso erinnerte sich, dass es sich im Smartspace so angefühlt hatte, als hätte ihm etwas unter seinen Füßen einen kleinen Schub versetzt; der Sprung war ihm ganz leicht und natürlich vorgekommen. Auf zufrieden dahintrottenden Mustangs ritten sie auf die Abendsonne zu, während ein warmer Wüstenwind sie umwehte. Normalerweise hätte Taso so viel Kitsch kaum ertragen können, aber ein Blick zu Dalia machte alles vergessen: Sie lachte so ausgelassen und befreit wie vielleicht noch nie, er wollte gar nicht mehr wegsehen. Auch jetzt hätte er am liebsten auf *Replay* gedrückt.

Taso hatte nicht damit gerechnet, dass Dalia noch in seiner Wohnung war. Als er ins Zimmer trat, lag sie auf dem Sofa und sah sich offenbar etwas an, denn sie bemerkte ihn nicht und reagierte auch nicht auf seine Rufe. Er trat zu ihr und berührte sie sanft an der Schulter. Sie schrie auf, krabbelte panisch an die Wand und rief: »Clear Vision!« Als sie Taso sah, atmete sie erleichtert aus. »Du hast mich vielleicht erschreckt!«

Taso lachte. »Du hast wahrscheinlich den Nicht-stören-Modus eingestellt, dann wird das Video nicht transparent, wenn etwas um dich herum passiert. Und die Lautstärke reguliert sich auch nicht.«

»Oh, das wusste ich nicht.« Sie kam zu ihm und gab ihm einen flüchtigen Kuss auf die Wange. Dann sah sie ihn mit gespielter Empörung an. »Du bist heute Morgen einfach so abgehauen! Hättest mich ruhig mal wecken können.«

»Du hast so schön geschlafen, und die Nacht war ziemlich kurz.« Taso lächelte und wollte sie in den Arm nehmen.

Dalia entzog sich ihm. »Von wegen, du wolltest nur Diskussionen vermeiden, du Feigling!« Sie grinste.

»Vielleicht hat das auch eine Rolle gespielt.« Er grinste zurück und zog sie wieder an sich. Sie ließ sich küssen, erwiderte den Kuss aber nur zaghaft.

»Wie wars denn mit Tim?«

»Na ja.«

Dalia hob die Augenbrauen.

»Ziemlich anstrengend, ehrlich gesagt.« Taso setzte sich. Sofort wurde er nervös, seine Smarts juckten in Augen und Ohren. Er zwang sich trotzdem, einigermaßen wahrheitsgetreu zu berichten, ließ aber alles weg, was mit dem Widerstand zu tun hatte.

»Klingt nicht wie ein bester Freund«, sagte Dalia, als Taso fertig war.

»Ich glaube, er fühlt sich persönlich verraten.«

»Er hätte trotzdem etwas mehr Verständnis für deine Lage zeigen können.«

Taso zuckte mit den Schultern. Es schmerzte, das, was er schon seit Stunden dachte, laut zu hören. »Man muss ihn aber auch verstehen. Vor ein paar Jahren habe ich ihn selbst zur Allianz gelotst, und jetzt verkrümle ich mich. So jedenfalls sieht er das. An seiner Stelle wäre ich auch extrem enttäuscht.« Die Worte schmeckten bitter, aber genau deshalb mussten sie raus.

»Ich verstehe nicht, warum du ihn so verteidigst. Er sollte sich für dich freuen, statt dich anzugreifen – egal, was mal war.«

»Der Kampf für die gerechte Sache steht eben über allem.«

»Kämpft er nicht eher für eine ungerechte Sache?«

Taso sah Dalia ernst an. Es ärgerte ihn, dass sie so unreflektiert klang wie jeder andere Kubist. »Sein Kampf ist vieles, aber sicher nicht ungerecht. Er kämpft für eine bessere Welt, nicht nur für sich, sondern für uns alle.«

Dalia verschränkte die Arme. »Wenn du das so siehst, warum hast du dich dann integriert? Warum bist du jetzt hier, anstatt mit Tim für eine bessere Welt zu kämpfen?«

Taso riss die Arme hoch. »Weil ich mit dir zusammen sein will!« Sofort legte Dalia ihm beschwichtigend eine Hand auf die Brust. »Und weil ich feige und egoistisch bin«, schob Taso leiser hinterher. »Ein Verräter eben.«

Einen Moment lang sagte keiner etwas. Dann stand Dalia auf, nahm seinen Kopf in die Hände und fuhr mit den Fingern durch sein Haar. »Es tut mir leid, dass es mit Tim so blöd gelaufen ist. Aber wenn ihr wirklich so gute Freunde seid, wird er sich schon wieder einkriegen.«

Taso hätte ihr gerne geglaubt. Aber Tim war stur und emotional, Taso konnte sich nicht vorstellen, dass es nach dem heutigen Tag zwischen ihnen je wieder so werden würde wie früher. Außerdem sahen sie sich kaum, und ohne Sondergenehmigung könnte er sowieso nicht nach Diagon Alley zurück. Dass Tim für ihn noch mal nach Little Diagon kam, war ausgeschlossen.

Nach einer halben Ewigkeit drehte Dalia seinen Kopf so, dass sie sich in die Augen sahen, küsste ihn sanft und lächelte aufmunternd. »Lass uns einfach einen schönen Tag haben und dafür sorgen, dass du auf andere Gedanken kommst.« Sie wirbelte herum und ging in Richtung Bad. »Meine Nachbarn haben uns übrigens heute Abend zum Essen eingeladen! Du hast noch nichts vor, oder?«

Taso verzerrte das Gesicht. »Muss ich da unbedingt mit? Die haben mich doch eh nur aus Höflichkeit mit eingeladen.«

»Ach Quatsch, Taso. Komm bitte mit – das schuldest du mir nach dem Abend im V^3!«

Seufzend stimmte er zu.

Jule begrüßte Taso mit einer herzlichen Umarmung. Noah und Mila gaben ihm immerhin lächelnd die Hand und führten die beiden Gäste in die Küche. Oskar ließ sich ein bisschen Zeit mit seinem Auftritt. Als er schließlich den Raum betrat, wurde es schlagartig still. Dalia sah Taso auffordernd an. Er spürte die Spannung zwischen sich und seinem Nebenbuhler. Trotzdem trat er auf Oskar zu, zwang sich zu einem dünnen Lächeln und hielt ihm betont locker die Hand hin. Oskar sah ihn ernst an, lächelte dann aber auch und schlug ein. Alle schienen erleichtert, auch wenn es für Tasos Empfinden nur eine Waffenruhe war.

Ihre Gastgeber waren eigentlich ganz nett. Auch Oskar riss sich zusammen und machte gelegentlich gute und erstaunlich kluge Witze, über die Taso aufrichtig lachen konnte, Konvohilfe hin oder her. Nach dem dritten Glas Wein war ihm sogar egal, dass durch die Smarts von Mila, dem Soulmate, Tausende Zuschauer mit am Tisch saßen und ihnen zusahen. *Zum Teufel mit den armen Seelen*, dachte er und ließ sich ein viertes Glas Wein einschenken. Er war nicht besonders überrascht, als Dalia vorschlug, Soulsearcher zu spielen. Im V^3 hatte sich Taso dem Spiel noch entziehen können, aber jetzt, da er selbst einen Soulbookaccount hatte, hatte er keine guten Argumente mehr. Er war ohnehin sofort überstimmt: Die WG fand es spannend, weil zwei Neue im Kreis saßen, und Dalia wollte das

Spiel schon seit dem Besuch im V^3 ausprobieren. Taso fügte sich, ohne seinen Unwillen zu zeigen.

Sie wechselten auf das große Sofa im Wohnzimmer und machten es sich bequem. Noah richtete das Spiel ein, während Jule Dalia und Taso die Regeln erklärte: »Wir tauchen gleich als Beobachter in eine fantastische Welt ein. Ihr könnt euch mithilfe von Gesten durch den Raum bewegen, eure Hände werden dazu als kleine Kreise vor euch angezeigt. Versucht, so schnell wie möglich herauszufinden, in wessen Seele ihr gerade blickt, und ruft den Namen laut aus, sobald ihr euch sicher seid. Wir anderen hören das nicht. Wer am schnellsten ist, erhält die meisten Punkte, wer danebenliegt, verliert welche und muss trinken. Keine Runde dauert länger als drei Minuten, also beeilt euch! Alles klar?«

Dalia und Taso nickten.

»Los?«, fragte Noah.

»Los!«, antworteten die anderen.

Im nächsten Augenblick fand sich Taso inmitten pulsierender Kugeln und Lichtstraßen wieder, die zu einem Netzwerk heranwuchsen, in dessen Zentrum ein grell leuchtender Ball schwebte. Er konnte überhaupt nichts damit anfangen und verfolgte verwirrt die Szenerie vor seinen Augen, bis er dreißig Sekunden vor Schluss ein Rütteln am Oberschenkel spürte. Er dachte kurz nach und rief schließlich: »Jule!« Die Traumwelt verschwand, und er saß wieder auf dem Sofa. Die anderen lachten, denn offenbar hatte die Antwort »Mila« auf der Hand gelegen.

Dalia klärte ihn auf, dass das Netzwerk für ihre 380.000 Follower stand.

Siedend heiß schoss Taso eine Frage durch den Kopf. »Sehen deine Follower unsere Welten auch?«

»Hängt von deinen Privatsphäreeinstellungen ab«, antwortete Mila.

Sofort überprüfte er seine Einstellungen. Beruhigt lehnte er sich zurück. Mila schüttelte kaum merklich den Kopf.

»Auf den Lichtstraßen zwischen den Kugeln«, fuhr Dalia ungerührt mit ihrer Interpretation fort, »wandert das Wohlwollen in der Welt, oder das Glück oder was auch immer, das Mila einsammelt und an ihre Follower weitergibt, indem sie sie an ihrem Leben teilhaben lässt. Und das Netzwerk repräsentiert den Kreislauf, der daraus entsteht und in dem alle gewinnen.« Stolz blickte sie zu den anderen, die ihr anerkennend zunickten.

Die Auflösung überraschte Taso. Er fragte sich, ob Soulsearcher das wahre Ich der Spieler oder ihr Bild von sich selbst oder aber das Bild anderer von ihnen wiedergab. Anstatt zu fragen, lächelte er nur und nickte Mila zu. Pflichtschuldig trank er einen kräftigen Verliererschluck aus der dafür bereitstehenden Ginbowle.

Nach vier weiteren Runden war Taso immer noch im Minus, hatte aber auch zweimal gepunktet, weil beide Male »Jule« die richtige Antwort gewesen war und er bislang stets auf sie getippt hatte.

Noah läutete die nächste Runde ein. Taso zuckte zusammen, als einen Moment später dumpfe elektronische Musik seine Ohren füllte. Er saß weit oben in einem riesigen Amphitheater. Das Publikum auf den Rängen um ihn herum grölte monoton, wie bei einer entarteten Meditation. Zwischen ihm und der kaum erkennbaren Arena lagen bestimmt tausend Sitzreihen. Über ihm schien sich das Theater unendlich weit in den schwarzen Himmel zu erheben. Die menschlichen Gestalten um ihn herum saßen kerzengerade, hatten die Hände auf den Knien und ihre gewaltigen Mäuler weit aufgerissen. Sie hatten weder Nasen noch Augen oder Ohren. Taso wollte wissen, was in der Arena geschah, und bewegte sich nach unten. Er stoppte auf Höhe der fünften Sitzreihe. Die Musik und das Gejohle waren jetzt noch schwerer zu ertragen, und auch hier saßen die taubblinden Zuschauer reglos und mit aufgerissenen Mäulern auf ihren Plätzen. In der Mitte der Arena stand eine männliche Cartoonfigur in einem etwa zehn Meter weiten Kreis aus Holzspänen. Der Mann hatte seine Arme ausgestreckt, das Gesicht war vor Schmerz verzerrt. Um seine Handgelenke waren zwei

Seile gebunden. An dem einen zogen Artgenossen der Kreaturen im Publikum, anders als diese hatten sie aber ihre Mäuler nicht aufgerissen, sondern pressten die Lippen aufeinander. An dem anderen Seil zog in die entgegengesetzte Richtung ein bunter Haufen aus kleinen und großen, schwachen und starken, alten und jungen Männern und Frauen.

Taso erschauderte. Das auf- und abschwellende Grölen der Zuschauer, der schwarze Himmel und die der Hauptfigur zugefügte Gewalt bedrückten und berührten ihn. Er zoomte etwas näher heran: Der gefesselte Mann trug einen je zur Hälfte weißen und schwarzen Anzug. Eine Gesichtshälfte sah ganz normal, fast attraktiv aus, die andere war völlig entstellt: Obwohl er seinen Mund geschlossen zu halten versuchte, waren auf dieser Seite die Zähne und das schlaffe Zahnfleisch zu erkennen, weil ihm hier die Lippen fehlten. Der Augapfel hing halb aus seiner Höhle, und die Haut war vollständig verätzt oder verbrannt, bis hoch zum nach hinten verschobenen Haaransatz. Trotzdem strahlte der Mann in seinem Kampf eine gewisse Würde aus, wenngleich immer wieder Angst und Panik die Entschlossenheit aus seinen Augen trieben. Beide Gruppen an den Enden der Seile mühten sich, den Mann in ihre Richtung aus dem Kreis zu ziehen, wenn auch auf unterschiedliche Weise: Die Maulmenschen zogen mit stoischer Ruhe und Hartnäckigkeit und dadurch mit geradezu sichtbarer Kraft. Die ganz normalen Frauen und Männer hingegen schrien und stöhnten, zogen mal schwächer, mal stärker, glichen ihren Mangel an Disziplin aber durch eine unerschütterliche Willenskraft aus. Eine ganze Weile ging es hin und her, ohne dass eine Seite die Oberhand gewann. Schließlich trieben sich die Frauen und Männer durch gegenseitiges Anfeuern zu Höchstleistungen an und schafften es, den Gefesselten bis an den Rand des Kreises zu ziehen, nur eine Handbreit fehlte noch, bis er vollständig aus dem Kreis heraus war. Aber die Maulmenschen hielten mit aller Macht dagegen, gewannen Fuß um Fuß zurück, bis der Kampf wieder ausgeglichen schien. Für einen Moment sah Taso Resignation in den Augen des Gequälten. Dann explodierte sein Körper in tausend Einzelteile, und die ganze Arena verstummte augenblicklich. Eine gespenstische Stille entstand.

Taso ließ die letzten Sekunden der Spielrunde verstreichen, ohne seinen Namen auszurufen. Dann war er wieder zurück im WG-Wohnzimmer. Dem Punktestand nach zu urteilen, hatte niemand auf ihn getippt. Es hatte überhaupt niemand getippt. Alle außer Dalia wandten verlegen ihre Blicke ab. Dalia sah ihm ruhig in die Augen und legte die Hand an seine Wange. Taso schwor sich, nie wieder Soulsearcher zu spielen.

»Das war ganz schön verstörend«, sagte Dalia, als sie bald darauf allein in ihrer Wohnung waren.

»Ja, das war ziemlich abgefahren.« Er versuchte, entspannt zu lächeln, spürte aber, wie gequält er dabei aussehen musste.

»Willst du darüber reden?«

»Über das, was irgendeine Software zusammengesponnen hat? Eigentlich nicht.«

»Na ja, so komplett aus der Luft gegriffen war das nicht, oder?«

Taso lachte auf und küsste sie auf die Stirn. »Ich fühle mich eigentlich nicht so, als würde ich in tausend Stücke gerissen.«

»Das meinte ich auch nicht.«

»Sondern?«

Dalia überlegte. »Kannst du die Szene mal so beschreiben, wie du sie erlebt hast?«

Taso sah Dalia fragend an und zuckte mit den Schultern. »Ähm … Eine Comicfigur steht in der Mitte einer Arena und ist an zwei Seile gefesselt …«

»Gefesselt?«

»Ja, an den Handgelenken.«

»Er war nicht gefesselt, Taso – die Schlaufen an den Enden der Seile waren so groß, dass er sie einfach hätte abstreifen können.«

Taso stutzte. Dieses Detail war ihm entgangen. »Hast du das Mädchen gesehen?«, fragte Dalia weiter.

»Welches Mädchen?« Konnte er so viel übersehen haben?

»Im ersten Zuschauerrang saß ein Mädchen, dem Mann direkt gegenüber. Sie war die Einzige im Publikum, die normal aussah. Ist sie dir gar nicht aufgefallen?«

»Bei mir war kein Mädchen.«

»Natürlich war sie das. Wir haben alle das Gleiche gesehen, sonst würde das Spiel doch gar nicht funktionieren. Du hast einfach nicht auf sie geachtet. Ich konnte hören, wie sie den Mann in der Mitte zu sich rief.«

»Aha.« Taso ließ sich seufzend aufs Sofa fallen.

Dalia setzte sich zu ihm. »Taso, bitte. Hast du sie nicht gehört?«

»Nein, habe ich nicht. Und jetzt würde ich den Abend lieber mit etwas Echtem verbringen.«

Dalia verschränkte die Arme. »Es ist wirklich schwierig, mit dir über ernste Dinge zu reden. Es geht hier auch um uns.«

»Du kannst doch nicht ernsthaft darüber reden wollen, was dieses Computerspiel für unsere Beziehung bedeutet! Ich hab mich doch längst für dich entschieden! Warum willst du mir jetzt einreden, dass ich weiter das zerrissene Opfer spiele?« Taso war aufgestanden und ging zum Fenster. Er hörte, wie Dalia sich ebenfalls erhob und ein Stück auf ihn zukam.

»Ich will dir überhaupt nichts einreden – ich will *mit* dir reden! Ich will wissen, wie du dich fühlst, was du denkst, was in dir vorgeht! Ich hab das Gefühl, dass du dich vor mir verschließt. Glaubst du, ich habe nicht gemerkt, dass du mir nicht alles erzählt hast von dem Treffen mit Tim?«

Taso hörte den Kloß in ihrem Hals und war gerührt. Er drehte sich zu ihr. »Wenn du etwas über mich wissen willst, frag einfach«, sagte er sanft.

»Ich will nicht alles erfragen müssen, ich will, dass du es mir erzählst. Ich will, dass du es mir erzählen *möchtest.*«

Einen Moment sahen sie sich nur an. Schließlich umarmte sie ihn.

»Entschuldige«, sagte sie nach einer Weile. »Ich bin selber irgendwie noch mitgenommen von dieser Soulsearcherszene. Ich wollte nicht unfair sein. Ich weiß, dass das alles nicht einfach für dich ist.«

»Schon gut. Du hast ja irgendwie recht. Mir fällt es immer noch schwer, offen über Gefühle zu reden, vor allem mit Smarts.«

»Und ich weiß dann manchmal nicht, wie ich mich verhalten soll, wie ich dir helfen kann.«

Taso umarmte sie fester und ließ seine Hand über ihren Rücken gleiten. »Das kriegen wir schon hin«, murmelte er. Dalia presste sich an ihn, schnell wurden ihre Berührungen leidenschaftlicher. Sie zog ihn aus, und er sie, gierig, den ganzen Tag abzuschütteln. Das Gemisch aus Alkohol, Adrenalin und Erregung wirkte Wunder, denn eine halbe Stunde später lagen sie beide verschwitzt und glücklich auf dem Rücken. Er hatte die Arme hinter dem Nacken verschränkt, ihr Kopf ruhte auf seinem Oberarm. Dalia machte Witze über die Soulsearcherepisoden der anderen, vor allem Noahs erinnerte sie an uralte Kindersendungen aus dem letzten Jahrhundert. Taso neckte sie wegen Oskar, obwohl er an diesem Abend keinen Anlass zur Beunruhigung gehabt hatte.

Er glaubte schon, dass sie eingeschlafen war, als Dalia plötzlich sagte: »Jule hat mir neulich von so einem Beziehungstest erzählt. Das macht wohl jeder. Wollen wir auch mal einen machen?« Sie hob den Kopf und sah Taso hellwach an.

Er war mit einem Mal ebenfalls wieder wach. »Einen Beziehungstest?« Er wusste natürlich, dass Kubisten spätestens nach der ersten Verabredung einen solchen Test machten, um sicherzugehen, dass sie überhaupt zusammenpassten.

Dalia stützte sich auf den Ellbogen. »Ja, warum nicht? Ich bin einfach neugierig. Es zählt sowieso nur, was wir fühlen. Aber gerade deshalb wär es doch spannend. Und vielleicht können wir auf der Grundlage ja auch an uns arbeiten.«

Taso atmete tief ein und aus. Er hielt rein gar nichts von der Idee, wollte Dalia aber nicht wieder vor den Kopf stoßen. Früher oder später würde sie den Test sowieso machen wollen. Und wenn sie am Ende etwas auf das Ergebnis gäbe, dann … ach, dann war es eben so. Erschöpft sah er sie an. »Von mir aus …«

Dalia schien seinen Unwillen nicht zu bemerken oder ignorierte ihn. »Super!« Sie setzte sich auf und wedelte mit den Armen in der Luft herum.

Taso erschrak. »Jetzt sofort? So kurz nach einem Streit ist das bestimmt nicht die beste Idee.«

»Ach, das interessiert doch das Programm nicht – wir haben uns schließlich wieder vertragen, verdammt gut sogar.« Sie lächelte verführerisch und strich ihm über die Brust. »Damit haben wir uns ziemlich gut auf den Test vorbereitet.«

Taso schwieg.

»Also?«, fragte Dalia und klang nun sogar ungeduldig.

Taso ließ den Kopf zurück ins Kissen sinken. Er hatte keine Wahl. Dalia würde nicht lockerlassen, bis er zustimmte. »Von mir aus. Von Horoskopen lässt man sich ja auch nicht verrückt machen«, beschwor er sie und sich selbst.

Dalia suchte aufgeregt weiter nach einer App. *Ever after* hatte die besten Bewertungen. Sie meldeten sich an und gewährten dem Programm Zugriff auf ihre beim Würfel hinterlegten Daten. Der Preis variierte mit der Menge an Informationen, die das Programm analysieren würde. Sie entschieden sich dafür, fünfzig Euro für den Test auszugeben, ein mittelhoher Betrag, der »genaue bis sehr genaue Wahrscheinlichkeitsangaben« darüber versprach, ob sie in fünf Jahren noch glücklich miteinander sein würden.

»Bereit?«, fragte Dalia. Sie kuschelte sich neben Taso, legte ihren Kopf wieder auf seinen Oberarm und griff nach seiner Hand.

Taso knurrte zustimmend.

10

»4,23 Prozent?« Dalia starrte mit offenem Mund auf das Testergebnis und setzte sich auf. »Spinnen die?«

Taso lag mit einem Mal sehr unbequem, als hätte er stundenlang auf dem Boden gelegen. Warum hatte er sich auf diesen dämlichen Test eingelassen? Er hielt die Luft an und schwieg. Als die Stille schon kurz darauf unerträglich wurde, wollte er lachen, irgendetwas tun, um den Ernst der Situation aufzulösen, brachte aber nur ein kümmerliches Hüsteln heraus.

Dalia beachtete ihn nicht. »Ergebnis erklären!«, befahl sie.

Sehr gerne, ertönte eine lächerlich fröhliche Männerstimme. *Das Ergebnis beruht auf einer Analyse aller verfügbaren Daten über Sie beide, insbesondere auch über Ihre Interaktionen. Die wichtigsten limitierenden Faktoren für Ihr mittelfristiges Beziehungsglück sind unterschiedliche politische und religiöse Ansichten, der Umgang mit dem öffentlichen Interesse an Ihnen als Paar und dass Sie beide frisch in neue Lebensabschnitte gestartet sind, die bereits Persönlichkeitsveränderungen mit sich gebracht haben und noch weitere mit sich bringen werden. Insgesamt halten wir es für sehr wahrscheinlich, dass Sie am Ende dieses Prozesses nicht mehr miteinander glücklich sind.*

»Aber die neuen Lebensabschnitte haben uns doch gerade zusammengebracht!«, empörte sich Dalia und sah Taso endlich an. »Und was meint der blöde Kerl mit dem ›öffentlichen Interesse‹ an unserer Beziehung? Wer interessiert sich denn bitte für uns?«

Für fünfzig Euro übersende ich Ihnen gerne eine ausführliche Erläuterung des Testergebnisses sowie Vorschläge, wie Sie Ihre Chancen …

»Programm beenden!« Dalia sah ihn wütend an. »Und du gehst mal wieder deiner Lieblingsbeschäftigung nach und schweigst.«

»Ich …« Taso räusperte sich und versuchte, das Durcheinander in seinem Kopf zu ordnen. Der eingerostete Gaukler in ihm zauberte ein ungeschicktes Lächeln auf sein Gesicht. »Ich hab doch gesagt, dass das totaler Quatsch ist. Wie bei einer Prophezeiung: Alle sind neugierig, man lacht darüber, aber ernst nimmt es niemand.«

»Aber man kann ja trotzdem mal darüber reden! Immerhin hat uns dieses blöde Programm gerade gesagt, dass unsere Beziehung keine Zukunft hat!«

Er nahm ihre Hand, die ihm noch feuchter vorkam als seine eigene. »Unsere Zukunft bestimmen immer noch wir selbst. Und sie wird großartig werden, Dalia. Es wird Herausforderungen geben, aber die gibt es überall.«

Dalia sah ihn nachdenklich an, lächelte zaghaft und gab ihm einen Kuss. »Vier Prozent … pah! Das hier«, sie legte ihre andere Hand aufs Herz, »fühlt sich nicht an wie vier Prozent! Und das hier auch nicht!« Sie tippte mit dem Finger gegen ihre Stirn. »Und am allerwenigsten das hier.« Sie schob die Bettdecke beiseite und begann, seinen Penis zu massieren.

Taso versuchte krampfhaft, sich auf ihre Berührungen zu konzentrieren. Dalia jetzt zu enttäuschen war keine Option. Als sich nichts regte, senkte sie den Kopf und nahm den Mund zu Hilfe. Das hatte sie noch nie getan. Trotzdem dauerte es ewig, bis er steif war. Dalia schmiss sich erleichtert auf den Rücken. Sie lag still und reglos da, flüsterte schließlich kaum hörbar: »Schlaf mit mir.«

Es war wilder als vorhin, für einige Augenblicke war er ganz bei ihr, und als sie kam, schrie sie doppelt so laut wie sonst – ob aus Erregung oder Trotz, war ihm dann schon egal.

Taso erwachte als Erster. Er fühlte sich, als wäre er gerade einen Marathon gelaufen. Blinzelnd versuchte er, sich an seinen Traum zu erinnern, aber es kam nichts. Stumm bestellte er frische Brötchen und ein paar andere Dinge fürs Frühstück. Dalia schlief auch noch, als seine Smarts ihm signalisierten, dass die Lieferung auf dem Balkon abgestellt worden war. Er schlich aus dem Bett, holte das Paket herein und deckte den Frühstückstisch. Als Setting wählte er einen Bergsee in der Morgensonne. Auf dem Weg aus der Küche blieb er stehen und starrte für einen Moment auf das türkisfarbene Wasser des Sees. Nachdem er sich vergewissert hatte, dass Dalia noch ihre Smarts trug, strich er ihr sanft über die Wange. »Guten Morgen«, flüsterte er.

Dalia öffnete langsam die Augen. »Morgen«, murmelte sie. Er mochte es, wenn sie so schlaftrunken dreinblickte. Manchmal sah sie dabei aus, als wäre ihr entfallen, dass ihr Leben nun ein anderes war. Heute wich dieser Ausdruck nur langsam von ihrem Gesicht.

»Wow, wie schön!«, sagte sie, als sie sich endlich aufsetzte und den See betrachtete. Langsam stieg sie aus dem Bett, und sie setzten sich an den Tisch.

Taso hatte alles bestellt, was ihm der Würfel für Dalia empfohlen hatte: saure Äpfel, ein paar frühreife Erdbeeren, Brezeln ohne Salz und ein noch warmes Baguette. Dazu gab es Himbeermarmelade, Frischkäse aus ihrem Kühlschrank und Jasmintee. Dalia lächelte, legte die Hände zusammen und betete stumm.

»Das hast du noch nie gemacht«, sagte Taso, als sie fertig war. Er konnte seine Irritation nicht verbergen.

»Manchmal ist mir danach.« Sie griff nach Baguette und Frischkäse, ohne ihn anzusehen.

Schweigend nahm er eine Brezel und begann ebenfalls zu essen. »Wie hast du geschlafen?«, fragte er nach einer Weile.

»Ganz gut eigentlich … Du?«

»Auch gut.«

»Wir dürfen uns von so was nicht verunsichern lassen.«

Taso tat überrascht: »Von dem Test? Natürlich nicht! Die wollen doch sowieso nur Geld machen. Würden sie uns einfach eine rosige Zukunft versprechen, könnten sie uns ja keine Zusatzprodukte verkaufen.«

Dalia nickte.

»Es gibt keinen Grund, sich irgendwelche Gedanken zu machen.«

Sie ließ das Baguette sinken, hob es dann wieder an und biss ab. »Sehe ich genauso.« Schmatzend beugte sie sich zu ihm und küsste ihn auf die Wange. Die Selbstvergewisserung half tatsächlich, und er entspannte sich.

Er wollte sich gerade über eine zweite Butterbrezel hermachen, als er einen Anruf erhielt. »Kennst du einen Frederik Sailer?«

Dalia schüttelte den Kopf.

Taso nahm das Gespräch als Audio-Anruf an: »Ja?«

»Guten Morgen!« Die Stimme des Anrufers überschlug sich förmlich vor Enthusiasmus. »Spreche ich mit Taso Doff?«

»Wer fragt denn?«

»Ah, gut! War gar nicht so einfach, Ihre Ident herauszufinden.«

»Idents *sollen* auch schwer zu finden sein. Wer sind Sie?«

»Ich bin Journalist. Heute früh habe ich von Ihrer Geschichte gehört, und da dachte …«

Taso unterbrach ihn: »Von welcher Geschichte bitte?« Dalia sah ihn fragend an. Rasch klickte er in dem Interface vor ihm auf »Mithörer«, dann auf »Anonym« und zeigte auf sie.

»Na von Ihrer Geschichte mit Dalia Bartas!«

Taso überlegte nicht lange und sagte: »Dalia wer?«

Das schien den Journalisten kurz aus dem Konzept zu bringen, aber er fing sich schnell wieder: »Laut Berichten der Follower von Mila Sommer sind Sie beide ein Paar, und zwar ein ganz besonderes, über das ich unbedingt ein Stück drehen möchte.«

Taso sprang auf und lief nervös umher. Dalia sah ihm mit einem schwer zu lesenden Gesichtsausdruck zu. »Was für Berichte denn bitte?«

»Mila Sommers Follower diskutieren in Foren Ihre Liebesgeschichte. Man kann ja das Originalmaterial von Soulmatefeeds nicht nachträglich einsehen, deshalb möchte ich Sie gern interviewen.«

Taso versuchte, so arrogant und abweisend wie möglich zu klingen. »Sie kontaktieren mich also auf der Grundlage von Diskussionen zu Berichten über eine angebliche Geschichte über mich und diese Frau Battas? Sind Sie bei Ihren Recherchen immer so gründlich?«

Die Euphorie des Journalisten war verflogen. In der Sache aber blieb er unerschütterlich: »Ich … ich liege selten falsch. Wenn Sie mir nur ein paar Fragen zu Ihrer Beziehung …«

»Es gibt keine Beziehung. Ich kenne keine Dalia Irgendwas und auch keine Frau Sommer. Rufen Sie nie wieder an!«

Taso legte auf. Ihm schwirrte der Kopf.

»Was zum Teufel war das denn?«, fragte Dalia, nachdem er sich auf seinen Stuhl hatte fallen lassen.

Er versuchte durchzuatmen, fühlte sich aber wie zwischen zwei Wänden, die sich unaufhaltsam aufeinander zubewegten. »Unfassbar – eine Videolovestory?«

Dalia verschränkte die Arme. »Aber war es klug, alles abzustreiten? Das hat er dir niemals abgenommen.«

»Was hätte ich denn tun sollen? Ihn zum Kaffee einladen?«

»Du hättest ihm doch einfach sagen können, dass du es mit mir besprichst und wir uns wieder bei ihm melden.«

»Dann hätte er ja das gehabt, was er am dringendsten wollte: eine Bestätigung, dass wir zusammen sind. Ich will nicht mit dem reden, unsere Beziehung geht niemanden etwas an.« Dalia holte kurz Luft, sagte dann aber nichts. »Hoffentlich hat Mila ihren Followern nichts über meine Soulsearcherepisode erzählt.«

Dieser Gedanke schien nun auch Dalia zu beunruhigen. »Glaubst du wirklich, dass sie das tun würde?«

»Keine Ahnung, ich kenn sie ja kaum.«

»Das kann ich mir nicht vorstellen.« Dalia stand auf und wischte den Bergsee beiseite. »Ich frag sie mal.«

»Warte! Wenn sie ihre Smarts trägt, ist sie bestimmt auf Sendung. Dieser Journalist folgt ihr inzwischen sicher und würde deine Fragen in ihrem Feed hören, nur ein paar Minuten nach seinem Gespräch mit mir. Das wäre ziemlich offensichtlich.«

Dalia überlegte, dann sprach sie ins Leere: »Jule anrufen! … Hi Jule, alles klar bei euch? … Bist du allein? … Gut. Ist Mila da? … Kannst du sie mal bitten, ohne Smarts rüberzukommen? … Ja, ist sehr wichtig, wir müssen unbedingt was klären … Danke!«

Kurz darauf pochte es an der Tür. Dalia öffnete, Mila betrat mit ihrem typisch kühlen Gesichtsausdruck das Zimmer, dicht gefolgt von Jule. Beide sahen Dalia fragend an.

»Uns hat gerade ein Journalist angerufen«, begann Dalia, »Frederik …« Sie drehte sich zu Taso.

»Sailer.«

»O je«, sagte Jule.

»Kennst du den?«, fragte Dalia. »Er wollte uns interviewen.«

»Klar kenn ich den, der produziert lokale Klatschgeschichten, schon seit Ewigkeiten. Mein Vater liebt ihn. Macht seinen Job anscheinend auch ganz clever, hat jedenfalls ein begeistertes Publikum.«

»Ein Klatschreporter? Kein Wunder … Jedenfalls meinte er«, Dalia sah zu Mila, »deine Follower würden in irgendwelchen Foren über Taso und mich diskutieren.«

Mila schien völlig ungerührt. »Und?«

»Wir wollen das nicht!«, schaltete sich Taso ein.

»Das hättet ihr euch früher überlegen sollen. Gaukler meets Namische, beide verlieben sich und werden Kubisten – ist doch klar, dass die Leute das interessiert. Wo ist das Problem?«

Milas gleichgültige Reaktion schien Dalia zu verunsichern, Taso machte sie wütend: »Das Problem ist, dass Menschen gegen unseren Willen öffentlich über uns diskutieren und wir über Nacht Gesprächsstoff für Tausende Menschen geworden sind!«

Mila zuckte mit den Schultern. »Ihr wusstet doch, dass ich Soulmate bin. Wenn ihr keinen Bock auf Öffentlichkeit habt, dann trefft euch eben nicht mit mir.«

»So meinten wir das nicht, wir …«, begann Dalia.

»Können wir nicht aus deinen Feeds gefiltert werden?«, unterbrach Taso sie.

»Ich soll meinen Followern jetzt bei jedem unserer Treffen schwarze Balken und falschen Ton zumuten, nur weil ihr keine Lust auf ein Interview habt?«

»Wartet mal!«, rief Dalia plötzlich. »Ich bekomme gerade auch einen Anruf – von einer Janine Maul …«

»Ah, Janine – grüß sie von mir«, sagte Mila. Auf Dalias Stirnrunzeln hin erklärte sie: »Die hat mich damals rekrutiert. Sie will dir bestimmt vorschlagen, auch Soulmate zu werden. Vielleicht will sie euch sogar einen Paar-Account anbieten, bei eurer Story ist da sicher 'ne Menge Kohle drin.«

»Hat wieder aufgelegt«, murmelte Dalia. Zu Tasos Überraschung lag fast so etwas wie Enttäuschung in ihrer Stimme. Ihre Blicke trafen sich. »Aber ich will das sowieso nicht«, ergänzte sie.

»Ich würde mir erst mal anhören, was Janine zu sagen hat«, sagte Mila. »Ich verdiene mit Soulmating zwischen vierzig- und fünfzigtausend Euro im Monat – netto und *nachdem* ich Jule und den anderen ihre Anteile ausgezahlt habe.«

Dalia sah überrascht zu Jule. »Mila bezahlt euch?«

»Ja«, antwortete Jule kleinlaut. »Das war ihr Angebot dafür, dass sie bei uns einziehen kann. Wir unterhalten ihre Follower und kriegen dafür einen Teil ihrer Einnahmen.«

Dalia schien unschlüssig, was sie davon halten sollte. »Also ich finde das krank«, sagte Taso schnell und schüttelte den Kopf. »Es ist eine Sache, sich vorm Würfel nackt zu machen. Aber nur für Geld Hunderttausende an seinem kompletten Leben teilhaben zu lassen, an jedem Streit, Spaß, intimen Moment? Sorry, aber das ist doch nicht normal.«

Mila verdrehte die Augen, Jule sah ihn betroffen an.

»Ist mir eigentlich ziemlich egal, wie du das findest«, sagte Mila kalt. An Dalia gewandt fuhr sie fort: »Hör mal – tut mir leid, wenn dich das jetzt ein bisschen überrumpelt hat. Aber schlaf erst mal drüber, das ist alles gar nicht so dramatisch. Eine Menge Leute interessieren sich einfach für dich und dein neues Leben – meine Follower stellen mir jeden Tag einen Haufen Fragen zu dir. Du kannst daraus was für dich selber drehen, wenn du willst, und ich helf dir auch gern dabei. Gewöhn dich besser an die Aufmerksamkeit, in unserer Gesellschaft gibt es nichts Wertvolleres, und dir fliegt sie gerade einfach so zu.« Sie wandte sich zur Wohnungstür. »Ich muss jetzt zurück, meine Follower sind bestimmt schon stinksauer, dass ich offline war.« Bevor Taso etwas sagen konnte, ergänzte sie mit eisigem Blick in seine Richtung: »Nein, ich werde ihnen nichts von unserem Gespräch erzählen. Aber wenn wir uns das nächste Mal sehen, bin ich wieder online. Wenn das für dich ein Problem ist, komm halt nicht mit.« Sie trat ins Treppenhaus und verschwand. Jule stand einen Moment unschlüssig im Raum, lächelte kurz und folgte Mila.

Als die Tür ins Schloss fiel, herrschte einen Augenblick Stille. Dalia sank sichtlich aufgewühlt aufs Bett. Sie vergrub ihren Kopf in den Kissen, gab aber keinen Laut von sich. Weinte sie? Wegen des Streits mit ihren Freundinnen? Wegen Sailers Anruf? Aus Enttäuschung oder Hilflosigkeit? Er horchte in sich hinein, aber da war kein Bedauern und erst recht keine Trauer. Da war nur das altvertraute Gefühl von stolzer Selbstbehauptung. Wenn er ehrlich war, fühlte er sich sogar ziemlich gut, geradezu elektrisiert. Integration hin oder her, das hier ging definitiv zu weit. Er schalt sich selbst dafür, aber er konnte nicht verstehen, dass Dalia auf das alles mit Niedergeschlagenheit reagierte. Nach einem kurzen Zögern setzte er sich zu ihr, strich über ihren Rücken und legte seinen Kopf auf ihren.

»Was für ein Mist«, sagte sie nach einer Weile und sah ihn an. Er konnte nicht erkennen, ob sie geweint hatte.

»Was ist Mist?«, fragte Taso vorsichtig.

Dalia setzte sich langsam auf. »Ach, ich weiß auch nicht … Mila ist so hart. Ich hatte sie anders eingeschätzt. Aber dass Jule einfach nur dastand, ohne was zu sagen … Andererseits hat Mila ja auch recht. Wir wussten, was sie macht, und haben einfach nicht weit genug gedacht.«

Taso ärgerte sich, dass Dalia nicht über den aufdringlichen Journalisten und die Sache an sich klagte, sondern den Fehler bei ihnen suchte. »Ich finde, Mila hat kein bisschen recht. Sie weiß viel besser als wir, was sich aus ihren Livefeeds entwickeln kann. Sie hätte uns warnen müssen! Und es ist doch total absurd, dass die ganze WG an ihrer ›Arbeit‹ verdient, also auch an …« Taso stockte. Ihm kam plötzlich ein unschöner Gedanke.

»An was?«

»Ach … nichts.«

»Sag schon!«

Er atmete tief durch. »Könnte es vielleicht sein, dass … die vier dich nur angesprochen haben, um Mila neue Follower zu beschaffen?«

Dalia sah ihn entsetzt an. Er bereute sofort, es ausgesprochen zu haben. Es könnte zwar stimmen, aber auf eine Ahnung hin solche Vorwürfe gegen ihre einzigen Freunde zu erheben …

»Nein«, rief sie bestimmt, »das kann nicht sein!«

Taso beobachtete, wie es in ihr arbeitete. Er fühlte sich schlecht, wusste aber nicht, was er sagen sollte.

»Als ich damals meine Privatsphäreeinstellungen runtergesetzt habe, hat es keine zwei Minuten gedauert, bis die vier vor der Tür standen – so schnell hätten die doch gar nicht reagieren können.«

»Ich weiß es nicht«, sagte Taso. »Vermutlich nicht.«

»Nein!« Dalia hob triumphierend den Zeigefinger. »Sie wussten ja gar nicht, dass ich aus einer WfZ komme, geschweige denn, dass ich Namische bin!«

»Bist du dir sicher? Vielleicht waren deine Privatsphäreeinstellungen zu niedrig?«

»Nein, sie waren alle total überrascht, als ich es ihnen erzählt habe! Warte, kann ich das nicht über Soulbook noch mal ansehen?« Dalia öffnete das Programm und stellte die Frage erneut. »Ja, kostet zwar was, aber es geht!« Sie richtete es so ein, dass Taso die Szene mitverfolgen konnte.

Er hatte noch nie die Soulbookaufzeichnung eines anderen gesehen. Es fühlte sich irgendwie falsch an, durch Dalias Augen zu beobachten, wie sie ihre Wohnungstür öffnete. Davor standen ihre Nachbarn und riefen alle gleichzeitig: »Hallooo!« Taso hörte Dalia überrascht auflachen. Sie spulte die Szene vor: Die fünf saßen nebenan in der WG am Küchentisch, Oskar schenkte Wein ein. »Und wo hast du vorher gewohnt?«, fragte Jule.

Dalias Blick schwankte etwas, als würde sie auf ihrem Stuhl hin und her rutschen.

»In Humaning«, brachte sie schließlich heraus.

Taso spürte förmlich, wie unangenehm es ihr gewesen sein musste, das zu sagen. Dalia schaltete die Aufnahme auf Zeitlupe, und er folgte ihrem prüfenden Blick durch die Runde: Noah schien nicht zugehört zu haben, denn er versuchte weiter angestrengt, eine Fruchtfliege aus seinem Glas zu fischen. Oskar sah völlig perplex aus, während sein Arm mit der Weinflasche reglos in der Luft verharrte. Mila wechselte von lässiger Zurückhaltung zu angespannter Konzentration und stützte sich mit den Ellbogen auf den Tisch, ihre großen Augen auf Dalia gerichtet wie auf einen Hauptgewinn. Jule wiederum hatte nach einer kurzen Entgleisung ihre Gesichtszüge rasch wieder unter Kontrolle. Dalia stellte die Wiedergabe zurück auf Normalgeschwindigkeit.

»Wow!«, sagte Jule. »Ich hab noch nie jemanden aus Humaning getroffen …« Sie sah zu ihren Mitbewohnern. »Ihr?« Sie schüttelten die Köpfe, auch Noah, der nun besonders schockiert dreinblickte, die Fliege unbeachtet am Zeigefinger. Jule fragte weiter: »Bist du dann … Humanistin?«

Diesen Begriff hatten säkulare Offliner früh zu prägen versucht, aber kaum jemand verwendete ihn noch. Dass Jule es tat, freute Taso.

»Nein«, antwortete Dalia. »Meine Eltern sind Namische. Ich bin vor ein paar Tagen von zu Hause abgehauen.«

Wieder stellte Dalia auf Zeitlupe, und wieder konnte Taso die Überraschung in den Gesichtern der anderen beobachten. Alle sahen ihn – also Dalia – gebannt an. Er spürte, wie er selbst verkrampfte. Als die Erinnerung in normalem Tempo weiterlief, reagierte wieder Jule als Erste: »Das ist ja irre! Ich hab erst recht noch nie eine Namische kennengelernt. Du musst uns alles erzählen!« Dalia blickte in die Runde. Taso atmete auf, als sie allesamt lächelnd nickten. Dann stoppte die Aufzeichnung, und er war wieder er selbst.

»Siehst du«, sagte Dalia, »die wussten von nichts!«

»Ja, sieht ganz so aus.«

»Das sieht nicht nur so aus. Das sind keine Gaukler, Taso, die können sich nicht so gut verstellen wie du!«

Taso ignorierte den Seitenhieb. »Dann waren sie wohl wirklich nur neugierig auf ihre neue Nachbarin.«

»Richtig.«

Die Selbstvergewisserung erfüllte den gewünschten Zweck diesmal nicht ganz so gut: Dalia schien immer noch beunruhigt, und Tasos Misstrauen war auch nicht ganz verschwunden.

Es klopfte wieder an der Tür, etwas sanfter als vorhin. Taso öffnete, Jule trat ohne ein Wort ein und setzte sich zu Dalia aufs Bett.

»Ich habs geregelt«, verkündete sie.

Skeptisch sah Dalia sie an. »Was?«

»Mila hat ihrem Feed einen Rundumfilter für euch beide verpasst – Ton, Bild, primär, sekundär, also auch, wenn wir in ihrer Gegenwart über euch reden. Nichts davon dringt mehr nach außen.«

Taso runzelte die Stirn. »Aber vor ein paar Minuten …«

»Ihr kennt Mila noch nicht so gut. Wenn sie angegriffen wird, schaltet sie auf stur. Ich wollte euch vorhin nicht offen unterstützen, das wäre komplett nach hinten losgegangen. Ich hab noch mal in Ruhe mit ihr geredet und ihr das Gefühl gegeben, dass das ihre eigene Idee, ihr Zugeständnis ist.«

Dalia umarmte ihre Freundin. Sie schien wieder kurz davor, zu weinen. »Danke, Jule«, flüsterte sie. Die beiden saßen eine Weile so da, Taso fühlte sich völlig fehl am Platz.

»Vielen Dank«, presste auch er heraus, nachdem die Frauen ihre Umarmung endlich gelöst hatten.

»Keine Ursache.« Jule stand auf, drückte auch ihn kurz und ging.

»Glaubst du es jetzt?«, fragte Dalia.

Taso nickte und hoffte, dass sie spürte, wie ernst er es meinte.

Die nächsten Tage dachte Taso viel an Sailers Anruf und den Streit mit Mila. Am meisten aber beschäftigten ihn die verdammten 4,2 Prozent. Nicht, weil er ihnen Glauben schenkte – was bedeuteten schon von einem Programm errechnete Wahrscheinlichkeiten in solchen Lebensfragen? –, sondern weil er befürchtete, dass Dalia es tat. Das Ergebnis hatte sie sichtlich aufgewühlt, und entgegen ihrem Vorsatz hatte sie es viel zu ernst genommen. Er sprach Dalia nicht mehr darauf an und hoffte, dass sie den idiotischen Test einfach vergessen würde. Auch sie sagte nichts mehr dazu, alles schien in Ordnung. Die nächsten Abende sahen sie sich immer erst spät, am Mittwoch gar nicht, weil Dalia zum zweiten Mal zu einer Selbsthilfegruppe für Ex-Namische ging. Den Donnerstagabend wollten sie aber zusammen verbringen: Er würde Dalia von ihrem Unikurs abholen, sie würden zum Schlachtensee spazieren und auf einem Boot ein wenig Abendsonne tanken. Danach wollten sie zu einer Vernissage, zu der Roya sie eingeladen hatte.

Voller Vorfreude stieg Taso aus dem Sefa in die frühsommerliche Luft. Dalia winkte ihm lächelnd von einer Bank am Rande des Campus zu, er hörte schon von Weitem das Zwitschern des Wellensittich-Peds auf ihrer Schulter. Während sie auf ihn zulief, fiel ihm ein sportlich gekleideter Mann mit weißen Turnschuhen auf, der Dalia mit konzentriertem Blick zu folgen schien, dann aber abbog und auf der anderen Straßenseite seiner Wege ging. Taso sah ihm kurz hinterher, bevor er Dalia in die Arme schloss.

»Wie wars heute?«, fragte er, nahm ihre Hand und führte sie die Straße hinab.

»Der Orientierungskurs ist echt spitze«, schwärmte sie. »Ich weiß aber immer noch nicht, was ich belegen will. Es gibt so viel, was ich gern machen möchte. Soziologie finde ich total spannend, vor allem die Vorlesung über Subkulturen. Philosophie interessiert mich zwar auch, ist mir aber ein bisschen zu hoch, ehrlich gesagt. Und ich würd total gern eine Sprache lernen. Das ist mit Smarts so einfach geworden, man kann sich überall Vokabeln anzeigen und vorlesen lassen! Aber eigentlich ist das Quatsch, wenn man einen Simultanübersetzer im Ohr hat.«

An einem anderen Tag hätte Taso ihr vielleicht widersprochen, heute nickte er nur. »Und wie wars gestern bei den Namischen?«

»Ex-Namischen!«, korrigierte ihn Dalia mit gespielter Strenge, während sie ihr Ped streichelte. »War ziemlich gut. Ich habe zwar wieder nichts gesagt, aber diesmal war ein Junge da, der aus einer WfZ irgendwo in Süddeutschland kommt. Und was er so erzählt hat, von seinem früheren Leben und von sich selbst, sprach mir total aus der Seele.«

»Wie läuft das denn ab? Sitzt ihr da im Kreis und jeder, der was sagen will, meldet sich?«

»So ähnlich. Zuerst beten wir. Die Leiterin ist Pastorin, und eine wirklich gute noch dazu, viel besser als die, die ich aus Humaning kenne. Wir sind etwa dreißig Leute, vielleicht ein Drittel waren mal Namische, der Rest andere Religs. Die Teilnehmer wechseln häufig, auch gestern waren wieder zwei neue dabei, deshalb spricht die Leiterin nach dem Gebet immer erst mal allgemein über die Vereinbarkeit von Christentum und Kubismus. Dann suchen wir uns einen besonderen Aspekt raus und diskutieren darüber. Erst danach sprechen wir über eigene Erfahrungen aus unseren alten Gemeinden und der neuen Welt.«

Taso nickte gedankenverloren. Sie liefen stumm nebeneinanderher.

»Aber das ist für dich bestimmt nicht so leicht zu verstehen«, sagte Dalia schließlich.

Er hob die Augenbrauen.

»Du hast mal gesagt, du glaubst nicht an Gott.«

Taso gefiel diese Wendung des Gesprächs überhaupt nicht. Seit dem ersten Abend in ihrer Wohnung hatten sie nicht mehr über Religion gesprochen. Und kaum fabulierte ein Beziehungstest über ihre unterschiedlichen religiösen Ansichten, betete Dalia vor den Mahlzeiten und machte solche Bemerkungen.

»Stimmt. Aber müssen wir darüber wirklich noch mal reden?«

Sie sah ihn irritiert an. Er konnte nicht sagen, ob sie sich ertappt fühlte oder einfach nur von seinem scharfen Ton überrascht war. »Na ja, ich hab dir immerhin gerade von meiner Bibelgruppe erzählt.«

Taso schluckte seinen Ärger herunter und sagte versöhnlicher: »Versteh mich nicht falsch … Ich glaube einfach nicht, dass ein höheres Wesen unser Leben bestimmt oder lenkt oder sich auch nur dafür interessiert. Mag schon sein, dass irgendein Gott die Welt erschaffen hat, vielleicht sogar deiner … aber ich weiß es nicht, ich kann es nicht wissen.«

Dalia erwiderte nichts und sah vor sich auf den Bürgersteig.

»Ich glaube nicht, dass wir das erste Paar sind, das an unterschiedliche Dinge glaubt.«

»Nein«, sagte Dalia, ergriff seinen Arm und schmiegte sich an seine Schulter, »du hast recht. Ich …«

»Guten Abend zusammen!«, unterbrach sie eine Männerstimme hinter ihnen. Abrupt drehten sie sich um. Taso erkannte den Mann mit den weißen Turnschuhen vom Unicampus und war sofort misstrauisch. Der Mann grinste breit.

»Kennen wir uns?«, fragte Dalia.

»Aber unbedingt! Ich habe schon eine Menge von Ihnen gehört und dachte, wir könnten uns vielleicht mal persönlich unterhalten ... am besten zu dritt! Ich wollte nur sichergehen, dass Sie wirklich ein Paar sind, bevor ich Sie anspreche.«

»Sie sind Frederik Sailer«, sagte Taso entgeistert und fuhr dann schroffer fort: »Wir haben kein Interesse!« Er griff nach Dalias Hand und zog sie mit sich. Er spürte einen gewissen Widerstand, lief aber trotzdem weiter. Der Journalist nahm die Verfolgung auf. Ein Ped in Form einer Elster überholte sie, um vor ihnen herzufliegen und Ton- und Bildaufnahmen zu machen. Dalias Wellensittich flog hoch, wollte der Elster den Blick versperren, aber sie war deutlich schneller. Taso und Dalia liefen schneller.

»Hören Sie sich doch erst mal meinen Vorschlag an!«, keuchte Sailer.

»Nicht nötig!«, rief Taso und schaute grimmig in die Augen des schwarzen Vogels vor ihnen.

»Dalia, ich biete Ihnen für ein Interview 1.000 Euro! Für ein Interview mit Ihnen beiden bekommen Sie sogar 1.400! Und für ein läppisches Zwei-Minuten-Filmchen zahl ich zwei Tausender ... Jetzt warten Sie doch mal!« Als sie nicht anhielten, begann er einfach, ihnen seine Fragen hinterherzurufen. »Wie haben Sie sich kennengelernt? ... Sind Sie glücklich miteinander? ... Was sagen Ihre Familien und Freunde? ... Haben Sie schon einen Beziehungstest gemacht? ... Was kam dabei raus?«

Jetzt rannten sie fast. Währenddessen rief Taso seinen neuen Instalaw-Account auf und prüfte, ob Sailer dort registriert war. Natürlich nicht. Sonst hätte Taso sofort eine einstweilige Verfügung gegen ihn erwirken können.

Stattdessen poppte vor ihm das Symbol von Instapol auf. Die Polizei würde ihnen zwar nur kurzfristig Luft verschaffen, aber immerhin. Er drückte auf das Symbol. Sofort erschien vor ihm eine virtuelle Polizistin. »Vision freigeben für Dalia Bartas«, sagte Taso schnaufend. Lange würde er das Tempo nicht halten können.

»Ist die Situation klar?«, fragte Taso die Polizistin gehetzt.

Statt zu antworten, wandte sie sich direkt an Sailer, der sie nun auch sehen würde. »Herr Sailer! Halten Sie sofort Abstand zu diesen Personen und unternehmen Sie keine weiteren Versuche, sie anzusprechen!«

»Ich bin Journalist!«, rief Sailer empört.

»Ja, aber die beiden sind keine Personen des öffentlichen Lebens.«

Sailer ignorierte die Polizistin und wandte sich wieder an Taso und Dalia: »Denken Sie doch mal an Ihre Mitmenschen! Die haben ein Recht darauf, Ihre Geschichte zu hören. Vor allem die vielen Offliner, die suchen Vorbilder wie Sie!«

»Soll ich Herrn Sailer filtern?«, fragte die Polizistin Taso.

»Ja, bitte auch für Frau Bartas.« Dalia nickte.

Einen Augenblick später war Sailer verschwunden. Tasos Smarts hatten den Journalisten und sein Ped einfach herausgefiltert. Sie verlangsamten den Gang. Es fühlte sich zwar ein wenig unheimlich an, dass ihr Verfolger vermutlich noch dicht hinter ihnen war, aber er hatte keinen Grund, sie anzugreifen.

»Herr Sailer verfolgt Sie nicht weiter«, sagte die Polizistin. »Für dauerhafte Näherungsverbote können Sie einen Antrag bei Gericht stellen. Einen schönen Tag wünscht Ihnen Instapol, Ihr virtueller Freund und Helfer.«

Als sie am See ankamen, drehte sich Taso in alle Richtungen und nahm vorsichtshalber ein SmEye heraus. »Der Typ ist tatsächlich weg«, triumphierte er und atmete laut aus. Dalia sagte nichts. Er trat auf den vor ihnen liegenden Steg und buchte ein Tretboot. Der virtuelle Vermieter wies sie in die Bedienung ein, und sie fuhren los.

Dalia trat lustlos in die Pedale. »Und jetzt?«, fragte sie nach einer Weile. Die Freude ihrer Begrüßung schien verflogen.

»Jetzt verklagen wir ihn, damit so was nicht wieder passiert.«

»Aber einen Artikel wird er so oder so schreiben. Und er wird das Video zeigen, wie wir vor ihm wegrennen.«

»Nein. Durch die Einschaltung von Instapol ist dem Würfel klar, dass wir keine Veröffentlichung wünschen. Er wird deshalb automatisch unsere Namen und unser Aussehen verfremden.«

»Aber Sailer wird trotzdem über uns schreiben.«

»Das können wir nicht verhindern.«

Dalia seufzte. Einen Moment blickte sie starr auf den See, dann sah sie Taso an. »Können wir zurückfahren? Ich hab nach dem Gerenne keine Kraft mehr zum Treten.«

Taso saß in der Gerichtskantine. Vor einigen Jahren hatte ein Proxist den Raum neu gestaltet, seitdem sah er jeden Tag anders aus, passte sich mal den Speisen, mal einem sich jährenden historischen Ereignis an, und Taso kam nun gern hierher, ertrug in seiner Mittagspause sogar David, der auch jetzt wieder schmatzend neben ihm saß. Taso schlürfte eine Spargelcremesuppe, die ihm die Kantinensoftware vorgeschlagen hatte. Sie schmeckte ausgezeichnet, er musste nicht einmal nachsalzen. Aber richtig genießen konnte er sie nicht, denn er musste permanent Davids Fragen ausweichen. Es wunderte Taso nicht, dass David die lokale Klatschpresse verfolgte und sofort wusste, von wem in Sailers neuem Artikel die Rede war, den heute die ganze Stadt las: *Unwahrscheinliche Liebe – wie eine Namische und ein Gaukler erst zu Kubisten und dann zum Liebespaar wurden.* Taso verfluchte sich dafür, David je von Dalia erzählt zu haben. Aber in seiner Euphorie hatte sein Mitteilungsdrang damals auch vor dem nervtötenden Kollegen keinen Halt gemacht.

David ließ von seiner Currywurst ab, wischte sich über den Mund und wollte grinsend wissen, ob Taso sich tatsächlich im V^3 um Dalia geprügelt habe. Taso wiegelte ab und wandte sich einer Nachricht von Dalia zu: *Gerade hat mich der fünfte Kommilitone gefragt, ob ich Dunja aus dem Artikel bin.* Er atmete tief ein. Natürlich hatte auch sie in den letzten Wochen einigen Leuten von ihrer Vergangenheit und ihrem Freund erzählt, und natürlich hatte wenigstens einer von ihnen den Artikel gelesen und die richtigen Schlüsse gezogen, Verfremdung hin oder her. *Ich sitze ganz hinten im Hörsaal und gehe erst raus, wenn alle anderen weg sind.*

Während Taso überlegte, wie er Dalia Mut zusprechen konnte, sah er aus dem Augenwinkel Frau Aydin in seine Richtung kommen. Mit erhobenem Kopf trug sie ein Tablett vor sich und suchte offenbar einen Platz. Taso setzte sich aufrecht hin und fixierte sie, um ihren Gruß nicht zu verpassen und ihr den freien Stuhl gegenüber anzubieten. David würde nicht stören, er verstummte in Frau Aydins Gegenwart sowieso jedes Mal. Taso starrte sie regelrecht an, sie schien ihn aber noch nicht bemerkt zu haben. Sie hatten zuletzt vor zwei Wochen miteinander gesprochen: Er hatte ihr das Gerücht bestätigen müssen, dass er nun integriert war. Sie hatte seine Hand geschüttelt und gelächelt, während ihr Blick kalt geblieben war. Taso vermutete, dass sie gern einen vereinsamten Gaukler unter ihren Fittichen gehabt hatte und dass er für sie nun uninteressant geworden war. Jedenfalls gab es seither statt offener Unterhaltungen in seinem Büro zunächst nur noch freundliche Grüße auf dem Flur, und seit Kurzem beachtete sie ihn kaum noch, wenn sie einander begegneten. Ein gemeinsames Mittagessen wäre genau das Richtige, um den Trend umzukehren.

Sie war keine fünf Schritte mehr entfernt, er hob die Hand zum Gruß und winkte. Ohne einen Seitenblick ging sie an ihm vorbei. Es dauerte einen Moment, bis Taso begriff, was das bedeutete. Er spürte eine seltsame Mischung aus Unverständnis und Scham in sich aufsteigen. Langsam griff er nach seinem Löffel und ließ ihn wieder sinken. Die Spargelcremesuppe würde ihm ohnehin nicht mehr schmecken.

»Stimmt es eigentlich, dass die Namischen eine sehr liberale Sexualmoral haben? Damit sie die jungen Leute nicht noch schneller vergraulen?«

Befremdet sah Taso zu David. Sein Kollege schien von dem Debakel mit Frau Aydin nichts mitbekommen zu haben.

»Was für eine unverschämte Frage!«, giftete Taso ihn an.

David senkte den Blick, und sie stocherten eine Weile schweigend in ihren Essen herum.

»Nimms nicht persönlich«, murmelte David schließlich leise.

Taso sah ihn wütend an. »Deine Fragen zu meinem Sexleben?«

»Nein, also das auch – sorry, das war bescheuert … Ich meinte Frau Aydin. Nimm dir das nicht zu Herzen.«

Taso war perplex. Er hatte David nicht zugetraut, dass er seine Enttäuschung überhaupt bemerken, geschweige denn darauf eingehen würde.

»Du bist jetzt besser dran, Taso. Die vielen Vorteile waren es wert, den Exotenstatus aufzugeben. Und wer weiß, vielleicht versteht ihr euch wieder besser, wenn du auch mal Richter bist.«

Taso schwieg. Er konnte nicht abstreiten, dass er in den letzten Wochen auch von der Richterbank geträumt hatte. Aber das wirkte noch immer unerreichbar, und außerdem glaubte Taso nicht, dass eine Beförderung etwas an Frau Aydins Verhalten ändern würde.

David wirkte plötzlich nervös. »Auf mich kannst du jedenfalls immer zählen – egal, wie es weitergeht.« Er lächelte unsicher. »Du hältst ja jetzt auch zu mir, obwohl du mit deinem neuen Pred-Score schon längst bessere Freunde haben könntest.« Er wandte den Blick schnell wieder ab und schob das letzte Stück Currywurst durch die Sauce.

Taso war gerührt, hatte aber gleichzeitig ein schlechtes Gewissen, dass David ihm für eine Freundschaft dankte, die es nach wie vor nicht gab. Trotzdem lächelte er zurück, als David sich traute, wieder aufzublicken, und sah ihm dabei zu, wie er erleichtert seinen letzten Happen verschlang.

Im Büro kehrten Tasos Gedanken zu Frau Aydin zurück, allerdings waren sie jetzt kämpferischer: Sie hatte kein Recht, ihn so zu behandeln! Als sei alles, was ihn ausmachte und was sie ganz offensichtlich an ihm geschätzt hatte, von seinem Pred-Score abhängig. Ihm hatte es auch nie etwas ausgemacht, dass sie Kubistin war. Was konnte er dafür, wenn sie insgeheim vielleicht doch damit haderte? Denn das schien ihm mittlerweile die logischste Erklärung für ihre Distanz zu sein.

Er war froh, als er sein Soll für den Tag erreicht hatte, seine Sporttasche schnappen und das Gericht verlassen konnte. Die Taxipreise stiegen zu den Hauptverkehrszeiten, um die Nachfrage zu senken. Es dauerte also nur ein paar Sekunden, bis eines vor ihm hielt. Taso zögerte. Das Sefa war kein gewöhnliches Taxi, sondern hatte abgedunkelte Scheiben, wie das Fahrzeug eines Kryptocenters. Dass solche Autos auch für gewöhnliche Fahrdienste verwendet wurden, war ihm neu. Das hintere Fenster öffnete sich einige Zentimeter, und jemand hielt einen Smartsbehälter heraus. Zögernd nahm Taso ihn entgegen. Wer wollte da anonym mit ihm reden? Tim? Sein Herz schlug schneller. Hastig verstaute er seine Smarts in dem leeren Behälter und steckte ihn in die Sporttasche. Die Hintertür des Sefas öffnete sich, ein Vorhang verdeckte den Blick ins Wageninnere. Rasch schob sich Taso daran vorbei ins Auto und schloss blitzschnell die Tür. Nachdem sich seine Augen an die Dunkelheit gewöhnt hatten, verwandelte sich die freudige Erwartung in Enttäuschung. Neben ihm saß ein fremder junger Mann. Er war außerordentlich hager und hatte wie Tim das Symbol der Allianz auf den Hals tätowiert: da Vincis Mann mit ausgestreckten Gliedern.

»Zum Tennis, richtig?«, fragte der Fremde mit tiefer Stimme.

Taso nickte. Sofort setzte sich der Wagen in Gang. Der Mann reichte ihm ein Headset. Taso kannte diese Form der Übermittlung von Geheimnachrichten, setzte das Set wie eine Brille auf und aktivierte es, indem er die Stöpsel in die Ohren steckte, die von den Bügeln hingen. Einen Augenblick später sah er Rosie vor sich. Wieder hatte er dunkle Augenringe.

»Ach Taso …«, sagte er. »So viele Jahre hast du unsere Fahne hochgehalten, und jetzt, wenn wir dich am meisten brauchen, verlässt du uns.« Statt die dramatischen Worte mit der vertrauten ironischen Miene zu untermalen, wirkte Rosie zutiefst bekümmert. In Taso zog sich alles zusammen. »Ich hab von deiner Integration erst heute gehört, weil ich wieder mal unterwegs war. Tim meinte, du hättest jemanden kennengelernt und seist schwach geworden … Ich kann das verstehen. Das Leben da draußen ist hart für Menschen wie uns, und die Verlockungen sind gewaltig. Aber Taso – das ist der falsche Weg für dich. Du passt so wenig zum Kubismus wie ein Löwe in den Zoo. Welche Bequemlichkeiten auch immer Emma dir versprochen hat, am Ende werden sich ihre Algorithmen doch nur wie Gitterstäbe anfühlen. Menschen wie du und ich können mit ihr nicht glücklich werden, davon bin ich fest überzeugt.« Er pausierte einen Augenblick, in dem er seine nach unten gezogenen Mundwinkel straffte. »Verzeih mir bitte. Ich habe dich im Stich gelassen, hab mich nie richtig nach dir erkundigt, dir nie meine Hilfe angeboten, und das tut mir unendlich leid. Ich bereue es, dir nicht von unseren Plänen erzählt zu haben, als ich noch die Möglichkeit hatte. Leider kann ich es heute nicht persönlich bekräftigen, aber was Tim dir gesagt hat, ist wahr: Wir brauchen dich. Und zwar so schnell wie möglich. Ich will nicht glauben, dass es dafür schon zu spät ist. Bitte, lass uns noch mal in Ruhe reden. Deine Geschichte in unserer Bewegung ist noch nicht zu Ende. Sie fängt gerade erst an.«

Die Aufzeichnung endete. Taso musste mehrmals schlucken. In den letzten Wochen hatte er nicht ein Mal das Bedürfnis gehabt zu weinen. Jetzt war es überwältigend. Erst Tim, dann Pascale, jetzt Rosie. Warum mussten sie es ihm so schwer machen? Endlich hatte er sich integriert, war nicht mehr allein, hatte eine Freundin und kam gerade wieder seinem Bruder näher – nur um jetzt von der anderen Seite bedrängt zu werden? Von einem Widerstand, der sich jahrelang nicht für ihn interessiert hatte? Andererseits plagte ihn ein irrsinnig schlechtes Gewissen. Brauchten sie ihn wirklich so dringend? Aber warum verdammt noch mal wurden sie dann nie konkret?

Er reichte dem Boten die Brille zurück, mied aber seinen Blick. Der Wagen hielt, der Bordcomputer vermeldete: »Ziel erreicht.«

Taso packte seine Sporttasche und wollte aussteigen, aber der hagere Mann hielt ihn fest. »Was soll ich ausrichten?«

Taso hielt inne. Er sah dem Mann in die Augen, wandte sich aber schnell wieder ab. Sein Mund fühlte sich trocken an, in seinem Kopf herrschte großes Durcheinander. »Ich kann nicht«, presste er schließlich mit einiger Anstrengung hervor und stieg aus.

Sein Herz raste. Das Auto stand noch einen Moment still, bevor es endlich davonfuhr. Mit zitternden Händen bog er um die Ecke zum Eingang der Tennisanlage.

Als er seinen grinsenden Bruder vor dem Clubhaus warten sah, beruhigte er sich ein wenig. Seit zwei Jahren hatten sie nicht mehr miteinander gespielt.

»Ich hoffe, du kannst heute was einstecken«, rief Peter, die beiden Leihschläger in den Händen kreisend. »Wenn wir hier fertig sind, wirst du nach Hause kriechen!«

»Kann kaum einen Schläger in der Hand halten und tönt trotzdem groß rum.« Taso kniff Peter über dem linken Hüftknochen in die Seite, dort war er am kitzeligsten. Sein Bruder zuckte zusammen und ließ einen Schläger fallen. Taso lachte, bückte sich und bekam Peters Schläger fest auf den Hintern gedonnert. Beide lachten und umarmten sich kurz.

Auf dem Weg zum Tennisplatz legte Peter den Arm um Tasos Schulter und zupfte an seinen Haaren. »Könntest auch mal wieder zum Friseur.« Etwas ernster fuhr er fort: »Alles klar bei dir?«

Taso sah seinen Bruder fest an. Er hätte ihm gern von Rosies Nachricht erzählt, wusste aber, dass er diesen Teil seines Lebens nach wie vor nicht mit ihm teilen konnte. Er wandte sich ab. »Geht so. Hast du den Artikel über uns gelesen?«

»Hat mir Roya vorhin geschickt. Ist doch witzig, kein Grund, so genervt zu gucken.« Er drückte Taso kurz an sich.

»Die Leute in der Uni sprechen Dalia schon drauf an, und David nervt mich bei der Arbeit damit. Außerdem ignoriert mich Frau Aydin jetzt komplett. Vielleicht hat sogar sie den Mist gelesen.«

»Ist doch in ein paar Tagen alles vergessen. Und nach dem Schattendasein, das du die letzten Jahre geführt hast, brauchst du mal ein bisschen Licht zum Wachsen. Genieß es doch einfach!«

Taso hatte nicht erwartet, dass Peter ihn verstehen würde, und schwieg. Peter zuckte mit den Schultern. »Hast du schon Mark Finders letzten Roar gehört?«

Taso schüttelte den Kopf.

»Er hat sich wohl durchgesetzt, sie überprüfen jetzt die WfZ-Lizenz von Diagon Alley.«

»Etwa wegen der paar Tomaten bei der Podiumsdiskussion?«, fragte Taso ungläubig. Gleichzeitig fühlte er sich wie ein Matrose, der als Erster vom sinkenden Schiff gesprungen war.

Peter nickte. Sie betraten den Platz. »Mit Trainer oder ohne?«

Taso brauchte eine Weile, um die Frage seines Bruders zu registrieren. »Besser mit. Ich hab schon ewig nicht mehr gespielt.«

Sie aktivierten die Trainer-App, zogen sich an Ort und Stelle um – die SmEyes fremder Leute filterten ihren halbnackten Anblick automatisch raus – und stellten sich zum Aufwärmen an die T-Linie. Taso hielt den Schläger vor sich, die App korrigierte seinen Griff, danach auch seine Schrittfolge und Schwünge. Bis sie lange Bälle schlugen, folgte er den Weisungen, ohne nachzudenken.

»Hast du's eigentlich schon Mama und Simon erzählt?«, fragte Peter, als er einen Ball vom Spielfeldrand holte. Weil er in normaler Lautstärke sprach, statt über den Platz zu brüllen, verbanden sich ihre SmEars miteinander, und Taso hörte seinen Bruder, als stünde er direkt vor ihm. Peter warf den Ball hoch und schlug auf.

»Nein«, antwortete Taso und schmetterte den Ball zurück.

Als er keine Anstalten machte weiterzusprechen, hakte Peter nach: »Wär es nicht an der Zeit? Wenn jetzt sogar schon die Presse über dich berichtet ...«

Er hatte natürlich recht, aber Taso wollte überhaupt nicht mit seinen Eltern sprechen. »Wie soll das denn ablaufen? Ich fahre hin, am besten gleich mit Dalia, und sage ›Hallo ihr Lieben, das ist meine neue Freundin, ihr kennt euch ja schon … wir sind jetzt übrigens Kubisten. Danke für die gute Erziehung und Tschüss‹ … Stelle ich mir nicht so lustig vor, ehrlich gesagt.«

»Du könntest es bestimmt etwas geschickter anstellen. Wäre schon schön, wenn das endlich geklärt wäre. Dann würden sie sich vielleicht eher damit abfinden – wenn schon beide Söhne …«

»Du kennst Papa. Er würde es fertigbringen, mich auch noch zu verstoßen.«

»Das würde Mama nicht zulassen! Nicht, wenn du ihr erklärst, wie unglücklich du warst.«

Taso missfiel, dass Peter sein altes Leben so zusammenfasste, sagte aber nichts. Mit großer Wucht schlug er den Ball ins Aus.

»Ich weiß nicht …«, nahm er das Gespräch wieder auf, während sie weiter Aufschläge übten. »Ich fühle mich dafür noch nicht gewappnet, ich will erst mal die Situation hier in den Griff kriegen. Das ist ja alles noch ziemlich frisch.«

»Wart nicht zu lang. Stell dir vor, sie würden es von jemand anderem erfahren … Zum Beispiel von Dalias Eltern.«

Tasos Laune war schlagartig wieder am Tiefpunkt angelangt. Er ließ den Schläger sinken und ging missmutig Bälle einsammeln. Er hatte keine Wahl: Nach Tim und Frau Aydin würde er sich auch seinen Eltern erklären müssen. Er schüttelte sich und versuchte, die dunklen Gedanken beiseitezuschieben. »Genug von mir – wie gehts *dir* eigentlich?«

Peter lächelte unsicher, was nicht häufig vorkam. »Heute wars tatsächlich ein bisschen anstrengend bei der Arbeit. Oder besser gesagt in der Mittagspause.« Sie setzten sich auf eine Spielerbank, um sich vor dem eigentlichen Match auszuruhen. »Ich hab da so eine Kollegin, mit der ich recht eng zusammenarbeite. Wir waren heute zu zweit Mittagessen – ihr Vorschlag. Wir sitzen gerade bei der Vorspeise, unterhalten uns ganz normal, als ich merke, dass sie richtig nervös wird. Irgendwann frage ich, ob alles in Ordnung ist, woraufhin sie den Privatkonvomodus aktiviert und ganz dramatisch meint: ›Du, ich muss dir was sagen …‹ Bei mir schrillen natürlich alle Alarmglocken, ich meine, was kann auf so einen Einstieg schon folgen?« Er sah Taso erwartungsvoll an. »Richtig, sie gesteht mir ihre Liebe! Schon seit zwei Jahren ist sie in mich verknallt, träumt nachts von mir, das ganze Programm … Ich wusste überhaupt nicht, was ich sagen sollte. Wir sind beide verheiratet, ich hab sogar Kinder, was sie auch weiß, da kam das für mich komplett aus heiterem Himmel. Damit wär ich ja noch klargekommen, aber es wurde noch schlimmer. Sie war nämlich davon überzeugt, dass ich auch was für sie empfinde! Ich hab das natürlich abgestritten, aber sie wollte das gar nicht hören und zählte Sachen auf, die meine Gefühle in den letzten Wochen für sie bestätigt hätten, irgendwelche Schäkereien und tiefsinnigen Gespräche und so. Vor zwei Wochen hab ich sie wohl mal länger am Arm berührt. Sie hat mir sogar die Soulbookszene dazu vorgespielt. Jedenfalls war sie sich danach sicher, dass ich sie auch liebe und mir nur zum Schutz meines PredScores nichts anmerken lasse! Wenn ich ehrlich bin, ein bisschen flirty war ich ihr gegenüber vielleicht schon. Sie ist ’ne coole Frau und sieht gut aus … aber ich fand das alles immer harmlos, weil wir ja beide vergeben sind. Und jetzt haben wir den Salat.«

Taso sah seinen Bruder stumm an. Er war gerührt, dass Peter ihm etwas so Persönliches anvertraute. Genauso offen und schonungslos hatten sie als Jugendliche täglich miteinander gesprochen. Gerne hätte er ihn jetzt umarmt, aber stattdessen hörte er ihm einfach weiter zu und stellte gelegentlich ein paar Fragen, so wie sie das früher bei Beziehungsproblemen getan hatten.

Taso hätte nie gedacht, dass es doch noch ein schöner Abend werden würde. Daran änderte auch nicht, dass er das anschließende Match mit 6:2 und 6:1 verlor.

Mit dem wohligen Gefühl körperlicher Erschöpfung stieg Taso die Treppen zu Dalias Wohnung hinauf. Seine Probleme schienen in weite Ferne gerückt. Sailers Artikel bedrückte ihn nicht weiter. In ein paar Tagen interessierte sich bestimmt kein Mensch mehr für sie – vor allem, wenn Milas Livefeed nichts Neues mehr lieferte.

Voller Vorfreude klopfte er an Dalias Tür. Er war erleichtert, als sie beim Öffnen über das ganze Gesicht strahlte. Stürmisch umarmte sie ihn. »Ich hatte so einen ätzenden Vormittag«, sagte sie, nachdem sie die Tür hinter ihm geschlossen hatte, »dafür aber den besten Nachmittag und Abend überhaupt! Mir gehts so gut gerade!« Sie lachte auf.

»Was ist passiert?«

»Ich hab eine neue App entdeckt – Lifechanger! Die ist für Menschen, deren Leben sich grundlegend verändert. Ein Coach stellt einem zig Fragen, und man findet nach und nach raus, was man will und wie man sich in der neuen Situation verhalten sollte. Ich saß den ganzen Nachmittag in der Uni und hab nichts anderes gemacht, als immer tiefer zu bohren und immer mehr über mich selbst zu lernen. Das hat mir so wahnsinnig gutgetan! Vor allem aber bin ich mir jetzt sicher, dass wir alles komplett anders angehen müssen, Taso. Diesen Sailer-Artikel, unsere Beziehung und unser Leben überhaupt! Wir müssen zu Akteuren werden, wir müssen unser Schicksal selbst in die Hand nehmen, unser Leben gestalten, es nicht einfach geschehen lassen, wir müssen raus aus der Opferrolle, vom Schauspieler zum Regisseur werden! Agieren, nicht reagieren! Und als ich nach Hause kam, hab ich Noah im Hausflur getroffen und ihm von der App erzählt.« Taso hatte Dalia noch nie so aufgedreht erlebt, es war so schön wie beängstigend. Sie sprach so schnell, dass er kaum hinterherkam.

»Noah war ja letztes Jahr an der Elfenbeinküste, als Botschafter der International Cubist Society. Er hat dort Smarts verteilt, mit den Behörden gesprochen, Einheimische für den Kubismus geworben und so weiter. Die Arbeit hat ihn total erfüllt und …«

Taso ließ seine Sporttasche fallen und sah sie ernst an.

Dalia ergriff beschwichtigend seine Hände. »Jetzt warte doch mal! Ich sag ja nicht, dass wir im Ausland missionieren sollen, aber vielleicht finden wir ja etwas Ähnliches, das uns ebenso erfüllt wie Noahs Arbeit ihn. Genau das schlägt die App nämlich vor, dass wir uns etwas suchen, das uns glücklich macht!«

Er rührte sich nicht. »Und was würde dich glücklich machen?«

»Na ja, vielleicht sollten wir uns als Erstes nicht mehr vor der Presse verstecken.« Sie zog ihn sanft zum Sofa, steif setzte er sich neben sie. »Dieser Sailer-Artikel könnte eine echte Chance sein«, fuhr sie ernst fort. »Wir könnten offen zeigen, dass wir glücklich sind, dass wir …«

»Dalia! Wir wären Werbefiguren des Kubismus!« Tasos Ohren glühten, er konnte nicht glauben, was er da hörte.

»Wäre das so schlimm? Ich liebe mein neues Leben, Taso. Geht es dir etwa anders? Bist du nicht auch viel glücklicher als früher?« Sie sah ihn eindringlich an. In ihren großen grünen Augen lag etwas Forderndes, aber auch etwas Flehendes.

Er konnte nicht antworten, seine Kehle war wie zugeschnürt.

»Ich weiß, du findest Coaching-Apps blöd, aber mir haben die Fragen wirklich geholfen. Ich hab kapiert, dass ich nicht einfach vor mich hin leben will, wenn ich genauso gut dazu beitragen könnte, Hunderte, vielleicht Tausende Menschen aus ihren Gefängnissen zu holen, indem ich ihnen meine Geschichte erzähle. Ich will ja nicht gleich Soulmate werden, aber vielleicht könnten wir einen vertrauenswürdigen Journalisten finden, der …« Sie verstummte, als wüsste sie erst jetzt, was Taso von all dem hielt. Ihre Augen füllten sich mit Tränen, hastig wandte sie den Blick ab.

Taso bebte innerlich. In genau diese begeisterungsfähige und hoffnungsvolle Dalia hatte er sich verliebt. Aber durch das, was sie sagte, fühlte er sich ihr schlagartig fremd. Er hatte viel geschluckt in den letzten Wochen, hatte ihr zuliebe viel getan, auf das er nicht gerade stolz war. Er bereute es nicht, aber noch weiter konnte und wollte er nicht gehen. Niemals würde er freiwillig in der Öffentlichkeit von seinem Leben erzählen oder gar das Wort des Würfels verkünden. Ausgeschlossen. Es traf ihn ins Mark, dass Dalia das nicht von vornherein klar gewesen war. »Ich kann das nicht«, flüsterte er.

Sie sah ihn immer noch nicht an. »Aber warum denn nicht?«

Taso bemühte sich, ruhig zu bleiben. »Das bin nicht ich, Dalia. Ja, ich habe mich integriert – aber das hat mich zu keinem Fan des Kubismus gemacht. Ich habe meine Zweifel nicht über Nacht abgelegt, sondern nur einen Weg gefunden, mit ihnen umzugehen, und dieser Weg bist du. Ich bin weder dafür geeignet noch dazu bereit, für den Würfel zu werben. Das bringe ich einfach nicht fertig.«

Dalia stand abrupt auf. »Und ich bringe es einfach nicht fertig, die ganzen Fragen meiner Kommilitonen einfach nur auszuhalten, weil ich deinetwegen nichts sagen darf«, rief sie verzweifelt. »Das macht mich total fertig! Ich will es einfach erzählen, mein Schicksal teilen – nicht, weil ich muss, sondern weil ich es will, weil ich mich dafür entscheide!«

Taso krallte die Hände in die Haare. »Aber deine Entscheidungen betreffen auch mich! Gerade erst hab ich so heftig mit meinem besten Freund gestritten wie noch nie, Frau Aydin ignoriert mich, und bald werde ich wahrscheinlich auch noch von meinen Eltern verstoßen. Auf dich wirkt das vielleicht nicht so, aber mein Leben hat sich in den letzten Wochen mindestens so stark verändert wie deins!« Sein Puls raste, ihm war heißer als vorhin beim Tennisspielen. Es kostete ihn alle Willenskraft, seine Verbitterung im Zaum zu halten. Heftig schüttelte er den Kopf.

Dalia sah ihn hilflos an. Wortlos ließ sie sich die Wand hinunter auf den Boden gleiten. Sie zog die Beine dicht an den Körper und vergrub das Gesicht zwischen den Knien.

»Dalia …«, sagte Taso, als er die Stille nicht mehr aushielt.

»Nicht reden«, flüsterte sie. Er traute sich nicht zu fragen, ob er gehen sollte, aus Angst, sie würde Ja sagen. Gerade als er vom Sofa aufstand und sich zur Tür wandte, sagte sie: »Kannst du herkommen?«

Taso blieb in der Mitte des Zimmers stehen und hörte in sich hinein. Aber da war nichts, er fühlte sich vollkommen leer. Langsam setzte er sich neben Dalia auf den Boden, legte den Kopf an die Wand und schloss die Augen. Sie lehnte sich gegen ihn, aber keiner umarmte den anderen.

11

Am Freitag waren sie mit Winston Churchill und Hannah Arendt zum Abendessen verabredet. Das *Is(s) Geschichte* unterhielt über die Stadt verteilt ein paar exklusiv lizenzierte Lokale, einen Tisch musste man Tage im Voraus reservieren. Dalia wartete vor dem Restaurant, ihr fiependes Ped auf der Schulter. Sie wirkte angespannt und übernächtigt. Als sie Taso bemerkte, hob sie nur leicht die Hand und ließ sie langsam wieder sinken.

Sie hatten nicht mehr über Dalias Wunsch gesprochen, an die Öffentlichkeit zu gehen. Nach dem Beziehungstest war es bereits das zweite große Thema, das sie totzuschweigen versuchten. Und zunächst hatte es so ausgesehen, als könnte es funktionieren: Sie hatten in den letzten Tagen viel Zeit miteinander verbracht, waren mit Lisa und Yasin auf eine virtuelle Safari gegangen und hatten sich sogar einmal mit Dalias Freunden getroffen. Allerdings wirkte Dalia weniger ausgelassen als sonst. Immer wieder zog sie sich zurück, um sich mit ihrer Coaching-App zu unterhalten. Taso durfte dann seine SmEars nicht herausnehmen, und sie aktivierte den Lautlosmodus. Danach schien es ihr meist besser zu gehen. Manchmal wirkte sie aber auch unnahbar und nachdenklich.

Taso ließ sie in diesen Momenten in Ruhe. Er stellte keine Fragen, weil er spürte, dass er sich die Antworten selbst geben musste. Seit dem letzten Streit begleitete ihn eine dumpfe Hilflosigkeit, die ihn keinen klaren Gedanken fassen ließ. Als Dalia ihn nach einem Treffen mit der WG wie sonst auch in ihre Wohnung hatte führen wollen, war er plötzlich stehen geblieben. Auf einmal wollte er nur noch allein sein. Er gab ihr einen Kuss auf die Wange und sagte, dass er sich nicht gut fühle und lieber bei sich schlafen wolle. Dann streunte er stundenlang durch die Straßen, lehnte sich schließlich im Halbdunkel eines Parks gegen einen Baum und starrte ins Leere, bis ihm die Beine wehtaten. Er schleppte sich nach Hause, legte sich ins Bett und wachte wenige Stunden später mit einem festen Entschluss wieder auf. Das war vor zwei Tagen gewesen. Seitdem hatte er Dalia weder gesehen noch gesprochen.

Als er vor ihr stand, fragte er: »Können wir kurz reden?«

Dalia runzelte die Stirn, nickte und ließ sich von ihm zu einer Bank auf der anderen Straßenseite führen. Auf dem Weg wurde Taso erst heiß, dann kalt, schließlich beides zugleich. Von außen musste er aussehen wie jemand, der sich seiner Sache sicher war, innen war er völlig zerrissen. Er zwang sich zum nächsten und übernächsten Schritt, fühlte weder Arme noch Beine, alles war taub – bis auf sein Herz, das immer heftiger schlug.

Sie sackten nebeneinander auf die Bank. Tasos Hosenboden sog den Regen vom Nachmittag auf, in der Nähe krächzten ein paar Krähen. »Ich …« Er sah Dalia so offen er konnte an. Der Anblick ihres schönen, aber auch wissenden Gesichts ließ sein Herz fast zerspringen. Er stützte die Arme auf die Knie und knetete seine Hände.

Dalia atmete tief ein, hielt die Luft an und stieß sie heftig wieder aus. »Ich weiß, was du sagen willst.« Er hörte, wie ihr Schuh über den Asphalt strich, bevor sie weitersprach: »Und wahrscheinlich ist es auch gut so.«

Taso richtete sich auf, sie zog die Knie unter das Kinn und sah ihn aus traurigen Augen an. Ihre Reaktion erleichterte ihn so sehr, wie sie ihn verletzte. »Wir … wir haben so unterschiedliche Vorstellungen von der Welt und unserem Leben darin«, sagte er leise. »Mein Kopf bringt sie einfach nicht zusammen, sosehr mein Herz es auch will. Das ist mir in den letzten Tagen immer klarer geworden.«

Dalia wischte sich eine Träne weg und nickte.

»Ich habe es einfach unterschätzt«, sprach Taso weiter. »Deinen Vorwärtsdrang und meinen Widerstand. Ich dachte, es würde leichter. Mit dir zusammen, dachte ich, könnte ich es schaffen.«

»Was schaffen?«, fragte Dalia heiser.

»In dieser Welt glücklich zu sein. Die erste Zeit habe ich fest an uns geglaubt. Mir gings so gut wie vielleicht noch nie seit dem Referendum. Aber dann kam dieser verdammte Beziehungstest …«

»Du glaubst also doch daran«, murmelte sie und hob den Kopf.

»Nein, tue ich nicht! Aber das spielt keine Rolle. Seine Prophezeiung erfüllt sich schon allein deshalb, weil *du* an ihn glaubst. Selbst wenn wir alles andere in den Griff bekommen, die vier Prozent würden unsere Beziehung wie ein langsam wirkendes Gift zersetzen.«

Dalia wandte sich ab. »Ich hab versucht, das Testergebnis nicht an mich ranzulassen, aber wenn ich ehrlich bin, hat es mich schon beschäftigt.«

»Wir hätten den Test nicht machen sollen«, sagte er verbittert.

Sie schüttelte den Kopf und seufzte tief. »Es hätte auf lange Sicht keinen Unterschied gemacht. Ich hab in den letzten Tagen auch viel nachgedacht, habe mit Jule gesprochen und mit …«

»… deiner Coaching-App?« Er konnte den Sarkasmus in seiner Stimme nicht unterdrücken.

Dalia sah ihn ausdruckslos an. »Das auch, ja. Aber die App nimmt mir keine Entscheidungen ab, Taso. Die kann ich schon allein treffen.« Er war sich nicht sicher, ob das stimmte, verkniff sich aber einen weiteren Kommentar. »Als ich in die Stadt kam, warst du der einzige Mensch hier, den ich kannte. Ich war abhängig von dir … und auch noch ein bisschen verliebt von unserer letzten Begegnung.«

Der Gedanke an jenen Tag in Humaning versetzte Taso einen Stich. Sie hatte ihm nie gesagt, dass sie, wie er, schon damals etwas gefühlt hatte.

»Ich hielt dich für den ersten Schritt in ein neues Leben, aber … im Grunde ist diese Trennung der letzte aus meinem alten. Ich muss mich auch von dir lösen, um endlich frei zu sein.«

Am Ende war Dalias Stimme so leise geworden, dass Taso kurz

überlegte, ob er sie richtig verstanden hatte. Die Krähen hackten unweit von ihnen wild auf etwas ein, das sie ihm ebenso gut gerade aus der Brust gerissen haben könnten. Er hatte sich so vor diesem Gespräch gefürchtet, hatte sich so viele Gedanken über die richtigen Worte gemacht, dass er gar nicht auf die Idee gekommen war, Dalia könne sich ebenfalls von ihm trennen wollen.

»Nachdem du dich integriert hast, war ich auch so glücklich wie noch nie«, fuhr sie fort. »Ich hatte das Gefühl, das mit uns könnte was ganz Besonderes werden … Eine geflohene Namische trifft auf einen Gaukler, sie kehren der Vergangenheit den Rücken und verlieben sich ineinander – was für eine wunderschöne Geschichte … Aber du hast deine Vergangenheit nicht hinter dir gelassen, und eigentlich möchtest du das auch gar nicht.«

Taso schloss die Augen. Er spürte, dass sie recht hatte. Er hatte Kubist sein wollen, das schon, aber *werden* wollte er es nie. Und konnte es nicht. Genau wie Rosie es in seiner Botschaft gesagt hatte.

Eine Weile saßen sie stumm nebeneinander. Die Krähen flogen laut krächzend auf, der dunkle Himmel verschluckte ihre Konturen sofort.

»Ich glaube, ich geh jetzt«, sagte Dalia schließlich mit trauriger Stimme. »Meld dich, wenn du noch mal reden möchtest.« Sie wartete. Irgendwann umarmte sie ihn unbeholfen und flüsterte: »Danke.«

Während sie aufstand und davonging, verschwamm Tasos Blick. Ihr Ped blieb noch einen Moment auf der Bank sitzen, bis es ihr leise fiepend folgte. Dann war er allein.

Taso hatte sich noch nie so elend gefühlt. Was hatte er getan? Oder vielmehr: Was hatte er geschehen lassen? Denn plötzlich fühlte es sich an, als hätte nicht er Dalia, sondern sie ihn verlassen. Warum hatte er sie nicht aufgehalten? Er wollte schreien und weinen, sich auflösen oder in die Luft gehen, im Boden versinken oder ihn zum Beben bringen, er wollte die Stadt in Schutt und Asche legen, den Mond vom Himmel reißen und mit aller Wucht auf die Erde schleudern, sie zur gottverdammten Hölle machen. Stattdessen saß er nur bleiern auf der Bank. Er war nicht wütend auf Dalia, auch nicht auf sich selbst. Es war etwas Quälenderes, etwas Größeres, das ihn plagte: Scham. Er schämte sich dafür, seine Überzeugungen aufgegeben zu haben für das Versprechen vom guten Leben. Er schämte sich für seine Schwäche und Naivität, mit der er sich hatte einlullen lassen – von Emma, und auch von Dalia, oder zumindest von dem Gefühl, das er in ihrer Gegenwart empfunden hatte. Und er schämte sich dafür, trotz allem so grandios gescheitert zu sein.

Ohne Ziel stolperte er los.

»Emma!«, brüllte er und reckte die Arme in die Luft. »Emma!« Nichts geschah. Das war alles ihre Schuld! *Sie* hatte ihm ein glückliches Leben versprochen und ihnen dann die elende Soulsearcherepisode mit dem gefesselten Mann in der Arena vorgespielt, *sie* hatte Dalia Flausen in den Kopf gesetzt und den Beziehungstest mit Daten gefüttert. Emma hatte ihn an der Nase herumgeführt. Und er hatte sich herumführen lassen wie ein Zirkustier durch die Manege.

»Ruf meinen Bruder an«, befahl er.

Peter ging sofort ran. »Taso! Wie gehts?«

Seine fröhliche Stimme schmerzte. Ein wenig hatte Taso erwartet, dass sein Bruder bereits wusste, wie es ihm ging. »Beschissen.«

Einen Moment lang schwieg Peter. »Was ist passiert?«

»Wir haben uns getrennt.«

Sein Bruder reagierte erst nach einer halben Ewigkeit: »O Mann, das tut mir leid.«

»Ich war so schrecklich dumm, Peter! Wer gibt einfach so alles auf, nur weil er sich in ein Mädchen verknallt?«

»Das war nicht dumm. Du bist ein Risiko eingegangen, es hat nicht geklappt – so ist das Leben.«

Taso spürte die Wut aufsteigen, die vorhin ausgeblieben war. »Ich habe einen verdammten Integrationskurs gemacht und hab aufgehört zu gaukeln – alles ihretwegen! Ich komme nicht mehr in Diagon Alley rein, meine Freunde hassen mich, und alles nur, weil ich mich verliebt habe! Das ist doch völliger Wahnsinn!« Je länger er sprach, desto ungehaltener wurde er, aber die Passanten nahmen keine Notiz davon. Nur eine ältere Frau, die offenbar keine Smarts trug, drängte sich ängstlich an eine Hauswand, bis er an ihr vorbeigegangen war.

»Beruhig dich, Taso. Du hast dich nicht ihretwegen integriert, sondern für dich selbst. Sei froh, dass du sie getroffen hast, sonst würdest du immer noch gaukeln. Du wirst ihr noch mal dankbar dafür sein.«

»Dankbar?« Taso konnte nicht fassen, wie unsensibel Peter nach wie vor war. »Ich habe noch nie in meinem Leben etwas so sehr bereut. Ich habe wirklich geglaubt, im Kubismus glücklich werden zu können. Einen Scheiß werde ich! Dieses System bringt mich um!«

Nun wurde auch Peter lauter. »Junge, jetzt übertreib mal nicht so. Eine Beziehung ist gescheitert, das passiert den überzeugtesten Kubisten. Du wirst jemand anderen finden, der besser zu dir passt.«

»Besser als 4,2 Prozent? Das dürfte nicht schwierig werden!« Sofort biss sich Taso auf die Zunge.

»4,2 Prozent? Habt ihr einen Beziehungstest gemacht?«

»Ist doch egal.«

»Sag schon.«

Taso schnaubte. »Ja, verdammt!«

»Oh.«

»Was, ›oh‹?«

»Na ja, das ist schon extrem wenig.«

Taso lachte bitter. »Vielen Dank, Bruderherz! Genau das wollte ich jetzt hören.«

»Ich bin doch nur realistisch – diese Prognosen muss man unbedingt ernst nehmen, sonst verschwendet man nur seine Zeit.«

»Genau das ist doch der Punkt! Dalia *hat* sie ernst genommen, und danach ging es nur noch bergab! Typisch, dass du das nicht verstehst.«

Peter seufzte. »Kein Wunder, du redest ja auch wieder wie früher.«

Vor seinem geistigen Auge sah Taso, wie Peter ihn abschätzig ansah, so wie er es die letzten Jahre oft getan hatte. Die Vorstellung machte ihn rasend. Er hatte das Gefühl, zerspringen zu müssen, wenn er sich nicht irgendwie Luft verschaffte. »Solche Sprüche kannst du dir sparen!«, schrie er. »Ich hab keine Lust mehr auf den ganzen Scheiß – den Würfel, meinen lächerlichen Job und am allerwenigsten auf dein kubistisches Geschwätz!« Sein Puls raste. Als er über eine Brücke lief, blieb er stehen und beugte sich keuchend über das Geländer. Auf der Wasseroberfläche glitzerten die Lichter der anliegenden Gebäude. Er wusste nicht, wo er war, und seltsamerweise beruhigte ihn das, es tröstete ihn beinah. Er richtete sich auf, atmete tief ein und sagte mehr zu sich selbst als zu seinem Bruder: »Ich geh jetzt ins Cubecenter und lasse mich vergessen.«

Er zuckte zusammen, als Peter schrie: »Nein! Du reagierst total über!«

»Tue ich nicht«, sagte er ruhig. »Mich vergessen zu lassen ist der einzige Weg, alles wieder geradezubiegen.« Langsam verließ er die Brücke.

»Taso, lass das sein! Schalt mir deinen Standort frei, ich komme sofort. Lass uns in Ruhe über alles …«

»Nein, Peter. Was soll das bringen? Du wirst mich nie richtig verstehen, und ich werde nie so leben können wie du.«

»Tu. Es. Nicht!« Peter klang jetzt panisch. »Du kannst nicht wieder zurück in die Versenkung! Hast du eine Ahnung, wie viel mich deine Integration gekostet hat?«

Taso blieb stehen. »Wie bitte?«

Aufgebracht fuhr Peter fort: »Hast du wirklich geglaubt, dass Emma dir einfach so erscheint? Dass eine solch komplexe Software eingesetzt wird, um einen stinknormalen Gaukler wie dich zu integrieren?«

Taso wurde schwindlig, er lehnte sich gegen die nächstbeste Hauswand. Er hatte noch nie gehört, dass man Emma kaufen konnte, aber warum sollte Peter lügen? Fassungslos schüttelte er den Kopf. Er hatte sich nicht nur von Emma und sich selbst, sondern auch von seinem Bruder verarschen lassen. Der Tag wurde von Minute zu Minute schlimmer. »Wie konntest du das tun?« Seine Stimme war brüchig. »Wie … wie konntest du mich so verraten?«

»Ich hab dich nicht verraten – im Gegenteil! Als du uns Dalia vorgestellt hast, wusste ich: jetzt oder nie. Das war deine Chance, rauszukommen aus diesem Loch! Ich hab doch gesehen, wie unglücklich du warst! So zwischen den Welten zu leben – das hält doch kein Mensch aus. Aber du warst viel zu stolz, um es allein zu schaffen. Ich hab nur etwas nachgeholfen, für dich! Und damit ich endlich meinen Bruder zurückbekomme.«

»Du arroganter Idiot! Du kannst doch nicht einfach so über mein Leben verfügen! Und was ist deinetwegen aus mir geworden? Ich bin völlig allein und habe das Einzige, worauf ich stolz im Leben war, mit Füßen getreten!«

»Aber du kannst doch nicht …«

»Und ob ich das kann! Leb wohl.« Taso beendete das Gespräch.

Eine Weile stand er einfach nur da. Sein Körper war taub, er konnte nicht einmal genau sagen, wo er endete und wo die Hauswand begann. Mit dröhnendem Schädel versuchte er zu begreifen, was gerade geschehen war. Sein eigener Bruder hatte eine Chance gewittert, seine Schwäche ausgenutzt und ihn dem Würfel zum Fraß vorgeworfen. Dalia war jung und überfordert gewesen, sie hatte ihn trotz allem nicht verletzen wollen, hatte ihn nie belogen. Aber sein Bruder hatte ihn ganz bewusst betrogen. Das konnte er ihm nicht verzeihen. Er fühlte das Adrenalin der Wut auf Peter durch seine Adern rauschen. Die Hilflosigkeit war verschwunden. Zügig ging er dem ersten Sefa entgegen, das seine Smarts anzeigten, die Hände zu Fäusten geballt. Er hatte einen Plan. Wie gut es sich anfühlte, einen Plan zu haben! Sich vergessen zu lassen war seine einzige Chance. Er würde sich von all dem Mist der letzten Wochen befreien, sich reinwaschen vom Würfel und von den schlechten Erinnerungen, er würde wieder sein eigener Herr werden, undurchsichtig für den Würfel und die Menschen um ihn herum, er würde wieder zum alten Taso, der es zwar nicht immer leicht hatte, aber sehr viel unbeschwerter war – oder besser noch: Er würde sich neu erfinden, endlich ein ganzer Mensch werden, der nie wieder halbe Sachen macht.

Zum ersten Mal in seinem Leben freute sich Taso, das Cubecenter zu sehen. Auf der gegenüberliegenden Straßenseite standen wieder eine Handvoll Demonstranten, darunter auch die Verbannte mit dem weißen Fleck vor dem Gesicht. Neben ihr reckte ein Mann ein Schild in die Höhe, auf dem *Keine Macht den Maschinen!* stand. Taso sprach ihn an und erklärte, dass er sich vergessen lassen werde und eine Fetchdrohne damit beauftragt habe, die Münze seiner Großmutter hierherzuliefern. Der Mann war einverstanden, sie entgegenzunehmen und auf ihn zu warten. Taso holte tief Luft und ging in das Gebäude.

»Willkommen, Herr Doff«, begrüßte ihn die Simulation einer breit lächelnden Frau um die vierzig. Sie trug einen dunkelblauen Hosenanzug und eine weiße Bluse, ihr glattes blondes Haar hatte sie zu einem Dutt gebunden. »Hier entlang, bitte.« Sie deutete auf einen Fahrstuhl im hinteren Teil des Foyers. Bei seinen früheren Besuchen war er Taso nie aufgefallen, wahrscheinlich sah man ihn nur bei Bedarf. Er folgte der Aufforderung, und sie fuhren in das zweite Kellergeschoss. Taso ließ sich einige Meter zu einer Tür führen, die sich zu einem Raum mit einem gewaltigen Schreibtisch und einer minimalistischen Sofaecke öffnete. Bücher säumten eine Seite des Büros, zwei weitere waren komplett verglast, dahinter zeichnete sich eine umwerfende Hochstadtkulisse mit Hunderten

Wolkenkratzern ab. Nach nur zwei Schritten stand er neben dem gerade noch meterweit entfernten Stuhl vor dem Schreibtisch und setzte sich. Die Frau nahm Taso gegenüber Platz, den Rücken gerade, den Kopf hoch erhoben. Bedächtig rutschte sie mit dem Bürostuhl nach vorn, bis beide Armlehnen nur noch wenige Millimeter von der Tischplatte entfernt waren. Sorgfältig legte sie die Unterarme auf den Tisch und die Hände ineinander. Taso wunderte sich über diese komplett überflüssige Programmierleistung.

»Noch einmal herzlich willkommen«, begann sie. »Mein Name ist Lethe, ich bin Ihre Notarin.« Während sie sprach, hielt sie den Kopf etwas schräg und sah ihn eindringlich an. Ihre Stimme war sehr melodisch, hallte in seinem Kopf nach wie in einer Klangschale. »Sie möchten vergessen werden, richtig?«

»Ja«, sagte Taso bestimmt.

»In Ordnung. Ich stelle fest, dass Sie die Voraussetzungen dafür erfüllen: keine schwerwiegenden Vorstrafen, keine offenen Ermittlungsverfahren und keine Ausübung Ihres Rechts auf Vergessen binnen der letzten sieben Jahre. Wann möchten Sie vergessen werden?«

»Sofort.«

»In Ordnung. Bevor wir über Ihre finanziellen Verhältnisse sprechen, erläutere ich Ihnen Funktionsweise und Umfang eines Oblivions, wie es offiziell heißt. Diese Aufklärung ist gesetzlich vorgeschrieben, weil Sie Ihr altes Leben praktisch aufgeben.« Sie zögerte. »Apropos altes Leben, ich erfahre gerade, dass Ihr Bruder am Empfang nach Ihnen fragt. Möchten Sie mit ihm sprechen?«

»Auf keinen Fall.« Er spürte eine gewisse Genugtuung bei dem Gedanken, dass Peter oben zurückgewiesen würde.

»In Ordnung. Dann fahre ich fort. Wie Sie sicher wissen, verfügt jeder Mensch über eine einzigartige Ident. Sie wird automatisch sämtlichen Daten hinzugefügt, die diesen Menschen betreffen, also Dokumenten, Fotos, Videos, Nutzungshistorien und so weiter. Der Würfel ist so programmiert, dass er seinen Datenbestand nur nach

Idents, nie unmittelbar nach einem Gesicht oder Namen durchsuchen kann. Durch das Oblivion erhält der Vergessene eine neue Ident. Alle mit der alten verknüpften Daten werden gesperrt. Das heißt, niemand kann nach diesen Datenbeständen suchen oder auf sie zugreifen.«

»Was ist, wenn jemand ein altes Foto oder Video abspielt, in dem ich vorkomme?«

»In solchen Datensätzen mit Drittbezug wird der Vergessene verfremdet oder gelöscht.«

»Und was ist mit meinem Pred-Score?«

»Wenn Sie mich der Reihe nach erklären ließen ...«

Taso hob abwehrend die Hände.

»Mit dem Oblivion entsteht also eine neue Ident. Einzig Ihr Gencode, Ihre Nationalität und der Zeitpunkt des letzten Oblivions werden mit ihr verknüpft. Weil sonst keine Daten zu Ihrer neuen Ident vorliegen, steht der Pred-Score anfangs wieder bei null.« Taso nickte zufrieden. »Das Oblivion umfasst *sämtliche* Daten zu Ihrer Person: Verwandtschaftsverhältnisse, Ausbildung, Arbeitsstelle, Bankkonten, Mietvertrag, frühere Gespräche, Handlungen, Vorlieben ... Ihre digitale Identität wird vollständig gelöscht.« Sie lächelte. »Das ist das Schöne am Würfel: Er kann sich alles merken, aber auf Kommando auch alles wieder vergessen. Er ist so programmiert, dass er zur alten Ident gehörende Daten nicht mit der neuen verknüpfen kann – mit einer Ausnahme: Werden bei schweren Straftaten Spuren eines Vergessenen gefunden, kann ein Gericht Zugang gewähren zu einer nur für diesen Fall bestehenden Liste, aus der es die neue Ident des Spurenverursachers ersehen kann.«

»Schon klar, damit sich niemand durch ein Oblivion seiner Strafe für unentdeckte Straftaten entzieht.«

»Richtig. Wegen des Datenmonopols des Würfels kann auch niemand anderes mehr Daten zur alten Ident mit der neuen verknüpfen, auch nicht Sie selbst. Sie haben also nach dem Oblivion, und das ist sehr wichtig, keine Möglichkeit mehr, irgendetwas nachzuweisen, zu welchem Zweck und wem gegenüber auch immer! Für heute noch laufende Verträge fallen Abstandszahlungen an, zu denen wir gleich kommen werden. Haben Sie zu den Wirkungen des Oblivions Fragen?«

Taso schüttelte den Kopf.

»In Ordnung.« Die Dame steckte eine Haarsträhne zurück, die sich aus ihrem Dutt gelöst hatte, und fuhr fort: »Damit kommen wir zum finanziellen Teil. Ich habe Ihre Abstandszahlungen für laufende Abonnements und Ihren Mietvertrag inklusive Wohnungsräumung auf 5.398 Euro und 48 Cent taxiert. Ihr Kontostand deckt diesen Betrag. Wünschen Sie eine detaillierte Aufstellung?«

»Nein, danke.«

»In Ordnung. Ihr Restvermögen beträgt damit 12.318 Euro und 13 Cent. Wen möchten Sie als Erben bestimmen?«

»Erben …?«

»Ich kann Ihnen das Geld ja nicht bar auszahlen.« Sie kicherte. »Wenn Sie keinen Erben bestimmen, erbt der Staat.«

»Dann geben Sie bitte alles an eine wohltätige Organisation, die Offliner unterstützt.«

»Wie wäre es mit der Shields-Stiftung?«

»Ja, bitte.«

»In Ordnung. Damit hätten wir alles geklärt. Sie haben nun noch einmal die Möglichkeit, Fragen zu stellen. Ich kann auch ein Gespräch mit einem Seelsorger oder Psychologen arrangieren, wenn Sie das wünschen.«

»Ich habe eigentlich nur eine Frage: Warum geht das alles so einfach? Ich hatte ehrlich gesagt mit Verzögerungen und Widerstand gerechnet.«

»Artikel 2a des Grundgesetzes lautet: *Jeder hat das Recht auf Vergessen. Die Ausübung dieses Rechts ist so zu gestalten, dass sie jederzeit und ohne Hindernisse erfolgen kann.*«

Wie so oft in den letzten Jahren war Taso überrascht, dass sich der Würfel tatsächlich an das Gesetz hielt: Es gab immer noch WfZs,

Grundeinkommen auch für Offliner, man konnte sich einfach so vergessen und seinen Pred-Score wieder auf null setzen lassen. Die große autoritäre Wende ließ weiter auf sich warten. Fragte sich nur, wie lange noch.

»Wenn Sie dann bitte …« Die Dame zeigte auf ein neben Taso erschienenes Terminal, in dem sich in diesem Augenblick eine Klappe öffnete, und nahm sofort wieder ihre steife Ausgangshaltung ein. Taso riss sich ein paar Haare aus und ließ sie in der geöffneten Klappe verschwinden. Nach einer Weile lächelte die Notarin freundlich und nickte.

»In Ordnung. Damit sind Sie ausreichend belehrt und identifiziert. Wenn Sie nun Ihr Recht auf Vergessen ausüben, werden Sie mich nicht mehr sehen können. Umgekehrt ist es ähnlich, der Würfel wird in den nächsten 24 Stunden keine Daten mit Ihrer neuen Ident verknüpfen. Sie werden in dieser Zeit auch aus allen Smartsfeeds und sonstigen Aufnahmegeräten gefiltert, also für Smartsträger unsichtbar sein. Diese garantierte Karenzzeit dient zur unbeobachteten Neuorientierung. Begehen Sie allerdings in dieser Zeit Straftaten, werden diese selbstverständlich verfolgt.«

Taso nickte.

»Dann frage ich Sie: Möchten Sie Ihr Recht auf Vergessen mit sofortiger Wirkung ausüben und damit alle besprochenen Folgen auslösen?«

»Ja, ich …« Aber schon nach dem ersten Wort sah Taso nur noch die schwarze Innenseite seiner SmEyes. Einen Augenblick später konnte er wieder normal und ungefiltert sehen. Er saß auf einem klapprigen Stuhl in einem winzigen, dunklen Zimmer, keine sechs Quadratmeter groß. Bis auf seinen Stuhl und ein in die Wand eingelassenes Terminal war der Raum leer. Die einzige Lichtquelle war eine kleine, grün leuchtende Lampe neben dem Display des Terminals.

Offlinemodus aktiviert. Nutzer unbekannt. Bitte registrieren Sie sich in einem Cubecenter.

Taso nahm seine Smarts heraus und ließ sie zu Boden fallen. Er hatte sie in den letzten Wochen fast permanent getragen, und so fühlte es sich an, als verabschiedete er sich von einem Gipsverband: Irgendetwas fehlte, aber zugleich fühlte er sich befreit.

Aus dem Terminal in der Wand kam ein Geräusch, und ein Bogen Papier erschien. Ein echtes Blatt Papier! Eilig nahm er es entgegen, hielt es an die grüne Lampe und las: *Ihre neue Ident lautet: F2xZ8vE.* Taso faltete das Blatt sorgfältig zusammen und vergrub es wie einen Schatz tief in seiner Hosentasche. Er stand auf und trat in den stockfinsteren Gang. Smarts hatten schon lange jede Innenraumbeleuchtung überflüssig gemacht – jedenfalls für Umgebungen, die der Würfel gut kannte. Angespannt tastete er sich die wenigen Meter zum Aufzug. Dort angekommen konnte er nirgends eine Ruftaste finden. Er winkte einmal in alle Richtungen, nichts geschah. Noch keine Minute war er vergessen, und schon begann die Schikane. Ein wenig kannte er das noch aus der Zeit, in der er sich geweigert hatte, Smarts zu tragen. Aber damals funktionierte das meiste noch ohne sie. Es dauerte eine Weile, bis Taso die Tür zum Treppenhaus gefunden hatte. Darin konnte er ebenfalls nichts sehen. Stufe um Stufe tastete er sich nach oben. Als er schon fast nicht mehr damit rechnete, entließ ihn eine Tür ins Erdgeschoss, das immerhin schwach beleuchtet war.

Durch die Glasfront im Foyer sah Taso auf die andere Straßenseite, auf der nur noch zwei Demonstranten standen: eine Frau und der Mann, den er angesprochen hatte. Mit eiligen Schritten steuerte er auf den Ausgang zu, stoppte aber jäh, als er jenseits der großen Schiebetür einen Mann auf der Bordsteinkante sitzen sah. Er hatte den Ellbogen auf ein Knie und das Gesicht in die Hand gestützt, sein Blick war auf die Straße gerichtet. Der Anblick seines Bruders machte Taso sofort wieder wütend. Er würde auf keinen Fall noch einmal mit ihm diskutieren. Ob Peter von der Karenzzeit wusste und seine Smarts herausgenommen hatte? Langsam ging Taso zu einem gläsernen Seitenausgang, der einen Türgriff hatte. Er stand jetzt vielleicht fünfzehn Meter links von Peter und starrte auf dessen Hinterkopf. Er hätte einfach ungesehen verschwinden können, aber er musste noch seine Münze holen. Außerdem hatte er das seltsame Bedürfnis, seinen Bruder aus der Nähe zu sehen.

Der Demonstrant auf der anderen Straßenseite hob die Hand, als er ihn sah, aber Taso bedeutete ihm hektisch, ihn zu ignorieren. Er zeigte auf Peter und versuchte, von dem Mann durch Gesten zu erfahren, ob sein Bruder die Smarts herausgenommen hatte, aber der Mann verstand ihn nicht. Taso überlegte. Dann stellte er sich so an die Ecke des Cubecenters, dass Peter ihn auch durch die spiegelnden Glasscheiben kaum würde sehen können. Laut und mit verstellter Stimme rief er: »Hey!« Nichts geschah. »Hey, Peter!« Peter rührte sich nicht. Er konnte ihn tatsächlich nicht hören! Eigentlich konnten es sich nur sehr reiche Menschen leisten, von anderen Smarts ausgeblendet zu werden. Taso lachte begeistert und trat um die Ecke. Sein Bruder saß genauso da wie eben noch. Die beiden Demonstranten schienen nun verstanden zu haben, was er sie zuvor mit Gesten hatte fragen wollen, und lachten, bevor sie sich schnell wieder beherrschten. Peter hob kurz den Kopf, fand aber offenbar nichts Merkwürdiges an dem Verhalten der beiden.

Taso stellte sich genau vor ihn. Langsam beugte er sich zu ihm hinunter und musterte sein Gesicht. Wie so manches Mal überraschte ihn in diesem Moment ihre frappierende Ähnlichkeit … Während er so auf Peter hinuntersah, fühlte er sich wie ein Geist, der seine kümmerliche irdische Hülle betrachtete. Obwohl der Blick seines Bruders bei genauerem Hinsehen gar nichts Kümmerliches an sich hatte – er sah vielmehr völlig konzentriert ins Leere, vermutlich überbrückte er die Wartezeit mit einem Film. Sicher hatte er Tasos Ankündigung, sich vergessen zu lassen, nicht ernst genommen und war bestimmt nur wegen der Genugtuung hier, die er empfinden würde, wenn Taso unverrichteter Dinge aus dem Cubecenter gekrochen käme – geschlagen, einsichtig, hilfsbedürftig. Plötzlich hatte Taso Lust, seinen Bruder am Kragen zu packen und durchzuschütteln. Als er mit dem Gedanken spielte, ihm wenigstens eines seiner SmEars herauszuziehen und ihm ins Ohr zu brüllen, bewegte sich Peter. Er sah sich suchend um, die Stirn in Falten, der Gesichtsausdruck sorgenvoll. Schnell wandte sich Taso ab und überquerte die Straße.

»Das ist mein Bruder, er soll nicht wissen, dass ich hier bin«, flüsterte Taso den beiden Demonstranten zu. »Er kann mich in der Karenzzeit weder sehen noch hören, aber Sie natürlich schon – vielleicht können wir ganz leise sprechen?«

Der Mann nickte, sah aber trotzdem kurz zu Peter.

»Das war ganz schön verwirrend. Ich hab Sie ja ins Cubecenter gehen sehen, und dann taucht plötzlich diese Kopie da auf und folgt Ihnen.«

»Eineiige Zwillinge?«, fragte die Frau neben ihm schmunzelnd.

Taso nickte. Erst jetzt verstand er, dass sie die verbannte Demonstrantin sein musste, deren Gesicht seine Smarts mit einem weißen Fleck bedeckt hatten. »Entschuldigung, dass ich vorhin meine Smarts nicht herausgenommen habe.«

Sie lächelte. »Schon okay. Herzlichen Glückwunsch jedenfalls – das war mutig von dir.«

»Danke!« Zum ersten Mal seit dem Oblivion fühlte Taso sich gut. Er wandte sich an den Mann. »Haben Sie …?«

Der Mann steckte grinsend die Hand in die Jackentasche, zog Tasos Münze verdeckt heraus und gab sie ihm. Ein vertrautes Wohlgefühl ergriff Taso, als er sie durch die Finger gleiten ließ.

Er konnte nicht anders und umarmte die beiden Demonstranten.

»Sollen wir deinem Bruder etwas sagen?«, flüsterte die Frau.

Nach kurzem Zögern warf Taso die Münze in die Luft. Er fing sie so souverän auf, als hätte er das Werfen nie aufgegeben – allerdings umschloss er sie diesmal instinktiv mit der Hand, noch bevor er das Ergebnis sehen konnte. Die anderen sahen ihn fragend an. Ohne die Münze anzusehen, schob Taso sie in die Hosentasche.

»Nein, danke«, antwortete er bestimmt. »Das werde ich irgendwann vielleicht selbst mal machen.«

»Und was hast du jetzt vor?«, fragte der Mann.

Taso lächelte. »Was ich schon vor langer Zeit hätte tun sollen.« Er hob zum Gruß einen imaginären Hut, sah hinauf zum Fernsehturm und ging davon.

12

Taso brauchte eine Weile, um sich zu orientieren, so voll war Rosies Bar. Sein Herz klopfte wie ein Specht gegen seinen Kehlkopf. Hinter dem Tresen stand Paula und zapfte in rasendem Tempo ein Bier nach dem anderen. Rosie war nirgends zu sehen, was Taso zugleich enttäuschte und erleichterte. Er setzte sich auf den letzten freien Hocker an der Theke und wartete. Es dauerte eine Weile, bis Paula ihn bemerkte. »Hey«, sagte sie trocken. »Sorry, viel zu tun gerade.«

»Ja, klar«, sagte Taso schnell und versuchte, seinen Durst zu ignorieren. »Weißt du, wann Rosie das nächste Mal hier ist?«

»Keine Ahnung.« Paula sah ihn nicht an und reichte einem Kunden zwei Biergläser über den Tresen. Taso verschränkte krampfhaft die Hände ineinander, bis die Haut unter seinen Nägeln weiß schimmerte. Er war nicht überrascht, dass Paula ihn abblitzen ließ, aber es schmerzte trotzdem. Nach einer Weile stieg er vom Stuhl und ging leise seufzend los. Es blieb ihm nichts anderes übrig, als durch Diagon Alley zu streifen und regelmäßig hierher zurückzukommen. Wenn irgendjemand ihm jetzt helfen konnte, dann Rosie – auch bei dem Versuch, seine Freundschaft mit Tim wieder zu kitten. Er war schon fast aus der Tür, als er Paula rufen hörte: »Probiers mal morgen Nachmittag.«

Er drehte sich um und lächelte, aber sie war schon wieder mit der Zapfsäule beschäftigt.

Ein kleiner Lichtschimmer. Taso konnte ihn brauchen. Seine gute Laune nach dem Oblivion hatte nicht lange angehalten. Zu Beginn hatte er sich noch ausgemalt, wie Rosie ihm gratulieren und Tim ihm verzeihen, wie sie zusammen Pläne schmieden und dem Würfel den Garaus machen würden. Aber noch auf dem Fußweg nach

Diagon Alley waren die Erinnerungen an die Stunden zuvor mit aller Gewalt zurückgekehrt. Er hatte die Augen zugekniffen, beide Hände gegen die Ohren gepresst und versucht, den Schwall an Gefühlen irgendwie zu überstehen. Aber er hatte keine Chance gehabt: Enttäuschung, Hilflosigkeit, Verlust, Scham, Zorn – alles hatte sich wieder und wieder den Weg in seinen Kopf gebahnt, hatte ihn in völlige Dunkelheit gezogen, bis nichts mehr übrig war von seiner Euphorie. Er war nur noch eine kraftlose Hülle seiner selbst gewesen – ohne Identität, ohne Familie und Freunde und ohne Dalia. Nur mit Mühe hatte er es in die WfZ geschafft.

Taso verließ Rosies Bar, verkaufte auf dem Weg nach Little Diagon einen Teil des Goldes aus seinem Spind und lud damit sein Armband auf. Er buchte im Offline ein Zimmer für die nächsten Tage. Erst da fiel ihm das Briefchen an Lea wieder ein, das er ihr beim letzten Mal hinterlassen hatte.

Er fragte an der Rezeption nach einer Nachricht für Zimmer 412 – und tatsächlich fand der Hotelangestellte einen an ihn adressierten Brief. Es war dasselbe Stück Papier, das er benutzt hatte. Leas Name war durchgestrichen, darunter stand nun *Taso*.

Er las ihre Botschaft auf dem Weg zum Aufzug. Unter die Entschuldigung für sein Fernbleiben hatte sie nur geschrieben: *Okay, bis nächsten Monat.* Mit gemischten Gefühlen fuhr er nach oben.

Am nächsten Tag saß Taso schon mittags in Rosies Bar. Er hatte sich einen *Gaukler* besorgt, konnte sich aber nicht darauf konzentrieren. Ständig sah er zur Tür. Um sich nichts anmerken zu lassen, blätterte er trotzdem alle paar Minuten eine Seite weiter.

Drei Stunden und vier Kaffeetassen später betrat Rosie endlich die Bar. Schlagartig wurde Taso nervös. Obwohl er mit dem Gesicht zum Eingang saß, bemerkte Rosie ihn nicht. Er trug einen beigen Anzug, hielt eine kleine Reisetasche in der Hand und schien vor Müdigkeit die Augen kaum offen halten zu können. Ohne Eile sprach er mit Paula, bevor er den abgeklärten Blick des Wirts über die besetzten Tische schweifen ließ. Als er Taso sah, zog er die Augenbrauen hoch. Taso hob zögernd die Hand zum Gruß. Rosie nickte kaum merklich, lächelte aber nicht. Stattdessen sprach er weiter mit Paula, verstaute seine Tasche hinter dem Tresen und ging zur Kaffeemaschine, die er mit geübten Handbewegungen bediente. Einen Moment später kam er mit einem Espresso zu Taso herüber. Wortlos setzte er sich zu ihm. Er kippte blitzschnell zwei großzügige Ladungen aus dem Zuckerspender in die Tasse, sah Taso in die Augen und verzog die Mundwinkel zu einem dünnen Lächeln. »Du siehst ziemlich beschissen aus.«

»Du auch.« Taso lächelte zurück und wusste, dass er seine Nervosität nicht verbergen konnte. Nie hätte er gedacht, dass er in Rosies Gegenwart einmal so angespannt sein könnte.

»Deine Antwort auf meine Nachricht neulich hat mich etwas überrascht, muss ich zugeben.« Er testete mit einem kleinen Schluck die Temperatur des Espressos und kippte den Rest in zwei Zügen hinterher. Das Zeug musste noch brühend heiß sein, Taso spürte den Schmerz förmlich auf der Zunge.

»Mich auch«, antwortete er geradeheraus.

Rosie kratzte mit dem Löffel den zuckrigen Kaffeesatz aus der Tasse und leckte ihn ab. »Wie meinst du das?«

Taso sah sein Gegenüber fest an und hoffte inständig, dass er ihm glauben würde. »Ich verstehe jetzt auch nicht mehr, warum ich das gesagt habe. Und warum ich mich überhaupt integriert habe.«

»Bereust du es etwa schon wieder?«

Taso sagte nichts.

Rosies Augen blitzten spöttisch. »Hats mit dem Mädel nicht geklappt?«

Taso sah zur Seite und biss sich auf der Lippe herum. »Wir haben uns getrennt.« Sein Blick kehrte zu Rosie zurück. »Wir waren einfach zu verschieden – sie wollte Kubistin sein und ich … mir wurde ziemlich schnell klar, wenn auch nicht schnell genug, dass ich das nicht kann. Ganz wie du gesagt hast.«

Rosie lachte auf. »Ihr Heten seid wirklich herzergreifend … Verknallt euch Hals über Kopf, lasst alles stehen und liegen, und nach ein paar Wochen ist alles wieder futsch, weil es doch nicht klappt, und dann gibts großes Drama.« Er schüttelte den Kopf, stand auf und breitete grinsend die Arme aus. »Jetzt lass dich mal drücken und schau nicht so trübe. Viele kommen wegen so was vom rechten Weg ab. Wichtig ist, was sie daraus lernen.«

Etwas überrascht erhob sich Taso und ließ sich von ihm umarmen. Es erleichterte ihn so sehr, dass er fast zu weinen begann.

»Wie bist du überhaupt hier reingekommen? Hast du deinen Pred-Score so schnell wieder unter 50 gedrückt?«

Sie setzten sich wieder und Taso schüttelte den Kopf. »Ich hab mich vergessen lassen.«

Sein Freund schien überrascht. »Tatsächlich?«

Taso zog den Zettel mit seiner neuen Ident aus der Tasche, entfaltete ihn und strich ihn auf dem Tisch glatt.

Erfreut betrachtete Rosie das Blatt.

Taso beugte sich über den Tisch. »Ich glaube, ich habe die Erfahrungen der letzten Wochen einfach gebraucht. Jetzt bin ich mir umso sicherer, dass ich Ernst machen will.« Er ballte die Faust.

»Womit?« Rosies Blick wurde ernst. Er bedeutete ihm, leiser zu sprechen.

Taso flüsterte: »Ich will in den Widerstand, Rosie. Voll und ganz. Ich bin noch in meiner Karenzzeit hierhergekommen und komplett sauber – ich hab nen Pred-Score von null! Du kennst mich seit Jahren, du weißt, dass ich den Kubismus immer abgelehnt habe. Jetzt bin ich entschlossener denn je. Und ich weiß, dass ihr mich gebrauchen könnt. Ihr habt doch alle gesagt, dass …« Er beugte sich noch weiter vor und winkte Rosie zu sich, der ihm aber nicht entgegenkam, sondern nur kaum merklich den Kopf schüttelte. *Nicht hier.*

Peinlich berührt lehnte sich Taso zurück.

»Wo wohnst du?«, fragte Rosie nach einer Weile, während er noch einmal penibel die Innenwand seiner Tasse auskratzte.

»Im Offline.«

»Zimmernummer?«

»309.«

Rosie stand auf. »Bleib dort. Verlass auf keinen Fall die WfZ. Dass du neulich meine Einladung abgelehnt hast, macht es natürlich nicht einfacher, aber ich werde mal mit ein paar Leuten reden.«

Die nächsten Tage verbrachte Taso fast ununterbrochen in seinem Hotelzimmer. Er hatte keine Lust auf das stinkende, saufende, fröhliche Little Diagon, und noch weniger wollte er im Haupttrakt alten Bekannten über den Weg laufen, die von seiner Abtrünnigkeit gehört hatten. Stattdessen versuchte er, sich mit alten Serien über Wasser zu halten. Viel zu oft wanderten seine Gedanken dabei zu Dalia. Noch immer staunte er, dass er es fertiggebracht hatte, sich von ihr zu trennen. Bisweilen erfüllte es ihn sogar mit Stolz. Und trotzdem zog ihn ihr Gesicht vor seinem geistigen Auge immer wieder tief unter die Oberfläche, hielt ihn dort, bis er glaubte, ersticken zu müssen, und dann noch ein bisschen länger. Wenn er auftauchte, übermannte ihn wieder Scham. Wie hatte er hoffen können, dass der Widerstand ihn jetzt mit offenen Armen willkommen heißen würde? Der Allianz folgten so viele überzeugte und opferbereite Menschen, wofür brauchte sie da ihn? Einen Verräter, einen Niemand ohne besondere Fähigkeiten.

Er stellte sich vor, einfach auszuwandern. Aber vermutlich würde ihm kein blockfreier Staat ein Visum ausstellen, niemand brauchte einen deutschen Juristen. Es bliebe nur eine der Schleuserrouten nach Westafrika, dafür würde sein Gold sicher noch reichen. Wieder und wieder stellte er sich vor, wie sein Leichnam an einen weißen afrikanischen Strand geschwemmt würde, bleich und aufgedunsen, mit angefressenen Gliedmaßen. Seltsamerweise machte ihm das Bild keine Angst, es hatte vielmehr etwas erschreckend Beruhigendes. Jedenfalls nachdem er die erste Hälfte der Minibar geleert hatte.

Das Einzige, das seine Laune an diesen Tagen aufhellte, waren seine Würfel. Er hatte den alten Arztkoffer mit seiner Sammlung nach dem Treffen mit Rosie aus dem Spind geholt und verbrachte nun viele Stunden mit seinem Inhalt. Die Würfel, die er zuletzt gekauft hatte, waren noch nicht kategorisiert, also schrieb er seine Listen fort und um, bis alles wieder seine Ordnung hatte. Dann kaufte er frisches Papier und einen Füller und schrieb alles noch einmal fein säuberlich auf.

Länger als zwei Stunden hielt er es nie aus, ohne in der Lobby nach Post zu fragen. Am vierten Tag endlich drückte ihm der mittlerweile schwer genervte Mann am Tresen einen Brief in die Hand. Mit zittrigen Fingern riss Taso ihn auf.

Die Aufzugtür öffnete sich unendlich langsam. Statt Rosie, Tim oder einem anderen vertrauten Gesicht stand auf der anderen Seite der hagere Mann, der ihm neulich noch Rosies Botschaft überbracht hatte. Ohne etwas zu sagen, ging er los. Taso folgte ihm einen schmalen Gang hinunter. Er war noch nie in diesem Gebäudeteil von Diagon Alley gewesen. Angeblich gab es hier abhörsichere Räume, aber er wusste nicht, wer sie wofür nutzte. Je länger sie sich durch das Labyrinth aus engen Fluren bewegten, desto mulmiger wurde ihm zumute. »Wohin gehen wir?«, fragte er, als er es nicht mehr aushielt.

In diesem Moment öffnete der Mann eine schwere Metalltür und sagte: »Tim wartet schon auf dich.«

Taso war augenblicklich erleichtert. Gleichzeitig stieg seine Anspannung wieder, weil er nicht wusste, wie Tim auf ihn reagieren würde. Er atmete tief durch und trat in einen kleinen Vorraum mit einer kreisrunden, safeartigen Tür in der Wand gegenüber. Wie in den Schleusen Diagon Alleys wies ihn eine Anzeige neben der Tür darauf hin, dass er nun auf technische Geräte gescannt würde. Schließlich öffnete sich die Safetür zum Hauptraum. Darin sah er einen mächtigen Konferenztisch. Mit einem großen Schritt stieg er durch das Loch in der dreißig bis vierzig Zentimeter dicken Wand. Tim saß an einem Ende des Tisches und sah ihn an. Er hatte sich zurückgelehnt und die Arme vor der Brust verschränkt. Neben ihm stand, ganz in Schwarz gekleidet, eine Frau mit asiatischen Gesichtszügen, die ihn kaum überragte. Taso lief ein Schauer den Rücken hinunter. Ihm schwante, dass es kein angenehmer Vormittag werden würde. Die Erinnerung an Rosies tröstliche Umarmung vor ein paar Tagen schmeckte plötzlich bitter.

Tim stand auf. Taso lächelte ihn unsicher an, aber er reagierte nicht und schob wortlos die schwere Metalltür zu. Mit einem Nicken forderte er Taso auf, sich zu setzen. Die Schaumstoffauskleidung schluckte das Geräusch von Tasos Schritten. Erst, als er saß, bemerkte er direkt neben sich ein Gestell mit einer Art Trockenhaube, wie sie früher bei Friseuren standen. Irritiert rollte er es weg, um etwas Platz zu schaffen, woraufhin die Asiatin herüberkam, das Gerät zurückschob und dahinter stehen blieb. Gerät und Frau waren ihm gleichermaßen unheimlich, weshalb er sich so drehte, dass er beide aus den Augenwinkeln beobachten konnte.

»Rosie sagt, du hast dich vergessen lassen und willst jetzt in den Widerstand.« Tims Stimme klang fremd und distanziert.

Taso nickte.

»Ich halte das ehrlich gesagt für keine gute Idee.« Tim ließ den Satz wirken, und tatsächlich fühlte sich Taso nun noch unwohler als ohnehin schon. »Aber Pascale meint, wir sollen dir eine Chance geben. Und sie ist die Chefin.«

Taso biss sich auf die Lippe. »Chance« klang erst mal gut. Im Grunde war es die beste Nachricht seit Tagen. Aber die Verbitterung in Tims Stimme und die fremde Frau mit der Trockenhaube wollten keine rechte Freude aufkommen lassen.

»Wir können dich aber nicht einfach so aufnehmen. Du hast mir vor ein paar Wochen von einem Treffen mit Zhong Schneider erzählt. Kurz darauf bist du online gegangen, angeblich wegen einer Frau.« Taso wollte der ihm unterstellten Lüge widersprechen, wollte mit der Erklärung beginnen, die er sich für Tim vor Tagen bereitgelegt hatte, aber ein unbestimmtes Gefühl ließ ihn schweigen. Tim sprach weiter: »Wir müssen deshalb überprüfen, ob wir uns auf dich verlassen können.« Taso hielt seinem Blick stand, bis Tim mit einem schmerzvollen Ausdruck das Gesicht abwandte. Taso fühlte sich wie geohrfeigt. Bevor er etwas sagen konnte, holte die kleine Frau einen Koffer unter dem Tisch hervor und klappte ihn auf. Darin lagen eine große Spritze, ein Fläschchen, eine Dose mit Desinfektionsspray, ein Laptop und ein Kabel. Die Frau nahm den Laptop heraus und verband ihn über das Kabel mit der Haube.

»Was wird das hier?«, fragte Taso aufgebracht. »Ich habe gerade meine gesamte Existenz aufgegeben, um mich euch anzuschließen – und ihr zweifelt an meiner Loyalität? Nach all den Jahren?«

»Wie könnten wir nicht, nachdem wir uns so in dir getäuscht haben?« Tims Gesicht war wieder ausdruckslos, aber seine Stimme verriet tiefe Kränkung.

Die Asiatin zog mit der Spritze eine träge graue Flüssigkeit aus dem Fläschchen und legte sie vor Taso auf den Tisch. Als sie seinen Ärmel hochkrempeln wollte, zog er den Arm weg und stand auf. »Was ist in der Spritze? Und was soll dieses Ding hier?« Er zeigte auf die Haube, die plötzlich jede Ähnlichkeit mit einem Fön auf Rollen verloren hatte. »Und wer sind Sie überhaupt?«, fragte er die Frau.

»Frau Meng unterstützt die Allianz seit Kurzem und wird dir jetzt eine Lösung spritzen, die sich in deinem Gehirn verteilt«, sagte Tim. »Über die Haube können wir dann messen, welche deiner Hirnregionen aktiv sind, während du ein paar Fragen beantwortest.«

Taso schwindelte. »Ein einziger Fehltritt, und ich werde so behandelt?« Er sah von Tim zu der Frau und wieder zurück. »Muss mir irgendeine ›Lösung‹ ins Gehirn jagen lassen?«

»Stell dich nicht so an. Das ist völlig ungefährlich, und in ein paar Stunden pisst du es wieder aus.« Als Taso sich noch immer nicht setzen wollte, erhob sich Tim ebenfalls. »Wenn du das nicht machen willst, kein Problem – aber dann wars das.« Entschlossen zeigte er zur Tür.

Taso stand wie angewurzelt da und starrte auf die Spritze. Gerade war er den Würfel losgeworden – und jetzt sollte er sich von einem Lügendetektor durchleuchten lassen? Gab es keinen anderen Weg in den Widerstand? Er sah zu Tim, der mit gerunzelter Stirn auf seine Antwort wartete. Mühsam schluckte Taso seinen Stolz und schließlich auch seine Angst hinunter, krempelte den Ärmel hoch und setzte sich. Während Frau Meng seinen Arm desinfizierte, nahm auch Tim wieder Platz. Sein Gesichtsausdruck war immer noch unerbittlich, aber Taso sah auch einen Hauch Erleichterung.

Die Spritze tat kaum weh, aber Taso spürte direkt nach dem Einstich etwas in seinem Arm nach oben kriechen und in seinem Brustkorb verschwinden. Oder hatte er sich das eingebildet? Kurz darauf kitzelte es hinter der Stirn, und ihm wurde heiß. Frau Meng schob die Haube über seinen Kopf, setzte sich zwischen die beiden Männer und klappte den Laptop auf. Dann nickte sie Tim zu.

»Ich werde dir als Erstes ein paar Fragen stellen, deren Antworten ich kenne. Damit identifizieren wir Hirnregionen, die du bei wahren Aussagen aktivierst.«

Taso nickte und atmete tief durch.

»Wie heißt du?«

»Taso Doff.«

»Wie alt bist du?«

»28.«

»Wie heißen und wie alt sind deine Eltern und dein Bruder?«

Er zählte alles auf.

Tim räusperte sich. »Wie haben wir uns kennengelernt?«

Die Frage überraschte ihn. »Am zweiten Tag an der Uni, also vor knapp zehn Jahren.« Er lächelte leicht, aber Tim zeigte keine Reaktion. »Ich war auf der Suche nach der Strafrechtsvorlesung, was ohne EyePhone gar nicht so einfach war. Du bist an mir vorbeigelaufen, total locker, die Hände in den Hosentaschen. *Cooler Typ,* dachte ich und fragte dich auf gut Glück, ob du zur selben Vorlesung musst. Du warst überrascht, weil's schon damals seltsam war, von Fremden angesprochen zu werden. Ich hab dir gesagt, dass ich die Saalnummer vergessen habe und kein EyePhone besitze. Deine Reaktion hat *mich* dann wiederum überrascht, denn statt mich komisch anzusehen und das Weite zu suchen, hast du dir interessiert angehört, warum ich keins habe, und ab da saßen wir in jeder Vorlesung nebeneinander.«

Tim nickte langsam. Einen Moment war es ganz still. Dann fragte er weitere Episoden aus ihrer Vergangenheit ab, bis Frau Meng ihm ein Signal gab.

»Jetzt lüg uns was vor.«

»Was denn?«

»Völlig egal. Sag irgendwas Unwahres.«

Taso zuckte mit den Achseln »Zwei plus zwei ist fünf, die Erde ist eine Scheibe, meine Mutter kommt vom Mars – und ich bin der standhafteste Gaukler der Welt.«

Tim verzog keine Miene, Frau Meng blickte konzentriert auf den Laptop.

Taso überlegte und sah Tim fest in die Augen. »Ich hasse dich. Dass wir uns gestritten haben, ist mir egal. Ich bereue nichts.«

Tim zuckte zusammen. »Erzähl … erzähl noch mal von unserer ersten Begegnung, aber mit falschen Details.«

Taso tat, wie ihm geheißen: Diesmal war Tim derjenige ohne EyePhone, und die gesuchte Vorlesung handelte vom Scheitern von Revolutionen aus Sturheit. Tim hatte sich wieder gefasst, aber Taso schien Frau Mengs Humor getroffen zu haben, ihre Mundwinkel schnellten nach oben, und sie musste sich ein paarmal mit den Fingern über ihren kurzen Nasenrücken streichen, um wieder ernst zu werden.

Nach ein paar weiteren Lügengeschichten forderte Tim ihn auf zu erzählen, wie er Dalia kennengelernt hatte und was seiner Begegnung mit Emma vorausgegangen war.

Taso erzählte alles, woran er sich erinnerte, so detailliert wie möglich. »… und dann weckt mich eine Stimme – und plötzlich sitzt diese Frau neben mir auf der Bank.«

»Emma.«

»Genau.«

»Wie erklärst du dir ihre Erscheinung?«

»Sie meinte, sie werbe immer dann um jemanden, wenn nur sie ihn zur Integration bewegen könne und sie sich von ihrem Versuch Erfolg verspreche. Aber wie sich später herausstellte, war das völliger Schwachsinn.«

Tim sah ihn fragend an.

»Peter ist bei unserem letzten Gespräch rausgerutscht, dass er Emma dafür bezahlt hat, mich zur Integration zu überreden.«

Statt einem triumphierenden *Siehst du!*, zog Tim nur die Augenbrauen hoch. »Das hat er gesagt?«

»Ja. Ich wusste zwar nicht, dass das überhaupt geht, bin mir aber sicher, dass er die Wahrheit sagt.«

Zum ersten Mal an diesem Morgen schien Tim seine Maske komplett fallen zu lassen. »Was *genau* hat er gesagt?«

Es schmerzte, das Gespräch mit seinem Bruder zu rekapitulieren. »Er meinte, es habe ihn eine Menge Geld gekostet, Emma zu engagieren. Und dass er das für mich getan habe und so 'nen Mist. Warum interessiert dich das?«

»Ist jetzt nicht wichtig. Was hast du dann mit Emma erlebt?«

Taso erzählte bis zu dem Moment, als er auf der Bank am Feld saß und beschloss, Kubist zu werden. Je länger er sprach, desto unwohler fühlte er sich. Die Geschichte klang schon jetzt wie eine peinliche Anekdote aus seiner Jugend. Während er zuhörte, rang Tim sichtlich um Beherrschung. Immer wieder holte er tief Luft, strich sich unwirsch durch die Haare, rollte mit den Augen. Als Taso fertig war, platzte es aus Tim heraus: »Du hast schon gegaukelt, bevor man es überhaupt so genannt hat – und dann lässt du dich einfach so überreden? Nach *einer* Stunde Diskussion? Das soll ich glauben?«

»Es war nicht nur diese eine Stunde. Es war ein Prozess. Ich kann es ja selbst kaum noch glauben. Mir gings schon länger nicht mehr gut und dann hab ich mich verliebt, war völlig neben der Spur. Es schien mir die einzige Möglichkeit, um mit Dalia zusammenzukommen und um Job, Wohnung und die Beziehung zu meinem Bruder zu retten.«

»Warum hast du vorher mit niemandem darüber gesprochen? Zum Beispiel mit mir?«

Die Kränkung in Tims Augen überraschte Taso. Sie hatten sich in den letzten Jahren so selten gesehen – es rührte ihn, dass diese Geschichte Tim trotzdem so traf. Gleichzeitig wuchs sein Unmut. Denn gerade weil sie sich immer noch nahestanden, hatte er von seinem Freund mehr Verständnis erwartet. »Du tust so, als hätte ich wer weiß was angestellt! Ich hab mich verknallt und dann etwas Dummes gemacht. Aber ich habe niemandem Schaden zugefügt, und niemand bereut das alles mehr als ich – ich *hasse* mich dafür, Tim! Aber ich kann es nicht ungeschehen machen und hab langsam keine Lust mehr, von dir dafür auf die Fresse zu kriegen! Du übertreibst total!«

»Ich übertreibe? Ausgerechnet, als ich dich ernsthaft um Hilfe bitte, wirst du Kubist? Ausgerechnet dann fällt dir ein, dass du vielleicht doch lieber ein würfelfinanziertes Häuschen mit Garten hättest? Du *wusstest*, dass wir was planen, und trotzdem hast du vor deiner Integration nicht mal mit mir gesprochen!«

»Gar nichts …« Taso beugte sich ruckartig vor und stieß sich den Kopf an der Haube. Ungerührt sprach er weiter: »… wusste ich! Ihr tut ja immer so geheimnisvoll, wie konnte ich das ernst nehmen? Du hättest *mich* mal ernst nehmen sollen. Ich war verdammt einsam, aber das hat dich nie interessiert! Es ging immer nur um dich und den Kampf für die Sache!«

Frau Meng räusperte sich laut, bevor Tim etwas erwidern konnte. Taso kochte innerlich. Er war sicher, dass es das nun gewesen war. Aber mit Tim als Feind würde er es ohnehin nicht bei der Allianz aushalten. Mit klopfendem Herzen lehnte er sich zurück und starrte Tim wütend an. Man konnte sehen, wie es in ihm arbeitete. Als er Taso wieder ansah, war sein Blick eine Spur weicher. »Hattest du seit deiner Integration Kontakt zu Polizei oder Verfassungsschutz?«, fuhr er müde fort.

Taso war kurz irritiert, bejahte dann aber und erzählte von dem Gespräch mit Schneider auf der Fahrt nach Little Diagon.

»Bist du ein Agent oder Informant des Verfassungsschutzes?«

»Nein.«

»Erhältst du irgendwelche Vorteile vom Verfassungsschutz?«

»Nein!«

»Sollst du den Widerstand infiltrieren?«

»Nein, verdammt!«

Tim fragte ungerührt weiter. »Hat der Verfassungsschutz dein Vergessen arrangiert, um uns zu infiltrieren?«

»Nein, so ein Quatsch!«

»Bist du erpressbar?« Taso sah ihn fragend an, woraufhin Tim ergänzte: »Fällt dir etwas ein, womit man dich erpressen könnte? Unaufgeklärte Straftaten, Schulden, was auch immer.«

»Nein.«

Tim nickte. »Was erwartest du dir von der Arbeit für den Widerstand?«

»Ich will helfen, den Kubismus zu zerstören.«

»Warum?«

»Weil … weil er die Menschen in gehorsame, minderbemittelte Hilfsbedürftige verwandelt, die sich nicht mal gegen ihre eigene Abschaffung wehren können. Dieser Computer macht uns fertig, wenn wir nicht endlich etwas gegen ihn tun!«

»Bist du bereit, für den Widerstand Opfer zu bringen?«

»Natürlich – ich hab doch jetzt schon alles aufgegeben, was ich hatte.«

»Bist du bereit, für den Widerstand zu sterben?«

Taso stockte der Atem. »Wie bitte?«

»Beantworte die Frage.«

In solchen Kategorien hatte Taso noch nicht gedacht. »Nein … also ich weiß nicht … vielleicht. Aber eher nein.«

Tim sah zu Frau Meng, die langsam den Kopf schüttelte. Taso wollte sich nicht vorstellen, dass das ein schlechtes Zeichen war.

Tim stand auf und hielt Taso die Hand hin. »Danke, du kannst jetzt gehen.«

Taso starrte erst auf Tims Hand, dann in sein ausdrucksloses Gesicht. »Habe ich bestanden oder nicht?«

»Wir melden uns bei dir.«

Kopfschüttelnd schob Taso die Haube weg, stand auf und drückte kurz Tims Hand. »Und dieses Zeug in meinem Hirn?«

»Ist bald wieder draußen. Trink viel, dann spürst du nichts.«

Zögernd ging Taso zur Tür und öffnete sie. Gerade als er durch das Loch steigen wollte, hörte er Tim nach ihm rufen. Er drehte sich um.

Tim wirkte angespannt, rang sich aber ein Lächeln ab. »Schön, dass du wieder da bist.«

Weil Taso nicht wusste, worüber sich ein Milliardär noch freuen konnte, hatte er einen seiner Lieblingswürfel eingepackt: ein seltenes Exemplar aus Mahagoni mit antiken Planetensymbolen auf den Seiten. Die schlichte schwarze Schachtel drückte durch die Tasche des zugeknöpften Jacketts gegen seine Hüfte. Es hatte ewig gedauert, sie auszusuchen. Die Tür öffnete sich, und Taso trat in den Aufzug. Er schlug die Einladung auf und tippte den Code in das Zahlenfeld neben der Tür. Während er nach oben fuhr, las er die Karte noch einmal:

Lieber Taso,
wir haben uns schon lange nicht mehr gesehen. Pascale erzählte mir, dass Du Deine Zelte draußen abgebrochen hast, um Dich höheren Dingen zu widmen. Schön!

Ich habe für morgen Abend eine kleine Runde zu mir zum Essen eingeladen. Es würde mich freuen, wenn Du dazustößt.
Dein Hugo

Es folgten die Uhrzeit und der Code für den Aufzug, der direkt in Hugos Penthouse-Wohnung fuhr. Taso hatte die Einladung in den letzten 24 Stunden zigmal gelesen. Egal, wie er sie drehte und wendete, er kam jedes Mal zum selben Schluss: Er hatte den Test bestanden. Und das fühlte sich unendlich gut an.

Hugos erster Satz klang, als wären sie alte Freunde. Das war natürlich übertrieben. Sie hatten sich zwar einmal kennengelernt, noch vor dem Referendum, aber Taso bezweifelte, dass sich Hugo daran erinnerte. Taso war damals erst neunzehn gewesen und hatte lediglich ein paar aufsehenerregende Demos mitorganisiert, Hugo war schon über sechzig gewesen und einer der bekanntesten Menschen des Landes. Nach dem Referendum hatte Taso ihn zwar noch öfter gesehen und stets gegrüßt, aber schon bald schien Hugo ihn nicht mehr zuordnen zu können, auch wenn er stets freundlich zurücklächelte. Eine Einladung von ihm zum Abendessen war so ziemlich das Letzte, womit Taso jetzt gerechnet hatte.

Die Tür des Aufzugs öffnete sich zum Flur von Hugos Wohnung. Es war niemand zu sehen, aber man konnte Gelächter, klassische Musik und eine brutzelnde Pfanne hören. Es roch nach Karamell und Zimt.

»Entschuldigt mich einen Moment«, hörte er Hugo sagen.

Mit klopfendem Herzen zog Taso sein Geschenk aus der Tasche. Hugo erschien im Flur. Er brauchte einen Augenblick, bis er begriff, wer vor ihm stand. »Ah! Taso!« Er eilte auf ihn zu und schüttelte ihm mit einem herzlichen Lächeln die Hand. »Wie schön, dass du da bist!«

Taso bedankte sich für die Einladung und drückte Hugo ohne Erklärung die Schachtel in die Hand. Der dankte ihm, nahm den Würfel heraus und musterte ihn interessiert. »Venus, Mars … Die anderen Symbole stehen dann wohl für Merkur, Jupiter, Saturn und ...« Er sah Taso fragend an.

»Die Erde.«

»Natürlich – die Erde!«

Taso erklärte, welches Symbol für welchen Planeten stand, und entspannte sich ein wenig.

Der alte Mann lächelte und umschloss den Würfel vorsichtig mit der Hand. »Fantastisch, was für ein bemerkenswertes Geschenk! Komm rein, komm rein!« Sie traten in einen einzigen, riesigen Raum. Taso wusste nicht, wo er zuerst hinschauen sollte. Er konnte nicht fassen, dass nichts von dem, was er sah, gesmalt war. Drei Seiten des Raums waren vollständig verglast. Der Blick über die Stadt in der Abendsonne raubte ihm den Atem. Von der bestimmt fünf Meter hohen Decke hingen Hunderte Lampen in Form von dicken Regentropfen an Metallseilen. Überall standen elegante, sicher sündhaft teure Möbel. Zwei schwere Ledersessel luden zur Nutzung eines bis an die Decke reichenden Bücherregals ein, auf einem Podium in der Mitte des Raums thronte ein massiver, reich gedeckter Holztisch. Dahinter bildeten Sofas und weitere Sessel einen einladenden Kreis für bestimmt zwanzig Personen. Taso erkannte dort Rosie und Alice Manou, die Chefredakteurin des *Gauklers*. Bei ihnen saß eine Taso unbekannte dunkelhäutige Frau mittleren Alters. Alle drei erhoben sich. Taso wischte unauffällig seine verschwitzte Hand an der Hose ab und folgte Hugo zu der Sitzgruppe.

»Darf ich vorstellen: Taso Doff, ein Humanist der ersten Stunde, herausragender Gaukler und seit Kurzem Vergessener!« Alice nickte anerkennend und bot ihm sofort das Du an, nachdem Hugo sie bekannt gemacht hatte.

»Und das«, Hugo berührte kurz die Schulter der Unbekannten, »ist Cecilia Akua Odame, die Botschafterin Ghanas – wie du sicher weißt, eine der Führungsnationen der Blockfreien.« Taso neigte unbeholfen den Kopf. Frau Odame schien darüber amüsiert, tat es ihm aber nach, woraufhin Rosie laut auflachte und Taso fest drückte. Die Umarmung nahm noch ein wenig mehr von Tasos Anspannung.

»Möchtest du etwas trinken?«, fragte Hugo.

»Ja, bitte«, sagte Taso erleichtert.

Einen Moment später hatte er ein Champagnerglas in der Hand und stieß mit den übrigen Gästen an. Kaum hatten sie sich aufs Sofa gesetzt, klingelte es. Hugo eilte in den Flur und kam mit Pascale Bellaxa und Tim zurück. Tasos Herz begann wieder wild zu klopfen. Neben Tim und Hugo sah Pascale aus wie ein Schimmel zwischen zwei Maultieren. Sie lief kerzengerade, wippte dabei leicht, hatte das Kinn etwas in die Höhe gereckt und ein geheimnisvolles Lächeln auf den Lippen. Sie trug dunkle Jeans und einen lachsfarbenen Strickpullover, der knapp über ihre Ellbogen reichte, ihr Haar hatte sie locker hochgesteckt. Sie begrüßte erst Rosie und die beiden Frauen, dann wandte sie sich an Taso. Er wusste nicht, ob er ihr nur die Hand reichen sollte, denn eigentlich kannten sie sich recht gut. Während er noch zögerte, beugte sie sich zu ihm und hauchte unsichtbare Küsse auf seine Wangen. »Schön, dich zu sehen, Taso«, sagte sie und zwinkerte ihm zu.

»Danke für diese Chance«, sagte er so leise wie möglich.

Damit blieb nur noch Tim. Einen Moment lang standen sie unschlüssig voreinander, bis Tim einen Schritt auf ihn zukam und sie sich kräftig umarmten.

»Es tut mir leid«, flüsterte Taso.

Sie lösten die Umarmung, aber Tim ließ seine Hand noch kurz auf Tasos Schulter ruhen. Die anderen setzten sich bereits an den Esstisch. »Sorry, dass ich so hart zu dir war«, sagte Tim und drückte ihn mit traurigem Blick.

Taso nickte und wäre auf dem Weg zum Tisch am liebsten in die Luft gesprungen.

Hugo beschäftigte offenbar einen eigenen Koch, denn in der Küche klirrte, schepperte und zischte es ohne Unterlass. Zu Zimt und Karamell hatte sich inzwischen der Duft von Rotwein gesellt, und jetzt, da sich seine Aufregung legte, merkte Taso, wie hungrig er war. Er hatte in den letzten Tagen so viel ungesunden Mist gegessen, dass ihm jetzt das Wasser im Mund zusammenlief.

»Was macht der Prozess?«, fragte Alice, während Hugo reihum die Wassergläser füllte.

Er rollte mit den Augen. »Wenn es nach mir ginge, hätten wir uns längst verglichen, aber dieser Idiot ist einfach zu stur!«

»Hat er denn Chancen, zu gewinnen?«, fragte Alice.

Hugo winkte ab. Bevor er antwortete, erklärte er Taso und Frau Odame: »Mark Finder verklagt die Shields GmbH, weil er während einer Veranstaltung hier in Diagon Alley mit Tomaten beworfen wurde … der arme Kerl!« Taso nickte mit einem Blick, der Sachkenntnis demonstrieren sollte. »Er meint, wir hätten ihn besser schützen müssen, und will jetzt jede Menge Schmerzensgeld für die Todesangst, die er angeblich ausstehen musste – und natürlich Schadensersatz für seinen befleckten Anzug.« Hugo richtete sich wieder an Alice. »Meine Anwälte versichern mir, dass er keine Chance hat. Aber man weiß nie.«

»Man munkelt, dass Finders Leute inzwischen vierzig Prozent der Abgeordneten von einem landesweiten WfZ-Verbot überzeugt haben«, sagte Alice.

»Wir werden *alles* dafür tun, dass es zu dieser Abstimmung nie kommt«, sagte Pascale energisch.

Ein kleiner Mann mit weißer Schürze und Kochmütze eilte aus der Küche, in den Händen drei Teller. Geübt servierte er den Frauen den ersten Gang, eilte in die Küche zurück und versorgte auch die Männer mit karamellisierten Feigen in einer Sauce, die nach Rotwein, Zimt und Ingwer roch. Hugo dankte ihm und wünschte allen einen guten Appetit. Dann wandte er sich an die Botschafterin: »Würden Sie ein bisschen von den Verhandlungen berichten?«

»Gern«, sagte Frau Odame kauend. »Weiß jeder, worum es geht?«

Tim schüttelte den Kopf, Taso tat es ihm gleich.

Die Botschafterin schluckte rasch ihren Bissen hinunter und erzählte. »Seit Abschluss der Würfelreferenden im Westen ringt der kubistische Block mit dem harmonistischen um die Informationshoheit in Westafrika – natürlich über die Köpfe der betroffenen Länder und Menschen hinweg. Eine Desinformationskampagne jagt die nächste, fast täglich attackieren Hacker unsere wichtigsten Knotenpunkte und Serverfarmen, außerdem überschwemmen Missionare beider Blöcke unsere Dörfer.« Taso hatte nicht gewusst, dass die Blockfreien unter so großem Druck standen. »Ghana fordert schon lange ein Ende dieses unsäglichen Wettstreits, aber unsere Rufe wurden bislang überhört. Vor drei Monaten hat China dann überraschend eine Initiative zu einer vertraglichen Einigung gestartet. Wir waren von Anfang an skeptisch, und wie sich nun herausstellt, zu Recht. Natürlich beteiligen uns die beiden Blöcke überhaupt nicht an den Verhandlungen, sondern haben uns nur einen Beobachterstatus eingeräumt. Wie die Verhandlungen jedoch ablaufen, ist völlig undurchsichtig. Unsere Leute haben den Eindruck, dass der Würfel mit seinem chinesischen Pendant Xi direkt verhandelt – ohne menschliche Beteiligung! Wir befürchten, dass die beiden Seiten Westafrika in Informationssphären aufteilen werden, inklusive eines wechselseitigen Tausches der in den jeweiligen Ländern bereits erhobenen Daten … *unserer* Daten, wohlgemerkt.«

Einen Augenblick herrschte Sprachlosigkeit. Hugo verzog das Gesicht und wetterte: »Das ist doch zum Verrücktwerden! Als würden zwei Krebsgeschwüre einen Körper unter sich aufteilen!«

»Eigentlich gibt es nur eine Möglichkeit«, sagte Pascale.

»Smarts verbieten«, ergänzte Tim.

Frau Odame nickte. »Tatsächlich ist das unser einziges Druckmittel. Aber Sie wissen selbst, welchen Fortschritt Smarts unseren Ländern gebracht haben und wie sehr wir den Menschen schaden würden, wenn wir sie jetzt verbieten. Vermutlich würde ein Großteil der Bevölkerung rebellieren.«

»Aber gibt es nicht auch Smarts, die weder mit dem Würfel noch mit Xi verbunden sind?«, fragte Taso.

»Natürlich«, antwortete Frau Odame, »aber anders als würfel- oder xigebundene Smarts sind die nicht umsonst, sondern kosten viel Geld – mehr Geld, als die meisten Ghanaer haben. Und weil ihnen die Datenschätze des Würfels oder Xis fehlen, sind ungebundene Smarts leider auch deutlich unattraktiver.«

»Das Problem lösen wir erst, wenn wir eine echte Alternative entwickeln«, seufzte Alice. Hugo nickte zustimmend.

Taso lauschte fasziniert. Endlich war er wieder unter Gleichgesinnten. Was interessierten ihn Dalia, Peter oder Emma? Mit diesen fantastischen Menschen zusammenzusitzen und einfach nur zuzuhören war ein Geschenk, das er in diesem Moment gegen nichts in der Welt hätte eintauschen wollen. Dankbar sah er zu Pascale und Tim, die ihn hier hereingeholt hatten. Oder hatte er das Rosie zu verdanken? Der sprach zwar wenig, aber wenn Taso ihn ansah, schien er vollkommen wach und aufmerksam, selbst nach dem fünften Glas Wein. Seine Ruhe hatte eine ganz eigene Ausstrahlung, die selbst Hugos in den Schatten stellte, und wenn er doch einmal etwas sagte, hörte jeder gebannt zu.

Je mehr sie tranken, desto lockerer wurde die Unterhaltung. Meist sprachen sie in großer Runde, aber Taso konnte auch ein wenig mit Tim allein reden. Sie gingen noch nicht ganz so ungezwungen miteinander um wie früher, aber mit jedem Schluck Alkohol wurde es besser.

Alice und die Botschafterin verabschiedeten sich als Erste. Taso neigte auch diesmal seinen Kopf vor Frau Odame, allerdings mit einem Grinsen, und sie erwiderte den Gruß. Alle lachten.

»Wollen wir nach nebenan?«, fragte Hugo, als auch der Koch gegangen war, und sah von Rosie zu Pascale. Beide nickten.

Ihr Gastgeber ging voraus zu einer unscheinbaren Tür, die Taso bislang nicht aufgefallen war. Hugo ließ seine Iris scannen und flüsterte etwas in ein Mikrofon. Die Tür öffnete sich, und sie betraten nacheinander einen abhörsicheren Raum, der allerdings mit Tasos Verhörzimmer nichts gemein hatte: Sechs modische, bequeme Sessel standen auf einem schweren Perserteppich. In einer Ecke wartete ein halb geöffneter Barschrank mit vielerlei Spirituosen. Hugo kam als Letzter rein und versorgte alle mit Getränken. Taso entschied sich für einen Gin mit einem Stich Grapefruit, nahm aber keinen einzigen Schluck davon und wartete gespannt ab, was nun folgte.

Zufrieden ächzend ließ sich Hugo in den breitesten Sessel fallen. Er schwenkte sein Whiskyglas, roch tief an seinem Inhalt, schwenkte es noch einmal und trank langsam zwei Schlucke. Niemand sagte etwas. Alle schienen zu wissen, dass er als Erster sprechen würde. »Wie laufen die Vorbereitungen?«, fragte er schließlich Rosie.

»Gut. Läuft alles nach Plan.«

»Kommt sie tatsächlich?«

Rosie nickte.

»Und der Dicke auch?«

Rosie nickte wieder.

Hugo nippte gedankenverloren am Glas. Mit geübten Kieferbewegungen ließ er den Whisky durch den Mund wandern. Er schluckte und fokussierte nun Taso. »Und du wirst also das Land vor dem Untergang bewahren.«

13

Tasos Herz raste. Er konnte Hugos durchdringendem Blick nicht standhalten. Auch Rosie, Tim und Pascale sahen ihn auf eine Weise an, die nicht zur gelösten Stimmung von eben passte. Er bereute es, so viel Alkohol getrunken zu haben – oder nicht noch mehr. Nach dem ersten Schreck riss er sich zusammen und versuchte, Souveränität auszustrahlen, indem er lächelnd mit den Schultern zuckte.

»Wir können dir noch nicht unseren gesamten Plan erklären«, sagte Rosie. Es überraschte Taso nicht, dass er die Gesprächsführung übernahm. »Aber wir möchten dir schon mal sagen, was du für uns tun kannst, warum du so wertvoll für uns bist.« Er rutschte auf die Vorderkante seines Sessels, stützte die Ellbogen auf die Knie und faltete die Hände. »Wir möchten, dass du jemanden für uns rekrutierst.«

Taso räusperte sich und versuchte, möglichst abgeklärt zu klingen. »Rekrutieren? Wen?«

»Lea.«

Er riss die Augen auf. Alles um ihn herum flirrte. »Lea?«

Rosie nickte. »Sie arbeitet für den Verfassungsschutz.«

Dass das kein Scherz war, stand Rosie ins Gesicht geschrieben. Taso konnte es trotzdem nicht glauben. Die Kubistin, die sich einmal im Monat nach Little Diagon stahl, um mit ihm zu schlafen, arbeitete beim Verfassungsschutz? Die stille Lea – eine Geheimagentin? »Woher wisst ihr von ihr?« Er sah zu Tim. »Nicht mal dir habe ich gesagt, wie sie heißt.«

Tims Miene verhärtete sich.

»Wir …«, begann Rosie zögernd. »Wir sehen alles, was in Little Diagon geschieht.«

»Wie meinst du das?« Taso sah reihum in versteinerte Gesichter. In seinem Kopf ratterte es. Ein Gedanke formte sich, aber er ergab keinen Sinn. Trotzdem sprach er ihn aus: »Überwacht ihr uns?«

Rosie rührte sich nicht, sah ihn nur an.

Taso wurde laut. »Ist das euer Ernst?« Er wollte aufspringen und schreien. Sie überwachten Offliner! In einer WfZ! Und hatten ihm beim Vögeln zugesehen! Aber er rührte sich nicht und hielt die Luft an, ertrug die prüfenden Blicke. Er musste sich zusammenreißen, durfte sie nicht vor den Kopf stoßen. Sie waren alles, was er noch hatte. »Ist das ein Test?«, fragte er schließlich.

»Ein Test?« Rosie schien irritiert.

»Ob ich loyal bin. Was ich so wegstecke.«

»Nein.«

Taso entfuhr ein bitteres Lachen. Die Allianz überwachte tatsächlich Little Diagon. Den einzigen Ort, an dem sich die Menschen in dieser elenden Stadt unbeobachtet fühlten.

»Ich verstehe, dass du wütend bist«, sagte Rosie mit sanfter Stimme. »Du hast jeden Grund dazu, mir ginge es genauso. Wir gehen für unsere Ziele bis an die Grenzen der Selbstverleugnung – und ja, auch darüber hinaus.« Es beruhigte Taso nicht, dass er mit seinen Gedanken nicht allein war. »Aber vergiss bitte für einen Moment unsere Prinzipien und betrachte die Lage strategisch: Der Widerstand ist schwach, war es schon immer. Wir sind heillos zerfasert, wir schrumpfen rasant, und der kubistische Staat ist uns technologisch hoffnungslos überlegen. Nur in einem winzigen Bereich haben wir einen Vorteil. In den WfZs sind wir an der Macht, hier passieren Dinge und werden Sachen gesagt – auch von kubistischen Funktionären –, die der Würfel nie erfährt.«

Taso konnte nicht mehr an sich halten. »Aber das rechtfertigt doch nicht, dass ihr uns ausspioniert! Ihr seid doch die Guten, verdammt!«

»So plötzlich wieder ganz der Moralapostel.« Tim sah wieder genauso verbittert aus wie bei dem Verhör vor ein paar Tagen.

»Draußen wurdest du pausenlos beobachtet – *das* hat dich nie so auf die Palme gebracht!«

»Das ist doch überhaupt nicht vergleichbar! Von der Überwachung des Würfels wusste ich – von eurer nicht! Auf die eine konnte ich mich einstellen – auf diese nicht! Und draußen hat mich nur eine Maschine beobachtet – hier meine besten Freunde!«

»Du redest wie ein Kubist«, sagte Tim abfällig. »Als wäre es weniger schlimm, dass der Würfel ›nur eine Maschine‹ ist! Es ist andersrum: *Dass* er eine Maschine ist, macht es besonders schlimm! Das hast *du* mir mal erklärt, Mann!«

Bevor Taso etwas erwidern konnte, ging Rosie dazwischen. Er sprach immer noch völlig ruhig. »Wie lange kennen wir uns jetzt schon?«

Taso schnaubte. »Keine Ahnung … neun Jahre oder so.«

»Richtig. Wir haben schon viel zusammen erlebt. Du und ich, Tim und du, wir alle hier … Haben wir dir in all den Jahren je Anlass gegeben, an unserem Urteil zu zweifeln?«

Ja, heute!, hätte Taso am liebsten gerufen. Unschlüssig warf er die Arme hoch.

»Du kannst dir sicher sein«, fuhr Rosie fort, »hätten wir in den letzten Jahren einen sauberen Weg gefunden, um den Kubismus zu besiegen, wären wir ihn gegangen. Aber so funktioniert die Welt nun mal nicht. Wenn wir nicht bereit sind, uns die Hände schmutzig zu machen, haben wir keine Chance. Wir *müssen* jedes Mittel nutzen, das wir finden können. Und allein dein Fall zeigt, dass es sich auszahlt. Sonst wären wir nie auf Lea gestoßen.«

Tasos Schädel brummte, ein Gedanke jagte den nächsten. »Und ich soll jetzt eine Verfassungsschützerin überreden, bei irgendeinem Plan des Widerstands mitzumachen? Wie stellt ihr euch das vor?«

»Das wird eine kleine Herausforderung«, schaltete sich Pascale ein. »Aber wir werden dich gut darauf vorbereiten.«

Der Klang ihrer festen Stimme dämpfte Tasos Wut. Schlagartig wurde ihm wieder bewusst, mit wem er hier zusammensaß. Unsicher sah er zu den beiden Allianzgrößen. Pascale hatte einen Ellbogen auf die Sessellehne gestützt und wirkte alarmiert. Hugo musterte ihn misstrauisch über seine vor dem Mund gefalteten Hände.

Taso sackte in sich zusammen und seufzte. »Bei mir hat sich einiges angestaut, entschuldigt.« Zögerlich sah er zu Tim, dessen Zornesfalten sich langsam glätteten. »Ich will eure Methoden nicht verurteilen, schließlich bin ich nur durch die Welt gegaukelt.« Die Worte schmeckten bitter, aber sie wirkten. Die anderen entspannten sich merklich. Mit festem Blick sah er sich um. »Ich werde euch helfen.« Rosie huschte ein Lächeln über die Lippen. »Auch wenn ich immer noch nicht glauben kann, dass ich mit jemandem was angefangen habe, der ausgerechnet für den Verfassungsschutz arbeitet.«

»Das ist gar kein so großer Zufall«, sagte Tim.

Bevor er weitersprechen konnte, ging Rosie dazwischen. »Ich glaube, es reicht für heute. Lassen wir ihn das erst mal verdauen.«

Taso wollte widersprechen, brachte aber nicht die Kraft auf. Im Sessel versunken suchte er nach dem Zugehörigkeitsgefühl vom Abendessen, vergeblich.

Nach und nach leerten alle ihre Getränke. Nur Taso rührte seins nicht mehr an.

»Ach, bevor ich's vergesse …«, sagte Hugo, als alle ausgetrunken hatten, und kramte in seiner Hosentasche. Er zog einen Schlüssel heraus und lächelte aufmunternd. »Ich habe eine Wohnung in der vierten Etage für dich reserviert – eine der besseren. Entspann dich ein bisschen, bevor es ernst wird.«

Jetzt!, dachte Taso und räusperte sich. Die Frage quälte ihn seit Tagen. Mehr noch als die Enthüllung, für wen Lea arbeitete – und mehr als das Warten auf die noch ausstehende Erklärung, warum ihr Aufeinandertreffen kein Zufall gewesen sein sollte. Aber er zögerte, die Frage zu stellen, weil er befürchtete, Tim könnte ihn für einen Feigling halten. Gleich würden sie zum Bundeskongress der

Humanistischen Allianz nach Humaning aufbrechen, und er hatte sie noch immer nicht über die Lippen gebracht.

Vor zwei Stunden war Tim zum Frühstück in Tasos neue Wohnung gekommen. Endlich hatten sie sich wieder einmal richtig unterhalten, hatten die Themen des Abendessens bei Hugo diskutiert und in postkubistischen Zukunftsentwürfen geschwelgt. Schließlich waren sie sogar persönlich geworden. Erst war es nur um Taso und seine Zeit mit Dalia gegangen, dann um Tims Beziehung zu Pascale. In den vergangenen Monaten hatte er sie nur selten gesehen. Er erzählte von Abenden, sogar Wochen, in denen er allein in irgendeiner WfZ in der Pampa oder im Ausland herumgesessen hatte, während Pascale mit wichtigen Leuten sprach oder sogar ganz woanders war. Vielleicht auch deshalb, gestand er zerknirscht, hatte ihn Tasos Abtrünnigkeit so getroffen, hatte er sich nach dem Treffen in der Imbissbude so bitter im Stich gelassen gefühlt.

Sie hatten dieses Gespräch sehr gebraucht. Etwas wehmütig hatte Taso feststellen müssen, dass er sich genauso fühlte wie noch vor Kurzem mit Peter auf dem Tennisplatz: als hätte er jemanden zurückgewonnen, der ihm wichtig und doch fremd geworden war. Während die Nähe zu seinem Bruder jedoch offenbar eine Illusion gewesen war, fühlte sich die Freundschaft zu Tim echt an. Sie beide verband Wichtigeres als Blut. Sie wollten in derselben Welt leben, von denselben Menschen umgeben sein, auf dieselbe Zukunft hinarbeiten. Warum hatte er nicht früher erkannt, wie wertvoll das war? Warum hatte er in Peter etwas gesucht, das dieser ihm gar nicht geben konnte? Nur, weil sie zufällig zusammen geboren worden waren.

Entschlossen hatte er den Gedanken an seinen Bruder beiseitegeschoben. Stattdessen kam aber das andere ungute Gefühl wieder hoch. Noch vor einer Woche hatte er im Offline frustriert die Zeit totgeschlagen, Spielwürfel sortiert und sich selbst bemitleidet. Jetzt kümmerten sich alle um ihn wie um ein berühmtes Soulmate. Sie brachten ihn in einer Wohnung mit Blick über die Stadt unter, versorgten ihn mit dem besten Essen und waren ungemein freundlich zu ihm – und alles nur, weil er Lea rekrutieren sollte?

Seine Unruhe war nun so groß, dass er sich nicht mehr beherrschen konnte. »Also diese Sache mit Lea«, sagte er so beiläufig, als würde er Details zu einem Botengang erfragen, »ist das wirklich alles, was ich tun muss?«

Nervös wartete er auf Tims Reaktion. Er hatte gehofft, sein Freund würde jetzt loslachen und sich darüber amüsieren, dass er die Frage nach seiner Opferbereitschaft aus dem Aufnahmetest überhaupt ernst genommen hatte.

Stattdessen sah Tim ihn an, wie er es immer tat, wenn er über das »Geschäft« sprach: die Stirn leicht gerunzelt und die Nasenflügel angespannt. »Wir planen keinen Guerillakrieg. Aber was sonst auf dich zukommen könnte, kann ich dir nicht sagen.«

Taso nickte, war aber nicht wirklich beruhigt. Er knetete der Reihe nach seine Finger.

Tim sah auf die Uhr und stand auf. »Wollen wir?«

Taso holte seine gut gefüllte Reisetasche aus dem Schlafzimmer. Für eine Übernachtung brauchte er nicht viel, aber halb leer hatte die Tasche so kümmerlich ausgesehen. »Sind meine Klamotten eigentlich okay?«, fragte er, als er wieder im Wohnzimmer stand, und zeigte auf seine helle Jeans und den dunklen Pullover.

Tim schien die Frage zu irritieren. »Klar. Hast du die Maske dabei, die ich dir gegeben habe?«

Taso nickte.

Im Aufzug beobachtete er Tim verstohlen von der Seite. Er beneidete ihn um seine Lässigkeit. Für ihn war das alles Routine. Er wusste Bescheid, hatte seinen Platz gefunden und vor allem ein klares Ziel im Leben. Wäre Taso damals nicht so unsicher gewesen und hätte er an den Widerstand geglaubt, wäre er jetzt vielleicht wie Tim, wäre ebenso entspannt, hätte sich und überhaupt alles ebenso gut im Griff, wüsste genau, was er wollte … und würde mit einer Frau wie Pascale Bellaxa schlafen.

»Hast du es eigentlich je bereut?«

Tim sah ihn an. »Was?«

»In den Widerstand gegangen zu sein … dein altes Leben aufgegeben zu haben.«

Er sah wieder geradeaus. »Nein. Nie.«

Im Parkhaus warteten Paula und ein aufgeregt wirkender Mann, den Taso nicht kannte. Er war vielleicht Mitte dreißig, hatte schulterlange Haare und trug einen Kapuzenpulli mit einem großen Symbol der Allianz auf der Brust.

»Sorry wegen neulich«, sagte Paula und umarmte Taso. »Aber ich hatte noch Tim vor Augen, als er völlig außer sich von eurem Treffen in Little Diagon zurückkam.«

Taso zuckte mit den Schultern. »Schon okay.«

Der Fremde stellte sich als Ruben vor. Er betreute seit drei Jahren Pascales Roar-Account, wie er in einem ungebremsten Redeschwall erklärte, der auch noch anhielt, als sie in das bereitstehende Sefa stiegen und losfuhren. Im Wagen begann er sogleich, Pascales lauteste Roars vorzuspielen – »meine Roars«, wie er sie nannte. Weil keiner von ihnen Smarts trug, brüllte er sie einfach selbst. Taso wunderte sich über Rubens Aufgedrehtheit, hörte aber freundlich lächelnd zu. Nach der fünften Vorführung brüllte Tim zurück, er solle den Mund halten, wenn er den Rest des Weges nicht laufen wolle. Danach herrschte Ruhe.

Taso sah aus dem Fenster. Durch die abgedunkelten Scheiben wirkte es so, als führen sie durch eine Sonnenfinsternis: Alles war gut zu erkennen, aber düster und unwirklich. Sie hatten die Stadt längst verlassen und bogen auf die Autobahn. Kurz darauf beschleunigte das Fahrzeug auf die Standardgeschwindigkeit von dreihundert Stundenkilometern und fädelte sich in eine gleichmäßig dahingleitende Sefa-Karawane ein.

Taso war schon lange nicht mehr außerhalb der Stadt gewesen. Eigentlich war die Flucht aufs Land eine angenehme Möglichkeit, den Würfel abzuschütteln. Aber bei den wenigen Ausflügen hatte er sich nie frei, sondern einsam gefühlt – und, statt die Zeit zu genießen, sich mit der Frage gequält, was das eine vom anderen überhaupt unterschied. Er hatte sich dort nie wirklich gehen lassen können, weil jederzeit die Möglichkeit bestand, dass ein Ped durch die nächste Baumkrone segelte. Da hatten es die Humaninger besser.

Langsam wuchs die Vorfreude auf seine Eltern. Seit Weihnachten hatte er sie nicht gesehen. Er hatte seinen Besuch eigentlich ankündigen wollen, sich dann aber seine Mutter vorgestellt, wie sie ihm völlig überrascht um den Hals fallen würde, und sich dagegen entschieden. Er besuchte die beiden viel zu selten. Er sähe sie gerne häufiger, aber Humaning bedrückte ihn zu sehr. Die physische Abschottung im Nirgendwo wirkte so hilf- und hoffnungslos. Bei jedem seiner Besuche schienen die Bewohner wieder ein Stückchen mehr abgehängt, waren Unkenntnis und Angst vor der Außenwelt gewachsen, sank die Moral weiter, gerade unter jungen Menschen, schlich sich in immer mehr Köpfe eine bedrückende Untergangsstimmung, ohne dass sie es merkten. Grimmig massierte sich Taso die Schläfe. Das alles durfte nicht sein. All die Künstler und Philosophen, Gläubigen und Humanisten, diese aufrechten, stolzen, unvergleichlichen Menschen, sie durften nicht alle dem Untergang geweiht sein. Es musste sich etwas ändern in diesem Land. Und es würde sich etwas ändern.

Nach etwa zweieinhalb Stunden hielt der Wagen. Durch das Fenster erkannte Taso den hohen Metallzaun, der sich lückenlos um die Stadt zog wie um einen Tierpark.

»Gesichter verhüllen!«, sagte Tim.

Taso holte seine Kopfmaske heraus und stülpte sie sich über. Der eng anliegende Gummistoff zog an seinen Haaren und roch künstlich, selbst nachdem er die dafür vorgesehenen Aussparungen vor die Nasenlöcher geschoben hatte. Als alles gut saß, fühlte sich die Maske an wie eine zweite Haut. Nur der Gummigeruch und ein

Metallchip am Kehlkopf vermittelten ein merkwürdiges, aber auch aufregendes Fremdkörpergefühl. Er sah zu den anderen. Sie waren schneller gewesen und schienen auf ihn zu warten. »Du musst die Brille auf die Nase setzen, um sie zu aktivieren«, erklärte Tim, der ihm zwar noch gegenübersaß, nun aber wie die anderen auch ein neutrales, falsches Gesicht trug. Seine Stimme war vom Metallchip verzerrt. Taso ertastete die auf der Stirn seiner Maske befestigte Brille und zog sie nach unten. Statt der Masken sah er nun animierte Versionen der echten Gesichter seiner Begleiter. Wenn er sie fokussierte, blitzten ihre Namen auf. »Die Maske prüft deine Zugangsrechte über den Rhythmus deines Herzschlags«, erklärte Tim weiter. »Niemand außer dir kann sie nutzen. Unsere Masken kommunizieren direkt miteinander, also nicht über das Internet. Deshalb kannst du nur auf kurze Entfernung erkennen, wer hinter ihnen steckt.«

»Verstehe. Und wir tragen die Dinger, weil …«

»… sie einen virtuellen Schlüssel enthalten«, Tim tippte gegen das Metallstück am Hals, »der dir Zugang zu Humaning und zum Kongress verschafft. Und weil die Allianz immer auch Vertreter der Presse und sogar der Polizei zulässt und wir mit den Masken anonym bleiben.«

»Aber WfZs sind doch für den Würfel tabu.«

»Ja, aber seine Gefolgschaft kann dich ja trotzdem sehen, also ganz analog.« Er blickte in die Runde. »Sollen wir?«

Alle nickten und stiegen aus. Es war warm draußen, Taso hatte das Gefühl, schon jetzt einen heißen Kopf zu bekommen.

Der Checkpoint bestand aus einem großen Tor für Fahrzeuge und einem Grenzgebäude daneben. Taso hatte die Prozedur schon oft durchlaufen. Die Schlange vor dem Gebäude war allerdings ungewöhnlich lang. Tim tippte ihn an und sagte: »Ich komme als Funktionär schneller rein und muss auch noch ein bisschen was vorbereiten. Wir sehen uns später.«

Taso sah ihm nach, bis Tim sich an den Menschen vorbei in das

Gebäude gezwängt hatte, wie damals in Little Diagon. Er schüttelte den Kopf, als könnte er so die Erinnerung an jenen Tag vertreiben, und folgte Paula und Ruben zum Ende der Schlange. Erst als sie den anderen Wartenden sehr nah waren, wandelten sich ihre Masken in menschliche Gesichter. Sie verhielten sich wie die Besucher eines Kryptocenters: Keiner sprach mit dem anderen, alle warteten geduldig auf Einlass. Das hatte sicher auch mit den beiden Drohnen zu tun, die über ihnen kreisten.

Tasos Blick wanderte die Stadtgrenze entlang. Der Zaun stand angeblich unter Strom. Überwachungskameras saßen alle paar Meter wie Falken auf den Pfählen und spähten in das Umland. Für die Humaninger war er Zeichen ihrer Selbstbehauptung, aber Taso fragte sich auch heute wieder, wer hier eigentlich wen ein- oder aussperrte. Er musste an Emmas Worte denken: Irgendwann würden Offliner an abgelegenen Orten konzentriert und eingesperrt.

Es dauerte nicht lange, bis sie an der Reihe waren. Wie in anderen WfZs auch musste sich Taso auf elektronische Geräte scannen lassen. Normalerweise hätte er jetzt seinen Pred-Score mit dem Armband eines Kryptocenters nachweisen müssen, denn auch Humaning ließ nur Menschen mit einem Wert von unter 50 hinein. Aber diesmal hielt eine gut gelaunte Grenzschützerin nur einen Scanner auf den Metallchip an seinem Kehlkopf und ließ ihn passieren. Auf der anderen Seite stand ein Shuttlebus für sie bereit. Paula und Ruben stiegen ein, aber Taso winkte ab und erklärte, dass er zu Fuß gehe und noch zu seinen Eltern wolle.

Gut gelaunt spazierte er auf einem schmalen Fußweg entlang der Straße in Richtung Stadt. Die Luft stand still, und die Sonne schien auf ein lang gestrecktes Getreidefeld. Er genoss es, im Freien zu sein. Ihm fiel auf, dass schon fast Sommer war.

Der Stadtrand von Humaning bestand aus einzeln stehenden Häusern mit großzügigen Gärten, keines älter als vier oder fünf Jahre. In seinem ersten Leben hatte der Ort noch anders geheißen und nur 200 Einwohner gehabt. 98 Prozent der Stimmberechtigten hatten beim Referendum das Würfelgesetz abgelehnt – die höchste Quote des Landes. Führende Würfelgegner hatten das Dorf daraufhin zum Zentrum des Widerstands erklärt. Nach der Anerkennung als WfZ siedelten sich erst säkulare Humanisten an, unter ihnen auch Tasos Eltern, kurz darauf folgten die ersten Namischen und andere Religs. Die Umbenennung ließ nicht lange auf sich warten. Der uralten Dorfkirche wurde neues Leben eingehaucht und eine seit über hundert Jahren inaktive Synagoge wiederbelebt; später kam noch eine Moschee hinzu. Seitdem nannten viele Religs den Ort nur noch Neu-Jerusalem. Die Gemeinde wuchs, und die Preise schnellten in die Höhe. Mit politischer und finanzieller Unterstützung der gut vernetzten Allianz konnte das Dorfgebiet schrittweise um drei angrenzende Ortschaften erweitert werden. Mittlerweile lebten an die 40.000 Menschen in Humaning. Und obwohl die Zahl der Offliner landesweit fiel, wuchs die Stadt immer weiter.

Je näher Taso dem Zentrum kam, desto mehr Bewohnern begegnete er. Die meisten grüßten ihn höflich, sogar die Namischen, die an ihrer hochgeschlossenen Kleidung in gedeckten Farben zu erkennen waren. Bis auf ein paar unverhohlen starrende Kinder schien sich niemand an seiner Maske zu stören. Seit die Stadt vor fünf Jahren das Kongresszentrum fertiggestellt hatte, traf sich die Allianz hier mindestens zweimal im Jahr. Taso wusste zwar nicht, wann die Masken die Zugangskarten abgelöst hatten, die man noch bei seinem letzten Kongressbesuch vor drei Jahren benutzt hatte, aber offenbar waren die Humaninger schon an sie gewöhnt.

Das Haus seiner Eltern lag nahe dem historischen Zentrum, Taso kannte die Gegend gut. Als er gedankenverloren eine Straße überquerte, hörte er plötzlich Reifen quietschen und lautes Hupen. Erschrocken sah er sich um: Ein Auto war kurz vor ihm zum Stehen gekommen. Am Steuer saß eine wütende Frau, die mit den Armen fuchtelte und auf eine rote Fußgängerampel zeigte. Taso hob entschuldigend die Arme und huschte davon wie ein Kubist bei seinem ersten Besuch in Humaning.

Als er in die Straße seiner Eltern einbog, erschrak er erneut: Ein paar Meter vor ihm stand Dalias Mutter. Sie redete auf eine andere Namische ein, die sie um einen halben Kopf überragte und unbeeindruckt auf sie herabschaute. Offenbar hatten die Frauen sein abruptes Stehenbleiben bemerkt, denn sie unterbrachen das Gespräch und sahen ihn an.

Taso schluckte, sein Gesicht unter der Maske brannte. Er hatte gewusst, dass das passieren könnte, immerhin wohnten die Bartas in derselben Straße wie seine Eltern. Er lächelte und ging so unbedarft wie möglich auf die Frauen zu. Die größere grüßte freundlich, Frau Bartas sah ihn misstrauisch an, als könnte sie durch die Maske hindurch den Schrecken in seinem Gesicht sehen.

Als er schon vorbei war, rief sie: »Einen guten Kongress!«

Er drehte sich um und wollte sich bedanken, aber Frau Bartas hatte ihren Monolog schon wieder aufgenommen. Ihr Profil erinnerte ihn sehr an Dalia: die gleiche Nase, die gleichen vollen Haare … Wie es ihr wohl ging?

Er kickte einen Stein vor sich auf die Straße und beschleunigte seinen Schritt. Am Haus seiner Eltern vergewisserte er sich, dass Dalias Mutter ihn nicht mehr sehen konnte, und betrat das Grundstück. Hinter der hohen Hecke, die sich um das zweistöckige Haus zog, fühlte Taso sich sicher. Sofort zog er die Maske hoch und fächelte sich Luft zu. Nach ein paar Sekunden wischte er sich mit dem Ärmel über das Gesicht und klingelte.

»Andreeeeaaa!«, hörte er sogleich seinen Vater aus dem Obergeschoss rufen. »Es hat geklingelt!«

»Ja«, rief seine Mutter zurück. »Ich bin doch nicht taub!«

»Hast du gehört?«, brüllte sein Vater. »Es hat geklingelt!«

Kurz darauf ging die Tür auf, und seine Mutter starrte ihn mit offenem Mund an. »Taso!«

Er musste lachen. Sie sah fast so entgeistert aus, wie er es sich vorgestellt hatte.

Sie fiel ihm um den Hals, drückte ihn fest an sich und küsste ihn mehrfach auf die Wange. »Simon!«, rief sie über die Schulter. »Taso ist da!« Dann drückte sie ihren Sohn noch einmal an sich und hielt ihm lachend die Wohnungstür auf.

Sein Vater polterte die Treppe hinunter. »Hast du die Tür aufgemacht?« Als er seinen Sohn im Flur stehen sah, blieb er stehen und griff nach dem Geländer. »Junge! Was machst du denn hier?« In Windeseile nahm er die letzten Stufen und umarmte ihn.

»Schön, euch zu sehen!«, sagte Taso und sah von einem zum anderen. Er spürte erst jetzt, wie sehr er sie vermisst hatte.

Sein Vater zeigte auf die Maske. »Bist du endlich Mitglied geworden?« Bevor Taso auch nur nicken konnte, klopfte ihm sein Vater auf die Schulter, wie früher nach einem gewonnenen Tennismatch. »Großartig, wirklich großartig!«

»Jetzt komm erst mal richtig rein«, sagte seine Mutter. »Hast du Hunger? Dein Vater wollte sowieso bald kochen.«

Taso sah auf die Uhr im Flur. »Ich kann zwei Stunden bleiben, aber großen Hunger hab ich nicht.«

»Dann gehen wir erst mal ins Wohnzimmer und quatschen ein bisschen, das Essen ist schnell gemacht.« Mit einem zustimmenden Lächeln registrierte sie, wie Taso ihr nicht gleich folgte, sondern den gewohnten Umweg über das Badezimmer zum Händewaschen machte.

Grinsend betrat er das Wohnzimmer und ließ sich in einen abgenutzten braunen Ledersessel fallen, in dem er schon als Kind oft gesessen hatte. Seine Eltern hatten alle Möbel mitgenommen, als sie von der Stadt nach Humaning gezogen waren. Auch wenn er hier nie gelebt hatte, fühlte er sich wie zu Hause. Seine Mutter saß im Schneidersitz auf der Couch und strahlte ihn noch immer selig an. Sie war geschminkt, vielleicht hatte sie am Morgen ihren Lesekreis gehabt. Sein Vater saß im Sessel gegenüber und spielte mit einem kleinen Schraubenzieher herum. Taso konnte sich gut vorstellen, wie er bis eben an einem seiner uralten Computer herumgeschraubt hatte. Die Lesebrille auf der Nase und die Zigarette hinterm Ohr würden jedenfalls dazu passen. Sein Vater hatte nach dem Referendum aus Protest gegen die sich ausbreitenden Gesundheits-Apps mit dem Rauchen angefangen und war nach dem Umzug nicht mehr davon weggekommen. Taso ließ den Blick durchs Zimmer schweifen und prüfte, ob sich etwas verändert hatte. Schnell bemerkte er, dass das Bücherregal nun fast zur Hälfte mit Überraschungseierfiguren vollgestellt war. Als er lachte, verdrehte seine Mutter die Augen. »Simon fand es schade, dass niemand die Sammlung sieht.«

Sein Vater nickte entschlossen. »Alle Gäste schauen sie sich gerne an!«

»Ist ja auch nicht zu übersehen.« Seine Mutter zwinkerte Taso zu und machte eine wegwerfende Bewegung in Richtung ihres Mannes, der wieder protestieren wollte. »Aber jetzt erzähl mal, wie gehts dir?«

»Inzwischen ganz gut.«

Ihre Augenbrauen schnellten hoch. »Inzwischen?«

Taso lächelte steif. Er wollte seiner Mutter keine Sorgen bereiten, aber auch nichts beschönigen. »Ich habe ein paar … na ja … wechselhafte Wochen hinter mir.«

Sein Vater sah ihn über den Brillenrand hinweg an. »Hat das mit Dalia zu tun?« Taso war nicht überrascht, dass seine Eltern von der Sache wussten, und nickte langsam. »Was ihr Vater uns erzählt hat, klang ganz schön abenteuerlich.«

»War es auch.« Nach kurzem Zögern erzählte Taso von dem Zusammentreffen mit Herrn Bartas.

»Puh«, sagte sein Vater. »Aras hat das ganz anders erzählt, aber das überrascht mich nicht. Ich finde, du hast das gut gemacht. Obwohl ich ihn auch verstehen kann.«

Bei diesem Satz zog sich alles in Taso zusammen.

Seine Mutter sah gedankenverloren ins Leere. »Die beiden bekommen jetzt ganz schön auf den Deckel von ihren Gemeindemitgliedern. Ich hab gehört, dass Elena noch diesen Monat als Vorsteherin abgelöst werden soll. Das kommt wohl direkt aus den USA. Die Arme. Man merkt jetzt schon, wie die anderen sie meiden.«

Taso staunte über die Worte seiner Eltern. »Besonders bemitleidenswert finde ich die beiden ehrlich gesagt nicht. Dalia hat mir ein paar ziemlich üble Geschichten erzählt – von massenweise Verboten, totaler Kontrolle und wochenlangem Hausarrest. Ihr hättet Herrn Bartas mal sehen sollen, als er sie zurückholen wollte, er war wie von Sinnen, total aggressiv, er hätte sie fast geschlagen! Wer weiß, was noch passiert wäre, wenn die Polizeidrohne nicht eingegriffen hätte.«

»Aus seiner Sicht meint er es nur gut«, sagte sein Vater leise. »Er hat einfach Angst um seine Tochter.« Er sah Taso an und sagte etwas lauter: »Und wie könnte er nicht? Guck dir deinen Bruder an und wie ihn die Welt da draußen verdorben hat!«

Bei der Erwähnung von Peter zuckte Tasos Mutter zusammen.

»Aber das muss doch Grenzen haben, Papa! Dalia ist erwachsen, sie muss ihren eigenen Weg gehen dürfen. Und ich glaube auch, dass es Herrn Bartas wichtiger war, sein Gesicht zu wahren, als dass es ihr gut geht.«

»Du tust ihm unrecht«, entgegnete sein Vater. »Du hättest mal sehen sollen, wie er nach der Woche in Haft hier ankam … ein gebrochener Mann.«

Taso schüttelte den Kopf und rutschte vor. »Daran ist er doch selber schuld! Ich verstehe nicht, warum du ihn verteidigst. Ihr müsst doch mitbekommen haben, wie schwer Dalia es hatte!«

Seine Mutter seufzte und blickte traurig zu Boden. »Wir haben schon ein bisschen was mitbekommen … und glaub mir, ich habe oft versucht, mit Elena zu sprechen. Aber sie hat nie viel dazu gesagt und mir zu verstehen gegeben, dass es ihre Privatsache ist.«

»Und warum seid ihr dann nicht zur Polizei gegangen? Man kann doch nicht einfach so zusehen, wie eine junge Frau wochenlang eingesperrt wird!«

»Das kannst du vergessen«, sagte sein Vater energisch. »Die Polizei lässt sich nicht in ultrareligiösen Kram reinziehen. Ist nicht gut für die Stimmung in der Stadt und kann sehr schnell eskalieren.«

»Aber hier herrschen immer noch die gleichen Gesetze wie im Rest des Landes! Die Polizei draußen würde sicher was tun.«

»Deine Mutter und ich haben unser Möglichstes getan, wir hatten immer ein offenes Ohr für Dalia. In gewisser Weise haben Aras und Elena ja auch die Quittung für ihre Erziehung bekommen.«

Taso sah seine Mutter an, die seinen Blick nicht lange halten konnte. Ihr zuliebe sagte er nichts mehr.

»Wie … wie geht es Dalia?«, fragte sie mit leicht brüchiger Stimme. »Kümmerst du dich noch um sie?«

Taso räusperte sich. Er hatte in den letzten Tagen oft darüber nachgedacht, ob er seinen Eltern die ganze Geschichte erzählen sollte, und sich schließlich dafür entschieden. Er wollte, dass sie verstanden, was er durchgemacht hatte. »Das ist etwas kompliziert«, begann er und berichtete von der Zeit nach Herrn Bartas' Überfall. Je länger er sprach, desto düsterer wurde die Miene seines Vaters. Nach der Episode mit Emma holte er tief Luft und schloss kurz die Augen. Wenn Taso auch von Peters Verwicklung in die Sache erzählt hätte, wäre die Reaktion seines Vaters sicher sehr viel heftiger ausgefallen. Seine Mutter runzelte oft die Stirn, nickte aber auch ab und an und blickte dabei geistesabwesend zur Seite. Erst als er erzählte, wie er sich nach Tagen der Reue und Desorientierung vergessen lassen hatte, entspannten sich die Gesichter seiner Eltern wieder. Zuletzt erklärte Taso, dass er der Allianz beigetreten war und in Diagon Alley wohnte.

Für eine Weile hörte man nur das Ticken der Wanduhr im Flur.

»Und deshalb bist du für den Kongress hier«, sagte sein Vater sachlich.

Taso nickte. Er war nicht verwundert, dass sich sein Vater nur auf das Ende der Geschichte bezog.

Seine Mutter kehrte zu ihrer sorgenvollen Miene zurück. »Geht es dir denn jetzt gut als Vergessener?«

Taso zögerte. »Sagen wir mal so – ich hätte mir ein einfacheres Leben gewünscht.«

Sein Vater schien den Vorwurf herauszuhören, denn sofort verengten sich seine Augen zum Peter-Blick. »Was soll das denn heißen?«

»Peter geht es gut im Kubismus. Und ich quäle mich nur.«

Sein Vater riss die Augen auf. »Wie kannst du so was sagen?«

Taso war sich unsicher, ob er die Bemerkung zu Peter oder die zu seinem Wunsch nach einem einfacheren Leben meinte. Traurig sah er seinen Vater an. Er wirkte immer so klein, wenn es um Peter ging, Taso konnte das nur schwer ertragen. »Keine Sorge. Ich war von der Sache nie überzeugter als jetzt. Es ist, wie es ist.«

Seine Mutter drückte sanft den Unterarm ihres Mannes. »Willst du nicht mal mit dem Kochen anfangen? Damit wir in Ruhe essen können, bevor Taso wieder losmuss?«

Er atmete durch und nahm die Zigarette hinter seinem Ohr. »Erst mal rauche ich eine«, murmelte er. Im Vorbeigehen legte er Taso die Hand auf die Schulter. »Du machst das Richtige.« Taso spürte ein Kribbeln in der Brust.

Als sein Vater in den Garten gegangen war, entspannte er sich. Seine Mutter nahm seine Hand, die er kurz darauf wieder fortzog. »Ist schon okay, mir gehts gut, wirklich.«

Sie sah ihn zweifelnd an, nickte aber. Dann beugte sie sich vor und flüsterte: »Und wie gehts deinem Bruder? Und Roya und den Kindern?«

Taso stockte kurz, erzählte aber auch jetzt nichts von Peters Verrat. »Ganz gut. Lisa und Yasin sind richtig kleine Wirbelwinde. Ich war in letzter Zeit öfter da.« Er zögerte, log dann aber doch: »Peter fragt oft nach euch.«

Seiner Mutter stiegen Tränen in die Augen.

Wie immer in diesem Moment war er wütend, dass *er* das mitansehen musste und nicht Peter.

Als Taso sich nach einem wortkargen, aber friedlichen Mittagessen von seinen Eltern verabschiedete, sahen sie unglücklich aus. »Kommst du nach dem Kongress noch mal vorbei?«, fragte seine Mutter.

»Ich glaube nicht, dass das geht.« Taso lächelte aufmunternd und zog die Maske über. »Aber ich denke, ich bin bald mal wieder hier.« Er umarmte beide und brach auf.

Während er die Straße hinunterging, fühlte er sich müde und schwer. In Wahrheit wusste er nicht, ob er seine Eltern bald wiedersehen würde. Er spürte den Impuls, zu ihnen zurückzulaufen, sich im Ledersessel zu verkriechen und erst wieder herauszukommen, wenn alles vorbei war – was auch immer »alles« sein mochte. Dann aber hatte er die vielen enttäuschten Gesichter vor Augen: Tims, Rosies, Pascales, Hugos, das seines Vaters, sein eigenes, und ging entschlossen weiter in Richtung Kongresszentrum.

Um ihn herum mischten sich immer mehr Delegierte unter die Fußgänger, bald war er nur noch von Allianzmitgliedern umgeben. Bei dem Sonnenwetter hatten sich offenbar auch viele andere gegen eine Shuttlefahrt entschieden. Vor ihm lief ein Mann in einem gewaltigen Entenkostüm, zu seiner Rechten und Linken Leute, deren Gesichter Taso nicht kannte. Sie ließen die Stadt hinter sich und folgten dem lauter werdenden Trommelgeräusch, das vom Kongressgelände herüberschallte. Nicht weit hinter dem großen Betonbau der Versammlungshalle erkannte Taso den Grenzzaun, jenseits davon dichten Wald. Durch das aufgeregte Geschnatter seiner Weggefährten fühlte er sich mit jedem Schritt ein wenig leichter, bis er geradezu euphorisch vor einer trommelnden Band im Eingangsbereich des Geländes stand und einen Fuß im Takt auf und ab wippen ließ. Seine Euphorie erlosch jedoch prompt, als er sich dem Eingang zur Kongresshalle zuwandte und eine Handvoll Polizisten bemerkte. Sie waren von jener Sorte, mit der Taso selbst schon oft das Missvergnügen hatte. Auch ohne Uniformen ließen ihre angespannte Körperhaltung, die misstrauischen Blicke und die fehlenden Masken keinen Zweifel daran, wem sie dienten. Sie formten einen Halbkreis um einen Staatsvertreter, der mit dem Rücken zu Taso stand und mit einer Frau zu diskutieren schien. Als Taso näher kam, erkannte er Veronika Verbeek, die Bundesgeschäftsführerin der Allianz. »… das haben Sie jetzt schon zum dritten Mal gesagt«, fuhr sie den Mann genervt an. »Noch mal: Nur, weil wir letztes Jahr fünf von Ihnen hereingelassen haben, müssen wir das dieses Jahr nicht wieder tun. Zwei Personen, mehr kann ich Ihnen nicht anbieten, Herr Schneider!«

Taso zuckte zusammen. Er stand nur noch wenige Meter von den beiden entfernt und schielte möglichst unauffällig zu dem Mann hinüber. Sein Verdacht bestätigte sich.

»Aber Frau Verbeek«, säuselte Zhong Schneider mit seinem widerlich überzogenen Lächeln, »solche Beschränkungen schüren doch nur unnötiges Misstrauen. Bislang hatte ich nie Anlass für eine Einzelkontrolle Ihrer Teilnehmer oder gar die Auflösung eines Treffens …«

»Sie meinen wohl, Sie sind bislang nie damit durchgekommen«, unterbrach ihn Frau Verbeek. »Ich weiß, dass Sie das *jedes Mal* beantragen!«

Die Schlange vor dem Kongresszentrum, in die sich Taso eingereiht hatte, wurde rasch kürzer. Er musste weitergehen, um nicht aufzufallen.

»Wenn Sie weiter so störrisch sind«, hörte er Schneider sagen, »kriege ich es bald durch!«

»Versuchen Sie es doch«, antwortete Frau Verbeek.

Mehr konnte Taso nicht hören, weil er ins Gebäude hineingedrängt wurde. Er grinste. So sehr es ihn erschreckt hatte, Schneider wiederzusehen, so gut fühlte es sich an, ihn zur Abwechslung mal auf fremdem Terrain zu erleben, ganz und gar machtlos.

Er passierte die Einlasskontrolle und sah sich um: Überall waren Menschen, ihre Gespräche erzeugten einen gewaltigen Lärm. In die Wand vor ihm waren große Flügeltüren eingelassen. Dahinter lag das kreisrunde, riesige Auditorium, in dem Taso schon vor drei Jahren gesessen hatte. Um den Saal herum führte ein niedriger Gang, den unzählige Ausstellungsstände säumten. Taso fühlte sich auf Anhieb wohl. Bevor er in die Atmosphäre des Hauptsaals eintauchte, wandte er sich den Ständen zu. Die meisten Aussteller gehörten zu Hugos Konzern, zum Beispiel *Freisen*, eine Reiseagentur, die würfelfreie Reisen anbot, in WfZs am Meer oder in blockfreie Staaten. Oder der *Faber Verlag für menschliche Literatur*. Natürlich war auch die von Hugo selbst geführte Shields GmbH vertreten und stellte ihre Entwicklungen vor, darunter neue Masken mit hohem Tragekomfort, Spezialpeds zur Abwehr von Datenschürfern oder größenverstellbare Schirme, »Abschirme« genannt, mit denen man sich auch in der Öffentlichkeit anonym unterhalten konnte.

Taso ging grinsend an der *Hau den Würfel*-Station vorbei, an der gerade ein Teenager umringt von seinen Freunden den Hammer niedersausen ließ, und stellte sich an den Stand von *Panthropos*, einer Gesellschaft, die humanistische Gruppen auf der ganzen Welt vernetzte. Er sah sich kurz die ausliegenden Infoflyer an, bis ihn eine junge Mitarbeiterin in ein Gespräch verwickelte. Sie erzählte ihm begeistert von dem Vorhaben, eine alternative, luftgestützte Versorgungsstruktur aufzubauen, durch die humanistische Gemeinden weltweit direkt miteinander Handel treiben könnten. Taso hörte ihr eine Weile zu, stellte ein paar Fragen und zog dann beschwingt weiter. Zum Greencard-Stand von Costa Rica, einem der führenden blockfreien Staaten, traute er sich nicht. Was wusste er schon, wer ihn dort sehen und der Fluchtplanung verdächtigen würde … Stattdessen unterhielt er sich mit einem Vertreter des polnischen Schwesterverbands der Humanistischen Allianz. Der Mann beklagte sich darüber, dass seine Organisation in Polen kaum Wirkung entfalte, weil der religiöse Widerstand so viel stärker sei als der säkulare. Sie sprachen eine Weile über die Notwendigkeit eines vereinten Vorgehens gegen den Kubismus – ein altes Thema, das seit dem Referendum immer wieder diskutiert wurde. Ein lautes Signal wie ein Pausengong beendete ihr Gespräch. Taso verabschiedete sich von dem Polen und suchte die nächste Tür in den Saal. Er hatte das Auditorium bestimmt zu drei Vierteln umrundet und stand nun vor einem wenig frequentierten Eingang. Einen Moment kostete er seine leichte Aufregung aus, dann trat er ein.

Die Atmosphäre raubte ihm den Atem. Genau so hatte er es in Erinnerung: Hunderte Menschen saßen und standen an unzähligen Tischreihen vor einer gewaltigen Rednerbühne und unterhielten sich lautstark, Dutzende weitere strömten in den Saal. Alles war hell erleuchtet, am hellsten aber strahlte das gigantische Logo der Allianz, das an einer Wand hinter der Bühne prangte. Darunter stand das Motto des heutigen Kongresses: *Mut zur Menschlichkeit.* Taso suchte mit den Augen die Tischreihen ab und sog die Energie des Saals auf. Immer wieder vernahm er Gelächter. Ein paar Meter vor ihm umarmte eine junge Frau der Reihe nach einige Leute, die aufwendige, wallende Kleider trugen. Etwas weiter paffte ein älterer Herr allein, aber sichtlich zufrieden Pfeife, ohne dass sich jemand daran störte. Und irgendwo auf der anderen Seite der Halle sang eine Gruppe munter ein Lied – »… und für das Bürgerglück, wir sind doch keine Knechte der freien Republik …« –, begleitet von einer echten Gitarre. Taso schritt langsam durch die Reihen und berauschte sich daran, Teil dieses Ereignisses zu sein. Keine gesmalte Heißluftballonfahrt, kein Indi-Film und keine Soulsearcherepisode konnte mit diesem Gefühl mithalten. In der dritten Reihe angekommen erkannte er Rosie neben Ruben, Paula und drei weiteren Vertretern ihres Stadtverbands. Er begrüßte die Truppe und sprach kurz mit Rosie, bevor er den Weg weiter vor zu den Gästeplätzen einschlug und sich auf einen Stuhl in der zweiten Reihe setzte. Vergnügt beobachtete er ein kleines Mädchen, das glucksend vor seinem Vater über die Bühne floh. Der Mann hechtete dem Kind hinterher und schnappte es lachend.

Plötzlich brandete Applaus auf, und alle sahen zu Pascale, die lächelnd und Hände schüttelnd von einem Rand des Auditoriums in

Richtung Bühne schritt. Sie trug keine Maske. Schnell klatschte der ganze Saal und hörte erst wieder auf, als sich die Allianzchefin an einen Tisch auf der Bühne setzte. Das Gewusel ließ nun rasch nach.

Gespannt lehnte sich Taso zurück und registrierte aus dem Augenwinkel den maskierten Mann, der in seine Richtung kam. Ein paar Meter vor ihm verwandelte sich seine Maske in Tims Gesicht. Sein Freund setzte sich neben ihn und flüsterte: »Wir treffen uns später im kleinen Kreis. Komm zum Ausgang elf, wenn Pascale mit ihrer Rede beginnt.« Er drückte Tasos Unterarm. »Und kein Wort darüber zu irgendjemandem.«

Taso nickte. Tim stand auf und verschwand. Ein angenehmes Kribbeln durchfuhr ihn. Seitdem die anderen nach dem Abendessen bei Hugo über dieses Treffen gesprochen hatten, hoffte er, dass er dabei sein könnte. Und Tim hatte es tatsächlich möglich gemacht. Taso studierte den Programmzettel, der auf seinem Stuhl gelegen hatte. Pascales Rede war für fünf Uhr angesetzt. Eineinhalb Stunden warten …

»Ist hier noch frei?«, unterbrach eine bekannte Stimme seine Gedanken. Sofort schnellte Tasos Puls in die Höhe. So langsam wie möglich hob er den Blick vom Flyer und nickte Schneider zu. Mit grimmigem Gesichtsausdruck setzte sich dieser dorthin, wo eben noch Tim gesessen hatte. Seiner noch stehenden Kollegin befahl er, sich irgendwo anders im Saal zu platzieren. Er legte den Kopf in den Nacken und atmete geräuschvoll aus. Dann drehte er sich noch einmal zu Taso und musterte ihn. »Kennen wir uns?« Taso bewegte sich nicht. Es war unmöglich, dass er ihn mit der Maske erkannt hatte. Nachdem Taso nichts entgegnete, lachte Schneider, drehte sich wieder zur Bühne und brummte: »Keinen Humor, diese Offliner.«

Taso schwitzte unter der Maske und kratzte sich am Hals. Wie er diesen Kerl verabscheute! Vergessen war das Triumphgefühl von vorhin, als er die Diskussion zwischen ihm und Veronika Verbeek belauscht hatte. Weil Schneider so breite Schultern hatte, berührten sich ihre Oberarme. Die Stelle zog Tasos gesamte Aufmerksamkeit auf sich, als bestünde er nur noch aus ihr. Er schwor sich, nicht zu weichen, auch wenn es ihm den Magen umdrehte.

Der Kongress begann mit einer knappen Rede von Veronika Verbeek, die allen für ihr Kommen dankte und das Programm erläuterte. Dann stellte sie die erste Gastrednerin vor: Joséphine Moulin, die Chefin der französischen Alliance Humaniste. Sie war erstaunlich jung, kaum älter als Taso, und hatte einen betörenden Akzent, der von ihrer nicht ganz so ansehnlichen Gestalt ablenkte. Taso musste sich enorm konzentrieren, um ihren Worten zu folgen und nicht fortwährend an Schneider neben sich zu denken. Sie sprach vor allem über ihre Erfahrungen mit der letzten Erhöhung des nationalen Pred-Ziels: In Frankreich war der Wert schon vor zwei Jahren auf 75 erhöht worden. Französische Offliner kämpften mit harten Bandagen gegen solche Entwicklungen. Taso wunderte sich nicht, als Moulin von Massenverhaftungen nach Aktionen zivilen Ungehorsams berichtete. Über 3.000 Mitglieder hätten sie in dem Jahr nach Erhöhung des Pred-Ziels durch Austritte oder Haftstrafen verloren, zehn Prozent ihrer Anhänger. Aber sie hätten auch 753 neue Mitglieder gewonnen, alle hochmotiviert und engagiert.

Nach der Rede schmerzte Taso der Rücken. Dankbar erhob er sich mit der Menge im Saal, um Moulin zu applaudieren und um sich zu strecken. Als er sich wieder setzte, ließ er ein wenig Abstand zu Schneider, auch wenn seine Sitzhaltung dadurch nicht viel bequemer wurde. Aus den Augenwinkeln beobachtete er, wie Schneider langsam und ungelenk wie ein Erstklässler Buchstaben in ein Notizbuch mit vergilbten Seiten kritzelte. *HA-Chefin FRA* lautete die Überschrift. Taso konnte die Buchstaben nur schwer entziffern. »Von wie vielen Neumitgliedern hatte sie gesprochen?«, fragte Schneider ihn. Taso zuckte mit den Schultern. Er hätte ihm gerne gesagt, dass er ab und zu mal sein Hirn benutzen sollte, dann könnte er sich auch auf sein eigenes Gedächtnis verlassen. Schneider wandte sich abrupt wieder ab und schrieb schmunzelnd eine

753 in das Buch. »Ich dachte schon, Sie halten mir jetzt einen Vortrag darüber, wie der Würfel mein Hirn verkümmern lässt.« Er sah noch einmal zu Taso und fuhr ernster fort: »Sie müssen verzeihen, ich habe mich vorhin mit Frau Verbeek gestritten, da bin ich etwas angefressen.«

Taso nickte ihm genervt zu. Warum konnte der Kerl nicht einfach die Klappe halten?

Nach Moulins Rede meldeten sich zahlreiche Mitglieder der Allianz zu Wort. Taso folgte gebannt der Diskussion. Als Pascale für die zweite große Rede des Tages ans Pult trat, setzte er sich hastig auf und suchte den Saal nach Tim ab, konnte ihn aber nirgends finden. Schneider zückte wieder sein Büchlein. Taso stand langsam auf.

»Sie wollen schon gehen? Jetzt, wo es spannend wird?«

Taso brummte etwas, das wie »Toilette« klingen sollte, und ging so lässig wie möglich zum nächsten Ausgang, ohne sich noch einmal umzudrehen.

»Liebe Mitglieder der Allianz«, begann Pascale. »Wir dürfen uns nichts vormachen: Es steht nicht gut um uns Menschen. In ihrer unbändigen Gier nach Daten teilen Kubisten und Harmonisten gerade die Welt unter sich auf und dringen in die letzten freien Winkel dieses Planeten vor – in unsere Köpfe. Mit dem Versprechen von Reichtum und Glück verführen sie unsere Besten. Sie spalten, beschimpfen und marginalisieren uns, sie grenzen uns aus und rauben uns Raum und Freiheit.« Es war jetzt totenstill im Saal. Taso spürte die Schwere, die sich auf die Gemüter legte. Er huschte in den das Auditorium umgebenden Gang und lief zu Ausgang elf, wo er sich tief atmend in die offene Tür stellte und Pascale weiter zuhörte. »Es ist ein ungleicher Kampf, den wir führen müssen, liebe Freundinnen und Freunde. Hier Überzeugung, dort Macht. Hier die wenigen, dort die vielen. Hier unser begrenzter menschlicher Verstand, dort der Würfel. Wenn man länger darüber nachdenkt, könnte man leicht verzagen.«

In diesem Moment tauchte Tim neben ihm auf und zog ihn mit sich zurück in den Gang.

»Aber das tun wir nicht! Wir verzagen nicht, wir geben nicht auf, wir ziehen uns nicht zurück, wir machen uns nicht klein!«

Tim führte ihn zu einer Sicherheitstür, die sich nach Eingabe eines Codes zu einem Treppenhaus öffnete. Pascales Stimme begleitete sie hinein. »Denn anders als die Kubisten meinen, sind wir nicht die Vergangenheit, sondern die Zukunft! Wir sind …«

Die Tür fiel hinter ihnen ins Schloss. Taso hätte die Rede gerne zu Ende gehört. Sie eilten drei Stockwerke nach unten, wo Tim an einer zweiten Sicherheitstür einen weiteren Code eingab. Dann betraten sie einen schmalen, unbeleuchteten Gang. Als auch die zweite Tür zugefallen war, konnte Taso nichts mehr sehen. Es war kalt. Unwillkürlich verschränkte er die Arme vor der Brust und zog die Schultern hoch. Er hörte, wie Tim sich an der Wand entlangtastete und eine knarzende Tür oder Klappe öffnete. Dann kam er zurück und drückte Taso etwas gegen die Brust, das sich wie eine Taucherbrille anfühlte.

»Gib mir deine Maske, und setz die hier auf«, sagte Tim.

Als Taso fertig war, ertastete sein Freund einen Schalter an der Brille, und Taso konnte plötzlich wieder sehen, allerdings nur in grün-schwarzen Tönen.

»Infrarot«, erklärte Tim und verstaute ihre beiden Masken in einem in die Wand eingelassenen Schrank. »Komm!«

Wortlos gingen sie den Gang hinunter, bogen an einer Kreuzung ab und dann noch einige Male, bis Taso jede Orientierung verloren hatte. Irgendwann erreichten sie eine riesige Safetür. Zwei Frauen in Anzügen standen davor und zielten mit Pistolen auf sie. Taso blieb schlagartig stehen und hob instinktiv die Hände.

»4Z38«, sagte Tim mit ruhiger Stimme, ohne stehen zu bleiben. Die Frauen ließen sofort ihre Waffen sinken. Taso schloss etwas peinlich berührt zu seinem Freund auf. Während eine der Frauen die Safetür öffnete, wischte er unauffällig seine feuchten Hände an der Hose ab.

»Nach dir«, sagte Tim.

Taso nickte den beiden Frauen zu und trat ein.

14

Der Raum roch nach Keller. Grelles Licht strahlte aus Neonröhren an der Decke. Taso kniff die Augen zusammen und zog die Infrarotbrille ab. Als Erstes sah er kahle Wände, einen fast schwarzen Betonboden, dann einen einfachen Metalltisch mit zwei Reihen Stühlen darum. Sie waren die Ersten.

»Komm, wir setzen uns«, sagte Tim, nachdem sie ihre Brillen in einen Korb gelegt hatten, der am Eingang bereitstand. »Die anderen kommen gleich.« Taso ließ sich zu einem Stuhl in der zweiten Reihe führen, von wo sie die Tür gut im Blick hatten. Kaum hatten sie Platz genommen, öffnete sich diese erneut, und Rosie trat ein, begleitet von einem Fremden mit einem großen Kruzifix um den Hals. Sie unterhielten sich mit gedämpfter Stimme auf Englisch, warfen achtlos ihre Brillen in den Korb und grüßten Tim und Taso nur flüchtig. Rosie schien hoch konzentriert zu sein. Welche Rolle er im Widerstand auch spielte, spätestens seit dem Abendessen bei Hugo war klar, dass sie bedeutend sein musste. Taso war stolz darauf, mit ihm befreundet zu sein.

»Wer ist das?«, fragte er Tim und nickte in Richtung des Fremden.

Sein Freund machte eine wegwerfende Handbewegung. »Ist nicht so wichtig. Gleich kommen noch ganz andere Kaliber!« Taso ärgerte sich über die Geheimnistuerei, hatte aber gelernt, sie hinzunehmen.

Bald öffnete sich die Tür erneut, und Hugo trat ein, dicht gefolgt von Pascale und ihrem Stellvertreter. Hugo trug wie üblich einen eleganten Anzug und hatte einen Gehstock dabei, der eher seinen Auftritt untermalte, als ihm tatsächlich beim Gehen half. Pascale sah wie immer so frisch und umwerfend aus, als erschiene sie nach einem ruhigen Wochenende zu ihrem ersten Termin – dass sie bis eben vor Hunderten von Menschen eine Rede gehalten hatte, sah man ihr nicht an. Sie tauschten Grüße und Höflichkeiten mit Rosie und dem Fremden aus, zu Tasos Erstaunen nahm Hugo danach aber nicht am Tisch Platz, sondern ebenfalls in der zweiten Reihe. Er verschränkte abwartend die Arme, löste sie wieder und sah sich unruhig um. Erst jetzt bemerkte er Tim und Taso und nickte ihnen zu. Taso fühlte sich ertappt, als dürfte er gar nicht hier sein.

Nach und nach setzten sich auch die anderen. Am Tisch saßen bislang nur Pascale und Rosie. Die Gespräche verstummten, für eine Weile war es still. Dann öffnete sich wieder die Tür und ein unverschämt gut aussehender junger Mann trat ein. Er lächelte breit, hatte schulterlange, hellbraune Haare und ein markantes Gesicht mit einem Dreitagebart. Seine Erscheinung füllte sofort den Raum. Er ging um den Tisch herum, drehte sich in alle Richtungen und stellte sich jedem mit einem kräftigen Händedruck als Elvis Pfeiffer vor. Immer wieder lachte er laut und herzlich auf und setzte sich schließlich zu Pascale und Rosie.

»Ist das *der* Elvis Pfeiffer?«, fragte Taso flüsternd. »Den der Würfel vor Kurzem zum Abgeordneten ernannt hat?«

Tim nickte, und Taso staunte: Mit einem Parlamentarier hatte er nicht gerechnet. Die Offliner im Parlament setzten sich zwar alle für ein Ende des Kubismus ein, die meisten wollten mit der außerparlamentarischen Opposition allerdings nichts zu tun haben. Er konnte sich nicht vorstellen, dass das bei Elvis anders war.

Pascale räusperte sich: »Dann fehlen jetzt nur noch zwei. Wissen wir, wann sie kommen?« Sie sah zu Rosie.

»Jeden Augenblick«, antwortete er.

Pascale blickte ungeduldig auf ihre Armbanduhr und seufzte. »Hätte ich ja doch noch ein paar Fragen beantworten können.« Sie drehte sich zu Tim, der aber nur mit den Achseln zuckte.

Es dauerte noch mehrere Minuten, bis die Safetür wieder aufschwang. Ein großer kräftiger Mann in grauem Sportanzug trat ein. Die Stimmung im Raum war sofort angespannt. Auch Taso umklammerte unwillkürlich seine Stuhllehne. Der Mann, den jeder nur als »Klaus« kannte, zog sich ächzend die Infrarotbrille vom Kopf und fluchte, als sie sich in seinen verschwitzten Haaren verhedderte. Taso rekapitulierte das wenige, das er über Klaus wusste: In jungen Jahren soll er Söldner gewesen sein, dann hatte er sich irgendwo in Afrika niedergelassen und war schließlich vor ein paar Jahren zurückgekehrt, um die deutsche Sektion der Christian Resistance Against Cubism zu gründen. Seine Männer – bei CRAC gab es fast nur Männer – hatten einiges auf dem Kerbholz, bis hin zu Entführungen, Raubüberfällen und Bombenanschlägen. Für sie waren alle anderen Widerstandsbewegungen zu lasch oder irregeleitet. Dazu passte, dass Klaus in natura tatsächlich wirkte wie die teutonische XXL-Version eines lateinamerikanischen Guerillakämpfers. Sein sonnengegerbtes Gesicht hatte denselben düsteren Ausdruck wie auf den Fahndungsfotos, die seit Jahren überall kursierten. Hinter ihm betrat ein weiterer Mann den Raum, dunkel gekleidet, mit ebenso unbewegter Miene. Taso musste an Dalias Freunde aus Humaning denken, die sich von CRAC hatten rekrutieren lassen, aber dieser Mann war zu alt, um einer von ihnen zu sein.

Klaus sah auf. »Ah, schon alle da?« Ohne sich vorzustellen oder jemanden zu grüßen, setzte er sich neben Elvis und legte seine gewaltigen Hände auf den Tisch. Sein Begleiter setzte sich hinter ihn.

Taso bemerkte, dass er die Luft angehalten hatte. Möglichst unauffällig atmete er durch. Er erinnerte sich noch gut an den Aufschrei, der durch die Republik gegangen war, als CRAC eines der größten Datenzentren des Landes in die Luft gejagt hatte. Klaus hatte zwar später behauptet, dass er alles dafür getan habe, um Opfer zu vermeiden, aber wirklich geglaubt hatte ihm niemand. Vier Menschen waren gestorben, und statt sich bei den Familien zu entschuldigen, hatte Klaus in einem Bekennervideo nur Bibelstellen zitiert. Dass jetzt niemand vom Tisch aufsprang und ging, wunderte Taso sehr – und verunsicherte ihn auch. Alle anderen schienen nicht überrascht von der Anwesenheit des Terroristen. Zwar vermieden sie es bis auf Rosie, ihn anzusehen, aber der alte Söldner schien die Ablehnung gewohnt zu sein und warf herausfordernde Blicke in die Runde. Keiner sagte etwas, worauf Klaus begann, gelangweilt mit den Zeigefingern gegen die Tischkante zu trommeln.

Als hätte der Trommelwirbel es heraufbeschworen, öffnete sich die Tür ein weiteres Mal. Erneut stockte Taso der Atem, denn hinein trat, mit ihrem kurzen feuerroten Haar unverkennbar, niemand Geringeres als Meike Ulrich, die Chefideologin und Sprecherin der Humanistischen Front. Sie hatte die Infrarotbrille bereits abgenommen, sah sich um, und nickte Pascale, Rosie und Klaus zu, bevor sie sich setzte; Hugos Blick schien sie zu ignorieren. Taso war zugleich erschüttert und begeistert. Wenn es *einen* Superstar unter den Offlinern gab, war das Meike Ulrich. Was Pascale dem Kopf bot, gab die kompromisslose HF-Sprecherin den Herzen. Sie hatte viele Anhänger, weit über die Humanistische Front hinaus. Darunter waren auch etliche Menschen, die die brutalen, CRAC-gleichen Methoden der HF eigentlich ablehnten. Sogar mancher Kubist bewunderte sie für die »Radikale Klarheit«, mit der sie ihre Thesen selbst überschrieb.

Taso hatte sie vor Jahren schon einmal erlebt. Damals hatte sie noch keine Funktion in der dezentral organisierten HF gehabt und auf kleiner Fahndungsliste gestanden. Sie hatte gerade ihr *Humanistisches Manifest* veröffentlicht und es landesweit mit den verschiedensten Leuten diskutiert. Taso war dabei gewesen, als sie in Diagon Alley Station machte und mit Matthias Saale, Pascales Vorgänger, in einer Podiumsdiskussion leidenschaftlich über ihre Thesen stritt. Damals war noch nicht absehbar, dass das Manifest zur wichtigsten Offlinerschrift Europas werden würde, nach dem Streitgespräch hatte Taso es aber schon im Gefühl: Meike Ulrich war Saale, sicher zwanzig Jahre älter als sie, intellektuell und rhetorisch gnadenlos überlegen und riss das Publikum förmlich von den Stühlen. Taso hatte ein wenig gebraucht, um zu seiner Überzeugung zurückzufinden, dass man den Kubismus nicht mit Gewalt umstürzen dürfe.

Seit zwei Jahren sprach Meike Ulrich offiziell für die HF. In Diagon Alley munkelte man schon lange, dass sie mittlerweile großen Einfluss auf den militärischen Arm der Organisation habe. Auch einen Haftbefehl gab es inzwischen gegen sie, wegen Mitgliedschaft in einer terroristischen Vereinigung. Die Beteiligung an konkreten Straftaten konnte man ihr bislang nicht nachweisen, obwohl auch die HF schon viel Blut an den Händen hatte. Taso war wahnsinnig gespannt, wie sich Meike Ulrich hier verhalten würde – und konnte es immer noch nicht fassen, dass Klaus und sie zu diesem Treffen eingeladen wurden.

Hinter der HF-Sprecherin hatte eine kleine junge Frau den Raum betreten. Sie hatte ihre und Meike Ulrichs Infrarotbrillen verstaut und stellte sich nun Kaugummi kauend vor die versammelte Mannschaft, als wollte sie eine Ansprache halten. Taso kannte sie bereits von der Demo gegen Mark Finder in Diagon Alley: Es war Aza Schneider, Zhong Schneiders Tochter.

Mit hellwachen Augen musterte sie Raum und Leute. Sie hatte kurze Haare und trug eine grüne Cargohose, ihr enges schwarzes Oberteil verriet eine muskulöse Statur. Taso war von ihrem Anblick gefesselt. Genau so stellte er sich eine Revolutionärin vor. Als sie Tim erkannte, stapfte sie mit einer Selbstverständlichkeit zu ihm herüber, die Taso nicht überraschte. »Fluchtweg?«, fragte sie, kühl und klar.

Statt zu antworten, sah Tim fragend zu Pascale, die ihm nur zunickte. Er stand auf, ging zu einem Metallschrank, den Taso bislang nicht bemerkt hatte, und zeigte auf eine quadratische Fläche im Boden neben ihm. Er trat mit der Ferse einmal auf die Fläche, woraufhin sie nach oben klappte und das obere Ende einer Leiter zu erkennen gab. Er sah zu Aza und Klaus' Begleiter, der sich zu ihnen gesellt hatte, und erklärte: »Der Tunnel führt in das Waldstück auf der anderen Seite des Zauns, das wir für eure Fahrzeuge empfohlen hatten.«

»Waffen?«, fragte Aza. Taso erschrak.

»Liegen am Ausgang«, antwortete Tim trocken.

Aza und der CRAC-Soldat nickten und gingen zu ihren Plätzen. Verstohlen musterte Taso Schneiders Tochter. Wusste sie, dass ihr Vater gerade oben bei den Delegierten saß? Sie bemerkte seinen Blick und schnitt eine Grimasse. Schnell wandte er sich ab und hoffte, nicht rot zu werden. Krampfhaft konzentrierte er sich wieder auf die Personen am Tisch. Noch einmal machte er sich bewusst, was hier geschah: Die Allianz traf sich ausgerechnet mit CRAC und der Humanistischen Front, deren Methoden sie immer verurteilt hatte. Wenn Schneider das sähe, würde er durchdrehen. Taso lächelte bei diesem Gedanken. Er konnte nicht fassen, bei diesem Ereignis dabei zu sein – auch wenn ihm schwante, dass er dafür einen hohen Preis bezahlen würde.

Am Tisch war jetzt nur noch der Platz zwischen Pascale und Rosie frei. Offenbar würde er unbesetzt bleiben, denn Pascale beugte sich vor und begann zu reden: »Wir haben uns in dieser Konstellation noch nie getroffen, und es war auch nicht einfach, euch alle an einen Tisch zu bekommen.« Ihr Blick wanderte durch die Runde. »Dieses Mal mussten wir für unser Treffen noch ein Versteck wählen, in einer humanistischen Enklave in einem menschenfeindlichen Land. Das nächste Mal wollen wir uns in Freiheit wiedersehen. Bitte denkt an dieses Ziel, wenn wir in den nächsten Stunden streiten … Fangen wir mit dem wichtigsten Thema an: Vertrauen. Wir haben die Loyalität aller, die hier sitzen, intensiv geprüft. Wir stehen für jeden Einzelnen von euch gerade. Der Plan, den wir heute vorstellen werden, wird nur gelingen, wenn ihr einander so vertraut wie wir euch.« Sie machte eine Pause und blickte jeden am Tisch noch einmal an. »Damit wir handlungsfähig sind, lautet die wichtigste Grundregel: Was wir heute mit Mehrheit beschließen, setzen *alle* um.«

Prompt hob Elvis die Hand. »Das kann ich so nur unter einer Bedingung mittragen: keine Toten!«

Aza lachte spöttisch auf, einige grummelten etwas.

»Ich kann garantieren«, sagte Pascale mit kräftiger Stimme, »dass unser Plan keine Tötungen *erfordert.*« Sie sah Elvis fest in die Augen. »Ich kann aber nicht garantieren, dass niemand sterben wird.«

Taso wurde flau im Magen. Elvis wirkte wie vor den Kopf gestoßen. »Ist das dein Ernst?«, fragte er. »Ich dachte, Gewaltlosigkeit sei Konsens – jedenfalls unter den Vernünftigen im Raum.« Er sah von Pascale zu Rosie und Hugo, schien nach Bestätigung zu suchen, aber keiner sagte etwas. »Wenn das nicht mehr so ist, bin ich raus.« Sein Gesichtsausdruck verriet Enttäuschung, er stützte bereits die Hände auf den Tisch, um sich zu erheben.

»Elvis«, erklang Rosies ruhige Stimme. »Wenn du jetzt gehst, macht das nichts besser. Wir brauchen deine politische Erfahrung und deinen Einfluss für die Zeit danach. Hilf uns, die Gesellschaft vor dem Chaos zu bewahren.«

»Keine Toten – das habe ich immer gesagt, Rosie!«

»Du weißt, dass ich das genauso sehe. Wir werden alles dafür tun, dass niemand zu Schaden kommt, aber garantieren können wir es nicht, das wäre unehrlich. Bitte, hab Vertrauen und hör dir den Plan an.«

Elvis schien nicht überzeugt. »Ihr klingt, als sei alles schon beschlossene Sache.«

Rosie schüttelte den Kopf. »Ist es nicht. Wir diskutieren ergebnisoffen, dafür sind wir hier.«

Pascale übernahm wieder: »Wir schlagen vor, dass jeder am Tisch stimmberechtigt ist, also Meike, Klaus, Elvis, Rosie und ich. Wir entscheiden mit Dreiviertelmehrheit, das heißt bei zwei Neinstimmen lassen wir es.«

Keiner widersprach.

»Dann ist das so beschlossen.«

Elvis wirkte zerknirscht, blieb zu Tasos Erleichterung aber sitzen.

Pascale lächelte aufmunternd, bevor sie sehr ernst wurde. »Kommen wir zur Sache … Unser Ziel ist es, den Würfel zu stürzen.«

Sofort wurden skeptische Blicke getauscht. Pascale war nicht die Erste, die ein so hohes Ziel steckte.

»Unser Plan ist einfach, aber radikal«, fuhr sie fort. »Wir werden alle Datensätze des Würfels auf einen Schlag zerstören.« Einen Augenblick ließ sie den Satz wirken. Klaus winkte sofort ab, Meike Ulrich schüttelte sichtlich enttäuscht den Kopf, aber Pascale sprach unbeirrt weiter: »Besser noch: Wir werden den Würfel dazu bringen, alle Datensätze selbst zu zerstören.« Sie lächelte triumphierend.

Alle sahen sie ungläubig an.

»Ihr kennt den unsäglichen Systemwettbewerb zwischen Kubismus und Harmonismus nur zu gut. Als China Xi einführte, also seine Steuerungs-KI, geriet die westliche Welt in Aufruhr. Alle hatten Angst, gegenüber Asien an Boden zu verlieren oder gar von Peking geschluckt zu werden … Und diese Befürchtung gibt es immer noch. Wem wird nicht bange bei der Vorstellung, dass China unser Land besetzen, sich unsere Daten einverleiben und die Kontrolle über unser Leben übernehmen könnte? Bekäme Xi je Zugriff auf alle Daten, die der Würfel gesammelt hat, wären wir dem Harmonismus auf einen Schlag ausgeliefert. So unwahrscheinlich die Eroberung unseres Landes durch harmonistische Staaten sein mag – der Würfel wäre nicht der Würfel, hätte er nicht auch für diesen Fall eine Strategie entwickelt. Diese Strategie hat unsere ängstliche Regierung längst heimlich umgesetzt und alle Datenzentren des Landes mit Spreng- und Brandsätzen ausgerüstet. Sollte Deutschland je einen Angriff erleben, den unsere Streitkräfte nicht abwehren können, zündet der Würfel diese Spreng- und Brandsätze und vernichtet all seine Daten.«

»Und ihr wollt jetzt China überreden, uns anzugreifen?« Elvis' Ton war scherzhaft, aber sein Blick todernst.

»Fast«, antwortete Pascale und lächelte. »Wir werden dem Würfel *vorgaukeln*, dass China uns angreift.«

Bis auf Rosie und Hugo blickten alle am Tisch argwöhnisch zur Allianzchefin. Keiner sagte etwas.

»Wir müssen uns dazu nicht als Chinesen verkleiden, es geht sehr viel eleganter. Militär und Verfassungsschutz nutzen schon lange eine Trainingssoftware, mit der sie Angriffe auf unser Land und die Infrastruktur des Würfels simulieren. Die würfelgestützte Landesverteidigung versucht dann, die simulierten Attacken abzuwehren. Die Angriffe sind maximal realistisch, weil die Trainingssoftware sämtliche Dateninputs des Würfels kontrolliert: Durch Kameras, Mikrofone und Sensoren wirkt es für den Würfel so, als herrschte tatsächlich Krieg. Durch diese Übungen lassen sich Lücken in der Verteidigung des Landes identifizieren und beheben.

Wir haben nun eine Möglichkeit gefunden, wie wir das Zusammenspiel aus Simulationssoftware und Würfel manipulieren können. Wir werden einen chinesischen Angriff simulieren, dem die Landesverteidigung nicht gewachsen ist – und den der Würfel nicht als bloße Simulation erkennt. Wir lassen ihn also glauben, das Land werde tatsächlich angegriffen. Er wird chinesische Truppen aus dem Nichts auftauchen sehen, im ganzen Land und insbesondere vor allen Datenzentren. Smarts und andere Kameras werden ihm überwältigte Verteidigungskräfte und aufgesprengte Türen zeigen, er wird Nachrichten über den Tod hochrangiger Generäle und Politiker erhalten und mit einem aus seiner Sicht nicht abzuwehrenden Angriff konfrontiert werden. Er wird innerhalb von Minuten die Selbstzerstörung aller Datensätze auslösen – und so seine eigene Daseinsgrundlage vernichten und sein gesamtes Gedächtnis löschen.«

Taso war überwältigt. Einigen anderen schien es genauso zu gehen. Den Würfel mit einem virtuellen Angriff zu schlagen … das klang zu gut, um wahr zu sein. Brauchten sie dafür Lea? Hatte sie Zugang zur Simulationssoftware?

Bevor Pascale wieder ansetzen konnte, meldete sich Meike Ulrich zu Wort. »Warum habe ich von diesem Selbstzerstörungsmechanismus noch nie gehört? Wusstet *ihr* davon?« Sie sah sich um; Klaus und Elvis schüttelten die Köpfe.

»Dazu kommen wir gleich«, sagte Pascale gelassen.

Meike Ulrich sah sie misstrauisch an. »Na gut, andere Frage: Sind Teile unserer Daten nicht in anderen Ländern gespeichert?«

»Nein«, antwortete Pascale. »Alle unsere Daten müssen seit dem Referendum auf deutschem Boden gespeichert werden.«

»Was ist mit Sicherungskopien?«

»Manche Länder haben sie im Ausland, wir nicht.«

»Warum kann der Würfel die Selbstzerstörung allein auslösen?«, wetterte Klaus. »Muss da kein Mensch mehr sein Okay geben?«

»Das war früher mal so. In der Anfangszeit mussten Kanzler und Verteidigungsministerin die Selbstzerstörung autorisieren. Dagegen wurden allerdings schnell Einwände erhoben. Einer von beiden könnte bestochen oder erpresst werden oder zu lange zögern, China könnte sie gezielt außer Gefecht setzen. Vor allem aber wurde ihre Urteilskraft infrage gestellt: Warum sollte eine so wichtige Entscheidung überhaupt noch ein Mensch treffen, wenn doch der Würfel eindeutig besser dafür geeignet war – nüchtern und unbestechlich, wie er eben ist?« Ihre Augen blitzten. »Seit drei Jahren kontrolliert der Würfel den Mechanismus deshalb allein.«

Meike Ulrich und Klaus sprachen im Flüsterton mit ihren Begleitern. Alle im Raum wirkten ernst und angespannt. Taso sah zu Tim, der seinen Blick sofort erwiderte. *Wahnsinn, oder?*, sagten seine Augen. Taso nickte ihm anerkennend zu.

»Wer soll diese Trainingssoftware hacken?«, rief Elvis laut, und sofort wurde es wieder still. »Ihr etwa? Die Allianz gegen die besten Programmierer der Welt?«

»Die zweitbesten«, sagte Pascale ungerührt, »die besten sind auf unserer Seite. Ihnen verdanken wir diesen Plan und die Mittel zu seiner Umsetzung. Dafür sind wir ihnen unglaublich dankbar, und ich hoffe, ihr werdet es auch sein, wenn wir sie euch gleich vorstellen. Denn allein könnten wir den Plan niemals umsetzen. Wir hätten ihn nicht einmal entwickeln können.« Mit einem unguten Gefühl im Bauch beobachtete Taso, wie sich Tim auf Pascales Signal hin erhob und zur Safetür ging.

Alle verfolgten, wie eine junge, zierliche Asiatin in Tasos Alter den Raum betrat. Unerschrocken sah sie sich um. Hinter ihr stieg Frau Meng durch die Tür, die in Tasos Verhör den Lügendetektor bedient hatte.

Der Anblick der beiden löste heftige Unruhe aus. Nach Pascales Worten wusste jeder sofort, was ihr Auftritt bedeutete und wen sie repräsentierten. Klaus war aufgesprungen, schlug die Faust auf den Tisch und brüllte, was die meisten anderen denken mussten: »Ihr seid mit den Chinesen ins Bett gestiegen? Spinnt ihr?«

»Verrat!«, rief Elvis.

Auch Aza sah aus, als wollte sie den Neulingen an die Gurgel gehen. Ihre Chefin aber blieb sitzen und wirkte auffallend gelassen.

Taso saß mit geballten Fäusten auf der Stuhlkante und konnte nur den Kopf schütteln. Wollten Pascale und Rosie Deutschland in den harmonistischen Block eingliedern? War das der große Plan? Sollte so der »Sieg« aussehen? Entgeistert fragte er Tim: »Was soll das? Seid ihr verrückt geworden?«

»Warts ab«, flüsterte sein Freund. Er hatte sichtlich Schwierigkeiten, ruhig zu bleiben. Nachdem sich die erste Wut entladen hatte, ging die junge Chinesin mit festem Schritt zu dem leeren Platz am Tisch und setzte sich. Frau Meng nahm kerzengerade hinter ihr Platz und drehte fortwährend den Kopf, um das Geschehen im Blick zu behalten. Klaus stand immer noch.

»Lass uns reden, Klaus«, bat Rosie. »Bitte. Hör dir erst mal an, was wir zu sagen haben.«

Das Gesicht des alten Söldners war verschwitzt und rot, er stand noch immer da wie ein kampfbereiter Gorilla. Noch einmal schlug er auf den Tisch, ließ sich dann aber wutschnaubend zurück auf den Stuhl fallen. Die metallenen Stuhlbeine quietschten laut über den Boden.

»Eines vorweg«, sagte Rosie, »Deutschland wird nicht harmonistisch. Niemals!« Taso sah, wie die junge Chinesin kaum merklich mit dem Kopf nickte. Rosie blickte zu ihr. »Frau Huo ist vor knapp einem Jahr auf uns zugekommen. Durch sie haben wir von dem Selbstzerstörungsmechanismus erfahren, von der Trainingssoftware und der Möglichkeit ihrer Manipulation. Sie hat uns in tagelangen Sitzungen die aktuelle Infrastruktur des Würfels erläutert, hat uns die Arbeit ihrer Programmierer vorgeführt und uns vor allem erklärt, warum China uns unterstützen will.« Rosie nickte Frau Huo zu. »Aber ihre Motive erklärt sie am besten selbst.«

Während Rosie gesprochen hatte, war Tasos Blick immer wieder zu der kleinen Chinesin gesprungen. Sie wirkte auf eine merkwürdige Art hoch konzentriert und zugleich vollkommen entspannt. Die Hände locker vor sich auf dem Tisch gefaltet begann sie in perfektem Deutsch zu sprechen: »Vielen Dank für diese Einführung, Herr Rosie. Ich möchte zunächst meine große Freude darüber ausdrücken, Sie alle persönlich kennenzulernen. Ich habe viel über jeden von Ihnen gelesen und gehört, aus öffentlichen und unseren eigenen Quellen, aber auch von Herrn Rosie und Frau Pascale persönlich. Die Einladung an diesen Tisch ist mir eine große Ehre, und lassen Sie mich bitte gleich vorab sagen: Ich verstehe Ihre Empörung.«

Ihre Worte sollten wohl einnehmend und höflich klingen, aber ihr trockener Tonfall passte nicht recht dazu, was Taso noch skeptischer machte.

»Lassen Sie mich mit dem drängendsten Punkt beginnen, bevor Sie mich alles fragen können, was Sie möchten: Warum sollte mein Land Sie unterstützen, was ist unser Interesse? Nun, es ist eigentlich sehr einfach: Wir wollen ein neutrales Deutschland. Sie wissen, dass wir im Wettbewerb mit dem Kubismus stehen. Das große strategische Ziel beider Blöcke ist Datenvorherrschaft: Je mehr Daten wir kontrollieren, desto effizienter arbeitet unsere Wirtschaft.

Und je größer unser Anteil am weltweiten Informationsvorkommen, desto attraktiver ist es für blockfreie Nationen, sich uns anzuschließen. Eine mittlere Volkswirtschaft wie die deutsche spielt in dieser Strategie eine wichtige Rolle. Es wäre allerdings unrealistisch und gefährlich, Sie gegen den Willen des kubistischen Blocks in unseren Staatenverbund zu integrieren. China ist das erste Land der Geschichte, das ohne Kriege zur Großmacht wurde, und wir wollen auch jetzt keinen Krieg. Deshalb haben wir uns vor einiger Zeit dazu entschlossen, auf Ihre Neutralität hinzuarbeiten. Besser ein neutrales Deutschland als ein kubistisches. Neben der Bereitstellung von Informationen und einem Hack der Trainingssoftware darf ich Ihnen im Namen der Volksrepublik China folgende weitere Unterstützung anbieten.« Sie hob den Zeigefinger und begann aufzuzählen: »Wir werden Ihre neue Regierung sofort anerkennen. Wir werden Sie entsprechend dem Zweiten Haager Neutralitätsabkommen als neutralen Staat behandeln. Wir werden den kubistischen Block wirksam vor einer Intervention abschrecken. Und wir werden Deutschland über einen Zeitraum von zwei Jahren vollständig finanzieren.«

Taso sah sich um, wollte sehen, wie ihre Worte wirkten, denn er wusste selbst nicht, was er von ihnen halten sollte. Auch wenn ihm überhaupt nicht wohl bei dem Gedanken an chinesische Hilfe war – ein schlechtes Angebot klang anders. Und die Unterstützung des mächtigsten Staates der Welt verlieh dem Plan der Allianz unvermutete Glaubwürdigkeit.

Als Frau Huo still blieb, fragte Elvis: »Wie wollen Sie denn bitte die kubistischen Staaten ›wirksam‹ vor einer Intervention abschrecken?« Er wandte sich an die Runde: »Wollen wir zur Abschaffung des Würfels wirklich einen Krieg riskieren? Und den Harmonismus stärken? Der ist doch noch schlimmer als der Kubismus!«

Frau Huo antwortete in unverändertem Tonfall: »Wenn wir der von Xi vorgeschlagenen Deeskalationsstrategie folgen, liegt die Wahrscheinlichkeit eines Krieges unter 0,8 Prozent.«

»Wir sollen der Berechnung *Ihres* Supercomputers vertrauen, um *unseren* zu besiegen?«, fragte Elvis empört.

Meike Ulrich schien sich für Elvis' Einwand nicht zu interessieren. »Ich hatte die Frage vorhin schon gestellt: Warum hören wir von dem Selbstzerstörungsmechanismus heute zum ersten Mal?«

»Ihre Regierung hat uns über diese Vorkehrung selbst informiert«, sagte Frau Huo, »um uns vor einem Angriff auf Deutschland abzuschrecken. Wir haben inzwischen verifiziert, dass es den Mechanismus tatsächlich gibt. Wir wissen aber nicht, warum niemand die Bevölkerung darüber aufklärt. Wenn ich spekulieren müsste, würde ich sagen, man will Panik vermeiden und öffentlich keine Schwäche zeigen. Ein Ausdruck von Stärke ist eine solche Verteidigungsstrategie jedenfalls nicht.«

»Leute!«, rief Elvis. Er klang ungeduldig und zunehmend verzweifelt. »Ihr könnt doch nicht ernsthaft darüber nachdenken, mit denen gemeinsame Sache zu machen!«

Keiner ging auf ihn ein.

»Wie würde das mit dem Hack funktionieren?«, fragte Meike Ulrich weiter. »Was müssten wir dafür tun?«

»Wir werden in dieser großen Runde nicht jedes Detail erläutern«, sagte Rosie. »Es würde zu lange dauern, und wir schützen uns außerdem gegenseitig, wenn nicht jeder alles weiß. Nur so viel: Um den Hack kümmert sich die Allianz.« Taso kam es so vor, als sei Rosies Blick bei diesen Worten kurz zu ihm gehuscht. Dann war es also tatsächlich das, wofür sie Lea brauchten. »Ihr anderen seid erst gefragt, wenn der Würfel zerstört ist.«

»Hm …« Meike Ulrich runzelte die Stirn. »Angenommen, der Hack wäre erfolgreich und der Würfel tatsächlich ausgeschaltet – wie soll es dann überhaupt weitergehen?«

»Das würde ich auch gerne wissen!«, rief Klaus mit einer Kraft, die alle kurz innehalten ließ.

Pascale wandte sich an ihn und Meike Ulrich. »Dafür werden wir vor allem euch beide brauchen … Wir haben zusammen mit unseren chinesischen Partnern eine Reihe von Personen aus Politik, Militär und Polizei identifiziert, die wir zumindest in der Übergangszeit inhaftieren müssen. Die Haftbefehle sind bereits formuliert. Wir werfen ihnen Kollaboration mit China und einen Putschversuch vor. Die Aufenthaltsorte der betroffenen Personen werdet ihr von Frau Huo erhalten. Außerdem wissen wir, dass du, Klaus, im Militär ein beachtliches Netzwerk aus potenziellen Meuterern aufgebaut hast – jetzt ist der richtige Zeitpunkt, es zu aktivieren.« Klaus saß mit versteinerter Miene da. »Mit Gegenwehr ist kaum zu rechnen«, fuhr Pascale fort. »Die deutsche Sicherheitsarchitektur stützt sich fast vollständig auf den Würfel, das heißt Polizei- und Militärdrohnen werden nicht mehr funktionieren. Die meisten Waffensysteme werden sich ebenfalls abschalten. Ohne Smarts wird kaum ein Polizist eine offene Auseinandersetzung wagen, dafür sind sie ja gar nicht mehr ausgebildet. Deshalb können und möchten wir uns auch auf den Einsatz nicht tödlicher Waffen beschränken. Von dir, Elvis, wünschen wir uns, dass du eine verfassunggebende Versammlung organisierst. Wir haben außerdem eine Liste mit Offlinern zusammengestellt, die auch unter Kubisten breite Anerkennung genießen und die Regierung bilden sollen. Nach unserer Einschätzung sind die Ministerien auch ohne den Würfel überwiegend handlungsfähig, notfalls mit Unterstützung bereits pensionierter Beamter. Auch hier verfügen wir bereits über umfangreiche Listen. Die Details können wir gleich im kleinen Kreis klären.«

Es folgte eine angespannte Stille. Taso fiel es schwer, sich über die immer greifbarere Chance auf ein Ende des Kubismus zu freuen, weil seine Gedanken mehr denn je um seine eigene, immer noch unklare Rolle dabei kreisten.

»Wann soll das steigen?«, fragte Klaus nach einer Weile.

»Innerhalb des nächsten Monats«, antwortete Pascale. »Wir müssen schnell sein, um das Risiko zu minimieren, aufzufliegen. Das genaue Datum legen wir spontan fest. Ihr müsst in zwei Wochen einsatzbereit sein und auf Abruf zur Verfügung stehen.«

»Kann das wirklich funktionieren?«, fragte Meike Ulrich. Sie wirkte mittlerweile ein wenig aufgeregt.

»Xi hat eine 52-prozentige Chance für einen Erfolg errechnet«, sagte Frau Huo.

»Nur 52 Prozent?«, fragte Klaus.

»Die Simulationssoftware ist zwar erstaunlich leicht zu hacken, erfüllt ihre Aufgabe aber gut. Deshalb können wir nicht ausschließen, dass sie unseren Plan schon mal durchgespielt hat und das Land gegen einen virtuellen Angriff gewappnet ist. Wir sind trotzdem optimistisch, weil bei unserem Plan einige unwahrscheinliche Umstände zusammenkommen, die dem Würfel nicht bekannt sein dürften.« Frau Huo blickte in die Runde. Auch Taso sah sie direkt an. »Sie hatten noch nie eine bessere Gelegenheit, den Würfel zu besiegen – und Sie werden auch keine mehr bekommen.«

Während der folgenden Fragen und Antworten konnte man spüren, wie nach und nach die Skepsis im Raum sank und wie der Ton gegenüber Frau Huo freundlicher wurde, obwohl sie noch immer so distanziert und ruhig sprach wie zu Beginn. Vielleicht, weil sie auf jede noch so abwegige Frage eine besonnene Antwort hatte; vielleicht aber auch, weil Pascale und Rosie ihr offensichtlich vertrauten. Und wer konnte der Versammlung das wachsende Zutrauen zu China verübeln, nach ihrem langen, vergeblichen Kampf und all den Entbehrungen? Der Sieg wirkte plötzlich so greifbar, dass der Weg zurück zu den unerfüllten Hoffnungen eines zersplitterten Widerstands unmöglich erschien.

Je länger die Diskussion dauerte, desto ruhiger wurde Taso. Sie würden ihm nur auftragen, was er auch leisten konnte, und das würde er erfüllen. Er würde mutig sein, für die Menschen in diesem Raum. Bei dem Gedanken an seine Rolle bei diesem unglaublichen Putschversuch verspürte er schließlich sogar ein wenig Vorfreude.

Taso hatte jegliches Zeitgefühl verloren, als Rosie rief: »Ruhe bitte!« Es dauerte eine Weile, bis alle verstummten. »Ihr kennt jetzt den Plan. Ihr wisst, wer uns bei seiner Umsetzung helfen wird. In der letzten Stunde haben wir noch mal viel über die Phase nach der Abschaltung des Würfels gesprochen. Wir könnten noch Tage weiterreden, aber die Zeit drängt, und jeder wird nun wissen, wie er zu der Sache steht. Lasst uns abstimmen.«

Elvis hob abwehrend die Hand. »Moment, wir können noch nicht abstimmen. Wir haben noch gar nicht über Alternativen geredet! Wenn wir schon alle zusammen sind, warum überlegen wir nicht, wie wir den Kubismus politisch bezwingen können? Wir könnten gemeinsam für eine Senkung des Pred-Ziels kämpfen, für die Aufrechterhaltung von WfZs, für mehr Offlinerrechte, für irgendeine Lösung, die nicht gleich das Leben von Millionen Kubisten zerstört!«

Er sah sich um und suchte vergeblich nach Zustimmung.

»Wer hat dir denn ins Hirn geschissen?«, blaffte Klaus ihn an. Er gestikulierte wild mit den Armen, was unweigerlich bedrohlich wirkte. »Kaum ein paar Wochen im Parlament, und schon redeste wie ein Systemfuzzi! Du wirst niemals auch nur eine offlinerfreundliche Regelung durchs Parlament bringen!« Jetzt brüllte er fast. »Nicht eine einzige!«

Zu Tasos Erstaunen ließ sich Elvis davon nicht beeindrucken. Er schüttelte energisch den Kopf. »Ich werde das anders …«

»Ich muss Klaus recht geben«, unterbrach ihn Pascale und zeigte das erste Mal seit Beginn der Sitzung eine gewisse Ungeduld. »Wir haben dieses Treffen nicht anberaumt, um an einzelnen Wehwehchen herumzudoktern. Wir haben in den letzten acht Jahren alle politischen Mittel ausgeschöpft. Es ist Zeit für eine große Lösung, für einen echten Coup de Cube.«

Elvis gab nicht auf. »Ist euch klar, was euer Sieg für Folgen hätte? Ihr wollt jede Information zerstören, alle Dokumente, Videos und E-Mails löschen, einfach jede Erinnerung an früher! Und was ist mit dem Grundeinkommen? Wie sollen wir das finanzieren, ohne Würfel? Glaubt ihr, die Menschen wollen wieder mehr arbeiten, all die gewonnene Bequemlichkeit aufgeben, nur weil ihr das für besser haltet? Das ist total undemokratisch!«

Klaus schnaubte verächtlich, Meike Ulrich legte entnervt den Kopf in den Nacken.

Rosie räusperte sich. »Ich habe Elvis für genau diesen Widerspruch eingeladen. Ich wollte nicht, dass wir uns stundenlang in Ekstase reden, ohne ein Wort der Kritik. Also hört ihm bitte zu, wir müssen das aushalten!«

Er sah zu Elvis, der nur die Arme verschränkte. Nachdem niemand etwas sagte, sprach Rosie weiter. »Elvis, wir sind nicht mehr in derselben Situation wie vor fünf Jahren. Das Leben hat sich für Offliner erheblich verschlechtert. Deine Parlamentskollegen stehen kurz davor, das nationale Pred-Ziel erneut anzuheben, nicht abzusenken, und du hast gesehen, wozu das in Frankreich geführt hat. Mark Finder gewinnt immer mehr Unterstützer für ein WfZ-Verbot, und unsere Glücksspielerlaubnis werden wir auch verlieren. Schau dir die Welt doch mal an! Es gibt immer weniger von uns, und wir wenigen werden immer häufiger diskriminiert, durch Gefährderansprachen, Entlassungen und Ächtung. Und der Würfel übernimmt still die Kontrolle und hilft den selig faulenzenden Massen beim Verdummen – das *kann* nur in einer Katastrophe enden!« Rosie wurde immer lauter und eindringlicher. Taso hatte ihn noch nie so erlebt.

»Und du willst gegen all das weiterhin politisch kämpfen? Das reicht nicht! Wir haben uns viel zu lang zurückgehalten. Wir dürfen nicht jedes Häppchen schlucken, das unsere Lage weiter verschlechtert. Du darfst unsere Situation vor drei Monaten nicht mit der heutigen vergleichen, sondern musst das Leben vor dem Referendum als Maßstab nehmen – und für die Zukunft von Schlimmerem ausgehen. Wir kämpfen gegen einen immer mächtigeren Feind, der einen Offliner nach dem anderen besticht, erpresst und schließlich auf seine Seite zieht.« Taso sah beschämt zu Boden. »Für mich ist das ein Notstand, der uns zum Handeln zwingt. Und ermächtigt! Und wir müssen es jetzt tun, solange wir noch können! Noch haben wir genügend Leute, noch lässt uns das System die Schutzräume und Mittel für einen Umsturz … noch haben wir Kraft, noch sind wir Menschen!«

Meike Ulrich begann mit den Fingerknöcheln auf dem Tisch Beifall zu klopfen. Außer Elvis stimmten alle mit ein, bis das Klopfen den ganzen Raum erfüllte. »Nieder mit dem Kubismus!«, rief Aza mit emporgereckter Faust. Auch wenn niemand den Ruf erwiderte, bekam Taso Gänsehaut.

Rosie sah ernst in die Runde. »Wer ist dafür, dass wir unseren Plan in die Tat umsetzen?«

Pascale und Rosie hoben sofort die Hände, kurz darauf folgte Meike Ulrich. Eine Stimme fehlte noch.

»Meine Position kennt ihr«, sagte Elvis und legte seine Hände demonstrativ auf den Tisch.

Alle sahen zu Klaus. Der CRAC-Chef räusperte sich. »Ich will mit den Schlitzaugen nichts zu tun haben. Ich hasse sie noch mehr als die Kubistenschweine. Wie viele Christen habt ihr verfolgt und verbannt und weggesperrt, wie viele Kirchen in Brand gesetzt?« Mit Abscheu sah Klaus zu Frau Huo, die keine Miene verzog. Klaus atmete durch. »Aber ich bin Pragmatiker. Eine Schlacht nach der anderen. Wenn ich diese Fratzen nicht mehr sehen muss«, er nickte in Richtung der Chinesinnen, »bin ich dabei.«

Erleichterung breitete sich aus, sogar die beiden angegriffenen Gäste lächelten einander kurz zu. Auch Taso fiel ein Stein vom Herzen. Tim begann zu klatschen und löste einen tosenden Applaus aus. Wieder stimmte Aza ihren Kampfruf an – »Nieder mit dem Kubismus!« –, und diesmal erwiderten einige den Ruf. Nur Elvis saß unbeteiligt da und starrte auf den Tisch.

Nach der Abstimmung bildeten sich zwei Gruppen: Hugo und Rosie setzten sich mit Elvis in eine Ecke, in einer anderen präsentierten Pascale und Frau Huo Meike Ulrich und Klaus Pläne und Papiere.

Taso beobachtete das Geschehen und unterhielt sich leise mit Tim, bis Rosie zu ihnen herüberkam. Taso atmete tief durch: Jetzt endlich würde er mehr über seine eigene Rolle erfahren.

Rosie zog einen Stuhl heran, sodass sie im Dreieck saßen. Er sprach gerade so laut, dass es nur ihre kleine Runde hören konnte. »Und? Was denkst du?«, fragte er und sah Taso aufmerksam an.

Taso hätte nicht gedacht, dass ihn Rosie nach seiner Meinung fragen würde. Etwas überrumpelt stammelte er: »Ich … ich bin ziemlich beeindruckt … ein irrer Plan.«

»Also findest du ihn gut?«, fragte Rosie amüsiert.

»Definitiv!«, bekräftigte Taso. »Wobei ich zugeben muss, dass mir die chinesische Beteiligung Bauchschmerzen macht.«

Rosie nickte. »Das geht uns allen so. Aber allein hätten wir einfach keine Chance.«

»Ich weiß. Deswegen hätte ich auch mit Ja gestimmt.«

Rosie lächelte, bis sich in seinem Blick etwas veränderte. »Du ahnst vielleicht schon, dass wir dich um mehr bitten müssen als um Leas Rekrutierung.«

Taso rührte sich nicht.

»Wir haben mit deinem vollständigen Briefing bis jetzt gewartet, damit du erst mal verstehst, worum es geht. Der gesamte Widerstand zieht endlich an einem Strang – und wir haben nicht nur einen guten Plan, sondern auch mächtige Unterstützer … Taso, wir möchten, dass du mit Lea gemeinsam die Trainingssoftware hackst. Man braucht nämlich immer zwei Personen, um einen Trainingszyklus auszulösen. Und dazu musst du mit ihr zusammen in das Verfassungsschutzgebäude, das du von deinen Gefährderansprachen kennst.«

Panisch blickte Taso von einem zum anderen. Wie zum Teufel

sollte er dort hineinkommen, geschweige denn einen Hack installieren? Und warum ausgerechnet er?

Aber bevor er Rosie das fragen konnte, hörte er den Griff der Safetür ächzen. Mit Schwung öffnete sie sich und eine der Wärterinnen blickte in den Raum. »Der Verfassungsschutz hat Verstärkung gerufen und kontrolliert jetzt die Ausgänge. Das ganze Gebäude wird durchsucht.«

15

Rosie stand abrupt auf und ging zu Pascale. Sie diskutierten leise ein paar Sekunden, bevor sich Pascale an die anderen wandte: »Wir brechen ab.« Sie sah zu Meike Ulrich und Klaus. »Das Risiko ist zu groß, dass sie einen von euch erwischen. Das Wesentliche ist besprochen, ihr habt die Unterlagen. Details klären wir später.«

Die Zeit schien stillzustehen. Niemand rührte sich, alle sahen mit großen Augen zu Pascale. Dann geschah alles auf einmal: Menschen sprangen auf und liefen durcheinander. Metall quietschte über den Boden. Jemand rief Befehle. Tim verriegelte die Safetür, Aza verteilte in Windeseile die Infrarotbrillen, Pascale holte aus dem großen Metallschrank zwei Rucksäcke und reichte sie Meike Ulrich und Klaus, die hastig die Papiere darin verstauten. Alle außer Taso schienen zu wissen, was zu tun war.

Klaus' Leibwächter öffnete die Klapptür und blockierte sie für seinen Chef. Frau Meng wollte sich an ihm vorbeidrücken, aber ihre Vorgesetzte hielt sie zurück. Klaus kam herübergestampft, die Infrarotbrille bereits auf der Stirn, und kletterte nach unten, sein Begleiter folgte ihm. Gleich darauf verschwand Frau Huo, Frau Meng stieg eilig hinterher. Meike Ulrich stopfte ein letztes Blatt Papier in den Rucksack und lief ebenfalls zur Luke, Aza direkt hinter sich.

Wie aus weiter Ferne hörte Taso seinen Namen. Tim schüttelte ihn, erst dann kamen die Worte bei ihm an: »Du musst hier weg!«

Irritiert ließ sich Taso von seinem Freund eine Infrarotbrille über den Kopf und zur Klapptür ziehen. Meike Ulrich verschwand gerade im Boden.

Bevor Aza ihrer Chefin folgen konnte, packte Tim sie am Arm. »Ihr müsst Taso mitnehmen.«

Aza lachte auf, und für einen Moment sah Taso das Gesicht ihres Vaters. »Vergiss es.« Sie schlug Tims Hand weg.

Tim fasste sofort nach. »Du musst! Der Verfassungsschutz darf ihn nicht sehen, und er muss morgen zurück in Diagon Alley sein.«

»Bring ihn doch selber raus!« Aza riss sich wieder los.

»Tim muss hierbleiben«, sagte Pascale, die plötzlich neben ihnen stand, »es würde auffallen, wenn er weg wäre.«

Aza zögerte.

»Außerdem kannst du dich draußen viel besser unentdeckt bewegen als ich«, sagte Tim.

»Aza«, schaltete sich nun auch Rosie ein, »bring Taso bitte hier raus und zurück nach Diagon Alley. Er ist sehr wichtig.«

Azas wütender Blick jagte von einem zum anderen und ruhte dann auf Rosie. »Okay, okay«, sagte sie schließlich entnervt. Ohne Taso anzusehen, befahl sie: »Beeil dich – ich werde nicht auf dich warten!«, und kletterte die Leiter runter.

»Los!«, drängte Tim. Nach kurzem Zögern folgte Taso Aza in die Dunkelheit.

Kaum war er unten angekommen, zog ihm jemand seine Brille energisch von der Stirn vor die Augen. Azas grün-schwarzer Schemen rannte in den engen Tunnel hinein. Ohne nachzudenken, hechtete er hinterher.

Die Luft war feucht und roch abgestanden. Mit jedem Schritt schlugen seine Füße in aufspritzenden Matsch. Er lief geduckt, um sich den Kopf nicht an der niedrigen Decke zu stoßen. Die ganze Situation war völlig absurd. Vor wenigen Wochen hatte er noch zusammen mit Dalia virtuelle Pferde gejagt. Jetzt floh er durch einen Erdtunnel vor dem Verfassungsschutz, im Windschatten einer gesuchten Terroristin, die auch noch die Tochter seines größten Widersachers war.

Der Gang führte leicht bergauf. Schon nach hundert Metern begann Taso zu schnaufen. Aza hielt unbeirrt das Tempo. Anfangs achtete er noch darauf, wohin er trat, aber dann starrte er nur noch stur auf ihren Rücken, verzweifelt bemüht hinterherzukommen. Bald spürte er einen stechenden Schmerz in der Seite.

Er wollte schon um eine Pause bitten, als sie Meike Ulrich einholten und Aza ihren Schritt verlangsamte.

»Wer ist das?«, fragte Meike Ulrich und sah Taso an. Offenbar war er ihr oben nicht aufgefallen, und sein von der Infrarotbrille teilweise verdecktes Gesicht weckte sicher nicht gerade Vertrauen.

»Rosie hat darauf bestanden, dass wir … Tasso?«, Taso nickte, statt sie zu korrigieren, »hier raus und zurück nach Diagon Alley bringen.«

»Und warum? Wer bist du?«

Taso zögerte. »Ich bin … ich soll den Hack installieren.«

»Du bist Programmierer?«, fragte Aza.

»Nein«, sagte Taso, überlegte es sich dann aber anders. »Ja, doch, kann man so sagen.«

Die Frauen sagten nichts mehr und liefen weiter. Nach einer Weile hörten sie vor sich jemanden keuchen. Als sie näher kamen, erkannte Taso Klaus: Er stützte sich gegen die Wand und war völlig außer Atem. Sein Begleiter stand mit gezückter Waffe neben ihm. Sie hatten das Ende des Tunnels erreicht: Ein paar Meter vor ihnen stand Frau Huo an einer Metalltür und spähte durch einen Spalt nach draußen, mal mit Brille, mal ohne. Frau Meng wartete direkt hinter ihr. Die beiden wirkten nicht so, als wären sie gerade einen Kilometer gerannt. Auch Frau Meng hatte eine klobige Pistole in der Hand, auf deren Lauf zwei kleine Raketen angebracht waren. Neben ihr stand eine Kiste, aus der Aza weitere identische Waffen herausholte und Meike Ulrich und Taso reichte. »Alles E-Schocker«, seufzte sie. »Typisch Allianz.«

Als er an die Reihe kam, griff Taso beherzt zu, um seine Unerfahrenheit zu verbergen. Die Waffe in der Hand war ihm sehr unangenehm.

»Bereit?«, fragte Frau Huo. Alle außer Taso nickten. Sein Puls schnellte wieder in die Höhe. Nur Klaus' leiser werdendes Schnaufen war zu hören. »Sie auch, Herr Klaus?«, fragte Frau Huo.

»Ja, ja«, brummte er.

Daraufhin öffnete sie die Metalltür langsam nach innen und gab den Blick frei auf einen Wald. Taso zog kurz die Infrarotbrille hoch – es war bereits dunkel. An der Außenseite der Tür klebten Erdklumpen und Grasbüschel. Offenbar betraten sie die Erdoberfläche aus einem Hügel heraus. Der Tunnelausgang war auch sonst gut platziert: Man konnte kaum zehn Meter weit sehen, so dicht standen Bäume und Büsche an dieser Stelle. Frau Meng schlich geschmeidig nach draußen. Das Dickicht verschluckte sie sofort.

Taso spürte eine Hand auf seiner Waffe und zuckte automatisch zurück. Aza riss ihm die Pistole aus der Hand und entsicherte sie. Ein kleines Licht oberhalb des Griffs leuchtete auf, dann lag sie wieder schwer in Tasos Hand. »Wenn du irgendwo eine Drohne siehst«, flüsterte Aza, »schieß in ihre Richtung. Die Raketen können bis zu hundert Meter weit navigieren.« Taso lächelte unsicher.

Nach einer Weile ertönte ein kurzer, leiser Pfiff aus der Dunkelheit, gefolgt von einem etwas längeren. »Die Luft ist rein«, flüsterte Frau Huo.

»Und warum flüsterst du dann?«, erwiderte Aza und trat an ihr vorbei ins Freie. Die Chinesin folgte ihr leichtfüßig, überholte sie und verschwand zwischen den Bäumen. Als sich Meike Ulrich in Bewegung setzte, ging auch Taso los. Er musste sich ducken und mit den Armen schützen, damit ihm keine Zweige ins Gesicht peitschten. Hinter sich konnte er noch hören, wie auch Klaus und sein Leibwächter aufbrachen.

Taso und Meike Ulrich hatten Aza bald eingeholt und hielten sich dicht hinter ihr. »Schhh!«, fuhr sie Taso nach kurzer Zeit an und legte den Zeigefinger auf den Mund. Sie deutete auf einen zweigeteilten Ast, der unter Tasos Fuß zerbrochen war. Entschuldigend hob er die Hände, woraufhin ihm Aza verärgert bedeutete, seine Waffe zu senken. Für den Rest der Strecke versuchte Taso, nur noch in ihre Fußstapfen zu treten.

Bald waren Klaus und sein Leibwächter nicht mehr zu hören, auch von den Chinesinnen fehlte jede Spur. Aza schien zu wissen, wohin sie gehen mussten, und so kamen sie zügig voran.

»Scheiße!«, zischte sie plötzlich, zog ihre Pistole und schoss eine Rakete in die Richtung, aus der sie gekommen waren. Taso sah dem Geschoss hinterher und hörte erst einen metallenen Klang, dann einen dumpfen Schlag. Meike Ulrich zückte ebenfalls ihre Waffe und sah sich mit angehaltenem Atem um. Taso versuchte krampfhaft, etwas zu erkennen und seine Angst herunterzuschlucken. »Da war 'ne Drohne«, flüsterte Aza. »Hab sie aber erwischt.«

»Dann jetzt schnell!«, flüsterte Meike Ulrich zurück.

Und dann rannten sie. Tasos Begleiterinnen bewegten sich noch immer fast lautlos, aber er selbst konnte nicht gleichzeitig Schritt halten, seiner zunehmenden Panik Herr werden und auch noch auf den Boden achten. Er kam sich vor wie ein Trampeltier, das auch in höchster Gefahr größtmöglichen Lärm verursachte. Zweige schlugen ihm ins Gesicht, Wurzeln reckten sich nach seinen Füßen, und Bäume tauchten aus dem Nichts auf – der ganze Wald schien sich gegen ihn verschworen zu haben.

Auf einmal bemerkte er links von sich etwas, das dort nicht hingehörte. Durch die Infrarotbrille sah es aus wie ein schwarz-grünes Ufo, das heimlich durch das Unterholz glitt. Ohne sein Tempo zu drosseln, hob Taso die Pistole, zielte auf die Drohne – und schlug heftig mit der Hand gegen einen Baum. Ein Schuss löste sich und jagte eine Rakete direkt hinter ihm in den Boden. Fluchend rannte er weiter, hielt sich die schmerzende Hand und drehte sich immer wieder zu der im Zickzack fliegenden Drohne um. Er zählte bis drei, stoppte, hielt die Luft an und feuerte erneut. Die Rakete raste auf die Verfolgerin zu, umkurvte mehrere Bäume – und traf! Fast wäre Taso in lautstarken Jubel ausgebrochen. Stattdessen reckte er stumm die Faust, musste aber feststellen, dass die anderen längst vorausgerannt waren.

Er schloss erst zu ihnen auf, als die Frauen schon auf einer kleinen Lichtung angekommen waren. Sie starrten angestrengt in die Richtung, aus der sie gekommen waren, suchten den Wald offenbar nach weiteren Verfolgern ab. Nach einer Weile drehte sich Aza zur Lichtung. Erst jetzt sah Taso, dass sie eine Art Kompass in der Hand hielt, den sie gerade in einer der vielen Taschen ihrer Cargohose verschwinden ließ. Sie streckte die Arme aus und ging langsam auf den gegenüberliegenden Rand der Lichtung zu, ihre Brille nun auf der Stirn. Auf halber Strecke stieß sie mit ihren Händen auf etwas Festes. Nachdem sie etwas in der Luft herumgefuchtelt hatte, erschien dort, wo Taso eben nur Wald und Wiese gesehen hatte, ein schwarzes Fahrzeug von der Größe eines Sefas mit sechs Propellern an den Seiten. Taso hatte noch nie eine Chamäleonfolie gesehen, erst recht nicht über einem Flauto, und sah Aza fasziniert dabei zu, wie sie sie eilig zusammenfaltete und sich auf den Fahrersitz schwang. Meike Ulrich stieg ebenfalls ein und setzte sich auf die Rückbank, Taso kletterte auf den freien Platz neben Aza. Kaum hatte er die Tür geschlossen, flogen sie los.

Kurz bevor der Wald in Felder und Wiesen überging, wurden sie langsamer, schwebten schließlich auf der Stelle, knapp unter den Baumkronen.

»Wir könnten ihn bis zur Stadtgrenze fliegen«, schlug Aza vor, »und geben ihm 'ne Maske, damit wird er schon unerkannt durchkommen.«

»Besser zu R117«, antwortete Meike Ulrich. »Sie kann ihn morgen nach Diagon Alley bringen.«

Aza nickte und tippte etwas in den Bordcomputer ein. Die Heckklappe des Flautos öffnete sich, vier Drohnen flogen heraus und verschwanden über den Bäumen. Nach einer Weile sah Taso auf der Armatur, wie um einen roten Punkt – offenbar das Flauto – eine trapezförmige grüne Fläche heranwuchs. Vermutlich suchten die

Drohnen die Region nach Datenschürfern ab. Als die Fläche nicht mehr weiterwuchs, lenkte Aza das Flauto aus dem Wald und hielt es so gut es ging auf einer nun angezeigten roten Linie, die sich in wilden Kurven über die Karte zog.

Langsam fühlte sich Taso wieder imstande, einen klaren Gedanken zu fassen.

»Wofür steht R117?«, fragte er so leise, dass nur Aza sich angesprochen fühlen konnte.

Sie verdrehte die Augen. »Du kennst das R-Netz nicht?«

Taso schüttelte den Kopf.

»Das ist ein Netzwerk aus Unterstützern, bei denen wir uns verstecken können. Rosie hat es aufgebaut, indem er alle Organisationen dazu überredet hat, ihre Listen zu teilen. Er führt jetzt die Gesamtkartei. R117 ist eine unserer Besten, Meike selbst hat sie rekrutiert.« Aza sah sich zu Meike Ulrich um, die kurz nickte und sich dann wieder ihren Unterlagen widmete.

»Verstehe.« Das erklärte, warum Rosie unter den Widerständlern so viel Respekt genoss, ohne irgendein Amt zu bekleiden. »Reist ihr immer so?«, fragte er weiter. Er hätte gedacht, dass sich die HF verdeckter fortbewegte.

»Manchmal, aber keine Angst, es ist ungefährlicher, als man denkt – hier draußen gibt es kaum Datenschürfer und noch weniger Smartsträger.« Sie lachte bitter auf. »Auf dem Land ist es denen viel zu langweilig, vor allem nachts. Und im Dunkeln sieht uns auch kein Satellit.«

Seine beiden Gefährtinnen schienen sich längst entspannt zu haben, und auch Taso atmete irgendwann tief aus und lehnte sich zurück.

»Meike, was hältst du von dem Plan?«, fragte Aza nach einer Weile.

Die HF-Sprecherin war immer noch in ihre Papiere vertieft und brauchte einige Sekunden, um zu antworten. »Sieht eigentlich alles ganz gut aus. Wenn der Hack gelingt, ist es einen Versuch wert.«

»Hat die Allianz in Humaning jetzt Probleme?«, fragte Taso.

»Wegen der Durchsuchung? Pascale wird sich schon was überlegt haben. Dein Vater wird kotzen, Aza.«

Azas Gesicht verdüsterte sich. Natürlich wusste sie, dass er da gewesen war. »Ich hätte nicht übel Lust gehabt, ihm eine reinzuhauen.«

»Der Tag wird kommen, meine Liebe«, sagte Meike Ulrich. »Vielleicht ja schon bald.«

Taso hätte gern gewusst, was zwischen Aza und ihrem Vater geschehen war. »Ich kenne ihn übrigens«, sagte er.

Zum ersten Mal sah Aza ihn richtig an. »Ach ja?«

»Ich hatte ein paar Gefährderansprachen bei ihm.«

»Na herzlichen Glückwunsch.« Sie wandte sich wieder ab und starrte aus dem Fenster. »Komm bloß nicht auf die Idee, mich irgendwas zu ihm zu fragen.«

Den restlichen Flug sprachen sie nicht mehr viel. Immer mal wieder musste Aza landen oder schlagartig den Kurs wechseln, aber Taso hatte nicht den Eindruck, dass solche Manöver seine Begleiterinnen besonders beunruhigten, deswegen kehrten seine Gedanken bald zu dem zurück, was Rosie ihm vorhin offenbart hatte. Warum sollte ausgerechnet er den Hack im Herzen des Kubismus installieren? Wie sollte er das schaffen? Und … wollte er überhaupt das ganze Land auf den Kopf stellen? Er schloss die Augen. Da saß er nun und stellte sich solche Fragen, während er vor einer der bekanntesten Widerstandskämpferinnen Europas saß und nach einer irren Flucht durch das Abenteuer seines Lebens brauste. Heimlich musterte er Aza. Sie starrte wieder aus dem Fenster, tief in Gedanken versunken. Er sah zu ihrer Chefin, die nach wie vor hoch konzentriert in ihren Unterlagen blätterte. Sie taten, was sie für richtig hielten, und hatten viel dafür aufgegeben. Aber war es wirklich richtig, der Mehrheit in diesem Land ein Leben aufzuzwingen, das sie ablehnte, nur weil Allianz, HF und CRAC es für wertvoller hielten? Oder hatte Elvis vielleicht doch recht?

Je länger Taso darüber nachdachte, desto frustrierter wurde er. Und aus dem Frust wurde Wut, Wut auf sich selbst. Die Allianz wollte ihn zum Helden machen – warum konnte er sich nicht dafür begeistern? Warum zweifelte er, verdammt noch mal?

Jemand rüttelte an seiner Schulter. »Hey!« Taso schlug die Augen auf. Das Flauto stand auf einem Feld unter dem ausladenden Blätterwerk eines einsamen alten Baums. Es war noch immer dunkel, draußen war es vollkommen still. »Wir sind da«, sagte Aza. Sie drehte sich zu Meike Ulrich. »Kommst du mit?«

Ihre Chefin schüttelte den Kopf. »Nein, beeil dich, wir müssen weiter.«

Aza stieg aus, Taso verabschiedete sich und folgte ihr nach draußen.

Stumm überquerten sie das Feld. Es begann zu nieseln, Taso wurde kalt. Sie gingen durch einen Waldstreifen und blieben im Schutz der letzten Baumreihe stehen. Etwa fünfzig Meter vor ihnen stand ein einsames Landhaus. Nur in einem Fenster im Erdgeschoss brannte Licht.

»Sie ist zu Hause«, murmelte Aza.

Sie tastete die Stämme der näheren Umgebung ab, bis sie fündig wurde. Aus dem verschlungenen Wurzelwerk eines Baumes fischte sie einen kleinen Ring mit einer Schnur daran und zog ihn nach oben. »Jetzt läutet im Haus eine Glocke, um uns anzukündigen – falls sie Gäste hat«, erklärte Aza und sah hinüber. Sie war konzentriert, wirkte aber zugleich sehr müde. Zum ersten Mal sah Taso eine gewisse Verletzlichkeit in ihrem Gesicht.

Kurz darauf ging im Obergeschoss ein Licht an. »Warte hier auf sie«, sagte Aza. »Und grüß sie von uns.« Sie wandte sich zum Gehen, drehte sich dann aber noch einmal zu ihm zurück. »Und du sollst wirklich den Würfel hacken?« Taso nickte bestimmt. Dass er ihre Zweifel teilte, sollte sie nicht spüren. Aza musterte ihn schweigend. Noch immer wirkte sie eher erschöpft als kampfeslustig.

»Streng dich an, ja? Vielleicht ist es unsere letzte Chance.« Sie stieß mit der Faust sanft gegen seine Schulter und verschwand zwischen den Bäumen.

Taso rang noch mit der Last von Azas Worten, als ihn ein Geräusch zurück zum Haus blicken ließ. Eine kleine Gestalt trat ins Freie und kam in einen Mantel gehüllt auf ihn zu. Das Licht direkt über der Haustür schärfte ihre Umrisse, ließ ihr Gesicht aber im Dunkeln. Als sie nur noch wenige Meter voneinander getrennt waren, traute Taso seinen Augen nicht.

»Frau Aydin!« Erleichterung überwältigte ihn, aber die Richterin schien von seinem Ausruf irritiert.

»Taso Doff«, murmelte sie nicht minder verwundert, als sie ihn erkannte, fasste sich aber sogleich wieder und bedeutete ihm, ihr zu folgen. Tasos Gedanken überschlugen sich. Deshalb hatte sie ihn bei Gericht immer so gefördert … und deshalb hatte seine Integration sie so enttäuscht! Aber eine Richterin, die Terroristen unterstützte?

Endlich standen sie im Flur. Während Frau Aydin die Tür abschloss, sah Taso sich um. Von innen wirkte das Haus viel größer und moderner als von außen, was wahrscheinlich an dem riesigen Raum zu seiner Rechten lag, der sich über eine komplette Haushälfte und zwei Stockwerke erstreckte. Hohe Fenster reichten vom Boden bis zur Decke, verhangen von ebenso großen Jalousien. Mitten im Raum stand ein verglaster Kamin, dessen kunstvoll verziertes Abzugsrohr sich schlangenförmig in Richtung Decke wand. Um ihn herum waren in U-Form tiefe Sofas in dunklen Farben angeordnet. Zu Tasos Linken führte eine Tür in den zweistöckigen Bereich des Hauses.

Sein Blick fiel zurück auf Frau Aydin, die langsam den Kopf schüttelte. »Taso Doff … In meinem Haus. Es geschehen noch Zeichen und Wunder.« Eine Weile standen sie sich wortlos gegenüber. Taso spürte ihre Skepsis und lächelte hilflos. Sie lächelte zurück. »Möchten Sie etwas trinken? Tee?«

Taso nickte dankbar und folgte ihr in die Küche. Auch hier waren die Jalousien herabgelassen, und Taso vermutete, dass sich das auch tagsüber nicht änderte. Alles wirkte sehr aufgeräumt; die Ablagen waren praktisch leer, selbst den Wasserkocher holte Frau Aydin aus einem Schrank heraus.

»Leben Sie allein?« Taso biss sich auf die Zunge. Er hatte sie noch nie etwas Privates gefragt.

»Ja.« Frau Aydin füllte den Wasserkocher. »Ich lebe seit ein paar Jahren getrennt und habe ehrlich gesagt auch keine Lust auf einen neuen Partner. Liebe ist so ganz und gar unromantisch geworden, finden Sie nicht auch?«

Forschend sah sie Taso an. Hatte sie von seiner Geschichte mit Dalia gehört? »Unromantisch ist dafür gar kein Ausdruck«, sagte er. Er überlegte, ob er mehr erzählen sollte, schämte sich vor Frau Aydin jedoch ganz besonders für sein Hin und Her der letzten Wochen. Es war besser, dieses unsichere Terrain zu verlassen. »Warum haben Sie mir nie gesagt, dass Sie den Widerstand unterstützen?« Sofort rügte er sich für die einfältige Frage. Das Wasser im Kocher begann leise zu rauschen.

»Meine Unterstützung wäre nicht viel wert, würde ich mit jedermann darüber sprechen, meinen Sie nicht?«, erwiderte sie trocken. Sie hatte zwei Tassen bereitgestellt und hielt Taso fragend einen Beutel Minztee hin. Er nickte.

»Aber hätten Sie mir nicht zumindest irgendein Zeichen geben können? Vielleicht wäre ich dann nicht so … abgedriftet.« Taso verstand selbst nicht, warum er plötzlich wütend auf Frau Aydin war. Oder war er wütend darauf, dass er ein Zeichen von ihr gebraucht hätte? Das Wasser begann zu brodeln, dichte Dampfschwaden stiegen auf.

Frau Aydin wehrte ab. »Ich wusste bei Ihnen doch nie, woran ich war. Sie wirkten immer so … unentschlossen. Ein Extremgaukler, ja, aber doch im System. Auf eine gewisse Art waren Sie angepasster als jeder andere Offliner, den ich kenne, komplett auf den Würfel eingestellt. Und Ihre Integration vor ein paar Wochen gab meiner Vorsicht dann leider recht.«

Taso wandte beschämt den Blick ab. »Ich wollte Ihnen keine Vorwürfe machen.«

Frau Aydin füllte die Tassen, die Beutel schwammen einen kurzen Moment auf der Oberfläche, sogen sich langsam voll und sackten auf den Grund. Frau Aydin reichte ihm versöhnlich lächelnd eine Tasse und führte ihn ins Wohnzimmer.

Auch hier lag nirgends etwas herum. Die Holzscheite neben dem Kamin waren fast lückenlos in- und übereinandergestapelt, auf dem Boden war kein Holzsplitter zu sehen, nicht einmal ein Ascheflöckchen. An den Wänden links und rechts der Fensterfront standen in hohen Regalen unzählige Bücher. Hier und da ragten Registerkarten heraus, wie in der Bibliothek in Diagon Alley. Taso hatte noch nie so viele Bücher in einer Wohnung gesehen. Erst nach einiger Zeit bemerkte er, dass Frau Aydin ihn amüsiert beobachtete. »Ich gestehe gern, dass ich nicht alle gelesen habe«, antwortete sie auf seine ungestellte Frage. »Aber die meisten.« Sie zwinkerte ihm zu.

»So, dann erzählen Sie mal«, forderte sie ihn auf, nachdem sie sich auf eines der Sofas gesetzt hatten. Die Kissen darauf waren nach Farben und Größen sortiert. Taso zögerte, es sich gemütlich zu machen, er wollte nichts durcheinanderbringen. »Nach meinem letzten Stand haben Sie sich vergessen lassen. Ihr komischer Freund bei Gericht war sehr durch den Wind, als Sie nicht mehr zur Arbeit kamen.«

Das wunderte Taso überhaupt nicht, David tat ihm ein wenig leid. Er strich sich über sein müdes Gesicht. »Ich hatte einfach genug vom Kubismus. Sie sagen es ja selbst – ich konnte mich nicht entscheiden, wie ich mit dem Kubismus umgehen soll. Das hat mich irgendwann so viel Kraft gekostet, dass ich nur noch den Ausweg sah, mich vergessen zu lassen. Ich musste einfach komplett raus und wollte endlich etwas gegen den Würfel tun, deshalb habe ich mich der Allianz angeschlossen.«

»Die Allianz hat Sie hergebracht?«

»Nein, das waren Meike Ulrich und Aza – viele Grüße übrigens. Ist alles ein bisschen kompliziert. Ich weiß nicht, was ich davon erzählen darf.«

»Meike war hier?«

»Ja, aber sie musste schnell weiter. Wir hatten in Humaning ein geheimes Treffen und mussten fliehen, weil der Verfassungsschutz vor der Tür stand. Die HF hat mich rausgebracht.«

»Interessant …« Frau Aydins Augen verengten sich. Auch für sie war sicher neu, dass Allianz und HF miteinander sprachen. »Es freut mich jedenfalls, dass Sie sich engagieren.«

Er erwiderte ihr Lächeln, aber sie schien zu merken, dass er sich dazu zwingen musste, denn sie sah ihn fragend an. Er wand sich innerlich. Konnte er mit ihr über seine Zweifel sprechen, ohne zu viel zu verraten? Erst jetzt fiel ihm auf, wie absolut still es um sie herum war. Kein Windzug rüttelte an den Fenstern, keine Uhr tickte, keine Heizung gluckste.

Er floh in eine weitere Frage: »Warum unterstützen Sie die HF?«

Die Richterin seufzte. »Da schneiden Sie ein großes Thema an … Aber vielleicht nähern wir uns so dem, was *Sie* bewegt.« Taso lächelte ihr dankbar zu. »Die kurze Antwort ist: Meike Ulrich hat mich überzeugt. Haben Sie sich mal mit ihr unterhalten?« Taso schüttelte den Kopf. »Ich kenne keine Person mit mehr Weitblick als sie. Die lange Antwort geht so: Ich habe den Würfel und seine Jünger von Anfang an verachtet.« Frau Aydins sonst immer so beherrschtes Gesicht verdüsterte sich. »Sie kamen harmlos daher und versprachen das, was mein Exmann ›Rationalisierung‹ nannte … über den Dingen zu stehen, überparteiisch zu sein, Übermenschliches zu leisten. Und nun entscheidet der Würfel über unsere Köpfe hinweg, regiert, schreibt Gesetze und spricht Urteile, ermutigt und schreckt ab, strebt nach einer vollständig berechneten Welt. Die große Masse mag blind dafür sein, aber dieser Computer ist längst totalitär. Wir sind zu unbedeutenden kleinen Tröpfchen in seinem unendlichen Datenstrom geworden – und wehe dem, der aus ihm ausbrechen will.

Niemand bekämpft den Kubismus energischer als die HF, und niemand sieht die Dinge klarer als Meike. Wir sind uns vor ein paar Jahren zufällig in einer WfZ am Mittelmeer begegnet, wo ich den ersten Urlaub nach meiner Scheidung verbrachte. Eine gemeinsame Freundin lud uns zum Abendessen ein. Die Truppe war bunt gemischt: ein paar reiche Unternehmerinnen, eine Politikerin, zwei Schriftstellerinnen und noch ein paar andere Frauen. Und eben Meike. Es dauerte nicht lang, und sie hatte mit ihren spitzen Bemerkungen und Thesen den ganzen Tisch im Griff. Am Ende des Abends war die Hälfte der Frauen gegen, die andere Hälfte für sie, mich eingeschlossen. Es war wirklich beeindruckend.« Ihr Gesicht entspannte sich, als sei sie auf der Suche nach dem Gefühl von damals fündig geworden.

»Ich habe mich danach noch mal allein mit ihr getroffen, und wir haben lange über die Anwendung von Gewalt diskutiert. Ich will das nicht alles wiederholen, Sie werden sich dazu Ihre eigenen Gedanken gemacht haben. Jedenfalls bot ich ihr am Ende meine Hilfe an. Ich habe an einigen ihrer Schriften mitgewirkt, und in der Zwischenzeit biete ich mein Haus den verschiedensten Widerständlern als Unterschlupf an. In letzter Zeit wurden es immer mehr, die Schlinge um uns zieht sich zu. Deswegen freut es mich sehr zu hören, dass sich der Widerstand zusammenraufen will.«

Frau Aydin sah Taso abwartend an, aber es war ihm unangenehm, ihre Aussagen in irgendeiner Form zu bewerten. »Sie …«, begann er schließlich, »Sie wissen, wie viel ich von Ihnen halte.« Das hatte er ihr noch nie gesagt, aber sie musste es längst gemerkt haben. »Und es bedeutet mir wirklich viel, dass Sie mir das erzählen.« Erst als er es ausgesprochen hatte, wurde ihm das richtig bewusst. Jetzt spürte er auch, dass etwas in ihm zur Ruhe gekommen war, während Frau Aydin gesprochen hatte. Seine Zweifel waren nicht gänzlich verschwunden, aber es beruhigte ihn, dass diese

Frau – der vielleicht klügste Mensch, den er kannte – aufseiten der HF stand.

Und doch … »Darf ich Ihnen eine Frage stellen?« Frau Aydin nickte. »Ich hasse den Würfel, habe ihn immer gehasst. Ich wusste aber nie, was daraus für mich folgte. Nach dem Referendum hatte ich das Gefühl, dass eine neue Welt entstanden war, mit der ich leben musste. Ich sah das Problem bei mir, nicht beim Würfel, *ich* musste mich *ihm* entziehen, nicht ihn dem Rest der Bevölkerung. Außerdem schien Widerstand zwecklos … Das sehe ich jetzt anders. Widerstand ist nicht zwecklos, er darf es nicht sein! Aber er verlangt so viel von mir. Wir kämpfen für den freien Willen – und ich habe das Gefühl, dass ich mich ausgerechnet zu seiner Verteidigung mehr verbiegen muss als je zuvor. Kann das richtig sein?«

Frau Aydin überlegte einen Moment. »Vielleicht müssen Sie sich von einem Gedanken lösen, Taso: Es geht hier nicht um *Ihren* freien Willen. Es geht um die menschliche Freiheit selbst. Ich verstehe Ihren Wunsch, bei sich zu bleiben, denn ich kenne ihn sehr gut von mir selbst. Aber er bringt Sie nicht weit. Die Welt ist nie genau so, wie man sie gerne hätte, und wir können uns nicht immer genau so verhalten, wie wir es möchten … Was aber tun, wenn man doch etwas ändern will, ändern muss? Entweder man bewegt sich selbst – oder man bewegt die Welt. Weil die Welt aber für einen Einzelnen zu schwer ist, bewegt man sie nur mit anderen gemeinsam. Diese anderen Menschen haben aber nie genau dieselben Vorstellungen von einer besseren Welt und von dem Weg dorthin. Revolution ist immer auch Selbstaufgabe. Etwas bewirken kann man nur, wenn man die gemeinsame Sache zur eigenen macht. Lösen Sie den Widerspruch auf, der Sie ermüdet, zugunsten einer Idee von der Zukunft, die auch andere teilen. Sie können das, Taso!«

Er fühlte sich zurückerinnert an ihre Besprechungen bei Gericht, in denen sie ihn fast immer von ihrer Meinung überzeugt hatte. Die Überwachung von Little Diagon kam ihm in den Sinn. »Aber was, wenn die anderen für diese Idee Mittel einsetzen, die ich ablehne?«

»Nicht jedes Mittel ist gerechtfertigt. Aber ein wertvoller Zweck rechtfertigt doch vieles … Und den Kubismus zu überwinden ist vielleicht der wertvollste Zweck überhaupt. Der Würfel raubt uns Menschen in kleinen Schritten nicht weniger als unsere Würde. Und damit meine ich *allen* Menschen. Wir verlieren die Herrschaft über unser eigenes Schicksal, werden zu bloßen Störfaktoren in einer Weltformel, die wir selbst nicht verstehen. Der freie Mensch wird abgeschafft und zum Objekt einer höheren Macht. Und um *das* zu verhindern, müssen wir auch Gewalt anwenden dürfen, wenn andere Abhilfe nicht möglich ist.«

»Aber dürfen wir Selbstbestimmung predigen und zugleich die Mehrheit bevormunden?«

Frau Aydin schüttelte heftig den Kopf. »Damit verdrehen Sie die Realität!«, sagte sie laut. »Die Mehrheit bevormundet *uns,* indem sie uns ausgrenzt, demütigt und verfolgt. Und zugleich ihre Würde aufgibt. Aber niemand kann wirksam in seine Entwürdigung einwilligen, auch die Kubisten nicht! Und wenn wir sie weiter gewähren lassen, gehen wir *alle* unter.«

Taso schwieg. Er war unwillkürlich in die Kissen gesunken und ließ ihre Worte in seinem Kopf nachhallen. Alles, was er jetzt noch erwidern konnte, erschien ihm kleinlich, gar bedeutungslos. Wen störte schon die Überwachung von Little Diagon, wenn es um den Kern des Menschseins ging?

Frau Aydin schien ihm seine Erschöpfung anzusehen. »Kommen Sie, ich zeige Ihnen Ihr Bett.« Wortlos stand Taso auf und ließ sich nach oben bringen.

Obwohl er seine Augen kaum noch offen halten konnte, brauchte er lange, um einzuschlafen.

16

»Ich *wusste,* dass du wiederkommst!«

Taso war sich sicher, dass Tim ihn noch nie so euphorisch begrüßt hatte. Die stürmische Umarmung erwischte ihn allerdings auf dem falschen Fuß, fast kippte er hintenüber. Ihm war auch gar nicht nach Gefühlsduselei, er wollte keine Zeit verlieren, solange er sich seiner Sache sicher war.

Tim schien es nicht zu stören, dass Taso so verhalten reagierte. »Ich sag dir … *alle* hatten Schiss, sogar Rosie!« Taso sah über Tims Schulter zur Theke. Rosie stand neben einem Hocker und sah zu ihnen herüber, ein gelöstes Lächeln auf den Lippen. Neben ihm stand Frau Meng, sogar sie strahlte einen Hauch Erleichterung aus. Hinter dem Tresen trocknete Paula Gläser und beobachtete aufmerksam die Begegnung.

Seit Taso am Morgen bei Frau Aydin aufgewacht war, kamen ihm seine Argumente aus dem Gespräch vom Vorabend sehr kleingeistig vor. Seine Zweifel erschienen ihm nur noch als eine unehrliche Form von Angst vor dem Ungewissen. Mit Menschen wie Pascale, Tim, Rosie und Frau Aydin an seiner Seite musste er aber keine Angst haben. Er vertraute ihnen, er war nicht mehr allein.

Tim führte ihn feierlich zu den anderen hinüber. Taso fühlte sich wie sein kleiner Bruder, der frisch wieder eingefangen den Eltern zurückgebracht wird. Aber er gönnte Tim den Triumph. Er hatte ihm genug Kummer bereitet.

Nach der Begrüßung bemerkte Taso die dunklen Ringe unter Rosies Augen. Auch Tim sah bei näherem Hinsehen übernächtigt aus.

»Was ist denn gestern noch passiert?«, fragte er.

Tim rieb sich grinsend die Hände, bevor er antwortete. »Schneider hat uns abgepasst, als wir nach oben kamen, hat den Kellerraum gefunden und uns noch an Ort und Stelle verhört. Wobei, ›verhört‹ kann man das kaum nennen, er konnte uns ja nichts Konkretes vorwerfen, und wir haben sowieso nichts gesagt. Als ihm dann jemand erzählt hat, dass zwei Drohnen im Wald abgeschossen wurden, ist er fast wahnsinnig geworden. Aber was sollte er machen? Er konnte uns deswegen ja nicht festnehmen. Also ließ er uns nach und nach gehen. Sein Gesichtsausdruck war …«, Tim schüttelte selig den Kopf. »Schade, dass du das nicht gesehen hast!«

Taso stellte sich vor, wie Schneider aus Verzweiflung seinen Dickschädel gegen die Betonwand des Kellergewölbes unter der Kongresshalle schlug, und musste lachen. Tim stimmte mit ein.

Taso bemerkte, dass Rosie ihn verwundert musterte. »Was ist?«

»Nichts«, antwortete er. »Du siehst nur irgendwie … anders aus.« Taso stutzte. Meinte er das positiv? »Klarer und … entschlossener. Gefällt mir.« Er legte die Hand in Tasos Nacken und sah ihn mit einem Blick an, den Taso nicht von ihm kannte: Es lagen Stolz und Respekt darin. Er gab Taso ein verdammt gutes Gefühl.

»Wie gehts jetzt weiter?« Taso sah in die Runde. Solange sie nicht in einem abhörsicheren Raum waren, wollte er nicht konkreter fragen.

»Wir müssen dir noch ein paar Dinge erklären«, antwortete Rosie. »Dann starten wir das Training.«

Taso presste die Lippen zusammen. Er würde lernen müssen, wie man eine Software hackt – und nebenbei auch noch, Lea zu rekrutieren. Bei dem Gedanken an sie wurde ihm mulmig. In nur einer Woche waren sie verabredet. Er konnte sich beim besten Willen nicht vorstellen, wie er sie für den Widerstand gewinnen sollte.

Später saßen sie in dem unbehaglichen Besprechungsraum, in dem Tim und Frau Meng Tasos Loyalität überprüft hatten. Auch Hugo und Pascale waren gekommen.

»Lea heißt in Wahrheit Anna«, begann Rosie unumwunden das Gespräch und sah Taso eindringlich an.

Taso war nicht überrascht, dass sie einen falschen Namen verwendet hatte, trotzdem fühlte es sich ernüchternd an. Er versuchte, sachlich zu klingen: »Was genau macht denn … Anna im Verfassungsschutz?«

»Sie leitet seit drei Jahren die gemeinsame Einheit von Militär und Verfassungsschutz, die die Trainingssoftware für den Verteidigungsfall programmiert«, antwortete Rosie.

Das hingegen erstaunte Taso sehr. »Wirklich? Hätte ich ihr gar nicht zugetraut. Sie wirkt auf mich immer so … zurückhaltend.«

»Dem Würfel ist es egal, wie zurückhaltend jemand ist, und seit Jahren entscheidet nur er über Beförderungen von Beamten. Anna ist wohl ziemlich gut in dem, was sie tut. Sie hat sehr viel Energie in ihr Studium und in die Arbeit gesteckt. In letzter Zeit scheint ihre Karriere allerdings ins Stocken geraten zu sein. Die Gründe kennen wir nicht, wir sind über den Stillstand aber auch sehr erleichtert, sonst hätte sie jetzt vielleicht keinen Zugriff mehr auf das System, das wir für unseren Angriff hacken müssen.«

Taso nickte.

»Apropos«, sagte Rosie und richtete sich auf. »Ich habe dir ja schon gesagt, dass du Anna unterstützen sollst …« Tasos Puls beschleunigte sich. Er spürte, dass es Rosie unangenehm war weiterzusprechen, was seine eigene Aufregung nur noch steigerte. Auch Tim wirkte nervös. Rosie holte tief Luft und räusperte sich. »Wie fange ich am besten an …«

Weitere endlose Sekunden verstrichen.

»Du musst dich als dein Bruder ausgeben«, platzte es aus Tim heraus.

Taso sah seinen Freund verständnislos an. »Was? Warum?«

Tim blickte betreten zu Boden, Rosie ergriff wieder das Wort. »Weil er auch beim Verfassungsschutz arbeitet.«

Es dauerte eine Weile, bis Rosies Worte Taso erreichten. Die anderen sahen ihn erwartungsvoll an. Ihm wurde schwindlig, seine Souveränität schmolz dahin. »Das kann nicht …« Die Luft in dem kleinen Raum war auf einmal sehr dünn. Taso atmete ein paarmal schnell hintereinander ein und aus. »Peter ist beim Verfassungsschutz? Seit wann … Er macht doch Indi-Filme!«

»Er hat tatsächlich mal für diese Indi-Firma Storytelling-Algorithmen geschrieben«, sagte Rosie. »Aber offenbar hat ihn Annas Einheit vor drei Jahren abgeworben. Er macht für sie vermutlich ähnliche Sachen wie für seinen alten Arbeitgeber – nur dass er jetzt eine Trainingssoftware verfeinert, die immer ausgefeiltere Angriffe erfinden und simulieren kann.«

Taso schwirrte noch immer der Kopf. Seine Gedanken jagten von einer Unbegreiflichkeit zur nächsten: Peter arbeitete für den Verfassungsschutz. Sein eigener Bruder. Kein Wunder, dass es immer schwieriger zwischen ihnen geworden war. Wie konnte Peter ihm nur über Jahre hinweg vorgaukeln, dass er Seifenopern entwickelte? Wie konnte er ihn so belügen?

Die anderen warteten immer noch auf eine Reaktion, aber Taso fühlte sich wie gelähmt. Er wollte einfach nur raus hier. Doch das war nicht möglich. Er sah zu den anderen. Sie zählten auf ihn, er musste sich verdammt noch mal zusammenreißen. »Seit wann wisst ihr das?«, presste er schließlich hervor.

»Noch nicht sehr lange«, sagte Rosie. »Du hast Tim selbst erzählt, dass Peter die Rekrutierungssoftware des Würfels auf dich angesetzt und sogar Geld dafür bezahlt hat. Das hat uns stutzig gemacht, denn soweit wir wissen, kann Emma nicht gekauft werden und wird nur eingesetzt, wenn es im öffentlichen Interesse liegt. Und das öffentliche Interesse an der Integration eines Offliners stellt üblicherweise der Verfassungsschutz fest. Daraufhin haben wir Peter unter die Lupe genommen. Seine Qualifikationen sprachen dafür, dass er beim Verfassungsschutz arbeitet, vielleicht sogar in Annas Einheit. Entscheidend war aber etwas anderes …«

»Was?«.

Tim kaute unruhig auf einem Fingernagel und mied Tasos Blick. Auch Rosie wirkte verlegen. »Wie es aussieht, liebt Anna deinen Bruder.«

Im Raum herrschte Stille. Auch in Tasos Kopf war es für einen Moment vollkommen ruhig und leer. Dann brach eine Flut aus Gedanken und Bildern über ihn herein. Mit einem Mal war alles schrecklich offensichtlich. Er atmete tief ein, legte den Kopf in den Nacken und schloss die Augen. »Das darf doch alles nicht wahr sein«, flüsterte er und lachte hysterisch. Als er die Augen wieder öffnete, sah er in besorgte Gesichter; selbst Frau Meng schien angespannt. Er rieb sich heftig die Augen. »Anna liebt meinen Bruder – und ich war nur ein … ja was eigentlich? Billiger Ersatz? Wow, das ist echt der Tiefpunkt.« Er hatte sich vergessen lassen, um mit seinem alten Leben abzuschließen – und jetzt holte es ihn doppelt und dreifach wieder ein. Er musste an sein letztes Treffen mit Peter denken und schüttelte den Kopf. »Er hat mir sogar von ihr erzählt.«

Rosie sah ihn mit hochgezogenen Augenbrauen an.

»Wir haben Tennis gespielt, und in der Pause hat er mir erzählt, dass ihm eine Kollegin ihre Liebe gestanden hat.« Taso schüttelte wieder den Kopf. »Wenn ich das geahnt hätte …«

Rosie und die anderen wechselten vielsagende Blicke, Pascale und Hugo zeigten ihre Freude über diese neue Information sogar ganz unverhohlen. »Damit ist wohl jeder Zweifel beseitigt«, sagte Pascale lächelnd.

»In der Tat.« Taso lachte noch einmal auf. »Gibts noch irgendwas, das ich wissen sollte?«

Rosie legte ihm eine Hand auf den Arm und kam so nah an Taso heran, dass nur er ihn hören konnte. »Ich weiß, dass das hier nicht einfach für dich ist. Und es tut mir leid, dass du es so erfahren musstest … Aber dieser Zusammenhang zwischen deinem Bruder, Anna und dir hat unsere Erfolgschancen noch mal ordentlich erhöht. Er macht dich für unsere Sache unglaublich wertvoll, Taso. Wir und alle Menschen in diesem Land brauchen dich jetzt mehr denn je. Lass uns daraus gemeinsam Kraft schöpfen!«

Taso seufzte. Er nickte und versuchte, seine Gedanken und Gefühle auszublenden. »Dann erklärt mir mal, wie ich zu Peter werde.«

Rosie war sichtlich erleichtert und lehnte sich zurück. »Wir müssen dazu vier Hürden überwinden: Tracking, Gesichtserkennung, Passwort und Herzrhythmusprüfung. Tracking nutzt der Würfel ganz allgemein zur Identifikation von Menschen. Indem er ihre Bewegungen ununterbrochen nachvollzieht, kann er sie von anderen unterscheiden, ohne sie mit hohem Aufwand immer wieder neu zu identifizieren. Wir müssen also Peter gegen dich austauschen. Dafür haben wir bereits einen Plan, aber dazu später mehr. Im Verfassungsschutzgebäude wird es schwieriger: Bevor du einen Aufzug betreten kannst, gleicht der Würfel dein Gesicht bis ins Detail mit seinen biometrischen Daten von Peter ab. Zugang zum Arbeitsbereich seiner Abteilung erhältst du nur mit einem Passwort. Und um die manipulierte Trainingssoftware starten zu können, musst du sogar den gleichen Herzrhythmus haben wie dein Bruder. Um das Ausspähen des Passworts kommen wir herum, wenn du den Arbeitsbereich zusammen mit Anna betrittst. Für die biometrischen Authentifizierungen hilft dein Oblivion, weil der Würfel jetzt nicht mehr weiß, wie Peters Bruder aussieht. Natürlich hilft es auch sehr, dass ihr eineiige Zwillinge seid – aber leider reicht das noch nicht aus.«

Taso schwante, dass er Peters Herzrhythmus nicht einfach mit der richtigen Atemtechnik würde imitieren können. Auch die kleinen Unterschiede ihrer Gesichter ließen sich wohl kaum durch irgendwelche Grimassen ausgleichen. »Ihr wollt mich operieren«, stellte er nüchtern fest.

Rosie nickte leicht. »Nur das Herz. Ihr seht euch so ähnlich, dass wir das Gesicht ohne OP modellieren können.«

»›Nur‹ das Herz, ja?« Taso schob seine zitternden Hände unter die Oberschenkel. Kein Wunder, dass alle so nett zu ihm waren und jetzt in Mannschaftsstärke vor ihm saßen. Eine Herzoperation …

gab es denn wirklich keine andere Möglichkeit? »Was hättet ihr denn ohne mich gemacht? Ihr habt euch doch sicher nicht darauf verlassen, dass ich mitmache?«

»Nein, wir haben Alternativen«, antwortete Rosie. »Bis vor Kurzem wussten wir ja gar nicht, wie wertvoll du wirklich für uns bist. Unser ursprünglicher Plan sah vor, dass du nur Anna rekrutierst und wir mit ihrer Hilfe eine zweite Person für die Auslösung des Hacks gewinnen oder einen Workaround entwickeln. Aber die Chancen, dass das gelingt, stehen über zwanzig Prozent schlechter als mit dem neuen Plan.«

»Rosie will damit sagen«, ergänzte Pascale, »dass wir keine Wahl haben.«

»Du meinst, dass *ich* keine Wahl habe«, sagte Taso bitter.

Pascale sah ihn wortlos an.

»Und euer Plan hat keine Variante ohne Operation?«

Rosie verneinte betreten. Taso verstand nicht, warum, aber er fühlte nichts. Noch vor ein paar Tagen wäre er jetzt in Panik ausgebrochen. Hatte er sich schon so sehr mit seinem Schicksal abgefunden? War ihm inzwischen alles egal? Oder hatten ihn die Erfahrungen der letzten Zeit mutiger gemacht?

Er zuckte unwillkürlich mit den Schultern und sah in die nervösen Gesichter um sich herum. »Keine Angst, ich mach das schon.«

Die anderen nickten erleichtert.

»Danke, Taso«, sagte Hugo auf seine gewichtige Art, »deine Unerschrockenheit inspiriert uns alle.«

Rosie richtete sich auf. »Dann konzentrieren wir uns jetzt auf unser erstes Ziel: Anna.«

Eine Woche später saß Taso auf dem Bett von Zimmer 412 und wischte sich im Minutentakt die verschwitzten Hände an der Hose ab. Auf dem dunklen Bildschirm gegenüber schimmerte matt sein Spiegelbild. Er fühlte sich trotz der unzähligen virtuellen Testläufe in den letzten Tagen gnadenlos überfordert. Immer wieder hatten sie die Anna-Simulation neu gestartet, unterstützt von einer Psychologin. Er hatte wirklich alles versucht, hatte Anna beschimpft, bedroht, bedrängt und belogen, hatte ihr zugehört und geschmeichelt, sie gelobt, angebettelt und ihr seine Liebe gestanden – und trotzdem war es ihm nur ein einziges Mal gelungen, sie zu überzeugen. Diesen einen geglückten Versuch hatten sie zwar von vorne bis hinten durchanalysiert, aber wirklich zuversichtlich hatte ihn das nicht gestimmt.

Je länger er im Offline saß und wartete, desto bewusster wurde ihm die Verantwortung, die der Widerstand ihm aufgebürdet hatte. Unablässig fragte er sich, was passieren würde, wenn er scheiterte. Würden sie es trotzdem versuchen, seinetwegen verlieren – und so ihr Schicksal besiegeln?

Taso sah auf die Uhr und zwang sich zurück in die Gegenwart. Er streckte den Rücken durch und suchte mit den Augen halbherzig nach Kameras und Mikrofonen. Ungläubig schüttelte er den Kopf und versuchte, sich daran zu erinnern, was er Lea in diesem Zimmer schon alles gesagt hatte. Viel gesprochen hatten sie ja nicht, aber es war sicher genug Intimes dabei gewesen. Ganz zu schweigen vom Sex. Er verdrängte die Vorstellung, wie sie ihm sogar dabei zugesehen hatten.

Um Lea nicht zu verschrecken, hatte Taso auch heute alle Lichter ausgeschaltet, nur das Notausgangsschild leuchtete schwach. Wahrscheinlich hatte es ihr die Dunkelheit leichter gemacht, Peter in ihm zu sehen. Taso unterdrückte die erneut aufflammende Wut und schloss die Augen, um sich auf das bevorstehende Gespräch zu konzentrieren … auf das, was er als Erstes sagen würde … auf ihre wahrscheinliche Reaktion …

»Taso!«, riss ihn eine laute Stimme aus den Gedanken. Tims Gesicht war auf dem Bildschirm erschienen, seine Stimme überschlug sich: »Anna stand gerade vor der Tür und wollte klopfen, ist dann aber plötzlich umgedreht und jetzt fast schon wieder am Aufzug.

Halt sie auf!« Taso starrte auf den Bildschirm, dann auf die Zimmertür. Das hatten sie nicht geübt. Wie ferngesteuert stand er auf, bewegte sich aber nicht. »Beeil dich, verdammt noch mal!«.

Die Blockade in seinem Kopf löste sich, Taso rannte los. Raus aus dem Zimmer, den Gang hinunter, um die Ecke. Vor ihm schloss sich gerade die Aufzugtür. Mist! Panisch suchte er nach dem Treppenhaus, fand es, hechtete die Stufen hinunter … ein Stockwerk, zwei … er spürte seinen Puls im Hals … seine Hände glitten das Geländer hinab … drei Stockwerke … er musste es schaffen, musste sie unbedingt erwischen … Da, die Tür zum Erdgeschoss! Sein Atem ging immer schneller. Der Aufzug war bereits angekommen, Lea nicht mehr in Sicht. Er eilte durch die volle Lobby, suchte nach ihren braunen Haaren. Endlich sah er sie, kurz vor der Drehtür. Er rannte weiter. Gerade als er nach ihr rufen wollte, verschwand sie durch die Tür. Taso drängte sich an einigen Leuten vorbei nach draußen. Vor dem Offline hielt er fieberhaft Ausschau, konnte sie aber nirgends sehen. Es war die Hölle los, wie jeden Samstag. Kurz entschlossen wählte er den Gang, der zum Ausgang von Little Diagon führte, drängte sich durch torkelnde Männergruppen, kreischende Junggesellinnen, säuselnde Prostituierte.

»Hey! Was soll das?«, brüllte ihn eine Alkoholschwade an, als er aus Versehen jemandem auf den Fuß trat. Bevor er sich entschuldigen konnte, schubste ihn jemand zur Seite. Er krachte in einen Mann, der sich sofort zu ihm umdrehte und ihm gegen die Brust schlug. Taso hielt sich erschrocken den Oberkörper und lief mit hochgezogenen Schultern weiter, das Fluchen des Mannes im Rücken.

Plötzlich erkannte er wieder Leas Kopf in der Menge. Er lief noch schneller und war jetzt fast bei ihr. »Lea!« Sie drehte sich um und sah ihn sichtlich irritiert an.

»Taso! Woher …?« Die Deckenbeleuchtung zeigte die Züge ihres blassen Gesichts. Zum ersten Mal sah er Lea in hellem Licht. Das schien auch ihr bewusst zu werden, denn sofort drängte sie sich an die Wand und senkte den Kopf, sodass ihr die Haare ins Gesicht fielen.

»Ich … ich hatte ein komisches Gefühl«, keuchte er. »Da bin ich auf den Gang und hab dich gehen sehen.«

Lea fasste sich schnell. »Tut mir leid, aber mir ist heute nicht so danach … Nächstes Mal wieder, okay?«

Taso schüttelte energisch den Kopf. »Nein, bitte … ich muss dringend mit dir reden!«

»Hat das nicht Zeit?« Sie schien genervt. »Ich weiß sowieso, was du mir sagen willst.«

Wahrscheinlich hatte sie nach seiner letzten Nachricht schon vermutet, dass er eine andere Frau kennengelernt hatte. Er griff nach ihrer Hand. »Nein, das glaube ich nicht.«

»Doch, das denke ich schon. Ciao.« Sie drehte sich um und wollte die Hand wegziehen, aber Taso hielt sie fest.

»Anna«, flüsterte er.

Als sie ihren richtigen Namen hörte, sah sie ihn erschrocken an. »Woher kennst du meinen Namen?«, zischte sie und sah sich hektisch um.

»Erkläre ich dir, aber nicht hier. Können wir zurück ins Offline?« Sie sahen sich reglos an. Menschen strömten an ihnen vorbei, jemand lachte. Taso lockerte seinen Griff. »Bitte.«

Anna schüttelte seine Hand ab und ging wortlos an ihm vorbei in die Richtung, aus der sie gekommen waren. Taso brauchte einen Moment, um seinen Etappensieg zu begreifen.

Während sie auf den Aufzug warteten, starrte Anna wortlos ins Leere. Auch auf der Fahrt nach oben sprachen sie nicht miteinander. Taso spürte, wie sich Schweißperlen auf seiner Stirn bildeten. Mit einer möglichst beiläufigen Handbewegung wischte er sie weg. Auf dem Weg zum Zimmer zwang er seinen Atem in eine normale Frequenz.

»Woher kennst du meinen Namen?«, fragte Anna noch einmal,

sobald er die Tür hinter sich geschlossen hatte. Ihre Stimme klang nicht mehr so bissig wie eben, eher vorsichtig. Auch ihre Wut schien Verunsicherung gewichen zu sein. Offenbar hatte sie auf dem Weg zurück ins Hotel mögliche Antworten auf diese Frage im Kopf hin und her gewälzt – und keine davon schien ihr zu gefallen.

Taso schaltete das Licht ein und zeigte auf die kleine Sitzecke im hinteren Bereich des Zimmers. Für einen Moment bewegte sich Anna nicht von der Stelle, dann ging sie hinüber und ließ sich in einem der beiden Sessel nieder. Er setzte sich dazu und musterte ihr angespanntes Gesicht. Auf ihrer Stirn schimmerte ein blauer Fleck. Als sie seinen Blick bemerkte, wandte sie sich ab und zupfte ihren Pony zurecht.

»Und?«, fragte sie ungeduldig.

Jetzt war es Taso, der ihren Blick mied. Er wusste nicht, wie er beginnen sollte, sein ganzer Plan stand kopf: Eigentlich hatte er langsam Nähe und Vertrauen aufbauen wollen, indem er Anna zunächst ganz einfühlsam den wahren Grund für sein Fernbleiben beim letzten Mal nannte. Jetzt führte ihn schon der Beginn des Gesprächs aufs Glatteis. Er wählte die einzig plausible Erklärung, die ihm in den Sinn kam und auf die sie selbst vielleicht schon gekommen war: »Peter hat mir gesagt, wie du heißt.«

Falls sie sich vorgenommen hatte, alles abzustreiten, war Anna bereits in diesem Moment gescheitert. Nach wenigen Sekunden stiegen ihr Tränen in die Augen. »Weiß …« Sie stockte und räusperte sich. »Weiß er von uns?«

Annas Anblick schmerzte ihn. Was fand sie nur an diesem Mistkerl? »Nein.«

Sie atmete laut aus, wirkte aber immer noch niedergeschlagen. »Wie hast du's rausgefunden?«, fragte sie leise. »Also dass ich deinen Bruder … kenne?«

Taso wunderte sich über die Wortwahl. »Er hat mir von einer Kollegin erzählt, die ihm seine Liebe gestanden hat.« Anna senkte den Kopf und zog nervös an den Falten ihrer Hose. »Ich hab ihn dann ein bisschen was zu ihr gefragt«, log Taso, »eigentlich nur, um die Situation besser zu verstehen – bis ich plötzlich ein komisches Gefühl bekam. Irgendwann hat es klick gemacht, und ich wusste, dass er über dich spricht … Auf einmal ergab alles Sinn, dein ganzes merkwürdiges Verhalten, und offenbar hatte ich ja auch recht.«

Taso dachte an den Moment letzte Woche zurück, als er begriffen hatte, dass er für Anna nur ein Peter-Ersatz gewesen war. Aber zu seiner Erleichterung kehrte die Bitterkeit nicht zurück. Das Training hatte ihn abgehärtet.

»Ich weiß nicht, was ich sagen soll«, flüsterte Anna beschämt. Noch immer konnte sie ihn nicht ansehen.

Eine dicke Träne tropfte in ihren Schoß. »Wie wärs mit einer Erklärung?«

Sie wischte sich über das Gesicht und sah auf. Er hatte zwar Mitleid, erwiderte ihren Blick aber mit Härte.

»Es tut mir so leid, Taso«, begann sie schließlich. Sofort fing sie wieder an zu weinen. »Wenn mir jemand vor zwei Jahren gesagt hätte, dass ich mal in so einer Situation lande, hätte ich ihn für verrückt erklärt. Selbst jetzt wirkt alles so … unwirklich.« Sie lachte mit tränenerstickter Stimme auf. Dann sah sie wieder auf ihre im Schoß gefalteten Hände.

»Wahrscheinlich hat Peter dir schon erzählt, dass ich seit fünf Jahren verheiratet bin.« Sie sah Taso vorsichtig an. »Als ich meinen Mann kennenlernte, war ich der glücklichste Mensch der Welt. Er ist Sänger … war Sänger, und ich konnte überhaupt nicht fassen, dass er sich für mich interessierte, eine zwölf Jahre jüngere Mathestudentin, still und in sich gekehrt. Schon am ersten Abend hat er gesagt, ich sei die Frau seines Lebens, so viel klüger und schöner als all die anderen.« Sie stockte. Geistesabwesend fuhr sie sich über die Stirn. Es fiel ihr sichtlich schwer, weiterzusprechen. »Das erste Mal schlug er mich an unserem zweiten Hochzeitstag. Ich war noch neu im Job, hatte lange gearbeitet und kam später als gedacht nach Hause. Er hatte gekocht und dann allein angefangen zu trinken. Er trank sowieso sehr viel, seit er seinen Traum vom Ruhm begraben musste, aber so aggressiv hatte ich ihn noch nie erlebt. Von dem Moment, als ich zur Tür reinkam, hatte ich Angst vor ihm. Er schrie mich an und behauptete, ich würde ihn betrügen. Meine Erklärungen für die Verspätung waren ihm völlig egal, er ließ mich gar nicht zu Wort kommen, sondern kam mit immer absurderen Szenarien. Als ich weiterhin widersprach, holte er aus und …«

Anna legte das Gesicht in die Hände und schluchzte. Taso war hin- und hergerissen. Er wollte zu ihr gehen, den Arm um sie legen, irgendetwas sagen. Stattdessen saß er nur reglos da. Damit hatte er nicht gerechnet, und das hatten sie auch nicht trainiert. Die Chinesen hatten Annas komplette Biografie in Erfahrung gebracht, nur das nicht? Taso dachte an die letzten Monate. Auch deshalb hatte sie das Licht nie anmachen wollen – ohne Smarts hätte er ihre Verletzungen gesehen. Und deshalb war sie vermutlich auch zweimal nicht gekommen, ohne es später zu begründen.

Nach einer Weile richtete sich Anna wieder auf und fuhr etwas gefasster fort. »Er bereute es sofort, entschuldigte sich tausend Mal, weinte … und dumm, wie ich war, verzieh ich ihm. Er sah so kümmerlich aus, ich hatte einfach Mitleid. Nicht einen Moment kam mir in den Sinn, ihn zu verlassen.« Sie stand auf, ging zur Minibar und kam mit zwei kleinen Rotweinflaschen zurück. Sie reichte Taso eine, ohne ihn anzusehen, öffnete die andere und nahm einen kräftigen Schluck. Taso nippte nur einmal an seiner.

»Das zweite Mal schlug er mich, als wir von einem Abendessen bei Freunden zurückkamen. Er meinte, ich hätte mit dem Mann seiner Schulfreundin geflirtet. Das war natürlich kompletter Unsinn, aber das wollte er nicht hören. Auch die Soulbookaufnahmen des Abends interessierten ihn nicht. Diesmal entschuldigte er sich erst am nächsten Tag. Wieder fragte der Würfel sofort, ob ich Anzeige erstatten will, wieder sagte ich Nein. Als mein Mann mich zum dritten Mal schlug, fragte der Würfel nicht mehr. Er hatte seine Erwartungen an mein Verhalten angepasst.«

Annas Ton wurde bitter. »Das dritte Mal war es so heftig, dass ich meine blauen Flecken wegsliften musste, um unangenehme Fragen zu vermeiden. Auch wenn die Abstände zwischen seinen Wutausbrüchen kürzer wurden, verzieh ich ihm immer wieder. Warum, kann ich dir nicht sagen. Ich *wollte* einfach jedes Mal glauben, dass es das letzte Mal war.«

Anna sah ihn kurz an, blickte aber gleich wieder zur Seite. Taso erschrak über die tiefe Scham in ihren Augen und musste sich sehr zusammenreißen, um bei der Sache zu bleiben. »Und dann hast du Peter kennengelernt«, sagte er.

Anna entspannte sich etwas und nickte. »Es war keine Liebe auf den ersten Blick, überhaupt nicht, dafür hing ich noch viel zu sehr an meinem Mann. Aber Peter war immer so warm und freundlich zu mir, und mit der Zeit kamen wir uns näher. Dann waren sie plötzlich da, die Gefühle … Und das spürte auch mein Mann. Auf einmal konnte ich seine Vorwürfe nicht mehr so entschieden abstreiten wie früher, obwohl ja überhaupt nichts zwischen Peter und mir lief. Ein Teufelskreis.« Ihre Stimme brach, sie schüttelte den Kopf.

Taso rührte sich immer noch nicht. »Ich verstehe nicht, warum du dich nicht von ihm getrennt hast. Kann man das so lange aushalten – aus Mitleid?«

»Ich konnte mich später nicht mehr einfach so von ihm trennen. Meine Firma verlangt einen sehr hohen Pred-Score. Der Würfel erwartet aber mittlerweile, dass ich trotz der Misshandlungen mit meinem Mann zusammenbleibe. Wenn ich mich jetzt von ihm trenne, stürzt mein Pred-Score ab. Und wenn meine Werte weiter sinken, verliere ich meinen Job.«

»Und Peter noch dazu«, ergänzte Taso.

Anna nickte.

»Aber es lief nicht so zwischen euch, wie du es dir vorgestellt hast.«

»Ich hatte ja gar keine richtige Vorstellung. Ich fühlte mich einfach immer stärker zu ihm hingezogen, wir haben uns so gut verstanden und so viel zusammen gelacht ... Aber ich hatte immer den Eindruck, dass da von seiner Seite nicht mehr war. Ich wusste ja, dass er Familie hat, und er schien so glücklich, dass ich mich nie getraut habe, etwas zu sagen ... Irgendwann erzählte er dann von dir.«

Taso schluckte.

»Es tut mir so leid, Taso – aber ich war verzweifelt! Ich wusste einfach nicht mehr weiter, ich hab irgendein Ventil gebraucht und nach dem erstbesten Strohhalm ... Mein Mann trifft sich einmal im Monat mit seiner alten Band. Ich hab eine Freundin gebeten, mir für diese Abende ein regelmäßiges Alibi zu verschaffen. Er dachte, wir gehen ins Casino, dabei bin ich nur hierhergekommen, um dich zu suchen. Zwei Abende hab ich vergeblich in der Nähe der Schleuse zu Diagon Alley gewartet. Als ich dich beim dritten Mal endlich sah, war es tatsächlich so, als begegnete ich Peter. Ihr seid euch so ähnlich! Nicht nur äußerlich, sondern auch in eurer Gestik und Mimik, der Art, wie ihr euch bewegt, wie ihr sprecht ... manchmal sogar in dem, *was* ihr sagt! Ich weiß, wie verrückt und pervers das klingen muss, und ich schäme mich auch dafür, aber die Stunden mit dir waren die schönsten, die ich seit Langem hatte. Ich konnte selbst nicht glauben, dass es tatsächlich funktionierte. Bei der Arbeit sah ich Peter, einmal im Monat dich. Ich war viel ausgeglichener, das spürte auch mein Mann. Für eine Weile beruhigte er sich sogar.«

Taso ekelte sich plötzlich vor Anna. Jetzt, da sie ihm alles erklärt hatte, fragte er sich umso mehr, wie man auf so eine Idee kommen konnte. Am liebsten hätte er sie ohne ein weiteres Wort sitzen gelassen. Er presste die Lippen aufeinander und versuchte, sich auf seine Mission zu konzentrieren. »Warum hast du Peter dann doch deine Liebe gestanden?«

Anna nahm einen weiteren Schluck aus der Weinflasche. »Er war seit ein paar Wochen viel fröhlicher als sonst, neckte mich ständig, wenn wir zu zweit waren. Irgendwas hatte sich verändert, und verliebt, wie ich war, wollte *ich* der Grund dafür sein. Er lächelte mir ständig zu und berührte mich immer wieder ›zufällig‹, bis ich es nicht mehr aushielt. Inzwischen war mir auch mein Job egal. Ich musste es ihm sagen … Und seine Reaktion kennst du ja.« Sie knetete ihre Hände und starrte auf den Boden.

»Und dein Pred-Score?«

Müde sah sie auf. »Ich hab ein Verfahren am Hals und muss in zwei Monaten wieder über 85 Punkte kommen.«

»Deshalb bist du immer noch mit deinem Mann zusammen.«

Anna nickte. »Mein Job ist alles, was ich habe.« Sie blinzelte ein paarmal und konnte die Tränen diesmal zurückhalten.

Taso legte für einen Moment den Kopf in den Nacken. Das Ganze war noch anstrengender, als er gedacht hatte. Immer wieder schweiften seine Gedanken ab zu Tim und Rosie und all den anderen, die jedes Wort mithörten.

»Danke«, sagte er, als er sich dazu überwinden konnte.

Anna lachte ungläubig auf. »Wofür?«

»Für deine Ehrlichkeit.«

Sie atmete durch und sah noch elender aus als zuvor. Wie erhofft schien sein Dank ihr schlechtes Gewissen noch gesteigert zu haben. Alles war bereit für den nächsten Schritt.

»Du weißt, dass ich jemanden kennengelernt habe, oder?«, fragte Taso.

Anna nickte langsam. »Peter hat mal was erwähnt. Und deine letzte Nachricht passte dazu.«

»Ist inzwischen schon wieder vorbei … aber warum bist du heute überhaupt gekommen, wenn du das wusstest?«

Sie zögerte. »Ich weiß nicht … aus Neugier? Vielleicht hatte ich insgeheim auch gehofft, dass ich mit dir über *ihn* reden kann. Anonym, natürlich.«

Volltreffer! Frau Meng würde sich freuen: Ihre Anna-Simulation hatte fast dieselben Worte gewählt. Er unterdrückte ein Lächeln.

»Ich bin froh, dass du mich vorhin aufgehalten hast«, fuhr sie fort. »Mir wird erst jetzt klar, wie dringend ich das loswerden musste.«

Taso drückte kurz ihre Hand, die auf dem Tisch das Etikett von der Weinflasche kratzte. Es lief gut, aber er durfte jetzt keinen Fehler machen – und vor allem keine Skrupel haben.

»Ich muss dir etwas sagen«, begann er und tat so, als kostete es ihn Überwindung, weiterzusprechen. »Als Peter mir von dir erzählte, bat er irgendwann darum, dass wir unsere Smarts rausnehmen.« Anna horchte auf. »Dann hat er gesagt, dass er dich mag. Und zwar mehr, als ihm lieb ist.« Anna starrte ihn ungläubig an. »Er hat mir aber auch gesagt, dass er diesen Gefühlen nie nachgeben würde, aus demselben Grund wie du: Sein Pred-Score würde abstürzen, und er hat Angst vor den Folgen.«

Taso wusste, dass seine Strategie riskant war. Aber für den Moment erzielte sie ihre gewünschte Wirkung: Zitternd vergrub Anna ihr Gesicht in den Händen und schüttelte langsam den Kopf. Schuldgefühle überkamen ihn, aber er verdrängte sie schnell wieder, denn seine Lüge war gerechtfertigt. Es würde ihr besser gehen, wenn der Coup gelänge, da war er sich sicherer denn je. Immerhin würde sie ihren brutalen Mann loswerden.

»Was für eine dumme, ungerechte Welt!«, rief Anna plötzlich. »Dafür *hasse* ich den Würfel! Als wären wir mit ein paar Punkten weniger arbeitsunfähig!« Sie kickte den zu Boden gefallenen Deckel ihrer Weinflasche gegen die Wand.

Ihr Gefühlsausbruch überraschte und ermutigte Taso. Die Simulation hatte den Kubismus nie von allein kritisiert. Vielleicht sah Anna das System ja kritischer, als sie vermutet hatten.

»Das Schlimmste am Kubismus ist, dass er uns aus dem Becken nicht mehr rauslässt, in das wir einmal gesprungen sind«, pflichtete Taso ihr bei. »Wir müssen ewig weiter darin schwimmen, um den Kopf über Wasser zu halten, ganz gleich, was passiert. Niemand traut sich mehr an den hohen Beckenrand, geschweige denn herauszuklettern.«

»Du kannst dir nicht vorstellen, wie viel Überwindung es mich gekostet hat, mit Peter über meine Gefühle zu reden. So was ist ja so schon schwer genug – und dann hatte ich auch noch den verdammten Pred-Score im Hinterkopf. Ich hab Tag und Nacht mit mir gerungen, Existenzängste zurückgedrängt … und dann hat sich die ganze Sache noch nicht mal gelohnt. Seit Peters Korb bin ich echt am Ende und weiß nicht mehr, was ich tun soll.«

Jetzt!, dachte Taso aufgeregt und rutschte etwas näher an Anna heran. Vorsichtig legte er ihr die Hand aufs Knie. »Hast du schon mal darüber nachgedacht, dich uns anzuschließen?«

»Uns?«, fragte sie mit einer Spur Misstrauen in der Stimme. »Bist du aktiv?«

»Ja, seit meinem Oblivion.«

»Bei wem?«

»Der Allianz.«

Anna nickte gedankenverloren. »Danke«, sagte sie schließlich und schlug die Beine so übereinander, dass sie Tasos Hand von ihrem Knie schob, »aber das ist nichts für mich.«

Er erschrak, die Absage kam viel zu schnell. »Warum denn nicht?«, fragte er hastig und etwas zu laut.

Anna sah ihn irritiert an. »Das bringt doch nichts. Und es würde alles nur komplizierter machen … Glaub mir, ich bin wirklich nicht die Richtige dafür.«

Taso wusste nichts Kluges zu entgegnen. Er beschloss, aufs Ganze zu gehen: »Weil du für den Verfassungsschutz arbeitest?«

Anna starrte ihn mit weit geöffneten Augen an. Nach einer Ewigkeit erhob sie sich, ohne ein Wort zu sagen, und ging in Richtung Tür. Taso hechtete ihr hinterher, sein Herz raste. »Bitte«, beschwor er sie, »hör mir einen Moment zu – das schuldest du mir!« Sie zögerte und blieb stehen, den Blick weiter zur Tür gerichtet. »Hast du eine Vorstellung davon, wie bitter es für mich war, als Peter mir von dir erzählt hat und mir alles klar wurde? Als ich verstand, dass ich nur ein leicht verfügbarer Ersatz für meinen ach-so-tollen Bruder bin? Ich durfte dich nicht ansehen, du wolltest noch nicht mal richtig mit mir reden, es ging dir nur um dich! Du hast mich benutzt, mir monatelang was vorgemacht!« Obwohl sie sich noch nicht wieder zu ihm umgedreht hatte, spürte er, dass seine aufgebrachten Worte wirkten. Etwas ruhiger fuhr er fort: »Ich kann dich ja auch verstehen. Ich weiß, was der Würfel mit uns macht, wozu er uns treibt. Bitte gib mir zwei Minuten, gehen kannst du immer noch.«

Anna ließ die Schultern sinken, wandte sich um und sah ihn eine Weile prüfend an. Dann machte sie einen Schritt zum Bett und setzte sich.

»Hat dir Peter von unserem Job erzählt?«, fragte sie mit scharfer Stimme.

Taso nickte und setzte sich erleichtert neben sie. Er konnte ihr nichts von den Kameras und den Recherchen seiner Freunde sagen, das würde sie nur unnötig provozieren.

»Und die Allianz weiß es auch?« Er nickte wieder. Anna atmete langsam aus. »Das habe ich wohl verdient.«

Taso sagte nichts.

»Was wollt ihr überhaupt von mir? Ich arbeite in einer total langweiligen Abteilung und habe nichts mit der Einheit für antikubistischen Extremismus zu tun. Ich kenne weder die aktuellen Ermittlungen noch irgendwelche V-Leute.«

Taso versuchte ein verständnisvolles Lächeln. »Das interessiert uns auch alles nicht. Wir denken größer – so groß, dass du dir über deinen Mann und deinen Job keine Gedanken mehr machen müsstest.«

»Und wie soll das gehen? Ein neues Referendum würdet ihr verlieren.«

»Wir wollen kein Referendum, sondern eine Revolution. Du könntest noch mal ganz von vorn anfangen, frei vom Pred-Score und anderen Zwängen. Alle Menschen in diesem Land, denen es genauso schlecht geht wie dir, oder sogar noch schlechter, wären frei. Auch Peter …«

Anna zog die Augenbrauen hoch. Nach einer Weile sagte sie: »Ich dachte, du bist Mitglied der Allianz, jetzt klingst du eher wie einer dieser Terroristen.«

»Ich bin bei der Allianz. Aber sie ist mehr denn je zum Systemwechsel entschlossen. Und dafür brauchen wir dich.«

»Ach wirklich?«, fragte Anna spöttisch. Dann wurde sie wieder ernst. »Ich hab mich mit dem Kubismus vor langer Zeit abgefunden. Das solltet ihr auch tun, denn ihr werdet es nicht ändern, der Würfel ist auf wirklich alles vorbereitet. Ich kann euch nicht helfen, selbst wenn ich es wollte.«

»Da täuschst du dich.« Taso holte tief Luft und erklärte den Plan des Widerstands. Er erzählte ihr von den Sprengsätzen in den Datenzentren, ihrem Vorhaben, die Trainingssoftware zu manipulieren, und von den Plänen für die Zeit danach. Nur Chinas Rolle erwähnte er nicht. Anna hörte ihm konzentriert zu und unterbrach ihn kein einziges Mal. Nur als er die Herzoperation erwähnte, verzog sie kurz das Gesicht.

»Ihr spinnt doch«, sagte sie, als er fertig war. »Nie und nimmer habt ihr den Code unserer Trainingssoftware so gut verstanden, dass ihr sie derart manipulieren könnt! Ich verstehe einiges vom Programmieren, selbst mein Team hätte Schwierigkeiten, den Code zu schreiben, der euch vorschwebt – und wir arbeiten seit Jahren mit der Software!«

Taso überlegte, ob er doch von der chinesischen Unterstützung erzählen sollte. Aber die Anna-Simulation hatte darauf jedes Mal extrem allergisch reagiert – kein Wunder, arbeitete Anna doch jeden Tag daran, das Land vor China zu schützen. »Wir haben den Code bereits geschrieben, er wird funktionieren.«

Sie schüttelte den Kopf. »Okay, aber selbst wenn es so wäre, was käme danach? Chaos? Diktatur? Woher weiß ich, dass sich die Verhältnisse – oder auch nur meine Verhältnisse – wirklich bessern würden? Von dir? Nimm es mir nicht übel, Taso, aber das ist ein bisschen wenig dafür, dass ich im Gefängnis verrotten könnte.«

»Wir werden alle unsere Freiheit aufs Spiel setzen und machen das nicht leichtfertig. Ich werde mich sogar unters Messer legen und mich in das Verfassungsschutzgebäude schmuggeln – glaubst du, ich würde das alles ohne einen guten Plan machen? Glaubst du, dass sich HF und CRAC ohne realistische Erfolgsaussichten der Allianz angeschlossen hätten? Du hast ganz richtig gehört, die drei arbeiten zum ersten Mal zusammen! Und selbst wenn wir scheitern sollten – was hast du zu verlieren? Willst du wirklich so weiterleben? Immer auf deinen Pred-Score schielen, dich misshandeln lassen, um deinen Job nicht zu verlieren? Deine Gefühle nicht zeigen und ausleben können? Das ist doch krank!«

Anna fuhr sich mit der Hand durchs Haar und richtete den Blick ins Leere.

»Der Kubismus ist keine Einbahnstraße ins Glück, sondern eine Sackgasse«, fuhr Taso fort. »Wir leben in einem Land, in dem es kein Recht auf einen Neuanfang mehr gibt. Aber die Menschen brauchen zweite Chancen. Und wir sind ihre Chance, die Welt neu zu denken, bevor sie ganz an den Würfel verloren ist. Die Menschheit braucht uns … sie braucht dich!«

Sie sah ihn lange an. »Ich … ich weiß nicht, Taso. Ich hänge nicht am Kubismus, glaub mir. Ich bin Programmiererin, Politik interessiert mich nicht besonders. Ehrlich gesagt habe ich nie richtig darüber nachgedacht, wie mein Leben ohne den Würfel aussähe. Vielleicht wäre es tatsächlich besser. Aber …«

Mit einem Schlag verlor Taso allen Mut. Er sah etwas in ihren Augen, dem er nichts entgegensetzen konnte: Angst.

»… das kann nicht funktionieren. Und ich will nicht ins Gefängnis.«

Ruckartig stand sie auf und eilte zum Flur. Kurz bevor sie ihn erreichte, hielt sie noch einmal inne. »Es tut mir leid, dass ich euch nicht helfen kann und dass ich dich ausgenutzt habe. Wirklich. Aber ich muss jetzt gehen. Alles Gute, Taso.«

Er wusste nicht, was er noch sagen sollte. Ihm fiel nur eine Frage ein, die auch Anna nicht beantworten konnte: Wie sollte es nun weitergehen? Sie verschwand um die Ecke in den Zimmerflur, er hörte, wie die Tür aufging, wartete darauf, dass sie wieder ins Schloss fiel – aber stattdessen kam Anna rückwärts zurück ins Zimmer gestolpert.

Taso sprang auf. Zwei bullige Kellner in schwarz-weißen Uniformen betraten den Raum. Sie trugen einen mit Essgeschirr gedeckten Tisch hinein, setzten ihn behutsam ab und stellten das Bett hochkant an die Wand. Ohne eine Miene zu verziehen, rückten sie den Tisch in die frei gewordene Mitte des Zimmers, während zwei ebenfalls kräftige Kellnerinnen vier Stühle hereintrugen und präzise an den Tischkanten ausrichteten.

Taso sah verblüfft zu Anna, die ihn mit offenem Mund anstarrte, und zuckte mit den Schultern. Die beiden Kellnerinnen rückten Teller, Gläser und Besteck zurecht, einer der Männer zündete die Kerze auf dem Tisch an, und sein Kollege rollte einen prall gefüllten Weinkühlschrank ins Zimmer.

Dann kamen Hugo und Pascale herein. Annas große Augen verrieten, dass sie die beiden sofort erkannte.

Pascales Erscheinung war wie immer elegant und eindrücklich, aber Hugo wirkte in seinem schlichten dunklen Anzug zehn Jahre jünger als sonst. Mit einem schwer zu lesenden Gesichtsausdruck ging er auf Anna zu und ergriff ihre Hand. »Frau Nüchterberg!« Statt sich vorzustellen, zeigte er auf den Tisch. »Bitte bleiben Sie doch noch zum Essen.« Etwas in seiner Stimme ließ keinen Raum für Widerspruch. Wieder einmal war Taso fasziniert, welche Wirkung Hugo auf andere Menschen haben konnte. Anna schien immer noch überrumpelt, folgte der Aufforderung aber.

Pascale bat auch Taso an den Tisch. Ohne zu wissen, was er von alldem halten sollte, trat er zu den anderen. Die Kellner hatten sich hinter den Stühlen platziert und halfen ihnen galant beim Setzen. Dann breiteten sie gewaltige Stoffservietten auf den Schößen der ungleichen Gesellschaft aus und stellten sich wieder hinter die Sitzplätze. Aufmerksam und entschlossen überwachten sie das Geschehen. Dass sie mehr als nur gut geschulte Kellner waren, war nicht zu übersehen. Selbst Taso empfand die Situation als bedrohlich.

Hugo ließ sich eine bereits geöffnete Weißweinflasche reichen, roch am Korken, schien zufrieden und schenkte allen ein. Er hob sein Glas und sah in die Runde, als sei es ein normales Abendessen unter Freunden. »Worauf stoßen wir an?« Seine Augen blitzten. »Ach, die Zeiten verlangen ein wenig Pathos: Auf die Freiheit!«

»Auf die Freiheit!«, wiederholte Pascale mit feierlichem Ton und hob ebenfalls das Glas. Taso tat es ihr gleich. Anna schwieg, stieß aber mit an.

»Und?«, fragte Hugo nach dem ersten Schluck. »Wie lief es?« Er sah zwischen ihnen hin und her und richtete sich an Anna: »Hat Sie unser junger Kollege überzeugt?«

Sie sah Hugo mit gerunzelter Stirn an. »Er … er hat mich etwas überrumpelt.«.

Hugo lachte auf, ließ sie dabei aber nicht aus den Augen. »Das kann ich mir vorstellen. Aber wie hätte er das nicht tun sollen? Sie erwarten einen ruhigen Abend, und dann fragt er plötzlich, ob Sie unsere Revolution anführen wollen.« Er lachte noch einmal. Anna versuchte, ihm zuzulächeln, ließ die Mundwinkel aber gleich wieder sinken, als ihre Blicke sich trafen. »Tasos Frage war jedoch sehr ernst gemeint«, sagte Hugo weiter. »Aber lassen Sie uns erst mal etwas essen.«

Bei diesen Worten verließen die Kellner den Raum und kehrten wenige Augenblicke später mit gefüllten Tellern zurück, die sie auf Hugos Nicken hin servierten.

»Büffelmozzarella mit Feigen auf Rucola«, sagte die ältere Kellnerin. »Guten Appetit!« Es klang wie ein Befehl.

Pascale und Hugo begannen sogleich zu essen, Taso und Anna griffen nur zögerlich zum Besteck.

»Ich muss zugeben, dass ich ein wenig über Sie gelesen habe, Frau

Nüchterberg.« Hugo spießte ein Stück Mozzarella auf und schob es sich in den Mund. »Sehr beeindruckend, Ihre Arbeit, wirklich, sehr beeindruckend … Frauen wie Sie braucht man ja heutzutage überall. In welche Richtung möchten Sie sich denn langfristig entwickeln?«

Anna schluckte zwar eilig ihren Bissen hinunter, antwortete aber nicht sofort. »Wie meinen Sie das?«, fragte sie schließlich.

Hugo tupfte sich den Mund mit der Serviette ab. »Ich kann Ihnen jedenfalls sagen, dass eine so herausragende Programmiererin wie Sie mein Unternehmen sehr bereichern würde. Ich werde es nach unserem Coup erheblich umstrukturieren, da brauche ich fähige Leute an meiner Seite – gegen eine mehr als angemessene Bezahlung selbstverständlich. Aber das wird sicher nicht Ihre einzige Option sein.«

»Allerdings nicht!«, nahm Pascale den Faden auf. »Sie können sich vorstellen, dass unsere neue Regierung großen Bedarf an klugen Führungskräften wie Ihnen haben wird, besonders wenn sie auch noch über ein so herausragendes Verständnis von Algorithmen verfügen. Wir wollen die hohe Lebensqualität in Deutschland unbedingt erhalten. Für den einfachen Bürger soll es sich nicht wie Revolution, sondern wie Reformation anfühlen. Er wird ein angenehmes, zeitgemäßes Leben führen – nur eben ohne den Würfel.«

»Am Ende muss natürlich jeder selbst entscheiden, ob ihm oder ihr das große Geld oder das große Ganze wichtiger ist«, ergänzte Hugo. »Aber es ist immer gut, Optionen zu haben, auch epochenübergreifend.«

»Wofür man natürlich gute Beziehungen braucht«, fügte Pascale hinzu und lehnte sich lächelnd zurück.

»Selbstverständlich«, pflichtete Hugo ihr bei und trank einen kräftigen Schluck Wein. »Wenn jemand ein Risiko eingeht und sich rechtzeitig auf die richtige Seite schlägt, muss das belohnt werden. Ohne Mut zum Risiko hätte ich nie so viel erreicht.«

»Das kann ich unterschreiben«, sagte Pascale. »Meine Familie hat mich nach dem Referendum angefleht, mir neue Aufgaben zu suchen. Stattdessen habe ich mich sogar mehr reingehängt als vorher, denn die humanistische Sache war ja noch wichtiger geworden. Und jetzt stehe ich an der Spitze des Widerstands und werde bald die Regierung unseres Landes führen.«

Taso spürte kalten Schweiß unter den Achseln. Die schnelle und einseitige Unterhaltung war ihm unangenehm, so konnte das doch nicht klappen! Aber Anna schien gefasst und sogar interessiert. Machten die Verheißungen Eindruck auf sie? Andererseits war ihr Teller noch fast voll, während die anderen aufgegessen hatten. Auch ihr Weinglas hatte sie seit dem Anstoßen nicht mehr angerührt.

Hugo lehnte sich zu ihr hinüber. »Die neue Welt wird kommen, und zwar sehr bald, ob Sie uns helfen oder nicht.«

Er sah sie durchdringend an, wartete aber nicht auf eine Reaktion, sondern bedeutete den Kellnern, die Teller abzuräumen. Langsam verstand Taso: Seine Rolle war es von Anfang an nur gewesen, Anna vorzubereiten. Jetzt lief der eigentliche Anwerbeversuch. Er ärgerte sich, dass die anderen ihn nicht eingeweiht hatten. Hatten sie etwa gedacht, er würde sich sonst nicht genug anstrengen?

Als die Kellner das Geschirr hinausgetragen hatten, fuhr Pascale fort: »Sie würden eine noble Sache unterstützen. Ich gehe nicht davon aus, dass Ihr Newsfeed Sie über die Entwicklung von Offlinerrechten informiert, aber unsere Lage ist ernst – ernster, als die kubistische Mehrheit es sich eingestehen und uns zugestehen will.« Sie zählte in hohem Tempo die vielen kleinen und großen Schikanen auf, unter denen Offliner inzwischen litten. Anna wandte zwar immer wieder den Blick ab, schien aber konzentriert zuzuhören. Offenbar drang Pascale tatsächlich zu ihr durch.

Als die Allianzchefin fertig gesprochen hatte, stand bereits der Hauptgang vor ihnen: köstlich duftender Hummer mit geschmorten Tomaten. Obwohl er keinen Hunger hatte, lief Taso das Wasser im Mund zusammen. Genießen konnte er das Essen aber nicht. Er fragte sich ständig, was er jetzt noch für eine Rolle spielte, ob Hugo und Pascale erwarteten, dass er sich einmischte, sie unterstützte … Aber vermutlich kam es darauf gar nicht mehr an, denn sie ignorierten ihn völlig.

Während des Hauptgangs ruhten die ernsten Gespräche, und Hugo erzählte, wie er als junger Mann einmal einen Hummer gefangen hatte, der sich allerdings in der Küche so lange und heftig wehrte, dass er ihn am Ende erschöpft und mit blutigen Armen wieder ins Meer warf. Taso bewunderte Hugo für sein Talent, so spielerisch zwischen ernster und leichter Unterhaltung hin- und herzuspringen und dabei die Aufmerksamkeit seiner Gesprächspartner nie zu verlieren.

»Wie dem auch sei«, beendete Hugo die Geschichte und legte lächelnd sein Besteck auf den leeren Teller, »wir sind ja nicht nur zum Spaß hier. Pascale, möchtest du vielleicht …?«

»Gerne.« Pascale musterte Anna, die gedankenverloren auf ihren halb vollen Teller sah. Sofort kehrte eine unangenehme Spannung an den Tisch zurück. Taso hatte einen trockenen Hals vom Wein und bat den Kellner hinter sich um etwas Wasser. Das Sprudeln der Flüssigkeit in seinem Glas ließ Anna aufblicken. »Frau Nüchterberg«, fuhr Pascale fort, »Taso hat Ihnen unseren Plan bereits erklärt. Wir sehen für sein Gelingen sehr gute Chancen. Mit Ihrer Hilfe würden sie noch steigen. Die Umsetzung unserer Ersatzpläne wäre blutig, der Plan mit Ihnen nicht. Sie haben gehört, wie es den Menschen geht, für die wir kämpfen. Wir handeln aber nicht nur im Interesse einer Minderheit, sondern zum Wohle aller. Diese Sache ist größer als jeder von uns. Aber es geht auch um Sie persönlich: Nach diesem Abend ist Ihre Karriere beim Verfassungsschutz vorbei – auch, wenn Sie sich gegen uns entscheiden, dafür werden wir sorgen.«

Taso zuckte innerlich zusammen. Hatte er deshalb so viel Privates aus ihr herausbekommen sollen?

Pascale berührte Anna sanft am Arm. »*Mit* uns hingegen haben Sie eine große Zukunft vor sich. Ob an Hugos oder an meiner Seite, ob mit Peter oder ohne ihn, entscheiden nur Sie. Nicht Ihr Mann, nicht der Würfel, *Sie*. Kämpfen wir zusammen für eine große Sache und für Ihre Zukunft, Anna! Können wir auf Sie zählen?«

Taso hielt die Luft an. Anna betrachtete die mächtigen Scheren des Hummers auf Pascales Teller. Mit blitzenden Augen sah sie auf.

17

»Und wie lange macht ihr das schon?« Taso stand der Sinn überhaupt nicht nach Geplauder, aber es war immer noch besser, als sich zum hundertsten Mal Gedanken über die kommenden Stunden zu machen.

»Drei, vier Jahre vielleicht?« Jens kratzte sich den nur noch spärlich behaarten Kopf. »Oder, Clara?« Er sah fragend zu seiner Frau, die seit Beginn der Fahrt so routiniert ihre Instrumente reinigte, als hätte sie die letzten Jahrzehnte nichts anderes getan. Gerade putzte sie ein Stethoskop. Ihr ständiges Herumhantieren und der Geruch des Desinfektionsmittels machten Taso wahnsinnig.

»Vor vier Jahren haben sie dich gefeuert, kurz darauf mich«, antwortete sie, ohne aufzublicken. »Dann haben wir ziemlich bald diese Schrottkarre gekauft.«

»Sag ich ja.« Jens grinste.

Um die erneute Stille zu füllen, zwang sich Taso zu einer Nachfrage: »Und warum wurde euch gekündigt?«

Jens' Blick verdüsterte sich, Clara hingegen schrubbte ungerührt weiter. »Mein Pred-Score war zu niedrig«, antwortete Jens, »für Krankenpfleger wurden die Schwellenwerte rasch hochgesetzt. Bei Chirurgen war das anders, Clara hätte sicher noch ein, zwei Jahre weiterarbeiten können, aber sie hat sich geweigert, Smarts zu tragen.«

»Ich *hasse* die Dinger«, ergänzte Clara.

»Hier drinnen gibt es auch keine Kameras.« Jens deutete in die verschiedenen Ecken des Rettungswagens.

Taso nickte anerkennend. Als hätte die Allianz das nicht vorab geprüft. Plötzlich schlug ihm jemand seine Hand aus dem Gesicht.

Er hatte sich schon wieder gekratzt. Schuldbewusst sah er zu Frau Meng, die neben ihm auf dem Boden saß und ihn streng ansah. Sein Gesicht juckte immer noch ununterbrochen, obwohl die Modulationssitzung schon eine Woche her war. Ein Spezialist für neue Identitäten hatte seine Haut bearbeitet, hatte sie an manchen Stellen gestrafft, an anderen gelockert oder etwas aufgetragen. Es hatte Stunden gedauert, bis sein Gesicht dem 3-D-Modell von Peters Kopf entsprach. Seitdem fühlte sich Taso, als wäre er unter einer Maske gefangen, die er nie mehr abnehmen konnte. Tagelang hatte er einen Schutzverband getragen, der die Modellage schützte. Irgendwann hatte er es nicht mehr ausgehalten und ihn abgenommen. Seitdem kratzte er sich ständig.

Er setzte sich auf die Hände und versuchte, das Prickeln im Gesicht zu ignorieren. »Und ihr fahrt den ganzen Tag rum und kümmert euch um Notfälle?«

»Um Notfälle von Privatversicherten«, sagte Jens.

»Und die anderen lasst ihr liegen?«

Jens nickte. »Die müssen warten, bis ein Wagen aus dem nächsten Krankenhaus kommt. Privatversicherte zahlen ja dafür, dass wir schneller vor Ort sind … Das haben nicht wir uns ausgedacht, kannst du mir glauben!«

Taso hätte eigentlich empört sein sollen, aber ihn interessierte das alles nicht. Nicht mehr. Er lächelte, um irgendeine Reaktion zu zeigen, hatte aber das Gefühl, dass es nur zu einer gequälten Grimasse reichte. Er schwieg und sah sich zum ersten Mal richtig im Wagen um. Alles war sauber und ordentlich, aber auf dem Boden fanden sich auch eingetrocknete Flecken, und die meisten Schränke hatten Macken. In die Fahrerkabine hatten Jens und Clara ein Autonom-Add-on gebaut, das Lenkrad, Kupplung und Pedale bediente. An der Stelle der ebenfalls ausgebauten Beifahrersitze befand sich eine kleine Toilettenkabine. Der Wagen war fast heimelig eingerichtet: Überall klebten Fotos, die auf mindestens fünf Enkelkinder hindeuteten, und ein Abreißkalender, der korrekt den achten Juli anzeigte. Die Stühle, auf denen sie saßen, hatten dicke Polster, und über der Krankentrage hing ein Bildschirm an der Decke, auf dem eine alte TV-Serie lief, die Taso nicht kannte. Sie verbrachten in dem Wagen offensichtlich sehr viel Zeit. Gemütlich wirkte es trotzdem nicht. Nirgends konnte man nach draußen sehen, von draußen hinein schon gar nicht. Die überall sichtbaren medizinischen Instrumente und Apparaturen taten ihr Übriges.

Taso wollte gerade fragen, warum sie überhaupt noch arbeiteten, als plötzlich ein schriller Ton aufheulte. Der Rahmen des Bildschirms blinkte rot. Einen Augenblick später sah Taso darauf seinen Bruder, der ohnmächtig am Boden lag. Der Rettungswagen beschleunigte. Tasos Kopf dröhnte. Es ging tatsächlich los.

Eine laute Computerstimme ertönte: *28 Jahre, männlich …*

»Schnell, rein hier!« Clara legte das Stethoskop beiseite und zeigte auf die schmale Kabine hinter sich.

… spontane Ohnmacht, keine Fremdeinwirkung …

Frau Meng war bereits aufgesprungen, nahm ihre Tasche und wankte zur Kabine. Taso folgte ihr auf wackligen Beinen. Eine Kurve warf ihn gegen die Krankentrage. Kurz blieb ihm die Luft weg.

… keine Vorerkrankungen bekannt, Puls 115 …

Als sich Taso hinter Frau Meng in die Kabine pressen wollte, versperrte Clara ihm den Weg. »Bezahlung«, sagte sie mit tonloser Stimme.

Er brauchte einen Moment, um zu begreifen, was sie wollte. »Können wir das nicht spä…«

»Nein. Wir arbeiten nur gegen Vorauszahlung.«

Taso sah hilfesuchend zu Frau Meng, die bereits einen kleinen Goldbarren aus ihrer Tasche holte. Sie reichte ihn Clara, der Wagen hielt. Jens griff nach dem Hebel der Hintertür und sah abwartend zu seiner Frau. Nervös verfolgte Taso, wie Clara seelenruhig ein Stück Keramik aus einer Schublade holte und den Barren darüberstrich; ein feiner gelber Streifen blieb zurück. Zufrieden steckte sie das Gold ein.

Taso quetschte sich in die Kabine, zog die Tür zu – und erschrak beim Blick in den Spiegel: Die Veränderungen in seinem Gesicht waren nur minimal, und doch sah er seinen Bruder vor sich. Er war sich selbst so fremd, dass er sich abwenden musste. Sein Herz galoppierte. Frau Meng stand hinter ihm auf dem Klodeckel, er spürte ihren gleichmäßigen Atem im Nacken.

Draußen öffneten sich die Türen des Rettungswagens, erregte Stimmen ertönten.

»Einfach so …«

»Ich weiß auch nicht, was …«

»Bitte machen Sie Platz!«

»Dass so etwas heute noch …«

Peters Weg zur Arbeit dauerte fünfzehn Minuten – genügend Zeit, um ihn heimlich dem geruchlosen, unsichtbaren Betäubungsgas auszusetzen, das ein Agent der Allianz bei sich getragen hatte. Der Angriff war offenbar gelungen. Ein Teil von Taso hatte gehofft, dass es heute regnen und Peter sein Sefa zur Arbeit nehmen würde. Am Morgen hatte der Himmel aber blau gestrahlt. Taso hatte sich so miserabel gefühlt, dass er es kaum aus dem Bett geschafft hatte.

Draußen ratterte die Krankentrage. Kurz darauf hörte Taso Claras Stimme – »Zwei … eins …« –, dann ein dumpfes Geräusch, einen Moment später schlitterte die Trage über den Boden des Rettungswagens. Taso konnte vor Aufregung kaum stehen und lehnte sich dankbar an die Kabinenwand. Gleichzeitig wollte er raus aus der Enge und durchatmen.

»Danke für die Hilfe!«, rief Jens. Dann schlossen sich die Türen des Wagens, und er setzte sich in Bewegung.

Taso stellte sich vor, wie Pascale jetzt Einheiten von HF und CRAC in Bereitschaft versetzte. Er schauderte: Nun hing alles von ihm ab. Wie ferngesteuert streckte er die Hand nach der Kabinentür aus, aber Frau Meng zog ihn heftig an der Schulter zurück. Siedend heiß fielen ihm Peters Smarts ein. Er musste sich unbedingt besser konzentrieren.

Es dauerte etwas, bis Clara die Tür öffnete und ihnen einen Smartsbehälter entgegenstreckte. In der anderen Hand hielt sie einen Elektronikdetektor. »Er ist sauber«, sagte sie und trat beiseite.

Frau Meng drängte Taso unsanft aus der Kabine und schwang ihre Tasche auf die Arbeitsplatte. Taso sah seinen bewusstlosen Bruder auf der Trage liegen. Er hatte die Augen geschlossen, am Kinn war die Haut aufgeschürft. Taso konnte sich nicht erinnern, wann er ihn das letzte Mal schlafend gesehen hatte. Er wartete, ob sich ein Gefühl einstellte, aber bis auf ein diffuses Unbehagen spürte er nichts. Irgendetwas in ihm blockierte, ließ das Bild von Peter nicht an ihn heran.

»Ihr habt drei Minuten, bis wir in der Charité sind«, sagte Clara tonlos. »Wir können die Fahrt nicht verlangsamen, die Karre fährt automatisch.«

»Los jetzt!«, rief Frau Meng. Sie hatte die Dose mit Peters Smarts mit einem altertümlichen Laptop verbunden und hackte rasend schnell auf die Tastatur ein.

Taso schüttelte sich wach. Hektisch zog er sich bis auf die Boxershorts aus und riss dabei fast das Klebeband ab, mit dem er eine flache Tasche an seinem Bauch befestigt hatte. Jens hatte Peter fast vollständig entkleidet und fuhr Taso nun unsanft mit etwas Rauem über das Kinn.

Taso fluchte und sah Jens wütend an, der unbeeindruckt auf Peters Abschürfung deutete.

Frau Meng holte die SmEyes seines Bruders aus der Dose – die SmEars musste sie nicht hacken, wie sie zuvor erklärt hatte –, legte sie auf zwei künstliche Augäpfel und tippte weiter. Taso zog sich Peters Hose und Schuhe an.

»Obenrum noch frei bleiben!«, rief Frau Meng.

Taso rieb sich über die Narbe auf der Brust. Sie war noch rot und wölbte sich leicht. Ein Hauch Stolz überkam ihn, dass er die Herz-OP so gut weggesteckt hatte und dass außer Tim niemandem aufgefallen war, wie viel Angst er davor gehabt hatte. Als die beiden

Ärztinnen ihm erklärt hatten, wie viele Ringe sie um seine Arterien legen und welche Ballons sie in seine Herzkammern setzen würden, hatte er sich zwar kurz ins Bad verabschieden müssen, es aber irgendwie mit einem Lächeln wieder zu ihnen zurückgeschafft und die verdammte OP hinter sich gebracht.

Frau Meng ließ von ihrem Laptop ab und zog ein weiteres Gerät aus der Tasche, einen grauen Kasten, aus dem ein Dutzend Kabel mit Elektroden an den Enden hing. Sie drückte Taso auf den Stuhl neben der Krankentrage und klebte zusammen mit Jens und Clara die Hälfte der Elektroden auf Peters Brust, die übrigen auf Tasos.

»Neunzig Sekunden!«, rief Clara laut. Seltsamerweise beruhigte es Taso, dass auch sie nervös zu werden schien.

Auf dem Display des grauen Kastens erschienen allerlei Zahlen und ein Diagramm. Ein Countdown zählte von zehn abwärts. Bei null ohrfeigte Frau Meng Peter, der reglos liegen blieb, während Taso zusammenzuckte. Die Anzeige des Geräts änderte sich, und der Countdown begann erneut.

Als auch dieser abgelaufen war, richtete sich Frau Meng an Taso: »Bereit?« Er rührte sich nicht, was sie als Startsignal verstand. Sie tippte etwas auf dem Display, Taso klammerte sich an der Sitzfläche seines Stuhls fest. Einen Augenblick später spürte er, wie die Ringe um seine Arterien und die Bläschen in seinen Herzkammern sich zusammenzogen und dehnten. Erst zwickte es nur, dann wurde es immer heftiger und schmerzte bald nicht nur in der Brust, sondern im ganzen Körper. Taso krümmte sich. Seine Glieder verkrampften. Er wollte schreien, bekam aber nur ein ersticktes Röcheln heraus. Auf einmal fühlte es sich an, als stünde sein Herz still. Er rang nach Luft und schlug sich mehrmals mit der Faust gegen die Brust, sah entsetzt von Frau Meng zu den anderen, hielt sich an Peters Arm fest, stöhnte, hustete und würgte. Jemand hielt ihm einen Eimer hin, er spie sein spärliches Frühstück aus.

»Es ist gleich vorbei«, drang die überraschend weiche Stimme von Frau Meng in sein Bewusstsein, kurz darauf spürte er ihre

Hand auf seinem Rücken. Auf einmal konnte Taso wieder Luft holen. Sein Herz raste jetzt, aber der Schmerz ließ nach. Er richtete sich auf, wischte die Tränen weg und starrte auf die Anzeige von Frau Mengs Gerät.

»Noch vierzig Sekunden«, sagte Clara ungeduldig.

Endlich erschien ein *Synchronisiert* auf dem Display. Frau Meng atmete auf und riss Peter die Elektroden von der Brust. Kaum war sie fertig, trugen Clara und Jens seinen reglosen Körper in die Toilettenkabine. Taso spürte kaum, wie Frau Meng nun die Elektroden von seiner eigenen Brust riss. Sie warf ihm Peters T-Shirt und Pullover zu. So schnell er konnte, zog er sich an, immer noch benommen. Mit einem Tuch trocknete Frau Meng ihm Schläfen und Nacken.

»Zwanzig Sekunden!«, rief Clara.

Frau Meng hetzte zum Laptop, legte die SmEyes zurück in die Dose und drückte sie Clara in die Hand. Taso legte sich auf die Trage und hörte, wie Frau Meng hastig ihr Equipment in der Tasche verstaute, sich zu Peter in die Kabine zwängte und die Tür hinter sich zuschlug.

Clara eilte zu ihm, drückte eine durchsichtige Creme aus einer Tube und schmierte sie ihm in die Nasenlöcher. Er atmete ein, es brannte kurz und eine ungeheure Energie durchströmte ihn. Nach wenigen Augenblicken fühlte er sich vollkommen wach und zu allem bereit. Clara sah ihn prüfend an und nickte.

Der Wagen hielt. Jens stellte sich zu Taso und setzte ein Lächeln auf, als sich die Wagentüren öffneten. Draußen warteten vier Männer und Frauen in grünen Kitteln, zwischen ihnen stand ein rollbares Krankenbett mit zwei ausgefahrenen Roboterarmen an den Seiten, bereit, Tasos Trage daraufzuhieven.

Clara nickte der Gruppe zu. »Der Patient ist schon wieder wach und macht einen guten Eindruck. War wohl nur ein kleiner Schwächeanfall.«

Taso lächelte demonstrativ und schwang sich von der Trage. Der ihm am nächsten stehende Mann sah ihn skeptisch an. »Eine spontane Ohnmacht in Ihrem Alter sollten wir trotzdem untersuchen, Herr Doff. In Ihrer Krankenakte steht nichts, was das erklären könnte.«

»Das ist nett, aber wirklich nicht nötig.« Taso streckte den Rücken durch. »Ich fühle mich blendend!«

»Das heißt aber noch lange nicht, dass Sie gesund sind.«

»Danke«, sagte Taso bestimmt, »es geht mir gut.«

»Aber jetzt sind Sie doch sowieso hier!«

Taso ignorierte den Mann und wollte aus dem Wagen klettern. Jens hielt ihn an der Schulter zurück. »Ihre Smarts«, sagte er lächelnd und drückte ihm die Dose in die Hand. Taso bedankte sich, stieg aus und ließ das irritierte Krankenhauspersonal ohne ein weiteres Wort zurück.

Leider wirkte die Creme nicht lange. Kaum hatte Taso die nächste Querstraße erreicht, war das Hochgefühl verschwunden. Mit zitternden Händen öffnete er die Dose mit Peters Smarts und starrte sie an. Sollte Frau Mengs Hack nicht funktioniert haben, würden sie seine Irismuster nicht akzeptieren und den falschen Benutzer der Polizei melden.

Wieder durchfuhr ein Stechen seine Brust, er musste heftig husten. Es dauerte eine Weile, bis die Schmerzattacke vorbei war. Taso presste eine Hand aufs Herz, bekam Angst, es könnte aus dem Rhythmus geraten sein. Erschöpft stützte er sich auf die Knie und atmete mehrmals tief durch. Dann richtete er sich wieder auf und setzte die Smarts ein.

Die nächsten Sekunden glichen einer Ewigkeit. Taso hatte in den letzten Tagen oft daran denken müssen, was passieren würde, wenn er scheiterte. Festnahme, Presseberichte, Gerichtsprozess, lebenslange Haft und Verbannung, ohne Zweifel. Peters Karriere wäre auch am Ende, ihre Eltern wären endgültig allein. Aber jetzt gab es kein Zurück mehr.

Die Smarts gingen online. Taso jubelte innerlich.

»Junge«, hörte er eine vertraute Stimme. Sie klang weiter weg als jene, die er von seinen Smarts gewohnt war. »Wie geht es dir?«

Er sah zur Seite und erschrak: Neben ihm stand sein Vater. »Du siehst nicht gut aus, Peter.« Taso betrachtete die Gestalt mit den schimmernden Umrissen und brauchte einen Moment, um zu verstehen, dass sie Peters Lifecoach war. Bei genauerem Hinsehen war der Mann einige Jahre jünger als sein Vater, trug aber dessen Lieblingskleidungsstück: einen dicken, dunkelblauen Pullover mit einem goldenen Rechteck auf der Brust. Taso konnte es nicht fassen. Er fragte sich, ob Peter seinen digitalen Vater auch beim Vornamen nannte. »Ist alles in Ordnung?«

»Ja, ja«, antwortete Taso, »war nur eine kurze Ohnmacht.«

Peters Ersatzvater sah ihn kritisch an. »Du hättest auf den Arzt vom Krankenhaus hören sollen.«

Solch eine Diskussion war das Letzte, was Taso jetzt brauchte. Konnte er ihn einfach abstellen? Oder machte er sich so verdächtig?

»Roya hat schon ein paarmal versucht, dich anzurufen.« Vor Taso erschien ihr Gesicht. *4 verpasste Anrufe vor 1, 2, 4 und 5 Minuten*, stand daneben. »Sie macht sich große Sorgen.«

Taso schüttelte den Kopf und durchsuchte das Interface vor sich nach der Taxi-App. Als er nichts fand, sagte er laut: »Ich brauche ein Sefa zur Arbeit.«

»Jetzt mach mal langsam«, empörte sich der Lifecoach. »Ruf deine Frau an, und lass dich im Krankenhaus noch mal in Ruhe durchchecken. Erinnerst du dich noch, als deine Mutter damals …«

Taso konnte sich nicht vorstellen, dass Peter dieses Gelaber in einer solchen Situation ertragen würde. »Lifecoach beenden.« Sein falscher Vater verschwand.

Kurz darauf erschien ein Sefa, und Taso stieg ein. Kaum hatte er die Tür geschlossen, rief Roya wieder an. Ihm wurde heiß. Zwar hatte er mit Rosie und Tim auch das durchgespielt, aber richtig überzeugend war er sich dabei nie vorgekommen. Trotzdem durfte er den Anruf nicht ablehnen, sein Bruder würde das nie tun, und er konnte sich einen spontanen Abfall von Peters Pred-Score jetzt nicht erlauben. Er nahm den Anruf als Audiotelefonat an. »Hey …« Wie nannte Peter sie noch mal? »… du – na?«

»Patschi! Endlich! Was ist passiert? Mir wurde angezeigt, dass du in Ohnmacht gefallen bist, und bis eben hab ich überhaupt kein Lebenszeichen von dir empfangen! Ist alles in Ordnung? Gehts dir gut?« Roya sprach so schnell, dass Taso kaum Zeit hatte nachzudenken. »Patschi? … Was ist denn los, verdammt? Und warum kann ich dich nicht sehen?«

»Es ist alles okay …« Taso versuchte, so souverän wie möglich zu klingen. »Ich bin nur kurz ohnmächtig geworden. Der Arzt hat mir die Smarts rausgenommen, um mich zu untersuchen. Ist aber alles bestens, mach dir keine Sorgen. Die Kamera hier im Sefa ist kaputt, deshalb nur Audio.« Es fiel ihm schwer, Roya anzulügen. Er dachte an seinen Bruder, der immer noch bewusstlos in der Toilettenkabine des Rettungswagens liegen musste.

»Aber was ist denn passiert? Man kippt doch nicht einfach so um!«

»Wahrscheinlich der Kreislauf. Die meinten, das passiere manchmal, vor allem bei Unterzuckerung«, log Taso weiter.

Roya schien nun vollends verunsichert. Er versuchte sich noch an ein paar weiteren notdürftigen Erklärungen, aber wie in den Simulationen ließ Roya erst locker, als er versprach, sofort zu ihrem Hausarzt zu fahren und sich danach auszuruhen. Taso beneidete Peter insgeheim um die Fürsorge seiner Frau. Für einen kurzen, wohligen Moment hatte er sogar das Gefühl, sie gälte ihm selbst.

Als er aufgelegt hatte, korrigierte er das automatisch angepasste Reiseziel zurück zu *Arbeit*. Die Erleichterung über den halbwegs gelungenen Start seiner Mission verdrängte die Schuldgefühle gegenüber Roya. Er dachte daran, wie oft Tim ihn in den letzten Wochen aus Selbstzweifeln und blanker Panik herausgezogen und ermutigt hatte und versuchte, sich ganz auf dieses Gefühl zu konzentrieren. Alles lief nach Plan. Die Allianz hatte überall Leute stationiert, die seinen Fortschritt verfolgten. Er durfte nicht nach ihnen Ausschau halten, lächelte aber bei dem Gedanken daran, dass Tim und Rosie jetzt irgendwo stolz auf ihn waren.

Er schloss die Augen und ging die nächsten Etappen noch einmal durch. Nach einer Weile hielt das Taxi.

»Bitte alle Personen anzeigen, die ich kenne«, sagte er laut. Er wusste, dass diese Bitte den Würfel irritieren würde, aber er hatte keine andere Wahl. Mit klopfendem Herzen stieg er aus und ging ohne zu zögern auf den Westeingang des Verfassungsschutzgebäudes zu, das vor ihm in die Höhe ragte. Bei seinen Gefährderansprachen hatte ihm der monströse Bau schon lange keine Angst mehr eingejagt; als er aber jetzt das blitzblanke Foyer betrat, ergriff ihn nackte Panik. Die ebenfalls ankommenden Mitarbeiter eilten zielstrebig an ihm vorbei, überall blitzten Namen von Personen auf. Wie in Trance reihte Taso sich in den Strom ein, grüßte mal diesen, mal jenen. Im Gang vor den Aufzügen hingen links und rechts zwei große Kameras. Jeden Moment würde die Gesichtserkennung beginnen. Seine Beine fühlten sich plötzlich unendlich schwer an. Die Linsen richteten sich auf ihn, um sie herum zogen grüne Punkte ihre Kreise. Taso hatte das Bedürfnis, vertrauenerweckend zu lächeln, unterdrückte es aber zu spät, sodass seine Gesichtsmuskeln nur unschlüssig zuckten.

Ein Alarm ertönte. Aus dem Nichts erschien vor ihm ein bulliger Sicherheitsmann. Abrupt blieb Taso stehen. Eine Frau lief von hinten in ihn rein und schimpfte leise, er ignorierte sie.

»Herr Doff«, sagte der simulierte Mann mit einer übertrieben freundlichen Stimme, »bitte sehen Sie einen Moment geradeaus, wir konnten Sie nicht eindeutig identifizieren.«

Beiläufig wischte sich Taso den Schweiß vom falschen Haaransatz und folgte der Anweisung. Aus den Augenwinkeln sah er wieder die grünen Punkte. Er konnte keinen klaren Gedanken fassen, sondern konzentrierte sich krampfhaft darauf, ganz normal ein- und auszuatmen.

Endlich ertönte ein leises Piepen. Taso sah zu den Kameras, zwischen denen gerade ein grüner Haken verblasste.

»Vielen Dank, einen schönen Tag noch«, sagte der Sicherheitsmann und verschwand. Taso schluckte und ging weiter zu den Aufzügen. Er hätte sich gern gegen die Wand gestützt, bis sich sein Puls beruhigt hatte.

Im Aufzug war er zum Glück allein. Er wollte schon nach virtuellen Tasten suchen, um den achten Stock auszuwählen, erinnerte sich aber gerade noch rechtzeitig daran, dass der Lift sein Ziel automatisch ansteuerte. Nur wenige Augenblicke später hielt er wieder an. Taso wollte schon aussteigen, bemerkte dann aber die Drei auf einer Anzeige in seinem Sichtfenster. Die Tür öffnete sich.

Vor ihm stand Zhong Schneider.

Taso zuckte zusammen. Unwillkürlich trat er einen Schritt zurück. Hatten sie ihn so schnell …?

»Ah, Peter!« Schneider hatte ihn noch nie so herzlich angelächelt.

Tasos Schock wandelte sich in spontane Euphorie. Er murmelte ein freundliches »Hallo«.

Schneider trat ein und musterte ihn kritisch. »Alles in Ordnung? Du siehst ganz schön mitgenommen aus.«

Taso räusperte sich. Schneiders aufrichtig klingende Frage nach seinem Wohlbefinden irritierte ihn noch mehr als die nette Begrüßung. Waren Peter und er etwa Freunde? Eine grässliche Vorstellung. »Ich hatte heute morgen Kreislaufprobleme, aber jetzt ist alles wieder okay.«

»Kreislaufprobleme?« Schneider sah ihn erstaunt an.

»Ja, mir war plötzlich schlecht. Unterzuckert, meinte die Ärztin.«

Der Aufzug hielt erneut, diesmal im richtigen Stockwerk. Die Tür öffnete sich. Taso hob die Hand, um sich zu verabschieden, aber Schneider stieg mit ihm aus. »Ich komme kurz mit, wollte sowieso noch mit dir reden.«

Taso fluchte innerlich. Wie konnte man nur so viel Pech haben? »Können wir das nicht später machen?«

»Dauert nur zwei Minuten.«

»Ich hab ziemlich viel zu tun.«

»Mensch, Peter, zwei Minuten! Es ist wichtig.«

Plötzlich begann Tasos Gesicht wieder wie wahnsinnig zu jucken. »Okay«, sagte er lächelnd und unterdrückte das unbändige Verlangen, sich zu kratzen. Vor lauter Aufregung wusste er nicht mehr, wohin. Links oder rechts? Er entschied sich für links.

Eigentlich hätte ihn Anna auf dem Flur abfangen und durch die Räume leiten sollen. Aber er konnte sie nirgends sehen. Hatte sie ihre Meinung geändert? Nach ihrer Zusage an dem Abend im Offline und dem bestandenen Lügendetektortest konnte er sich das nicht vorstellen. Und wenn sie doch noch abgesprungen wäre, hätte man ihn sicher längst festgenommen. »Worüber willst du denn reden?«, fragte er Schneider so beiläufig wie möglich, während er verzweifelt die virtuellen Namensschilder neben den Bürotüren las. Kein Peter Doff weit und breit. Nur noch ein paar Türen, dann endete der Gang. Wo verdammt noch mal war Anna?

»Lass uns erst mal in dein Büro gehen«, antwortete Schneider. »Apropos – ist das nicht im Nordwestflügel?«

Tasos Gedanken rasten. Verzweifelt blickte er in den Raum, an dem sie gerade ankamen, und sah endlich etwas, das er zuordnen konnte. Er drehte sich zu Schneider, der stehen geblieben war und ihn verwundert ansah.

»Klar, aber ich dachte, du möchtest vielleicht einen Kaffee?« Taso zeigte in die Küche vor ihm.

Schneiders Gesicht entspannte sich. »Ach so, nein danke, ich hab auch gar nicht so viel Zeit.«

»Okay.« Taso zuckte mit den Achseln und ging mit festem Schritt den Gang wieder zurück. Das Glücksgefühl über seine gelungene Ausflucht verflog so schnell, wie es gekommen war. Denn nur kurze Zeit später betraten sie den anderen, ihm ebenso unbekannten

Gebäudeflügel. Mal musste er einen vorbeieilenden Heiko, mal eine Irma grüßen, während er sich innerlich dafür geißelte, dass er Schneider vor dem Aufzug nicht energischer vertröstet hatte.

Gerade als er die Toiletten erblickte und sich unter dem Vorwand einer weiteren Übelkeitsattacke dorthin retten wollte, trat Anna vor ihnen aus einem Büro. Unendliche Erleichterung überkam ihn. Sie hatte ihn nicht im Stich gelassen!

Anna wirkte nervös, aber als sie ihn sah, schien sie sich ein wenig zu beruhigen. »Da bist du ja endlich!« Erst dann bemerkte sie Schneider. »Zhong – wolltest du zu mir?«

»Nein, ich wollte nur eben mit Peter sprechen.«

Anna sah von Schneider zu Taso. Er kratzte sich unauffällig hinter dem linken Ohr – das Zeichen, dass er es war. »Ich wollte eigentlich ein paar wichtige Codezeilen mit ihm testen.«

»Wir beeilen uns«, sagte Schneider in einem Ton, der keine Diskussion zuließ.

Anna trat beiseite. Neben der Tür sah Taso nun ein virtuelles Schild mit Peters Namen darauf. »Okay. Kommst du dann gleich zu mir?«

»Klar«, antwortete Taso, woraufhin Anna nickte und davonging.

Peters Büro war genauso geschnitten wie jene, die Taso von seinen Gefährderansprachen kannte. Allerdings war er noch nie so weit oben gewesen. Staunend sah er über die Stadt. In der Ferne leuchtete die Kuppel des Reichstags in der Sonne. Peter hatte sich mit der Inneneinrichtung viel Mühe gegeben – oder sie vielleicht eher Roya überlassen: Eine Wand öffnete sich zu einer sich ins Unendliche erstreckenden Straße, auf der einsam ein Cabrio fuhr, mit drei tanzenden jungen Menschen auf der Rückbank. Die gegenüberliegende Wand war pechschwarz, ein Mann mit einem roten Mantel rannte darauf ins Nichts und sah sich ständig um, als würde er verfolgt. An die Decke des Büros war ein gigantisches Aquarium gesmalt, in dem Giraffen, Löwen und Antilopen schwammen. Taso riss sich von dem Anblick los und setzte sich auf einen der beiden

Bürostühle. Auf dem Tisch vor ihm standen virtuelle Aktenordner, und um ihn herum schwebten gelbe Notizzettel in der Luft. Schneider sah sich kopfschüttelnd um, während er langsam zum zweiten Stuhl ging.

»Wie kannst du in so einem Chaos arbeiten?«

Das fragte sich Taso auch. »Man gewöhnt sich dran.«

»Vor zwei Wochen sah hier doch alles noch ganz anders aus.«

Taso zuckte mit den Achseln. »Wie kann ich dir helfen?«

Schneider setzte sich und sah auf den Tisch. »Darf ich?« Bevor Taso etwas erwidern konnte, streckte er die Hand nach einem kleinen Würfel aus, der auf einem Samtkissen am Ende des Tisches lag. Seine Flächen waren abwechselnd schwarz und weiß gefärbt. Es war der alte chinesische Würfel, den Taso seinem Bruder zum Geburtstag geschenkt hatte. Der Anblick berührte ihn. Nie hätte er gedacht, dass Peter einen besonderen Platz für ihn wählen würde, schon gar nicht diesen.

Schneider sah sich den Würfel von allen Seiten an und blickte auf. Er wirkte wieder so konzentriert und durchdringend, wie Taso ihn sonst kannte. »Hast du was von deinem Bruder gehört?«

Die Frage erwischte Taso kalt. Es dauerte einen Moment, bis er begriff, dass Schneider natürlich ihn selbst meinte. »Ähm, nein, immer noch nicht.«

Schneiders Blick verlor sich in der Ferne. »Ich glaube nach wie vor, dass er da irgendwie mit drinsteckt. Ich kann es spüren. Er war da, in Humaning, als sich die Allianz mit was-weiß-ich-wem-alles getroffen hat!«

Taso lief ein eiskalter Schauer den Rücken hinunter. »Ich bitte dich. Mein Bruder ist ein totaler Außenseiter, selbst wenn er jetzt im Widerstand sein sollte. Für so was ist er viel zu unwichtig.«

Schneider wirkte überrascht. »Ach ja? Vor zwei Wochen hast du das aber noch anders gesehen.«

Wieder begann Tasos Gesicht zu jucken. Das war dumm von ihm gewesen. Warum hatte er Schneider nicht einfach reden lassen? Er musste dieses Gespräch irgendwie beenden. Statt etwas zu sagen, sah er Schneider nur fragend an.

»Du hättest ihm nie zugetraut, dass er sich wirklich vergessen lässt, hast du gesagt, und dass er vielleicht noch gefährlicher ist, als du immer gedacht hast. Du hast ja auch mit seiner Gefährlichkeit Emmas Einsatz begründet …«

»Dazu stehe ich auch nach wie vor«, sagte Taso schnell. »Aber dass er zu einem angeblichen Geheimtreffen des Widerstands im engsten Kreis geladen wird? Das kann ich mir einfach nicht vorstellen.«

Schneider runzelte die Stirn und drehte weiter den Würfel zwischen den Fingern. Taso dachte an seine Münze, die er in Diagon Alley hatte zurücklassen müssen. Er hätte sie jetzt gern bei sich gehabt.

»Ich glaube, du bist noch nicht wieder ganz auf dem Damm, Peter. Wir müssen alle Möglichkeiten in Erwägung ziehen. Und die haben sich getroffen, ganz sicher – warum sonst waren Faber, Bellaxa und ihr Adjutant in diesem Bunker unter der Erde? Und dann dieser komische Typ neben mir, der bei Bellaxas Rede plötzlich ging … Im Nachhinein glaube ich, dass das dein Bruder war. Kannst du nicht doch mal mit deinen Eltern sprechen? Sie fragen, wann er zuletzt bei ihnen war?«

»Nein«, sagte Taso bestimmt. Bei keiner Antwort war er sich so sicher, dass er für Peter sprach.

Schneider drückte unsanft den Würfel zurück in das Samtkissen. »Peter, es geht hier um was! Da kann man doch mal …«

»Nein!«, unterbrach ihn Taso energisch. »Du bist beim verdammten Verfassungsschutz, such dir einen anderen Weg, um das rauszufinden!« Schneider schien vor den Kopf gestoßen, aber das war Taso egal. Er musste ihn endlich loswerden. »War es das?«

Schneider schüttelte verärgert den Kopf. »Ich mach hier nur meine Arbeit, Peter. Ich kann nichts für deine Familienprobleme!« Taso musste unwillkürlich an Aza denken und fragte sich, ob sein Gegenüber das in diesem Moment auch tat. Schneider stand auf und musterte ihn. »Wir reden weiter, wenns dir besser geht. Du solltest wirklich noch mal zum Arzt, so wie du schwitzt.« Dann war er weg.

Taso gönnte sich ein geflüstertes »Arschloch« und atmete tief durch. Das war verdammt knapp gewesen. Er sackte in sich zusammen und sah zu dem Cabrio, in dem die jungen Leute tanzten. Was würde er darum geben … Plötzlich war er dort, saß auf dem Fahrersitz, die Musik dröhnte aus den Boxen, die Sonne strahlte, hinter ihm feierten lautstark seine Freunde. Er drehte sich um, beobachtete die lachenden Tänzer, genoss das verführerische Funkeln in den Augen der hübschen Brünetten, spürte fast den Fahrtwind in den Haaren, lächelte … Und schüttelte den Kopf. Er war wieder im achten Stock der Verfassungsschutzzentrale. An der Wand brausten die drei weiter in die Ferne.

Mit einem Ruck stand er auf. Er starrte einen Moment auf den schwarz-weißen Würfel auf dem Tisch, steckte ihn ein und verließ das Büro.

Anna wartete ein paar Türen weiter. Erleichtert trat er ein. Ihr Büro war größer als Peters, aber besonders war nur der Ausblick auf die rote Wüste, die sich vor dem Fenster erstreckte.

Für ein paar Sekunden sah Anna ihn nur an. Ein Anflug von Traurigkeit huschte über ihr Gesicht, bevor sie sich fasste und sein Lächeln steif erwiderte. »Danke fürs Kommen«, sagte sie. »Ich hatte gestern Nacht ein paar Ideen, die ich dir mal zeigen wollte.«

»Gern«, antwortete Taso. Anna nahm ihre Handtasche und ging an Taso vorbei aus dem Zimmer. Er folgte ihr zurück zu den Aufzügen.

Sie wollte gerade etwas sagen, als hinter ihnen jemand laut nach ihr rief. »Anna!« Taso erschrak und drehte sich um, beruhigte sich aber schnell wieder, als er einen kleinen Mann um die fünfzig sah, der hinter ihnen hergeeilt kam. Peters Smarts identifizierten ihn als Hans.

»Sind wir nicht verabredet?«, fragte er.

»Ach stimmt, dein Sonderurlaub ... Ich kann jetzt nicht – wir müssen einen neuen Code testen«, sagte Anna.

»Können wir danach sprechen? Ist wirklich wichtig.«

»Ja, klar.«

»Wie lange dauert das denn ungefähr?«

»Ich weiß nicht, Hans, vielleicht 'ne Stunde.«

Er nickte nur und ging.

Taso sah kurz zu Anna und folgte ihr weiter den Gang entlang.

Sie fuhren einen Stock höher und betraten einen großen, hellen Raum mit breiten Fensterfronten nach Osten und Westen. Darin saßen einige Dutzend Männer und Frauen in Uniformen. Taso zog überrascht die Schultern hoch. Dann fiel ihm ein, dass in Annas Abteilung Verfassungsschutz und Militär zusammenarbeiteten. Von überall nickten und grüßten die Soldaten, während sie durch die Reihen auf eine Metalltür am anderen Ende des Raums zugingen. Taso fiel eine junge Soldatin auf, die mit zwei Kollegen schäkerte. Sie hatte sich in ihrem Stuhl weit zurückgelehnt und lachte aus vollem Hals. Sie sah glücklich aus. Wie ihr Leben wohl nach dem Coup aussähe?

An der Metalltür angekommen tippte Anna ein langes Passwort in ein Tastenfeld. Es klickte, und mit einem Zischen öffnete sich die Schiebetür. Taso warf noch einen Blick auf die Soldatin und trat ein.

Offlinemodus aktiviert.

Er sah sich um. Hinter ihnen schloss sich die Tür. Sie waren allein. Taso legte die Hände in den Nacken und atmete lange aus. Er spürte eine Hand auf der Schulter, Anna lächelte ihn an. Sie sah anders aus als eben noch, ungesliftet, so wie früher im halbdunklen Offline, mit tiefen Ringen unter den Augen, die Haut blass, das Haar zerzaust.

»Das Schwierigste hast du geschafft«, beruhigte sie ihn, obwohl sie selbst so aussah, als müsste man ihr Mut zureden.

Taso nickte. »Es war ...« Aber er vollendete den Satz nicht, sondern atmete nur noch einmal lange aus. Dann sah er sich genauer um: Der Raum hatte keine Fenster und war nüchtern eingerichtet. Weißes Licht strahlte von der tiefen Decke auf acht Bildschirme auf einem großen runden Tisch, vor jedem stand eine richtige Tastatur. Der Kabelsalat zwischen ihnen verschwand in einem Loch in der Tischplatte.

»Das ist also euer Programmierzimmer?«

Anna nickte, während sie zwei der Bildschirme einschaltete. Angespannt setzte sich Taso neben sie. Aus der Seite der Bildschirme ragten Kabel mit Armbändern daran – für die Herzrhythmusprüfung, wie ihm Anna bestätigte.

»Was wollte Schneider?« sie startete das Codierprogramm.

»Er hat gefragt, ob ich was von Taso gehört habe … Warum funktionieren Smarts hier eigentlich nicht?«

»Die Trainingssoftware soll auch den Würfel selbst überraschen. Außerdem kann so niemand den Quellcode auslesen.«

»Und wie hat das dann der Widerstand geschafft?«

»Das musst du Bellaxa und Faber fragen …« Anna streckte die Hand aus und sah ihn fragend an. »Codes?«

Taso ertastete das Kuvert um seinen Bauch, zog den Pullover aus und das T-Shirt hoch und löste das Klebeband, das er sich um den Bauch gebunden hatte. Er riss die an dem Band befestigte Folie auf, holte einige gefaltete Seiten Papier heraus und reichte sie Anna.

Taso sah unter die Tischplatte. Dort stand ein großer Metallkasten, an dem allerlei Lichter blinkten: der vom Würfel getrennte Computer, auf dem die Trainingssoftware gespeichert war, die sie umschreiben würden. Auf Tasos und Annas Kommando würde die Software den Kanal zum Würfel öffnen und das Programm starten. Bei dem Gedanken daran lächelte Taso hoffnungsvoll.

Anna teilte die Papiere auf. Sie konnten den Code parallel umschreiben, einer von unten, einer von oben. »Du weißt, was du tun musst?«

Taso nickte. Die letzten Wochen hatte er kaum etwas anderes

gemacht. Er hatte zwar nichts von dem verstanden, was auf dem Papier stand, konnte es jetzt aber schnell eintippen. »Halt das Papier so, dass man es von der Tür aus nicht sieht, wir können sie nicht absperren.«

Dann legten sie los.

Es war keine einfache Aufgabe: Bei seinem ersten Versuch vor vier Wochen hatte Taso noch neun Stunden gebraucht und etliche Fehler gemacht. Und damals war er nicht annähernd so nervös gewesen wie heute. Zwar saß er jetzt unerkannt in einem abgeschirmten Raum und Anna war dabei, aber trotzdem wurde er mit jeder Minute unruhiger, wie beim Entschärfen einer tickenden Bombe. Immer wieder musste er sich dazu zwingen, nicht abzuschweifen, sondern sich auf die Zeichen vor sich zu konzentrieren. Nach jeder abgetippten Seite prüften Anna und er wechselseitig, ob der andere Fehler gemacht hatte, dann ging es weiter. Taso verlor jedes Zeitgefühl.

Nach etwa einer Stunde legten sie wie geplant zwei Minuten Pause ein. Anna lockerte die Schultern, Taso öffnete und schloss die Fäuste.

»Danke«, sagte er in die Stille.

»Ich tue das nicht für dich«, antwortete sie, ohne ihn anzusehen.

»Ich weiß … trotzdem.«

Sie nickte stumm. Dann fragte sie: »Was habt ihr eigentlich mit Peter gemacht?«

Taso ärgerte es, dass ihn die Frage ärgerte. »Er müsste inzwischen im Offline liegen. Wenn er aufwacht, ist hoffentlich alles vorbei.« Unwillkürlich tastete er nach dem Würfel in seiner Tasche.

Annas Gesicht ließ nicht erkennen, was sie von der Antwort hielt oder wie es ihr generell gerade ging. Sie wirkte zwar nervös, hatte aber jeden Handgriff ruhig, fast schon mechanisch absolviert.

»Glaubst du, es wird funktionieren?« Taso fühlte sich plötzlich sehr müde.

Sie brauchte eine Weile, um zu antworten. »Der Code sah …«

Ein metallenes Klicken unterbrach sie. Taso starrte wie gelähmt auf die sich öffnende Tür, während Anna hektisch die Papiere zusammenschob und sie auf ihren Schoß legte. Ein Blatt jedoch segelte gemächlich zu Boden. Taso wollte danach greifen, aber Anna hielt ihn zurück: Hans war bereits eingetreten.

»Entschuldigt, dass ich störe, aber ich hab gleich 'nen Termin und muss vorher wirklich noch über den Sonderurlaub sprechen!«

Taso schielte zu dem Blatt Papier auf dem Boden – konnte Hans es von der Tür aus sehen?

»Tut mir leid«, antwortete Anna beschwichtigend, »aber wir brauchen noch ein bisschen.«

»Ich komme mir langsam ziemlich blöd vor. Seit drei Tagen versuche ich schon, dich zu erwischen.« Er trat einen Schritt näher.

Zum ersten Mal in seinem Leben wünschte Taso jemandem einen augenblicklichen Herzinfarkt. Diese lächerliche Sache brachte alles in Gefahr!

»Hans – es passt jetzt nicht!« Annas Worte sollten bestimmt klingen, aber Taso hörte nur ihre Nervosität, was ihn noch mehr beunruhigte. »Wir testen einen neuen Code, das ist wichtig und eilt!«

»Aber es dauert doch nicht lange! Peter kann ruhig bleiben.«

Als Hans Anstalten machte, zu dem freien Stuhl neben Anna zu gehen, hielt Taso es nicht mehr aus. Er sprang auf und gab sich keine Mühe, seine Wut zu verbergen. »Du hast sie doch gehört – raus jetzt!« Er zeigte mit gestrecktem Arm zur Tür.

Hans sah ihn irritiert an, bewegte sich aber nicht.

»Wir arbeiten hier, verdammt, das ist ein bisschen wichtiger als dein beschissener Sonderurlaub!«, rief Taso.

Hans blickte zu seiner Chefin, dann bemerkte er das Blatt Papier auf dem Boden. Entsetzt zeigte er darauf. Taso wurde schwindlig. »Ist das von euch? Papier ist doch verboten – vor allem hier!«

Taso überlegte nicht länger und packte Hans am Arm. Er würde ihren Plan nicht durchkreuzen, nicht so kurz vor dem Ziel. »Verpiss dich«, zischte er, das Gesicht direkt vor seinem, »oder ich schmeiß dich raus!«

Die körperliche Nähe schien Eindruck auf Hans zu machen. Erschrocken befreite er sich aus Tasos Griff, eilte zur Tür und drehte sich zu ihnen zurück, als wollte er noch etwas sagen, verließ dann aber schweigend den Raum.

Taso schlug mit der Faust auf den Tisch. »Scheiße!«

Anna vergrub das Gesicht in den Händen. »Warum hab ich ihm den verdammten Urlaub nicht einfach genehmigt!«

Taso starrte sie an. »Was machen wir jetzt?«

Ruckartig löste sich Anna aus ihrer Lähmung, zog rasch einen hantelartigen Gegenstand aus der Handtasche und eilte zur Tür. Sie knickte ein Ende ab, sodass es auf die Tür zeigte, und hielt das gerade Ende an den Rahmen. »Das haben mir deine Freunde geschickt«, erklärte sie und betätigte einen Knopf auf dem Gerät, woraufhin es sich an Schiebetür und Rahmen festsaugte. Auf einer Anzeige blinkte eine 100 auf.

»Ein Magnet?«, fragte Taso.

»Ja, ein elektrischer.« Anna eilte zum Computer zurück.

»Warum hast du den nicht gleich rangemacht?«

»Der Akku hält nicht lange, vor allem nicht, wenn jemand die Tür mit Gewalt öffnen will. Und ich wollte nicht, dass schon früh auffällt, dass wir uns eingesperrt haben. Ich dachte, wir könnten Besuch eleganter wieder loswerden.« Anna fischte das Papier vom Boden, setzte sich wieder und blickte auf den Bildschirm. »Komm, wir müssen uns beeilen.«

Sie tippten nun noch schneller als bisher. Keiner sagte etwas. Tasos Bein begann, hektisch zu wippen, es fiel ihm immer schwerer, sich zu konzentrieren. Ständig musste er seine Eingaben überprüfen, während Anna unvermindert schnell in die Tasten schlug. Sie verzichteten jetzt auch darauf, das Eingetippte des anderen noch einmal gegenzuprüfen.

Als sie nur noch wenige Seiten vor sich hatten, klickte es erneut. Taso hielt den Atem an, Anna schnaubte. Diesmal ging die Tür nicht auf. Stattdessen schlug jemand heftig mit der Faust dagegen.

»Anna? Peter?«, klang es dumpf durch das Metall. Natürlich - Schneider! »Was ist da drinnen los? Macht sofort die Tür auf!« Er hämmerte wieder dagegen.

Anna erwachte als Erste aus der Starre. »Weiter! Du musst schneller machen, ich bin gleich fertig«, zischte sie und begann wieder zu tippen. Taso hustete, er hatte plötzlich irren Durst. Panisch machte er weiter.

Draußen ließ Schneider von der Tür ab, es wurde wieder still. Anna war mit ihrem Stapel fertig, Taso legte seine verbleibende Seite zwischen sie. »Ich von oben, du von unten.« Er nahm all seine verbliebene Energie zusammen und konzentrierte sich auf die Zeichen vor ihm, übertrug Zeile um Zeile.

Als sie nur noch eine halbe Seite vor sich hatten, hörten sie jenseits der Tür wieder Geräusche. Es waren nun mehrere Stimmen, offenbar hatte Schneider Verstärkung geholt. Ein lautes Geräusch ertönte, Metall traf auf Metall. Kurz darauf öffnete sich die Tür einen Spaltbreit. Der Magnet erhöhte summend seine Leistung und zog sie wieder zu. Jemand fluchte. Die Akkuanzeige des Magneten sank auf *98*.

Beim nächsten Versuch öffnete sich die Tür noch weniger als beim ersten, allerdings hatten die Angreifer diesmal etwas in den Spalt geschoben, sodass sie nicht mehr richtig schloss. In diesen Spalt rammten sie etwas hinein, vermutlich ein Brecheisen. Sie würden versuchen, die Tür aufzuhebeln! Tasos Hände begannen unkontrolliert zu zittern, er konnte nicht mehr weitertippen. Hätte er Hans nur bewusstlos geschlagen!

Anna zog das letzte Blatt zu sich. »Ich mach das hier, blockier die Tür!«

Taso eilte hinüber, die Anzeige stand bei *89*. Nun machten sich mehrere Männer an der Tür zu schaffen, und der Akkustand sank rapide weiter.

Taso wollte sich mit flachen Händen gegen die Tür stemmen, aber wegen ihres Schiebemechanismus würde das den Magneten kaum entlasten. *82*. Er hechtete zurück zum Tisch und riss eine der ungebrauchten Tastaturen vom Rechner. Ihr unteres Ende war schmal, sie wurde keilförmig breiter. *74*. Taso versuchte, die Tastatur in den relativ breiten Seitenschlitz zu rammen, in den sich die Tür zum Öffnen schieben musste. Beim vierten Versuch gelang es ihm. Er jubelte innerlich und sah auf die Akkuanzeige: Sie stand nur noch bei *52*, sank nun aber langsamer.

»Aufmachen!«, brüllte Schneider wieder. Er war nun besser zu hören als eben noch. »Was ist denn los, verdammt!«

Taso rammte noch eine zweite Tastatur in den Schlitz. Aber auch die Angreifer verstärkten ihre Bemühungen, denn die Anzeige des Magneten sank wieder schneller und zeigte nun eine *38*. Das Gerät summte immer lauter. Wie lange würde es noch durchhalten?

»Beeil dich!«, zischte er in Annas Richtung.

»Was denkst du, was ich hier mache?!«

Taso konnte keinen klaren Gedanken fassen. Sie schlitterten geradewegs in die Katastrophe, aber alles, worauf er sich konzentrieren konnte, war die sinkende Akkuanzeige. Er hörte Anna in die Tasten hämmern, traute sich aber nicht zu fragen, wie weit sie war.

»Lasst uns rein!«, brüllte Schneider.

Der Akku stand bei *33*. Schneiders Helfer hatten den Türspalt auf etwa zwei Zentimeter geweitet und den Erfolg mit einer weiteren Sperre stabilisiert. Das Brecheisen passte nun gerade so durch.

»Ein Elektromagnet!«, rief eine tiefe Stimme.

»Wegschlagen«, befahl Schneider.

Im nächsten Moment schlug jemand mit dem Eisen auf den Magneten ein. Hilflos beobachtete Taso den fallenden Wert: *29, 27, 24*. Er legte die Hände auf die eine Seite des Magneten und erhöhte den Druck, aber mit jedem Schlag des Eisens auf die andere fuhr ein höllischer Schmerz durch seinen Körper. Der Akku befand sich nun im Sinkflug: *19, 16, 14*. Taso schwitzte wie verrückt, und sein Herz hämmerte so heftig, als wollte es ihm den Brustkorb spalten.

Würde die Herzrhythmusautorisierung so überhaupt funktionieren? Rosie hatte ihm zwar versichert, dass das Tempo des Herzschlags egal sei, aber das konnte er jetzt kaum glauben.

»Wie lange noch?«, presste er hervor.

»Bin … gleich …«, Anna tippte wie verrückt, »fertig!«

Taso sah erschrocken auf. Was nun? Er hielt weiter mit aller Kraft den Magneten in Position, seine Handballen waren taub. Die Anzeige war auf 7 gesunken. »Ich komm hier nicht weg!«, schrie er. Schneider brüllte von der anderen Seite wieder etwas. Der Magnet bebte immer heftiger. Taso hielt es kaum noch aus.

»Du musst! Aber warte, ich bereite alles vor!«

Endlose Sekunden vergingen. Dann erschütterte ein so schwerer Schlag den Magneten, dass Taso loslassen musste. Mit vor der Brust geballten Fäusten sank er auf die Knie. Die Anzeige zeigte eine 2.

»*Jetzt!*«, schrie Anna. Sie hatte sich das Armband angelegt, das mit ihrem Bildschirm verbunden war, und hielt Taso seines hin. In ihrem Blick lag etwas, das er nicht deuten konnte. War es Angst? Mit zusammengepressten Zähnen raffte er sich auf, hechtete zu seinem Stuhl und streifte sich das Armband über. *Bitte starten Sie das Training mit einer Herzrhythmusprüfung*, stand auf dem Bildschirm. Ein ohrenbetäubender Schlag schleuderte den Magneten quer durch das Zimmer.

Anna hielt ihre Zeigefinger über die beiden Enter-Tasten. Taso starrte gebannt darauf, aber sie bewegten sich nicht. Aus den Augenwinkeln sah er, wie jemand die Tür gegen den Widerstand der eingeklemmten Tastaturen aufzuschieben versuchte. Männer stöhnten. Ein gewaltiger Ellbogen schob sich durch den breiter werdenden Spalt.

»Worauf wartest du?«, rief Taso und wollte selbst die Enter-Tasten drücken, aber Anna griff nach seinen Handgelenken.

Gequält sah sie ihn an. »Bist du dir sicher? Hundert Prozent?«

»Das fragst du *jetzt*?«

Schneiders Stimme wurde immer lauter. Ein Arm hatte sich durch den Türspalt gequetscht und suchte Halt.

»Das ist unsere letzte Chance«, sagte Anna, die plötzlich ganz ruhig war. »Wenn es schiefgeht, ist unser Leben vorbei, wenn es gelingt, das Leben aller anderen. Sollen wir das wirklich tun?«

Taso hätte einfach ihre Hände abschütteln und das Programm selbst starten können. Aber Annas Worte ließen ihn zögern. Er wusste, warum sie ausgerechnet jetzt zu zweifeln begann, denn ihm ging es genauso: Bis Schneider gegen die Tür gehämmert hatte, waren sie zwei Verfassungsschützer bei der Arbeit gewesen. Erst jetzt waren sie Terroristen, die das Schicksal eines ganzen Landes in den Händen hielten. Taso musste an die lachende junge Soldatin denken. Sein Kopf dröhnte. »Ja, ich bin mir sicher«, brachte er heraus. »Du nicht?«

Anna schüttelte langsam den Kopf und ließ seine Handgelenke los. Eine Weile sahen sie sich an, als hätten sie alle Zeit der Welt. Ohne dass Taso etwas dagegen tun konnte, stiegen Gedanken in ihm auf, die er jetzt definitiv nicht brauchen konnte.

»Was …«, begann Anna, »was, wenn wir gerade eine ganze Zivilisation zerstören?«

Taso kratzte all seine Überzeugung zusammen und flehte: »Aber genau das wollen wir doch. Wir *wollen* dieses System zerstören! Für etwas Neues, Besseres.«

Anna starrte auf ihren Bildschirm. »Ich weiß nicht, ob ich das will. Oder ob ich nur muss. Ich weiß gar nichts.«

Inzwischen hatte sich auch ein Bein durch den Spalt geschoben, und ein kräftiger halber Männerkörper begann, mit dem Rücken die Tür aufzustemmen. Tasos Kopf drohte zu explodieren. Annas Zweifel weckten einen Teil von ihm, den er besiegt geglaubt hatte. Aber für Zweifel war es jetzt zu spät. Oder?

Instinktiv griff er in die Hosentasche und zog den schwarz-weißen Würfel heraus, hielt ihn hoch und sah Anna fragend an. Sie rang mit sich. Und nickte schließlich.

Von der Tür ertönten Schreie, aber Taso hörte sie kaum. Er schloss die Faust um den Würfel, blies in sie hinein und warf ihn auf den Tisch. Der Schwung war etwas zu stark, er musste aufspringen, um das Ergebnis zu sehen: Weiß.

Erst jetzt fiel ihm auf, dass sie nicht festgelegt hatten, was das bedeutete. Anna starrte ebenso ratlos auf den Würfel.

Die Tür gab nach, die Tastaturen sackten zerstört zu Boden. Zwei Sicherheitsmänner stürmten mit erhobenen Waffen herein, dahinter Schneider mit hochrotem Kopf.

Reflexhaft schlugen Taso und Anna gleichzeitig auf ihre Enter-Tasten.

Autorisierung läuft …

»Was macht ihr da?«, schrie Schneider.

Die Sicherheitsmänner richteten sofort ihre Waffen auf sie.

Taso hob die Hände, starrte aber weiter gebannt auf den Bildschirm. *Bitte,* dachte er, *bitte lass es funktionieren!*

»Holt sie da weg!«, brüllte Schneider. Die Sicherheitsmänner sprangen auf sie zu.

Autorisierung erfolgreich – Training startet.

Im nächsten Augenblick rissen kräftige Arme Taso von seinem Platz. Das Kabel des Armbands zog den Bildschirm mit sich, er krachte auf den Boden, die Bildfläche zersplitterte. Taso wehrte sich nicht. Er war geradezu euphorisch. Sie hatten ihre Mission tatsächlich erfüllt! Alles Weitere lag nicht mehr in ihren Händen.

Schneiders Männer zerrten Anna und Taso zu ihm, seine Augen funkelten. Er bekam kaum ein Wort heraus. »Was habt ihr hier gemacht?«, stieß er schließlich hervor. Sie schwiegen. Er packte Taso und schüttelte ihn. *»Was – habt – ihr – hier – ge – macht?«*

Taso spürte Schneiders Speichel im Gesicht und schloss die Augen. Er hätte gern hämisch gegrinst, hatte aber noch zu große Sorge, dass sie beim Programmieren einen Fehler gemacht hatten.

Plötzlich drangen aufgeregte Schreie zu ihnen herein. Im Nebenraum fielen Stühle um, Füße trampelten.

Schneider blickte entgeistert zur Tür. »Was zum …« Ohne sie noch einmal anzusehen, stolperte er hinaus in das Großraumbüro. Die Sicherheitsmänner lockerten ihre Griffe. Aus den Augenwinkeln bemerkte Taso, dass sie sich unschlüssig ansahen. Die Schreie wurden immer lauter. Endlich ließen die Männer los und rannten hinter Schneider her.

Anna war kreidebleich, ihre Lippen zitterten. Taso spürte, wie das Blut in seinen Kopf zurückströmte. Er zog Anna mit sich aus dem Zimmer.

Ihre Smarts gingen wieder online. Vor ihnen kauerte Hans hinter einem Tisch und starrte mit eingezogenem Kopf durch die westliche Fensterfront. Schneider war ein paar Schritte weiter stehen geblieben, hielt sich mit beiden Händen den Kopf, neben ihm seine überforderten Begleiter.

Taso folgte ihren Blicken: Es brannte überall. Schwere Militärdrohnen flogen durch den verrauchten Himmel; auf einer konnte Taso die chinesische Flagge erkennen. Maschinengewehrsalven ertönten. Bomben explodierten. Bei jedem Knall zuckten die Soldaten am Fenster zusammen. Niemand sprach. Vereinzelt ertönten ungläubige Rufe.

Taso brauchte eine Weile, um sich bewusst zu machen, dass nichts von alldem echt war. Alles war Illusion, nirgends explodierten Bomben, nichts brannte, niemand war in Gefahr!

Schneider drehte sich zu ihm um. Seine Wut schien verflogen, sein Gesicht zeigte nackte Angst. »Wart ihr das?«, fragte er mit brüchiger Stimme.

Taso war wie gelähmt. Er spürte, wie Anna an ihm zog, hörte, dass sie etwas sagte, konnte aber seinen Blick nicht von Schneider lösen. Als dieser auf ihn zulief und ihn packen wollte, ergriff Taso blitzschnell seine Handgelenke und hielt sie fest. Zum ersten Mal fiel ihm auf, dass Schneider alt war. Es fühlte sich gut an, ihn seine körperliche Überlegenheit spüren zu lassen.

»Was habt ihr getan?«, rief Schneider fassungslos.

»Wir haben das Land gerettet!«, spuckte Taso ihm ins Gesicht.

»Das Land …« Schneiders Blick war einen Moment lang vollkommen ausdruckslos. Dann schrie er hysterisch: *»Das Land gerettet?«* Er versuchte, sich aus Tasos Griff zu befreien, und wedelte wild mit den Ellbogen um sich. »Indem ihr die Chinesen ins Land holt? Ihr *Verräter!* Ihr *Verbrecher!*«

»Taso!«, rief Anna. »Raus hier!«

Als sich auch die Sicherheitsmänner aus ihrer Starre lösten und ihrem Chef zu Hilfe eilen wollten, gab Taso nach und stieß Schneider so stark von sich, dass dieser rücklings zu Boden stürzte. Dann rannten sie los.

»Mörder! Verräter!«, schrie er hinter ihnen her. »Haltet sie fest! Oder *schießt*, verdammt noch mal! *Schießt!*«

Taso zog den Kopf ein. Die Panik war zurück. Nach ein paar Schritten hörte er den ersten Schuss. Dann einen zweiten. Direkt vor ihm schlugen Geschosse in der Wand ein. Er rannte den Weg zurück, den sie vorhin gekommen waren, vor ihm Annas Rücken, links von ihm das durch die offenen Bürotüren wie ein Daumenkino wirkende Inferno, in ihm nichts als Angst. Weiter an den Aufzügen vorbei, bis ans Ende des Gangs.

»Hier!«, brüllte Anna, öffnete eine Tür und stürmte hindurch. Taso hörte wieder Schüsse. Über seiner Hüfte flammte Schmerz auf. Er kümmerte sich nicht darum, sondern folgte Anna die Nottreppe hinunter. Nach drei Etagen hörte er jemanden die Tür aufstoßen. Schüsse hallten durchs Treppenhaus. Erschrocken zog Anna die Hand vom Geländer und hastete dicht an der Wand entlang weiter nach unten. Sie keuchte lautstark, war aber so schnell, dass Taso kaum folgen konnte. Über ihnen sprangen mehrere Menschen in großen Sätzen die Stufen hinunter.

»Schneller!«, rief Anna.

Plötzlich ging die Tür zur vierten Etage auf, Taso knallte dagegen und wankte. Anna stoppte jäh. Eine Frau trat ins Treppenhaus und sah Taso irritiert an. Er erkannte sie sofort.

»E-Entschuldigung«, stammelte Vogel, die junge Polizistin, die ihn vor Monaten verhört hatte.

Wieder ertönten Schüsse, einer sprengte den Beton direkt neben Tasos Fuß. Er schrie auf und lief weiter, vorbei an der verwirrten Polizistin.

»Halten Sie sie auf!«, schrie Schneider durchs Treppenhaus.

Über sich hörte Taso, wie Vogel die Verfolgung aufnahm. Wie in Trance folgte er Anna, bis sie endlich ins Foyer stoben.

Dort herrschte völliges Chaos: Überall standen bewaffnete Sicherheitsroboter des Verfassungsschutzes und feuerten auf die Eingangstüren. Chinesische Roboter auf der Straße erwiderten das Feuer. Der Boden war ein Meer aus Scherben, Wandbrocken, zerstörten Kampfmaschinen und teils übel zugerichteten Leichen.

Anna wollte hinter einem Tresen in Deckung gehen, aber Taso hielt sie fest. »Nimm ein SmEye raus!«, schrie er durch den Lärm. Hinter ihnen riss Vogel die Tür auf und zog sie erschrocken wieder zu. Anna verstand ihn nicht, also nahm er sich selbst eine Linse heraus, die SmEars ließ er drin. Sie nickte und tat es ihm gleich.

Durch das nun freie Auge sah Taso auf die leere Straße vor dem Gebäude, auch die Leichen waren verschwunden. Die kubistischen Maschinen standen unversehrt da und feuerten ins Nichts. Die Scheiben des Osteingangs waren zertrümmert, aber sämtliche Scherben lagen auf der Straßenseite. Draußen schien die Sonne.

Anna lachte auf. Taso wollte mit einstimmen, aber der Schmerz in seiner Seite ließ ihn zusammenzucken. Er sah an sich herunter; über der Hüfte war ein tennisballgroßer Blutfleck auf dem T-Shirt. Er zeigte auf die Roboter vor ihnen. »Die schießen nicht auf Zivilisten, richtig?«

»Jedenfalls sind sie so programmiert.« Anna klang skeptisch.

Hinter ihnen öffnete sich erneut die Tür, und Vogel trat ohne zu zögern heraus. Hatte sie gesehen, wie sie ihre Linsen herausgenommen hatten?

Er griff nach Annas Hand. »Los!«

Sie sprinteten auf den Ausgang zu. Mit dem linken Auge stürmten sie in die Freiheit, mit dem rechten mitten hinein in das Feuer der chinesischen Armee. Als sie in die Schusslinie der kubistischen Roboter gerieten, nahm das Feuer ab. Hinter sich hörte Taso noch, wie Vogel jemandem etwas zurief. Sie rannten durch die zerschossene Drehtür des Osteingangs und geradewegs durch einen chinesischen Roboter hindurch, die Treppe zur Straße hinunter. Sofort stieg hinter ihnen die Schussfrequenz wieder, und der eingebildete Krieg ging weiter.

Taso sah sich um. Schneider hatte sich eine Waffe gegriffen und zusammen mit Vogel und einem Sicherheitsmann die Verfolgung aufgenommen. Sie hatten die Täuschung durchschaut. Fieberhaft suchte er die Straße nach ihrem Fluchtwagen ab. Tim hätte längst hier sein müssen!

Anna sah verängstigt über die Schulter. »Wir können nicht warten!«

Taso nickte keuchend und folgte ihr halb geduckt die Straße entlang Richtung Süden.

»Stehen bleiben!«, brüllte Schneider.

Ihr Vorsprung hatte sich verringert. Taso versuchte, noch schneller zu rennen, aber es ging nicht. Bis zur nächsten Straßenecke waren es noch mindestens fünfzig Meter.

Da tauchte ein Flauto vor ihnen auf und raste über sie hinweg. Kurz darauf ertönte ein Schuss, gefolgt von einem dumpfen Einschlag. Taso drehte im Laufen den Kopf und versuchte, die Lage zu erfassen: Das Flauto war zwischen ihm und ihren Verfolgern gelandet, der Schuss wohl in der Karosserie stecken geblieben. Die Seitentür des Flautos öffnete sich, Tim und eine der Kellnerinnen vom Abendessen im Offline sprangen mit gezückten Waffen heraus. Taso blieb stehen, aber Tim bedeutete ihm weiterzulaufen. Anna war schon fast an der nächsten Straßenecke, stoppte nun auch und sah ihn fragend an. Für einen Moment nahm Taso nur seinen heftigen Herzschlag wahr. Wie in Zeitlupe sah er Tim und seine

Kameradin hinter dem Flauto Stellung beziehen und blind Schüsse in Schneiders Richtung abgeben. Sein Freund presste sich mit dem Rücken gegen das Gefährt und wartete mit aufgerissenen Augen auf die Reaktion des Verfolgertrupps.

Taso starrte unentwegt zum Flauto, erst das brennende Pochen über seiner Hüfte ließ ihn den Blick abwenden. Er konnte Tim nicht helfen. Schnaufend humpelte er weiter und folgte Anna um die Straßenecke herum.

Obwohl niemand mehr hinter ihnen her zu sein schien, ruhten sie sich nicht aus. Taso hielt sich die Seite und versuchte, so schnell es ging vorwärtszukommen. Anna bedachte ihn ab und an mit einem ungeduldigen Blick, ließ ihn aber nicht allein.

Unter den Linden fuhren unzählige Sefas die breite Straße entlang. Einige der Insassen schienen von dem Chaos um sie herum noch nichts bemerkt zu haben und ließen sich weiter von ihren Smarts berieseln. Die übrigen klebten mit angsterfüllten Gesichtern an den Fensterscheiben oder ließen ihre Fahrzeuge am Straßenrand halten, stiegen aus und suchten Schutz.

Taso konnte nicht mehr. Er fiel japsend auf die Knie und legte sich auf den Rücken. Der Gehweg war warm, Taso fühlte sich, als umarmte ihn jemand. Anna forderte ihn auf weiterzugehen. Als er nicht reagierte, setzte sie sich neben ihn. Taso wurde langsam ruhiger. Seine Lunge tat weh, seine Arme und Beine ebenfalls. Das Stechen über seiner Hüfte aber war am schlimmsten.

Er starrte nach oben. Abwechselnd schloss er die Augen. Mal strahlte der Himmel feuerrot, mal taubenblau. Mal herrschte Krieg, mal Frieden. Mal winkte der Tod, mal das Leben.

Nach und nach kehrten seine Gedanken zurück. Er hatte alles gegeben, hatte alles riskiert. Unbändiger Stolz erfüllte ihn. Aber hatten sie es wirklich geschafft? Solange noch Krieg herrschte, und sei es nur ein virtueller, fühlte es sich noch nicht so an. Der Würfel hatte sich offenbar noch nicht in die Luft gesprengt, sonst wären die

Gefechte längst vorbei. Hatte er sie vielleicht durchschaut? Wartete er einfach nur ab, bis sich die Anführer seiner Feinde aus der Deckung wagten? Eine Straße weiter explodierte eine Bombe. Taso zuckte zusammen. Er drehte den Kopf zu Anna, die ebenfalls angespannt in die Luft starrte.

Plötzlich stoppten auf der Fahrbahn neben ihnen alle Autos. Taso richtete sich mühsam auf. Am Himmel tobte noch der chinesische Angriff, trotzdem keimte in Taso bereits ein unbeschreibliches Gefühl: die Gewissheit, dass sie gewonnen hatten. Er stand auf und suchte erwartungsvoll nach weiteren Zeichen. Auch Anna erhob sich. Noch einmal erschraken sie über eine gewaltige Explosion. Auch die letzten Autofahrer hatten nun das Chaos bemerkt. Viele wollten aus ihren Fahrzeugen raus, aber die Türen schienen sich nicht mehr öffnen zu lassen. Sie schlugen gegen die Fenster, schrien um Hilfe. Taso wollte gerade einer jungen Familie helfen, als ein Datenschürfer neben ihm auf den Gehweg krachte. Weitere Drohnen stürzten auf Autodächer und Windschutzscheiben, neuere Modelle landeten sanft.

Für einen Augenblick schien die Zeit stillzustehen. Und dann war der Krieg vorbei. Die Rauchwolken verschwanden, die Maschinengewehre verstummten. Mit beiden Augen sah Taso in einen blauen Himmel, einen friedlichen Sommertag. Er spürte ein gewaltiges Kribbeln im Bauch und ergriff Annas Hand. Schier endlose Sekunden vergingen, in denen nichts geschah. Alles hielt den Atem an.

Auf einmal sah Taso durch sein verbliebenes SmEye das sanfte Lächeln von Pascale. Sie saß an einem Tisch, trug einen perfekt sitzenden schwarz-weiß gemusterten Anzug und blickte ihm direkt in die Augen, erhaben wie eine Königin.

»Liebe Mitbürgerinnen und Mitbürger«, begann sie, »hier spricht die Humanistische Allianz …«

Mehr hörte Taso nicht. Er reckte die Arme in die Höhe und schrie vor Freude, wie er noch nie geschrien hatte, sah zu Anna, vergaß jeden Schmerz und wirbelte sie durch die Luft. »Wir habens geschafft! Wir habens tatsächlich geschafft!«, rief er wieder und wieder. Noch nie hatte er sich so frei, so gelöst, so leicht gefühlt! Er setzte Anna wieder ab, sie strahlte jetzt.

Taso lachte und weinte vor Glück und tanzte mit ihr wild über den Gehweg, als hätten sie gerade die ganze Menschheit gerettet, denn verdammt – genau das hatten sie!

EPILOG

Marta wurde von sanfter Gitarrenmusik geweckt. Blinzelnd drehte sie den Kopf. Karl lag neben ihr auf dem Rücken und schmatzte zufrieden. Lächelnd beobachtete sie ihn im Schlaf, während sich die Musik in ihren Ohren langsam zu einem belebenden Song entwickelte. Nach einer Weile wurden die Klänge leiser, bis sie aus dem Bad zu kommen schienen. Vorsichtig stieg Marta aus dem Bett und folgte dem gedämpften Solo eines Schlagzeugs. Das Öffnen der Badezimmertür belohnte ihr Wecker mit einer Klangexplosion.

Die Dusche stand heute in der afrikanischen Steppe. Die Sonne war gerade über den Horizont gestiegen und warf rotes Licht auf eine ganz in der Nähe grasende Elefantenherde. *8. Juli – 8:05 Uhr,* prangte in Wolkenform am Himmel. Marta trocknete sich ab und tauschte ihre Smarts gegen das zweite Paar auf der Ladestation. Sie zählte die Sekunden. Bei vier war das triste, schlecht beleuchtete Bad schon wieder verschwunden.

Aus dem Flurschrank entnahm sie die Kleidungsstücke, die ihre Smarts hervorhoben, zog sich an und warf einen Blick ins Kinderzimmer. Die Mädchen schliefen noch tief und fest. Phine lag wie immer auf dem Bauch und hatte den Kopf auf dem Teddy abgelegt, den sie zu ihrem fünften Geburtstag bekommen hatte, während die kleinere Sandra fest in ihre Decke gekuschelt auf der Seite lag und ruhig ein- und ausatmete. Über ihnen an der Wand wachte eine gigantische Micky Maus. Vorsichtig lehnte Marta die Tür wieder an und ging in die Küche. Sie deckte den Tisch und bereitete ein Müsli zu. Als Frühstücksumgebung wählte sie die Terrasse des madagassischen Hotels, in dem Karl und sie ihre Hochzeitsreise verbracht hatten.

Als hätte er es gespürt, stand er plötzlich hinter ihr. Gähnend lehnte er den Kopf an den Rahmen der Küchentür.

Sie winkte ihn zu sich. »Guten Morgen, du Schnarchnase!«

»Ach komm, das hörst du mit Smarts doch gar nicht.« Karl trat lächelnd über die Türschwelle, gab ihr einen Kuss auf die Schulter und sah sich staunend um.

»Das hat uns das Hotel neulich zur Erinnerung freigeschaltet«, sagte Marta. Sie folgte Karl zum Geländer, von dem sie weit über das Meer blicken konnte, bis zu den kleinen Inseln jenseits der Bucht, zu denen sie einmal gepaddelt waren. Sie legte von hinten die Hände auf seinen Bauch und schmiegte den Kopf an seinen Rücken.

»Madame, Monsieur«, hörten sie eine Stimme hinter ihnen, »möchten Sie sich setzen?«

»Mahaleo!«, begrüßte Karl ihren damaligen Kellner überrascht und lachte. Marta freute es, dass er sich noch an ihn erinnerte.

Der junge Madagasse lächelte und deutete mit einer einladenden Geste auf den Tisch. Sie nahmen Platz. Während sie ihren Kaffee tranken, trottete Phine ins Zimmer, dicht gefolgt von ihrer Schwester. Mit verschlafenen Blicken setzten sie sich, Karl half Sandra auf den Stuhl. Marta strich der Kleinen über den Kopf und zwickte die Große leicht in die Wange. Sie wusste selbst nicht, warum sie das immer tat, obwohl Phine es nicht mochte. Irgendwie erinnerte es sie an früher.

»Na, wer hat euch heute geweckt?«, fragte Karl.

Sandras Augen begannen sofort zu leuchten. »Ohhh, ganz kleine Affen!«, rief sie. »Mit großen Augen!«

Auch Phine war auf einmal hellwach. »Lemuren!«, ergänzte sie stolz. »Die sind überall im Zimmer herumgesprungen! So!« Sie machte mit ihren Händen die Sprünge nach und wackelte dabei mit dem Kopf. Sandra kicherte.

Sie aßen wie jeden Morgen ihr Müsli zusammen. Phine meckerte über die Heidelbeeren darin, Sandra mochte die Walnüsse nicht, aber immerhin leerten sie ihre Schalen bis zur Hälfte. Während die Mädels um den Küchentisch herumsprangen und die Lemuren nachmachten, plante Karl den Tag mit ihnen. Marta hörte neidisch zu. Nach dem Essen verabschiedete sie sich von ihren Töchtern und drückte sie fest an sich – nichts auf dieser Welt fühlte sich besser an. Morgen durfte sie wieder zu Hause bleiben, und Karl würde arbeiten gehen. Der Gedanke daran half ihr, sich von den beiden loszureißen.

Auf dem Weg zum Sefaeinsitzer, der am Straßenrand auf sie wartete, strich sie mit der Hand über die Rosen im Garten und roch am Lavendel. Vor einem Jahr noch hätten sie sich das Haus nicht leisten können. Dann aber hatten sie noch etwas bewusster gelebt und ihre Pred-Scores nach oben getrieben, bis der Kredit möglich geworden war. Vielleicht würden sie sich irgendwann auch eine Renovierung leisten können, dann müssten sie sich nichts mehr schönsmalen. Aber auch so ging es ihr besser als je zuvor.

Sie blickte zum Himmel. Keine einzige Wolke war zu sehen. Ihre Wetter-App hatte sie nicht aktivieren müssen, es war tatsächlich so schön. Sie lächelte, stieg ins geöffnete Auto, prüfte das voreingestellte Ziel – *Arbeit* – und lehnte sich zurück.

Marta haderte mit ihrem Beruf. »Friseure braucht man immer!«, hatte ihre Bewährungshelferin damals gesagt und tatsächlich recht behalten. Aber auch wenn ihr die Arbeit selbst nicht besonders gefiel, tat es gut, gebraucht zu werden. In ihrem früheren Leben hatte sie niemand gebraucht, ganz im Gegenteil, sie war anderen eine Last gewesen, hatte betrogen und gestohlen, um sich und ihre Sucht zu finanzieren. Wenn sie an diese Zeit zurückdachte, zog sich alles in ihr zusammen. Augenblicklich war die Scham wieder da, die sie all die Jahre begleitet hatte. Nur der Gedanke an ihre Familie konnte sie dann beruhigen.

Bis zum Salon dauerte es eine halbe Stunde. Marta wählte eine Indi-Serie, die sie sich seit einigen Monaten generieren ließ: Eine Spaceopera, in der sie selbst die Hauptfigur spielte und aus ihrem

Friseursalon heraus einen interstellaren Krieg nach dem anderen verhinderte, während ihre männlichen Kontrahenten sie anhimmelten. Sie stellte ihre Umgebung auf stumm, machte es sich gemütlich und drückte auf *Start.*

Nach vielleicht zwanzig Minuten stoppte das Auto abrupt. Es hatte nicht wie sonst gebremst, kontrolliert und gleichmäßig, sondern sie regelrecht nach vorne geschleudert.

»Clear Vision.« Die Serie stoppte, und sie sah sich um.

Ihr Fahrzeug stand auf der rechten Spur einer breiten Straße. Auch die anderen Autos hatten angehalten, viele waren leer. Marta hörte ein lautes Dröhnen und Knattergeräusche. In dem Auto neben ihr saß eine Frau, die sich ebenfalls verwirrt umsah und nach vorne beugte, sodass sie durch die Windschutzscheibe nach oben schauen konnte. Marta folgte ihrem Blick – und erschrak.

Am Himmel flogen Hunderte Drohnen mit chinesischen Flaggen. Martas Herz begann heftig zu klopfen. Etwas stimmte hier ganz und gar nicht. Um sie herum ragten dunkle Rauchsäulen in den Himmel. Eine heftige Explosion ganz in der Nähe ließ sie zusammenzucken. Erst jetzt sah sie die schwarzen Objekte, die die Drohnen immer wieder fallen ließen. Waren das etwa … *Bomben?* Was war hier los? Es schnürte ihr die Kehle zu. Wurden sie angegriffen? Da war wieder das Knattern, das nun wie die Maschinengewehrsalven in Kriegsfilmen klang. Marta konnte es nicht fassen. Instinktiv drückte sie den Notfallknopf der Tür, aber nichts geschah, auch nicht nach dem fünften und sechsten Versuch. Panik stieg in ihr auf, sie atmete immer schneller. Sie wollte raus aus dem Auto, zurück zu ihrer Familie … Die Mädchen! Karl! Ging es ihnen gut? Phine und Sandra mussten solche Angst haben. Verzweifelt rüttelte Marta am Türgriff. Sie musste zu ihnen!

Die Frau im Wagen neben Marta hämmerte bereits wild gegen die Fensterscheibe, ihr Gesicht zeigte blankes Entsetzen. Ein Datenschürfer krachte auf das Auto vor ihr. Marta schrie auf. Weitere Drohnen stürzten unkontrolliert vom Himmel. Nun schlug auch sie mit dem Ellbogen gegen die Scheibe. Schon nach dem dritten erfolglosen Schlag hatte sie solche Schmerzen, dass sie es auf der anderen Seite versuchte. Immer hektischer schlug sie zu, mal links, mal rechts, stemmte sich gegen den Sitz und trat mit den Füßen gegen die Windschutzscheibe, rüttelte wieder an der Tür, rief den Würfel um Hilfe, aber alles vergeblich. Sie war gefangen. Nie wieder hatte sie das erleben wollen.

Auf einmal wurde es totenstill. Die Frau im Auto neben ihr sah sich mit verheulten Augen um. Marta blickte nach oben: Drohnen und Rauchwolken waren verschwunden. Der Himmel leuchtete wieder so blau wie zuvor, als sei nichts geschehen. Waren die Angreifer gar nicht echt gewesen? Unendlich erleichtert atmete sie auf. Erst jetzt bemerkte sie, dass sie am ganzen Körper zitterte.

Plötzlich erschien vor ihr eine elegante Frau mit dunklen Haaren. Irgendwo hatte Marta sie schon einmal gesehen. Sie saß an einem Tisch und sah sie direkt an.

»Liebe Mitbürgerinnen und Mitbürger«, begann sie, »hier spricht die Humanistische Allianz …«

Ein gellender Schrei ertönte: *»Jaaaaaahhhhh!«*

Marta nahm ein SmEye heraus. Nicht weit von ihr entfernt jubelte ein Mann auf dem Gehweg und hatte die Arme in die Luft gereckt. Neben ihm stand eine Frau, die er jetzt in die Luft hob und herumwirbelte. Wer waren diese Leute? Worüber freuten sie sich so? Mit einem unguten Gefühl konzentrierte sich Marta wieder auf die Ansprache, behielt das tanzende Paar aber im Auge.

»… Sie sind nicht mehr in Gefahr. Eine gewissenlose Clique in der kubistischen Staatsführung hat zusammen mit dem harmonistischen Feind versucht, den Menschen in diesem Land in den Rücken zu fallen und die Macht zu eigennützigen Zwecken an sich zu reißen. In dieser Stunde höchster Gefahr hat der vereinigte Widerstand zur Aufrechterhaltung von Recht und Ordnung den Ausnahmezustand verhängt und mir zugleich die Regierungsgeschäfte übertr…«

Das Bild wackelte kurz. Die Übertragung brach ab. Nach ein paar Sekunden erschien vor Marta der vertraute dreidimensionale Würfel, drehte sich ein paar Sekunden um die eigene Achse und wechselte dabei fließend die Farbe von Weiß zu Grau zu Silber und schließlich zu Gold. Sie setzte ihr zweites SmEye wieder ein.

Bitte entschuldige die Störung, sagte eine sanfte Männerstimme, die Marta noch nie gehört hatte. *Mein System wurde angegriffen. Ich hatte die Lage stets unter Kontrolle, entschuldige mich aber für entstandene Unannehmlichkeiten.*

Damit setzten sich alle Autos auf einen Schlag wieder in Bewegung, und die noch flugtauglichen Drohnen stiegen wieder in den Himmel. Marta schüttelte verwirrt den Kopf. Sie war immer noch aufgewühlt, aber auch unendlich erleichtert. Ihre Familie war sicher. Sie würde sich heute Abend zwischen die Betten ihrer Mädchen setzen und sie wie immer beobachten können, bis sie eingeschlafen waren.

In Martas Gesichtsfeld erschien eine kleine Anzeige: *Weitere Informationen zum Angriff auf mein System.* Während sie noch überlegte, ob sie daraufklicken oder erst einmal Karl anrufen sollte, sah sie nach rechts. Auf dem Gehweg kauerte das eben noch jubelnde Paar. Die Frau hatte ihren Kopf in den Armen vergraben, der Mann sah in den Himmel.

Ein weißer Fleck verdeckte sein Gesicht.

—

DANK

Mein erster Roman, hier ist er nun. Allein wäre ich nie so weit gekommen. Ich danke

Frauke, Tim und allen anderen im und rund um den Atrium Verlag,

Valentin und der Elisabeth Ruge Agentur,

meinen vielen zauberhaften Probeleserinnen und Probelesern Baba, Benita, Burkard, Christian, Claudia, Daniel, Felix, Florian, Floyd, Gilda, Henry, Jakob, Kian, Lucie, Mama, Markus, Max und Max, Natalie, Paula, Peter, Philip, Philipp, Raphael, Rica, Sofia, Thomas, Ulf, Yohanna und Yoram, ganz besonders Nicolai und meiner Omi,

und vor allen anderen für ihr Vertrauen, ihre Geduld und Unterstützung von der ersten bis zur letzten Zeile: Linny!

Bijan Moini, 1984 geboren bei Karlsruhe, ist Jurist, Politologe und Bürgerrechtler mit deutsch-iranischen Wurzeln. Nach Promotion und Referendariat in Hongkong und Berlin arbeitete er als Rechtsanwalt für eine Wirtschaftskanzlei. Als ihm die Idee zu *Der Würfel* kam, kündigte er und widmete sich dem Schreiben seines Romans. Heute koordiniert er die Verfassungsbeschwerden der Gesellschaft für Freiheitsrechte und spricht und schreibt zu gesellschaftspolitischen Themen wie Digitalisierung, Überwachung und Datenschutz. Seine Texte erschienen u. a. im *Spiegel* und der *Frankfurter Allgemeinen Zeitung.* Moini lebt mit seiner Familie in Berlin.

MIX
Papier aus verantwortungsvollen Quellen
FSC® C014496

Originalausgabe
1. Auflage 2018

Umschlaggestaltung: Hauptmann & Kompanie Werbeagentur, Zürich,
unter Verwendung eines Fotos von Klaus Vedfelt/Getty Images
Satz: Greiner & Reichel, Köln
Druck und Bindung: GGP Media GmbH, Pößneck
Printed in Germany
ISBN 978-3-85535-059-9

www.atrium-verlag.com